文選李善注

四部備要

集部

中華書局據鄱陽胡氏校刻本校刊

桐鄉　陸費逵總勘
杭縣　高時顯
　　　吳汝霖輯校
杭縣　丁輔之監造

重刻宋淳熙本文選序

賜進士出身通奉大夫江南蘇松常鎮太等處承宣布政使司布政使胡克家撰

文選於孟蜀時毋昭裔已爲鏤板載五代史補然其所刻何本不可考也宋代大都盛行五臣又并善爲六臣而善注反微矣淳熙中尤延之在貴池倉使取善注雕校鋟木厥後單行之本咸從之出經數百年轉展之手譌舛日滋將不可讀恭逢

國家文運昭回

聖學高深苞函藝府受書之士均思熟精選理以潤色鴻業而佳本罕覯誦習爲難寧非缺事鄉往歲顧千里彭甘亭見語以吳下有得尤槧者因即屬兩君遴手影摹校刊行世踰年工成雕造精緻勘對嚴審雖尤氏真本殆不是過焉從此讀者開

卷怏然非敢云是舉郎崇賢功臣抑亦學海文林之一助已其善注之弁合五臣者與尤殊別凡資參訂旣所不廢又尋究尤本輒有致疑鉤稽探索頗具要領宜諗來者撰次爲考異十卷詳著義例附列於後而別爲之敘云嘉慶十四年二月旣望

序

文選序

梁昭明太子撰

式觀元始眇覿玄風冬穴夏巢之時茹毛飲血之世世質民淳斯文未作逮乎伏羲氏之王(去聲)天下也始畫八卦造書契以代結繩之政由是文籍生焉易曰觀乎天文以察時變觀乎人文以化成天下文之時義遠矣哉若夫椎(直追)輪爲大輅(音路)之始大輅寧有椎輪之質增冰爲積水所成積水曾(作能)微增冰之凜(力錦)何哉蓋踵(音腫)其事而增華變其本而加厲物既有之文亦宜然隨時變改難可詳悉嘗試論之曰詩序云詩有六義焉一曰風二曰賦三曰比四曰興(去聲)五曰雅六曰頌至於今之作者異乎古昔古詩之體今則全取賦名荀宋表之於

前賈馬繼之於末自茲以降源流寔繁述邑居則有憑虛亡(音無)是之作戒畋遊則有長楊羽獵之制若其紀一事詠一物風雲草木之興(去聲)魚蟲禽獸之流推而廣之不可勝載矣又楚人屈原含忠履潔君匪從流臣進逆耳深思遠慮遂放湘南耿介之意既傷壹鬱之懷靡愬臨淵有懷沙之志吟澤有憔悴之容騷人之文自茲而作詩者蓋志之所之也情動於中而形於言關雎(七余)麟趾(音止)正始之道著桑閒濮(音卜)上亡國之音表故風雅之道粲然可觀自炎漢中葉厥塗漸異退傅有在鄒之作降(下江)將著河梁之篇四言五言區以別(入聲)矣又少則三字多則九言各體互興分鑣(彼嬌)並驅(丘遇)頌者所以游揚德業襃讚成功吉甫有穆(音目)若之談季子

有至矣之歎舒布爲詩既言如彼總成爲頌又亦若此次則箴(音針)興於補闕戒出於弼匡論(去聲)則析(洗激反)理精微銘則序事清潤美終則誄發圖像則讚興又詔誥教令之流表奏牋記之列書誓符檄(胡激)之品弔祭悲哀之作荅客指事之制三言八字之文篇辭引(以進反)序碑碣誌狀衆制鋒起源流間(去聲)出譬陶匏(蒲包)異器並爲入耳之娛黼黻不同俱爲悅目之玩作者之致蓋云備矣余監(音緘)撫餘閑居多暇日歷觀文囿泛覽辭林未嘗不心遊目想移晷(音軌)忘倦自姬漢以來眇焉悠邈時更(平聲)七代數(去聲)逾千祀詞人才子則名溢於縹(匹沼)囊飛文染翰則卷盈乎緗(音相)帙自非略其蕪穢集其清英蓋欲兼功太半難矣若夫姬公之籍孔父之書與日

月俱懸鬼神爭奧孝敬之准式人倫之師友豈可
重(去聲)以芟(音衫)夷加之剪截老莊之作管孟之流蓋
以立意為宗不以能文為本今之所撰又以略諸
若賢人之美辭忠臣之抗直謀夫之話(下快反)辨士
之端冰釋泉涌金相玉振所謂坐狙(七余)丘議稷下
仲連之却秦軍食(音異)其(音幾)之下齊國留侯之發八
難曲逆之吐六奇蓋乃事美一時語流千載概(古害)
見墳籍旁出子史若斯之流又亦繁博雖傳之簡
牘而事異篇章今之所集亦所不取至於記事之
史繫年之書所以褒貶是非紀別(入聲)異同方之篇
翰亦已不同若其讚論(去聲)之綜(作宋)緝(此立)辭采序述
之錯比(避)文華事出於沈思義歸乎翰藻故與夫
篇什雜而集之遠自周室迄于聖代都為三十卷

名曰文選云耳

凡次文之體各以彙（于貴）聚詩賦體既不一又以類分類分之中各以時代相次

文選序

唐李崇賢上文選注表

文林郎守太子右內率府錄事參軍崇賢館直學士 臣 李善

臣善言竊以道光九野縟景緯以照臨德載八埏麗山川以錯峙垂象之文斯著含章之義聿宣協人靈以取則基化成而自遠故羲繩之前飛葛天之浩唱娲簧之後掞叢雲之奧詞步驟分途星躔殊建球鍾愈暢舞詠方滋楚國詞人御蘭芬於絕代漢朝才子綜鞶帨於遙年虛玄流正始之音氣質馳建安之體長離北度騰雅詠於圭陰化龍東騖煽風流於江左爰逮有梁宏材彌劭昭明太子業膺守器譽貞問寢居肅成而講藝開博望以招賢搴中葉之詞林酌前修之筆海周巡緜嶠品盈尺之珍楚望長瀾搜徑寸之寶故撰斯一集名曰

文選後進英髦咸資準的伏惟陛下經緯成德文
思垂風則大居尊耀三辰之珠璧希聲應物宣六
代之雲英孰可撮壤崇山導涓宗海臣蓬衡蕞品
樗散陋姿汾河委筴夙非成誦崇山墜簡未議澄
心握玩斯文載移涼燠有欣永日實昧通津故勉
十舍之勞寄三餘之暇弋釣書部願言注緝合成
六十卷殺青甫就輕用上聞享帚自珍緘石知謬
敢有塵於廣內庶無遺於小說謹詣闕奉進伏願
鴻慈曲垂照覽謹言顯慶三年九月日上表

文選目錄

梁昭明太子撰　唐李善注

耕籍

畋獵上

第八卷

畋獵中

第九卷

賦戊

畋獵下

第十六卷
志下

哀傷

祖餞

第二十一卷
詩乙
詠史

第二十二卷

第二十三卷

詩丙

詠懷

哀傷

第二十四卷

第二十五卷

詩丁

第二十六卷

贈荅四

行旅上

第二十七卷
詩戊

行旅下

第二十八卷

文

第三十七卷

表上

第三十八卷

表下

第四十一卷
書上

第四十二卷

書中

第四十五卷
對問

設論

辭

第四十六卷

第四十七卷

頌

贊

第四十八卷

符命

第五十七卷

墓誌

任彥昇劉先生夫人墓誌一首

第六十卷

行狀

任彥昇齊竟陵文宣王行狀一首

弔文

賈誼弔屈原文一首

陸士衡弔魏武帝文一首并序

祭文

謝惠連祭古冢文一首

顏延年祭屈原文一首

王僧達祭顏光祿文一首

文選目錄

賜進士出身通奉大夫江南蘇松常鎮太等處承宣布政使司布政使胡克家重校刊

文選卷第一

梁昭明太子撰

文林郎守太子右內率府錄事參軍事崇賢館直學士臣李善注上

賦甲 賦甲者舊題甲乙所以紀卷先後今卷既改故甲乙並除存其首題以明舊式

京都上

班孟堅兩都賦二首 自光武至和帝都洛陽西京父老有怨班固恐帝去洛陽故上此詞以諫和帝大悅也

兩都賦序

班孟堅 范曄後漢書曰班固字孟堅北地人也年九歲能屬文長遂博貫載籍顯宗時除蘭臺令史遷為郎乃上兩都賦大將軍竇憲出征匈奴以固為中護軍憲敗固坐免官遂死獄中

或曰賦者古詩之流也 毛詩序曰詩有六義焉二曰賦故賦為古詩之流也諸引文證皆舉先以明後以示作者必有所祖述也他皆類此 昔成康沒而頌聲寢王澤竭而詩不作 言周道既微雅頌並廢也史記曰周武王太子誦立是為成王成王太子釗立是為康王毛詩序曰頌者以其成功告於神明者也樂稽耀嘉曰仁義所生為王毛詩序曰

曰止乎禮義先王之澤也然則作詩稟乎先王之澤故王澤竭而詩不作作興也孟子曰王者之跡息而詩亡大漢初定日不暇給漢書曰高祖姓劉氏立爲漢王滅項羽即皇帝位荀悅曰諱邦字季史記曰雖受命而日有不暇給也至於武宣之世乃崇禮官考文章漢書曰孝武皇帝景帝中子荀悅曰諱徹漢書曰孝宣帝武帝曾孫戾太子孫荀悅曰諱詢字次卿內設金馬石渠之署外興樂府協律之事史記曰金馬門者宦者署門傍有銅馬故謂之曰金馬門三輔故事曰石渠閣在大秘殿北以閣秘書漢書曰武帝定郊祀之禮乃立樂府以李延年爲協律都尉以興廢繼絕潤色鴻業言能發起遺文以光讚大業也論語子曰興滅國繼絕世然文雖出彼而意微殊不可以文害意他皆類此論語子曰東里子產潤色之劇秦美新曰制成六經洪業也是以衆庶悅豫福應尤盛白麟赤鴈芝房寶鼎之歌薦於郊廟漢書武紀曰行幸雍獲白麟作白麟之歌又曰行幸東海獲赤鴈作朱鴈之歌又曰甘泉宮內產芝九莖連葉作芝房歌又曰得寶鼎后土祠傍作寶鼎之歌神雀五鳳甘露黃龍之瑞以爲年紀漢書宣紀曰神雀元年應劭曰前年神雀集長樂宮故改年也又曰五鳳元年應劭曰先者鳳皇五至因以改元又甘露元年詔曰乃者鳳皇至甘露降故以名元年又曰黃龍元年應劭曰先是黃龍見新豐因以改元焉故言語侍從之臣若司馬相如虞丘壽王東方朔枚皐王褒劉向之屬朝夕論思日月獻納漢書曰司馬相如字長卿爲武騎常侍又曰虞丘壽王字子貢以善格五召待詔遷爲侍中中書又曰東方朔字曼倩上書自

稱舉上偉之令待詔公車後拜爲太中大夫給事中又曰枚臯字少孺上書北闕自稱枚乘之子上得大喜召入見待詔拜爲郎又曰王褒字子淵上令褒待詔褒等數從獵擢爲諫大夫又曰劉向字子政爲輦郎遷中壘校尉而公卿大臣御史大夫倪寬太常孔臧太中大夫董仲舒宗正劉德太子太傅蕭望之等時閒作漢書曰倪寬脩尚書以郡選詣博士孔安國射策爲掌固遷侍御史孔臧集曰臧仲尼之後少以才博知名稍遷御史大夫辭曰臣代以經學爲家乞爲太常專脩家業武帝遂用之漢書曰董仲舒以脩春秋爲博士後爲中大夫又曰劉德字路叔少脩黃老術武帝謂之千里駒爲宗正又曰蕭望之字長倩以射策甲科爲郎遷太子太傅或以抒下情而通諷諭廣雅曰抒渫也抒食與切諷方鳳切毛詩序曰吟詠情性以諷其上楚詞曰抒中情而屬詩或以宣上德而盡忠孝說文曰揄國語泠州鳩曰夫律所以宣布哲人之令德雍容揄揚著於後嗣抑亦雅頌之亞也引也以珠切孔安國尚書傳曰揚舉也毛詩序曰言天下之事形四方之風謂之雅故孝成之世論而錄之漢書曰孝成皇帝元帝太子也荀悅曰諱驁字太孫蓋奏御者千有餘篇而後大漢之文章炳焉與三代同風蒼頡篇曰炳著明也彼皿切論語子曰三代之所以直道而行馬融曰三代夏殷周且夫道有夷隆學有麤密因時而建德者不以遠近易則故臯陶歌虞奚斯頌魯同見采於孔氏列于詩書其義一也尚書臯陶歌曰元首明哉股肱良哉庶事康哉韓詩魯頌曰新

廟弈弈奚斯所作薛君曰奚斯魯公子也言其新廟弈弈然盛是詩公子奚斯所作也稽之上古則如彼考之漢室又如此斯事雖細然先臣之舊式國家之遺美不可闕也臣竊見海內清平朝廷無事蔡邕獨斷或曰朝廷亦皆依違尊者都舉朝廷以言之諸釋義或引後以明前示臣之任不敢專他皆類此京師脩宮室浚城隍起苑囿以備制度公羊傳曰京師者天子之居也京者何大也師者何衆也天子之居必以衆大之辭言之也說文曰城池無水曰隍周禮曰囿遊之獸鄭玄曰囿今之苑西土耆老咸懷怨思冀上之睠顧而盛稱長安舊制有陋雒邑之議長安在西故曰西土尚書曰西土有衆故臣作兩都賦以極衆人之所眩曜折以今之法度其詞曰

西都賦

有西都賓問於東都主人曰蓋聞皇漢之初經營也嘗有意乎都河洛矣輟而弗康寔用西遷作我上都主人聞其故而覩其制乎孝經鉤命決曰道機合者稱皇尚書曰厥既得吉卜乃經營東都有河南洛陽故曰河洛也鄭玄論語注曰輟止也張衛切孔安國尚書傳曰康安也穀梁傳曰葬我君桓公我君接上下也主人曰未也願賓攄懷舊之蓄念發思古之幽

情博我以皇道弘我以漢京廣雅曰攄舒也孔安國尚書傳曰蓄積也論語顏淵曰夫子博我以文賓
曰唯唯漢之西都在於雍州寔曰長安禮記曰父召无諾唯而起漢書曰秦地於禹貢時跨雍梁
二州漢興立都長安左據函谷二崤之阻表以太華終南之山戰國策蘇秦曰秦東有殽函之
固鹽鐵論曰秦左殽函漢書音義韋昭曰函谷關左氏傳曰崤有二陵其南陵夏后皐之墓其北陵文王所避風雨也表標也山海經曰
華首之山西六十里曰太華之山毛詩曰終南何有有條有枚毛萇曰終南周之名山中南也右界褒斜隴首之險
帶以洪河涇渭之川衆流之隈汧涌其西長楊賦曰命右扶風發人西自褒斜梁州記曰萬石
城泝漢上七里有褒谷南口曰褒北口曰斜長四百七十里鹽鐵論曰秦右隴阺漢書辛雍白麟歌曰朝隴首覽西垠尚書曰導河自積
石南至于華陰山海經曰涇水出長城北尚書曰導渭自鳥鼠同穴華實之毛則九州之上腴焉防禦
之阻則天地之隩區焉春秋文耀鉤曰春致其時華實乃榮左氏傳君子曰澗溪沼沚之毛漢書曰秦地九州膏
腴楊雄衞尉箴曰設置山險盡爲防禦文曰隩四方之土可定居者也於報切說是故橫被六合三成帝畿
周以龍興秦以虎視漢書音義文穎曰關西爲橫孔安國尚書傳曰被及也呂氏春秋曰神通乎六合高誘曰四方
上下爲六合三成帝畿謂周秦漢也樂稽嘉耀曰德象天地爲帝周禮曰方千里曰王畿史記曰周后稷名弃堯舜時爲農師號后稷姓
姬氏至孫公劉周之道興至文王徙都豐武王滅紂孔安國尚書序曰漢室龍興史記曰秦之先帝顓頊之苗裔至孝公作咸陽政幷六

國稱皇帝周易曰虎視眈眈其欲逐逐及至大漢受命而都之也仰悟東井之精俯協
河圖之靈漢書曰漢元年十月五星聚于東井沛公至霸上又曰以厤推之從歲星也此高祖受命之符尚書緯書曰河圖命
紀也然五經緯皆河圖也春秋漢含孳曰劉季握卯金刀在軫北字季天下服卯在東方陽所立仁且明金在西方陰所立義成功刀居
右字成章刀擊秦枉矢東流水神哭祖龍然則成功在西故都長安奉春建策留侯演成漢書曰高祖西都洛陽戍
卒婁敬求見說上曰陛下都洛不便不如入關據秦之固上問張良良因勸上是日車駕西都長安拜婁敬為奉春君賜姓劉氏又曰封
張良為留侯也蒼頡篇曰演引也天人合應以發皇明乃眷西顧寔惟作京天謂五星也人
謂婁敬也皇謂高祖也四子講德論曰天人並應毛詩曰乃眷西顧此惟與宅於是睎秦嶺睋北阜挾灃灞
據龍首說文曰睎望也呼衣切秦嶺南山也漢書曰秦地有南山睋視也五哥切北阜山也漢書文帝曰以北山石為槨張揖上
林賦注曰豐水出鄠南山豐谷漢書曰灞水出藍田谷山海經曰華山之西龍首之山也圖皇基於億載度宏規
而大起長楊賦曰規億載孔安國尚書傳曰十萬曰億爾雅曰載年也小雅曰羌發聲也度與羌古字通度或為慶也肇自
高而終平世增飾以崇麗歷十二之延祚故窮泰而極侈高高祖漢書張晏曰
為功最高而為漢帝太祖故特起名焉漢書孝平皇帝元帝庶孫荀悅曰諱衎漢自高祖至于孝平凡十二帝也國語曰天地之所祚賈
逵曰祚祿也建金城而萬雉呀周池而成淵鹽鐵論曰秦四塞以為固金城千里鄭玄周禮注曰雉長

三丈高一丈字林曰呀大空皃火家切說文曰城有水曰池披三條之廣路立十二之通門周禮曰匠
人營國方九里旁三門鄭玄曰天子十二門通十二子也內則街衢洞達閭閻且千九市開場貨
別隧分人不得顧車不得旋闐城溢郭旁流百廛紅塵四合煙雲相
連說文曰街四通也音佳爾雅曰四達謂之衢字林曰閭里門也閻里中門也漢宮闕疏曰長安立九市其六市在道西三市在道東
鄭玄周禮注曰金玉曰貨薛綜西京賦注曰隧列肆道也音遂鄭玄禮記注曰填滿也填與闐同徒堅切又曰廛市物邸舍也除連切李
陵詩曰紅塵塞天地自日何冥冥於是既庶且富娛樂無疆都人士女殊異乎五方
遊士擬於公侯列肆侈於姬姜論語曰子適衞冉有僕子曰庶矣哉冉有曰既庶矣又何加焉曰富之毛
詩曰惠我無疆又曰彼都人士又曰彼君子女漢書曰秦地五方雜錯富人則商賈爲利列侯貴人車服僭上衆庶倣效羞不相及鄭玄
周禮注曰肆市中陳物處也左氏傳君子曰詩云雖有姬姜無棄憔悴也鄉曲豪舉游俠之雄節慕原嘗
名亞春陵連交合衆騁騖乎其中莊子曰治州閭鄉曲史記魏公子無忌曰平原之游徒豪舉耳文子
曰智過千人謂之豪漢書曰秦地豪桀則游俠通姦史記曰平原君趙勝者趙之諸公子也諸子中勝最賢賓客蓋至者數千人又曰孟
嘗君名文姓田氏孟嘗君在薛招致諸侯賓客食客數千人又曰春申君者楚人也名歇姓黃氏考烈王以歇爲相封春申君客三千餘
人又曰魏公子無忌者魏安釐王弟也安釐王封公子爲信陵君致食客三千楚辭曰朝騁騖乎江皋說文曰騁直馳也又曰騖亂馳也

音務若乃觀其四郊浮遊近縣則南望杜霸北眺五陵名都對郭邑居相承英俊之域紱冕所興冠蓋如雲七相五公鄭玄周禮注曰王國百里爲郊漢書曰宣帝葬杜陵文帝葬霸陵高帝葬長陵惠帝葬安陵景帝葬陽陵武帝葬茂陵昭帝葬平陵文子曰智過萬人謂之英千人謂之俊蒼頡篇曰紱綬也說文曰冕大夫以上冠也毛詩曰有女如雲相丞相也漢書韋賢爲丞相徙平陵車千秋爲丞相徙長陵黃霸爲丞相徙平陵平當爲丞相徙平陵魏相爲丞相徙平陵公御史大夫將軍通稱也漢書曰張湯爲御史大夫徙杜陵杜周爲御史大夫徙茂陵蕭望之爲前將軍徙杜陵馮奉世爲右將軍徙杜陵史丹爲大將軍徙杜陵然其餘不在七相之數者並以罪國除故也與乎州郡之豪傑五都之貨殖三選七遷充奉陵邑蓋以強幹弱枝隆上都而觀萬國也文子曰智過百人謂之傑十人謂之豪漢書曰王莽於五都立均官更名雒陽邯鄲臨淄宛城都市長安皆爲五均司市師三選謂選三等之人七遷謂遷於七陵也漢書曰徙吏二千石高訾富人及豪傑兼并之家於諸陵蓋亦以強幹弱枝非獨爲奉山園也又元帝詔曰往者有司緣臣子之義奏徙郡國人以奉園陵自今所爲陵者勿置縣邑然則元帝始不遷人陪陵自元以上正有七帝也春秋漢含孳曰強幹弱流天之道宋均曰流猶枝也左傳曰魯諸大夫曰禹會諸侯於塗山執玉帛者萬國封畿之內厥土千里逴躒諸夏兼其所有漢書曰雒邑與宗周通封畿爲千里又曰秦地沃野千里人以富饒逴躒猶超絕也逴音卓躒呂角切論語子曰夷狄之有君不如諸夏之亡也其陽則崇山隱天幽林穹谷陸

海珍藏藍田美玉上林賦曰崇山嵸巃崔嵬楊雄蜀都賦曰蒼山隱天韓詩曰皎皎白駒在彼空谷薛君曰穹谷深谷
也漢書東方朔曰漢興去三河之地止灞滻以西都涇渭之南北謂天下陸海之地范子計然曰玉英出藍田商洛緣其隈
鄠杜濱其足源泉灌注陂池交屬漢書弘農郡有商縣上雒縣扶風有鄠縣杜陽縣說文曰隈水曲也
於回切孔安國尚書傳曰濱涯也又曰澤鄣曰陂停水曰池竹林果園芳草甘木郊野之富號爲
近蜀言秦境富饒與蜀相類故號近蜀焉漢書曰秦地南有巴蜀廣漢山林竹木蔬食果實之饒爾雅曰邑外曰郊郊外曰野其
陰則冠古亂以九嵕子紅陪以甘泉乃有靈宮起乎其中秦漢之所極觀
古亂淵雲之所頌歎於是乎存焉漢書谷口縣九嵕山在西戰國策范雎說秦王曰大王之國北有甘泉谷
口漢書公孫卿曰仙人好樓居於是上令甘泉作延壽館通天臺漢宮闕疏曰甘泉林光宮秦二世造漢書曰王子淵爲甘泉頌又曰楊
子雲奏甘泉賦下有鄭白之沃衣食之源提封五萬疆埸綺分溝塍刻鏤原
隰龍鱗決渠降雨荷插成雲五穀垂穎桑麻鋪棻史記曰韓聞秦之好興事欲罷无令
東伐迺使水工鄭國閒說秦令鑿涇水自中山西抵瓠口爲渠並北山東注洛溉舃鹵之地四万餘頃收皆畝稅一鍾命曰鄭國渠又曰
趙中大夫白公復奏穿渠引涇水首起谷口尾入櫟陽注渭溉田四千餘頃因曰白渠人得其饒歌之曰田於何所池陽谷口鄭國在前
白渠起後舉插爲雲決渠爲雨涇水一石其泥數斗且溉且糞長我禾黍衣食京師億万之口天子畿方千里提封百万井臣瓚案舊說

云提撮凡也言大舉頃畝也韋昭曰積土爲封限也毛詩曰疆埸有瓜周禮曰十夫有溝鄭玄曰遂廣深各二尺溝倍之說文曰塍稻田之畦也音繩爾雅曰高平曰原下溼曰隰周禮曰以五穀養病漢書音義韋昭曰黍稷菽麥稻也毛詩曰實穎實栗毛萇曰穎垂穎也小雅曰禾穗謂之穎爾雅曰鋪布也普胡切王逸楚辭注曰紛盛皃也棻與紛古字通

東郊則有通溝大漕潰渭洞河泛舟山東控引淮湖與海通波言通溝大漕既達河渭又可以泛舟山東控引淮湖之流而與海通其波瀾漢書武紀曰穿漕渠道渭如淳曰水轉曰漕蒼頡篇曰潰旁決也胡對切說文曰洞疾流也國語曰秦汎舟於河歸糴於晉史記曰滎陽下引河東南爲鴻溝以與淮泗會也

西郊則有上囿禁苑林麓藪澤陂池連乎蜀漢繚以周墻四百餘里離宮別館三十六所神池靈沼往往而在上囿禁苑卽林苑也羽獵賦曰開禁苑散穀梁傳曰林屬於山爲麓鄭玄周禮注曰澤无水曰藪漢書有蜀都漢中郡繚猶繞也三輔故事曰上林連緜四百餘里繚力鳥切離別非一所也上林賦曰離宮別館彌山跨谷三秦記曰昆明池中有神池通白鹿原毛詩曰王在靈沼

其中乃有九真之麟大宛之馬黃支之犀條支之鳥踰崑崙越巨海殊方異類至于三萬里漢書宣帝詔曰九真獻奇獸晉灼漢書注曰駒形麟色牛角又武紀曰貳師將軍廣利斬大宛王首獲汗血馬又曰黃支自三萬里貢生犀又曰條枝國臨西海有大鳥卵如甕山海經曰帝之下都崑崙之墟高萬仞河圖括地象曰崑崙在西北其高萬一千里子虛賦曰東注巨海也

其宮室也體象乎天地經緯乎陰陽

據坤靈之正位倣太紫之圓方七略曰王者師天地體天而行是以明堂之制內有太室象紫微宮南出明堂象太微春秋元命苞曰紫之言此也宮之言中也言天神圖法陰陽開閉皆在此中也周易曰坤地道也楊雄司命箴曰普彼坤靈侔天作制春秋合誠圖曰太微其星十二四方又曰紫宮大帝室也樹中天之華闕豐冠山之朱堂因瓌材而究奇抗應龍之虹梁列棼橑以布翼荷棟桴而高驤列子曰周穆王築臺號曰中天之臺漢書曰蕭何立東闕北闕周易曰豐其屋漢書曰蕭何作未央宮潘岳關中記曰未央宮殿皆疏龍首山土作之然殿居山上故曰冠云埤蒼曰瓌瑋珍琦也應龍虹梁梁形似龍而曲如虹也廣雅曰有翼曰應龍爾雅曰螮蝀虹也螮音帝蝀音董虹音紅說文曰棼複屋棟也扶云切又曰橑椽也梁道切又曰翼屋欒也爾雅曰棟謂之桴音浮雕玉瑱以居楹裁金璧以飾璫言彫刻玉瑱以居楹柱也爾雅曰玉謂之彫郭璞曰治玉名也廣雅曰磌礩也瑱與磌古字通並徒年切說文曰楹柱也上林賦曰華榱璧璫韋昭曰裁金爲璧以當榱頭發五色之渥彩光爓朗以景彰毛詩曰顏如渥丹鄭玄曰渥厚漬也烏學切字林曰爓火貌也於是左墄右平重軒三階閨房周通門闥洞開列鍾虡於中庭立金人於端闈七略曰王者宮中必左墄而右平摯虞決疑要注曰凡太極乃有陛堂則有階無陛也左墄右平平者以文塼相亞次也墄者爲陛級也言階級勒墄然七則切王逸楚辭注曰軒樓板也周禮夏后氏世室九階鄭玄曰南面三三面各二也爾雅曰宮中門謂之闈小者謂之閨毛萇詩傳曰闥門內也史記曰始皇大收天下兵器聚之咸

陽銷以爲鐘鐻鑄金人十二重各千斤置宮中徐廣曰鐻音巨毛詩曰設業設虡毛萇曰植曰虡虡與鐻古字通也三輔黃圖曰秦營宮殿端門四達以則紫宮闥他曷切仍增崖而衡閾臨峻路而啓扉爾雅曰仍因也仍或爲岌非也孔安國論語注曰閾門限也胡洫切又曰峻高大也爾雅曰闥謂之扉徇以離宮別寢承以崇臺閒館煥若列宿紫宮是環孔安國尚書傳曰徇循也爾雅曰室無東西廂有室曰寢又曰四方而高曰臺春秋合誠圖曰紫宮大帝室太一之精也漢書曰中宮天極星環之匡衞十二星藩臣皆曰紫宮也清涼宣溫神仙長年金華玉堂白虎麒麟區宇若茲不可殫論三輔黃圖曰未央宮有清涼殿宣室殿中溫室殿金華殿太玉堂殿中白虎殿麒麟殿長樂宮有神仙殿孔安國尚書傳曰殫盡也長年亦殿名增盤崔嵬登降炤爛殊形詭制每各異觀乘茵步輦惟所息宴毛萇詩傳曰崔高大也茲瑰切王逸楚辭注曰嵬高也才迴切廣雅曰炤明也音照爛亦明也力旦切應劭漢官儀曰皇后婕妤乘輦餘皆以茵四人輿以行鄭玄禮記注曰茵蓐也於申切周易曰君子以鄉晦入宴息也後宮則有掖庭椒房后妃之室合歡增城安處常寧茝若椒風披香發越蘭林蕙草鴛鸞飛翔之列漢書曰詔掖庭養視應劭曰掖庭宮人之官漢官儀曰婕妤以下皆居掖庭三輔黃圖曰長樂宮有椒房殿漢書曰班婕妤居增城舍桓子新論曰董賢女弟爲昭儀居舍號曰椒風漢宮閣名長安有合歡殿披香殿鴛鸞殿飛翔殿餘亦皆殿名昭陽特盛隆乎孝成屋不呈材牆不露形裛

以藻繡絡以綸連隨侯明月錯落其閒金釭銜璧是爲列錢翡翠火齊流燿含英懸黎垂棘夜光在焉漢書曰孝成趙皇后弟絕幸爲昭儀居昭陽舍其壁帶往往爲黃金釭函藍田壁明珠翠羽飾之音義曰謂壁中之橫帶也引漢書注云音義者皆失其姓名故云音義而已說文曰釭轂鐵也列錢言金釭銜壁行列似錢也釭古雙切說文曰裛纏也於劫切又曰綸糾青絲綬也淮南子曰隨侯之珠和氏之璧得之而富失之而貧高誘曰隨侯漢中國姬姓諸侯也隨侯見大蛇傷斷以藥傅而塗之後蛇於夜中銜大珠以報之因曰隨侯之珠蓋明月珠也李斯上書曰有隨和之寶垂明月之珠張揖上林賦注曰翡翠大小如爵雄赤曰翡雌青曰翠韻集曰玫瑰火齊珠也戰國策應侯謂秦王曰梁有懸黎楚有和璞而爲天下名器左氏傳曰晉荀息請以垂棘之璧假道於虞以伐虢許慎淮南子注曰夜光之珠有似明月故曰明月也高誘以隨侯爲明月許慎以明月爲夜光班固上云隨侯明月下云懸黎垂棘夜光在焉然班以夜光非隨珠明月矣以三都合爲一寶經典不載夜光本末故說者參差矣西京賦曰流懸黎之夜光吳都賦曰隨侯於是鄙其夜光鄒陽云夜光之璧劉琨云夜光之珠尹文子曰田父得寶玉徑尺置於廡上其夜明照一室然則夜光爲通稱不繫之於珠璧也於是玄墀釦砌玉階彤庭碝碱綵緻琳珉青熒珊瑚碧樹周阿而生漢書曰昭陽舍中庭彤朱而殿上髹漆砌皆銅沓黃金塗白玉階然墀以髹漆故曰玄也釦砌以玉飾砌也說文曰釦金飾器枯後切廣雅曰砌戺也且計切說文曰碝石之次玉也如兗切碱碝類也音咸鄭玄禮記注曰緻密也郭璞上林賦注珉玉名也張揖上林賦注曰珉石次玉也廣雅曰珊瑚珠也淮南子曰崐崘山有碧樹

在其北高誘曰碧青石也韓詩曰曲景曰阿然此阿庭之曲也紅羅颯纚綺組繽紛精曜華燭俯仰
如神薛綜西京賦注曰颯纚長袖貌也颯思合切纚山綺切說文曰綺文繒也孔安國尚書傳曰組綬也楚辭曰佩繽紛其繁飾王
逸曰繽紛盛貌也繽匹人切戰國策張儀謂楚王曰彼鄭國之女粉白黛黑立於衢閭非知而見之者以為神後宮之號十
有四位窈窕繁華更盛迭貴處乎斯列者蓋以百數漢書曰大星正妃餘三星後宮
又贊曰漢興因秦之稱號帝正適稱皇后妾皆稱夫人號凡十四等云昭儀位視丞相婕妤視上卿娙娥視中二千石傛華視眞二千石
美人視二千石八子視千石充依視千石七子視八百石良人視七百石長使視六百石少使視四百石五官視三百石順常視二百石
無涓共和娛靈保林良使夜者皆視百石毛詩曰窈窕淑女君子好逑史記華陽夫人姊說夫人曰不以繁華時樹本方言曰迭代也徒
結切娙音刑左右庭中朝堂百寮之位蕭曹魏邴謀謨乎其上尚書曰百寮師師漢
書曰蕭何沛人漢王即皇帝位拜何為相國又曰曹參沛人也代蕭何為相國又曰魏相字弱翁濟陰人也宣帝即位代韋賢為丞相又
曰邴吉字少卿魯國人也宣帝即位代魏相為丞相孔安國尚書傳曰謀謨也佐命則垂統輔翼則成化流
大漢之愷悌蕩亡秦之毒螫李陵報蘇武書曰其餘佐命立功之士易乾鑿度曰代者赤兌黃佐命宋衷曰
此赤兌者謂漢高帝也黃者火之子故佐命張良是也孟子曰君子創業垂統為可繼也禮記曰保者慎其身以輔翼之長楊賦曰今朝
廷出凱悌行簡易四子講德論曰秦之時處位任政者並施螫毒說文曰螫行毒也舒亦切故令斯人揚樂和之

聲作畫一之歌功德著乎祖宗膏澤洽乎黎庶孔叢子曰孔子曰古之帝王功成作樂其功善者其樂和樂和則天下且由應之況百獸乎漢書曰蕭何薨曹參代之百姓歌之曰蕭何爲法較若畫一曹參代之守而勿失載其清淨人以寧一又景帝詔曰調者所以發德舞者所以立功申屠嘉奏曰高皇帝宜爲太祖孝文帝宜爲太宗史記太史公曰成王作頌沐浴膏澤而歌詠勤苦孟子曰膏澤下於民孔安國尚書傳曰黎衆也又有天祿石渠典籍之府命夫惇誨故老名儒師傅講論乎六藝稽合乎同異三輔故事曰天祿閣在大殿北以閣秘書石渠已見上文然同卷再見者並云已見上文務從省也他皆類此爾雅曰惇勉也孔安國尚書傳曰誨教也周禮曰六藝禮樂射御書數孔安國尚書傳曰稽考也又有承明金馬著作之庭大雅宏達於茲爲羣元元本本殫見洽聞啓發篇章校理秘文漢書曰嚴助爲會稽太守帝賜書曰君厭承明之廬張晏曰承明廬在石渠門外金馬已見上文大雅謂有大雅之才者詩有大雅故以立稱焉漢書武帝曰司馬相如之倫皆辨智閎達元元本本謂得其元本也孔叢子曰萇弘曰仲尼洽聞强記孝經鉤命決曰丘掇秘文周以鉤陳之位衞以嚴更之署總禮官之甲科羣百郡之廉孝樂汁圖曰鉤陳後宮也服虔甘泉賦注曰紫宮外營勾陳星也然王者亦法之薛綜西京賦注曰嚴更督行夜鼓也漢書曰奉常掌禮儀屬官有五經博士又曰匡衡射策甲科除太常掌故又曰秦分天下爲郡縣又曰與廉舉孝也虎賁贅衣閹尹閽寺陛戟百重各有典司尚書周公曰綴衣虎賁公羊傳

曰贅猶綴也贅之銳切周禮曰內小臣奄上士又有閽人寺人漢書曰太后盛服坐武帳武士陛戟陳列殿下也周廬千列
徼道綺錯史記衛令曰周廬設卒甚謹漢書音義張晏曰直宿曰廬漢書曰中尉掌徼循京師如淳曰所謂遊徼徼循禁備盜賊
也輦路經營脩除飛閣輦路輦道也上林賦曰輦道纚屬如淳曰輦道閣道也司馬彪上林賦注曰除樓陛也
自未央而連桂宮北彌明光而亘長樂凌隥道而超西墉掍建章而
連外屬設璧門之鳳闕上觚稜而棲金爵漢書曰高祖至長安蕭何作未央宮三輔舊事曰桂
宮內有明光殿毛萇詩傳曰彌終也方言曰亘竟也亘與絙古字通漢書曰高祖修長樂宮薛綜西京賦注曰隥閣道也丁鄧切毛萇詩
傳曰墉城也方言曰掍同也音義與混同胡本切漢書曰建章宮其東則鳳闕高二十餘丈其南有璧門之屬漢書音義應劭曰觚八觚
有隅者也音孤說文曰稜柧也柧與觚同稜落登切三輔故事曰建章宮闕上有銅鳳皇然金爵則銅鳳也內則別風之
嶕嶢眇麗巧而聳擢張千門而立萬戶順陰陽以開闔爾乃正殿崔
嵬層構厥高臨乎未央經駘盪而出馺娑洞枍詣以與天梁上反宇
以蓋戴激日景而納光三輔故事曰建章宮東有折風闕關中記曰折風一名別風廣雅曰嶕嶢高也嶕茲堯切
漢書曰建章宮度為千門万戶前殿度高未央然前殿則正殿也長門賦曰正殿嵬以造天其高臨乎未央高之甚也崔嵬高貌也關中
記曰建章宮有馺娑駘盪枍詣承光四殿馺素合切娑蘇可切駘音殆枍烏詣切天梁亦宮名也爾雅曰蓋戴覆也激日景而納光言宮

殿光輝外激於日日景下照而反納其光也神明鬱其特起遂偃蹇而上躋軼雲雨於太
半虹霓迴帶於棼楣雖輕迅與僄狡猶愕眙而不能階漢書曰孝武立神明臺王
逸楚辭注曰偃蹇高貌也公羊傳曰躋者何躋升也三蒼曰軼從後
出前也餘質切漢書音義韋昭曰凡數三分有二爲太半尸子曰虹
霓爲析翳棼已見上文爾雅曰楣謂之梁靡飢切方言曰僄輕也芳
妙切鄭玄禮記注曰狡疾也古飽切字書曰愕驚也五各切字林曰
眙驚貌勑吏切攀井幹而未半目眴轉而意迷舍櫺檻而卻倚若顛墜而復
稽魂怳怳以失度巡迴塗而下低漢書曰武帝作井幹樓高五十丈輦道相屬焉幹音寒司馬彪莊子
注曰井幹井欄也然積木有若欄也蒼頡篇云眴視不明也侯遍切
說文櫺楯閒子也力丁切王逸楚辭曰檻楯也胡黯切說文曰朁留
止也長門賦曰神怳怳而外淫王
逸楚辭注曰怳失意也況往切既懲懼於登望降周流以徬徨步
甬道以縈紆又杳篠而不見陽廣雅曰懲恐也楚辭曰寤從容以周流聊逍遙而自恃毛詩序曰徬徨不
忍去淮南子曰甬道相連高誘曰甬道飛閣複道也說文縈紆猶回
曲也又曰杳杳篠也廣雅曰窈窕深也窈與杳同烏鳥切篠他弔切
毛萇詩傳曰陽明也排飛闥而上出若遊目於天表似無依而洋洋廣雅曰排推也簿階
切闥門闥也楚辭曰忽反顧而遊
目王逸楚辭注曰洋洋无所歸貌前唐中而後太液覽滄海之湯湯
揚波濤於碣石激神岳之嶈嶈濫瀛洲與方壺蓬萊起乎中央漢書曰建

章宮其西則有唐中數十里其北沼太液池漸臺高二十餘丈名曰太液池中有蓬萊方丈瀛州臺梁象海中仙山如淳曰唐庭也尚書曰湯湯洪水方割蒼頡篇曰濤大波尚書曰夾右碣石入於河孔安國曰海畔山也毛詩曰應門將將說文曰濫泛也力暫切列子渤海之中有大壑其中有山一曰岱輿二曰員嶠三曰方壺四曰瀛州五曰蓬萊

於是靈草冬榮神木叢生巖峻崷崒金石崢嶸神木靈草謂不死藥也史記曰三神山仙人不死藥皆在焉杜預左氏傳注曰巖險也說文曰峻峭高也峻思俊切崷高貌也慈由切爾雅曰崒者厜㕒也慈恤切郭璞方言注曰崢嶸高峻也崢力耕切嶸胡萌切

抗仙掌以承露擢雙立之金莖軼埃堨之混濁鮮顥氣之清英言承露之高也漢書曰孝武又作柏梁銅柱承露仙人掌之屬矣方言曰擢抽也達卓切金莖銅柱也王逸楚辭注曰埃塵也許慎淮南子注曰堨埃也堨與壒同於害切鮮絜也楚辭曰天白顥顥說文曰顥白貌胡暠切鮮或爲鱻非也

騁文成之丕誕馳五利之所刑庶松喬之羣類時遊從乎斯庭實列仙之攸館非吾人之所寧漢書曰齊人李少翁以方術見上拜少翁爲文成將軍言上卽欲與神通宮室被服非象神物不至乃作甘泉宮中爲臺畫天地泰一諸鬼神而置祭具以致天神又曰欒成侯登上書言欒大天子見大悅曰臣之師有不死之藥可得仙人可致乃拜大爲五利將軍毛萇詩傳曰刑法也列仙傳曰赤松子者神農時雨師也服水玉以教神農又曰王子喬者周靈王太子晉也道人浮丘公接以上嵩高山

爾乃盛娛游之壯觀奮泰武乎上囿因茲以威戎夸狄耀威靈而講武事史記相如

封禪書曰斯事天下之壯觀禮記曰西方曰戎北方曰狄又曰孟冬之月天子乃命將帥講武習射御毛詩序曰有常德以立武事
命荊州使起鳥詔梁野而驅獸毛羣內闐飛羽上覆接翼側足集禁林
而屯聚尚書曰荊及衡陽惟荊州又曰華陽黑水惟梁州然則南方多獸故命使之校乘兔園賦曰翺翔羣熙交頸接翼
水衡虞人修其營表種別羣分部曲有署周禮水衡鄭玄曰川流水也衡平其大小也周禮曰虞人
萊所田之野爲表鄭司農曰表所以識正行列也司馬彪續漢書曰將軍皆有部大將軍營五部部有校尉一人部下有曲曲有軍候一
人罘網連紘籠山絡野列卒周匝星羅雲布鄭玄禮記注曰獸罟曰罘扶流切紘罘之網也
胡葫切方言曰絡繞也來各切羽獵賦曰漁若天星之羅韓子曰雲布風動於是乘鑾輿備法駕帥羣臣
披飛廉入苑門蔡雍獨斷曰天子至尊不敢渫瀆言之故託於乘輿也又曰天子出車駕次第謂之鹵簿有法駕司馬彪
曰法駕六馬也漢書武紀曰長安作飛廉館遂繞酆鄗歷上蘭六師發逐百獸駭殫震震
爚爚雷奔電激草木塗地山淵反覆蹂躪其十二三乃拗怒而少息
世本曰武王在酆鄗杜預左氏傳注曰酆在始平鄠東孚宮切說文曰鎬在上林苑中鎬與鄗同胡道切三輔黃圖曰上林有上蘭觀尚
書曰司馬掌邦政統六師又曰百獸率舞震震爚爚光明貌也震之人切字指曰儵爚電光也弋灼切說文曰電陰陽激耀也漢書曰一
敗塗地廣雅曰塗汙也反覆猶傾動也字林曰蹂踐也汝九切說文曰蹸轢也躪與蹸同力振切拗猶抑也於六切爾乃期門

佽飛列刃鑽鍭要趹追蹤鳥驚觸絲獸駭值鋒機不虛掎弦不再控
矢不單殺中必疊雙漢書武帝與北地良家子期諸殿門故有期門之號又曰佽飛掌弋射佽音次蒼頡篇曰攢聚
也鑽與攢同作官切爾雅曰金鏃翦羽謂之鍭胡溝切廣雅曰趹奔也古穴切孔安國尚書傳機弩牙也說文曰掎偏引也居蟻切又曰
匈奴名引弓曰控控引也颮颮紛紛矰繳相纏風毛雨血灑野蔽天颮颮紛紛眾多之貌也說
文曰颮古颰字也俾姚切周禮曰矰矢也鄭玄曰結繳於矢謂之矰矰高也說文曰繳生絲縷也之若切又曰灑所買切平原赤
勇士厲猨狖失木豺狼懾竄郭璞山海經注曰猨似獼猴而大臂長便捷色黑蒼頡篇曰狖似狸與救切爾
雅曰豺狗足郭璞曰腳似狗也說文曰狼似犬銳頭白頰淮南子曰猨狖顛蹷而失木鄭玄毛詩箋曰懾懼也章涉切爾乃移
師趨險並蹈潛穢窮虎奔突狂兕觸蹷爾雅曰潛深也慎子曰獸伏就穢字書曰穢蕪也爾雅曰
兕似牛廣雅曰蹶踶跳也蹷居衛切踶徒帝切跳達彫切許少施巧秦成力折掎僄狡扼猛噬脫
角挫脰徒搏獨殺許少秦成未詳說文曰捉搤也搤與扼古字通於責切王弼周易注曰噬齧也音誓鄭玄禮記注曰
挫折也祖過切何休公羊傳曰脰頸也徒鏤切爾雅曰暴虎徒搏也郭璞曰空手執曰搏補洛切挾師豹拖熊螭曳
犀犛頓象羆超洞壑越峻崖蹷嶄巖鉅石隤松柏仆叢林摧草木無
餘禽獸殄夷爾雅曰狻猊如虦猫食虎豹郭璞曰即師子也狻先丸切猊五奚切虦音棧猫音苗說文曰拖曳也徒可切熊

獸似豕山居冬蟄歐陽尚書說曰蟃猛獸也𩰌離切郭璞山海經注曰犀似水牛而豬頭黑色有三蹄三角一在頂上一在額上一在鼻
上又曰犛黑色出西南徼外力之切又曰象獸之最大者也長鼻大者牙長一丈爾雅曰羆似熊而黃色毛萇詩傳曰巉巖高峻之貌也
七咸切說文曰仆頓也爾雅曰殄盡也杜預左氏傳注曰夷殺也於是天子乃登屬玉之館歷長楊
之榭覽山川之體勢觀三軍之殺獲原野蕭條目極四裔禽相鎮壓
獸相枕藉漢書宣紀曰行幸長楊宮屬玉觀服虔曰以玉飾因名焉三輔黃圖曰上林有長楊宮爾雅曰闍謂之臺有木謂之
榭辭夜切羽獵賦曰三軍忙然楚辭曰山蕭條而無獸左氏傳曰投諸四裔以禦螭魅然後收禽會衆論功賜
胙陳輕騎以行炰騰酒車以斟酌割鮮野食舉烽命釂左氏傳曰歸胙于公毛詩
曰炰之燔之毛萇曰以毛曰炰薄交切子虛賦曰割鮮染輪孔安國尚書傳曰鳥獸新殺曰鮮方言曰烽虜望也郭璞曰今烽火是也說
文曰釂飲酒盡子曜切饗賜畢勞逸齊大路鳴鑾容與徘徊禮記大路者天子之車也白虎通曰
天子大路周禮曰巾車掌玉輅凡馭輅儀以鑾和爲節鄭玄曰鑾在衡和在軾皆以金鈴也集乎豫章之宇臨乎
昆明之池左牽牛而右織女似雲漢之無涯茂樹蔭蔚芳草被隄蘭
茝發色曄曄猗猗若摛錦布繡爥燿乎其陂三輔黃圖曰上林有豫章觀漢書曰武帝發謫
吏穿昆明池漢宮闕疏曰昆明池有二石人牽牛織女象毛詩曰倬彼雲漢蒼頡篇曰蔚草木盛貌說文曰隄塘也都奚切爾雅曰芹茝

蘼蕪郭璞曰香草也茝齒改切漢書曰華曅曅固靈根說文曰曄草木白華貌毛詩曰瞻彼淇澳綠竹猗猗毛萇曰猗猗美貌說文曰擿舒也勑離切楊雄蜀都賦曰麗靡摛爗若揮錦布繡

鳥則玄鶴白鷺黃鵠鵁鸛鶬鴰鴇鶂鳧鷖鴻鴈朝發河海夕宿江漢沈浮往來雲集霧散上林賦曰轥玄鶴爾雅曰鷺舂鉏郭璞曰白鷺也說文曰鵠黃鵠也爾雅曰鳽頭鵁郭璞曰似鳧鳽烏絞切鵁呼交切毛萇詩傳曰鸛水鳥也爾雅曰鶬麋鴰也鴰音括郭璞曰即鶬鴰也郭璞上林賦注曰鴇似鴈無後指鴇音保杜預左氏傳注曰鶂水鳥也五激切爾雅曰舒鳧鶩毛萇詩傳曰鳧水鳥鄭玄詩箋曰鷖鳧屬也毛萇詩傳曰大曰鴻小曰鴈孝經鉤命決曰雲委霧散

於是後宮乘輚輅登龍舟張鳳蓋建華旗袪黼帷鏡清流靡微風澹淡浮埤蒼曰輚臥車也士眼切淮南子曰龍舟鷁首浮吹以虞桓子新論曰乘車玉爪華芝及鳳皇三蓋之屬上林賦曰乘法駕建華旗高誘淮南子注曰袪舉也劉歆甘泉賦曰章黼黻之文帷澹淡蓋隨風之貌也澹達濫切淡徒敢切

櫂女謳鼓吹震聲激越䰱厲天鳥羣翔魚窺淵方言曰楫謂之櫂直教切說文曰謳齊歌也於侯切漢武帝秋風辭曰簫鼓鳴兮發櫂歌爾雅曰越揚也聲類曰䰱音大也呼宏切韓詩曰翰飛厲天薛君曰厲附也說文曰翔回飛也方言曰窺視也缺規切

招白鷴下雙鵠揄文竿出比目西京雜記曰閩越王獻高帝白鷴黑鷴各一雙爾雅曰下落也戰國策更嬴曰臣能虛發而下鳥說文曰揄引也音頭文竿竿以翠羽為文飾也毛詩曰籊籊竹竿爾雅曰東方有比目魚焉不比不行其名謂之鰈他合切

撫鴻罿御矰繳方舟並鶩俛

仰極樂爾雅曰縣謂之罿罿罬也竹劣切郭璞曰罬音壁爾雅曰大夫方舟郭璞曰併兩船莊子曰俛仰之閒杜預左氏傳注曰俛俯也音免遂乃風舉雲搖浮遊溥覽前乘秦嶺後越九嵕東薄河華西涉岐雍宮館所歷百有餘區行所朝夕儲不改供孔安國尚書傳曰薄迫也河黃河也華華山也漢書右扶風美陽縣有岐山又右扶風有雍縣也禮上下而接山川究休祐之所用采游童之讙謠第從臣之嘉頌尚書曰並告無辜于上下神祇又曰望于山川列子曰昔堯理天下五十年不知天下治歟亂歟堯乃微服遊於康衢聞兒童謠曰立我蒸人莫匪爾極不識不知順帝之則漢書曰宣帝頗好儒術王襃與張子僑等並待詔所幸宮館輒為歌頌第其高下以差賜帛也于斯之時都都相望邑邑相屬國藉十世之基家承百年之業士食舊德之名氏農服先疇之畎畝商循族世之所鬻工用高曾之規矩粲乎隱隱各得其所周易曰食舊德貞厲終吉漢書音義如淳曰今隴西俗麻田歲歲糞種為宿疇也尚書曰濬畎澮孔安國曰廣尺深尺曰畎古犬切淮南子曰古者至德之時賈便其肆農安其業大夫安其職而處士循其道穀梁傳曰古者有士人有商人有農人有工人若臣者徒觀迹於舊墟聞之乎故老十分而未得其一端故不能徧舉也

東都賦一首

東都主人喟然而歎曰痛乎風俗之移人也子實秦人矜夸館室保界河山信識昭襄而知始皇矣烏睹大漢之云爲乎論語曰夫子喟然歎曰吾與點也漢書曰人有剛柔緩急音聲不同繫水土之風氣故謂之風好惡取舍動靜嗜欲故謂之俗鄭玄禮記注曰矜謂自尊大也漢書田肯曰秦帶河阻山史記曰秦武王卒無子立異母弟是爲昭襄王又曰莊襄王卒子政立是爲始皇帝也夫大漢之開元也奮布衣以登皇位由數朞而創萬代蓋六籍所不能談前聖靡得言焉漢書高祖曰吾以布衣提三尺劍取天下高祖五年誅項羽故曰數朞也孔安國尚書傳曰帀四時曰朞六籍六經也封禪書曰六經載籍之傳左氏傳曰籍談司晉之典籍當此之時功有橫而當天討有逆而順民故婁敬度勢而獻其說蕭公權宜而拓其制時豈泰而安之哉計不得以已也婁敬已見上文凡人姓名皆不重見餘皆類此漢書曰蕭何脩未央宮上見其壯麗甚怒何曰天下方未定故可因遂就宮室且夫天子以四海爲家非壯麗無以重威且毋令後代有以加也上說之吾子曾不是睹顧曜後嗣之末造不亦暗乎言吾子不覩度勢權宜之由反以後嗣末造而自眩曜不亦暗乎言暗之甚也儀禮曰願吾子教之鄭玄曰吾子相親辭也吾我也子男子美稱今將語子以建武之治永平之事監于太清以變子之惑志東觀漢記曰建武光武年號也永平孝明年號也淮南子曰太清之化也和順以寂漠質直以素樸高誘曰太

清無爲之化往者王莽作逆漢祚中缺天人致誅六合相滅漢書曰王莽字巨君王皇后之弟子也初居攝後卽天子位賈逵國語注曰祚位也尚書曰我則致天之罰六合已見上文于時之亂生人幾亡鬼神泯絶壑無完柩郛罔遺室原野厭人之肉川谷流人之血秦項之災猶不克半書契以來未之或紀尚書曰生人保厥居杜預左氏傳注曰幾近也渠機切周禮大宗伯掌天神人鬼之祀禮記曰在牀曰尸在棺曰柩杜預左氏傳注曰郛郭也芳俱切楊子法言秦將白起長平之戰四十萬人死原野厭人之肉川谷流人之血史記曰周孝王分非子土爲附庸邑秦至始皇初并天下又曰項籍下相人自立爲西楚伯王周易曰上古結繩後代聖人易之以書契故下人號而上訴上帝懷而降監乃致命乎聖皇尚書曰並告無辜于上下神祇孔安國曰言百姓兆人訴天地也毛詩曰皇矣上帝又曰天命降監下人有嚴命于下國封建厥福於是聖皇乃握乾符闡坤珍披皇圖稽帝文赫然發憤應若興雲霆擊昆陽憑怒雷震謂光武也東觀漢記曰光武皇帝諱秀王莽末荊州下江平林兵起王匡王鳳爲之渠率上遂率春陵子弟隨之王莽懼遣大司徒王尋大司空王邑將兵來征上入昆陽城中兵下昆陽穀少留王鳳令守城夜出城南門二公兵到遂還昆陽城時上遂選精兵三千人奔陳二公大奔北殺王尋昆陽城中兵亦出中外並擊二公大衆遂潰亂奔走赴水溺死以萬數滍水爲之不流爾雅曰疾雷爲霆左氏傳吳子之弟蹶由謂楚子曰今君奮焉震雷憑怒遂超大河跨北嶽立號高邑建

都河洛東觀漢記曰聖公爲天子以上爲大司馬遣之河北安集百姓尚書曰至于北岳東觀漢記曰諸將請上尊號皇帝於是
乃命有司設壇場于鄗之陽千秋亭五成陌皇帝即位改鄗爲高邑又曰建武元年十月車駕入洛陽遂定都焉春秋漢含孳曰天子受
符以辛日立號也紹百王之荒屯因造化之盪滌禮記曰百王之所同古今之所一也淮南子大丈夫
恬然無爲與造化逍遙高誘曰造化天地也樂緯曰殷湯改制易正蕩滌故俗體元立制繼天而作左氏傳元年春
正月公即位春秋元命苞曰元年者何元宜爲一謂之元何曰君之始年也杜預左氏傳注曰見人君即位欲其體元以居正穀梁傳曰
爲天下主者天也繼天者君也周易曰神農氏作系唐統接漢緒茂育羣生恢復疆宇勳兼
乎在昔事勤乎三五爾雅曰系繼也奚計切漢書劉向高祖頌曰漢帝本系出自唐帝孔安國尚書傳曰堯以唐侯
升爲天子東觀漢記曰光武皇帝高祖九葉孫漢書王太后詔曰奉天地而成施化羣生而茂育漢書曰羣生嗑嗑音湛國語曰古曰在
昔昔曰先人史記楚子西曰孔丘述三五之法明周召之業春秋元命苞曰伏羲女媧神農爲三皇史記五帝本紀曰黃帝顓頊帝嚳帝
堯帝舜也豈特方軌並跡紛綸后辟治近古之所務蹈一聖之險易云爾
險易喻治亂也周易曰辭有險易也且夫建武之元天地革命四海之內更造夫婦
肇有父子君臣初建人倫寔始斯乃伏犧氏之所以基皇德也周易曰天
地革而四時成又曰湯武革命爾雅曰九夷八蠻六戎五狄謂之四海周易曰有天地然後有萬物有萬物然後有男女有男女然後有

夫婦有夫婦然後有父子有父子然後有君臣毛詩序曰厚人倫禮含文嘉曰伏犧德洽上下始畫八卦分州土立市朝作舟輿造器械斯乃軒轅氏之所以開帝功也漢書曰昔在黃帝畫野分州周易曰神農氏日中爲市致天下之人聚天下之貨黃帝堯舜氏刳木爲舟剡木爲楫禮記曰聖人殊徽號異器械鄭玄曰器械禮樂之器及兵甲也史記曰黃帝名軒轅龔行天罰應天順人斯乃湯武之所以昭王業也尚書武王曰今予惟龔行天之罰周易曰湯武革命應乎天而順乎人禮含文嘉曰湯武順人心應於天史記曰天乙立是爲成湯湯伐夏桀桀奔于鳴條湯踐天子位又曰文王太子發之立是爲武王伐殷紂紂走自燔死武王革殷受天明命毛詩序曰七月陳王業也遷都改邑有殷宗中興之則焉尚書曰盤庚遷於殷史記盤庚之時殷已都河北盤庚渡河南復居成湯之故都行湯之政然後殷復興也謂盤庚爲宗班之誤歟卽土之中有周成隆平之制焉尚書召誥曰王來紹上帝自服于土中孔安國曰今來居洛邑地勢之中也春秋命厤序曰成康之隆醴泉踊出孝經鉤命決曰俱在隆平優劣殊跡不階尺土一人之柄同符乎高祖孟子曰紂之去武丁未久也尺地莫非其有也一人莫非其臣也又曰舜文王相去千有餘歲若合符節也克己復禮以奉終始允恭乎孝文論語顏回問仁子曰克己復禮爲仁孫卿子曰生人之始也死人之終也終始俱善人道必矣尚書曰允恭克讓漢書曰孝文皇帝高帝中子也荀悅曰諱恆憲章稽古封岱勒成儀炳乎世宗司馬彪續漢書曰建武三十二年上齋讀河圖會昌符言九葉封禪禮記曰仲尼憲章文

武尚書云粤若稽古帝堯漢書武紀曰上登封泰山又宣紀曰尊孝武皇帝廟爲世宗廟案六經而校德眇古昔而論功仁聖之事既該而帝王之道備矣至乎永平之際重熙而累洽盛三雍之上儀脩衮龍之法服鋪鴻藻信景鑠揚世廟正雅樂人神之和允洽羣臣之序既肅東觀漢記曰孝明皇帝光武中子也以東海王爲皇太子光武崩皇太子卽位永平二年正月上宗祀光武皇帝於明堂祀畢登靈臺二月上初臨辟雍行大射禮漢書曰武帝時河間獻王來朝對三雍宮應劭曰辟雍明堂靈臺也東觀漢記永平二年上及公卿列侯始服冕冠衣裳周禮曰王之吉服享先王則衮冕鄭玄曰衮卷龍衣也續漢書曰明帝爲光武起廟號世祖廟東觀漢記孝明詔曰璇璣鈐曰有帝漢出德洽作樂名雅會明帝改其名郊廟樂曰太予樂正樂官曰太予樂官以應圖讖乃動大輅遵皇衢省方巡狩躬覽萬國之有無考聲教之所被散皇明以燭幽東觀漢記曰永平十二年十月西巡幸長安周易曰風行地上觀先王以省方觀民設教也禮記逸禮曰王者以巡狩之禮尊天重人也巡狩者何巡者循也狩牧也謂天子巡行守牧也有無謂風俗善惡也尚書曰東漸于海西被于流沙朔南暨聲教然後增周舊脩洛邑扇巍巍顯翼翼光漢京于諸夏總八方而爲之極論語子曰巍巍乎舜禹之有天下也毛詩曰商邑翼翼四方之極諸夏已見西都賦其異篇再見者並云已見某篇他皆類此於是皇城之內宮室光明闕庭神麗奢不可踰儉不能侈言奢儉合

禮故奢者不可而踰儉者不能更後外則因原野以作苑填流泉而爲沼發蘋藻以潛

魚豐圃草以毓獸制同乎梁鄒誼合乎靈囿順流泉而爲沼不更穿之也昭明諱順故改爲

填毛詩曰魚在在藻蘋亦水草故連言之說文曰潛藏也韓詩曰東有圃草薛君曰圃博也有博大茂草也毓與育音義同毛詩傳曰古

有梁鄒梁鄒者天子之田也毛詩曰王在靈囿麀鹿攸伏若乃順時節而蒐狩簡車徒以講武則

必臨之以王制考之以風雅左氏傳臧僖伯曰春蒐夏苗秋獮冬狩皆於農隙以講事也又曰大閱簡車馬

講武已見上文禮記王制曰天子諸侯無事則歲三田田不以禮曰暴天物風國風騶虞駟鐵是也雅小雅車攻吉日是也歷騶

虞覽駟鐵嘉車攻采吉日禮官整儀乘輿乃出毛詩序曰騶虞蒐田以時仁如騶虞也又

曰駟鐵美襄公也始命有田狩之事又曰車攻宣王復會諸侯於東都因田獵而選車徒焉又曰吉日美宣王也能愼微接下無不自盡

以奉其上焉漢書景帝詔曰禮官具禮儀乘輿已見上文於是發鯨魚鏗華鐘尚書大傳曰天子左五鐘天子將出

則撞黃鐘右五鐘皆應薛綜西京賦注曰海中有大魚曰鯨海邊又有獸名蒲牢蒲牢素畏鯨鯨魚擊蒲牢輒大鳴凡鐘欲令聲大者故

作蒲牢於上所以撞之者爲鯨魚鐘有篆刻之文故曰華也登玉輅乘時龍鳳蓋棽麗龢鑾玲瓏

天官景從寢威盛容輅已見西都賦周易曰時乘六龍鳳蓋已見上文劉歆七略曰羽蓋棽麗紛循悠悠說文曰棽

大枝條棽音林麗音離和鑾已見上文埤蒼曰玲瓏玉聲也玲力經切瓏力東切蔡雍獨斷百官小吏曰天官焦貢易林曰龍渴求飲黑

雲景從寢威寢其威武也寢或爲侵龢與和音義通 山靈護野屬御方神雨師汎灑風伯清塵 山靈山神也屬御屬車之御也方神四方之神也韓子曰師曠謂晉平公曰黃帝合鬼神於太山之上風伯進掃雨師灑道風俗通曰雨師畢星也風伯箕星也 千乘雷起萬騎紛紜元戎竟野戈鋋彗雲羽旄掃霓旌旗拂天 蔡雍獨斷曰大駕備千乘萬騎毛詩曰元戎十乘以先啓行說文曰鋋小矛也音澶又曰彗掃竹也蘇類切左氏傳曰晉人假羽旄於鄭 焱焱炎炎揚光飛文吐爓生風欱野歕山日月爲之奪明丘陵爲之搖震 說文曰焱火華也弋劍切字林曰炎火光于拑切說文曰欱歠也火合切歕吹氣也敷悶切公羊傳曰地震者何地動也震協韻音真 遂集乎中囿陳師按屯駢部曲列校隊勒三軍誓將帥 毛詩曰陳師鞠旅漢書音義臣瓚曰律說云勒兵而守曰屯部曲已見上文駢猶併也步田切漢書曰從胡人大校獵如淳曰合軍聚衆有幡校聲鼓也杜預左氏傳注曰百人爲一隊徒對切 然後舉烽伐鼓申令三驅輶車霆激驍騎電騖 毛詩曰鉦人伐鼓鉦之成切孔安國尚書傳曰師出以律三申令之重難之義周易曰王用三驅失前禽也毛詩曰輶車鸞鑣毛萇曰輶輕也說文曰驍良馬也 由基發射范氏施御弦不睼禽轡不詭遇飛者未及翔走者未及去 左氏傳曰養由基蹲甲而射之徹七札焉括地圖曰夏德盛二龍降之禹使范氏御之以行經南方孟子曰趙簡子使王良與嬖奚乘終日不獲一禽反曰天下賤工也王良請復之一朝而獲十反曰良工也簡子曰吾使汝掌乘王

良曰不可吾爲範我驅馳終日不獲一焉爲之詭遇一朝而獲十劉熙曰橫而射之曰詭遇說文曰睼視也音遞指顧倏忽

獲車已實樂不極盤殺不盡物馬踠餘足士怒未洩先驅復路屬車

案節倏忽疾也高唐賦曰舉功先得獲車已實鄭玄禮記注曰極盡也爾雅曰盤樂也踠屈也於遠切先驅則前驅也周禮曰王出入則自左馭而前驅漢書音義曰大駕車八十一乘作三行子虛賦曰案節未舒也於是薦三犧效五牲禮神

祇懷百靈左氏傳鄭子大叔曰爲五牲三犧杜預曰五牲麋鹿麏狼兔三犧祭天地宗廟三者之犧也周禮曰大宗伯掌天神地祇之禮然天神曰神地神曰祇也毛詩曰懷柔百神覲明堂臨辟雍揚緝熙宣皇風登靈臺

考休徵東觀漢記曰永平二年正月上宗祀光武皇帝於明堂禮畢升靈臺三月上初臨辟雍行大射禮周書曰明堂者明諸侯之尊卑也故周公建焉而朝諸侯於明堂之位制禮樂頒度量禮記曰天子辟雍毛詩曰維清緝熙文王之典鄭玄毛詩箋曰天子有靈臺所以觀祲象察氣之妖祥也尚書曰休徵孔安國曰敘美行之驗也

俯仰乎乾坤參象乎聖躬周易曰庖犧氏仰則觀象於天俯則觀法於地近取諸身遠取諸物目中夏而布德瞰四裔而抗稜禮記曰布德和令字書曰瞰望也苦暫切漢書詔曰投諸四裔又曰威稜憺乎鄰國李奇曰神靈之威曰稜

西盪河源東澹海漘北動幽崖南燿朱垠漢書曰漢使張騫窮河源案古圖書名河所出曰崐崘墟毛詩曰寘之河之漘兮毛萇曰漘厓也尚書曰宅朔方曰幽都朱垠南方也甘泉賦曰南煬丹崖

殊方別區界絕而不鄰自孝武之所

不征孝宣之所未臣莫不陸讋水慄奔走而來賓孝武耀威匈奴遠懾孝宣脩德呼韓
入臣舉前代之盛猶不如今說文曰讋失氣也章涉切遂綏哀牢開永昌東觀漢記曰以益州徼外哀牢王率衆慕
化地曠遠置永昌郡也春王三朝會同漢京是日也天子受四海之圖籍膺萬
國之貢珍內撫諸夏外綏百蠻漢書董仲舒策曰春秋之文正次王王次春春者天之所為也正者王之
所為也三朝歲首朔日也漢書谷永上書曰今年正月朔日有蝕之於三朝之會周禮曰時見曰會殷覜曰同賈逵國語注曰膺猶受也
諸夏已見上文其事煩已重見及易知者直云已見上文而它皆類此毛詩曰因時百蠻也爾乃盛禮興樂供帳
置乎雲龍之庭陳百寮而贊羣后究皇儀而展帝容漢書成紀曰三輔長無供帳繇
役之勞張晏曰帳帷帳也洛陽宮舍記有雲龍門百僚已見上文尚書曰班瑞于羣后於是庭實千品旨酒萬
鍾列金罍班玉觴嘉珍御太牢饗左氏傳孟獻子言於公曰臣聞聘而獻物於是有庭實旅百毛詩曰
我有旨酒說文曰鍾酒器也孔叢子曰堯飲千鍾毛詩曰我姑酌彼金罍漢書音義曰觴爵也珍八珍也大戴禮曰牛曰太牢爾乃
食舉雍徹太師奏樂陳金石布絲竹鐘鼓鏗鎗管絃燁煜蔡邕禮樂志曰漢樂
有四品一天子樂郊祀陵廟殿中諸會食舉也禮記曰客出以雍徹周禮曰太師下大夫又曰播之以八音金石土革絲木匏竹鄭玄曰
金鐘鎛也石磬也土塤也革鼓鼗也絲琴瑟也木柷敔也匏笙也竹管簫也禮記曰子夏曰鐘聲鏗鏗鏗苦耕切鎗亦聲也呼萌切燁煜聲

之盛煜由鞫切抗五聲極六律歌九功舞八佾韶武備泰古畢左氏傳曰子曰五聲六律杜預曰五聲宮商角徵羽也六律黃鐘太蔟姑洗蕤賓夷則無射陽爲律陰爲呂此十二月之氣也尚書禹貢曰水火金木土穀惟修正德利用厚生惟和九功惟敘九序惟歌穀梁傳曰舞夏天子八佾馬融論語注曰佾列也八人爲列八八六十四人也論語曰子謂韶盡美矣又盡善也謂武盡美矣未盡善也泰古泰古之樂也四夷閒奏德廣所及僸佅兜離罔不具集孔安國尚書傳曰閒迭也古莧切毛萇詩傳曰僸四夷之樂大德廣所及也孝經鉤命決曰東夷之樂曰佅南夷之樂曰任西夷之樂曰林離北夷之樂曰僸毛萇詩傳曰東夷之樂曰韎南夷之樂曰任西夷之樂曰朱離北夷之樂曰禁然說樂是一而字並不同蓋古音有輕重也僸音禁佅莫芥切兜丁侯切萬樂備百禮暨皇歡浹羣臣醉降烟煴調元氣毛詩曰烝畀祖妣以洽百禮周易曰天地絪縕万物化醇春秋命歷序曰元氣正則天地八卦孳也然後撞鐘告罷百寮遂退撞猶擊也尚書大傳曰天子將入則撞蕤賓之鐘左五鐘皆應之於是聖上覩萬方之歡娛又沐浴於膏澤懼其侈心之將萌而怠於東作也孝經曰故得萬國之歡心沐浴膏澤已見西都賦尚書曰分命羲叔平秩東作乃申舊章下明詔命有司班憲度昭節儉示太素去後宮之麗飾損乘輿之服御抑工商之淫業興農桑之盛務遂令海內棄末而反本背僞而歸真女脩織紝男務耕耘器用陶匏服

尚素玄恥纖靡而不服賤奇麗而弗珍捐金於山沈珠於淵左氏傳季桓子曰舊章不可忘也漢書曰文帝躬節儉素也漢書詔曰農天下之大本也而人或不務本而事末故生不遂李奇曰本農也末賈也淮南子曰守道順理者不免於飢寒之患而欲民之去末反本是猶發其源而壅其流也禮記曰女織紝組紃杜預左氏傳注曰織紝組紃繒布也毛萇詩傳曰耘除草也禮記曰器用陶匏尚書殺也莊子曰捐金於山藏珠於淵不利貨財不尚富貴也於是百姓滌瑕盪穢而鏡至清形神寂漠耳目弗營嗜欲之源滅廉恥之心生莫不優游而自得玉潤而金聲楊雄集曰滌瑕蕩穢而猶若然毛萇詩傳曰瑕猶過也字書曰穢不絜清也淮南子曰鏡大清者視大明又曰形者生之舍也神者生之制也又曰和順以寂漠尚書曰弗役耳目百度惟貞淮南子曰至人之治也除其嗜欲優游委縱又曰吾所謂有天下者自得而已禮記孔子曰君子比德於玉焉溫潤而澤仁也尚書傳曰天下諸侯受命於周莫不磬折玉音金聲是以四海之內學校如林庠序盈門獻酬交錯俎豆莘莘下舞上歌蹈德詠仁漢書曰平帝立學官郡國曰學縣道侯國曰校鄉曰庠聚曰序韋昭曰小於鄉曰聚尚書曰受率其旅若林毛詩曰韓侯顧之爛其盈門又曰獻酬交錯論語孔子曰俎豆之事則嘗聞之矣毛萇詩傳曰莘莘衆多也莘所巾切禮記曰歌者在上匏竹在下貴人聲也詩序曰嗟嘆之不足故詠歌之詠歌之不足不知手之舞之足之蹈之也登降飫宴之禮既畢因相與嗟歎玄德讜言弘說咸含和而吐氣頌曰盛哉乎斯世

毛詩曰儐爾籩豆飲酒之飫毛萇曰不脫屨升堂謂之飫薛君韓詩章句曰飲酒之禮下跣而上坐者謂之宴尚書曰玄德升聞乃命以位字林曰讜美言也音黨淮南子曰故聖人執中含和不下廟堂而行于四海今論者但知誦虞夏之書詠殷周之詩講羲文之易論孔氏之春秋罕能精古今之清濁究漢德之所由尚書有虞書夏書毛詩有周詩商頌周易曰古者庖犧氏始作八卦以通神明之德以類萬物之情又曰易之興也其當殷之末世周之盛德邪當文王與紂之事邪史記孔子曰吾道不行矣乃因史記作春秋唯子頗識舊典又徒馳騁乎末流溫故知新已難而知德者鮮矣班固漢書游俠傳論曰不入於道德苟放縱於末流論語曰溫故而知新可以為師矣又曰由知德者鮮矣且夫僻界西戎險阻四塞脩其防禦孰與處乎土中平夷洞達萬方輻湊史記曰秦僻在雍州毛詩序秦風曰襄公能備其兵甲以討西戎戰國策蘇秦說孟嘗君曰秦四塞之國也高誘曰四面有山關之固故曰四塞之國防禦已見上文文子曰羣臣輻湊張湛曰如衆輻之集於轂漢書上曰智略輻湊秦嶺九嵕則工切涇渭之川曷若四瀆五嶽帶河泝洛圖書之淵爾雅曰江河淮濟為四瀆又曰泰山為東岳霍山為南岳華山為西岳恆山為北岳嵩山為中岳周易曰河出圖洛出書聖人則之建章甘泉館御列仙孰與靈臺明堂統和天人建章甘泉已見上文禮含文嘉曰天子靈臺以考觀天人之際法陰陽之會也太液昆明鳥獸之囿曷若辟雍海流道德之

富白虎通曰天子立辟雍者何所以宣德化也雍以水象教化流行也三輔黃圖曰辟雍水四周於外象四海也游俠踰侈
犯義侵禮孰與同履法度翼翼濟濟也游俠已見上文漢帝年紀曰禁踰侈爾雅曰翼翼恭也毛
詩曰濟濟多士毛萇曰多威儀也子徒習秦阿房之造天而不知京洛之有制也識
函谷之可關而不知王者之無外也史記曰秦皇上林苑中作阿房宮未成欲更擇令名作宮阿房
故天下謂之阿房宮公羊傳曰天王出居于鄭王者無外此其言出何不能于母弟也主人之辭未終西都賓
矍然失容逡巡降階惵然意下捧手欲辭主人曰復位今將授子以
五篇之詩說文曰矍驚視貌也許縛切公羊傳趙盾逡巡北面再拜郭璞爾雅注曰逡巡卻去也周書曰臨攝以威面氣惵惵
猶恐懼也徒頰切孔子三朝記曰孔子受業而有疑捧手問之不當避席賓既卒業乃稱曰美哉乎斯詩
義正乎楊雄事實乎相如匪唯主人之好學蓋乃遭遇乎斯時也小
子狂簡不知所裁既聞正道請終身而誦之其詩曰楊雄相如辭賦之高者故假以
言焉非唯主人好學而富乎辭藻抑亦遭遇太平之時禮文可述也論語子曰吾黨之小子狂簡斐然成章不知所以裁之又曰不忮不
求何用不臧子路終身誦之

明堂詩

於昭明堂明堂孔陽毛詩曰於昭于天又曰我朱孔陽聖皇宗祀穆穆煌煌孝經曰宗祀文王於明堂以配上帝毛詩曰穆穆皇皇宜君宜王上帝宴饗五位時序漢書曰天神之貴者太一其佐曰五帝河圖曰蒼帝神名靈威仰赤帝神名赤熛怒黃帝神名含樞紐白帝神名自招拒黑帝神名汁光紀揚雄河東賦曰靈祇既饗五位時序誰其配之世祖光武東觀漢記曰明帝宗祀五帝於明堂光武皇帝配之左氏傳輿人誦子產若死其誰嗣之普天率土各以其職毛詩曰普天之下莫非王土率土之濱莫非王臣孝經子曰四海之內各以其職來祭猗歟緝熙允懷多福毛詩曰猗歟那歟緝熙已見上文尚書曰兆人允懷又曰永膺多福

辟雍詩

乃流辟雍辟雍湯湯孔安國尚書傳曰湯湯流貌聖皇莅止造舟為梁毛詩曰方叔涖止又曰造舟為梁皤皤國老乃父乃兄說文曰皤老人貌也蒲河切禮記曰養國老於上庠孝經援神契曰天子尊事三老兄事五更應劭漢官儀曰天子父事三老抑抑威儀孝友光明毛詩威儀抑抑爾雅曰善事父母為孝善事兄弟為友於赫太上示我漢行毛詩曰於赫湯孫漢書上令薄昭與淮南厲王書曰王欲以親戚之意望於太上如淳曰太上天子也毛詩曰示我顯德行洪化惟神永觀厥成文子曰執玄德於心化馳如神毛詩曰我客戾止永觀厥成

靈臺詩

乃經靈臺靈臺既崇毛詩曰經始靈臺經之營之帝勤時登爰考休徵東觀漢記曰永平二年詔曰登靈臺正儀度休徵已見上文三光宣精五行布序淮南子曰夫道紘宇宙而章三光高誘曰三光日月星也尚書曰五行一曰水二曰火三曰木四曰金五曰土也習習祥風祁祁甘雨毛詩曰習習谷風禮斗威儀曰君乘火而王其政頌平則祥風至宋均曰即景風也其來長養萬物毛詩曰興雨祁祁尚書考靈耀曰熒惑順行甘雨時也百穀蓁蓁庶草蕃音繁廡音武韓詩曰帥時農夫播厥百穀薛君曰穀類非一故言百也又曰蓁蓁者莪薛君曰蓁蓁盛貌也尚書曰庶草蕃廡屢惟豐年於皇樂胥毛詩曰綏萬國屢豐年又曰於皇時周又曰君子樂胥

寶鼎詩

嶽脩貢兮川效珍吐金景兮歊浮雲說文曰歊氣上出貌呼朝切寶鼎見兮色紛縕煥其炳兮被龍文東觀漢記曰永平六年廬江太守獻寶鼎出王雒山漢書曰武帝爲人祠后土營旁得鼎有黃雲焉公卿大夫議尊寶鼎有司曰鼎至甘泉光潤龍變承休無疆也登祖廟兮享聖神昭靈德兮彌億年東觀漢記明帝曰太常其以初祭之日陳鼎於廟以備器用尚書曰公其以予萬億年敬天之休

白雉詩

啓靈篇兮披瑞圖獲白雉兮效素烏范曄後漢書曰永平十年白雉所在出焉東觀漢記章帝詔曰乃者白烏神雀屢臻降自京師也嘉祥阜兮集皇都發皓羽兮奮翹英容絜朗兮於純精楚辭曰砥室翠翹絓曲瓊王逸曰翹羽名彰皇德兮侔周成永延長兮膺天慶韓詩外傳曰成王之時越裳氏獻白雉於周公河圖曰謀道吉謀德吉能行此大吉受天之慶也

文選卷第一

賜進士出身通奉大夫江南蘇松常鎮太等處承宣布政使司布政使胡克家重校刊

文選卷第二

梁昭明太子撰

文林郎守太子右內率府錄事參軍事崇賢館直學士臣李善注上

京都上

西京賦一首

張平子善曰范曄後漢書曰張衡字平子南陽西鄂人也少善屬文時天下太平日久自王侯以下莫不踰侈衡乃擬班固兩都作二京賦因以諷諫十年乃成安帝雅聞衡善術學公車徵拜郎中出為河閒相乞骸骨徵拜尚書卒楊泉物理論曰平子二京文章卓然

薛綜注善曰舊注是者因而留之並於篇首題其姓名其有乖繆臣乃具釋並稱臣善以別之他皆類此

有憑虛公子者憑依託也虛無也言無有此公子也善曰博物志曰王孫公子皆古人相推敬之辭憑皮兵切心奓體忲奓忲言公子生於貴戚心志奓溢體安驕泰也泰或謂忲害之忲言奢於麗好也善曰聲類曰奓侈字也昌氏切小雅曰狃忲也雅好博古學乎舊史氏言公子雅性好博知古事故學於舊史舊史太史掌圖典者也是以多識前代之載善曰劉向七言曰博學多識與凡殊小雅曰載事也言於安處先生公子為先生言也安處猶烏處

若言何處亦謂無此先生也鄭玄禮記注曰先生老人教學者曰夫人在陽時則舒在陰時則慘此
牽乎天者也陽謂春夏陰謂秋冬牽猶繫也善曰春秋繁露曰春之言猶偆也偆者喜樂之貌也秋之言猶湫也湫者憂悲
之狀也偆充尹切湫子由切處沃土則逸處瘠土則勞此繫乎地者也善曰國語公甫文伯
之母曰沃土之人不材淫也瘠土之人莫不向義勞也韋昭曰磽埆為瘠沃肥美也慘則尠於驩勞則褊於惠
能違之者寡矣違猶易也言人慘戚則不能以驩逸勞苦則不能以施惠少有能易此者善曰尠少也與鮮通也廣雅曰
褊狹也卑緬切小必有之大亦宜然小謂庶人大謂王者善曰庶人因沃瘠而勞逸殊王者亦因險易而彊弱異也
故帝者因天地以致化兆人承上教以成俗言帝王必欲順陽時居沃土歡逸其人使下承
而化之以成奢泰之俗善曰管子曰君據法而出令百姓順上而成俗化俗之本有與推移言化之本還與沃瘠
相隨逐推移也善曰淮南子曰法其所以為法與化推移也何以覈諸覈驗也胡革切秦據雍而彊周即
豫而弱高祖都西而泰光武處東而約政之興衰恆由此作作起也善曰過
秦論曰秦孝公據雍州之地呂氏春秋曰河漢之閒為豫州也按雍州厥土惟黃壤厥田惟上上是沃土也故云秦據雍而彊高祖都西
而泰荊河惟豫州厥土惟墳壚厥田惟中上是瘠土也故云周即豫而弱光武處東而約左傳晉叔向曰存亡之道恆由此與周禮曰夫
筋之所由憯恒由此作先生獨不見西京之事歟請為吾子陳之善曰鄭玄禮記注曰吾子

相親之辭也漢氏初都在渭之涘涘涯也善曰漢書東方朔曰漢都涇渭之南毛詩曰在渭之涘秦里其
朔寔爲咸陽里居也朔北也寔是也秦地居其北是曰咸陽善曰史記曰秦孝公作咸陽徙都之左有崤函重
險桃林之塞崤及函谷關桃林皆在長安東故言左善曰殽函已見西都賦左氏傳曰以守桃林之塞按桃林弘農在閿鄉
南谷中綴以二華巨靈贔屭高掌遠蹠以流河曲厥跡猶存華山名也巨靈河神
也巨大也古語云此本一山當河水過之而曲行河之神以手擘開
其上足蹋離其下中分爲二以通河流手足之跡于今尚在贔屭作
力之貌也善曰賈逵國語注曰綴連也山海經曰太華之西少華之
山遁甲開山圖曰有巨靈胡者偏得坤元之道能造山川出江河楊
雄河東賦曰河靈矍踢掌華蹈襄贔扶秘切屭許備切蹠之石切矍居縛切踢丑略切右有隴坻之隘隔閡華
戎善曰漢書音義應劭曰天水有大阪曰隴坻丁禮切廣雅曰隘狹也說文曰隔塞也小雅曰閡限也五代切岐梁汧雍
說文曰岐山在長安西美陽縣界山有兩岐因以名焉善曰漢書右扶風好畤縣有梁山又汧山在扶風汧縣西汧音牽陳寶鳴
雞在焉善曰漢書曰秦文公獲若石于陳倉北坂城祠之其神光輝若流星從東方來集于祠城則若雄雉其聲殷殷云野雞夜
鳴以一太牢祠之名曰陳寶應劭曰時以寶瑞作陳寶祠在陳倉故曰陳寶於前則終南太一二山名也善曰尚書
曰終南惇物至于鳥鼠漢書曰太一山古文以爲終南五經要義曰太一一名終南山在扶風武功縣此二云終南太一不得爲一山明矣
蓋終南南山之總名太一一山之別號耳隆崛崔崒隱轔鬱律山形容也善曰埤蒼曰崛特起也魚勿切崔徂回切

崒情律切嶙怜軫切連岡乎嶓冢善曰爾雅曰山脊曰岡尚書曰導嶓冢至于荊山嶓音波抱杜含鄠音戶杜陵
鄠縣言終南太一含裹之欱灃吐鎬善曰灃鎬二水名也已見西都賦說文曰欱歠也呼合切歠昌悅切爰有藍田
珍玉是之自出藍田弘農縣也善曰爾雅曰爰有寒泉范子計然曰玉英出藍田是之自出謂玉出自藍田之中也於
後則高陵平原據渭踞涇善曰爾雅曰大阜曰陵又曰高平曰原毛萇詩傳曰據依也大戴禮曰獨坐不踞然
踞却倚也音據澶漫靡迤作鎮於近澶漫靡迤陵原之形爲作近鎮也善曰子虛賦曰登降迤靡案衍澶漫澶徒旦
切漫莫半切其遠則九嵕甘泉涸陰沍寒日北至而含凍此焉清暑九嵕甘泉
其處常陰寒日北至謂夏至時猶沍寒而有凍帝或避暑於甘泉宮故云清暑善曰左氏傳申豐曰涸陰沍寒沍胡故切漢書曰夏至于
東井北近極故晷短爲温暑上林賦曰盛夏含凍裂地爾乃廣衍沃野厥田上上善曰鄭玄周禮注下平曰
衍漢書曰秦地沃野千里尚書雍州曰厥田惟上上寔惟地之奧區神皋神皋接神之聲善曰漢書曰自古以雍州
積高神明之隩故立時郊上帝諸神祠皆聚之廣雅曰皋局也謂神明之界局也昔者大帝說秦繆公而覲
之饗以鈞天廣樂帝有醉焉乃爲金策錫用此土而翦諸鶉首大帝天也
翦盡也善曰山海經曰涼風之山或上倍之是謂玄圃或上倍之是謂大帝之居史記曰趙簡子疾扁鵲視之曰昔繆公常如此七日而
寤寤之日告公孫支曰我之帝所甚樂帝告我晉國且大亂今主君之疾與之同二日簡子寤曰我之帝所甚樂與百神遊于鈞天廣樂

九奏萬舞不類三代之樂其聲動心虞喜志林曰嫪曰天帝醉秦暴金誤隕石墜謂秦繆公夢天帝奏鈞天樂已有此嫪列仙傳讚曰秦繆公受金策祚世之業漢書曰自井至柳謂之鶉首之次秦之分也盡取鶉首之分爲秦之境也是時也並爲彊國者有六韓魏燕趙齊楚然而四海同宅西秦豈不詭哉宅居也詭異也初繆公夢然後六國竟滅秦果幷而居之豈不異哉自我高祖之始入也五緯相汁以旅于東井善曰五緯五星也漢書曰漢元年十月五星聚于東井沛公至霸上又曰此高祖受命之符已見西都賦方言曰汁叶也之十切郭璞曰叶和也婁敬委輅幹非其議善曰漢書婁敬脫輓委輅曰臣願見上言便宜又說上曰陛下都洛陽不如入關中言婁敬貧乏之人不合于上妄議其說允合帝心漢書音義應劭曰輅謂以木當胷以輓輦也輅胡格切幹音干薛君韓詩章句曰幹正也謂以其議非而正之天啓其心謂五星聚也人惎之謀惎教也謂婁敬之謀善曰惎音忌及帝圖時意亦有慮乎神祇宜其可定以爲天邑言高帝圖此居之時意亦以慮於天地陰陽而思可宜定以爲天邑善曰爾雅曰圖謀也尚書曰肆予敢求爾于天邑商豈伊不虔思于天衢伊惟也虔敬也言此時豈惟不敬思居天氣四交之處邪謂東京也豈伊不懷歸于枌榆懷思也枌榆豐社高祖所起也豈惟不思歸處枌榆社之域都於洛邑也善曰漢書曰高祖禱豐枌榆社張晏曰枌白榆也社在豐東北一十五里是也天命不滔疇敢以渝渝易也天使都長安謂五星聚于東井也善曰左氏傳予高曰天命不滔滔與謟音義同於是量徑輪考廣袤南北爲徑東西爲廣善曰

周禮大司徒掌九州之地廣輪之數鄭玄曰輪縱也說文曰南北曰袤莫又切經城洫營郭郛洫域池也善曰周禮曰廣
八尺深八尺謂之洫呼域切公羊傳曰郛者何城外大郭也芳俱切取殊裁於八都豈啓度於往舊裁制
也八都猶八方也啓開也言采取八方異制以爲宮室之巧非復遵往日之故法也乃覽秦制跨周法跨越也因秦制
故曰覽比周勝故曰跨之也狹百堵之側陋增九筵之迫脅詩曰築室百堵今以爲陋周禮明堂九筵
今又增之也善曰以九筵爲迫脅故增廣之周禮曰明堂度九筵東西九筵各九尺正紫宮於未央表嶢闕於
閶闔天有紫微宮王者象之紫微宮門名曰閶闔宮門立闕以爲表嶢者言高遠也善曰辛氏三秦記曰未央宮一名紫微宮然未
央爲總稱紫宮其中別名疏龍首以抗殿狀巍峩以岌嶪抗舉也善曰三輔黃圖曰日營未央因龍首以
制前殿上林賦曰嵳峨嶫嶫此之謂也亘雄虹之長梁亘徑度也虹蝃蝀也謂殿梁皆徑度朱畫五色如蝃蝀蝃蝀有
雌雄雄者色鮮好也善曰楚辭曰建雄虹之采旄亘古鄧切結棼橑以相接善曰棼橑已見西京賦帶倒茄
於藻井披紅葩之狎獵茄藕莖也以其莖倒殖於藻井其華下向反披狎獵重接貌藻井當棟中交木方爲之如
井幹也善曰聲類曰蔕果鼻也蔕音帝孔安國尚書傳曰藻水草之有文者也風俗通曰今殿作天井井者東井之像也菱水中之物皆
所以厭火也說文曰葩華也普華切飾華榱與璧璫華榱畫其榱也善曰璧璫已見西都賦也流景曜之韡
韡曜光也韡暐言明盛也善曰景光景也雕楹玉碣善曰西都賦曰彫玉瑱以居楹說文曰楹柱也廣雅曰碣礩也碣與

爲古字通繡栭雲楣栭斗也楣梁也皆雲氣畫如繡也善曰王褒甘泉頌曰采雲氣以爲楣三階重軒鏤檻
文槐檻闌也皆刻畫又以大板廣四五尺加漆澤焉重置中閒闌上名曰軒善曰西都賦曰重軒三階王褒甘泉頌曰編瑇瑁之文
槐聲類曰槐屋連緜也婢祇切右平左城城限也謂階齒也天子殿高九尺階九齒各有九級其側階各中分左右左有齒右
則滂沲平之令輦車得上善曰西都賦曰左城右平也青瑣丹墀善曰漢書曰赤壁青瑣音義曰以青畫戶邊鏤中王逸楚
辭注曰文如連瑣漢官典職曰丹漆地故稱丹墀刊層平堂設切厓隒刊削也善曰郭璞山海經注曰層重也宋
衷太玄經注曰堂高也切與砌古字通說文曰隒厓也和檢切坻崿鱗眴棧齴巉嶮殿基之形勢也善曰廣雅曰山
坻除也文字集略曰崿崖也埤蒼曰眴音荀棧士眼切齴音眼巉助奄切嶮魚檢切鱗眴無涯也棧嶮皆高峻貌襄岸夷塗
脩路陖險襄謂高也夷平也陖陡也險危也重門襲固姦宄是防姦邪也竊寶曰宄善曰周易曰重門
擊柝以待暴客淮南子曰閨門重襲以避姦賊郭璞爾雅注曰襲重也孔安國尚書傳曰寇賊在外曰姦在內曰宄仰福帝居
陽曜陰藏帝居謂太微宮五帝所居福猶同也太微宮陽時則見陰時則藏言今長安宮上與之同法矣洪鐘萬鈞
猛虡趪趪洪大也猛怒也三十斤曰鈞縣鐘格曰筍植曰虡趪趪張設貌言大鐘乃重三十萬斤虡力猛怒故能勝之焉善曰
周禮曰鳧氏寫獸之形大聲有力者以爲鐘虡虡音巨趪音黃負筍業而餘怒乃奮翅而騰驤當筍下爲
兩飛獸以背負又以板置上名爲業騰超也驤馳也言獸負此筍業已重乃有餘力奮其兩翼如將超馳者矣朝堂承東溫

調延北西有玉臺聯以昆德皆殿與臺名也善曰爾雅曰延陳也說文注曰聯連也嵯峩崨嶫形勢也罔識所則不能名其所法則也若夫長年神僊宣室玉堂四殿之名善曰並見西都賦麒麟朱鳥龍興含章善曰龍興含章皆殿名也漢宮闕名有麒麟殿朱鳥殿譬衆星之環極極北極也環猶繞也言宮觀臺榭樓閣之周於正殿如衆星之繞北極也善曰中宮天極星環之筐十二星藩臣西都賦曰奐若列宿紫宮是環叛赫戲以煇煌叛猶煥也赫戲炎盛也煇煌光耀也善曰淮南子曰焜昱錯眩照耀煇煌叛音判戲音羲煇音輝煌音皇正殿路寢用朝羣辟周曰路寢漢曰正殿羣辟謂王侯公卿大夫士也大夏耽耽九戶開闢屋之四下者爲夏耽耽深邃之貌也都南切善曰三輔三代故事曰大夏殿始皇造銅人十枚在殿前大戴禮曰明堂者古有之凡九室鄭玄禮記注曰天子路寢制如明堂然則既有九室室有一戶也說文曰闢開也嘉木樹庭芳草如積善曰韓詩曰綠䓯如簀簀積也薛君曰簀綠䓯盛如積也䓯音竹高門有閌列坐金狄善曰毛詩曰皐門有伉與閌同鄭玄禮記注曰皐之言高也金狄金人也史記曰始皇收天下兵銷以爲金人十二各重千斤致於宮中內有常侍謁者常侍閹官謁者寺人也奉命當御善曰奉傳詔命而遞當進也左傳子朱曰朱也當御蔡邕獨斷曰御進也凡進皆曰御也蘭臺金馬遞宿迭居蘭臺臺名善曰金馬已見西都賦序爾雅曰遞迭也小雅曰迭更也徒結切次有天祿石渠校文之處善曰天祿石渠已見上文重以虎威章溝嚴更之署虎威章溝未聞其意

嚴更督行夜鼓署位也徼道外周千廬內附衛尉八屯警夜巡晝衛尉帥吏士周宮外於四方四角立八屯士士則傳宮外向爲廬舍晝則巡行非常夜則警備不虞也徼音叫善曰西都賦曰徼道綺錯漢書曰衛尉掌門衛屯兵孔安國尚書傳曰警戒也植鎩懸瞂用戒不虞植柱也善曰說文曰鎩鈹有鐔也一曰鋌似兩刃刀方言曰盾或謂之瞂周易曰君子以治戎器戒不虞鈹芳皮切鎩山例切瞂音伐後宮則昭陽飛翔增成合驩蘭林披香鳳皇鴛鸞皆後宮別名善曰皆殿名已見西都賦漢宮闕名有鳳皇殿羣窈窕之華麗嗟內顧之所觀覩觀也謂內顧所覩皆盛好也善曰窈窕已見西都賦小雅曰嗟發聲也三略曰將內顧則士卒慕之也故其館室次舍善曰周禮曰宮正掌宮中次舍鄭玄禮記注曰次自循止之處采飾纖縟采五色也纖細也善曰說文曰縟繁采飾也音辱裛以藻繡文以朱綠善曰西都賦曰裛以藻繡傳毅七激曰楹桷雕藻文以朱綠也翡翠火齊絡以美玉善曰翡翠鳥名也火齊玫瑰珠也六韜曰紂作瓊室鹿臺飾以美玉列子曰穆王爲中天之臺絡以珠玉齊才計切流懸黎之夜光綴隨珠以爲燭明月大珠夜則有光如燭也善曰懸黎夜光隨珠已見西都賦金戺玉階彤庭煇音煇彤赤也煇煇赤色貌善曰廣雅曰渾煇戺砌也音俟西都賦曰玉階彤庭珊瑚琳碧瓀珉璘彬璘彬玉光色雜也善曰珊瑚瓀珉已見西都賦璘力神切彬方珉切珍物羅生煥若崐崘珍美之物羅列布見煥焉如崐崘之所生者善曰山海經云崐崘之墟有珠樹文玉樹雖厥裁之不廣侈靡踰乎

至尊謂其裁制雖事事狹小於至尊然其靡麗之好乃過之也善曰喪服傳曰天子至尊裁才再切於是鉤陳之外
閣道穹隆善曰鉤陳已見西都賦穹隆長曲貌屬長樂與明光徑北通乎桂宮長樂桂宮皆宮
名明光殿名也漢書武帝故事上起明光宮桂宮長樂宮皆輦道相屬懸棟飛閣北度從宮中西上城至神明臺命般爾之
巧匠般魯般一云公輸之子魯哀公時巧人爾王爾皆古之巧者也善曰淮南子曰魯般以木爲鳶而飛之般音班又曰王爾無所
錯其剞劂盡變態乎其中變奇也態巧也後宮不移樂不徙懸善曰上林賦曰庖廚不徙後宮不移
劉向新序曰孟獻子聘於晉韓宣子止而觴之飲三徙鐘石之懸不移而具也門衛供帳官以物辨善曰供帳已見
東都賦衛已見上恣意所幸下輦成燕窮年忘歸猶弗能徧善曰孫卿子曰知物之理沒世
窮年不能徧也瑰異日新殫所未見瑰奇也殫盡也言奇異之好日日變易皆所未嘗目見之物也惟帝王
之神麗懼尊卑之不殊雖斯宇之既坦心猶憑而未攄坦大也憑滿也攄舒也
思比象於紫微恨阿房之不可廬廬居也時阿房已壞故不得居也覛往昔之遺館
獲林光於秦餘覛視也善曰漢書音義瓚曰林光秦離宮名也覛亡狄切處甘泉之爽塏乃隆崇
而弘敞甘泉山名應劭曰甘泉在馮翊雲陽縣爽明也隆崇高也弘敞猶延蔓也善曰左氏傳曰齊景公欲更晏子之宅曰請更
諸爽塏者杜預曰就高燥也既新作於迎風增露寒與儲胥善曰漢書曰武帝因秦林光宮元封二年

增通天迎風儲胥露寒託喬基於山岡直墆霓以高居墆霓高貌也善曰墆徒結切霓五結切通天訬以竦峙通天臺名武帝元封二年作漢書舊儀云高二十丈望見長安城訬高也竦立也峙住也善曰訬音眇徑百常而莖擢徑度也倍尋曰常莖擢特也擢獨出貌也上辦華以交紛下刻陗其若削辦華敷大也刻陗升高也善曰辦音斑又音葩陗七笑切翔鶤仰而不逮況青鳥與黃雀鶤大鳥青鳥黃雀皆小鳥翔高飛也善曰穆天子傳曰鶤雞飛八百里郭璞曰鶤即鵾雞也鵾與鶤同音昆左氏傳曰青鳥氏司啓者也杜預曰青鳥鶬鶊也戰國策莊辛曰黃雀俯啄白粒伏櫺檻而頫聽聞雷霆之相激伏猶憑也櫺臺上闌也頫低頭也蒼頡篇曰霆霹靂也言臺之高於上低頭聽雷聲乃在下善曰頫古字音府柏梁既災越巫陳方建章是經用厭火祥善曰漢書曰柏梁災越俗有火災復起屋必以大用勝服之於是作建章宮漢武故事曰以香柏爲之香聞數十里厭於冉切營宇之制事兼未央兼猶倍也所以順巫言也善曰漢書曰劉向上疏曰項籍燔其宮室營宇圜闕竦以造天若雙碣之相望善曰字書曰圜亦圓字也甘泉賦曰直嶤嶤以造天音操孔安國尚書傳曰造至也又曰碣石海畔山也又曰三山言相望也鳳騫翥於甍標咸遡風而欲翔甍棟也標末也遡向也謂作鐵鳳凰令張兩翼舉頭敷尾以函屋上當棟中央下有轉樞常向風如將飛者焉善曰楚辭曰鳳騫翥而飛翔說文曰騫飛貌也騫許言切翥之庶切閶闔之內別風嶕嶢善曰閶闔已見上文別風已見西都賦何工巧之瑰瑋交綺豁

以疏寮瑰瑋奇好也疏刻穿之也善曰交結綺文豁然穿以爲寮也說文曰綺文繒也廣雅曰豁空也然此刻鏤爲之蒼頡篇曰寮小窻也古詩曰交疏結綺窻干雲霧而上達狀亭亭以苕苕亭亭苕苕高貌也干犯也神明崛其特起井幹疊而百增崛高貌善曰廣雅曰增重也神明井幹已見西都賦跱遊極於浮柱結重欒以相承跱猶置也三輔名梁爲極作遊梁置浮柱上欒柱上曲木兩頭受櫨者廣雅曰曲枅曰欒釋名曰欒柱上曲拳也累層構而遂隮望北辰而高興隮升也子奚切北辰北極也善曰山海經曰層重也消雰埃於中宸集重陽之清澂消散也雰埃塵穢也宸天地之交宇也言神明臺高既除去下地之埃穢乃上止於天陽之宇清澂之中上爲清陽又爲陽故曰重陽善曰楚辭曰集重陽而入帝宮兮造旬始而觀清都雰音氛宸音辰瞰宛虹之長鬐察雲師之所憑鬐脊也雲師畢星也臺高悉得視之善曰鬐渠祇切廣雅曰瞰視也如淳漢書注曰宛虹屈虹也小雅曰憑依也廣雅曰雲師謂之豐隆上飛闥而仰眺正睹瑤光與玉繩飛闥突出方木也善曰春秋運斗樞曰北斗七星第七曰瑤光春秋元命苞曰玉衡北兩星爲玉繩將乍往而未半怵悼慄而慫兢怵恐也悼傷也慄憂戚也言恐墮也善曰廣雅曰乍暫也方言曰慫慄也先拱切怵音黜慄音栗非都盧之輕趫孰能超而究升善曰漢書曰自合浦南有都盧國太康地志曰都盧國其人善緣高說文曰趫善緣木之士也綺驕切駊騀駘盪燾奡桔桀枍詣承光睽罛庨豁駊騀駘盪枍詣承光皆臺名燾奡桔桀睽罛庨豁皆形貌善曰

蕭徒到切臬五告切枯音吉睽呼圭切罛計狐切虖呼交切櫓桴重棼鍔鍔列列善曰鍔鍔列反列皆高貌

宇業業飛檐䡾䡾凡屋宇皆垂下向而好大屋飛邊頭瓦皆更微使反上其形業業然檐板承落也䡾䡾高皃善曰西

都賦曰上反宇以蓋戴䡾魚桀切流景內照引曜日月言皆朱畫華采流引天梁之日月之光曜於宇內

宮寔開高闈天梁宮名宮中之門謂之闈此言特高大旗不脫扃結駟方蘄爾雅曰熊虎爲旗扃關也

謂建旗車上有關制之令不動搖曰扃每門解下之今此門高不復脫扃結駕駟馬方行而入也蘄馬銜也善曰左氏傳曰楚人惎之脫

扃古熒切蘄巨衣切楚辭曰青驪結駟齊千乘轢輻輕鶩容於一扉馭車欲馬疾以箠轢於輻使有聲也長廊

廣廡途閣雲蔓謂閣道如雲氣相延蔓也善曰許慎淮南子注曰廊屋也說文曰廡堂下周屋也無宇切閈汗庭

詭異門千戶萬善曰蒼頡篇曰閈垣也胡旦切說文曰詭違也西都賦曰張千門而立萬戶重閨幽闥轉

相踰延移賤切宮中之門小者曰闥言互相周通望窈窱以徑廷眇不知其所返窈窱徑廷過度

之意也言入其中皆迷惑不識還道也善曰窱他弔切廷他定切返方萬切旣乃珍臺蹇產以極壯墱道

邐倚以正東蹇產形貌也墱閣道也邐倚一高一下一屈一直也乃從建章館踰西城東入於正宮中也善曰甘泉賦曰珍

臺閑館西都賦曰凌墱道而超西墉墱都亘切邐力氏切倚其綺切似閬風之遐坂橫西洫而絕金墉

閬風崐崘山名也洫城池也墉謂城也絕度也言閣道似此山之長遠橫越西池而度金城也西方稱之曰金善曰東方朔十洲記崐崘

其北角曰閶風之巔溢已見上文城尉不弛柝而內外潛通弛廢也潛嘿也言城門校尉不廢擊柝之備內
外已自嘿通也善曰弛詩紙切鄭玄周禮注曰欜戒夜者所擊也柝與欜同音前開唐中彌望廣潒彌遠也善曰唐
中已見西都賦漢書曰五侯大治第室連屬彌望彌竟也言望之極目字林曰潒水潒瀁也大朗切顧臨太液滄池漭
沆漭沆猶洸潒亦寬大也善曰太液已見西都賦漭莫朗切沆胡朗切漸臺立於中央赫眄眄以弘敞
善曰漸臺高二十餘丈已見西都賦埤蒼曰眄赤文也音戶清淵洋洋神山峩峩列瀛洲與方丈
夾蓬萊而駢羅上林岑以壘嶵下嶄巖以嵒齬三山形貌也峩峩高大也善曰三輔三代舊事曰建章宮北作清淵海毛詩曰河水洋洋三山已見西都賦駢猶並也壘魯罪切嶵音罪嶄士咸切齬音吾長風激於
別隯起洪濤而揚波水中之洲曰隯音島善曰高唐賦曰長風至而波起浸石菌於重涯濯靈
芝以朱柯石菌靈芝皆海中神山所有神草名仙之所食者浸濯也重涯池邊也朱柯芝草莖赤色也善曰菌芝屬也抱朴子
曰芝有石芝菌求隕切海若游於玄渚鯨魚失流而蹉跎海若海神鯨大魚善曰楚辭曰令海若舞
馮夷又曰臨沅湘之玄淵薛君韓詩章句曰水一溢而為渚三輔舊事曰清淵北有鯨魚刻石為之長三丈楚辭曰驥垂兩耳中坂蹉跎
廣雅曰蹉跎失足也於是采少君之端信庶欒大之貞固善曰史記曰李少君亦以祠竈穀道却老
方見上上尊之少君者故深澤侯舍人主方欒大見西都賦凡人姓名及事易知而別卷重見者云見某篇亦從省也他皆類此立

脩莖之仙掌承雲表之清露屑瓊蘂以朝飧必性命之可度善曰漢書曰孝武作栢梁銅柱承露仙人掌之屬三輔故事曰武帝作銅露盤承天露和玉屑飲之欲以求仙楚辭曰屑瓊蘂以爲糧王逸曰糜屑也羨往昔之松喬要羨門乎天路善曰松喬已見西都賦史記曰始皇之碣石使燕人盧生求羨門韋昭曰羨門古仙人也枚乘樂府詩曰美人在雲端天路隔無期要烏堯切想升龍於鼎湖豈時俗之足慕善曰史記曰齊人公孫卿曰黃帝采首山銅鑄鼎於荊山下鼎既成龍垂胡髯下迎黃帝黃帝騎龍乃上去名其處鼎湖天子曰嗟乎誠得如黃帝吾視去妻子如脫屣耳若歷世而長存何遽營乎陵墓善曰言若歷代而不死何急營於陵墓乎

徒觀其城郭之制則旁開三門參塗夷庭方軌十二街衢相經街大道也經歷也一面三門門三道故云參塗塗容四軌故方十二軌軌車轍也夷平也庭猶正也善曰方言九軌之塗凡有十二也周禮曰營國方三門鄭玄儀禮注曰方併也周禮曰國中營涂九軌西都賦曰立十二之通門廛里端直甍宇齊平都邑之空地曰廛甍棟也善曰周禮曰以廛任國中之地北闕甲第當道直啓第館也甲言第一也善曰漢書曰贈霍光甲第一區音義曰有甲乙次第故曰第也北闕當帝城之北也程巧致功期不陁陊言皆程擇好匠令盡致其功夫既牢又固不傾陊也善曰方言曰陁壞也陁式氏切說文曰陁落也直氏切木衣綈錦土被朱紫言皆采畫如錦繡之文章也善曰說文云綈厚繒也朱紫二色也武庫禁兵設在蘭錡錡架也武庫天子主兵器之官也善曰劉逵魏

都賦注曰受他兵曰蘭受弩曰錡音蟻匪石匪董疇能宅此善曰漢書曰石顯字君房少坐法腐刑為黃門中尚
書元帝被疾不親政事事無大小因顯口決又曰董賢字聖卿哀帝悅其儀貌拜為黃門郎詔將作監為賢起大第北闕下土木之功窮
極技巧柱檻衣以綈錦武庫禁兵盡在董氏爾乃廓開九市通闤帶闠善曰廓大也闤市營也闠中隔門也崔豹
古今注曰市牆曰闤市門曰闠善曰九市已見西都賦蒼頡篇曰闤市門胡關切旗亭五重俯察百隧旗亭市樓
也善曰史記褚先生曰臣為郎與方士會旗亭下隧已見西都賦周制大胥今也惟尉善曰周禮曰司市胥師二
十人然尊其職故曰大漢書曰京兆尹長安四市皆屬焉與左馮翊右扶風為三輔然市有長丞而無尉蓋通呼長丞為尉耳瓌貨
方至鳥集鱗萃瑰奇貨也方四方也奇寶有如鳥之集鱗之萃也鬻者兼贏求者不匱鬻賣也兼
倍也贏利也匱乏也爾乃商賈百族裨販夫婦坐者為商行者為賈裨販買賤賣貴以自裨益裨必彌切善曰
周禮曰大市日仄而市百族為主朝市朝時而市商賈為主夕市夕時為市裨販夫婦為主鬻良雜苦蚩眩邊鄙
良善也先見良物價定而雜與惡物以欺惑下土之人善曰周禮曰辨其苦良而買之鄭玄曰苦讀為盬蒼頡篇曰蚩侮也廣雅曰眩亂
也杜預左氏傳注曰鄙邊邑也何必昏於作勞邪贏優而足恃昏勉也邪偽也優饒也言何必當勉力作
勤勞之事乎欺偽之利自饒足特也善曰尚書曰不昏作勞彼肆人之男女麗美奢乎許史言長安市
井之人被服皆過此二家善曰漢書曰孝宣許皇后元帝母帝封外祖父廣漢為平恩侯又曰衛太子史良娣宣帝祖母也兄恭宣帝立

恭已死封恭長子高爲樂陵侯若夫翁伯濁質張里之家擊鍾鼎食連騎相過東京

公侯壯何能加善曰漢書食貨志曰翁伯以販脂而傾縣邑濁氏以胃脯而連騎質氏以洗削而鼎食張里以馬醫而擊鍾晉灼曰胃脯今大官以十月作沸湯燖羊胃以末椒薑坋之訖曝使燥者也燖在鹽切坋步寸切如淳曰洗削謂作刀劍削也張里里名也都邑游俠張趙之倫齊志無忌擬跡田文善曰漢書曰長安宿豪大猾箭張回酒市趙放皆通邪結黨一云張子羅趙君都其長安大俠具游俠傳輕死重氣結黨連羣寔蕃有徒其從如雲寔實也蕃多也徒衆也善曰尚書曰寔繁有徒毛詩曰齊子歸止其從如雲茂陵之原陽陵之朱趫悍

虓豁如虎如貙善曰原原涉也朱朱安世也史記曰誅撓捍與趫同欺譙切說文曰悍勇也戶旦切毛詩曰闞如虓虎呼交切爾雅曰貙獌似貍貙勑珠切睚眦蠆芥屍僵路隅僵仆也善曰漢書曰原涉字巨先自陽翟徙茂陵涉外溫仁內隱忍好殺睚眦於塵中觸死者甚衆廣雅曰睚裂也說文曰眥目匡也淮南子曰瞋目裂眥睚五解切眥在賣切張揖子虛賦注曰蔕介刺鯁也蠆與蔕同並丑介切丞相欲以贖子罪陽石汙而公孫誅善曰漢書曰公孫賀爲丞相子敬聲爲太僕擅用北軍錢千九百萬下獄是時詔捕陽陵朱安世賀請逐捕以贖敬聲罪後果得安世安世遂從獄中上書曰敬聲與陽石公主私通遂父子俱死獄中也陽石北海縣名也若其五縣遊麗辯論之士街談巷議彈射臧否剖析毫氂擘肌分理善曰五縣謂五陵也長陵安陵陽陵武陵平陵五陵也已見西都賦毛詩曰未

知臧否聲類曰毫長毛也漢書音義曰十毫爲氂力之切鄭玄周禮注曰擘破裂也補華切說文曰肌肉也所好生毛羽

所惡成創痏毛羽言飛揚創痏謂瘢痕也善曰蒼頡曰痏毆傷也胡軌切郊甸之內鄉邑殷賑五十

里爲之郊百里爲甸飾殷賑謂富饒也善曰尚書曰五百里甸服爾雅曰賑富也之忍切五都貨殖既遷既引遷易

也引致也善曰五都已見西都賦遷謂徙之於彼引謂納之於此商旅聯槅隱隱展展言賈人多車梔相連屬隱

隱展展重車聲也丁謹切善曰說文曰槅大車枙也居責切冠帶交錯方轅接軫冠帶猶搢紳謂吏人也善曰揚

雄蜀都賦曰方轅齊轂隱隱軫軫枚乘兔園賦曰車馬接軫相屬方輪錯轂說文曰軫車後橫木也封畿千里統以京

尹善曰毛詩曰封畿千里惟民所止漢書曰內史周官武帝更名京兆尹張晏曰地絕高曰京十億曰兆尹正也郡國宮館

百四十五離宮別館在諸郡國者善曰三輔故事曰秦時殿觀百四十五所右極盩厔幷卷酆鄠盩厔

山名因名縣善曰漢書曰右扶風有盩厔縣盩張流切厔張栗切左暨河華遂至虢土暨言及也華陰縣故屬京

兆善曰漢書右扶風有虢縣上林禁苑跨谷彌皐跨越也彌猶掩也大陵曰皐上林苑名禁禁人妄入也東

至鼎湖邪界細柳鼎湖細柳皆地名也鼎湖在華陰東細柳在長安西北掩長楊而聯五柞長楊

宮在盩厔五柞亦館名云有五株柞樹善曰鄭玄毛詩箋曰掩覆也繞黃山而款牛首繞裏也款至也善曰漢書右扶

風槐里縣有黃山宮三輔黃圖曰甘泉宮中有牛首山繚垣緜聯四百餘里植物斯生動物斯

止繚垣猶繞了也緜聯猶連蔓也四百餘里苑之周圍也善曰今並以亘爲垣西都賦曰繚以周牆三輔故事曰北有甘泉九嵕南至長楊五柞連緜四百餘里也植物草木動物禽獸善曰周禮曰動物宜毛物也植物宜皁物也衆鳥翩翻羣獸駓騃皆鳥獸之形皃也善曰薛君韓詩章句曰趨曰駓行曰騃駓音鄙騃音俟散似驚波聚以京峙京高也水中有土曰峙言禽獸散走之時如水驚風而揚波聚時如水中之高土也善曰峙直里切伯益不能名隸首不能紀善曰列子曰北海有魚名鯤有鳥名鵬大禹行而見之伯益知而名之夷堅聞而志之世本曰隸首作數宋衷曰隸首黃帝史也林麓之饒于何不有木叢生曰林善曰穀梁傳曰林屬於山曰麓注曰麓山足也木則樅栝椶柟梓棫楩楓樅松葉柏身也栝柏葉松身梓如栗而小棫白蕤也楓香木也善曰郭璞山海經注曰椶一名幷閭爾雅曰梅柟郭璞曰柟木似水楊又曰棫白桵樅七容切栝古活切椶子公切柟音南梓音姊棫音域郭璞上林賦注曰楩杞也似梓楩鼻緜切楓音風嘉卉灌叢蔚若鄧林嘉猶美也灌叢蔚若皆盛貌也善曰山海經曰夸父與日競走渴飲河渭不足北飲大澤未至道渴死棄其杖化爲鄧林鬱蓊薆薱橚爽櫹槮皆草木盛貌也善曰薱徒對切橚音肅櫹音簫槮音森吐葩颺榮布葉垂陰葩華也草則葴莎菅蒯薇蕨荔苀善曰爾雅曰葴馬藍郭璞曰今大葉冬藍音針爾雅曰薃侯莎又曰白華野菅郭璞曰菅茅屬古顏切聲類曰蒯草中爲索苦怪切毛萇詩傳曰薇菜也爾雅曰蕨鼈也說文曰荔草似蒲音隸爾雅曰苀東蠡郭璞曰未詳苀胡郎切王芻莔臺戎葵懷羊善曰爾雅曰菉王芻郭璞曰今菉蓐也爾雅曰莔貝

毋郭璞曰似韭武行切爾雅曰臺夫須又曰葥莪葵郭璞曰今蜀葵葥音眉莪音戎爾雅曰薚懷羊郭璞曰未詳苯蓴蓬茸
彌皐被岡彌猶覆也言草木熾盛覆被於高澤及山岡之上也善曰苯音本蓴子本切篠簜敷衍編町成
篁篠竹箭也簜大竹也敷布也衍蔓也編連也町謂畎畝篁竹墟名也善曰尚書曰瑤琨篠簜既敷町音挺山谷原隰泱
漭馬黨切無疆泱漭無限域之貌言其多無境限也善曰泱烏朗切迺有昆明靈沼黑水玄阯小渚
曰阯善曰漢書曰武帝穿昆明池黑水玄阯謂昆明靈沼之水沚也水色黑故曰玄阯也周以金堤樹以柳杞金堤
謂以石爲邊隒而多種杞柳之木善曰金堤言堅也子虛賦曰上金堤杞即楩木也山海經曰杞如楊赤理豫章珍館揭
焉中峙皆豫章木爲臺館也善曰三輔黃圖曰上林有豫章觀說文曰揭高舉也渠列切牽牛立其左織女
處其右善曰已見西都賦日月於是乎出入象扶桑與濛汜善曰言池廣大日月出入其中
也淮南子曰日出暘谷拂于扶桑楚辭曰出自陽谷入于濛汜汜音似其中則有黿鼉巨鼈鱣鯉鱮鮦
鮪鮸鱨魦脩額短項大口折鼻詭類殊種自鱨魦以上皆魚名也脩額至折鼻皆魚形也詭類
殊種多雜物也善曰郭璞山海經曰鼉似蜥蜴徒多切郭璞爾雅注曰鱣似鱏知連切鄭玄詩箋曰鱮似魴翔與切爾雅曰鱧鮦也音童
毛萇詩傳曰鮪似鮎鮪于軌切鮎奴謙切又曰鱨揚也魦鮀也鱨音嘗鳥則鷫鷞鴰鴇鴐鵞鴻鶤善曰高誘
淮南子注曰鷫鷞長脛綠色其形似鴈張揖上林賦注曰鴐鵝野鵝又曰鶤雞黃白色長頷赤喙鴰鴇已見西都賦凡魚鳥草木皆不重

見他皆類此鸛音鸘鴐音加鶬音昆上春候來季秋就溫善曰周禮曰上春生種稑之種禮記曰孟春鴻來鄭玄曰鴈自南方來將北反其居也又曰季秋之月鴻鴈來賓鄭玄曰來賓止而未去也列子曰禽獸之智違寒就溫南翔衡陽北棲鴈門善曰尚書曰荊及衡陽惟荊州孔安國曰衡山之陽漢書有鴈門郡奮隼歸鳧沸卉軿訇奮迅聲也隼小鷹也善曰周易曰射隼高墉之上軿芳耕切訇火宏切衆形殊聲不可勝論論說也善曰廣雅曰勝舉也於是孟冬作陰寒風肅殺寒氣急殺於萬物孟冬十月陰氣始盛萬物彫落善曰禮記曰孟秋天氣始肅仲秋殺氣浸盛雨雪飄飄冰霜慘烈飄飄雨雪貌慘烈寒也善曰李陵書曰邊上慘烈百卉具零剛蟲搏摯草木零落陰氣盛殺鷹犬之屬可摯擊也善曰毛詩曰百卉具腓禮記曰季秋豺祭獸戮禽也爾乃振天維衍地絡維綱也絡綱也謂其大如天地矣振整理也衍申布也善曰衍以善切蕩川瀆簸林薄林薄草木叢生也蕩動也簸揚也謂驅獸也鳥畢駭獸咸作草伏木棲寓居穴託謂禽獸驚走得草則伏遇木則棲非其常處苟寄而居值穴而託爲人窮迫之意起彼集此霍繹紛泊謂爲彼人所驚而來集此人之前霍繹紛泊飛走之貌在彼靈囿之中前後無有垠鍔言禽獸之多前卻顧視無復齊限也善曰靈囿已見東都賦淮南子曰出於無垠鄂之門許慎曰垠鍔端崖也虞人掌焉爲之營域虞人掌禽獸之官善曰周禮曰山虞若大田獵則萊山之野焚萊平場柞木翦棘善曰周禮曰牧師贊焚萊毛萇詩傳曰萊草也賈逵國語曰槎邪斫也柞與槎

同仕雅切左氏傳曰翦其荆棘結罝音嗟百里迒杜蹊塞罝網也迒道也蹊徑也皆以網杜塞之也善曰迒公郎切
小雅曰杜塞也麀鹿麌麌駢田偪仄鹿牝曰麀麌麌形貌駢田偪仄聚會之意善曰毛詩曰麀鹿攸伏麀於牛切麌
魚矩切天子乃駕彫軫六駿駮彫畫也天子駕六馬駮白馬而黑畫爲文如虎者戴翠帽倚金
較翠羽爲車蓋黄金以飾較也古今注曰車耳重較文官青武官赤或曰車蕃上重起如牛角也善曰毛詩曰猗重較兮音角說文曰
較車輢上曲鉤也較工卓切輢一伎切璿弁玉纓遺光儵音叔爚弁馬冠也又髦以璿玉作之纓馬鞅也以玉飾
之遺餘也儵爚有餘光也爚音藥建玄弋樹招搖玄弋北斗第八星名爲矛頭主胡兵招搖第九星名爲盾今鹵簿中
畫之於旗建樹之以前驅善曰禮記曰招搖在上急繕其怒鄭玄曰繕讀曰勁畫招搖星於其上以起軍堅勁軍之威怒象天帝也棲
鳴鳶曳雲梢禮記曰前有塵埃則載鳴鳶棲謂畫其形於旗上雲梢謂旌旗之流飛如雲也善曰高唐賦曰建雲旆弧
旌枉矢虹旃蜺旄弧星名通帛爲旃雄曰虹雌曰蜺善曰周禮曰弧旌枉矢以象牙飾楚辭曰建雄虹之采旄上林賦
曰拖蜺旌也華蓋承辰天畢前驅華蓋星覆北斗王者法而作之畢網也象畢星也前驅載之善曰劉歆遂初賦
曰奉華蓋於帝側韓詩曰伯也執殳爲王前驅千乘雷動萬騎龍趨善曰東都賦曰千乘雷起萬騎紛紜屬車
之簉載獫猲獢大駕最後一乘懸豹尾以前爲省中侍御史載之簉副也善曰古今注曰豹尾車同制也所以象君豹變
言尾者謹也屬車已見東都賦毛詩曰輶車鸞鑣載獫猲獢毛萇曰獫猲獢皆田犬也長喙曰獫短喙曰猲獢簉初遘切獫呂驗切獢許

喬切匪唯翫好乃有祕書小說九百本自虞初小說醫巫厭祝之術凡有九百四十三篇言九
百舉大數也善曰漢書曰虞初周說九百四十三篇初河南人也武帝時以方士侍郎乘馬衣黃衣號黃車使者小說家者流蓋出於稗
官應劭曰其說以周書爲本從容之求寔俟寔儲持此祕術儲以自隨待上所求問皆常具也善曰尚書曰從容
以和爾雅曰俟待也說文曰儲具也於是蚩尤秉鉞奮鬣被般善曰山海經曰蚩尤作兵伐黃帝史記曰黃帝
與蚩尤戰於涿鹿之野蒼頡篇曰鉞斧也毛萇曰鬣般虎皮也上林賦曰被班文般與班古字通禁禦不若以知神
姦螭魅魍魎莫能逢旃善曰左氏傳曰王孫滿謂楚子曰昔夏鑄鼎象物使人知神姦故人入川澤不逢不若螭
魅魍魎莫能逢旃杜預曰若順也說文曰螭山神獸形魅怪物蝄蜽水神毛萇詩傳曰旃之也陳虎旅於飛廉正壘
壁乎上蘭陳列也善曰周禮虎賁下大夫旅賁氏中士也飛廉上蘭已見西都賦結部曲整行伍善曰司馬
彪續漢書曰大將軍營五部部有校尉一人部下有曲曲有軍候一人左傳曰行出犬雞杜預云二十五人爲行行亦卒之行列也周禮
曰五人爲伍燎京薪駴雷鼓積高爲京燎謂燒之善曰周禮曰鼓縱獵徒皆駭鄭玄曰雷擊鼓曰駭駭與駴同
赴長莽莽草長謂深且遠也方言曰草南楚之閒謂之莽迾卒清候武士赫怒善曰鄭玄禮記注曰迾遮
也迾旅結切清候清道候望也鄭玄毛詩箋曰赫怒意也緹衣韎韐睢盱拔扈善曰緹衣韎韐武士之服字林曰緹
帛丹黃色他迷切毛詩曰韎韐有奭毛萇曰韎者茅蒐染也字林曰睢仰目也盱張目也睢火佳切盱火于切毛詩曰無然畔援鄭玄曰

畔換猶拔扈拔與跋古字通光炎燭天庭囂聲震海浦燭照也海浦四瀆之口善曰解嘲曰未仰天庭鄭玄
周禮注曰囂讙也許朝切河渭爲之波盪吳嶽爲之陁雉堵波盪搖動也陁落也善曰漢書曰自華西
名山七一曰吳山郭璞云吳岳別名百禽㥄遽騤瞿奔觸㥄猶怖也遽促也騤瞿走貌奔觸唐突也善曰羽獵賦曰
虎豹之陵遽白虎通曰禽鳥獸之總名爲人禽制㥄音陵遽渠庶切騤音逵瞿巨駒切喪精亡魂失歸忘趨投
輪關輻不邀自遇言禽獸亡失精魂不知所當歸趍也反關入輪輻之間不須邀逐往自得之趣向也邀遮也飛
罕潚箾流鏑㩮㩧潚箾罕形也㩮㩧中聲也善曰說文曰罕網也潚音蕭箾音朔㩮普麥切㩧芳邈切矢不虛
舍鋋不苟躍舍放也躍跳也矢鋋跳躍必有獲矣善曰說文曰鋋小戈也當足見蹍值輪被轢轢音歷
足所蹈爲蹍車所加爲轢善曰蹍女展切僵禽斃獸爛若磧七亦切礫僵仆也石細者曰礫謂所獲禽鳥爛然如
聚細石也但觀罝羅之所羂結竿殳之所揘畢羂絓也結縛也竿竹也殳杖也八稜長丈二而無刃
或以木爲之或以竹爲之揘畢謂撞挄也善曰羂古犬切揘音橫畢于筆切又音筆叉蔟之所攙捔徒搏之所
撞挄攙捔貫刺之撞挄猶揘畢也善曰蔟楚角切攙士銜切捔助角切撞直江切挄房結切白日未及移其晷
已獮思衍切其什七八晷景也獮殺也言日景未移禽獸什已殺七八矣善曰漢書張竦曰日不移晷霍然四除若
夫游鷮高翬絕阬踰斥雉之健者爲鷮尾長六尺詩云有集唯鷮翬飛也斥澤崖也善曰鷮舉喬切阬音剛斥

音尺毚兔聯猭陵巒超壑毚狡兔也聯猭走也巒山也壑阬谷也自游鷸至此皆說禽獸輕狡難得也善曰毛詩曰
趯趯毚兔音讒猭勑緣切比諸東郭莫之能獲善曰戰國策淳于髡曰夫韓國盧天下之駿狗也東郭㕙海內之狡
兔也環山三騰罔五韓盧不能及之鄭玄禮記注曰比猶比方也孔安國尚書傳曰諸之也乃有迅羽輕足尋景
追括迅羽鷹也輕足好犬也括箭括之御弦者鳥不暇舉獸不得發舉飛也發騶走也善曰高唐賦曰飛鳥未
及起走獸未及發青骹摯於韝溝下韓盧噬於緤末青骹鷹青脛者善曰韓盧犬謂黑色毛也摯擊
也噬齧也緤攣也韝臂衣鷹下韝而擊犬攣末而齧皆謂急搏不遠而獲善曰說文曰骹脛也戰國策淳于髡曰韓國盧者天下之駿狗
也骹苦交切緤音薛禮記曰犬則執緤鄭玄注曰緤紖靮皆所以繫制之者守犬田犬問名畜養者當呼之名謂若韓盧宋鵲之屬及
其猛毅髬髵隅目高匡髬髵作毛鬣也隅目角眼視也高匡深瞳子也皆謂猛獸作怒可畏者善曰髬普悲切髵
音而威懾兕虎莫之敢伉兕水牛類也伉當也謂獸猛兕虎且猶畏之人無敢當之者善曰鄭玄毛詩箋曰懾恐懼
也伉古郎切迺使中黃之士育獲之儔朱鬘鬣髽植髮如竿絳帕額露頭髻植髮如竿
以擊猛獸能服之也善曰尸子曰中黃伯曰余左執泰行之獶而右搏雕虎戰國策范雎說秦王曰烏獲之力焉而死夏育之勇焉而死
說文曰鬘帶髻頭飾也通俗文曰露髻曰鬣以麻雜爲髻如今撮也鬘莫亞切髽士瓜切鬣作計切袒裼戟手奎踽盤
桓奎踽開足也盤桓便旋也善曰毛詩曰袒裼暴虎左傳曰戟其手廣雅曰盤桓不進也奎欺揰切踽去禹切鼻赤象圈

巨狿象鼻赤者怒巨狿麏也怒走者爲狿謂能戾象鼻又穿麏以著圈善曰說文曰圈畜閑也其兖切狿音延摣拂猬批

窳狻鸞獸身人面身有毛被髮迅走食人猬其毛如刺窫窳穿窳也類貙虎亦食人狻狻猊也一曰師子摣批皆謂戟撮之善曰摣子

加切拂房沸切猬音謂批側倚切窳音庾狻音酸猊五奚切揩枳落突棘藩善曰字林曰揩摩也口階切說文曰枳木

似橘居紙切杜預左氏傳注曰藩籬也落亦籬也梗林爲之靡拉樸叢爲之摧殘靡拉摧殘言揩突之

皆擗碎毀拆也拉郎荅切善曰方言曰凡草木刺人爲梗古杏切毛萇詩傳曰樸包木也補木切輕鋭僄狡趫捷之

徒輕鋭謂便利捷疾也言如此者多也赴洞穴探封狐陵重巘獵昆駼洞穴深且通也探取也封大也

陵猶升也山之上大下小者曰巘昆駼如馬跂蹄善曰登高言能升重巘之嶺而獵取昆駼之獸善曰巘言免切駼音途杪木末

擭獑猢杪猶表也獑猢猨類而白腰以前黑在木表擭謂掘取之也善曰杪音眇擭於白切獑在銜切猢音胡超殊榛

摕飛鼯殊猶大也榛木也摕捎取之也善曰爾雅曰鼯鼠夷由郭璞曰狀如小狐肉翅飛且乳摕大結切鼯音吾是時後

宮嬖人昭儀之倫嬖幸也昭儀後宮官也常亞於乘輿亞次也乘輿天子所乘車慕賈氏之

如皐樂北風之同車善曰左氏傳曰賈大夫惡取妻三年不言不笑御以如皐射雉獲之其妻始笑而言杜預曰賈

國之大夫詩北風曰惠而好我攜手同車盤于游畋其樂只且盤樂也善曰尚書曰不敢盤于游畋毛詩曰其樂只

且辭也子余切於是鳥獸殫目觀窮殫盡也窮極也所觀畢也善曰國語伍舉曰若周於目觀遷延邪睨

集乎長楊之宮遷延退旋也善曰高唐賦曰遷延引身也說文曰睨斜視也魚計切息行夫展車馬息休也善曰左氏傳曰子反令軍吏繕甲兵展車馬鄭玄禮記注曰展整也張輦切收禽舉胔數課衆寡胔死禽獸將腐之名也數計課錄校所得多少善曰胔取肉名不論腐敗也置互擺牲頒賜獲鹵互所以挂肉擺謂破磔懸之頒謂以所鹵獲之禽獸賜士衆也善曰擺芳皮切漢書音義曰鹵與虜同割鮮野饗犒勤賞功謂饗食士衆於廣野中勞勤苦賞有功善曰子虛賦曰割鮮染輪杜預左氏傳曰犒勞也犒苦到切五軍六師千列百重善曰漢官儀漢有五營五軍卽五營也周禮天子六軍六師卽六軍也尚書曰張皇六師千列列千人也酒車酌醴方駕授饔酒肴皆以車布之善曰鄭玄儀禮注曰方併也杜預左氏傳注曰熟曰饔升觴舉燧既釂鳴鐘燧火也謂行酒舉烽火以告衆也以釂鳴鍾鼓也善曰升進也說文曰釂飲酒盡也焦曜切膳夫馳騎察貳廉空膳夫宰夫也察廉皆視也貳爲兼重也空減無也言宰人騎馬行視肴有兼重及減無者善曰禮記曰御同於長者雖貳不辭鄭玄曰貳重也肴膳也炙炰夥清酤𢾺皇恩溥洪德施詩有炰鼈清酤美酒也善曰史記曰楚人謂多爲夥音禍毛詩曰既載清酤音戶廣雅曰𢾺曰多也音支皇皇帝普博施也徒御悅士忘罷善曰毛詩曰徒御不驚毛萇曰徒輦者也御御馬也罷音皮巾車命駕迴斾右移巾車主車官也回車右轉將旋也善曰孔叢子歌曰巾車命駕將適唐都鄭玄周禮注曰巾猶衣也相羊乎五柞之館旋憩乎昆明之池相羊仿羊也池卽所謂靈沼也善曰楚辭曰聊逍遙以相

羊憩息也登豫章簡矰紅豫章池中臺也簡省也繳射矢長八寸其絲名矰音曾蒲且發弋高鴻善曰
列子蒲且子之弋弱矢纖繳射乘風而振之連雙鶬於青雲也且子余切挂白鵠聯飛龍挂矢絲挂鳥上也飛龍鳥名也
磻不特絓往必加雙沙石膠絲爲磻非徒獲一而已必雙得之善曰說文曰磻似石著繳也磻音波絓音卦於
是命舟牧爲水嬉舟牧主舟官嬉戲也善曰禮記曰舟牧覆舟琴道雍門周曰水嬉則舫龍舟浮鷁首翳
雲芝船頭象鷁鳥厭水神故天子乘之翳覆也爲畫芝草及雲氣以爲船覆飾也善曰淮南子曰龍舟鷁首甘泉賦曰登夫鳳皇而
翳華芝之垂翟葆建羽旗謂垂羽翟爲葆蓋飾建隼羽爲旌旗也善曰琴道雍門周曰水嬉則建羽旗齊枻女
縱櫂歌善曰枻女鼓枻之女漢書音義韋昭曰枻楫也楊至切櫂歌引櫂而歌也西都賦曰櫂女謳漢武帝秋風辭曰發櫂歌方
言曰楫或謂之櫂郭璞曰今云櫂歌也直教切發引和校鳴葭奏淮南度陽阿發引和言一人唱餘人和
也葭更校急之乃鳴和胡臥切杜摯葭賦曰李伯陽入西戎所造漢書曰有淮南鼓員四人謂舞人也淮南子曰足蹀陽阿之舞感
河馮懷湘娥善曰感動也莊子曰馮夷得道以潛大川說文曰懷念思也楚辭曰帝子降兮北渚王逸曰言堯二女娥皇女
英隨舜不及墮湘水中因爲湘夫人驚蝄蜽憚蛟蛇蝄蜽水神蛟龍類驚憚謂皆使駭怖也善曰楊雄蜀都賦曰其深則
有水豹蛟蛇也然後釣魴鱧纚鰋鮋纚網如箕形狹後廣前魴鱧鰋鮋皆魚名善曰纚所買切鮋長由切摭紫
貝搏耆龜搏摭皆拾取之名耆老也龜之老者神善曰相貝經曰赤電黑雲謂之紫貝楚辭曰耆蔡兮踊躍王逸曰蔡龜也摭

之石切搤水豹馽潛牛水豹潛牛皆謂水處也善曰說文曰搤捉也楊雄蜀都賦曰水豹蛟蛇說文曰馽絆馬也上林賦曰沈牛麈麋南越誌潛牛形角似水牛搤音厄馽中立切澤虞是濫何有春秋澤虞主水澤官濫施罟罔也言不順時節常設之也善曰周禮曰澤虞掌國澤之政國語曰魯宣公濫於泗流擿漻澥搜川瀆布九罭設罜麗漻澥小水別名擿搜謂一一周索也善曰毛詩曰九罭之魚鱒魴爾雅曰九罭魚網國語里革曰罝禁罜麗韋昭曰罜麗小網也擿土狄切漻音了澥音蟹罭與緎古字通罭音域罜音獨麗音鹿摷昆鮞殄水族昆魚子鮞細魚族類也摷殄言盡取之摷責交切善曰國語里革曰魚禁鯤鮞鯤音昆鮞音而蘧藕拔蜃蛤剝蘧芙蕖蜃蛤蚌也善曰蜃音腎逞欲畋魰效獲麑麌逞極也鹿子曰麑麋子曰麌善曰左氏傳季良曰今民餒而君逞欲廣雅曰逞快也孔安國尚書傳曰田獵也田與畋同說文曰魰捕魚也音魚國語曰獸長麑麌麑音迷麌烏老切摎蓼浶浪所求偏也善曰摎古巧切蓼音老浶音勞浪音郎乾池滌藪善曰孔安國尚書傳曰滌除也鄭玄禮記注曰藪大澤上無逸飛下無遺走擭胎拾卵蚳蝝盡取善曰國語曰鳥翼鷇卵蟲舍蚳蝝韋昭曰蚳蟻子也可以為醢蝝復陶也可食未乳曰卵蚳直尸切蝝音緣取蒼苟切取樂今日遑恤我後皇暇也言且快今日之苟樂焉能復顧後日之長久也善曰毛詩曰我躬不閱遑恤我後既定且寧焉知傾陁天下已定貴在安樂極意恣心何能復顧後日傾壞也陁音雉大駕幸乎平樂張甲乙而襲翠被平樂館大作樂處也襲服也李尤樂觀賦曰設平樂之顯觀處金商之維限善曰班固漢

書贊曰孝武造甲乙之帳襲翠被馮玉几音義曰甲乙帳名也左氏傳曰楚子翠被杜預曰翠羽飾被披義切攢珍寶之玩

好紛瑰麗以奓靡攢聚也紛猶雜也瑰奇也麗美也奓靡奢放也臨迴望之廣場程角觝之

妙戲程謂課其技能也善曰漢書曰武帝作角觝戲文穎曰秦名此樂為角觝兩兩相當角力技藝射御故名角觝也烏獲

扛鼎都盧尋橦善曰史記曰秦武王有力士烏獲孟說皆大官王與孟說舉鼎說文曰扛橫開對舉也扛與舡同古尨切

漢書曰武帝享四夷之客作巴俞都盧音義曰體輕善緣橦直江切衝狹鷰濯胷突銛鋒卷簟席以矛插其中伎兒

以身投從中過鷰濯以盤水置前坐其後踊身張手跳前以足偶節踰水復却坐如鷰之浴也善曰漢書音義曰銛利也息廉切跳

丸劍之揮霍走索上而相逢揮霍謂丸劍之形也索上長繩繫兩頭於梁舉其中央兩人各從壹頭上交相

度所謂儛絙者也跳都彫切華嶽峩峩岡巒參差神木靈草朱實離離華山為西嶽峩峩高

大貌參差低仰貌神木松栢靈壽之屬靈草芝英朱赤也離離實垂之貌善曰西都賦曰靈草冬榮神木叢生毛詩曰其桐其椅其實離

離毛萇曰離離垂也總會僊倡戲豹舞羆白虎鼓瑟蒼龍吹篪仙倡偽作假形謂如神也羆豹

熊虎皆為假頭也女娥坐而長歌聲清暢而蝼蛇蝼蛇聲餘詰曲也善曰女娥娥皇女英也洪涯

立而指麾被毛羽之襳襹洪涯三皇時伎人倡家託作之衣毛羽之衣襳衣毛形也善曰襳所炎切襹史宜切

度曲未終雲起雪飛初若飄飄後遂霏霏飄飄霏霏雪下貌皆巧偽作之善曰班固漢書曰元

帝自度曲讚曰度曲歌終更授其次謂之度曲毛詩曰雨雪霏霏複陸重閣轉石成雷複陸複道閣也於上轉石
以象雷聲礔礰激而增響磅礚象乎天威增響重聲也磅礚雷霆之音如天之威怒善曰礔敷赤切磅怖
萌切礚古盍切巨獸百尋是為曼延去聲作大獸長八十丈所謂蛇龍曼延也善曰漢書曰武帝作漫衍之戲也
神山崔巍欻從背見欻之言忽也偽所作也獸從東來當觀樓前背上忽然出神山崔巍也欻許律切熊虎
升而挐攫猨狖超而高援皆偽所作也善曰挐攫相搏持也挐奴加切攫居縛切怪獸陸梁大
雀踆踆皆偽所作也陸梁東西倡佯也踆踆大雀容也七輪切善曰尸子曰先王豈無大鳥怪獸之物哉然而不私也白象
行孕垂鼻轔囷偽作大白象從東來當觀前行且乳鼻正轔囷也善曰轔音鄰囷巨貧切海鱗變而成龍
狀蜿蜿以蝹蝹海鱗大魚也初作大魚從東方來當觀前而變作龍蜿蜿蝹蝹龍形貌也善曰蜿於袁切蝹於君切含
利颬颬化為仙車驪駕四鹿芝蓋九葩含利獸名性吐金故曰含利颬颬容也驪猶羅列駢駕之
也以芝為蓋蓋有九葩之采也善曰颬呼加切蟾蜍與龜水人弄蛇作千歲蟾蜍及千歲龜行舞於前也水人俚兒
能禁固弄蛇也善曰蟾昌詹切蜍市余切奇幻儵忽易貌分形儵忽疾也易貌分形變化異也善曰幻下辦切吞
刀吐火雲霧杳冥善曰西京雜記曰東海黃公立興雲霧漢官典職曰正旦作樂漱水成霧楚辭曰杳冥冥兮晝晦畫
地成川流渭通涇善曰西京雜記曰東海黃公坐成山河又曰淮南王好方士方士畫地成河東海黃公

赤刀粵祝音呪東海有能赤刀禹步以越人祝法厭虎者號黃公又於觀前爲之冀厭白虎卒不能救善曰西京雜記曰東海人黃公少時能幻制蛇御虎常佩赤金刀及衰老飲酒過度有白虎見於東海黃公以赤刀往厭之術不行遂爲虎所食故云不能救也皆僞作之也挾邪作蠱於是不售蠱惑也售猶行也謂懷挾不正道者於是時不得行也

爾乃建戲車樹脩旃樹植也旃謂橦也建之於戲車上也侲僮程材上下翩翻侲之言善善童幼子也程猶見也材伎能也翩翻戲橦形也善曰史記徐福曰海神云若侲女即得之矣侲之刃切突倒投而跟絓譬隕絕而復聯突然倒投身如將墜足跟反絓橦上若已絕而復連也善曰投他豆切說文曰跟足踵也音根百馬同轡騁足並馳於橦子作其形狀善曰陸賈新語曰楚平王增駕百馬同行也橦末之伎態不可彌彌猶極也言變巧之多不可極也彎弓射乎西羌又顧發乎鮮卑彎挽弓也鮮卑在羌之東皆於橦上作之善曰魏書曰鮮卑者東胡之餘也別保鮮卑山因號焉

於是衆變盡心醒醉盤樂極悵懷萃醒飽也萃猶至也於是游戲畢心飽於悅樂悵然思念所當復至也善曰孟子曰盤游飲酒馳騁田獵陰戒期門微行要屈要或爲徼善曰期門已見西都賦漢書曰武帝微行所出張晏曰騎出入市里不復警蹕若微賤之所爲故曰微行要屈至尊同乎卑賤也降尊就卑懷璽藏紱天子印曰璽紱綬也懷藏之自同卑者也便旋閭閻周觀郊遂善曰閭里門也閻里中門也郊已見西都賦周禮有六遂也若神龍之變化章后皇之爲貴龍出則昇

天潛則泥蟠故云變化章明也天子稱元后皇漢帝稱也善曰管子曰龍被五色欲小則如蠶蠋欲大函天地也然後歷掖
庭適驩館掖庭今官主後宮擇所驩者乃幸之捐衰色從嬿婉嬿婉美好之貌善曰毛詩序曰華落色衰韓詩
曰嬿婉之求嬿婉好貌嬿於見切婉於萬切捐棄也促中堂之陿坐羽觴行而無筭中堂中央也善曰楚
辭曰瑤漿蜜勺實羽觴漢書音義曰羽觴作生爵形儀禮曰無筭爵鄭玄曰筭數也祕舞更奏妙材騁伎祕言希見
爲奇也更遞也奏進也妖蠱豔夫夏姬美聲暢於虞氏善曰左氏傳子產曰在周易女惑男謂之蠱音
古又左氏傳曰楚莊王欲納夏姬杜預曰夏姬鄭穆公女陳大夫御叔妻七略曰漢興善歌者魯人虞公發聲動梁上塵暢條暢也勑亮
切蠱媚也始徐進而羸形似不任乎羅綺嚼清商而却轉增嬋蜎以此豸
音雅清商鄭音嬋蜎此豸恣態妖蠱也善曰宋玉笛賦曰吟清商追流徵嬋音蟬蜎於緣切紛縱體而迅赴若驚
鶴之羣罷縱體舞容也迅疾赴節相越也相鶴經曰後七年學舞又七年舞應節振朱屣於盤樽振猶掉也
朱屣赤絲履也奮長袖之颯纚舞人特作長袖颯纚長貌也善曰韓子曰長袖善舞颯素合切纚所倚切要紹修
態麗服颺菁要紹謂娟嬋作姿容也修爲也態嬌媚意也菁華英也善曰楚辭曰夸容脩態要於妙切菁音精眳藐
流眄一顧傾城眳眉睫之閒藐好視容也流眄轉眼貌也眳亡井切善曰漢書李延年歌曰北方有佳人絕世而獨立一
顧傾人城再顧傾人國展季桑門誰能不營善曰國語曰臧文仲聞柳下惠之言韋昭曰柳下展禽之邑季字也

家語曰昔有婦人召魯男子不往婦人曰子何不若柳下惠然嫗不逮門之女也國人不稱其亂焉桑門沙門也東觀漢記制楚王曰以
助伊蒲塞桑門之盛饌說文曰營惑也 列爵十四競媚取榮 後宮官從皇后以下凡十四等競爭邪媚求榮愛也
善曰列爵十四見西都賦也 盛衰無常唯愛所丁 善曰爾雅曰丁當也 衛后興於鬒髮飛燕
寵於體輕 善曰漢書曰孝武衛皇后字子夫漢武故事曰子夫得幸頭解上見其美髮悅之毛詩云鬒髮如雲之忍切荀悅漢
紀曰趙氏善舞號曰飛燕上說之事由體輕而封皇后也 爾乃逞志究欲窮身極娛 逞娛也娛樂也善曰楚辭
曰逞志究欲心意安之也 鑒戒唐詩他人是媮 唐詩刺晉僖公不能及時以自娛樂曰子有衣裳弗曳弗婁宛其死
矣他人是媮言今日之不極意恣嬌亦如此也善曰國語曰鑒戒而謀賈逵曰鑒察也 自君作故何禮之拘 善曰
國語魯侯曰君作故事韋昭曰君所作則為故事也商君書曰賢者更禮不肖者拘焉 增昭儀於婕妤賢既公
而又侯 善曰漢書曰孝成帝趙皇后有女弟為婕妤絕幸為昭儀又曰孝元帝傅婕妤有寵乃更號曰婕妤在昭儀上尊之也又
曰封董賢為高安侯後代丁明為大司馬卽三公之職也 許趙氏以無上思致董於有虞 善曰漢書曰成
帝謂趙昭儀曰趙氏故不立許氏使天下無出趙氏上者 王閎爭於坐側漢載安而不渝 渝易也善曰漢
書曰上置酒麒麟殿視董賢而笑曰吾欲法堯禪舜何如王閎曰天下乃高帝天下非陛下有之統業至重天子無戲言 高祖創
業繼體承基暫勞永逸無為而治 善曰劇秦美新曰漢祖創業蜀漢漢書平當曰今漢繼體承基三百

餘年又楊雄曰不一勞者不久佚論語曰無爲而治其舜也歟眈樂是從何慮何思善曰尚書曰惟眈樂之從周易
曰天下何思何慮多歷年所二百餘朞朞一帀也從高祖至于王莽二百餘年善曰尚書曰殷禮配天多歷年所
徒以地沃野豐百物殷阜沃肥也豐饒也殷盛也阜大也嚴險周固衿帶易守謂左崤函
右隴坻前終南後高陵善曰左氏傳曰制巖邑也李尤函谷關銘曰衿帶咽喉管子曰地形險阻易守難攻得之者強據
之者久流長則難竭柢深則難朽故奢泰肆情馨烈彌茂言土地險固故得放
心極意而夸泰之馨烈益以茂盛鄙生生乎三百之外傳聞於未聞之者鄙生公子自稱謙辭
也三百自高祖以下至作賦時也善曰孔叢子子高謂魏王曰君聞之於耳邪聞之於傳邪者之與切曾髣髴其若夢
未一隅之能睹善曰甘泉賦曰猶髣髴其若夢說文曰彷彿相似見不諦也論語曰子曰舉一隅而示之此何與
於殷人屢遷前八而後五居相圮耿不常厥土盤庚作誥帥人以苦
善曰廣雅曰與如也也言欲遷都洛陽何如殷之屢遷乎言似之也尚書曰自契至成湯八遷尚書序曰盤庚五遷又曰河亶甲居相祖乙
圮于耿孔安國曰河水所毀曰圮盤庚遷于殷殷人弗適有居率籲衆感出矢言圮平鄙切方今聖上同天號於
帝皇天稱皇天帝今漢天子號皇帝兼同之善曰方今猶正今也尚書刑德放曰帝者天號也天有五帝春秋元命苞曰皇者煌煌
也掩四海而爲家掩覆也善曰禮記孔子曰大道既隱天下爲家又曰聖人能以天下爲一家也富有之業

莫我大也三皇以來無大於漢者善曰周易曰富有之謂大業也徒恨不能以靡麗爲國華善曰國語季文子曰吾聞以德爲國華韋昭曰爲國光華也獨儉嗇以齷齪忘蟋蟀之謂何儉嗇節愛也蟋蟀唐詩刺儉也言獨爲節愛不念唐詩所刺邪漢書注曰齷齪小節也王逸楚辭注曰謂說也何休公羊傳注曰謂據疑問所不知者曰何也豈欲之而不能將能之而不欲歟蒙竊惑焉言我不解何故反去西都從東京置奢逸卽儉嗇也善曰蒙謙稱也周易曰匪我求童蒙也願聞所以辯之之說也說猶分別解說

文選卷第二

賜進士出身通奉大夫江南蘇松常鎮太等處承宣布政使司布政使胡克家重校刊

文選卷第三

梁昭明太子撰

文林郎守太子右內率府錄事參軍事崇賢館直學士臣李善注上

京都中京都有三卷此卷居中故曰京都中

東京賦東京謂洛陽其賦意與班固東都賦同

張平子　　薛綜注

安處先生於是似不能言憮亡禹然有閑有閑謂有頃之閒也先生聞公子稱西京奢泰之事心怪其所貴者謂違禮失道故愕然有頃乃能言也善曰安猶烏也處處也言何處有此先生蓋虛假之也論語曰孔子似不能言者孟子曰夷子憮然爲閒也趙岐曰憮然猶悵然也乃莞爾而笑曰若客所謂末學膚受貴耳而賤目者也莞爾舒張面目之貌也末學謂不經根本膚受謂皮膚之不經於心胸貴耳謂東京先生笑公子以西京爲貴以東爲賤也善曰論語曰莞爾而笑又曰膚受之愬桓子新論曰世咸尊古卑今貴所聞賤所見苟有胷而無心不能節之以禮苟猶誠也言賓誠信胷臆之所聞而心不能以禮節度其可否也善曰韓詩曰鄙野之人僻陋無心也論語曰不以禮節之賈逵國語注曰節制也宜其陋今而榮古矣言人不能以禮節度其事情者固宜薄陋今日之事而以此所聞古

事爲榮貴也善曰夫尊古而卑今學者之流也由余以西戎孤臣而悝苦灰繆穆公於宮室孤臣
謂孤陋之臣也善曰史記曰由余本晉人亡入西戎相戎王使來聘秦觀秦之強弱穆公示以宮室引之登三休之臺由余曰臣國土階
三尺茅茨不翦寡君猶謂作之者勞居之者淫此臺若鬼爲之則神勞矣使人爲之則人亦勞矣於是穆公大慚鄭玄禮記注曰凡穆或
作繆悝猶嘲也如之何其以溫故知新研覈是非近於此惑如奈也覈實也研審也先生言
由余但西戎孤陋之臣耳尚知非秦宮室之大如何公子雅好博古溫故知新之德當審實事理之是非而返惑於此事論語曰溫故知
新可以爲師矣王褒責髯奴曰研覈否臧周姬之末不能厥政政用多辟姬周姓也末謂幽厲二主周末
世之王多邪僻之政也善曰毛詩曰民之多僻也始於宮鄰卒於金虎鄰近也謂幽王近於宮室惑於褒姒卒有
禍敗也金虎西方白虎神王金金白也善曰應劭漢官儀曰不制之臣相與比周比周者宮隣金虎宮隣金虎言小人在位比周相進與
君爲隣貪求之德堅若金讒謗之言惡若虎也嬴氏搏音附翼擇肉西邑嬴秦姓也周書曰無爲虎搏翼將飛入邑
擇人而食也搏翼謂著翼也是時也七雄並爭競相高以奢麗七雄謂韓魏燕趙齊楚秦也爭謂各
強盛而競相高以奢溢將爲國好不復顧於禮法也善曰荅賓戲曰七雄虓闞史記張釋之曰秦以苛察相高尚書曰弊俗奢麗也楚
築章華於前趙建叢臺於後左氏傳曰楚子成章華之臺於乾谿一朝叛之於前在春秋之時史記曰趙武
靈王起叢臺太子圍之三月於後在六國之時善曰鄒陽上書曰全趙之時武力鼎士袨服叢臺之下臣瓚曰在邯鄲城內也秦政

利觜長距終得擅場言秦以天下爲大場喻七雄爲鬭雞利喙長距者終擅一場也史記曰秦始皇秦襄王子名政
說文曰擅專也思專其侈以莫己若莫無也若如也言始皇所以思專擅其奢侈者以天下之君無如於我也迺
構阿房傍起甘泉三輔故事秦始皇上林苑中作離宮別觀一百四十六所不足以爲大會羣臣二世胡亥起阿房殿
東西三里南北三百步下可建五丈旗在山之阿故號阿房也甘泉山名也戰國策范雎曰秦北有甘泉宮謂其下有甘泉水因以名之
善曰阿房甘泉已見上文結雲閣冠南山結連也雲閣閣名也高如雲故言雲三輔故事曰秦二世胡亥起雲閣欲與山
齊冠覆也終南山在長安南征稅盡人力殫言征稅之賦盡於奢泰之用天下之力盡於長城與宮室也殫盡也善曰
鄭玄禮記注曰征稅也毛萇詩傳曰稅斂也然後收以太半之賦威以參夷之刑漢書伍被曰秦
作阿房宮收太半之賦韋昭曰凡數三分有二爲太半言秦造宮室奢麗費用不足乃復收其太半之賦百姓賦稅不得者誅其三族漢
書曰秦用商鞅之法造參夷之誅參三也謂滅三族也其遇民也若薙氏之芟所銜草遇逢遇也周禮有薙
氏掌山澤芟除草菅毛詩載芟載柞也既蘊崇之又行火焉左氏傳曰周任有言曰若農夫之務去草芟夷蘊崇
之杜預曰芟殺蘊積也崇聚也言秦始皇酷虐百姓如芟草積而放火焉悷悷徒頰切黔首豈徒跼局高天
蹐籍厚地而已哉乃救死於其頸史記曰秦皇更名民曰黔首謂黑頭無知也跼蹐恐懼之貌也毛詩
曰謂天蓋高不敢不跼謂地蓋厚不敢不蹐蹐累足也謂此時之民非徒跼高天蹐厚地而已乃晝夜長死其頸善曰豈非也

老子曰聖人在天下怵怵焉國語單襄公曰兵在其頸不可久也敺以就役唯力是視謂不復知民有緩急與飢寒唯趨敺令作力而已善曰左氏傳曰除君之惡唯力是視言所觀者唯力是求餘無所顧也百姓弗能忍是用息肩於大漢而欣戴高祖忍堪也言秦天下之民若檐重物不得休息今來歸漢得息肩膊善曰左氏傳曰鄭成公疾子駟請息肩於晉杜預曰以負檐喻也國語曰祭公謀父曰商王大惡庶民不忍欣戴武王賈逵曰戴奉也高祖膺籙受圖順天行誅杖朱旗而建大號膺籙謂當五勝之籙受圖卯金刀之語順天謂順天命而起又悟神姥之言舉朱旗而大呼天下之英雄與其定事也善曰春秋命歷引曰五德之運徵符合膺籙交相代周易曰順乎天漢書高祖立爲沛公旗幟皆赤故曰朱也周易曰渙汗其大號鄭玄曰號令也所推必亡所存必固言高祖所推擊者使之亡所存者使之堅固善曰尚書曰推亡固存邦乃其昌掃項軍於垓下紲子嬰於軹紙塗掃除也項羽也垓地名漢王圍項羽於垓下羽聞四面有楚歌乃與數百騎走高祖使灌嬰追之斬羽東城紲猶繫也子嬰秦子嬰也善曰史記秦王子嬰乘素車白馬繫頸以組降於軹道旁也蘇林曰軹亭名在長安城東十三里因秦宮室據其府庫因仍也據就也府庫謂官吏所止爲府車馬器械所居曰庫也作洛之制我則未暇作洛謂造洛邑也我我高祖也謂天下新造草創不暇改作如制禮也是以西匠營宮目翫阿房西匠謂秦之舊匠也目視也翫習也阿房宮名也漢書曰梧齊侯陽城人名延爲少府作長樂未央宮也規摹踰溢不度入不臧規圖也踰越也溢過也度法也臧善也謂西匠

所圖越過不得禮法皆言不善也善曰聲類曰摹法也損之又損之然尚過於周堂損減也言高祖雖數
損減其制度猶過於周家之堂善曰老子曰損之又損之以至於無爲也觀者狹而謂之陋帝已譏其泰
而弗康觀視也陋小也康安也言觀者習見秦之夸麗睹今日之減小皆以爲陋然高祖猶已譏其泰而不安也謂七年冬上自
將擊韓王信蕭丞相留長安營起未央宮立東闕前殿武庫太倉高祖見其壯麗怒曰何修宮室之過也且高既受命建
家造我區夏矣高高祖也區區域也夏華夏也言高祖受上天之命建立國家制造區夏善曰毛詩曰文王受命作周也
鄭玄曰受天命以王天下尚書盤庚曰永建乃家用肇造我區夏文又躬自菲薄治致升平之德文文
帝也躬自菲薄謂儉約漢書曰文帝欲作露臺召匠計直百金曰吾奉先帝宮室常恐太奢何用臺爲故文景之際號爲升平升平謂國
太平也善曰禹菲薄飲食孝經鉤命決曰明王用孝升平致譽武有大啓土宇紀禪肅然之功武武帝也
漢書武紀曰定越地爲南海七郡北置朔方等五郡故云大啓土宇啓開也紀記也肅敬也謂登封太山升禪肅然善曰尚書曰建邦啓
土毛詩曰大啓爾宇宣重直用威以撫和戎狄呼韓來享宣宣帝也漢書宣紀曰呼韓邪單于款五原塞
願奉國珍毛詩曰自彼氏羌莫敢不來享享獻也撫安也戎狄呼韓並國名也左氏傳曰子教寡人和戎狄言宣帝能和戎狄咸用
紀宗存主饗祀不輟咸皆也紀錄也宗太宗文帝廟號也主木主言刻木爲人主神置廟中而祭之輟止也凡天子
五世則廢今廟不遷毀其主各四時祭祀無止絕時善曰漢書景紀曰高皇帝爲太祖廟文皇帝爲太宗廟言天子宜世世獻祖宗之廟

也鄭玄論語注曰輟止也銘勳彝器歷世彌光彝常也宗廟之器稱彝勳功也歷經也彌益也銘勒也勒銘於宗廟
之器于鐘鼎萬祀彌益光明善曰左氏傳臧武仲曰夫以大伐小取所得彝器銘其功烈以示子孫也字林曰銘題勒也今捨純
懿而論爽德爾雅曰純大懿美也爽差也今公子反舍四帝純大懿美之德而專論說爽差之過失者也善曰國語曰實有
爽德賈逵曰爽貳也以春秋所諱而爲美談春秋諱國之惡今公子反以爲美談也善曰公羊傳曰大惡諱之小
惡書之又云魯人至今以爲美談也宜無嫌於往初故蔽善而揚惡祇吾子之不知言
也宜之言義也無猶不也祇是也今公子之義不嫌於蔽國之善揚國之惡是公子之不知言也善曰說苑楚文侯曰邑中豪好蔽善
而揚惡可親問之論語子曰不知無以知人也毛萇詩傳曰祇適也言必以肆奢爲賢則是黃帝合宮
有虞總期固不如夏癸之瑤臺殷辛之瓊室也肆放也賢善也謂黃帝明堂以草蓋之名
曰合宮舜之明堂以草蓋之名曰總章言難公子黃帝等造此是守儉也善曰尸子曰欲觀黃帝之行於合宮觀堯舜之行於總章章期
一也汲冢古文曰夏桀作傾宮瑤臺殫百姓之財殷紂作瓊室立玉門也湯武誰革而用師哉湯謂殷湯武謂武王
革改也言誰遣革改殷紂夏桀而用師哉以其奢侈淫放所以湯武順天命而行罰之此譏西京公子也善曰湯武革命已見東都賦孔
叢子曰舜禹揖讓湯武合用師非相詭乃時也盍亦覽東京之事以自寤乎盍猶何不也覽視也自寤
自覺寤也言公子何不視東京之行事心自覺寤耶且天子有道守在海外淮南子曰若天下無道守在四夷天

下有道守在海外言四夷皆爲臣僕善曰鄭玄禮記注曰道謂仁義也守位以仁綜作不恃隘害仁謂衆庶
也隘險也言要須擇任賢臣不以隘害爲牢固善曰周易曰何以守位曰仁也苟民志之不諒何云巖險與
襟帶苟誠也諒信也公子稱巖險周固襟帶易守故今答曰誠使人心不信何用周固反易守乎善曰李尤函谷關銘曰襟帶咽喉
也秦負阻於二關卒開項而受沛負恃也卒終也言負二關以爲牢固終受二人所入也二人謂高祖
從武關入項羽從函谷關入善曰漢書曰沛公使兵守函谷關項羽使黥布攻破之至戲下又云沛公攻武關入秦應劭曰武關秦南關
彼偏據而規小豈如宅中而圖大彼謂秦也據依也言彼秦偏據關西所規近在二關之內故云小也
豈如東京居天地之中所圖者四海之外善曰尚書曰自服于土中孔安國曰洛邑地勢之中孔叢子曰子貢謂東郭亢曰今子位卑而
圖大昔先王之經邑也先王謂周成王也邑洛邑也善曰毛萇詩傳曰經度也掩觀九隩靡地不
營掩猶及也九隩謂九州之內也靡地不營謂徧求之卜瀍澗及黎水皆不吉善曰新序曰營度也九隩合道四海也土圭測
景不縮不盈鄭玄曰土度也縮短也盈長也謂圭長一尺五寸夏至之日豎八尺表日中而度之圭影正等天當中也若影
長於圭則太近北圭長於影則太近南近北多寒近南多暑近東多風近西多雨總風雨之所交然後以建
王城總猶括也王城今河南也周禮曰土圭之法測土深正日景以求地中四時之所交風雨之所會陰陽之所和乃建王國也
審曲面勢審度也謂審察地形曲直之勢而建王都善曰周禮曰或審曲面勢以飭五材以辨民器鄭司農曰察五材曲直方

面形勢之宜也泝素洛背河左伊右瀍泝向也洛洛水河黃河伊伊水瀍瀍水善曰尚書曰予朝至于洛師卜澗
水東瀍水西惟洛食孔安國曰洛出上洛山伊出陸渾山瀍出河南北山西阻九阿東門于旋謂東有旋門在成皋
西南十數里阪形周屈故曰于旋善曰穆天子傳曰天子西升九阿郭璞曰旋今新安縣十里有九坂阻險也阿曲也盟津達
其後太谷通其前孟津四瀆之長故武王爲諸侯約誓於其上尚書曰東至于盟津盟津地名在洛北都道所湊古今
以爲津太谷在輔氏北洛陽西也洛陽記曰太谷洛城南五十里舊名通谷迴行道乎伊闕邪徑捷乎轘
轅伊闕山名也轘轅阪名也迴曲也捷邪也謂大道迂曲乃當伊闕之外邪徑趣疾當歷轘轅善曰賈逵國語注曰道由也史記吳起
曰桀之居伊闕王逸楚辭注曰捷疾也左氏傳注曰捷邪出也漢書曰沛公從轘轅薛綜曰轘轅坂十二曲道將去復還故曰轘轅臣瓚
曰在緱氏東南大室作鎮揭竭以熊耳大室嵩高別名也揭猶表也言以嵩高之嶽爲國之鎮也復表以熊耳之
山善曰郭璞山海經注曰大室在陽城縣西羽獵賦曰揭以崇山熊耳山名也尚書傳曰熊耳山在宜陽之西也厎柱輟流
鐔徒南以大呸底柱山名也在河東縣東南向居河中猶柱然也輟止也善曰尚書曰導河至於底柱東過大呸韻集曰鐔劍
口也言大呸之險同乎劍口也莊子曰天子之劍以周宋爲鐔温液湯泉黑丹石緇言泉水如湯浴之可以除病在
河南梁縣界中也黑丹石緇謂黑石雜色也言温液即湯泉之流黑丹石緇之所出善曰孝經援神契曰德至于山陵則出黑丹張揖子
虛賦注曰玄厲黑石可用磨也王鮪岫由居能奴來鼈三趾山有穴曰岫也王鮪魚名也居山穴中長老言王鮪之魚

由南方來出此穴中入河水見日目眩浮水上流行七八十里釣人見之取之以獻天子用祭其穴在河南小平山善曰周禮曰春獻鮪鄭玄曰王鮪魚之大者山海經曰陽狂水西南流注于伊水中有三足鼈爾雅曰鼈三足曰能宓妃攸館神用挺紀攸所也館舍也傳曰成王遷九鼎於洛邑卜年七百卜世三十後皆如其言故云神所挺紀謂告年紀之處也善曰楚辭曰迎宓妃於伊洛王逸曰宓妃神女蓋伊洛之水精龍圖授羲龜書畀姒以尚書傳曰伏羲氏王天下龍馬出河遂則其文以畫八卦謂之河圖又曰天與禹洛出書謂神龜負文而出列於背善曰爾雅曰畀賜也史記禹姓姒氏召伯相宅卜惟洛食相視也宅居也惟有也食謂吉兆善曰尚書曰召公既相宅卜惟洛食孔安國曰卜必先墨畫龜然後灼之兆順食墨吉也周公初基其繩則直謂初造洛邑言召公先相宅卜之吉周公繩度之合於制度善曰尚書曰周公初基作新大邑于東國洛毛詩曰其繩則直毛萇曰言不失繩直之宜也萇弘魏舒是廓是極萇弘周大夫也魏舒晉大夫獻子也廓猶規也極致也謂二人率諸侯曰敬以致功規度王城三旬而立之善曰國語曰敬王十年劉文公與萇弘欲城周爲之告晉左氏傳曰晉魏舒合諸侯之大夫以城周也經途九軌城隅九雉南北爲經途道也軌車轍也善曰周禮國中經途九軌鄭玄曰塗容九軌謂轍廣也又周禮曰王城隅之制九雉鄭玄云雉度也謂高一丈長三丈爲雉度徒堂以筵度室以几堂明堂也筵席也長九尺几俎也長七尺善曰周禮曰室中度以几堂上度以筵京邑翼翼四方所視京大也大邑謂洛陽也翼翼禮儀盛貌言爲四方觀翼翼然也善曰毛詩曰商邑翼翼四方之極漢初弗之宅故宗緒中

圮瘏緒統也圮絶也漢家不居於洛故宗廟之統中途廢絶也巨猾間去聲舋許覲竊弄神器巨王莽字巨君
也猾狡也閒候也舋隙也神器帝位也言王莽因成哀無嗣元后秉政漢祚微弱簒處高位善曰老子曰天下神器不可爲也爲者敗之
韋昭漢書注曰神器天子璽也歷載三六偷安天位載年也三六十八年謂王莽簒位一十八年也天位帝位也善
曰尚書曰天位艱哉于時蒸民罔敢或貳于於也蒸衆也罔無也言是時衆民無敢有二心於莽者毛詩曰于時言
言尚書蒸民乃粒其取威也重矣威畏也重猶多也謂爲天下所畏己者多矣善曰左氏傳先軫曰報施救患取威定
霸我世祖忿之世祖光武也忿恚疾王莽威重如此也乃龍飛白水鳳翔參所今墟白水謂南
陽白水縣也世祖所起之處也初爲更始大司馬討王郎於河北北爲參虛分野龍飛鳳翔以喻聖人之興也善曰周易曰飛龍在天大
人造也授鉞四七共工是除授與也鉞斧鉞也四七二十八將也共工霸天下者以喻王莽也六韜曰凡國有難
君召將以授斧鉞漢書曰顓頊有共工之陣以定水災欃槍旬始羣凶靡餘欃槍星名也謂王莽在位如妖氣之
在天世祖除之凶惡無餘爾雅曰彗星爲欃槍也旬始妖氣也史記曰旬始狀如雄雞也靡無也今言世祖除凶賊無有遺餘也區
宇乂寧思和求中天地之內稱寓言海內既已乂安思求陰陽之和天地之中而居之睿哲玄覽都茲
洛宮睿聖也玄通也言通見此洛陽宮也善曰尚書曰睿作聖明作哲老子曰滌除玄覽河上公曰心居玄冥之處覽知萬物故謂
之玄覽王弼曰玄物之極也廣雅曰玄遠也曰止曰時昭明有融曰辭也時是也融長也言當止居是洛邑必有

昭明之德長久之道也善曰毛詩曰日止曰時昭明有融既光厥武仁洽道豐止戈曰武諡法曰功格天下曰光尅定禍亂曰武洽合也豐盛也世祖既能止戈故諡光武言仁義之道大豐盛也善曰洽霑也登岱勤封與黃比崇登上也岱泰山也謂王者功成作樂治定制禮故封泰山勒功於石以紀號也黃黃帝也史記曰崇高也言世祖與黃帝比其尊號善曰史記曰黃帝封泰山禪云亭司馬彪續漢書曰建武三十二年乃封禪孔安國尚書傳曰崇尊也逮至顯宗六合殷昌逮及也殷盛也昌熾也顯宗明帝號也六合天地四方也善曰呂氏春秋曰神通乎六合高誘曰四方上下爲六合也乃新崇德遂作德陽崇德德陽皆殿名也崇德在東德陽在西相去五十步啓南端之特闈立應門之將將啓開也端門南方正門應門中門也善曰爾雅曰宮中門謂之闈洛陽宮舍記曰洛陽有端門毛詩曰應門將將毛萇曰將將嚴正之貌昭仁惠於崇賢抗義聲於金商崇賢東門名也金商西門名也謂東方爲木主仁如春以生萬物昭天子仁惠之德故立崇賢門於東也西爲金主義音爲商若秋氣之殺萬物抗天子德義之聲故立金商門於西善曰漢書曰角爲木爲仁商爲金爲義也飛雲龍於春路屯神虎於秋方德陽殿東門稱雲龍門德陽殿西門稱神虎門神虎金獸也秋方西方也飛飛龍也易曰雲從龍爲水獸春路東方道也善曰漢書曰東宮蒼龍又曰東方於時爲春宮殿簿北宮有雲龍門王逸楚辭注曰屯陳也漢書曰西宮白虎又曰西方於時爲秋宮殿簿北宮有神虎門建象魏之兩觀旌六典之舊章象魏闕也一名觀也旌表也言所以立兩觀者欲表明六典舊章之法謂懸書于象魏浹日而斂之善曰周禮

曰太宰掌建邦之六典一曰治典二曰教典三曰禮典四曰政典五曰刑典六曰事典舊章法令條章也左傳曰舊章不可忘其內則含德章臺天祿宣明溫飭迎春壽安永寧八殿皆以休令爲名矣時君之德在應門之內也飛閣神行莫我能形言閣道相通不在於地故曰飛人不見行往故曰神形謂天子之形容言我無能說其形狀也濯龍芳林九谷八溪洛陽圖經曰濯龍池名故歌曰濯龍望如海河橋渡似雷芳林苑名九谷八溪養魚池也芙蓉覆水秋蘭被涯音宜芙蓉荷華也秋蘭香草生水邊秋時盛也善曰楚辭曰秋蘭兮青青鄭玄注周易曰蘭香草也被亦覆也渚戲躍魚淵游龜蠵音惟渚水渚也戲游也躍跳也毛詩曰王在靈沼於牣魚躍蠵龜類也凡此物謂取有時非時則恣之游戲不驚動也永安離宮脩竹冬青永安宮名也脩長也冬青謂不彫落也陰池幽流玄泉洌清水稱陰幽流謂伏溝從地下流通於河也水黑色故曰玄泉洌清澄貌善曰楚辭曰臨沅湘之玄淵毛詩曰洌彼下泉鵯匹鶋居秋棲鶻骨鵃竹交春鳴爾雅曰鸒斯鵯鶋郭璞曰鵯鶋匹烏腹下白也又曰鶻鵃郭璞曰鶻鵃似山鵲頭尾青黑色秋棲春鳴謂各得其性也鴡七余鳩麗离黃關關嚶嚶爾雅曰鴡鳩王鴡也郭璞曰鴡鶚鵰類也又曰鶬鶊鵹黃也郭璞曰鸝黃黑也關關嚶嚶謂音聲和也於南則前殿靈臺龢驩安福前殿露寢也靈臺臺名也龢驩安福二殿名並在德陽殿之南謻直移門曲榭邪阻城洫謻門冰室門也臺有木曰榭阻依也洫城下池冰室門及榭皆屈曲邪行依城池爲道也奇樹珍果鉤盾垂允所職奇異也珍貴也

鉤盾今官主小苑善曰鉤盾五丞也爾雅曰職主也西登少華亭侯修勑登升也並有亭有候也修治也勑整也謂西園中有少華之山九龍之內寔曰嘉德九龍本周時殿名也門上有三銅柱柱有三龍相糺繞故曰九龍嘉德殿名在九龍門內也西南其戶匪雕匪刻毛詩曰西南其戶不雕不刻尚質也言殿舍之多其戶或西或南也我后好約乃宴斯息我后謂明帝也宴安也息止也善曰周易曰君子以嚮晦入宴息也於東則洪池清籞語淥水澹澹徒敢內阜川禽外豐葭菼洪池名也在洛陽東三十里阜多也豐饒也內多魚鼈外饒蘆薍也善曰漢書音義應劭曰籞在池水上作室可用棲鳥鳥入則捕之高唐賦曰水澹澹而盤紆說文曰澹澹水搖貌也爾雅曰葭葦也菼薍也薍五患切獻鼈蜃與龜魚供蝸古花蠯蒲佳與菱芡蝸螺也菱芰也芡雞頭也善曰周禮曰春獻鼈蜃秋獻龜魚祭祀供蜱嬴鄭玄曰蜃大蛤也杜子春曰蜃蜯也蜱與蠯同禮記曰蝸醢而苽食周禮曰加籩豆之實有菱芡也其西則有平樂都場示遠之觀平樂觀名也都謂聚會也爲大場於上以作樂使遠觀之謂之平樂在城西也龍雀蟠盤蜿紆元天馬半漢龍雀飛廉也天馬銅馬也蟠蜿半漢皆形容也善曰華嶠後漢書曰明帝至長安迎取飛廉幷銅馬置上西門平樂觀也瑰異譎詭燦爛炳煥瑰奇也譎詭變化也燦爛炳煥絜白鮮明之貌奢未及侈儉而不陋言皆合於禮故奢不至侈故儉不至陋也規遵王度動中得趣規摹也遵循也趣意也度先王之法度舉動合禮之意也家語孔子曰公甫之婦動中得趣於是觀禮禮舉儀具具足也言觀王

之光明禮儀皆備具也善曰左氏傳曰諸侯宋魯於是觀禮經始勿亟居力成之不日勿猶不也亟急也成之不
日言不用一日卽成之善曰毛詩曰經始勿亟庶人子來毛萇曰經度也又曰庶民攻之不日成之猶謂為之者勞居
之者逸勞苦也逸樂也善曰賈子曰翟王使使者之楚楚王饗客於章華之臺楚王曰翟亦有臺乎使者曰翟王茅茨不翦采椽
不斲猶以作者大勞居者大逸也慕唐虞之茅茨思夏后之卑室唐唐堯也虞虞舜也夏后夏禹也善
曰墨子曰堯舜茅茨不翦采椽不刑說文曰茅茨蓋屋也論語云禹卑宮室而盡力於溝洫也乃營三宮布教頒班
常三宮明堂辟雍靈臺頒布也常舊典也所以行教化布典禮之宮也複福廟重屋八達九房複廟重覆也重
屋重棟也謂明堂廟屋前後異制善曰禮記曰複廟重檐達鄉謂天子廟飾也大戴禮曰明堂九室而有八牖然九室則九房也八牖八
達謂宮室之飾圓者象天方者則地也鄉方也也規天矩地授時順鄉言頒政賦教常隨時月而居其方月令曰孟
春居蒼龍左个善曰大戴禮曰明堂者上圓下方范子曰天者陽也規也地者陰也矩也三輔黃圖曰明堂方象地圓象天又曰明堂順
四時行令也造舟清池惟水泱泱央造舟以舟相比次為橋也毛詩曰造舟為梁泱泱水流貌善曰毛詩曰瞻
彼洛矣惟水泱泱左制辟雍右立靈臺言德陽殿東有辟雍於西有靈臺謂於其上班教令者曰明堂大合樂射
鄉者曰辟雍司歷紀候節氣者曰靈臺也因進距衰表賢簡能進善也衰老也言因其進則舉而用之衰減者拒而
退之謂擇賢以大射所以表明德行簡錄其能否謂辟雍也善曰尸子曰治國有四術一忠愛二無私三用賢四簡能爾雅曰簡猶擇也

馮皮冰相息亮觀祲浸祈褫虒絲禳災善曰周禮曰春官宗伯馮相氏掌歲日月星辰之位辨其災祥以爲時候鄭玄曰馮乘也相視也祲謂陰陽氣相浸漸以成災也祈求福也禳除也災禍也謂求祈福而除災害也爾雅曰褫福也鄭玄周禮曰卻變異曰禳於是孟春元日羣后旁戾尚書曰正月元日舜格于文祖孟春正月也元日正日也羣后公卿之徒也旁四方也戾至也言諸侯正月一日從四方而至各來朝享天子也百僚師師于斯胥洎尚書曰百僚師師百僚謂百官也師師謂相師法也胥相也洎及也言元日百官於此相連及而來朝賀也藩國奉聘要荒來質綜曰謂王侯藩稱國也言要荒之外所奉聘令者盡來朝見善曰周禮曰鎮服外五百里曰藩服魏相上封曰顯明功臣以鎮藩國鄭司農周禮注曰衆來曰頫寡來曰聘尚書曰五百里要服又五百里荒服漢書曰樓蘭王遣子質漢也具惟帝臣獻琛執贄具之言俱也獻貢也琛寶也執持也贄禮也言藩國來貢者謂隨土所出寶而貢之也善曰萬邦黎獻具惟帝臣毛詩曰來獻其琛封禪書曰百蠻執贄周禮曰以六禽作六贄鄭玄曰贄之言至也所執以自致也當覲乎殿下者蓋數萬以二覲見也言於此之時當入見於殿下爾者可數萬人分於闕下夾道爲二部乃九賓重平臚盧人列言鴻臚所主羌胡之人皆羅列於朝廷也善曰漢書曰羣臣朝十月儀大行人設九賓臚句傳韋昭曰九賓則周禮曰九儀謂公侯伯子男孤卿大夫士也臚傳也文以傳上令也蘇林曰上傳語告下臚下傳告上句臚猶行也二訓雖殊皆以行上語爲臚也崇牙張鏞庸鼓設崇牙栒虡上板作劒銘者橫曰栒植曰虡張謂樹之以縣鍾鼓也善曰毛詩曰崇牙樹羽又曰鏞鼓有斁毛萇詩傳大曰鏞

郎將司階虎戟交鎩殺言虎賁中郎將主夾階而立虎賁或執戟或持鎩而相對也交鎩謂交加而設兵器也善
曰漢書曰儀兵郎中夾階說文曰鎩鈹有鐔龍輅充庭雲旗拂霓馬八尺曰龍輅天子之車也故曰龍輅充滿也
庭朝廷旗謂熊虎為旗為高至雲故曰雲旗也楚辭曰載雲旗之逶夷拂至也霓天邊氣也夏正三朝庭燎晳晳
夏家建寅之正漢家所用也三朝歲月日朝晳晳大光明也善曰東都賦曰春王三朝三朝歲首朔日也毛詩曰夜如何其夜未艾庭燎
晣晣撞洪鍾伐靈鼓撞鏗也伐擊也靈鼓六面鼓也善曰周禮曰靈鼓靈鼗旁震八鄙軯普耕磕苦代
隱訇火宏旁四方也震驚也八鄙四方與四角也軯磕隱訇鍾鼓之聲也若疾霆轉雷而激迅風也霆霹
靂也迅疾也言鍾鼓之聲又若雷霆之相轉亦如急風之迅疾也是時稱警蹕已下雕輦於東廂警謂
清道也輦人挽車彫謂有彫飾也殿東西次為廂善曰漢書儀注曰皇帝輦動則左右侍帷幄者稱警孔安國尚書傳曰雕刻鏤也冠
通天佩玉璽通天冠名也佩帶也玉璽天子印也蔡雍獨斷曰天子冠通天紆皇組要干將紆垂也皇大也
組綬也干將劍名也越絕書曰楚王令歐冶子干將為鐵劍三枚一曰龍淵二曰太阿三曰工市也吳越春秋曰干將者吳人造劍二枚
一曰干將二曰莫耶負斧扆次席紛純白與黑謂之斧扆屏風樹之坐後也次席竹席也紛純謂以組為緣善曰禮記
曰天子負斧扆南向而立鄭玄曰負之言背也周禮曰大朝覲王設黼依設莞席紛純次席黼純左右玉几次席紛純謂二席俱設互言
之左右玉几而南面以聽矣周禮曰天子左右玉几鄭玄曰左右有几優至尊也善曰周易曰離者明也南

方之卦也聖人南面聽天下嚮明而治蓋取於此也然後百辟乃入司儀辨等百辟諸侯也司主也儀法也辨
別也言百官有分別者謂司主之次也善曰百辟其刑之周禮曰司儀主禮掌九儀之賓客分別五等之諸侯左傳臧僖伯曰明貴賤辯
等差尊卑以班璧羔皮帛之贄既奠班位次也謂尊卑有等差也善曰國語曰班爵貴賤以列之周禮曰
子執穀璧孤執皮帛卿執羔大夫執鴈士雉各有次第奠置也天子乃以三揖之禮禮之善曰周禮曰王士揖
庶姓時揖異姓天揖同姓鄭玄曰庶姓無親者也土揖推手小下之也異姓昬姻也時揖平推手也天揖推手小舉之又曰諸侯心平手
禮伯男手在心下禮外國君在心上禮穆穆焉皇皇焉濟濟焉將將焉信天下之壯觀
也壯觀言天下之人壯大觀覽也禮記曰天子穆穆諸侯皇皇大夫濟濟士將將鄭玄曰威儀容止之貌史記曰天下之壯觀也乃
羨公侯卿士登自東除羨延也登進也謂命之上殿也天子從中階諸侯從東西階善曰東除堦也訪萬
機詢朝政尚書曰一日二日萬機言機微之事日有萬種詢謀也謂與謀朝政有所先後者也勤恤民隱而除
其眚恤憂也隱痛也眚病也言有隱痛不安者今憂恤之也善曰國語祭公謀父曰勤恤民隱而除其害也人或不得
其所若己納之於隍隍城下坑無水者善曰孟子曰伊尹思天下之民匹夫匹婦不與被堯舜之澤者若己推而納
之於溝中也鄭玄毛詩箋曰納內也說文曰城池無水曰隍荷天下之重任匪怠皇以寧靜荷負也怠
懈也皇暇也言無有懈怠於寧靜者謂常有所憂也善曰孫卿子曰國者天下之大器也重任也可不善擇而後錯之毛詩曰不敢怠遑

發京倉散禁財發開也京大也禁藏也善曰尚書曰散鹿臺之財發鉅橋之粟毛詩曰曾孫之庾如坻如京賚皇寮逮輿臺賚賜也皇寮百官也逮及也言天子散發禁庫之財無問貴賤皆賜及之善曰左氏傳曰人有十等王臣公公臣大夫大夫臣士士臣皁皁臣輿輿臣隸隸臣寮寮臣僕僕臣臺漢書公卿言曰陛下出禁錢以振元元應劭曰少府掌山澤陂池之稅名曰禁錢以給私養命膳夫以大饗饔餼浹乎家陪周禮曰膳夫主食之官孰曰饔腥曰餼浹徧也家陪謂公卿大夫之家善曰毛詩曰牲牢饔餼論語曰陪臣執國命春醴惟醇燔炙芬芬醇厚也燔炙謂炙肉也芬芬香氣盛也善曰毛詩曰爲此春酒又曰燔炙芬芬呂氏春秋曰厚酒肥肉君臣歡康具醉熏熏康樂也具俱也熏熏和說貌言君臣皆歡樂而和說也善曰毛詩曰公尸來止熏熏毛萇曰熏熏和悅也千品萬官已事而踆七旬已止也踆退也謂品秩官僚等並止事而退還也善曰國語曰觀射父曰百姓千品萬官億醜管仲曰有司已事而踆踆與逡同也勤屢省昔井懋乾乾屢數也省察也懋勉也乾乾敬也善曰尚書曰屢省乃成周易曰君子終日乾乾也清風協於玄德淳化通於自然協同也淳厚也玄天也自然通神明也言帝如此清惠之風同於天德淳厚之化通於神明也善曰孔安國尚書傳曰風教也老子曰爲而不持長而不宰是謂玄德王弼曰玄德者皆有德不知其至出于幽冥者也老子曰天法道道法自然王弼曰自然者無稱之言窮極之辭憲先靈而齊軌必三思以顧愆憲法也先靈先聖之神靈即謂堯舜也愆過也齊同也軌迹也言有事能思信與先聖同軌迹也善曰論語曰季文子三思而後行招有道於側陋開

敢諫之直言招明也有道言使郡國於側陋之中舉有道之士而用之也直言謂直諫者也善曰尚書曰明明揚側陋漢書曰舉能直言極諫者聘丘園之耿絜旅束帛之戔戔耿清也旅陳也謂有清絜者也言丘園中有隱士貞絜清白之人聘而用之束帛謂古招士必以束帛加璧於上周易曰六五賁于丘園束帛戔戔王肅云失位無應隱處丘園蓋蒙闇之人道德彌明必有束帛之聘也戔戔委積之貌也上下通情式宴且盤上謂君下謂臣式用也盤樂也言君情通於下臣情達於上故能國家安而君臣歡樂也善曰墨子曰古者聖王惟能審以尚同是故上下通情毛詩曰嘉賓式宴以樂也及將祀天郊報地功善曰將欲也白虎通曰祭天必在郊者天體至清故祭必於郊取其清絜也周禮以正月上辛郊祀告于上帝祭天而郊以報去年土地之功京房易占曰立秋報地功祈福乎上玄思所以爲虔祈求也玄天也玄黃天地言天子祭天地之際思念所以盡其忠敬善曰禮記曰共皇天上帝之神以爲人祈福周易曰天玄而地黃也肅肅之儀盡穆穆之禮殫殫盡也善曰毛詩頌曰至止肅肅禮記曰天子穆穆然後以獻精誠奉禋祀曰允矣天子者也獻進也允信也天子言是天帝之子也善曰國語曰精意以享謂之禋祀周禮曰以禋祀祀昊天上帝毛詩曰允矣君子乃整法服正冕帶整理也冕所謂平天冠也言天子素帶朱裏謂三皇已來始冕制有數種鄭玄曰長一尺七寸廣八寸前圓後方以珠玉飾之也法服謂衣服並有法度善曰孝經曰非先王之法服不敢服珩行紞丁敢紘宏綖玉笄綦其會笄簪也謂以玉飾之善曰左氏傳曰珩紞紘綖昭其度也杜預曰珩維持冠者紘纓從下上者紞冠之垂

者也綖冠上覆者周禮曰王之五冕玉笄也又曰王之皮弁會五采玉琪鄭玄曰會縫中琪如綦綦謂結皮弁於縫中每貫結五采玉十

二以為飾謂之綦會**火龍黼黻藻繂**律**鞶厲**善曰左氏傳曰火龍黼黻昭其文也藻繂鞞鞛鞶厲斿纓昭其數也

杜預曰火畫火也龍畫龍也白與黑謂之黼黻兩己相戾也藻繂以韋為之所以藉玉鞞佩刀削上飾鞛下飾鞶厲紳帶之垂者斿旌旗

之斿纓在馬膺前**結飛雲之祫輅樹翠羽之高蓋**祫輅文車也文車樹翠羽為蓋如雲飛也今世謂之

羽蓋車也善曰高唐賦曰翠為蓋**建辰旒之太常紛焱**一作飆**悠以容裔**辰謂日月星也畫之於旌

旗垂十二旒名曰太常上畫三辰以象天明也謂天子十二旒諸侯九旒大夫三旒紛盛也悠從風貌容裔高低之貌焱火花也言風鼓

動旌旗紛紜盛亂如火花之飛起善曰周禮曰日月為常左氏傳曰三辰旂旗昭其明也**六玄虬之奕奕齊騰驤**

而沛艾六六馬也玄黑也天子駕六馬騰驤趣走也奕奕光明沛艾作姿容貌也善曰甘泉賦曰六玄虬毛詩曰四牡奕奕司馬

相如大人賦曰沛艾赳螑**龍輈華轙**蟻**金鍐**亡犯**鏤鍚**輈車轅轅端上刻作龍頭也華采畫也善曰爾雅曰載轡

謂之轙郭璞曰在軾上環轡所貫也蔡雍曰金鍐者馬冠也高廣各五寸上如玉華形在馬髦前鏤彫飾也當顱刻金為之毛詩曰鉤膺

鏤鍚**方釳**乞**左纛鉤膺玉瓖**音襄方釳謂轅旁以五寸鐵鏤鍚中央低兩頭高如山形而貫中以翟尾結著之

轅兩邊恐馬相突也左纛以旄牛尾大如斗置騑馬頭上以亂馬目不令相見也鉤膺當胷也瓖馬帶玦以玉飾也善曰廣雅曰釳許乞

切**鑾聲噦噦和鈴鉠鉠**於良切鑾在衡和在軾皆以金為鈴也噦噦和鳴聲鉠鉠小聲善曰毛詩曰鑾聲噦噦和

鈴鉠鉠重輪貳轄疏轂飛軨零蔡雍獨斷曰乘輿重轂外復有一轂副轄其外乃復設轄然重輪卽重轂也飛軨以緹紬廣八尺長柱地畫左青龍右白虎繫軸頭取邊飾蔡雍月令章句曰疏鏤也羽蓋威蕤葩瑵爪曲莖羽蓋以翠羽覆車蓋也威蕤羽貌葩爪悉以金作華形莖皆曲蔡雍獨斷曰凡乘輿車皆羽蓋金華爪與瑵同順時服而設副咸龍旂而繫纓五時之服各隨其車車各一色以爲副貳副車各一乘今謂之五帝車也龍旂者交龍爲旂也鞶今之馬大帶也纓馬鞅也善曰毛詩曰龍旂陽陽周禮曰玉路錫樊纓鄭玄曰樊讀如鞶謂今之馬大帶也繫與鞶古字通立戈迤戛農輿輅木戈謂木勾矛戟也戛長矛也矛置車上邪柱之是謂戎輅農輿無蓋所謂耕根車也言耕稼於藉田乘馬無飾故稱木善曰迤邪也屬車九九乘軒並轂副車曰屬言相連也屬車有藩者曰軒皆在後爲三行故曰並轂善曰漢雜事曰諸侯貳車九乘秦滅九國兼其車服故大駕屬車八十一乘𨐇伏弩重旃朱旄青屋通帛曰旃朱旄旄牛尾赤色者也青屋青作蓋裏也善曰說文曰𨐇車蘭閒皮篋以安其弩也徐廣車服志曰輕車置弩於軾上載以屬車然置弩於𨐇曰𨐇弩奉引既畢先輅乃發奉引謂引道者言引道之次已定前車乃發善曰漢官儀曰大駕則公卿奉引尚書曰先路在左塾之前鸞旗皮軒通帛綪蒨旆鸞旗謂以象鸞鳥也皮軒以虎皮爲之善曰蔡邕車服志曰鸞旗俗人名曰雞翹上林賦曰前皮軒後道斿通帛曰旗國語曰分魯公以少帛綪茷韋昭曰綪茷大赤也雲罕九斿闟戟轇膠輵葛雲罕旌旗之別名也九斿亦旗名也闟鋋也轇輵雜亂貌善曰上林賦曰載雲罕說文曰斿旌旗之流也史記曰趙良謂衛鞅曰

君之出也操闟戟者旁車而趨王逸楚辭注曰轇轕參差縱橫也髶而利髦被繡虎夫戴鶡髶髦髦頭葺騎也善
曰漢書羿爲髦頭應劭曰繡衣在天子乘輿之前鶡鷙鳥也鬬至死乃止令武士戴之取猛也司馬彪續漢書曰虎賁騎皆鶡冠尉
承華之蒲梢飛流蘇之騷殺桑葛駙副馬也承華廄名也言取華廄之蒲梢以爲副馬也漢官儀有承華
廄善曰後宮蒲梢汗血之馬流蘇五采毛雜之以爲馬飾而垂之續漢書曰駙馬赤珥流蘇䡝虞決疑要注曰凡下垂爲蘇騷殺垂貌
總輕武於後陳奏嚴鼓之嘈囐才達後陳者謂北軍五營兵在後陳列嘈囐鼓聲善曰漢書曰隤銅丸
以撾鼓聲中嚴鼓之節晉灼曰疾擊鼓戎士介而揚揮戴金鉦而建黃鉞戎兵也士士卒也介甲也
揮爲肩上絳幟如燕尾者也金鉦鐲鐃之屬也黃鉞以黃金飾之善曰左氏傳廚人濮曰揚徽者公徒也徽與揮古字通蔡邕獨斷曰乘
輿後有金鉦黃鉞清道案列天行星陳清道謂蹕止行者列猶次也言天子行如上天之星行羅列有次善曰司
馬相如上疏曰清道而後行周易曰天行健尚書大傳曰明明上天爛然星陳肅肅習習隱隱轔轔肅肅敬貌習習
行貌隱隱衆多貌轔轔車聲也殿坫未出乎城闕旆已反乎郊畛諸鄰殿後軍也旆前軍也郊畛謂
郊界也言從之多後猶未出城闕前已迴於郊界也善曰論語曰孟之反不伐奔而殿宋衷太玄經注曰畛界也盛夏后之
致美爰敬恭於明神盛猶嘉也夏后禹也言今嘉欲行禹之事爰布恭敬於神明也善曰論語曰惡衣服而致美於
黻冕菲飲食而致孝於鬼神毛詩曰恭敬明神也爾乃孤竹之管雲和之瑟孤竹國名出竹善曰周禮曰孤

竹之管雲龢之瑟和與龢古字通鄭玄曰孤竹特生者也雲和山名也出美木用爲瑟其聲清亮也雷鼓鼝鼝六變既
畢雷鼓八面鼓也凡樂六變爲一成則更奏畢盡也善曰周禮曰雷鼓路鼗奏之若樂六變一變川澤之神見二變山林之神見三變
丘陵之神見四變墳衍之神見五變地神見六變天神見毛詩鼓鼝鼝冠華秉翟列舞八佾冠華以鐵作之上闊
下狹以翟雉尾飾之舞人頭戴一行羅列八人八八六十四人謂今麥策花也穀梁傳曰舞夏天子八佾善曰蔡邕獨斷曰大樂郊祀舞
者冠建華冠毛詩曰右手秉翟馬融論語注曰佾列也元祀惟稱羣望咸秩元大也祀祭也稱舉也謂大祭天地
之禮既舉羣岳衆神望以祭祀之皆有秩次善曰尚書曰咸秩無文王肅曰秩序也左氏傳曰乃有事于羣望孔安國尚書傳曰在遠者
望而祭之颺槱由燎之炎煬樣致高煙乎太一颺飛颺也槱之言聚也謂聚薪焚之揚其光炎使上
達於天也太一天之尊神也曜魄寶也善曰周禮曰以槱燎祀司中司命郭璞方言注曰火熾猛爲煬說文曰致送也漢書曰中宮天極
星其一明者太一常居也神歆馨而顧德祚靈主以元吉歆饗也顧眷也祚報也靈明也元大也吉福也
言天神親人主之明肅顧饗其馨香之祭故報之以大福尚書曰明德惟馨周易曰黃裳元吉然後宗上帝於明堂
推光武以作配宗尊也上帝太微中五帝也配對也言尊祭五帝於明堂以光武配之漢書曰明帝宗祀五帝於明堂光
武皇帝配之辯方位而正則五精帥而來摧徂回切辯別也方位謂四方中央之位也則法也五精五
方星也帥循也摧至也言五帝總集至明堂善曰漢書曰祀五帝於明堂坐位各處其方孝經鉤命決曰宗祀文王於明堂以配上帝五

精之神爾雅曰權至也尊赤氏之朱光四靈懋而允懷赤氏謂漢火德所統赤帝熛怒也河圖曰四靈
蒼帝神名靈威仰赤帝神名赤熛怒黃帝神名含樞紐白帝神名白招拒黑帝神名協光紀今五云四靈謂除赤餘有四懋悅也懷安也
善曰尚書曰民其允懷孔安國曰民信歸之於是春秋改節四時迭代改易也迭更也代謝也言感四時之
謝而欲享祀也善曰易乾鑿度孔子曰天地有春秋冬夏節故生四時又曰五行迭終四時更廢蒸蒸之心感物曾
思廣雅曰蒸蒸孝也感物謂感四時之物即春韭卵夏麥魚秋黍豚冬稻鴈孝子感此新物則思祭先祖也善曰尚書曰虞舜蒸蒸廣
雅曰感傷也躬追養於廟祧吐堯奉蒸嘗與禴祠言祭皆追感孝養之道故躬自為之躬猶身也善曰
禮緯曰祭者所以追養繼孝也禮記曰遠廟為祧毛詩曰禴祠蒸嘗公羊傳曰春曰祠夏曰禴秋曰嘗冬曰蒸物牲辯徧省
設其楅衡物牲謂祭祀之牲物皆徧省視之也橫木於牲角端以備抵觸謂之楅衡善曰周禮曰牧六牲而阜蕃其物以供祭
祀凡祭祀飾其牛牲設其楅衡杜子春曰楅衡所以持令不得抵觸人也毛炰炮豚胉博亦有和羹善曰鄭玄
曰周禮注曰毛炰者豚胎去其毛而炰之以備八珍毛詩曰毛炰胾羹周禮曰飲食之豆其實豚胉杜子春曰以胉為膞謂脇也毛詩曰
亦有和羹滌濯靜嘉禮儀孔明滌濯謂洗滌也靜絜也嘉善也孔甚也言禮儀甚鮮明也善曰周禮曰大祭祀眡滌
濯鄭玄曰滌溉祭器也毛詩曰籩豆靜嘉又曰禮儀既備又曰祀事孔明萬舞奕奕鍾鼓喤喤萬舞干也奕奕舞形
也喤喤鼓聲也善曰毛詩曰萬舞奕奕鍾鼓喤喤靈祖皇考來顧來饗平聲靈皇神名謂先帝也言先帝之神顯

慇子孫享其食也神具醉止降福穰穰神謂先神也具俱也止已降下也穰穰衆多也善曰毛詩曰神具醉止降
福穰穰及至農祥晨正土膏脉起農祥天駟卽房星也晨時正中也謂正月初也善曰國語曰號文公曰太
史順時覗土農祥晨正土乃脉發太史告稷曰土膏其動韋昭曰農祥房星也晨正謂立春之日晨中於午也脉理也膏土潤也乘
鑾輅而駕蒼龍善曰禮記曰孟春之月乘鑾輅駕蒼龍鄭玄曰鑾輅有虞氏之車也有鑾和之飾而飾之以青輪春東方
色青也馬八尺爲龍介馭間以剡以冉耜天子車帝在左御在中介處右善曰禮記曰天子祈穀于上帝親載耒耜措之
于參保介之御閒鄭玄曰保介車右置耒耜於車右與御者之間明以勸農又使勇士衣甲而參乘備非常也保猶衣也毛詩曰以我覃
耜毛萇曰覃利也鄭玄禮記注曰耜耒之金也覃與剡同躬三推於天田修帝籍之千畝善曰東觀
漢記曰永明四年詔書曰朕親耕于籍田以祈農事禮記曰躬耕帝籍天子三推爲籍千畝楊雄上林苑箴曰芒芒天田芃芃作穀供
禘郊之粢盛必致思乎勤己禘郊謂祭天於南郊也言天子籍田千畝必須親耕者爲敬其祖考用充宗廟
之粢盛故云勤己善曰禮記曰王者禘其祖之所自出鄭玄曰禘大祭也又曰天子籍田千畝以事天地以爲齊盛毛萇詩傳曰器實曰
粢在器曰盛鄭玄禮記注曰致之言至也兆民勸於疆場亦感懋力以耘耔音子兆民謂百姓也疆田
畔也耘去草耔壅本也善曰毛詩曰疆場有瓜或耘或耔爾雅曰懋勉也春日載陽合射辟雍陽暖也言春三月之
時與諸侯合射辟雍行禮教善曰毛詩曰春日載陽鄭玄曰載之言則也東觀漢記永平三年三月上初臨辟雍行大射禮設業

設虡宮懸金鏞設施也業栒上板刻為鴈齒捷業然植者為虡横者為栒以施設懸之宮中也鏞大鍾也善曰毛詩曰設業設虡周禮曰正樂懸之位王宮懸鄭司農曰宮懸四面也鏞已見上文鼖鼓路鼗樹羽幢幢鼖大鼓也鼗小鼓也幢幢羽貌善曰周禮曰以鼖鼓鼓軍事又曰路鼓鼓路鼗毛詩曰崇牙樹羽毛萇曰置羽於栒上以為飾也於是備物物有其容言備具也物禮物也射之禮物並有容飾也善曰左氏傳屠蒯曰事有其物物有其容伯夷起而相儀后夔坐而為工伯夷唐虞時明禮儀之官也后夔舜臣掌樂之官言禮以行施故云起樂以靜陳故曰坐善曰左氏傳曰孟僖子不能相儀又曰昔玄妻樂正后夔取之儀禮曰大射工六人張大侯制五正善曰毛詩曰大侯既抗毛萇曰大侯君侯也周禮曰王射三侯五正鄭司農曰王張五采之侯即五正之侯也謂天子五正諸侯三正大夫士二正以布畫取五方正色於大侯之上也設三乏厞司旌言大射張三侯故設三乏乏以革為之護旌者之禦矢也司旌謂執旌司射中當舉之周禮曰服不氏射則以旌居乏而待獲杜子春曰乏音為匱乏之乏爾雅曰厞隱也音翡并夾既設儲乎廣庭并夾鉗矢者周禮曰射則取矢也言侯高則以并夾取之也儲待也廣大也謂張設於大庭以待天子也於是皇輿夙駕鞶於東階鞶之言却也謂却於東階下天子未乘之時也善曰毛詩曰皇輿夙駕鞶音柴以須消啓明掃朝霞登天光於扶桑須侯也消不見也掃滅也言晨時啓明先見尚有餘光日出乃不見霞日邊赤氣也謂天子須啓明光消霞滅日上扶桑乃就乘輿也禮天子日出乃視朝善曰毛詩曰東有啓明西有長庚淮南子曰登于扶桑爰始將行是謂朏明也天子乃

珍倣宋版印

撫玉輅時乘六龍玉輅謂玉飾之也鄭玄禮記注曰撫猶據也東都賓曰登玉輅乘時龍善曰周易曰時乘六龍此謂各隨其時而乘之發鯨魚鏗華鐘發舉也鏗猶擊也華鐘謂有篆刻文故言華也善曰東都賦曰發鯨魚鏗華鐘大丙弭節風后陪乘善曰淮南子曰若夫鉗且大丙之御也馬莫使之而自走高誘曰二人太一之御也楚辭曰吾令羲和弭節兮王逸曰弭按節徐行也史記曰黃帝舉風后以理人鄭玄曰風后黃帝三公也應劭漢官儀曰常伯任侍中出即陪乘也攝提運衡徐至於射宮攝提有六星玉衡北斗中星主迴轉並飾於車上徐行至於射宮射宮謂辟雍也善曰漢書曰攝提失方音義曰攝提隨斗杓所建十二月也杓匹遙切春秋保乾圖曰斗節運衡何休公羊傳曰運轉也禮事展樂物具展謂舒陳器物也物具謂器物皆具備也王夏闋騶虞奏王夏樂名也天子初出奏也闋終也善曰周禮曰出入則奏王夏又曰凡射王奏騶虞之樂決拾既次彫弓斯彀古侯決以象骨著右手巨指所以鉤弦也拾韝捍著左臂也彫弓謂有刻畫也彀張也善曰毛詩曰決拾既次鄭玄曰次謂手指相比也達餘萌於暮春昭誠心以遠喻昭明也誠心謂天子之心也善曰禮記曰季春句者畢出萌者盡達白虎通曰天子所以親射何助陽氣達萬物也名之爲侯者何明諸侯不朝者則當射之然則射者帝誠心遠喻於下也文子曰誠心可以懷也進明德而崇業滌饕叨他餮結之貪欲射義曰射所以觀德也崇猶與也業射業也滌蕩去也言有貪婪嗜慾者皆滌蕩去之也善曰漢書明帝詔曰親射泰侯蓋選士威惡助微達陽也周易曰君子進德修業杜預左氏傳注曰貪財曰饕貪食曰餮仁風衍而外流

誼方激而遐騖衍布也方道也激感也遐遠也騖馳也善曰典引曰仁風翔乎海表禮記曰射者仁道也又曰古諸侯之
射所以明君臣之義也廣雅曰方正也日月會於龍狵闕恤民事之勞疚狵尾也日月會於尾謂十
月時也疚病也民勞病於歲事到此月乃終也故天子愍恤勞來之善曰國語云日月會於龍狵國家於是乎蒸嘗也賈逵曰狵龍尾也
月令孟冬日在尾漢書曰東宮蒼龍因休力以息勤致歡忻於春酒謂田事畢休民力息勤勞也善曰禮
記曰孟冬之月勞農以休息之春酒謂春時作至冬始熟也毛詩曰春酒惟淳執鑾刀以袒割奉觴豆於國
叟言天子親執鑾刀袒右膊而割牲以示敬也善曰東觀漢記曰永明二年詔曰十月元日始尊事三老兄事五更朕親袒割牲毛詩
曰執其鑾刀孝經援神契曰天子親臨辟雍袒割禮記曰食三老五更於太學天子袒而割牲執醬而饋執爵而酳降至尊以
訓恭送迎拜乎三壽降下也至尊天子也三壽三老也言天子尊而養此三老者以教天下之敬故來拜迎去拜送
焉善曰左傳曰享以訓恭儉蔡邕獨斷曰天子事三老使者安車輭輪送迎而至家天子獨拜毛詩曰三壽作朋也敬慎威儀
示民不偷以朱反協韻　敬宜也儀禮也毛詩曰敬慎威儀視民不佻毛萇曰佻偷也我有嘉賓其樂愉
愉嘉賓謂三老五更也愉愉和悅之貌也善曰毛詩曰我有嘉賓聲教布濩護盈溢天區布濩猶散被也天區
謂四方上下也言天子教愛及之尚書曰聲教訖于四海文德既昭武節是宣既已也昭明也宣猶發也言文武之
教無處不臨善曰尚書曰誕敷文德漢書武帝詔曰躬秉武節三農之隙曜威中原隙閒也曜威謂治兵也善曰國

語曰三時務農一時講武韋昭曰三時春夏秋西都賦曰曜威而講武事也歲惟仲冬大閱西園西園上林苑也善曰周禮曰仲冬教大閱公羊傳曰大閱者何簡車馬也後漢書曰先帝左開鴻池右作上林苑虞人掌焉先期戒事先期謂期日敕戒羣吏脩獵具也善曰周禮虞人掌山澤之官度知禽獸多少戒猶告也悉率百禽鳩諸靈囿悉盡也率斂也鳩聚也囿苑也囿謂集禽獸於靈囿之中善曰毛詩曰悉率左右以燕天子毛萇曰驅禽獸於王之左右鄭玄曰率循也悉率驅禽獸順其左右之宜以安待王之射毛詩曰王在靈囿獸之所同是謂告備同亦聚也備具也言禽獸皆已合聚田物具備也善曰毛詩曰獸之所同禮曰告備于王乃御小戎撫輕軒毛詩曰小戎俴收謂小戎之車輕便宜田獵鄭玄曰輕車驅逆之車中畋四牡既佶其栗且閑中畋馬謂調良馬可用獵者佶健也閑習也毛詩曰四牡既佶且閑戈矛若林牙旗繽紛若林言多也繽紛風吹貌兵書曰牙旗者將軍之旌謂古者天子出建大牙旗竿上以象牙飾之故云牙旗迄上林結徒營迄至也結止也徒衆也營域也上林苑名善曰說文曰營市居也次一作斂和樹表司鐸授鉦斂比也和軍之正門爲和也表門表也司主也鉦鐸所以爲軍節善曰周禮曰大閱虞人爲表以旌爲左右和門又曰教振旅辨鼓鐸鐲鐃之用也坐作進退節以軍聲言聲中進退取鍾鼓旌之節善曰周禮曰司馬執鐸以教坐作進退疏數之節三令五申示戮斬牲示教也言三令五申示衆人畢有不用命者斬之若牲也善曰尹文子曰將戰有司讀誥誓三令五申之既畢然後即敵史記曰孫子約束既布三令五申之周禮曰大閱斬牲以徇陣曰不用令

者斬之陳師鞠旅教達禁成陳師猶列師衆也鞠之言告也教達謂三令五申禁令已行軍法成也善曰毛詩曰
陳師鞠旅火列具舉武士星敷具俱也敷布也言武士獵徒如星之布也善曰毛詩曰火列具舉毛萇曰列人持火
也鵝鸛灌魚麗离箕張翼舒鵝鸛魚麗並陣名也謂武士發於此而列行如箕之張如翼之舒也善曰左氏
傳曰晉荀吳與華氏戰于赭丘鄭翩願爲鸛其御願爲鵝左氏傳曰王伐鄭鄭原繁爲魚麗之陣軌塵掩迒岡匪疾
匪徐掩覆也迒迹也謂車軌之塵適自覆跡言得遲疾之中也善曰穀梁傳曰蒐于紅車軌塵馬候蹄也馭不詭遇射
不翦毛孟子曰爲之詭遇一朝而獲十劉熙曰橫而射之曰詭遇毛萇詩傳曰面傷不獻翦毛不獻升獻六禽時
膳四膏升進也四膏者禮記曰牛膏香犬膏臊雞膏腥羊膏羶善曰周禮曰庖人掌供六禽鄭司農曰六禽鴈鶉鷃雉鳩鴿也
馬足未極輿徒不勞極盡也輿衆也勞罷勞也善曰韋昭漢書注曰輿車士也成禮三敺一作驅解
罘伏侯放麟大鹿曰麟解散也罘罔也周易曰王用三敺失前禽也敺與驅同善曰穀梁傳曰四時之田用三焉一曰乾豆二曰
賓客三曰充君之庖不窮樂以訓儉不殫物以昭仁窮極也訓教也殫盡也物謂禽獸也言殺禽獸不盡
卽昭明人君行仁之道謂崇儉故也善曰列女傳曰周宣王姜后曰好奢必樂窮樂者亂之所與左傳曰享以訓躬儉慕天乙
之弛罟因教祝以懷民天乙殷湯名也弛廢也善曰呂氏春秋曰湯見罔置四面湯拔其三面置其一面祝曰昔
蛛蝥作罔今之人學紓欲高者高欲下者下吾取其犯命者漢南之國聞之曰湯德至禽獸三十國歸之高誘曰紓緩也毛萇詩傳曰懷

也來儀姬伯之渭陽失熊羆而獲人儀則也姬伯文王為西伯也善曰史記曰太公望呂尚東海人以漁
釣于周西伯西伯將出獵卜曰所獲非龍非彲非虎非羆所獲霸王之輔西伯獵果遇太公渭之陽與語大說文王勞之太公曰臣聞君
子樂其志小人樂其事遂載與俱歸澤浸昆蟲威振八寓浸潤也八寓八方區宇也善曰毛詩序曰文王德及鳥獸
昆蟲焉鄭玄禮記注曰昆明也明蟲者陽而生陰而藏也蒼頡篇曰宇邊也說文曰寓籒文宇字好樂無荒允文允
武允信也無荒言不好荒淫之樂信與文王武王等其功德也善曰毛詩曰好樂無荒允文允武昭假烈祖薄狩于敖既
璅璅一作瑣焉敖鄭地今之河南滎陽也謂周王狩也璅璅小也言鄙陋不足說也詩曰建旐設旄薄獸于敖岐陽之
蒐又何足數岐陽岐山之陽謂成王所狩之地亦以小不足可數也善曰左氏傳曰成王有岐陽之蒐爾乃卒歲
大儺奴何毆除羣厲卒終謂一歲之終儺逐疫鬼善曰漢舊儀曰昔顓頊氏之有三子已而為疫鬼一居江水為瘧鬼一
居若水為罔兩蜮鬼一居人宮室區隅善驚人為小鬼於是以歲十二月使方相氏蒙虎皮黃金四目玄衣丹裳執戈持盾帥百隸及童
子而時儺以索室中而毆疫鬼也方相秉鉞巫覡胡激操茢音冽善曰周禮曰方相氏黃金四目玄衣朱裳執
戈揚盾也國語曰在男謂之覡在女謂之巫也說文曰操把持也左傳曰襄公乃使巫以桃茢先祓殯杜預曰茢乃黍穰也侲震
子萬童丹首玄製侲子童男童女也朱丹也玄製皂衣也善曰續漢書曰大儺謂逐疫選中黃門子弟十歲以上十二
以下百二十人為侲子皆赤幘皁製以逐惡鬼于禁中桃弧棘矢所發無臬牛列切飛礫雨散剛

癉亶必斃桃弧謂弓也棘矢箭也癉難也言鬼之剛而難者皆盡死也善曰漢舊儀常以正歲十二月命時儺以桃弧葦矢且
射之赤丸五穀播洒之以除疾殃左氏傳曰桃弧棘矢以除其災說文曰臬射埻的也煌火馳而星流逐赤疫
於四裔煌火光也馳競也赤疫疫鬼惡者也四裔謂四海也星流謂羣鬼競走煌煌然如火光之與星流也善曰續漢書曰儺持
火炬送疫出端門外騶騎傳炬出宮五營騎士傳火棄洛水中星流言疾也左氏傳曰投諸四裔以禦螭魅然後凌天池
絕飛梁凌升也善曰莊子曰北溟者天池也如淳漢書注曰直渡曰絕甘泉賦曰歷倒景而絕飛梁捎所交切魑魅
斮側角獝其筆狂魑魅山澤之神獝狂惡戾之鬼名捎殺也斮擊也善曰諸鬼之說者各異今隨所釋而載之不改易也斬
蜲紆危蛇移腦方良方良草澤之神也腦陷其頭也善曰莊子蜲蛇之狀其大若轂其長若轅紫衣而朱冠也囚耕
父於清泠零溺女魃蒲葛於神潢黃清泠水名在南陽西鄂山上神潢亦水名未知所在善曰山海經曰有
神耕父處豐山常游清泠之淵出入有光又曰大荒之中有山名不勾有人衣青衣名曰黃帝女魃所居不雨殘夔魖虛與
罔像殪煙計野仲而殲子廉游光殘猶殺也夔木石之怪如龍有角鱗甲光如日月見則其邑大旱說文曰魖耗
鬼也罔象木石之怪殪殺也殲滅也野仲游光惡鬼也兄弟八人常在人間作怪害八靈爲之震慴之涉況鬾巨宜
蜮域與畢方鬾小兒鬼畢方老父神如鳥兩足一翼者常銜火在人家作怪災也善曰楚辭曰合五嶽與八靈王逸曰八靈
八方之神也爾雅曰震慴懼也漢舊儀曰鬾鬼也鬾與蜮古字通度朔作梗哽守以鬱壘神荼副焉

對操刀七索葦東海中度朔山有二神一曰神荼二曰鬱壘領衆鬼之惡害者執以葦索而用食虎善曰風俗通曰黃帝書上
古時有神荼鬱壘昆弟二人性能執鬼度朔山上有桃樹下常簡閱百鬼鬼無道理者神荼與鬱壘持以葦索執以飼虎是故縣官常以
臘祭夕飾桃人垂葦索畫虎於門以禦凶也毛詩傳曰梗病也謂爲人作梗病者　目察區陬子侯司執遺鬼察觀
也區陬隅隟之閒也司主也謂於度朔山主執遺餘之鬼也　京室密清罔有不韙密靜也清潔也罔無也韙善也
謂無復疫癘皆得安善也於是陰陽交和庶物時育庶衆也漢書曰陰陽和風雨時言疫癘既無陰陽乃和衆
物育養也卜征考祥終然允淑征巡行也考問也祥吉也允信也淑善也善曰左氏傳石奭曰先王卜征五年而歲
卜其祥祥習則行周易曰視履考祥毛詩曰終然允臧也乘輿巡乎岱嶽勸稼穡於原陸乘輿天子也岱
泰山也種曰稼收曰穡謂春勑東方諸侯課民以耕種故尚書云二月東巡狩至於岱宗柴　同衡律而壹軌量齊
急舒於寒燠於六衡稱也軌法也寒燠猶苦樂同壹齊皆使中不參差也善曰尚書曰同律度量衡又曰謀恒寒若豫恒
燠若省幽明以黜陟乃反旆而迴復省察也幽闇也黜退也陟昇也謂有功者進無功者退也故尚書曰
三載考績黜陟幽明也反旆謂迴還也　望先帝之舊墟慨長思而懷古先帝先神也舊墟長安也慨歎
息也古往也謂前漢初也俟閶風而西遐致恭祀乎高祖俟待也閶風秋風也祠謂祭祀高祖廟也遐逝
也善曰東觀漢記曰永明二年十月幸長安祠高廟周書曰恭明祠專明刑易說曰秋閶闔風至　既春游以發生啓

諸蟄於潛戶春游謂仲春巡行岱嶽是時蟄蟲皆開戶帝乃東巡助宣氣也善曰爾雅曰春爲發生禮記曰仲春之月蟄蟲咸動啓戶始出度秋豫以收成觀豐年之多稌他杜秋行曰豫謂秋行禮高祖廟此時萬物始成善曰晏子曰吾王不游吾曷以休吾王不豫吾曷以助一游一豫爲諸侯度爾雅曰秋爲收成毛詩曰豐年多稌毛萇曰稌稻也嘉田畯之匪懈行致賚于九扈嘉善也畯主田官也九扈農正知田事扈正也言天子行慶福致賚於九扈使民不淫放善曰毛詩曰田畯至喜又曰夙夜匪懈左氏傳曰郯子曰九扈爲九農正杜預曰扈有九種也春扈頒鶞夏扈竊玄秋扈竊藍冬扈竊黃棘扈竊丹行扈唶唶宵扈嘖嘖桑扈竊脂老扈鷃鷃以九扈爲九農之號各隨其宜以教人事也左瞰暘谷右睨玄圃暘谷日出之處玄圃在崑崙山上瞰望也睨視也善曰淮南子曰日出于暘谷浴于咸池也又曰縣圃在崑崙閶闔之中玄與縣古字通眇天末以遠期規萬世而大摹莫補叶韻眇視也摹法也言帝之巡狩眇然以天末爲遠期規欲以爲萬代之大法也善曰劇秦美新曰創億兆規萬世且歸來以釋勞膺多福以安念羊主念寧也歸謂西征旋乃釋吏士之劬勞祭祀受多福以安寧也善曰尚書曰永膺多福總集瑞命備致嘉祥總會也集聚也祥神也卽騶虞澤馬之屬也瑞應也卽鸞鳳之屬也善曰墨子曰禹親抱天之瑞命也孝經鉤命決曰帝王起緯合宿嘉瑞貞祥圉語林氏之騶鄒虞擾澤馬與騰黃圉牢養也林氏山名也騶虞義獸也善曰山海經曰林氏有珍獸大若虎五采畢具尾長於身其名騶吾乘之日行千里劉芳詩義疏曰騶虞或作吾應劭漢書注曰擾音柔擾馴也陰嬉讖曰聖

人爲政澤出馬山海經曰大封國有文馬縞身朱鬣名曰吉良乘之壽千歲瑞應圖曰騰黃神馬一名吉光然吉良騰黃一馬而異名也
鳴女牀之鸞鳥舞丹穴之鳳皇女牀山名在華陰西六百里山海經曰女牀之山有鳥焉其狀如鶴五色
文名曰鸞鳥見卽天下安寧又曰丹穴之山有鳥焉其狀如鶴五采名曰鳳皇是鳥也飲食自歌自舞見則天下安寧植華平
於春圃豐朱草於中唐植猶種也華平瑞木也天下平其華則平有不平處其華則向其方傾中唐堂塗也善曰
孝經援神契曰德至於地則華平盛也瑞應圖曰木名也宮閣記有春王圖鷃冠子曰聖王之德下及萬靈則朱草生抱朴子曰朱草長
三尺枝葉皆赤莖似珊瑚也如淳漢書注曰唐庭也毛詩曰中唐有甓惠風廣被澤洎幽荒惠恩也洎及也幽荒
九州外謂四夷也北燮素頰丁令南諧越裳燮諧皆和也越裳南蠻今九真是也丁令國名善曰漢書曰匈奴北
服丁令也韓詩外傳曰成王之時越裳氏重九譯而至獻白雉於周公西包大秦東過樂浪音郎善曰司馬彪續
漢書曰大秦國名犂鞬鞬在西海之西漢書有樂浪郡重舌之人九譯僉稽首而來王重舌謂曉夷狄
語者九譯九度譯言始至中國者也善曰國語曰夫戎狄坐諸門外而使舌人體委與之韋昭曰舌人能達異方之志象胥之官也韓詩
外傳曰成王之時越裳氏重九譯而至獻白雉於周公晉灼漢書注曰遠國使來因九譯言語乃通也說文曰譯傳四夷之語者尚書曰
禹拜稽首四夷來王是以論其遷邑易京則同規乎殷盤京京師也規法也盤庚殷王之名也改
奢卽儉則合美乎斯干斯干謂周宣王儉宮室之詩也今漢光武改西京奢華而就儉約合斯干之美善曰韓詩

曰宋襄公去奢卽儉登封降禪則齊德乎黃軒登謂上泰山封土降謂下禪梁父也言光武登上泰山下禪梁
父則與黃帝軒轅齊其功德善曰黃帝封泰山爲無爲事無事永有民以孔安爲作也事業也永長也孔
甚也以無爲爲功以無事爲業澹然不煩瀆也善曰老子曰爲無爲事無事我無爲而民自化我無事而民自富遵節儉尙
素樸遵循也樸質也言遵循節儉尙其樸素也善曰漢書曰文帝躬節儉莊子曰同乎無欲是謂素樸思仲尼之克
己履老氏之常足孔子曰克己復禮馬融曰克己約身善曰老子曰知足常足也將使心不亂其所
在目不見其可欲善曰老子曰不見可欲使心不亂河上公曰放鄭聲遠美人使心不亂不邪淫也賤犀象
簡珠玉簡猶略也善曰長楊賦曰賤瑇瑁而疏珠璣藏金於山抵紙璧於谷藏抵皆謂不取之謂儉故
也善曰莊子曰藏金於山藏珠於淵說文曰抵側擊也翡翠不裂瑇瑁不蔟音族翡翠鳥名也瑇瑁珍名不裂不
折其羽以爲玩飾也不蔟不义蔟取之爲器也所貴惟賢所寶惟穀善曰尚書曰所寶惟賢則邇人安范子計然曰
五穀者萬人之命國之重寶民去末而反本咸懷忠而抱慤苦角切詐僞爲末忠信爲本善曰淮南子
云守道順理者不免於飢寒之患而欲人之去末反本是猶發其原而壅其流也說文曰慤謹也于斯之時海內同
悅曰吁漢帝之德侯其禕於離而言於此之時皆同歡樂也于於也悅樂也吁驚也禕美也蓋蓂莢
爲難蒔神志也故曠世而不覿覿見也蓂莢瑞應之草王者賢聖太平和氣之所生生於階下始一日生一莢

至月半生十五莢十六日落一莢至晦日而盡小月則一莢厭不落王者以證知月之小大堯時夾階生之謂不世見故云難蒔也善曰
田俅子曰堯爲天子蓂莢生於庭爲帝成歷范曄後漢書班固議曰漢興以來曠世歷年惟我后能殖之以至和
平方將數所主諸朝階后帝也惟我帝有至和之德故必能殖之方當生於朝陛得以數知月之大小也謂上文蓂莢
也善曰鄭玄毛詩箋曰方直也然則道胡不懷化胡不柔胡何也懷來也柔安也言皆安之也聲與風
翔澤從雲游翔游皆行也風者天之號令雲雨者天之膏潤故聲教與風皆翔恩澤與雲俱行也萬物我賴亦
又何求我賴賴我我也言萬物皆賴帝之恩惠以得所無復他求也德寓天覆赴輝烈光燭寓猶蓋也帝之
德蓋如天之覆日月之光輝照於遠近也善曰國語勃鞮曰君之德宇何不寬裕也寓與宇同禮記孔子曰天無私覆狹三王
之趢祿趗七木軼五帝之長驅狹謂陋也趢趗局小貌也軼過也驅馳也言以三王禮法爲局小狹陋過五帝
而遠馳則繼三皇之跡也善曰戰國策曰樂毅長驅至齊踵二皇之遐武誰謂駕遲而不能屬踵繼
也二皇伏羲神農也遐遠也武迹也屬逮也誰敢謂今所駕者遲而不能逮言必能逮也東京之懿未罄值余有
犬馬之疾不能究其精詳懿美也罄盡也先生言東京之美未盡遇我有疾故不能究其美事也善曰孔叢子、
謂魏王曰臣有犬馬之疾不任國事毛萇詩傳曰詳審也故粗爲賓言其梗槩如此粗猶略也賓西京也梗槩
不纖密言粗舉大綱如此之言也若乃流遁忘反放心不覺樂而無節後離其戚言若

流情放心不自反窮恣意所爲淫樂無禮以無節終後卒當罹其憂禍卽秦皇王莽是也善曰淮南子曰凡亂之所由生皆在流遁廣雅曰遁去也孟子曰人有放心不知求學問之道也一言幾渠衣於喪國我未之學也幾近也先生責公子云取樂今日皇恤我後言今非之也善曰論語曰一言可以喪邦乎且夫挈苦結缾之智守不假器言挈缾之小智耳尚不妄以假人也善曰左氏傳曰人有言曰雖有挈缾之智守不假器禮也況纂祖管帝業而輕天位纂繼也今如公子言皆淫心放意之事此乃輕居天王之尊位而禪於董賢善曰長楊賦曰恢帝業尚書曰天位艱哉瞻仰二祖厥庸孔肆庸功也孔甚也肆勤也言瞻望高祖功庸甚勤苦而得之也常翹翹以危懼若乘奔而無轡言居天子之位常若奔馬而無轡履冰而負重也善曰毛詩曰予室翹翹毛萇曰翹翹危也鄧析曰明君之御民若乘奔而無轡白龍魚服見困豫且予余切說苑曰吳王欲從民飲五子胥曰昔白龍下清泠之淵化爲魚豫且射中目白龍不化豫且不射君今棄萬乘之位而從於臣恐有豫且之患此言先生責公子陰戒期門微行要屈雖萬乘之無懼猶怵惕於一夫萬乘天子也卽秦始皇也高祖也昔秦始皇東游爲張良所擊中其副車漢高祖於柏人亭殆爲貫高所中善曰尚書曰怵惕惟厲孔安國曰怵惕悚懼也方言曰戒備也過秦論曰一夫作難惕驚也終日不離其輜重獨微行其焉如輜重車也焉言安也如往也公子說微行要屈故先生問之言欲何往也善曰老子曰終日行不離輜重張揖曰輜重有衣車也漢書曰武帝微行始出也夫君人者黈纊塞耳車中不內顧黈纊言以黃緜大如丸懸

冠兩邊當耳不欲妄聞不急之言也內顧謂不外視臣下之私也善曰大戴禮孔子曰黈纊塞耳所以塞聰也魯論語曰車中不內顧崔
駰車左銘曰正位授綏車中不顧塵不出軌鸞以節步珮以制容鑾以節塗珮爲行容鑾爲車節善曰禮記曰君
子在車則聞鑾和之聲行則鳴珮玉也行不變玉鸞不亂步行合容則玉聲應馬步齊則鑾和響竝謂君之禮法
卻走馬以糞車何惜騕烏皎褭寧少與飛兔卻退也老子曰天下無道戎馬生於郊天下有道卻走馬
以糞河上公曰糞者糞田也兵甲不用卻走馬以務農田然今言糞車者言馬不用而車不敗故曰糞車也何惜言不愛之也善曰呂氏
春秋曰飛兔騕褭古之駿馬方其用財取物常畏生類之殄也方將也生類謂天下万物之類也殄
盡也賦政任役常畏人力之盡也謂任役使人常畏人力盡也取之以道用之以時
論語曰敬事而信節用而愛人使民以時此之謂也善曰毛萇詩傳曰太平而微物衆多取之有時用之有道山無槎仕假枿
五葛畋不麑烏夭胎斜斫曰槎斬而復生曰枿不麑胎者言不如公子所道攫胎拾卵校獲麑麌也漢書曰昔先王山不槎蘖
畋不殺胎草木蕃廡武鳥獸阜滋蕃滋也廡盛也阜大也滋益也善曰尚書曰庶草蕃廡班固漢書序曰蕃阜庶
物民忘其勞樂輸其財民謂百姓也言民不以力役爲勞苦不以財賦爲損費故文王有子來之人武帝時卜式
入錢以助官也善曰周易曰悅以使人人忘其勞也百姓同於饒衍上下共其雍熙言富饒是同上下咸
悅故能雍和而廣也論語曰百姓足君孰與不足善曰尚書曰黎民於變時雍又曰庶績咸熙洪恩素蓄民心固結

洪大也蓄積也固牢固也謂高祖已下積恩施惠人心固結故王莽之時皆謳吟而思漢也善曰四子講德論曰洪恩所潤不可究陳國
語甯莊子曰民無結不可以固孫子曰吾將固其結也執誼顧主夫懷貞節夫猶人人也言執禮義之心顧思漢
德人懷貞正之志分也楚辭曰原生受命于貞節忿姦慝之干命怨皇統之見替音鐵叶韻慝惡也
統嗣也替廢也謂忿王莽之逆命怨漢統之替廢也玄謀設而陰行合二九而成譎玄神也譎變也謂王
莽之謀陰行十八年而成變計也登聖皇於天階章漢祚之有秩聖皇光武也章明也秩常也言明漢
家之常秩也善曰甘泉賦曰聖皇穆穆東都賦曰漢祚中缺若此故王業可樂焉若如此也言如此即王業之可
樂也善曰毛詩曰致王業之艱難今公子苟好勦子小民以媮逾樂忘民怨之爲仇也
勦盡也媮猶僥倖也仇讎也今公子所言苟好盡人以僥倖須臾之樂不知人好共怨己當成大讎也善曰左氏傳晉桓子曰無及於鄭
而勦民杜預曰勦勞也左氏傳飾服曰怨耦曰仇好殫物以窮寵忽下叛而生憂也殫盡也寵驕也
忽忘也生憂謂生己之憂患也言好盡人之財以寵極驕逸之樂忘人叛己之爲大患也漢書谷永曰財竭則下叛下叛則上亡夫
水所以載舟亦所以覆舟覆敗也善曰孫卿子曰君者舟也人者水也所以載舟所以覆舟堅冰作
於履霜尋木起於蘖魚竭栽言事皆從微至著不可不慎之於初所以尋木起於牙蘖洪波出於涓泉善曰周易
曰履霜堅冰至說文曰尋八尺也山海經曰尋木長千里枚乘上書曰十圍之木始生而蘖孔安國尚書傳曰用生栟栽韋昭曰株生曰

蘖鄭玄禮記注曰栽植也蘖與枿古字同昧旦丕顯後世猶怠昧早也丕大也顯明也怠懈也謂起行大明之道後世子孫猶尚懈怠善曰左氏傳讒鼎之銘曰昧旦丕顯後世猶怠況初制於甚泰服者焉能改裁去聲

叶韻　譬如爲人裁衣始制之洪大服者得而衣之何能更小之乎善曰賈逵國語注曰裁制也故相如壯上林之觀楊雄騁羽獵之辭雖系計以隤牆塡壍七念亂以收罝嗟解罘浮系繼也亂理也司馬相如上林賦其卒曰乃命有司隤牆塡壍使山澤之人得至焉楊雄羽獵賦其末曰放雉兔收罝罘也卒無補於風規祇以昭其愆尤規猶諫也祇適也愆短也尤過也言不能補其愆過臣濟奓以陵君濟謂度也度於奓後謂僭也陵踰君法若季氏八佾舞於庭左氏傳萇弘曰毛得以濟後於王都忘經國之長基言尊卑所以爲國今反陵之故非所以經國故函谷擊柝託於東西朝顛覆而莫持柝守夜所擊木也顛隕也持扶也謂王莽之兵猶擊柝守函谷關而三輔兵已自入長安宮朝廷顛隕無復扶持也東謂函谷在京之東西朝則京師也善曰周易曰重門擊柝凡人心是所學體安所習所習爲心所好愛者即學善曰尚書曰夫常人安於俗學溺於所聞鮑肆不知其臰一作臭翫其所以先入翫習也先入言久處其俗也善曰家語孔子曰入善人之室如入芝蘭之室久而不知其香入不善之室如入鮑魚之肆久而不知其臰皆猶躰所習故今言公子以長安爲好亦然也咸池不齊度於鼃鳥咬交鳥而衆聽或疑齊同也咸池堯樂也鼃咬淫聲也言咸池之音本不與鼃咬同而衆

聽者乃有疑惑善曰樂動聲儀曰黃帝樂曰咸池賓戲曰淫𨈆而不可聽者非寵宴之樂也李奇曰淫𨈆不正也傳毅琴賦曰絕激哇之
淫法言曰哇則鄭李軌曰哇邪也舞賦曰吐哇咬則發皓齒然哇與𨈆同咬亦不正之聲也咬或作蛟非也能不惑者其
唯子野乎子野師曠字曉音曲者以喻安處先生也言西京奢泰肆情不依禮度東京儉約依禮行事衆人觀之謂是其一唯
安處先生得知其指也善曰左氏傳叔向曰子野之言君子哉客既醉於大道飽於文義客斥公子謂聞東京
文義之道若醉飽焉勸德畏戒喜懼交爭勸德謂公子見先生說東京禮法自勸勉行其道德又畏懼先生之戒也
罔然若酲朝罷夕倦奪氣褫雉魄之爲者罔然猶惘惘然也酲病酒也朝罷夕倦曉夜不臥惘
然如神奪其精氣又若魂魄亡離其身今公子亦如之也善曰說文曰褫奪也忘其所以爲談失其所以爲
夸公子本以奢侈爲美談今見先生述東京之德所以忘美失夸也良久乃言曰鄙哉予乎習非而
遂迷也良久頃乃復能言也自鄙其迷惑所學者非正也善曰論語曰荷蕢曰鄙哉硜硜乎廣雅曰鄙固陋不惠楊子法言曰習
非之勝是況習是之勝非乎幸見指南於吾子言己之惑不知南北今先生指以示我我則足以三隅反也善曰桓
譚上便宜曰管仲桓公之指南若僕所聞華而不實若如也公子言如僕所聞西京之事蓋是虛華而無實錄善曰
左氏傳甯嬴曰晉陽處父華而不實怨之所聚先生之言信而有徵先生安處先生也徵驗也言先生之言信有徵
驗也善曰左氏傳叔向曰君子之言信而有徵鄙夫寡識而今而後乃知大漢之德馨咸在

於此公子重自鄙曰如今日後日乃知大漢之德在於此耳善曰論語曰鄙夫不可以事君尚書曰明德惟馨昔常恨三墳五典既泯三墳三皇之書也五典五帝之書也泯滅也善曰左氏傳楚子曰左史倚相能讀三墳五典八索九丘也仰不睹炎帝帝魁之美睹見也炎帝神農後也帝魁神農名並古之君號也善曰管子曰管仲對桓公曰神農封泰山炎帝封泰山孝經鉤命訣曰佳已感龍生帝魁鄭玄曰佳已帝魁之母也魁神名宋衷春秋傳曰帝魁黃帝子孫也得聞先生之餘論則大庭氏何以尚茲先生安處先生也大庭古國名也尚高也善曰子虛賦曰願聞先生之餘論莊子曰昔容成氏大庭氏結繩而用之若此時則至治也茲此也走雖不敏庶斯達矣走公子自稱走使之人如今言僕矣不敏猶不達也公子言我雖不敏於大道庶幾先生之說遂達矣善曰司馬遷書曰太史公牛馬走孝經曾子曰參不敏

文選卷第二

賜進士出身通奉大夫江南蘇松常鎮太等處承宣布政使司布政使胡克家重校刊

文選卷第四

梁昭明太子撰

文林郎守太子右內率府錄事參軍事崇賢館直學士臣李善注上

京都中

張平子南都賦一首　左太沖三都賦序一首

蜀都賦一首

南都賦 摯虞曰南陽郡治宛在京之南故曰南都　張平子

於顯樂都既麗且康毛萇詩傳曰於歎辭詩曰適彼樂國陪京之南居漢之陽京謂洛陽也尚書曰嶓冢導漾東流爲漢鄭玄曰漾水至武都爲漢割周楚之豐壤跨荊豫而爲疆西京賦曰周卽豫而弱呂氏春秋曰河漢之閒爲豫州也漢書地理志注曰南陽屬荊州又曰荊州楚故都體爽塏以閑敞紛郁郁其難詳爽塏已見西京賦揚雄豫州箴曰郁郁京河伊洛是經也爾其地勢則武闕關其西桐栢揭蝎其東武闕山爲關在西也漢書音義文穎曰武關山爲關而在西弘農界也漢書曰南陽之平陽縣有桐栢山流滄浪而爲隍廓方城而爲墉尚書曰漾水又東爲滄浪之水左氏傳屈完曰楚國方城以爲城漢水以爲池

説文曰城池無水曰隍毛萇詩傳曰墉城也湯谷涌其後淯水盪其胷盛弘之荊州記曰南陽郡城北有紫山紫山東有一水無所會通冬夏常溫因名湯谷山海經曰攻離之山淯水出焉南流注于漢郭璞曰今淯水在淯陽縣南盪他浪切推淮引湍三方是通淮水自此而去故曰推湍水自彼而來故曰引說文曰推排也山海經曰翼望之山湍水出焉郭璞曰湍鹿摶切今湍水逕南陽穰縣而入淯也三方東西及南也其寶利珍怪則金彩玉璞隨珠夜光彩金之彩也璞玉之未理者淮南子曰隨侯之珠和氏之璧得之而富失之而貧高誘曰隨侯漢中國姬姓諸侯也隨侯見大蛇傷斷以藥傅而塗之後蛇於夜中銜大珠以報之因曰隨侯之珠蓋明月珠也鄒陽曰夜光之璧劉琨云夜光之珠尹文子曰田父得寶玉徑尺置於廡上其夜明照一室然則夜光爲通稱不繫之於珠璧也銅錫鉛鍇苦駭赭者堊惡流黄鄭玄周禮注曰錫鑞也說文曰鉛青金又曰九江謂鐵爲鍇山海經曰陸鄃之山其下多堊若之山其上多赭郭璞曰赭赤土也堊似土白色也鄃音踰本草經曰石流黄生東海牧陽山谷中本草言其所出此亦兼而有之博物志曰雄黄似石流黄綠碧紫英青雘烏郭丹粟廣志曰碧有縹碧有綠碧本草經曰紫石英生太山之谷山海經曰景山之西曰驕山其下多青雘郭璞曰雘黝屬音瓠山海經曰荊山之首曰景山雎水出焉其中多丹粟郭璞曰細沙如粟太一餘糧中黄穀玉本草經曰太一禹餘糧一名石腦生山谷博物志曰石中黄子黄石脂又曰欲得好穀玉用發於襄鄉縣舊穴中鑿取大者如魁斗小者如雞子松子神陂赤靈解角習鑿齒襄陽耆舊記曰神陂在蔡陽縣界有松子亭下有神陂也赤靈赤龍也解角脫角也事未詳

耕父揚光於清泠之淵游女弄珠於漢皐之曲山海經曰有神耕父處豐山常游清泠之
淵出入有光韓詩外傳曰鄭交甫將南適楚遵彼漢皐臺下乃遇二女佩兩珠大如荊雞之卵其山則崆口江嶢五江嶱
苦葛嵑五葛嵣大朗㟐莽嶚遼剌力割崆嶢嶱嵑山石高峻之貌字書曰崆山貌也嵣㟐山石廣大之貌也嶚山高
而相戾也廣雅曰嶚高也說文曰剌戾也岝仕白㟧額嶵祚迴嵬五迴嶔香金巇許宜屹魚乞嶭五結埤蒼曰
岝㟧山不齊也說文曰嶵嵬山石崔嵬高而不平也嶔巇山相對而危險之貌也屹嶭斷絕之貌也幽谷嶜岑岑吟夏
含霜雪毛詩曰出自幽谷楊雄蜀都賦曰玉石嶜岑又曰夏含霜雪嶜岑高峻之貌也或峮丘筠嶙鄰而纚力氏
連或豁爾而中絕峮嶙相連之貌鞠九六巍巍其隱天俯而觀乎雲霓五結鞠高貌
也班孟堅西都賦曰其陽則崇山隱天楊雄蜀都賦曰蒼山隱天若夫天封大狐列仙之陬子侯天封未
詳或曰山名也南郡圖經曰大胡山故縣縣南十里張衡云天封大胡也薛綜注曰陬陬隅隈之閒也上平衍而曠蕩
下蒙籠而崎溪嶇區孫子兵法曰草樹蒙籠廣雅曰崎嶇傾側也坂坻遲巀在結嶭五結而成
甗魚勉谿鏨錯繆謬而盤紆郭璞上林賦注曰坻岸也又曰巀嶭高峻也毛萇詩傳曰巘小山別大山也錯繆雜
亂貌也芝房菌奇殞蠢生其隈玉膏滵密溢流其隅芝房芝生成房也菌蠢是芝貌也山海經
曰密山丹水出焉其中多白玉是有玉膏滵溢流貌崑崙無以奓閬浪風不能踰東方朔十州記曰崑崙其

比角曰閬風之顛其木則檉勑貞松楔更黠櫻鄔槾萬栢杻橿疆檉似栢而香爾雅曰楔曰荊桃

郭璞曰櫻桃也郭璞山海經注曰槾似松栢有刺槾荊也又曰杻似桑而細葉又曰橿中車材楓柙櫨盧櫪帝女之桑

爾雅曰楓聶聶音風聶之涉切劉逵吳都賦注曰柙香木智甲切郭璞上林賦注櫨橐櫨力胡切櫪與櫟同來的切山海經曰宣山有桑

焉其枝四衢名帝女之桑郭璞曰婦人主蠶因以名桑也楈胥枒邪栟并櫚閭柍於兩柘檍憶檀亶郭璞

上林賦注曰楈枒似栟櫚皮可作索張揖注上林賦曰栟櫚椶也皮可以為索柍未詳爾雅曰杻檍郭璞曰似桑蒼頡篇曰檀木名結

根竦本垂條嬋蟬媛袁結猶同也廣雅曰竦上也嬋媛枝相連引也布綠葉之萋萋敷華

蘂之蓑蓑素回反毛萇詩傳曰萋萋茂盛貌王逸楚辭注曰蘂實貌也劉淵林蜀都賦注曰蘂一曰花頭點也蓑蓑下垂貌

玄雲合而重陰谷風起而增哀淮南子曰玄雲素朝毛詩曰習習谷風攢在官立叢駢青

冥盰瞑音眠言林木攢羅衆色幽昧也楚辭曰遠望兮芊眠王逸曰芊眠遙視闇未明也芊眠與盰瞑音義同杳譪蓊

鬱於谷底森蓴蓴祖本而刺天皆茂盛貌也司馬相如弔二世曰衆樹之蓊鬱兮虎豹黃熊游

其下轂呼轂玃居縛猱奴刀㹶廷戲其巔六韜曰散宜生得黃熊而獻之紂說文曰轂類犬腰以上黃以下黑

爾雅曰玃父善顧郭璞曰似獼猴而大蒼黑色鄭玄禮記注曰猱獼猴也張載吳都賦注曰㹶猨屬鸞鸑岳鵷鶵翔其

上騰猨飛蠝壘棲其間國語曰周之興也鸑鷟鳴於岐山賈逵曰鸑鷟鳳之別名也山海經曰南禺之山有鵷鶵

郭璞曰鳳屬也上林賦曰蜼玃飛蠝張揖曰蠝飛鼠也蠝與貍同並音壘其竹則籦鍾龍籠篁篾謹銘決篠蘇了簳幹箛孤箠追戴凱之竹譜曰籦籠竹名也伶倫吹以為律竹堇皮白如霜大者宜為篙篠出魯郡山甚為笙孔安國曰籦桃枝也簳小竹也宋玉笛賦曰奇簳箛箠二竹名其形未詳緣延坻遲阪澶徒幹漫陸離陸離猶參差也阿烏可郍奴可蓊烏孔茸如涌風靡雲披阿郍柔弱之貌說文曰蓊竹貌也埤蒼曰茸竹頭有文也風靡雲披言隨風而靡如雲之披也爾其川瀆則滍雉澧藥藥濜自吝發源巖穴水經曰滍水出南陽縣西堯山山海經曰澧水出雅山郭璞曰今出南陽字書曰藥水出沘陽沘音比酈善長水經注曰濜水出襄鄉縣東北陽中山潛盧於臘洞出沒滑骨瀎蔑潏決盧山傍穴也言水洞出此穴沒滑瀎潏疾流之貌也布濩戶漫汗漭莽沆胡朗洋溢言廣大也漭沆已見西京賦總括趨欱呼荅箭馳風疾言江海欱受諸水故總括而趨之說文曰欱歠也愼子曰西河下龍門其流敵於竹箭孫子曰其疾如風流湍投濈戢砏普貧汃八輣普耕軋烏八許愼淮南子注曰湍水行疾也埤蒼曰㵴水行出也砏汃輣軋波相激之聲也埤蒼曰砏大聲也長輸遠逝漻流淚力計淢域汩為筆反廣雅曰輸寫也韓詩外傳曰漻清貌也淮南子曰水淚破舟說文曰淢疾流也王逸楚辭注曰汩去貌其水蟲則有蠳龜鳴蛇潛龍伏螭抱朴子曰蠳龜啖蛇山海經曰鮮水多鳴蛇其狀如蛇四翼其音如磬見則其邑大旱說文曰螭若龍而黃也鱏尋鱣張連鰅隅鏞黿鼉鮫[illegible]以規反鱏鱣已見上文郭璞上林

賦注曰䲗魚有文采鱅似鰱而黑山海經注曰鮫鯌屬也皮有班文而堅鮫鱅已見東京賦巨蜯函含珠駁剝瑕
委蛇它楊雄蜀都賦曰蜯函珠而擘裂蜯與蚌同函與含同郭璞爾雅注曰蝦大者長一二丈委蛇長貌瑕與蝦古字通於其
陂澤則有鉗盧玉池赭陽東陂杜預表曰所領部曲皆居南鄉界所近鉗盧大陂下有良田舊說曰玉池
在宛也貯知旅水渟亭洿汙亘望無涯宜說文曰貯積也廣雅曰渟止也說文曰洿濁水不流也方言曰
亘竟也上林賦曰察之無涯其草則藨平表苧直呂薠煩莞桓蔣將蒲孤蒹葭說文曰藨蒯之
屬又曰苧可以為索郭璞山海經注曰薠青薠似莎而大鄭玄毛詩箋曰莞小蒲也說文曰蔣菰蔣也爾雅曰蒹薕也葭蘆也藻茆
卯菱芡渠儼芙蓉含華從風發榮斐披芬葩藻已見西京賦爾雅鳧葵菱芡芙蓉並見東京
賦其鳥則有鴛鴦鵠鷖烏兮鴻鴇保駕加鵝我䴋苦札鶂雅札鸊步覓鷉吐雞
鷞所良鵾昆鸕盧鷺鴻鴈毛詩曰鴛鴦于飛班孟堅西都賦曰黃鵠鵁鶄張平子西京賦曰鷫鷞鶬鴰鸞鵝鴻鶤說文曰
鷿鷉鳧屬方言曰野鳧甚小而好沒水中者南楚之外謂之鸊鷉鷉與鷿同蒼頡篇曰鸛鵲似鴻而黑鵲音磁嚶嚶烏耕和鳴
澹徒濫淡徒敢隨波言自恣也毛詩曰鳥鳴嚶嚶爾雅曰關關嚶嚶聲之和也上林賦曰隨風澹淡其水則開竇
灑所蟹流浸彼稻田鄭玄周禮注曰竇孔穴也音豆漢書音義曰灑分也毛詩曰浸彼稻田溝澮脈連隄
塍繩相輑丘筠反爾雅曰水注溝曰澮韋昭國語注曰脈理也隄塍已見西都賦相連之貌朝雲不興而

潢潦老獨臻左氏傳曰潢汙行潦之水說文曰潢積水池也潦雨水決渫薛則暵罕為溉古愛為
陸冬稌肚夏穱側角隨時代熟說文曰渫去除也又曰暵乾也又曰溉灌也稌已見東京賦楚辭曰稻粢穱麥
挐黃粱其原野則有桑漆麻苧直旅菽麥稷黍百穀蕃廡武翼翼與與說文
曰苧麻屬鄭玄毛詩箋曰菽大豆也百穀蕃廡並已見東京賦毛詩曰我黍與與我稷翼翼若其園圃則有蓼了
蕺側立蘘而羊荷藷之餘蔗薑韭番煩菥析蓂覓芋瓜說文曰蓼辛菜也風土記曰蕊香菜根似茆根
蜀人所謂葅香蕊與蕺同說文曰蘘荷蕾葅也蕾普卜切葅子余切漢書音義曰藷蔗甘柘也字書曰蹯小蒜也爾雅曰菥蓂大薺乃
有櫻梅山柿侯桃梨栗漢書音義曰櫻桃含桃也郭璞爾雅注曰梅似杏實酸說文曰柿赤實果也曹毗魏都賦
注曰侯桃山桃子如麻子樗郢棗若留穰橙鄧橘說文曰樗棗似柹如亥切廣雅曰石留若榴也漢書南陽郡有
穰縣鄧縣說文曰澄橘屬也其香草則有薜蒲計荔力計蕙若薇蕪蓀萇王逸楚辭注曰薜荔香草
也郭璞山海經注曰蕙香草也若杜若也本草經曰蘼蕪一名薇蕪陶隱居注曰蕙葉似蛇牀而香王逸楚辭注曰蓀香草也萇萇楚也
爾雅曰蓀楚銚戈也銚楚遙晻於感曖愛蓊烏揔蔚含芬吐芳言草木闇暝而茂盛也說文曰晻不明貌王逸
楚辭注曰曖闇昧貌若其廚膳則有華薌重秬渠擧滍秩履皐香秔公行反鄉名也毛萇詩華薌
傳曰秬黑黍一稃二米故曰重也稃音敷滍皐滍水之澤也廣雅曰秔秈也秈音仙歸鴈鳴鵽陟滑黃稻鱻息連魚

以爲芍張略藥音略鴈能候時去來故曰歸史記曰楚人有以弱弓微繳加歸鴈之上爾雅曰鷫鳩冠雉郭璞曰鷫大如鴿
羣飛出北方沙漠聲類曰鱻小魚也子虛賦曰芍藥之和具而後進也文穎曰五味之和酸甜滋味百種千名說文
曰甜美也春卵夏筍秋韭冬菁音精爾雅曰筍竹萌也廣雅曰韭其華謂之菁蘇蔱殺紫薑拂
徹羶尸然腥爾雅曰蘇桂荏字書曰蔱茱萸也司馬彪上林賦注曰紫薑紫色之薑也杜預左氏傳注曰徹猶去也酒則
九醖於問甘醴十旬兼清醪數徑寸浮蟻若蓱魏武集上九醖酒奏曰三日一釀滿九斛米止
廣雅曰醖投也韓詩曰醴甜而不泲也十旬蓋清酒百日而成也鄭玄周禮注曰清酒今之中山冬釀接夏而成也漢書音義晉灼曰百
日之末酒也說文曰醪汁滓酒也徑寸蓋酒膏之徑寸也釋名曰酒有汎齊浮蟻在上汎汎然如蓱之多者其甘不爽醉
而不醒老子曰五味令人口爽廣雅曰爽傷也毛萇詩傳曰病酒曰醒及其紏宗綏族禴祠蒸嘗左氏
傳曰召公思周德之不類故糾合宗族于成周爾雅曰綏安也毛詩曰禴祠蒸嘗于公先王以速遠朋嘉賓是將
揖讓而升宴于蘭堂儀禮曰速賓鄭玄曰速召也論語曰有朋自遠方來毛詩曰我有嘉賓鼓瑟吹笙吹笙鼓簧承
筐是將儀禮曰若四方賓燕則揖讓而升賈逵國語注曰不脫屨升堂漢書曰被蘭堂珍羞琅玕充溢圓方爾雅
曰珍美也方言曰羞熟以羞之美故喻於玉也圓方器也尚書曰厥貢琅玕又曰惟辟玉食琢琱狎獵金銀琳琅
爾雅曰玉謂之琱琱與彫古字通也爾雅曰理玉曰琢都角切狎獵飾之皃胡甲切獵士甲切尚書曰厥貢球琳琅玕侍者蠱

媚巾幘鮮明蠱已見西京賦毛萇詩傳曰綦巾女服也字書曰幘上衣被服雜錯履躡華英雜錯非一也華英光耀也被皮義切儇才齊敏受爵傳觴方言曰儇急疾也呼緣切齊在雞切毛萇詩傳曰敏疾也獻酬既交率禮無違毛詩曰獻酬交錯左氏傳晉侯曰魯侯自郊勞至于贈賄禮無違者東觀漢記曰朱浮上疏曰陛下率禮無違彈琴擫籥流風徘徊言樂聲之結風也說文曰擪一指按也擪與擫同烏牒切鄭玄周禮注曰籥舞者所吹也如篴三孔籥音藥篴音敵清角發徵聽者增哀言既奏清角而又發徵聲故增哀也韓子師曠曰清徵之聲不如清角許慎淮南子注曰清角絃急其聲清也客賦醉言歸主稱露未晞毛詩曰鼓咽咽醉言歸又曰湛湛露斯匪陽不晞厭厭夜飲不醉無歸接歡宴於日夜終愷樂之令儀毛詩曰愷樂飲酒於又曰莫不令儀是暮春之禊元巳之辰方軌齊軫祓于陽瀕毛詩曰惟暮之春史記曰武帝禊霸上續漢書曰三月上巳宮人皆禊於東流水上祓除宿垢疾也周禮曰女巫掌歲時祓除楊雄蜀都賦曰相與如乎陽瀕朱帷連網曜野映雲網維網也男女姣服駱驛繽紛駱驛繽紛往來衆多貌致飾程蠱傴紹便娟廣雅曰程示也便娟則蟬蜎也蠱及傴紹便娟已見西京賦微眺流睇蛾眉連卷鄭玄禮記注曰睇傾視也徒計切毛詩曰螓首娥眉郭璞爾雅注曰蠶蛾也連卷曲貌卷音權於是齊僮唱兮列趙女齊趙二國名也楊惲書曰婦趙女也坐南歌兮起鄭儛白鶴飛兮繭曳緒呂氏春秋曰禹行水見塗山之女禹未之遇而省南

土塗山之女乃令其妾往候禹于塗山之陽女乃作歌曰候人猗兮實始爲南音周公召公取風焉高誘曰取南音以爲樂歌也楚辭曰
二八齊容起鄭舞王逸曰鄭國舞也白鶴飛兮繭曳緒皆舞人之容脩袖繚繞而滿庭羅襪躡蹀而容
與繚繞袖長貌躡蹀小步貌說文曰躡蹈也徒頰切許慎淮南子注曰蹀蹈也蘇協切翩緜緜其若絕眩將墜
而復舉毛萇詩傳曰緜緜長而不絕貌國語曰觀美而眩賈逵曰眩惑也翹遙遷延蹩躠蹁躚翹遙輕舉
貌遷延却退貌上林賦曰便跚蹩屑蹩蒲結切躠素結切蹁步先切躚素田切結九秋之增傷怨西荆之折
盤古樂府有歷九秋妾薄相行歌辭曰齊謳楚舞紛紛歌聲上徹青雲西荆即楚舞也折盤舞貌張衡有七盤舞賦咸以折盤爲七盤
也彈箏吹笙更爲新聲毛詩曰吹笙鼓簧史記曰衛靈公見晉平公曰今者未聞新聲請奏之更古衡切寡
婦悲吟鵾雞哀鳴寡婦曲未詳古相和歌有鵾雞之曲坐者悽欷蕩魂傷精楚辭曰憯悽增欷傷
精神也神女賦曰精神相依憑於是羣士放逐馳乎沙場逐馳逐也騄驥齊鑣黃閒機張
騄驥駿馬之名也穆天子傳八駿有赤驥騄耳音錄說文曰鑣馬銜也彼驕切漢書曰李廣以大黃射其裨將鄭氏曰黃閒弩淵中黃牙
尚書曰若虞機張孔安國曰機弩牙足逸驚飇鏃析毫芒言馬疾而矢利析音錫俯貫魴鱮仰落
雙鶬音倉魴鱮已見西京賦列子曰蒲且子連雙鶬於青雲之上鶬已見西都賦魚不及竄鳥不暇翔言急
遽也高唐賦曰飛鳥未及起走獸未及發爾乃撫輕舟兮浮清池亂北渚兮揭南涯浮已見西

都賦爾雅曰水正絕流曰亂說文曰揭高舉也汰太瀺仕減灂仕角兮舩容裔陽侯澆兮掩鳧鷖
楚辭曰齊吳榜以激汰王逸曰汰水波也上林賦曰瀺灂隕隊戰國策曰塞漏舟而輕陽侯之波則舟覆矣淮南子曰武王伐紂渡于孟
津陽侯之波逆流而擊之高誘曰陽侯陽國侯也溺死於水其神能為大波王逸楚辭注曰回波為澆毛詩曰鳧鷖在潨追水豹
兮鞭蝄蜽憚丁達夔龍兮怖蛟螭水豹已見西京賦說文曰蝄蜽山川之精物也蛟螭若龍而黃國語曰木
石之怪夔水之怪龍韋昭曰木石為山也夔一足也於是日將逮昏樂者未荒毛詩曰好樂無荒收驩
命駕分背迴塘孔叢子曰巾車命駕廣雅曰塘堤也車雷震而風厲馬鹿超而龍驤雷震
言多也風厲言疾也毛詩曰戎車啍啍如霆如雷毛萇詩傳曰雷出地奮震驚百里古詩曰涼風率已厲杜預左氏傳注曰厲猛也韓子
曰馬如鹿者千金鄒陽上書曰蛟龍驤首舞賦曰龍驤橫舉揚鑣飛沫周禮曰凡馬八尺已上為龍夕暮言歸其樂難
忘此乃游觀之好耳目之娛未睹其美者焉足稱舉言此游觀耳目之樂非極美也
夫南陽者真所謂漢之舊都者也遠世則劉后甘厥龍醢海視魯縣
而來遷左氏傳曰劉累學擾龍于豢龍氏以事孔甲龍一雌死潛醢以食夏后夏后饗之既又使求之懼而遷於魯縣漢書曰南
陽郡魯陽縣卽御龍氏所遷奉先帝而追孝立唐祀乎堯山先帝謂堯也皇甫謐曰堯始封於唐今中
山唐縣是也後徙晉陽及為天子都平陽於詩為唐國是堯以唐侯升為天子也水經曰南陽縣西堯山酈元曰魯縣立堯祠於西山謂

之堯山也固靈根於夏葉終三代而始蕃音繁言劉氏植根於夏葉終三代而始蕃昌也毛萇詩傳曰葉世也三代已見班固兩都序非純德之宏圖孰能揆求癸而處旃孔安國尚書傳曰揆度也鄭玄毛詩箋曰旃之也近則考侯思故匪居匪寧穢長沙之無樂歷江湘而北征東觀漢記曰春陵節侯長沙定王中子買節侯生戴侯戴侯生考侯考侯仁以春陵地勢下濕難以久處上書願徙南陽守墳墓元帝許之於是北徙考或為孝非也曜朱光於白水會九世而飛榮朱光火德也已見東京賦東觀漢記曰考侯仁徙封南陽白水鄉又曰世祖光武皇帝高祖九世孫承文景之統出自長沙定王榮光榮也封禪書曰發號榮察茲邦之神偉啓天心而寤靈言考侯既察此都之神偉且啓上天之心又寤朱靈之意使之而王也說文曰偉奇也於其宮室則有園廬舊宅隆崇崔嵬說文曰崔高大也御房穆以華麗連閣煥其相徽御房帝舊房也相徽言俱美孔安國尚書傳曰徽美也聖皇之所逍遙靈祇之所保綏聖皇謂光武也逍遙謂潛龍之日韓詩外傳曰逍遙也靈祇天地之神也毛詩曰神保是饗又曰綏以多福也章陵鬱以青葱清廟肅以微微東觀漢記曰建武中更名春陵為章陵光武過章陵祠園廟爾雅曰青謂之葱林木茂盛之貌微微幽靜貌皇祖歆而降福彌萬祀而無衰毛詩曰獻之皇祖說文曰歆神食氣也毛詩曰降福孔夷爾雅曰彌終也又曰祀年也帝王臧其擅美詠南音以顧懷帝王光武也顧懷過章陵祠園廟之時也爾雅曰臧

善也說文曰擅專也左氏傳楚鍾儀囚於晉與之琴操南音劇秦美新曰后土顧懷且其君子弘懿明叡允恭

温良容止可則出言有章進退屈伸與時抑揚班固說東平王蒼曰體弘懿之姿叡哲也

已見東京賦尚書曰允恭克讓論語子貢曰夫子温良恭儉讓孝經曰容止可觀進退可度毛詩曰其容不改出言有章周易曰往者屈

也來者伸也屈伸相感而利害生焉班固漢書叔孫通述曰叔孫奉常與時抑揚方今天地之睢虛惟剌力達帝

亂其政豺虎肆虐真人革命之秋也漢書音義曰方向也謂高祖之時蒼頡篇曰今時辭也謂光武

天地猶天下也睢剌喻禍亂也謂秦二葉也淮南子曰萬物盱睢楚辭曰獨乖剌而無當王逸曰剌邪也帝謂高祖也馬融論語注曰亂

理也豺狼貪殘謂王莽也真人光武也文子曰得天地之道故謂之真人革命已見東都賦爾其則有謀臣武將

皆能攫九縛戾執猛破堅摧剛排揵件陷扃古熒蹔蹈咸陽蒼頡篇曰攫搏也說文曰

揵距門也又曰扃外閉之關也高祖階其塗光武攬其英漢書曰沛公圍宛城南陽守齮降引兵西無不下者

爾雅曰階因也齮音蟻東觀漢記曰鄧禹吳漢並南陽人三略曰主將之體務在攬英雄之心是以關門反距漢德

久長言居西而距東居東而距西故言反也杜篤論都賦曰是時山東翕然狐疑意聖朝之西都懼關門之反距及其去

危乘安視人用遷去危乘安謂太平也視人用遷謂觀人所安而設教周召之儔據鼎足焉以

庀匹婢王職史記曰周公旦者周武王弟也輔武王又召公奭姓姬氏成王時召公為三公漢書曰夫三公鼎足之輔也賈逵國

語注曰庀由理也縉紳之倫經綸訓典賦納以言漢書音義臣瓚曰縉赤白色紳大帶也周奇曰搢插
笏於大帶周易曰君子以經綸國語曰修其訓典尚書曰敷納以言也是以朝無闕政風烈昭宣也春秋
考異郵曰後雖殊世風烈猶合於持方宋均曰持方受命者名於是乎鯢齒眉壽鮐背之叟皤皤然
被黃髮者毛詩曰以介眉壽毛萇曰眉壽毫眉也爾雅曰黃髮鯢齒鮐背耇老壽也皤皤已見東京賦喟然相與
歌曰望翠華兮葳蕤建太常兮裶裶音霏上林賦曰建翠華之旗葳蕤翠華貌太常已見東京賦
上林賦曰紛紛裶裶駟飛龍兮騤騤逵振和鸞兮京師飛龍言疾也周易曰飛龍在天毛詩曰四牡騤
騤鄭玄禮記注曰鑾軨有虞氏之車也有鑾和之節揔萬乘兮徘徊按平路兮來歸萬乘見東京賦毛萇
詩傳曰迴遲遲也然徘徊卽遲遲也毛詩曰行道遲遲南陽舊居故曰來歸毛詩曰來歸自鎬豈不思天子南巡之
辭者哉遂作頌曰毛詩曰豈不爾思尚書曰五月南巡狩皇祖止焉光武起焉皇祖高祖也周
易曰庖犧氏沒神農氏作據彼河洛統四海焉河洛謂東都也西都賦曰嘗有意乎都河洛本枝百世
位天子焉毛詩曰文王子孫本枝百世永世克孝懷桑梓焉毛詩曰永世克孝又曰維桑與梓必恭敬
止真人南巡覩舊里焉東觀漢記曰光武征秦豐幸舊宅鄖元水經注曰光武征秦豐張衡以爲真人南巡覩舊
里焉

三都賦序一首

左太沖 善曰臧榮緒晉書曰左思字太沖齊國人少博覽文史欲作三都賦乃詣著作郎張載訪岷邛之事遂構思十稔門庭藩溷皆著紙筆遇得一句即疏之徵爲祕書賦成張華見而咨嗟都邑豪貴競相傳寫三都者劉備都益州號蜀孫權都建業號吳曹操都鄴號魏思作賦時吳蜀已平見前賢文之是非故作斯賦以辨衆惑

劉淵林注 三都賦成張載爲注魏都劉逵爲注吳蜀自是之後漸行於俗也

蓋詩有六義焉其二曰賦 善曰子夏詩序文也 楊雄曰詩人之賦麗以則 善曰法言文也 班固曰賦者古詩之流也 善曰兩都賦序文 先王采焉以觀土風 善曰禮記曰命太師陳詩以觀民風鄭玄曰陳詩謂采其詩以觀視之 見綠竹猗猗 於宜 則知衛地淇澳 於六 之產 善曰毛詩衛風曰瞻彼淇澳綠竹猗猗 見在其版屋則知秦野西戎之宅 善曰毛詩秦風曰在其版屋亂我心曲毛萇曰西戎版屋也 故能居然而辨八方 善曰河圖龍文曰鎮星光明八方歸德離蜀父老曰六合之內八方之外 然相如賦上林而引盧橘夏熟楊雄賦甘泉而陳玉樹青葱班固賦西都而歎以出比目張衡賦西京而述以遊海若 凡此四者皆非西京

之所有也假稱珍怪以爲潤色若斯之類匪啻失至于茲善曰茲此也假稱珍怪也若斯珍之
流不啻於此多尚書曰不啻如自其口出考之果木則生非其壤校之神物則出非其所
於辭則易爲藻飾於義則虛而無徵蓋韓非所謂畫鬼魅易爲好畫狗馬難爲工之類且夫
玉巵紙移無當去聲雖寶非用巵一名觶酒器也當底也善曰韓子堂谿公謂韓昭侯曰今有白玉之巵無當有瓦
巵有當君寧何取曰取瓦巵也侈言無驗雖麗非經善曰劉廙荅丁儀刑禮書曰崇飾侈言欲其往來而論
去聲者莫不詆丁禮訐居謁其研精作者大氐音旨舉爲憲章善曰墨子曰雖有詆訐之人無
所依矣說文曰詆訶也訐面相序罪也尚書序曰研精覃思司馬遷書曰詩三百篇大氐賢聖發憤之所爲也禮記曰憲章文武積
習生常有自來矣傳曰習實生常善曰左傳叔孫曰叔出季處有自來矣余既思摹莫蒲二京而
賦三都其山川城邑則稽之地圖其鳥獸草木則驗之方志善曰周禮曰外
史掌四方之志鄭玄曰志記也風謠歌舞各附其俗魁梧忤長者莫非其舊善曰漢書音義
應劭曰魁梧丘墟壯大之意也韓子曰重厚自尊謂之長者何則發言爲詩者詠其所志也善曰毛詩
序曰詩者志之所之在心爲志發言爲詩升高能賦者頌其所見也善曰毛萇詩傳曰升高能賦可以爲大夫
美物者貴依其本讚事者宜本其實善曰釋名曰稱人之美曰讚匪本匪實覽者

奚信且夫任土作貢虞書所著辯物居方周易所愼虞書曰禹別九州任土作貢定其肥磽之所生也而著九州貢賦之法也周易曰君子以愼辯物居方聊舉其一隅攝其體統歸諸詁訓焉

蜀都賦一首

有西蜀公子者言於東吳王孫善曰聖主得賢臣頌曰今臣僻在西蜀史記武王得仲雍曾孫周章封之東吳漢書曰漂母謂韓信曰吾哀王孫而進食蘇林曰如言公子也博物志曰王孫公子皆相推敬之辞曰蓋聞天以日月爲綱地以四海爲紀九土星分萬國錯跱崤胡交函有帝皇之宅河洛爲王者之里非日月無以觀天文非四海無以著地理故聖人仰觀俯察窮神盡微者必須綱紀也崤東西崤也函函谷關也賈生過秦曰以崤函爲宮里居也言周漢皆以河洛爲都邑善曰越絕書范蠡曰天貴持盈不失日月星辰之綱紀毛詩曰滔滔江漢南國之紀周禮曰以星土分辨九州之地所封封域尚書曰萬國咸寧張衡靈憲曰星躰生於地列居錯峙崔駰河南尹箴曰唐虞商周河洛是居吾子豈亦曾聞蜀都之事歟請爲左右揚搉古而陳之韓非有揚搉篇班固曰揚搉古今其義一也善曰許愼淮南子注曰揚搉粗略也夫蜀都者蓋兆基於上世開國於中古廓靈關以爲門包玉壘而爲宇帶二江之雙流抗峨眉之重

阻楊雄蜀王本紀曰蜀王之先名蠶叢栢濩魚鳧蒲澤開明是時人萌椎髻左言不曉文字未有禮樂從開明上到蠶叢積三萬四千
歲故曰兆基於上代也秦惠王討滅蜀王封公子通爲蜀侯惠王二十七年使張若與張儀築成都城其後置蜀郡以李冰爲守地理志
曰蜀守李冰鑿離堆穿兩江爲人開田百姓饗其利是時蜀人始通中國言語頗與華同故言開國於中古也靈關山名在成都西南漢
壽界在前故曰門也玉壘山名也湔水出焉在成都西北岷山界在後故曰宇也江水出岷山分爲二江經成都南東流經之故曰帶也
楊雄蜀都賦曰兩江珥其前峨眉山名也在成都南犍爲界面之故曰抗也水陸所湊兼六合而交會焉
豐蔚所盛茂八區而菴烏覽藹焉八區四方四隅也地理志曰巴蜀土地肥美有山林菓實之饒班固西都
賦曰郊野之富號爲近蜀美其豐盛善曰六合已見西都賦長楊賦曰洋溢八區於前則跨躡犍乾牂臧枕
之鴆輢交趾經途所亘五千餘里山阜相屬含谿懷谷崗巒糺紛觸石
吐雲阜大山也巒山長而狹也一曰山小而銳也水注川曰谿注壑曰谷善曰漢書志有犍爲郡牂牁郡並屬益州又有交趾郡屬
交州輢寄也於蟻切春秋元命包曰山有含精藏雲故觸石而出也鬱葐汾蒀於文以翠微崛魚物巍巍以
峩峩干青霄而秀出舒丹氣而爲霞翠微山氣之輕縹也霞赤雲也嚴夫子哀時命曰紅霓紛其朝
霞山澤氣通故曰舒丹氣以爲霞也善曰甘泉賦曰騰青霄而軼浮景河圖曰崑崙山有五色水赤水之氣上蒸爲霞而赫然也龍
池瀥胡角瀑步角濆扶刎其隈漏江伏流潰胡內其阿汨骨若湯谷之揚濤沛

普賴若濛汜似之涌波龍池在朱提南十里地周四十七里漏江在建寧有水道伏流數里復出故曰漏江湯谷日所出也濛汜日所入也善曰瀥瀑水沸之聲也公羊傳曰濆泉者何涌泉也淮南子曰日出于湯谷浴于咸池楚辭云日出于陽谷入于濛汜濛汜見西京賦於是乎邛竹緣嶺菌桂臨崖宜旁挺龍目側生荔枝布綠葉之萋萋結朱實之離離迎隆冬而不凋常曄曄以猗猗邛竹出興古盤江以南竹中實而高節可以作杖神農本草經曰菌桂出交阯圓如竹爲衆藥通使一曰菌薰也葉曰蕙根曰薰南裔志曰龍眼荔枝生朱提南廣縣犍爲僰道縣隨江東至巴郡江州縣往往有荔枝樹高五六丈常以夏生其變赤可食龍眼似荔枝其實亦可食邛竹菌桂龍眼荔枝皆冬生不枯鬱茂於山林善曰王逸荔枝賦曰綠葉蓁蓁又曰朱實叢生孫卿子曰松柏經隆冬而不凋蒙霜雪而不變曄曄猗猗已見西都賦孔翠羣翔犀象競馳白雉朝雊猩猩夜啼金馬騁光而絕景碧雞儵忽而曜儀火井沈熒於幽泉高爓飛煽於天垂孔孔雀也翠翠鳥也孔雀特出永昌南涪縣翡翠常以二月九月羣翔與古十餘白雉出永昌猩猩生交趾封溪似猨人面能言語夜聞其聲如小兒啼春秋傳曰豕人立而啼服子慎曰啼呼也淮南子曰猩猩知往地理志曰金馬碧雞在越巂青蛉縣禹同山漢宣帝時方士言益州有金馬碧雞之神可以醮祭而置也宣帝使諫議大夫王褒持節而求之褒道病卒竟不能致也蜀郡有火井在臨邛縣西南火井鹽井也欲出其火先以家火投之須臾許隆隆如雷聲爓出通天光輝十里以筩盛之接其光而無炭也煽熾也善曰廣雅曰熒光也說文曰爓火

熠也音豔天垂天四垂也其閉則有虎珀丹青江珠瑕英金沙銀礫歷符采彪筆尤
炳暉麗灼酌爍舒藥切永昌博南縣出虎珀牂牁有白曹山出丹青曾青空青也本草經云皆出越巂郡瑕玉屬也楊
雄蜀都賦云瑕英江珠永昌有水出金如糠在沙中與古盤町山出銀符采玉之橫文也灼爍豔色也善曰博物志曰虎珀一名江珠
於後則却背華容北指崑崙緣以劍閣阻以石門華容水名在江由之北崑崙山名也
楊雄蜀都賦曰北屬崑崙劍閣谷名自蜀通漢中道一由此背有閣道在梓潼郡東北石門在漢中之西褒中之北此二處蜀之險隘於是在焉
流漢湯湯傷驚浪雷奔望之天迴即之雲昏水物殊品鱗介異
族或藏蛟螭勑知或隱碧玉嘉魚出於丙穴良木攢於褒谷有鱗曰蛟螭蛟螭水
神也一曰雌龍也一曰龍子也相如上林賦曰蛟龍赤螭碧玉謂水
玉也尸子曰龍淵生玉英丙穴在漢中沔陽縣北有魚穴二所常以
三月取之丙地名也褒中縣南口斜谷水源在北南流經褒中故北
口曰斜南口曰褒同一谷耳長四百七十里褒斜出良材漢書曰斜
谷之木不足為我械善曰枚乘七發曰波湧而濤起橫奔似雷行任豫益州記曰嘉魚鱗似鱒魚其樹則有木蘭梫
寑桂杞櫹蕭椅於其桐椶枒邪楈耕八樅七松楩頻縣柟南幽藹於谷底松柏
蓊鬱於山峯木蘭大樹也葉似長生冬夏榮常以冬華其實如小柿甘美南人以為梅其皮可食楊雄蜀都賦曰樹以木蘭
梫桂木桂也傳曰杞梓之木櫹大木也詩曰其桐其椅椶枒出蜀其皮可作繩履楈似松有刺也樅柏葉松身楩柟二樹名皆大木也

擢脩幹竦長條扇飛雲拂輕霄羲和假道於峻歧陽烏迴翼乎高標言山木之高也善曰楚辭曰吾令羲和弭節兮廣雅曰日御謂之羲和左傳曰假道於虞春秋元命包曰陽成於三故日中有三足烏烏者陽精巢居栖翔聿兼鄧林穴宅奇獸窠宿異禽鄧林林名也窠鳥巢也善曰鄧林已見西京賦熊羆咆步交其陽鵰鶚鴥聿其陰猨狖弋狖騰希而競捷虎豹長嘯而永吟鶚其形如鵰皆鷙鳥也枚乘曰鷙鳥累百不如一鶚鴥疾貌也善曰楚辭曰虎豹鬭兮熊羆咆說文曰咆嗥也毛詩曰鴥彼晨風春秋元命包曰猛虎嘯谷風起杜篤連珠曰長吟永嘯於東則左緜巴中百濮音卜所充濮夷也傳曰麋人率百濮今巴中七姓有濮也外負銅梁於宕徒浪渠內函要害於膏腴銅梁山名宕渠縣名銅梁在巴東宕渠縣在巴西出鐵要害地險隘也膏腴土地肥沃也其中則有巴菽巴戟靈壽桃枝樊以蒩資覯圃濱以鹽池巴菽巴豆也巴戟巴戟天也靈壽木名也出涪陵縣桃枝竹屬也出墊江縣二者可以為杖樊蕃也詩曰營營青蠅止于樊蒩草名也亦名土茄葉覆地而生根可食人飢則以繼糧鹽池出巴東北新井縣水出地如湧泉可煑以為鹽善曰埤蒼曰蒩蕺也蕺側及切蛃必滅蛦音啼山棲黿元龜水處潛龍蟠於沮子預澤應鳴鼓而興雨蛃蛦鳥名也如今之所謂山鷄其雄色斑雌色黑出巴東黿大龜也譙周異物志曰涪陵多大龜其甲可以卜其緣中又似瑇瑁俗名曰靈又沮有菜澤也巴東有澤水人謂有神龍不可鳴鼓鳴鼓其傍卽便雨也善曰李尤七嘆曰龍鼉水處方言曰未

升天龍謂之蟠龍綦毋邃孟子注曰澤生草言菹沮與菹同 丹沙赩許力熾昌志出其坂蜜房郁毓被
其阜山圖采而得道赤斧服而不朽涪陵丹興二縣出丹砂丹砂出山中有穴尚書禹貢曰厥土赤
埴巴西漢昌縣多野蜂蜜蠟山圖隴西人也隨道士之名山採藥身
輕不食莫知所如赤斧巴人也能煉丹砂與消石服之身體毛髮盡
赤皆古仙者也見列仙傳善曰毛萇詩傳曰赩赤貌也鄭玄
尚書注曰熾赤也班固終南頌曰蜜房溜其巔郁毓盛多也 若乃剛
悍汗生其方風謠尚其武奮之則賨在宗旅翫之則渝舞銳氣剽於中
葉蹻綺驕容世於樂府善曰廣雅曰悍勇也應劭風俗通曰巴有賨人剽勇高祖為漢王時閬中人范目說高祖募取
賨人定三秦封目為閬中慈鳧鄉侯并復除目所發賨人盧朴沓鄂度夕龔七姓不供租賦閬中有渝水賨人左右居銳氣喜舞高祖樂
其猛銳數觀其舞後令樂府習之楊雄荊州箴曰風飄以悍氣銳以剛毛詩曰昔在中葉漢書曰武帝樂府 於西則右挾
故蝶岷山涌瀆發川陪以白狼夷歌成章江水出岷山也白狼夷在漢壽西界漢明帝時作詩三章
以頌漢德益州刺史朱輔驛傳其詩奏之語在輔傳也 坰野草昧林麓黝於糺儵式六交讓所植蹲
存鴟所伏交讓木名也兩樹對生一樹枯則一樹生如是歲更終不俱生俱枯也出岷山在安都縣蹲鴟大芋也其形類蹲鴟
故卓王孫曰吾聞岷山之下沃野下有蹲鴟至死不飢善曰黝儵茂盛貌 百藥灌叢寒卉冬馥異類衆夥
禍于何不育其中則有青珠黃環碧砮芒消或豐綠荑啼或蕃伐元丹

椒藘蕪布濩護於中阿風連莚餘戰蔓萬於蘭皐紅葩紫飾柯葉漸苞敷蘂葳蕤落英飄飖青珠出蜀郡平澤黃鐶出蜀郡碧石生越嶲郡無會縣砮可作箭鏃禹貢梁州厥貢砮石芒消出蜀郡廣陽山綠荑辛荑蘪蕪皆香草也蘪蕪出岷山朁陵山風連出岷山一曰出廣都山岷山特多藥草其椒尤好異於天下漸苞相苞裹而同長也書曰草木漸苞蘂者或謂之華或謂之實一曰花鬚頭點也楚辭曰採薜荔之落英神農是嘗盧跗是料聊芳追氣邪味蠲癘痟音消扁鵲盧人古良醫楊雄法言曰扁鵲盧人而醫多盧癘氣不和之氣也痟亦頭病也周禮四時皆有癘疾春多痟首之疾漢書相如常有痟病善曰淮南子曰神農乃始教人播種五穀嘗百草之滋味史記曰號中庶子謂扁鵲曰臣聞上古之時醫有俞跗醫病不以湯液其封域之內則有原隰墳衍通望彌博演以潛沫武蓋浸以緜雒禹貢梁州云沱潛既道有水從漢中沔陽縣南流至梓潼漢壽縣入穴中通岡山下西南潛出今名復水舊說云禹貢潛水也又有水出岷山之西東流過漢壽南流有高山上合下開水經其中曰沫水水潛行曰演此二水伏流故曰演以潛沫緜水在緜竹縣出紫巖山雒水在上雒縣出桐栢山周禮曰揚州其浸五湖言益州之有緜雒猶揚州之有五湖故曰浸以緜雒也潛沫緜雒四水所經本皆蜀郡故皆謂之封域之內也溝洫脉散疆里綺錯黍稷油油秔古衡稻莫莫指渠口以為雲門灑滮扶彪池而為陸六澤雖星畢之滂普郎沲度羅尚未齊其膏液廣深四尺為溝倍溝為洫左氏傳曰先王疆理天下謂地勢縱橫之宜也莫莫茂也李冰於湔

山下造大堋以壅江水分散其流溉灌平地故曰指渠口以為雲門
也滮流貌詩曰滮池北流浸彼稻田蔡邕曰凝雨曰陸尚書洪範曰
星有好雨月失道而入畢則多雨詩曰月離于畢俾滂沲矣善曰鄭
玄周禮注曰黃帝樂曰雲門言黃帝之德如雲之出門也然此唯取
雲門之名不取樂也爾乃邑居隱賑之忍夾江傍山棟宇相望桑梓接連家有鹽
泉之井戶有橘柚之園隱盛也賑富也梓木名可以為琴瑟蜀都臨邛縣江陽漢安縣皆有鹽井巴西充國縣有
鹽井數十大曰柚小曰橘犍為南安縣出黃甘橘地理志曰蜀都嚴道巴郡朐忍魚複二縣出橘有橘官善曰楊雄蜀都賦曰夾江緣山
又曰西有鹽泉鐵冶橘林銅陵其園則有林檎枇杷橙柿梬郢楟亭榹心移桃函含列
梅李羅生皆菓名也林檎實似赤柰而小味如梨枇杷冬華黃實本出蜀蜀有給客橙冬夏華實相繼張揖曰楟山梨善曰爾
雅曰榹桃山桃也百果甲宅坼異色同榮朱櫻春熟素柰夏成善曰周易曰百果草木皆
甲坼鄭玄曰木實曰果皆讀如人倦之解解謂坼呼皮曰甲根曰宅宅居也呼火亞切漢書叔孫通曰古有春嘗果令櫻桃熟可嘗也素
柰白柰也王逸荔枝賦曰酒泉白柰若乃大火流涼風厲列白露凝微霜結詩曰七月流火禮記
月令孟秋涼風至善曰毛萇詩傳曰火大火也流下也毛詩曰白露為霜楚辭曰微霜結兮眇眇紫梨津潤樼側鄰栗
罅呼亞發蒲陶亂潰胡對若榴競裂甘至自零芬芬酷苦毒烈詩云樹之樼栗傳曰樼栗
棗脩罅發栗皮坼罅而發也甘至言熟也善曰西京雜記曰上林有紫梨郭璞上林賦注曰蒲陶似燕薁可作酒馬融西第頌曰紫房

瀆漏又曰胡桃宜零若榴已見兩都賦上林賦曰酷烈淑郁榛與樼同其園則有蒟俱宇蒻弱茱萸瓜疇

芋于句區甘蔗之夜辛薑陽蓝許于陰敷蒟蒻醬也緣樹而生其子如桑椹熟時正青長二三寸以蜜藏而食之辛香溫調五臟蒻草也其根名蒻頭大者如斗其肌正白可以灰汁煑則凝成可以苦酒淹食之蜀人珍焉茱萸一名藙也疇者界埒小畔際也楊雄太元經曰陽蓝萬物言陽氣蓝煦生萬物也陰敷蘁生於陰也日往菲薇月來扶疎任土所

麗衆獻而儲任土任其土地所生也尚書所謂任土作貢也易曰百穀草木麗乎土其沃瀛盈則有攢在官蔣將叢蒲綠菱紅蓮雜以蘊藻糅女又以蘋蘩楚辭曰倚沼畦瀛王逸云瀛澤中也班固以為畦蔣菰名也蘊藻蘋蘩皆水草也蘊叢也總莖柅柅乃禮裛於業葉蓁蓁臻蕡墳實時味王

公羞焉柅柅蓁蓁盛茂貌也詩曰爾肴既將傳曰苟有明信澗谿沼沚之毛蘋蘩蘊藻之菜可薦於鬼神可羞於王公毛詩曰敦彼行葦維葉柅柅又曰桃之夭夭其葉蓁蓁又曰桃之夭夭有蕡其實其中則有鴻儔鵠侶鶖鷺鵜

徒兮鶘胡晨鳧旦至候雁銜蘆皆水鳥名鴻鵠多羣飛故言侶儔也鶖鷺鵜鶘二鳥名也晨鳧常以晨飛也雁候時南北故曰候雁銜蘆以禦繒繳令不得截其翼也淮南子曰雁銜蘆而翔以備繒繳舍曰毛詩曰振鷺于飛爾雅曰鵜洿澤也郭璞曰即鵜鶘也說苑曰魏文侯嗜晨鳧呂氏春秋曰季秋之月候雁來木落南翔冰泮北徂雲飛水宿哢

吭胡剛清渠其深則有白黿命鼈玄獺上祭鱣陟連鮪于鬼鱒在本魴鮄[illegible]鱧

禮鯋鱨木落者葉落也木葉落秋時也冰泮春時也善曰淮南子曰木葉落而長年悲家語曰冰泮而農桑起爾雅曰吭鳥嚨禮

記月令孟春獺祭魚將食之先以祭也鱣鮪鱒也鯋似鰌鯋似鮒鱒魴皆見詩也楚辭曰乘白黿兮逐文魚張衡應問曰黿鳴而鼈應命

呼也差鱗次色錦質報章躍濤戲瀨中流相忘莊周云泉涸魚相與處陸相呴以濕相濡以沫

不若相忘於江湖善曰毛詩曰終日七襄不成報章於是乎金城石郭兼帀中區既麗且崇實

號成都金石言堅也故朝錯曰神農之教雖有金城湯池也闢二九之通門畫方軌之廣塗營

新宮於爽塏愷擬承明而起廬漢武帝元鼎二年立成都十八門周禮經塗九軌畫言端直也爽塏高明

也善曰左氏傳曰齊景公欲更晏子之宅曰請更諸爽塏者杜預曰就高燥也漢書曰嚴助爲會稽太守帝賜書曰君猒承明之廬張晏

曰承明廬在石渠門外結陽城之延閣飛觀榭乎雲中開高軒以臨山列綺牕

而瞰苦檻江陽城蜀門名也善曰淮南子曰延閣棧道高軒堂左右長廊之有牕者張載魯靈光殿賦注曰軒檻所以開明也古

詩曰交疏結綺窗內則議殿爵堂武義虎威宣化之闥崇禮之闈議殿爵堂殿堂名也

武義虎威二門名也宣化崇禮皆闈闥之名也華闕雙邈重門洞開金鋪交映玉題相暉金鋪

門鋪首以金爲之玉題以玉爲之孟子曰榱題數尺楊雄曰旋題玉英善曰西都賦曰樹中天之華闕長門賦曰擠玉戶而撼金鋪外

則軌躅直錄八達里閈汗對出比屋連甍千廡音武萬室閈里門也管子曰閭閈不可以

無閭盧綰與高祖同里班固曰綰自同閈廡序也蘇秦說魏襄王曰廬廡之數也善曰漢書班嗣與桓生書曰伏孔氏之軌躅音義曰三

輔說牛蹄處爲躅爾雅曰八達謂之崇期孫炎曰崇多也多道會期於此亦有甲第當衢向術壇徒闌宇顯

敞高門納駟術道也楚辭九章曰燕雀烏鵲巢堂壇兮王逸曰壇猶堂也漢于公高其門使容駟馬高蓋此言甲第高門可

以納駟善曰西京賦曰北闕甲第當道直啓李尤高安館銘曰增臺顯敞禁室靜幽庭扣苦后鍾磬堂撫琴瑟匪

葛匪姜疇能是恤疇誰也善曰蜀志曰諸葛亮爲丞相又曰姜維初爲亮倉曹掾稍遷爲大將軍亞以少城

接乎其西市廛所會萬商之淵列隧百重羅肆巨千賄呼罪貨山積纖

麗星繁少城小城也在大城西市在其中也都人士女袨懸服靚才姓粧賈音古貿莫構墆直例

鬻舛充錯縱橫異物崛詭奇於八方布有橦華麪有桄光榔郎邛杖

傳節於大夏之邑蒟句醬流味於番潘禺愚之鄉蘇林曰袨服謂盛服也張揖曰靚謂

粉白黛黑也墆貯也橦華者樹名橦其花柔毳可績爲布也出永昌桄榔樹名也木中有屑如麪可食出興古張騫傳曰臣在大夏時見

邛竹杖蜀布問安得此大夏國人曰吾賈人往市之身毒國身毒國在大夏東南可數千里南越傳曰使唐蒙諷曉南越食蒙以蒟醬蒙

問所從來荅曰西北牂牁江廣數里出番禺城下故漢書曰感蒟醬竹杖則開牂牁越巂也邛竹杖以節爲奇故曰傳節也善曰都人士

女已見西都賦漢書曰富商大賈或墆財八方已見上三都序輿輦雜沓徒合冠帶混幷累轂疊跡叛

衍相傾諠譁鼎沸則哤莫江聒公達宇宙嚻許驕塵張陟亮天則埃壒烏蓋曜靈叛亂也莊周曰何貴何賤是謂叛衍善曰蔡邕月令章句曰冠首飾也帶大帶所以束身也司馬彪莊子注曰叛衍猶漫衍也國語管子曰四人雜處則其言哤說文曰聒讙語也文子曰四方上下曰宇說文曰宙舟輿所極覆也西都賓曰軼埃壒之混濁楚辭曰角宿未旦燿靈焉藏廣雅曰燿靈白日也闤闠之裏伎巧之家百室離房機杼相和貝錦斐成濯色江波黃潤比毗筒籯盈金所過闤市巷也闠市外內門也貝錦錦文也譙周益州志云成都織錦既成濯於江水其文分明勝於初成他水濯之不如江水也黃潤謂筒中細布也司馬相如凡將篇曰黃潤纖美宜制禪楊雄蜀都賦曰筒中黃潤一端數金籯勝也韋賢傳曰黃金滿籯善曰毛詩曰百室盈止古詩曰札札弄機杼毛詩曰萋兮斐兮成是貝錦也侈隆富卓鄭埒劣名公擅山川貨殖私庭藏鏹九兩巨萬鈲浦覓摫規兼呈亦以財雄翕習邊城漢書貨殖傳曰蜀卓氏之臨邛公擅山川銅鐵上爭王者之利下錮齊人之業富至僮八百人程鄭亦冶鑄富埒卓氏司馬相如傳云臨邛富人程鄭僮亦數百人鏹錢貫也殖貨志曰藏鏹千萬楊雄方言云鈲摫裁也梁益之閒裁木為器曰鈲裂帛為衣曰摫兼呈者皆有常課至擬於王者亦以財雄猶班壹以財雄邊城也漢書班氏敘傳當孝惠高后時以財雄邊出入弋獵旌旗鼓吹以臨邛是蜀郡之邊縣故云邊城善曰藏鏹管子之文也三蜀之豪時來時往養交都邑結儔附黨三蜀蜀郡廣漢犍為也本一蜀國漢高祖分置廣漢漢武帝分置犍為善曰孫卿子曰偷合苟容以持祿

養劇談戲論扼腕抵（紙）掌出則連騎歸從百兩（劇甚也鬼谷先生書有抵戲篇桓譚七說曰戲談以要譽張儀傳曰天下之士莫不扼腕以言戰國策曰蘇秦說趙王華屋之下抵掌而言皆談說之客也百兩百乘也詩云之子于歸百兩御之善曰漢書曰楊雄口吃不能劇談連騎已見西京賦）若其舊俗終冬始春吉日良辰置酒高堂以御嘉賓（楊雄蜀都賦曰其俗迎春送冬百金之家千金之公善曰楚辭曰吉日兮良辰曹植箜篌引曰置酒高殿上毛詩曰以御賓客且以酌醴）金罍中坐肴槅四陳觴以清醥鮮以紫鱗羽爵執競絲竹乃發巴姬彈弦漢女擊節（鮮魚鱠也詩云炮鱉鱠鯉巴姬漢之美人猶衛之雅質蔡之幼女善曰毛詩曰肴核維旅鄭玄曰肴菹醢也核桃梅之屬也左氏傳楚共王有巴姬槅與核義同）起西音於促柱歌江上之飆（寮）厲紆長袖而屢舞翩躚躚以裔裔（昔周昭王涉漢中流而隕其右辛游靡拯王遂卒不復還周乃侯其子于西翟實爲長公楚徙宅西河長公思故處始作西音長公繼是音以處西山秦國之風蓋取乎此見呂氏春秋韓子曰長袖善舞詩曰屢舞躚躚）合樽促席引滿相罰樂飲今夕一醉累月（言頻飲也善曰東方朔六言詩曰合樽促席相娛漢書曰趙李侍中皆引滿舉白毛詩曰今夕何夕又曰一醉日富）若夫王孫之屬郤（却戟）公之倫從禽于外巷無居人並乘驥子俱服魚文玄黃異校結駟繽紛（王孫卓王孫也貨殖傳曰卓王孫田宅射獵之樂擬於人君郤公豪俠也楊雄蜀都賦曰若其漁弋郤公之徒相與如乎巨野）

羅車百乘觀者萬隄服箭服詩云象弭魚服善曰周易曰即鹿無虞
以從禽也毛詩曰叔于田巷無居人桓子新論曰善相馬者曰薛公
得馬惡貌而正走名騏子周禮六廐成
校校有左右楚辭曰青驪結駟齊千乘
西踰金隄東越玉津朔別期
晦匪日匪旬
金隄在岷山都安縣西隄有左右口當成都西也壁玉
津在犍爲之東北當成都之東也楊雄羽獵賦前曰邪
界虞淵後曰浮彭蠡張衡羽獵前曰逐息崐崘後曰勞許公于箕隅
道里遼迥非一日所遊金堤玉津東西分行所欲經營亦非一所其
闕悠遠故曰朔別晦期也若云一秋
月之中乃能周徧不以旬日者也蹴六
蹈蒙籠涉蹊寥廓鷹犬倏眒
勝
猾
罻尉羅絡幕
倏眒疾速也罻羅鳥獸網也絡幕施張之貌也善曰
蒙籠已見南都賦桓譚新論曰道路皆蒿草寥廓狼
籍子雲賦曰
倏眒倩浰
毛羣陸離羽族紛泊匹各
翕響揮霍中網林薄
毛羣獸也
羽族鳥也
陸離分散也紛泊飛薄也
翕響揮霍奄忽之閒也
屠麖京麋翦旄麈帶文蛇跨彫虎
皆獵之
所得也
麖麋體大故屠之旄麈有尾故翦之蛇虎可畏而帶跨之言其勇也
尸子曰中黃伯云余左執太行之獶而右搏彫虎善曰越人衣文蛇
志未騁時欲晚追輕翼赴絕遠出彭門之闕馳九折之坂經三峽之
崢嶸躡五屼兀之蹇滻
岷山都安縣有兩山相對立如闕號曰彭門
楊雄蜀都賦曰彭門鴻屼九折坂在漢壽嚴
道縣卭萊山三峽巴東永安縣有高山相對相去可二十丈左右崖
甚高人謂之峽江水過其中五屼山名也一山有五重在越巂當犍
爲南安縣之南也楊雄蜀都賦曰五屼參差善
曰楚辭曰下崢嶸兮無地子虛賦曰蹇滻溝瀆
戟食鐵之獸射噬毒

之鹿鼯胡了切當爲拍拍普格切貍丑于蜒於蔞於堯草彈言鳥於森木貊獸毛黑白臆似熊而小
以舌舐鐵須臾便數十斤出建寧郡也有神鹿兩頭主食毒草名之
食毒鹿出雲南郡此二事魏完南中志所記也易曰噬腊肉遇毒貍
蜒謂貍人也言鳥鸎鵡之屬皆出南中文立蜀都賦虎豹之人善曰
方言曰噬食也博物志曰江漢有貍人能化爲虎說文曰拍拊也漢
書音義曰蔞盛貌拔象齒戾歷結犀角鳥鎩所札翮獸廢足鎩翮不能飛廢足不能行也善曰淮南子
曰飛鳥鎩羽走獸廢足許慎曰鎩殘也殆而朅綺列來相與第如滇丁田池集于江洲試水
客艤音蟻輕舟娉江斐與神遊朅去也第且也相如傳曰第如臨卭譙周異物志曰滇池在建寧界有大澤水
周二百餘里水乍深廣乍淺狹似如倒池故俗云滇池江洲在巴郡楊雄蜀都賦曰分川並注合乎江洲滇池江洲非一處也今連之者
說或有在滇池時或有在江洲時無有常也應劭曰艤正也一曰南方俗謂正船迴濟處爲艤項羽傳曰烏江亭長艤船待羽江斐二女
遊於江濱逢鄭交甫挑之不知其神女也遂解珮與之交甫悅受珮而去數十步空懷無珮女亦不見語在列仙傳罨奄翡翠
釣鰋偃鮋長流下高鵠出潛虯鰋鮋魚名吹洞簫發櫂宅孝謳感鱏尋魚動陽
侯洞簫長簫無底也王褒所頌者也漢元帝能吹洞簫櫂謳鼓櫂而歌也鱏魚出江中頭與身正半口在腹下淮南子曰瓠巴鼓琴鱏
魚出聽善曰櫂謳已見西都賦陽侯已見南都賦騰波沸涌珠貝汜浮若雲漢含星而光耀
洪流管子曰若江湖之人求珠貝者不舍也言魚駭波動珠貝浮見也善曰相貝經曰素質紅裏謂之珠貝將饗獠力召

者張帟幕會平原酌清酤戶割芳鮮飲御酣賓旅旋車馬雷駭轟轟闐闐若風流雨散漫乎數百里閒獠獵也帟平帳也周禮曰田則張幕設帟月令曰躬耕帝籍反乃執爵命曰勞酒言以宴羣臣也鮮新殺者也一日生肉也善曰既載清酤毛萇詩曰酤酒也斯蓋宅士之所安樂觀聽之所踴躍也焉獨三川爲世朝市若乃卓犖呂角奇譎倜儻罔已一經神怪一緯人理遠則岷山之精上爲井絡天帝運期而會昌景福肸喜筆蠁而興作碧出萇弘之血鳥生杜宇之魄妄變化而非常羌見偉於疇昔張儀曰爭名者於朝爭利者於市今三川周室天下之朝市也河圖括地象曰岷山之地上爲井絡帝以會昌神以建福上爲天井言岷山之地上爲東井維絡岷山之精上爲天之井星也昌慶也言天帝於此會慶建福也莊周曰萇弘死於蜀藏其血三年化爲碧蜀記曰昔有人姓杜名宇王蜀號曰望帝宇死俗說云宇化爲子規子規鳥名也蜀人聞子規鳴皆曰望帝也善曰降丘宅土劉向雅琴賦曰觀聽之所至乃知其美也漢書音義韋昭曰有河洛伊故曰三川上林賦曰肸蠁布寫近則江漢炳丙靈世載其英蔚若相如皭在爵若君平王褒韡曄而秀發楊雄含章而挺生幽思絢呼絹道德摛勑離藻掞傷豔天庭考四海而爲儁俊當中葉而擅名是故遊談者以爲譽造作者以爲程也相如司馬長卿也君平嚴遵也王褒字子淵楊

雄字子雲皆蜀人君平作老子指歸子雲作太玄法言故曰幽思絢道德也鄭玄曰文章成謂之絢漢武帝讀相如子虛賦而善之吾獨不得與此人同時哉元帝善王褒所作甘泉洞簫頌令後宮貴人左右皆誦之楊雄奏羽獵賦天子異焉又云班固述雄傳曰初擬相如獻賦黃門故曰摛藻掞天庭也漢書禮樂志曰長麗前掞光耀明善曰史記曰屈原浮游於塵埃之外皭然泥而不滓者也徐廣曰皭踈淨之貌也周易曰含章可貞馮衍德誥曰沈情幽思引六經之精微毛詩曰昔在中葉戰國策蘇秦曰外客游談之士無敢自進於前也

至乎臨谷為塞因山為障峻岨塍繩埒劣長城豁險吞若巨防蘇秦曰齊南有太山東有琅邪北有渤海西有清河所謂四塞之國也史遷述蒙恬傳曰據河為塞大曰隄小曰塍云峻岨之嚴視長城若塍埒也豁深貌也戰國策曰齊有長城巨防足以為塞也一人守險萬夫莫向善曰淮南子曰一人守隘千夫莫向公孫躍馬而稱帝劉宗下輦而自王善曰范曄後漢書曰公孫述字子陽扶風人也王莽時為導江卒正更始立述恃其地險衆附遂自立為天子蜀志曰先主姓劉諱備漢靖王勝後也益州牧劉璋使人迎先主令討張魯先主遂進圍成都璋出降先主即皇帝位備漢後故曰宗由此言之天下孰尚故雖兼諸夏之富有猶未若茲都之無量也論語曰夷狄之有君不如諸夏之亡周易曰富有之謂大業也又論語曰惟酒無量

文選卷第四

賜進士出身通奉大夫江南蘇松常鎮太等處承宣布政使司布政使胡克家重校刊

文選卷第五

梁昭明太子撰

文林郎守太子右內率府錄事參軍事崇賢館直學士臣李善注上

京都下

左太沖吳都賦一首　劉淵林注

吳都賦吳都者蘇州是也後漢末孫權乃都於建業亦號吳

東吳王孫囅然而咍囅大笑貌莊周云齊桓公囅然而笑楚人謂相笑爲咍楚辭曰衆兆所咍善曰囅勑忍切咍呼來切曰夫上圖景宿辨於天文者也下料物土析於地理者也謂天垂其象而分野形地以別土而區域殊料也善曰文子曰天道爲文地道爲理度古先帝代曾覽八紘之洪緒一六合而光宅翔集遐宇鳥策篆素玉牒石記烏聞梁岷有陟方之館行宮之基歟淮南子曰九州外有八澤方千里八澤之外有八紘亦方千里蓋八索也一六合而光宅者并有天下而一家也說文曰牒札也石記刻石書傳記也烏安也梁梁州也岷岷山皆蜀地也書云舜陟方謂南巡守也光武紀云濟陽有武帝行過宮善曰呂氏春秋曰神通乎六合高誘曰四方上下爲六合尚書序曰光宅天下鳥策鳥書於策也春秋運斗樞曰黃龍負圖出置帝前

鳥文漢書音義曰大篆蟲書鳥書是也鄭玄禮記注曰筴簡也篆素篆書於素也楊雄書曰齎油素四尺東觀漢記曰封禪其玉牒文祕天子事也說文曰諜記也牒與諜同孝經鉤命訣曰封禪刻石紀號也天子行所立名曰行宮陟升也方道也巡狩謂舜也而吾子言蜀都之富禺同之有瑋其區域美其林藪矜巴漢之阻則以為襲險之右徇蹲鴟之沃則以為世濟陽九齷齪而筭顧亦曲士之所歎也旁魄而論都抑非大人之壯觀也吾子謂西蜀公子言蜀地富饒及禺同之所有也瑋美也蜀都賦云左綿巴中百濮所充緣以劍閣阻以蜀門矜夸其險也徇營也亡身從物曰徇夸物示人亦曰徇卓王孫曰吾聞岷山之野下有蹲鴟至死不飢三年不收其形如蹲鴟故號也越巂郡蜻蛉縣禺山有金馬碧雞之神巴漢之阻巴郡之扞關也漢中廣漢其路由於劍閣褒斜也易無妄曰災氣有九陽阨陰阨四合為九一元之中四千六百一十七歲各以數至陽阨故云百六之會王孫言公子徇其土地自生蹲鴟可以救代飢儉度陽九之厄漢書律歷志具有其事齷齪好苛局小之貌曲謂僻也言算量蜀地亦是曲僻之士旁魄取寬大之意王孫謂寬大之意論西都也善曰楊雄城門校尉箴曰盤石唐芒襲險重固漢書酈食其曰其將齷齪好苛禮齷楚角切文子曰曲士不可言至道莊子曰將旁礴萬物以為一司馬彪曰旁礴猶混同也礴與魄同鵩鳥賦曰大人不曲何則土壤不足以攝生山川不足以周衛公孫國之而破諸葛家之而滅茲乃喪亂之丘墟顛覆之軌轍安可以儷戾王公而著風烈也攝持也老子曰善攝生漢

書公孫述王莽末時王蜀爲光武將吳漢破之魏志曰漢末諸葛亮輔劉備而爲臣都於蜀終於魏將鄧艾所平麗著也凡天下存亡唯繫乎人然强弱有常勢利害有常地必有不可守之土不可與之國矣易曰六五之吉麗王公也善曰漢武栢梁臺衞尉詩曰周衞交戟禁不時毛詩曰喪亂弘多呂氏春秋燭過曰子胥諫而不聽故吳爲丘墟毛詩序曰閔周室之顛覆奢靡也尚書周公曰弊化奢麗風烈已見南都賦

翫其磧礫而不窺玉淵者未知驪龍之所蟠也習其弊邑而不覩上邦者未知英雄之所躔也磧礫淺水見沙石之貌玉淵水深之處美玉所出也尸子曰龍淵生玉英莊子曰千金之珠在九重之淵驪龍頷下故曰不窺玉淵者不知驪龍之蟠也善曰上林賦曰下磧礫之坻說文曰磧水渚有石也且歷切驪音離左氏傳曰衞州吁曰弊邑與陳蔡從上邦猶上國也方言曰躔歷行也

子獨未聞大吳之巨麗乎且有吳之開國也造自太伯宣於延陵蓋端委之所彰高節之所興建至德以刱洪業世無得而顯稱由克讓以立風俗輕脫躧於千乘若率土而論都則非列國之所觖望也戰國策曰黑齒彫題大吳之國也昔周太伯三以天下讓延陵季子辭國而不處遂化荆蠻之方與華夏同風二人所興左氏傳曰太伯端委以治端委禮衣委貌謂冠袖長而裳齊委至地也孔子曰太伯三以天下讓人無得而稱焉善曰端委至德大伯也高節克讓延陵也左傳曰吳子諸樊既除喪將立季札札曰聖達節次守節下失節爲君非吾節也遂讓不受史記曰壽夢欲立季札讓不可乃立諸樊也漢書武帝曰吾去妻子如脫躧耳聲類曰躧或爲

鞿說文曰鞿鞮屬也亦所解切諸侯故言千乘之國論語曰道千乘
之國漢書曰上欲王盧綰爲羣臣觖望臣瓚曰觖謂相觖而怨望也
觖音決故其經略上當星紀拓音託土畫疆卓犖呂角兼幷包括于越跨躡
蠻荊左傳曰天子經略土地定城國制諸侯略分界也一曰遠界爲經略也爾雅曰星紀斗牽牛吳分野斗者日月五星之所經始
故謂之星紀意者斗爲星紀則其分域亦所以能爲綱維故曰卓犖兼幷也越今之蒼梧鬱林合浦交阯九真南海日南皆越地吳之所
幷也荊蠻吳所得荊州四郡零陵桂陽長沙武陵善曰漢書曰戎狄之與于越不相入也音義曰于南方越名也春秋曰于越入吳杜預
注曰于越人發語聲詩曰蠢爾蠻荊婺女寄其曜翼軫寓其精指衡岳以鎮野目龍川
而帶坰婺女越分翼軫楚分非吳分故言寄曜寓精也善曰漢書曰越地婺女之分野楚地翼軫之分野周禮曰正南曰荊州其
鎮衡山漢書南海有龍川縣南越志縣北有龍穴山舜時有五色龍乘雲出入此穴爾雅曰林外謂之坰爾其山澤則嵬
嶷嶢屼巊冥鬱岪潰渱泮汗滇㴁淼漫或涌川而開瀆或吞江而納
漢磈磈𥗊𥗊滮滮涆涆磝硿乎數州之閒灌注乎天下之半山之大者衡嶽
澤之大者彭蠡地理志曰彭蠡澤在豫章彭澤西會稽餘姚縣蕭山瀵水所出嵬嶷高大皃巊冥鬱岪山氣暗昧之狀潰渱泮汗謂直望
無崖也滇㴁淼漫山水闊遠無崖之狀錢塘縣武林水所出龍川故曰涌川九江經廬山而東故曰開瀆禹貢曰三江既入震澤厎定故
曰吞江又曰漢水東爲滄浪南入于江故曰納漢磈磈石在山中之貌滮涆水流行聲勢也磝硿山深險連延之狀荊揚交廣數州之閒

土地闊遠故曰天下之半善曰嶷魚力切字指曰屼禿山也五骨切埤蒼曰岪鬱山皃扶勿切泏胡東切湏通見切澥莫見切淼水皃音眇磈胡罪切䃬力罪切澥古曰切百川派別歸海而會控清引濁混濤并瀨濆薄沸騰寂寥長邁㶁焉洶呼恭切洶隱焉磕磕字說曰水別流為派濤大波也瀨急湍也長邁不回之意磕苦蓋切善曰尚書大傳曰百川趨于海洶洶磕磕皆水聲也出乎大荒之中行乎東極之外經扶桑之中林包湯谷之滂沛潮波汨起迴復萬里歊霧漨浡雲蒸昏昧大荒謂海外也爾雅曰孤竹北戶西王母日下謂之四荒孤竹在北北戶在南日下在東西王母在西皆四方荒昏之國也又曰東至大遠西至邠國南至濮鈆北至祝栗謂之四極謂四方之極極遠也言大荒東極扶桑湯谷者謂海外彌廣無所不連也潮波汨起言水彌廣汨急疾无所不至歊霧水霧之氣似雲蒸昏暗不明也善曰扶桑湯谷已見上文漨薄工切浡蒲昧切泓澄奫潫澒溶沆戶朗瀁余兩莫測其深莫究其廣澶湉漠而無涯惣有流而為長瓌異之所叢育鱗甲之所集往善曰說文曰泓下深大也澄湛也奫潫迴復之貌皆水深廣闊也奫於旻切潫於權切澒胡孔切溶余腫切澶湉安流貌澶音纏湉音恬瓌異鱗魚皆在水中生長於是乎長鯨吞航修鯢吐浪躍龍騰蛇鮫鯔琵琶王鮪偉鯸鮐鮣印鰸鱕鯌烏賊擁劍鼅古侯鼊辟鯖鰐涵泳乎其中航舡之別名異物志云鯨魚長者數十里卜者數十丈雄曰鯨雌曰鯢或死於沙上得之者皆無目

俗言其目化爲明月珠鄧析子曰鈞鯢者不於清池一說曰鯨猶言鳳鯢猶言皇也異物志曰朱厓有水蛇鮫魚出合浦長二三尺背上
有甲珠文堅強可以飾刀口可以爲鑢鱐魚形如鯢長七尺吳會稽臨海皆有之琵琶魚無鱗其形似琵琶東海有之鯸鮐魚狀如科斗
大者尺餘腹下白背上青黑有黃文性有毒雖小獺及大魚不敢餤之蒸煮餤之肥美豫章人珍之鯽魚長三尺許無鱗身中正四方如
印扶南俗云諸大魚欲死鯽魚皆先封之鱕鯌有橫骨在鼻前如斤斧形東人謂斧斤之斤爲鱕故謂之鱕鯌魚二十餘種此其尤異者
此魚所擊無不中斷也有出入鯌子朝出求食暮還入母腹中皆出臨海烏賊魚腹中有藥擁劍蟹屬也從廣二尺許有爪其螯偏大大
者如人大指長二寸餘色不與體同特正黃而生光明常忌護之如珍寶矣利如劍故曰擁劍其一螯尤細主取食出南海交趾鼅鼊龜
屬也其形如笠四足縵胡無指其甲有黑珠文采如瑇瑁可以飾物肉如龜肉肥美可食鯖魚出交趾合浦諸郡鱷魚長二丈餘有四足
似鼉喙長三尺甚利齒虎及大鹿渡水鱷擊之皆中斷生則出在沙上乳卵卵如鴨子亦有黃白可食其頭琢去齒旬日閒更生廣州有
之涵沉也楊雄方言曰南楚謂沉爲涵泳潛行也見爾雅言已上魚龍潛沒泳其中善曰莊子曰吞舟之魚蕩而失水周易曰見龍在田
或躍在淵楚辭曰騰蛇兮後從文子曰騰蛇無足而騰鱕音藩鮐音夷鱕甫袁切鯌甫亦切鱷五洛切涵音含葺七入鱗鏤甲
詭類舛錯泝素洄順流噞喁沈浮葺累也甲謂龜甲也楚辭曰魚葺鱗以自別噞喁魚在水中羣出動
口貌善曰毛詩曰泝洄從之道阻且長淮南子曰水濁則魚噞喁噞牛檢切喁魚凶切鳥則鵾鷄鸀燭鳿玉鸘
霜鵠鷺鴻鶢爰鶋居避風候鴈造七報江鸂鶒鷛鸈鶄鶴鶖鶬鸛鷗鷁

七激鸕氾濫乎其上鶂鷄鳥也好鳴鸘鳿水鳥也鶄如鷺而大長頸赤目其毛辟水毒丹陽鄱陽皆有之鷄鶋鳥也似鳳

左傳曰海鳥爰居止魯東門外三日臧文仲使國人祭之不知其鳥以爲神也鸂鶒水鳥也色黃赤有斑文食短狐蟲在水中無毒江東

諸郡皆有之鸕鷀似鴨而鷄足鶻鵃出南海桂陽諸郡善曰候鴈已見南都賦毛詩曰有鶖在梁毛萇詩傳曰禿鶖也蒼頡篇曰鷗大如

鳩郭璞山海經注曰鷗水鴞也鸘音庸鸀音渠鶖音秋湛淡羽儀隨波參差理翮整翰容與自

翫彫啄蔓藻刷盪漪瀾湛淡迅疾兒漪瀾水波也彫啄鳥食貌蔓藻海藻之屬也善曰說文曰刷刮也漪蓋語辭

也毛詩曰河水清且漣漪爾雅曰大波爲瀾魚鳥聱耴萬物蠢昌允生芒芒黖黖慌呼廣罔奄

欻許勿神化翕忽函幽育明窮性極形盈虛自然蚌蛤珠胎與月虧全

巨鼇贔備屓許器首冠靈山大鵬繽翻翼若垂天振盪汪流雷抃重淵

殷上聲動宇宙胡可勝原蠢動也黖黖絕遠貌奄欻去來不定之意翕忽疾貌函幽育明皆謂珠玉光耀之狀也窮

性極形物皆極之也呂氏春秋曰月望則蚌蛤實月晦則蚌蛤虛列仙傳曰鼇負蓬萊山而抃滄海之中·贔屓用力壯貌莊子曰北溟有

魚名鵾化爲鵬怒而飛翼若垂天之雲鵬之將徙於南溟水擊三千里摶扶搖而上九萬里示振盪之狀也汪流水深貌其聲勢之不可

勝盡也淮南子曰虛廓生宇宙宇宙生天地者也善曰聱耴衆聲也埤蒼云聱不聽也魚幽切耴牛乙切杜篤論都賦曰蠢生萬類黖黖

不明貌許既切春秋保乾圖曰日以圓照月以虧全宋均曰全十五日時也列子夏革曰渤海之東曰歸墟其中有五山焉帝命禺彊使

巨鼇十五舉首而戴五山峙而不動玄中記曰鼇巨龜也西京賦曰巨靈贔屓王逸楚辭注曰擊手曰抃音卞島嶼序緜邈

洲渚馮平隆崇曠瞻迢遞迥眺冥蒙珍怪麗奇隙充徑路絕風雲通

洪桃屈盤丹桂灌叢瓊枝抗莖而敷蘂珊瑚幽茂而玲瓏島海中山也嶼海中洲上有山石魏武蒼海賦曰覽島嶼之所有綿邈廣遠貌水中可居曰洲小洲曰渚曠瞻迢遞謂島嶼也馮隆高貌迢遞遠貌迥眺冥蒙謂洲渚深奧之貌言珍怪之物麗於島嶼之中徑路絕者人道斷絕風雲通者唯風雲能交通也意者謂奇怪之徒因風雲以交通水經曰東海中有山焉名曰度索上有大桃屈盤三千里桂生蒼梧交趾合浦以南山中所在叢聚無他雜木也其枝葉皆辛木叢生曰灌瓊樹生其華蘂仙人所食令人長生楚辭曰精瓊蘂以爲糧蓬萊三山神仙所居故宜有焉漢書歌曰上蓬萊咀瓊英珊瑚樹赤色有枝無華扶南傳曰漲海中有盤石珊瑚生其上玲瓏明貌善曰後漢黎陽山碑曰山河馮隆有精英兮朱穆鬱金賦曰丹桂植其東莊子曰南方積石千里名瓊枝高百二十仞

增岡重阻列真之宇玉堂對霤石室相距藹藹翠幄嫋嫋素女江斐於是往來海童於是宴語斯實神妙之響象嗟難得而覼縷玉堂石室仙人居也海童海神童也吳歌曲曰仙人齎持何等前謁海童爾雅曰嗟楚人發語端也善曰馮衍爵銘曰富如江海壽配列真道書曰上曰神次曰仙人下曰真人楚辭曰紫貝闕兮玉堂鄭玄禮記注曰堂前有承霤列仙傳曰赤松子常止西王母石室中藹藹盛貌徐幹齊都賦曰翠幄浮游埤蒼曰嫋嫋美也奴鳥切史記曰泰帝使素女鼓五十絃瑟神異經曰西海有神童

乘白馬出則天下大水王延壽王孫賦曰嗟難得而覼縷覼力戈切爾乃地勢坱圠卉木镺蔓遭藪爲

圃值林爲苑異荂蓲蘛育夏曄于輒冬蒨方志所辨中州所羨坱圠莽沕也高

下不平貌也卉百草總名楚人語也有木曰苑有草曰圃言林藪非一所在皆爲苑圃有國有家者因天地之自然不復假人功爲園圃

也爾雅曰荂榮也蓲華也蘛華開貌南土草木通曰冬生故曰蒨善曰鶡鳥賦曰坱圠無垠坱烏朗切圠烏八切廣雅曰镺長也烏老

切荂枯瓜切爾雅曰蕍榮也郭璞曰蕍猶敷蕍亦草之貌也蘛與蕍同庾俱切蓲與敷同無俱切草則藿蒳豆蔻薑

彙非一江蘺之屬海苔之類綸組紫絳食葛香茅莫侯石帆水松東風

扶留異物志曰藿香交趾有之豆蔻生交趾其根似薑而大從根中生形似益智皮殼小厚核如石榴辛且香蒳草樹也葉如栟櫚

而小三月採其葉細破陰乾之味近苦而有甘幷雞舌香食之益美薑彙大如累氣猛近於臭南土人擣之以爲虀蕟一名廉薑生沙石

中薑類也其累大辛而香削皮以黑梅幷鹽汁漬之則成也始安有之彙類也易曰拔茅連茹以其彙征吉所謂薑彙非一也江蘺香草

也楚辭曰扈江蘺海苔生海水中正青狀如亂髮乾之亦鹽藏有汁名曰濡苔臨海出之爾雅曰綸似綸組似組東海有之紫紫菜也生

海水中正青附石生取乾之則紫色臨海常獻之絳絳草也出臨賀郡可以染食葛蔓生與山葛同根特大美於芋也豫章閑種之香茅

生零陵石帆生海嶼石上草類也無葉高尺許其華離婁相貫連雖無所用然異物也死則浮水中人於海邊得之希有見其生者水松

藥草生水中出南海交趾東風亦草也出九真扶留藤也緣木而生味辛可食檳榔者斷破之長寸許以合石賁灰與檳榔幷咀之口中

赤如血始興以南皆有之善曰蒳音納蔻火豆切彙音謂綸古頑切布濩皐澤蟬聯陵丘夤緣山嶽之

岊冪歷江海之流抗白蔕銜朱蕤鬱兮茷茂曄兮菲菲光色炫晃芬

馥肸蠁職貢納其包匭離騷詠其宿莽布濩遍滿貌蟬聯不絕貌夤緣布藤上貌冪歷分布覆被貌許氏記字曰岊陬隅而山之節也抗搖也蔕花本也菲菲花美貌也方言曰凡草生而初達謂之茷芬馥色盛香散狀包裹也匭猶結也尚書禹貢曰包匭菁茅菁茅生桂陽可以縮酒給宗廟異物也重之是故既包裹而又纏結之一曰匭柙也爾雅曰卷施草拔其心不死江淮閒謂之宿莽屈原嘉之以其志故離騷曰夕覽洲之宿莽善曰毛萇詩傳曰抗動也淮南子曰草木之勾萌銜孚戴實說文曰蕤草木華垂貌肸蠁已見蜀都賦夤緣出也岊音節茷以稅切蕤汝誰切木則楓柙甲櫲樟栟櫚枸古侯根

緜杬杶櫨文欀楨橿薑平仲桾櫏松梓古度楠榴之木相思之樹楓柙皆香木名也櫲樟木也異物志曰栟櫚椶也皮可作索枸根樹也直而高其用與栟櫚同栟櫚出武陵山枸根出廣州木緜樹高大其實如酒杯皮薄中有如絲綿者色正白破一實得數斤廣州日南交趾合浦皆有之杬大樹也其皮厚味近苦澀剝乾之正赤煎訖以藏衆果使不爛敗以增其味豫章有之杶櫨二木名文文木也材密緻無理色黑如水牛角日南有之欀木樹皮中有如白米屑者乾擣之以水淋之可作餅似麵交趾盧亭有之楨櫨二木名劉成曰平仲之木實白如銀君遷之樹子如瓠形松梓二木名古度樹也不華而實子皆從皮中出大如安石榴正赤初時可煮食也廣州有之楠榴木之盤結者其盤節文尤好可以作器建安所出最大長也相思大樹也

材理堅邪斫之則文可作器其實如珊瑚歷年不變東治有之善曰根音郎杭音亢杶勑倫切欀音襄楨音貞

宗生高岡族茂幽阜擢本千尋垂蔭萬畝攢柯挐莖重葩殗葉輪囷蚪蟠𡍤堨鱗接榮色雜糅綢繆縟繡宵露霮徒感䨴徒外旭日晻烏感時與風飇搖颺樣飂瀏颼飀鳴條律暢飛音響亮蓋象琴筑竹并奏笙竽俱唱

宗生宗類而生於高山之脊故名宗生族茂言種族繁多也擢本高聳皃八尺曰尋言婆娑覆萬畝之地莊子曰匠石見樹百圍其臨千仞而後有枝此大樹之屬也善曰許慎淮南子注曰挐亂也女居切殗重也葉重疊貌於劫切鄒陽上書曰輪囷離奇輪囷謂屈曲貌蚪蟠謂樹如龍蛇之盤屈相糾也𡍤堨枝柯相重疊貌𡍤楚立切堨除立切縟繡言草木花光似繡文綢繆花采密貌霮䨴露垂貌毛詩曰旭日始旦時亦闇也房妹切飂瀏風聲也飂力西切瀏力久切颼所求切飀音留律謂籟也殷仲文所謂幽律是也言木枝葉與風搖蕩作聲如律呂之暢說文曰筑似箏五絃之樂也世本曰隨作竽鄭玄周禮注曰三十六簧也

其上則猨父哀吟獋子長嘯狖鼯吾猓火然騰趠飛超爭接縣垂競游遠枝驚透沸亂牢落翬散

吳越春秋曰越有處女出於南林之中越王使使聘問以劍戟之事處女將北見於越王道逢老翁自稱袁公問處女吾聞子善為劍術願一觀之女曰妾不敢有所隱唯公試之於是袁公即跳於林竹橋折墮地處女即接末袁公操本以刺處女女應節入三入因舉枝擊之袁公即飛上樹化為白猿遂引去獋子猿類猿身人面見人嘯異物志曰狖猿類露鼻尾長四五尺居樹上雨則以尾塞鼻建安臨

海北有之鼯大如猿肉翼若蝙蝠其飛善從高集下食火煙聲如人
號一名飛生飛生子故也東吾諸郡皆有之倮然猿狖之類居樹色
青赤有文日南九真有之楊雄方言曰透驚也善曰山海經曰獄法
之山有獸狀如犬人面見人則笑名獋獋胡奔切枚乘兎園賦曰上
涌雲亂葉翬散狖余幼切趠吐教切超士弔切其下則有梟羊麡儕狼猰貐貙勑俱象烏菟之
族犀兕之黨鉤爪鋸牙自成鋒穎精若燿星聲若震霆名載於山經
形鏤於夏鼎爾雅曰梟羊一名𤡔𤡔如人面長脣黑身有毛及踵見人則笑左手操管海南經所云也異物志云麡狼大如
麋角前向有枝下出反向上長者四五尺廣州有之常居平地不得入山林山海經曰南海之外有猰貐狀如貙龍首食人貙虎屬也或
曰能化爲人也象生九真日南山中大者其牙鼻長一丈於菟虎也江淮閒謂虎爲於菟犀狀如水牛頭似猪四足類象倉黑色一角當
額上鼻上角亦墮也又有小角長五寸不墮性好食棘口中灑血武陵已南山中有之兕獸也似牛左傳曰昔夏之方有德也遠方圖物
貢金九牧鑄鼎象物而爲之備使人知神姦故人入山澤林藪不逢不若魑魅魍魎莫能逢之故曰形鏤於夏鼎善曰麡在西切猰於八
切貐以主切淮南子曰勾爪鋸牙於是摯矣禮記曰刃卻刃授穎鄭玄曰穎鋒也摯伯陵荅司馬遷書曰有能見鋒穎之狀其竹
則篔簹箖箊於桂箭射筒柚由梧有篁篻篣有叢皆竹名也異物志曰篔簹生水邊長
數丈圍一尺五六寸一節相去六七尺或相去一丈廬陵界有之始興以南又多小桂夷人績以爲布葛箖箊是袁公所與越女試劍竹
者也桂竹生於始興小桂縣大者圍二尺長四五丈箭竹細小而勁實可以爲箭通竿無節江東諸郡皆有之射筒竹細小通長長丈餘

亦無節可以爲射筒筒及由梧竹皆出交趾九眞箖竹大如戟槿實
中勁強交趾人銳以爲矛甚利簩竹有毒夷人以爲觚刺獸中之則
必死篔于君切篻
芳眇切簩音勞苞筍抽節往往縈結綠葉翠莖冒霜停雪橚矗蓄
森萃蓊茸而勇蕭瑟檀欒蟬蜎玉潤碧鮮梢雲無以踰嶰谷弗能連鸑
鷟食其實鵷鶵擾其閑苞筍冬筍也出合浦其味美於春夏時筍也
見馬援傳漢書天文志曰見梢雲其說梢如
樹也嶰谷崑崙北谷也漢書律歷志黃帝詔伶倫爲音律伶倫乃之
崑崙山之陰嶰谷之中取竹斬之以其厚均者吹之以爲黃鍾之管
鸑鷟鳳鶵也鵷鶵周本紀曰鳳類也非梧桐不棲非竹實不食黃帝
時鳳集東園食帝竹實終身不去馴擾善也善曰橚矗長直貌蓊茸
茂盛貌蕭瑟聲也冒犯也嬋娟言竹姸雅也橚所六切矗丑六切其
枝乘兔園賦曰脩竹檀欒夾水碧鮮言竹似之也梢雲山名出竹
果則丹橘餘甘荔枝之林檳榔無柯椰葉無陰龍眼橄欖探榴禦霜
結根比景之陰列挺衡山之陽薛瑩荊揚已南異物志曰餘甘如梅
李核有刺初食之味苦後口中更甘
高涼建安皆有之荔枝樹生山中葉綠色實赤肉正白味大甘美檳
榔樹高六七丈正直無枝葉從心生大如楯其實作房從心中出一
房數百實實如雞子皆有殼肉滿殼中正白味苦澀得扶留藤與古
賁灰合食之則柔滑而美交趾日南九眞皆有之椰樹似檳榔無枝
條高十餘尋葉在其末如束蒲實大如瓠繫在樹頭如掛物也實外
有皮如胡桃核裏有膚膚白如雪厚半寸如豬膏味美如胡桃膚裏
有汁升餘清如水美如蜜飲之可以愈渴核作飲器也龍眼如荔枝
而小圓如彈丸味甘勝荔枝蒼梧交趾南海合浦皆獻之山中人家

亦種之橄欖生山中實如雞子正青甘美味成時食之益善始興以
南皆有之南海常獻之棎棎子樹也生山中實似梨冬熟味酸丹陽
諸郡皆有之榴榴子樹也出山中實亦如梨核堅味酸美交趾獻之
善曰橄音敢欖音覽棎市瞻切漢書音義如淳曰比景日中於頭上
景在己下故名之比景比方利切一作北景云漢武時日南郡置北
景縣言在日之南向北看日故名宋玉笛賦曰余嘗觀於衡山之陽
素華斐丹秀芳臨青壁系紫房鷓鴣南翥而中留孔雀綷羽以翱翔
山雞歸飛而來棲翡翠列巢以重行鷓鴣如雞黑色其鳴自呼或言
此鳥常南飛不北豫章已南諸
郡處處有之孔雀尾長六七尺綠色有華彩朱崖交趾皆有之在山
草中山雞如雞而黑色樹棲晨鳴今所謂山雞者鷩鵔也合浦有之
翡翠巢於樹顛生子夷人稍徙下其巢
子大未飛便取之皆出於交趾鬱林郡其琛賂則琨瑤之阜銅鍇之
垠火齊之寶駭雞之珍頳丹明璣金華銀樸紫貝流黃縹碧素玉隱
賑崴蕤雜插幽屏必井精曜潛頳硩陊直氏山谷碕岸為之不枯林木為
之潤黷隋侯於是鄙其夜光宋王於是陋其結綠琛寶也賂貨也詩曰來獻其琛大賂
南金琨瑤皆美石也鍇金屬也禹貢楊州貢金三品謂金銀銅也異
物志曰火齊如雲母重沓而可開色黃赤似金出日南頳赤也丹丹
砂也出山中有穴禹貢荊州貢丹璣珠屬也朱崖出珠金華采者銀
朴銀之在石者紫貝以色言之流黃土精也淮南子曰夏至而流黃
澤縹碧素玉者亦以色言也硩者言其如硩擿而陊落山谷者淮南
子曰積疊琁玉以純脩碕張衡南都賦曰隋珠夜光張祿先生曰宋

有結緑隋侯宋王於此名鄙其寶也善曰尚書曰瑤琨篠蕩孝經援神契曰神靈滋液則犀駭雞宋衷曰角有光鷄見而駭驚也劉欣期
交州記曰金華出珠崖謂金有華采者埤蒼曰歲裹不平也又重累貌歲烏乖切裹故乖切幽屏謂生處也潛穎謂潛深而有光穎說文
硩摘空青珊瑚隋墮之珠玉潛伏土石閑隨四時長故硩毀陵落山谷之土石也潤膩也黷黑茂貌硩勑列切孫卿子曰言無小而不聲行
無隱而不形玉在山而木潤淵生珠而崖不枯許慎淮南子注曰碕長邊也巨依切其荒陬子侯譎決詭則有龍
穴內蒸雲雨所儲陵鯉若獸浮石若桴雙則比目片則王餘窮陸飲
木極沈水居泉室潛織而卷綃淵客慷慨而泣珠開北戶以向日齊
南冥於幽都陬四隅謂邊遠也湘東新平縣有龍穴穴中黑土天旱人人便共以水沾穴則暴雨應之常以此請雨也陵鯉
有四足狀如獺鱗甲似鯉居土穴中性好食蟻楚辭曰陵魚曷止王逸曰陵魚陵鯉也浮石體虛輕浮在海中南海有之桴舟也比目魚
東海所出王餘魚其身半也俗云越王鱠魚未盡因以殘半棄水中為魚遂無其一面故曰王餘也朱崖海中有渚東西五百里南北千
里無水泉有大木斬之以盆甕承其汁而飲之水居鮫人水底居也俗傳鮫人從水中出曾寄寓人家積日賣綃綃者竹孚俞也鮫人臨
去從主人索器泣而出珠滿盤以與主人日南人北戶猶日北人南戶也善曰尚書曰宅朔方曰幽都謂日既在北則南冥與幽都同王
餘泉客皆見博物志窮陸見後漢書史記曰秦始皇地南至北向戶北據河為塞其四野則畛畷無數膏腴
兼倍原隰殊品窊隆異等象耕鳥耘此之自與穱捉秀菰孤穗詞翠切

於是乎在畛畷謂地廣道多也舊井田閒有徑有畛善曰鄭玄毛詩箋曰畛舊田有徑路也之引切說文曰畷兩陌閒道也知
衛切又陟劣切說文曰窊汙邪下也於瓜切越絶書曰舜葬蒼梧象為之耕禹葬會稽鳥為之耘左傳曰生人之道於是乎在煑海
為鹽採山鑄錢國稅再熟之稻鄉貢八蠶之緜善曰史記曰吳有豫章郡銅山吳王濞則
招致天下亡命者盜鑄錢煑海為鹽國用富饒異物志交趾稻夏熟農者一歲再種劉欣期交州記曰一歲八蠶繭出日南也徒觀
其郊隧之內奧都邑之綱紀霸王之所根柢帝 開國之所基趾郛郭
周匝重城結隅通門二八水道陸衢所以經始用累千祀憲紫宮以
營室廓廣庭之漫漫寒暑隔閡五蓋於邃宇虹蜺回帶於雲館所以跨
跱煥炳萬里也爾雅曰柢本也吳與周並世世稱王自泰伯至闔閭二十五世矣夫差益強大得為盟主故曰霸王之所
根柢也越絶書曰吳郭周匝六十八里六十步大城周匝四十七里二百一十步水門八陸門八其二有樓名門者車船並入昌門今見
在銅柱石墳地大城中有小城周十二里亦有水陸門皆闔閭宮在高平里言經營造作之始使子孫累代保居也漫漫長遠貌寒暑所
閡謂冬溫夏涼善曰西都賦曰虹蜺迴帶於棼楣造姑蘇之高臺臨四遠而特建帶朝夕之
濬池佩長洲之茂苑窺東山之府則瓌寶溢目覷海陵之倉則紅粟
流衍姑蘇吳臺名也善曰越絶書曰吳王夫差起姑胥之臺五年乃成高見三百里史記曰越伐吳敗之姑蘇漢書伍被曰子胥云

見麋鹿遊姑蘇之臺然姑胥即姑蘇也漢書枚乘上書曰夫漢諸侯方輸錯出其珍怪不如東山之府轉粟西向不如海陵之倉修治上林圈守禽獸不如長洲之苑遊曲臺臨上路不如朝夕之池蔡邕月令章句穀藏曰倉蒼頡篇曰𩔰索視之貌飾蟻切漢書太倉之粟紅腐而不可食起寢廟於武昌作離宮於建業闈闔閭之所營采夫差之遺法抗神龍之華殿施榮楯而捷獵崇臨海之崔巍飾赤烏之韡曄吳志曰前吳都武昌在豫章後都建業在丹陽孫權自會稽徙治丹陽建業人皆不樂徙故爲歌曰寧飲建業水不向武昌居言離宮者明非吳舊都也神龍建業正殿名臨海赤烏皆建業吳大帝所太初宮殿名也捷獵高顯貌越絕書曰昔越王勾踐欲伐吳大夫種對以九術於是作榮楯嬰以白璧鏤以黃金狀類龍蛇以獻吳王夫差夫差大悅子胥諫曰王勿受也王不聽遂受之以飾殿也闔閭造吳城郭宮室其子夫差嗣增崇侈靡孫權移都建業皆學之故曰闔閭之所營采夫差之遺法而施榮楯也春秋左氏傳曰夫差次有臺榭陂池焉玩好必從歡樂是務東西膠葛南北崢嶸房櫳對櫎晃連閣相經閽闥譎詭異出奇名左稱彎碕右號臨硎善曰膠葛長遠貌崢嶸深邃貌魯靈光殿賦曰洞膠葛其無垠說文曰櫳房室之疏也又曰櫎帷屏屬然則門牕之廡通名櫎櫎音榥音義同彎碕臨硎闔閭名也吳後主起昭明宮於太初之東開彎碕臨硎二門彎碕宮東門臨硎宮西門碕巨依切硎口耕切彫欒鏤楶青瑣丹楹圖以雲氣畫以仙靈雖茲宅之夸麗曾未足以少寧思比屋於傾宮畢結瑤而構瓊梁栭也瑣

戸兩邊以青畫爲瑣文楹柱也汲郡地中古文冊書曰桀築傾宮飾
瑤臺紂作瓊室立玉門言其夸麗善曰鄭玄禮記注曰楄謂之楶音
節左氏傳曰丹桓宮楹杜預曰楹柱也高闈有閌洞門方軌朱闕雙立馳道如砥樹以
青槐亘以綠水玄蔭耽耽清流亹亹善曰李尤德陽殿賦曰朱闕巖巖漢書音義應劭曰馳道天子
之道毛詩曰周道如砥言其平直也漢書賈山上書曰秦爲馳道樹以青松然古之表道或松或槐也亘引也耽耽樹陰重貌韓詩曰亹
水流進貌列寺七里俠棟陽路屯營櫛比解署棊布橫塘查下邑屋隆夸
長干延屬飛甍舛互吳自宮門南出苑路府寺相屬俠道七里也解猶署也吳有司徒大監諸署非一也橫塘在淮
水南近家緣江築長堤謂之橫塘北接柵塘查下查浦在橫塘西隔內江自山頭南上十里至查浦建業南五里有山崗其閒平地吏
民雜居東長干中有大長干小長干皆相連大長干在越城東小長干在越城西地有長短故號大小相干韓詩曰考盤在干地下而黃
曰干櫛比喻其多也藏官物曰公廨醫巫所居曰署飛甍舛互言室屋之多相連下之貌善曰應劭風俗通曰今尚書御史謁者所止皆
曰寺俠棟棟相俠也古洽切陽路路陽也毛詩曰其崇如墉其比如櫛其居則高門鼎貴魁岸豪傑虞
魏之昆顧陸之裔歧嶷繼體老成弈世躍馬疊跡朱輪累轍陳兵而
歸蘭錡內設冠蓋雲蔭閭閻闐噎魁岸大度也漢書曰江充爲人魁岸又于公高門以待封又賈捐之
傳曰石顯方鼎貴應劭曰鼎始也乃祖乃父已來皆貴故曰鼎貴也虞虞文秀魏魏周顧顧榮陸陸遜隆吳之舊貴也昆裔皆後世也歧

疑謂有識知也老成德之人養之乞言躍馬騰躍之謂言富貴也蔡
澤傳曰躍馬肉食西京賦曰武庫禁兵設在蘭錡閭閻闐噎言人物
遍滿之貌善曰毛詩曰克岐克疑又曰雖無老成人謝承後漢書曰
王公位二千石弈世相襲楊惲書曰方家隆盛時乘朱輪者十人
其鄰則有任俠之靡輕訬之客締交翩翩儐從弈弈出躡珠履動以
千百里讌巷飲飛觴舉白翹關扛鼎拚射壺博鄱陽暴謔中酒而作
靡美也楊子法言曰聶政荆軻刺客之靡締結也賈誼過秦論曰締
交自罰爵名也漢書曰引滿舉白鄱陽人俗性暴急何晏云鄱陽惡
戲難與曹也鄱陽本豫章縣善曰漢書曰季布爲任俠如淳曰相與
信爲任同是非爲俠漢書述曰江都輕訬謂輕薄爲訬也締結也翩
翩往來貌弈弈輕靡之貌高誘淮南子注曰訬輕利急疾也訬音眇
史記曰趙平原君使人於楚楚相春申君處趙使欲夸楚爲玳瑁簪
刀劍室皆以珠飾之請春申君春申君客三千餘人其上客皆躡珠
履而迎之趙使大慙翹關扛鼎皆逞壯力之勁能招門關也列子曰
孔子勁能招國門之關而不肯以力聞招與翹同扛舉也漢書曰項
羽力能扛鼎又漢書贊曰元帝時覽拚射孟康曰手搏爲拚壺投壺
也禮有投壺論語曰不有博弈者乎於是樂只衎而歡飫無匱都輦殷而四奧來暨水
浮陸行方舟結駟唱櫂轉轂昧旦永日昧旦清晨也左傳曰昧旦丕顯善曰毛詩曰其樂只且又
曰嘉賓式宴以衎飫已見上文輦王者所乘故京邑之地通曰輦焉
漢書曰殺身靡骨死事輦轂下四隩來暨言四方之人皆來唱櫂轉
轂言遠人唱歌擿船乘車轉轂以向吳都楚辭曰青驪結駟齊
千乘漢書曰轉轂百數毛詩曰且以永日衎苦旦切飫一據切開市

朝而並納橫闠闤而流溢混品物而同廛幷都鄙而爲一士女佇眙
商賈駢坒紵衣絺服雜沓傱萃輕輿按轡以經隧樓船舉颿帆而過
肆果布輻湊而常然致遠流離與珂苦何珬混同也佇眙立視也今市聚人謂之立眙南方多絺
葛故曰紵衣絺服也樓船船有樓也颿者船帳也地理志曰越多犀象玳瑁珠璣銅銀果布之湊黃支國多異物入海市明珠流離果橘
柚之屬布箋紵之屬近海多寶物湊會處也珬老鵰化西海爲珬已裁割若馬勒者謂之珂珬者珂之本璞也曰南郡出珂珬善曰楚辭
曰覽涕而佇眙許慎淮南子注曰坒相連也扶必切羽獵賦曰萃傱沇溶埤蒼曰傱走貌先鞏切隧向市路肆市路也漢書有樓船將軍
珬音戍䌛賄紛紜器用萬端金鎰磊砢力可珠琲步對闌干桃笙象簟韜於
筩中蕉葛升越弱於羅紈䌛蠻夷貨名也扶南傳曰䌛貨布帛曰賄金二十四兩爲鎰史記曰趙孝成王一見
虞卿賜黃金百鎰磊砢衆多貌琲貫也珠十貫爲一琲闌干猶縱橫也桃笙桃枝簟也吳人謂簟爲笙又折象牙以爲簟也蕉葛葛之細
者升越越之細者䌛音捷㒣譶澩漻交貿相競喧譁喤呷芬葩蔭映揮袖風飄而
紅塵晝昏流汗霡脈霂沐而中逵泥濘善曰㒣所立切蒼頡篇曰譶不止也佇立切澩漻衆相交
錯之貌澩胡巧切方言曰漻猥也奴巧切方言曰諻呼橫切諻通也說文曰呷吸也呼甲切紛葩謂舒張貿物使覆映史記蘇秦說齊王
舉袂成帳揮汗成雨毛萇詩傳曰小雨謂之霡霂杜預左氏傳注曰濘泥也奴定切富中之甿貨殖之選乘時

射利財豐巨萬競其區宇則并疆兼巷矜其宴居則珠服玉饌越絕書曰富中大唐中也勾踐治以爲田肥饒故謂之富中珠服珠襦之屬以珠飾之也玉饌者尚書曰惟辟玉食言富中之食貨殖之選者各剎所以能豐其財也并疆踰田畝也兼巷踰里閭也言農人之富自相夸競舍曰說文曰甿田人也孔安國尚書曰自賢曰矜射賓亦切

趫起喬材悍壯此焉比廬捷若慶忌勇若專諸危冠而出竦劍而趨扈帶鮫函扶揄屬鏤力駒切秦零陵令上書曰荊軻挾匕首卒刺陛下陛下以神武扶揄長劍以自救韓非子曰解其長劍免其危冠離騷曰扈江離楚人謂被爲扈鮫函鮫魚甲可爲鎧淮南子曰鮫革犀兕爲甲胄也周禮曰燕無函孟子曰矢人豈不仁於函人哉左傳曰吳賜子胥屬鏤以死凡此皆其器用之事義亦其土俗所能出有嘉服用也舍曰成公綏洛禊賦曰趫才逸態習水善浮呂氏春秋曰吳王欲殺王子慶忌謂要離曰吾嘗以馬逐之江上而不能及射之矢左右滿抱而不能中高誘曰慶忌吳王僚之子也走追奔獸接及飛鳥左傳曰吳公子光享王鱄諸寘劍於全魚中以進抽劍刺王遂殺闔閭藏鍦於人去戚自閭家

有鶴膝戶 有犀渠軍容蓄用器械兼儲吳鉤越棘純鈞湛盧戎車盈於石城戈船掩乎江湖鍦矛也楊雄方言曰吳越以矛爲鍦戚楯也鶴膝矛也矛骹如鶴脛上大下小謂之鶴膝犀渠楯也犀皮爲之國語曰奉父犀渠軍容軍之容表言矛劍等也司馬法曰古者軍容不入國國容不入軍軍容入國則人德廢國容入軍則人德弱越絕書曰闔閭既重莫耶乃復命國中作金鉤有人貪王賞之重殺其兩兒以血釁鈎遂成二鈎獻之闔閭詣宮求賞王

曰爲鈎者衆多而子獨求賞何以異於衆人之鈎乎曰我之作鈎也殺二子成兩鈎王曰舉鈎以示之何者是也於是鈎師向鈎而哭呼其兩子之名吳鴻扈稽曰我在此王不知汝之神也聲未絶於口兩鈎俱飛著於父之背吳王大驚曰嗟乎寡人誠負子迺賞之百金遂服其鈎爾雅曰棘戟也純鈎湛盧劒名也越絶書曰昔越王勾踐有寶劒五聞於天下客有能相劒者名薛燭王召而問之對曰歐冶子因天地之精悉其伎巧一曰純鈎二曰湛盧三曰莫耶四曰豪曹五曰巨闕石城石頭隝也在建業西臨江其中有庫藏軍儲戈船船下有戈也江湖二水名也善曰禮記曰越棘大弓天子之戎器也鄭玄曰越國名也考工記曰越鐵利可以爲戟環濟吳紀曰建安十七年城石頭越絶書伍子胥船有戈露往霜來日月其除草木節解鳥獸腯膚觀鷹隼誠征夫坐組甲建祀姑命官帥而擁鐸將校獵乎具區詩曰今我不樂日月其除國語曰本見而草木節解本氏也謂霜降之後生氣既衰草木枝葉皆節理解落也腯肥也左氏傳曰肥腯謂畜之碩大蕃滋也漢書曰鷹隼未擊贈弋不施於蹊隧於此時也可以戒戎夫左氏傳曰裹糧坐甲又曰組甲三千馬融曰組甲以組爲甲祀姑幡名麾旗之屬也國語曰吳王夫差出軍與晉爭長昏乃戒夜中令服兵擐甲陳王卒官帥擁鐸建祀姑此吳軍容之舊制也鐸施號令而振之也周禮校人中大夫掌王田獵之馬一校千二百九十六匹具區澤名也在吳之西善曰爾雅曰吳越之閒有具區烏滸忽古狼荒呼光夫南西屠儋都舍耳黑齒之酋自由金鄰象郡之渠驫駥飍矞靸霅警捷先驅前塗異物志曰烏滸南夷別名也其落在深山之中其種族爲人所殺則居其死所且伺殺主若有過之者是與非則仇而食

之狼𧿹人夜籞金知其良不夫南特有才巧不與衆夷同西屠以草染齒染白作黑儋耳人鏤其耳匡夫南之外有金鄰國去夫南可二千餘里土地出銀人衆多好獵大象生得其死則取其牙酋渠皆豪帥也象郡今日南郡也又有象林郡善曰驫駥飍矞衆馬走皃驫必幽切駥呼橋切飍香幽切矞以出切靸霅走疾皃靸素合切霅徒合切俞騎騁路指南司方出車檻檻被練鏘鏘吳王乃巾玉輅軺焦翊驌驦旂魚須常重光攝頰烏號佩干將羽旄揚蕤雄戟耀芒貝冑象弭織文鳥章六軍袀翊遵服四騏龍驤管子曰桓公北征孤竹見人長尺而人物具焉冠而右祛衣走馬管仲曰登山之神有俞兒者長尺人物具焉霸王之君興登山之神見且走馬前導也祛衣示前有水也右祛衣從右方涉也至卑耳之溪有贊水者從左方涉其深及冠從右方涉其深至膝已涉大濟也指南指南車也鬼谷子曰鄭人取玉必載司南之車爲其不惑也鏘鏘行步貌也左傳曰被練三千馬融曰被練爲甲者所服也玉輅以玉飾車也驌驦馬也左氏傳曰唐成公如楚有兩驌驦馬子常欲之不與三年止之唐人竊馬而獻子常子常歸唐侯馬融曰驌驦鳥也馬似之旂旌旗之屬周禮有巾車官又交龍爲旂以魚須爲柄也日月爲常重光謂日月畫於旂上也攝持也烏號柘名以爲弓淮南子曰烏號之弓不能無弦而射列女傳曰柘枝體動烏集其上被卬舉彈烏乃哀號故號之干將劍名冑兜鍪以貝飾之弭弓末以象飾之鳥章染絲織鳥畫爲文章置於旌旗也左氏傳曰袀服振振袀同也騏馬名善曰毛詩曰大車檻檻子虛賦曰靡魚須之橈旃史記趙良曰屈盧之勁矛干將之雄戟又曰冑貝朱綅又曰象弭魚服又曰織文鳥章又曰乘其四騏南都賦曰馬鹿超而龍驤峭格周施

罻罼普張罼罕瑣結罠蹏連綱陸以九疑禦以沅湘輶軒蓼擾㲉騎

煒煌莊子曰峭格羅絡謂張網周遍罿罻罼罕皆鳥網也瑣結似瑣連結也連綱言不絕也罠麋網蹏兔網周易曰蹏所以在兔得兔而忘蹏陸陸闌也因山谷以遮獸也禦禁也謂因沅湘爲藩落也楊雄羽獵賦曰禦自汧渭九疑山名沅湘水名輶輕也詩云輶車鑾鑣㲉騎張弓弩之騎也峭七肖切罿音衝罻音尉罼音畢罠民無貧切陸音祛禦音語㲉古候切

袒裼徒搏拔距投石之部猿臂骿脅狂趭獷猤鷹瞵鶚視趻趮拉搮若離若合者相與騰躍乎莽㝗之野爾雅曰袒裼肉袒也詩云袒裼暴虎拔距謂兩人以手相案能拔引之也超踰躍也投石舉石以投擿也王翦傳曰投石拔距猿臂通肩也漢書李廣猿臂胥爲武騎常侍骿脅今骿幹也骿駢通史記商君傳趙良謂鞅曰君之出多力而駢脅者參乘左傳曰晉文公駢脅趭走也鷹瞵鶚視言勇士似之也善曰司馬相如大人賦曰騰而狂趭子召切說文曰犬獷不可附也子猛切猤壯勇之貌其翠切說文曰瞵目精也力辰切趻趮拉搮相隨驅逐衆多貌趻七感切拉力荅切搮徒合切莽㝗廣大貌莽莫浪切㝗音浪

干鹵殳鋋暘以艮切夷勃盧之旅長殺短兵直髮馳騁儇許緣佻坌並銜枚無聲悠悠旆旌者相與聊浪郎乎昧莫之坰干鹵皆楯也越絕書曰越王身披暘夷之甲扶勃盧之矛短兵刀劍也尚書曰稱爾干過秦論曰流血漂鹵廣雅曰殺矛也呼狄切楚辭曰車錯轂兮短兵接史記曰荊軻怒髮直衝冠方言曰儇佻疾也佻他弔切漢書曰相如弔二世曰坌入曾宮之嵯峩音義曰坌並也步寸切周禮銜枚氏下士鄭玄曰止言

語囂諠也枚大如箸橫銜之毛詩曰有聞無聲又曰蕭蕭馬鳴悠悠旆旌悠悠流貌眛莫廣大貌聊浪放曠貌鉦征鼓疊山

火烈熛林飛爓浮煙載霞載陰拉擸雷硍崩巒弛直氏岑鳥不擇木獸

不擇音疊振疊也熛火爓也左傳曰鳥則擇木又曰鹿死不擇音鹿得美草呦呦而鳴至於困迫將死不暇復擇出音急之至也

凡閑暇而有好聲逼急不擇音獸皆然非唯鹿也莊子亦曰獸死不擇音以雷硍之至故云鳥不擇木獸不擇音善曰說文曰鉦鐃也拉

擸雷硍崩弛之聲拉朗荅切擸音獵硍音郎爾雅曰巒山墮山小而高曰岑虣甝虪縶麋麖驀六駮追飛

生彈鸞鷂射猱挺白雉落黑鷴零陵絕嶛寮嶕茲遙聿越巉咸鋤險跇踰

竹柏獑猭杞柟封狶䝐神螭掩剛鏃祖祿潤霜刃染縶絆前兩足也莊子曰連之羈縶音

聳麖大麖也桂林有麖山海經曰駮如馬白身黑尾一角鋸牙虎爪音如鼓能食虎也詩曰隰有六駮飛生鼯也鼯曠曰南方有鳥曰羌

鵕黃頭赤目五色備也猱似猿奴刀切挺音亭鷴鳥一名雲白黑色長頸赤喙食蝮蛇體有毒古人謂之鴆毒江東諸大山中皆有之左

氏傳曰叔牙飲酖酒而死聿越豹走貌霜刃言其殺利也善曰毛詩曰不敢暴虎毛萇曰暴虎空手以搏也虣與暴同爾雅曰甝白虎虪

甘切虪黑虎音叔說文曰驀上馬也麖音京史記曰跇萬里如淳曰跇超踰也耻曳切埤蒼曰獑猭逃也獑丑珍切猭耻傳切淮南子申

包胥曰吳爲封狶脩蛇方言曰南楚人謂豬爲狶䝐虛豈切䝐狶聲呼學切於是弭節頓轡齊鑣駐蹕徘徊

倘佯寓目幽蔚覽將帥之拳勇與士卒之抑揚羽族以觜距爲刀鈹

拔毛羣以齒角爲矛鋏古業皆體著池著而應卒倉忽所以挂扢而爲創瘡

痏衝踤而斷筋骨莫不衂銳挫芒拉捭摧藏雖有石林之岩巑嶒請

擵臂而靡之雖有雄虺之九首將抗足而跐之離騷曰抑志弭節蹕止行者也王者出入

警蹕徜徉猶翱翔言吳之將帥皆有拳勇羽族鳥屬也毛羣獸屬也鈹兩刃小刀也鋏刀身劍鋒有長鋏短鋏體著者著體而生也楚辭

天問篇曰鳥有石林此本南方楚圖畫而屈原難問之於義則石林當在南也楚辭招魂曰南方不可以止雄虺九首往來儵忽雖有石

林雖有雄虺者蓋張誕之云非必臨時所遇善曰左氏傳曰得臣寓目焉毛詩曰無拳無勇拳與權同楚辭曰帶長鋏之陸離廣雅曰扢

摩也公紇切蒼頡篇曰痏毆傷也爲軌切說文曰踤觸也材律切衂折傷也女六切拉頓折也捭兩手擊絕也布買切靡碎也廣雅曰跐

躡也且爾切顛覆巢居剖破窟宅仰攀鵕鸃俯蹴七六豺獏去剖奇几熊羆之

室剽掠虎豹之落猩猩啼而就禽⿱萬鳥⿱萬鳥笑而被格屠巴蛇出象骼斬

鵬翼掩廣澤山海經曰猩猩豕身人面異物志曰出交趾封溪有猩猩夜聞其聲如小兒啼也⿱萬鳥⿱萬鳥梟羊也已解上章矣梟

羊善食人大口其初得人喜而笑卻脣上覆額移時而後食之人因爲筒貫於臂上待執人人即抽手從筒中出鑿其脣於額而得禽之

張衡玄圖曰梟羊喜獲先笑後愁山海經曰巴蛇食象三歲而出其骨骼骨也其爲蛇青黃赤黑鵬翼大垂天也善曰許慎淮南子注曰

鵕鸃鷩雉也鵕思俊切鸃音儀爾雅曰獏白豹音陌剞亦刲也廣雅曰落居也⿱萬鳥扶沸切骼音格輕禽狡獸周章夷

猶狼跋乎紭横中志其所以睒睗失其所以去就魂褫氣懾之葉而自

踼跌者應弦飲羽形僨景僵者累積而增益雜襲錯繆傾藪薄倒岬

岫巖穴無豜豵翳薈無麢鷚思假道於豐隆披重霄而高狩籠烏兔

於日月窮飛走之棲宿周章謂章皇周流也楚辭曰君不行兮夷猶王逸曰夷猶猶豫也紭網綱也踼跌促遽皃

踼跌皆頓伏也飲羽謂所射箭沒其箭羽也闞子曰宋景公以弓人

之弓升虎圈之臺東向而射箭集彭城之東其餘力逸勁猶飲羽於

石梁雜襲重疊也錯繆亂貌薄不入之叢藪澤別名言欲假道豐

隆非實事也然欲窮高極遠究變化備幽明之故設此云善曰毛詩

曰狼跋其胡說文曰睒暫視也式冉切睗疾視也式亦切褫奪也直

尒切聲類曰踼跌也徒郎切漢書音義曰蹶崩也蒲北切爾雅曰僨

僵也方問切許慎淮南子注曰岬山旁古押切爾雅曰山有穴曰岫

毛萇詩傳曰獸三歲曰豜公妍切爾雅曰豕生三子曰豵子公切說

文曰麢麢也音須又曰鷚鳥大鶵也力幼切楚辭曰吾令豐隆乘雲

兮王逸曰豐隆雲師也春秋元命苞曰日月兩設以蟾蠩與兔者陰

雙居月中有兔已見蜀都賦嶰澗闃岡岵童罾罘滿效獲衆迴靶乎行邪睨觀魚

乎三江汎舟航於彭蠡渾萬艘而既同闃空也易曰闃其無人爾雅曰山多草木曰岵岡山脊也

童無草木也若童無角靶轡革也彭蠡澤名善曰爾雅曰小山別大

山曰嶰山夾水曰澗毛萇詩傳曰太平山不童澤不竭聖主得賢臣

頌曰王良執靶左氏傳曰公觀魚于棠尚書曰三江既入震澤厎定

彭蠡既豬說文曰艘船揔名衆一作潀潀水會也嶰古買切航船別

名弘舸連舳巨檻接艫飛雲蓋海制非常模疊華樓而島跱時髣髴於方壺比鷁首而有裕邁餘皇於往初楊雄方言曰江湖凡大船曰舸舳船前也艫船後也船上下四方施板者曰檻也飛雲蓋海吳樓船之有名者皆彫鏤采畫有軒檻華檻之船也島峙謂似方壺蓬萊二山有宮闕左氏傳曰楚敗吳師獲其乘舟餘皇吳公子光請於衆曰喪先君之乘舟豈唯光之罪衆亦有焉善曰釋名曰上下重牀曰艦江表傳曰孫權乘飛雲大船吳志曰賀齊所乘船彫刻丹鏤望之若山方壺已見上文張組幃構流蘇開軒幌鏡水區槁工檝師選自閩禺習御長風狎翫靈胥責千里於寸陰聊先期而須臾流蘇謂翦繒綵垂於彫文之樓也水區河中也言開文軒光輝如鏡照川也閩越名也秦并天下以其地為閩中郡班固述兩越傳曰悠悠外宇閩越東甌禺番禺也其彼地人便水方言云刺船曰槁檝橈也淮南子曰來溪谷之流以象禺長風遠風也靈胥伍子胥神也昔吳王殺子胥於江沈其尸於江後為神江海之間莫不尊畏子胥將濟者皆敬祠其靈以為性命舟檝之師獨能狎翫之也千里路之長也寸陰晷之短也言水靈輯睦浪濤弭息取長路於短景獨能先期而到故有須臾之暇也善曰西京賦曰長風激於別島越絕書曰子胥死王使捐於大江口乃發憤馳騰氣若奔馬乃歸神大海蓋子胥水仙也櫂謳唱簫籟鳴洪流響渚禽驚弋磻波放稽鷦鵬虞機發留鵁鶄弋繳射也鷦鵬鳥也楚辭曰從玄鶴與鷦鵬尚書曰若虞機張鄭氏注曰虞主田獵之地者也機弩牙也鵁鶄鳥也似鳧頭上揔毛羽善曰櫂謳已見西都賦說文曰籟三孔籥也磻已見西京賦鉤餌

一珍倣宋版印

縱橫網罟接緒術兼詹公巧傾任父筌䱋(巨)鰽鱺鱨魦罩(罩)𦀚(教)兩鮃罺(巢)側𩸘(搞)鰕乘鱟(胡豆)黿鼉同罛共羅沈虎潛鹿馽(縶)鸗僒束徽鯨輩中於羣犗攙搶暴出而相屬雖復臨河而釣鯉無異射鮒(附)於井谷

易曰結繩而爲網罟以畋以漁詹公詹何也任父任公子也莊周曰任公子爲大鈎巨緇五十犗牛以爲餌蹲會稽投竿東海已而大魚食巨鈎鈎沒而下驚揚奮鬐白波若山海水震蕩任公子得若魚離餌之制河以東蒼梧以西莫不猒此魚者筌捕魚器今之斗回也筌所以得魚也莊子曰得魚而忘筌罩籗也編竹籠魚者也詩云南有嘉魚烝然罩罩鮃左右鮃一目所謂比目魚也云須兩魚並合乃能游若單行落魄著物爲人所得故曰兩鮃丹陽吳會有之罺抑魚之器也鱟形如惠文冠青黑色十二足似蟹足悉在腹下長五六寸雌常負雄行漁者取之必得其雙故曰乘鱟南海朱崖合浦諸郡皆有之罛魚網也詩云施罛濊濊虎魚頭身似虎或云變而成虎鹿頭魚有角似鹿同罛共羅言皆爲網罟所制獲也縶鸗僒束者陷網罟之中見僒束也徽鯨魚之有力者也魚大者莫若鯨也故曰徽鯨也攙搶星也淮南子曰鯨魚死而彗星出易井卦曰九二井谷射鮒鄭玄云九二坎爻也坎爲水上直魚生一艮爻也艮爲山山下有井必因谷水所生魚無大魚但多鮒魚耳言微小也夫感動天地此魚之至大射鮒井谷此魚之至小故以相况詹曰列子曰詹何楚人也以獨繭絲爲綸芒針爲鈎荊篠爲竿剖粒爲餌引盈車之魚於百仞之淵䱋鱣鮪也䱋古贈切鱨魦已見西京賦鮃音介爾雅曰鰝大魚鰕音遐鱟音候馽已見西京賦又曰鸗兼有也力公切鵩鳥賦曰僒若囚拘求殞切徽音輝說文曰犗騬牛也犗古邁切騬以陵切結輕舟而

競逐迎潮水而振緡密巾想萍實之復形訪靈夔於鮫人精衛銜石而遇繳文鰩夜飛而觸綸北山亡其翔翼西海失其遊鱗繳弋綸也緡綸皆釣繳也詩曰其釣惟何惟絲伊緡善曰家語曰楚昭王渡江得物如斗入王舟中王怪之使問孔子孔子曰此爲萍實可剖而食之其甘如蜜唯王者能獲此吉祥也云先時童謠曰楚王渡江得萍實大如斗赤如日剖而食之甘如蜜引此事言今乘江流想復遇斯事也山海經曰東海中有獸如牛蒼身無角一足入水則風其聲如雷以其皮冒鼓聞五百里名曰夔鮫人居水中故訪之北山經曰發鳩之山有鳥狀如烏而文首白喙赤足名精衛其鳴自呼赤帝之女姓姜遊於東海溺而死不反常取西山木石以填東海西山經曰泰器之山濩水出焉是多鰩魚狀如鯉魚身而鳥翼蒼文而白首赤喙常行西海而遊於東海夜飛而行言吳之綸繳得此鳥魚故西海北山失其鱗翼也戰國策曰夏水浮輕舟楊雄蜀都賦曰行舟競雕題之士鏤身之卒比飾虬龍蛟螭與對角其華質則亂費錦繢會料遼其𧇊勇則鷙悍狼戾善曰水經云雕題國在鬱林水南漢書曰昔少康之庶子封於會稽文身斷髮以避蛟龍之害蛟螭龍子也亂費錦文貌於既切詩曰闞如虓虎火交切戰國策曰趙王狼戾無親戾力計切相與昧潛險搜瓌奇摸蝳蝐捫觜蠵剖巨蚌於回淵濯明月於漣漪昧冒也巨蚌育明珠者列仙傳曰高后時會稽朱仲獻三寸四寸珠此非回淵巨蚌不出之也風行水成文曰漣漪詩曰河水清且漣漪明月珠珠之至光者清且漣漪者水極麗也濯光珠於麗水蓋美之善曰回淵水也觜子規切蠵呼圭切大龜也言天下

川澤魚鳥虫獸瑰奇之物隱翳之處搜索使盡也說文曰昧目不明也門撥切謂之潛隱之穴也畢天下之至異訖
無索而不臻谿壑爲之一罄川瀆爲之中去聲貧哂澹臺之見謀聊襲
海而徇珍載漢女於後舟追晉賈而同塵徇求也襲入也干寶搜神記曰澹臺子羽賫璧渡河風波忽起兩龍夾舟子羽奮劒斬龍波乃止登岸投璧於河河伯三歸之子羽毁璧而去漢女賈大夫已見西京賦老子曰和其光同其塵
汩乘流以砰宕翼颸風之飀飀直衝濤而上瀨常沛沛以悠悠汔
可休而凱歸揖天吳與陽侯汩疾也砰宕舟擊水貌飀飀風初貌颸疾風瀨水大波沛沛行貌悠悠亦行貌離騷曰溢颸風兮上征班固曰颸疾也凱樂也左氏傳曰振旅凱入于晉山海經曰朝陽之谷神爲天吳是水伯揖之者辭水靈而歸舍曰詩曰汔可小康鄭玄曰汔幾也虛乞切陽侯見南都賦指包山而爲期集洞庭而淹留數軍實
乎桂林之苑饗戎旅乎落星之樓置酒若淮泗積肴若山丘飛輕軒
而酌綠酃方雙轡而賦珍羞班固曰洞庭澤名王逸曰太湖在秣陵東湖中有包山山中有如石室俗謂洞庭吳有桂林苑落星樓樓在建鄴東北十里左傳曰以數軍實外傳曰射不過講軍實鄭氏曰軍所以討獲曰實舍曰周處風土記曰陽羨太湖中有包山左傳晉穆子曰有酒如淮有肉如坻史記云紂爲肉山也湘州記曰湘州臨水縣有酃湖取水爲酒名曰酃酒車騎行酒肉已見西京賦飲烽起釂鼓震眞士遺倦衆懷欣幸乎館娃烏佳之宮張女

樂而娛羣臣羅金石與絲竹若鈞天之下陳吳俗謂好女爲娃楊雄方言曰吳有館娃宮舍
曰欽烽醻鼓鈞天並見西京賦左傳曰女樂二八登東歌操南音胤陽阿詠韎莫介任荊豔楚
舞吳愉越吟翕習容裔靡靡愔愔晏子春秋曰桀作東歌南音徵引也南國之音也左氏傳曰鍾儀在
晉使與之琴操南音商角徵羽各有引鍾儀楚人思在楚故操南音呂氏春秋曰禹行水見塗山之女禹未之遇而南省南土塗山之女乃
令其妾往候禹于塗山之陽女乃作歌曰候人猗實始作爲南音周公召公取風焉胤繼也呂氏春秋曰陽阿古樂曲周禮曰韎東樂名
任南樂名豔楚歌也漢書四面楚歌也愉吳歌也楚辭曰吳歈蔡謳翕習容裔音樂之狀靡靡愔愔言樂容與閑麗也善曰韎任已見東
都賦曹植妾薄相行曰齊謳楚舞紛紛登樓賦曰莊舃顯而越吟史記曰紂作靡靡之樂左傳曰楚右尹子革曰祈招之詩曰祈招之愔
愔若此者與夫唱和之隆響動鍾鼓之鏗耾橫有殷坻丁禮頹於前曲
度難勝皆與謠俗汁協律呂相應其奏樂也則木石潤色其吐哀也
則淒風暴興或超延露而駕辯或踰淥水而采菱軍馬弭髦而仰秣
淵魚竦鱗而上升詩曰唱予和女解嘲曰聲若坻頹坻頹崩聲也天水之大名曰隴坻因爲隴坻之曲楚辭曰伏羲駕
辯伏羲作琴始造此曲淮南子曰瓠巴鼓琴鱏魚出聽伯牙鼓琴駟馬仰秣善曰戰國策司馬喜曰臣觀人萌謠俗列子曰鄭師文鼓琴
當春而叩商弦以召南呂涼風至草木實及秋叩角絃以激夾鍾溫風徐迴草木發榮衛子曰皆與謠俗協言雖遐方異樂皆上合律呂

下應謠俗故能奏和樂之音則木石潤色也淮南子曰夫歌采菱發陽阿鄙人聽之不若延露以和高誘曰延露鄙曲也淮南子曰互會綠水之趣高誘曰綠水古詩也趣節也鏗聒大聲汁猶愜也酣湑思與半八音弁歡情留良辰征魯陽揮戈而高麾迴曜靈於太清將轉西日而再中齊既往之精誠酣酒洽也湑樂也辰時也爾雅曰不辰不時也楚辭曰日吉兮辰良淮南子曰魯陽公楚將也與韓遘戰酣日暮援戈而麾之日為之反三舍太清謂天也此言酣飲與音樂蓋是其中半弁會之際歡情之所以留連良辰之所以覺也故追述魯陽迴日之意而將轉西日於中盛之時以適己之盛觀也昔光武合呼沱水鄒衍有隕霜之應精誠之感通天地人神以相應魯陽公麾日抑亦此之謂也苟日可麾而迴則精誠可庶而幾故曰齊精誠於既往蓋是酣樂之至逼時之晏者所以慷慨髣髴是故引而況焉善曰曜靈已見蜀都賦鶡冠子曰上及太清下及太寧也昔者夏后氏朝羣臣於茲土而執玉帛者以萬國蓋亦先王之所高會而四方之所軌則春秋之際要盟之主闔閭信其威夫差窮其武內果伍員之謀外騁孫子之奇勝彊楚於柏舉棲勁越於會稽闕掘溝乎商魯爭長於黃池左傳曰禹會諸侯於塗山執玉帛而朝者萬國先王謂舜等也信讀為申國語曰吳王夫差起軍與齊晉爭衡晉文踐土之盟齊桓邵陵之會奮其威強未能過也伍員楚大夫出仕於吳吳王因其謀伐楚孫武吳人善用兵作書號孫子兵書北征闕池為深溝於商魯之閒北屬之濟以會晉定公於黃池吳晉爭長吳先歃晉惡之善曰左傳

曰楚師陳于柏舉闔閭之弟夫槩王先擊楚子常楚師大敗國徒以
語曰越王勾踐棲於會稽之上難蜀父老曰南馳使以誚勁越
江湖嶮陂物產殷充繞霤李救未足言其固鄭白未足語其豐士有陷
堅之銳俗有節概蓋之風睚五賣眦助賣則挺劍喑廕嗚烏故則彎弓漢書王莽
策命前將軍曰繞霤之固南當荊楚鄭白二渠名意者謂吳江湖之
阻洞庭之嶮土地之沃物產之豐雖關中所謂繞霤之固鄭白之豐
未足以爲言也凡天下言豐者皆多稱關中故引焉韓信曰項羽喑
嗚叱吒善曰太公陰符經曰無堅不陷也楊惲曰西河魏土凜然皆
有節槩睚眦已見西京賦家語孔子曰公良儒者
有勇力挺劍而令衆也孟子曰越人彎弓而射我擁之者龍騰據之
者虎視麾城若振槁搴旗若顧指雖帶甲一朝而元功遠致雖累葉
百疊而富彊相繼樂滑衎苦旱其方域列仙集其土地桂父練形而易
色赤須蟬蛻稅而附麗賈誼傳曰權制天下顧指如意叔孫通列傳
曰斬將搴旗之士顧指諭疾且易也葉猶世
也列仙傳曰桂父象林人也常服桂葉以龜腦和之顏色如童時黑
時白時赤南海人尊事之累世赤須子豐人也豐中傳世見之秦穆
公之主魚吏也數道豐界災異水旱十不失一食栢實石脂絕穀齒
落更生細髮復出後去之吳山言此人等仙如蟬之脫殼爾雅曰麗
附也莊子曰附離不以膠漆赤須子本非吳人故言附麗也夫土地
險固以致彊豐沃以致盛而天下之美皆歸焉霸王之功皆存焉故
賦者既舉其富彊之業而載其神仙之事善曰長楊賦曰麾城擲邑
商君曰秦師至鄢郢舉若振槁槁葉落漢書曰吳晉爭長吳爲帶甲

三萬史記曰維祖元功輔臣股肱新序曰齊侯相管仲國既富強楚辭曰濟江海兮蟬蛻淮南子曰蟬飲而不食三十日而蛻中夏

比焉畢世而罕見丹青圖其珍瑋貴其寶利也舜禹游焉沒齒而忘

歸精靈留其山阿翫其奇麗也中夏貴其珍寶而不能見徒以丹青畫其象類也楚辭九歌曰九疑繽兮

並迎謂舜神在九疑山也言聖帝明王存亡而淹留於是者貴其奇麗也書曰舜南巡狩陟方死山海經曰南方蒼梧之丘有九疑山焉

舜之所葬吳越春秋禹老歎曰吾年壽將盡止死斯乎乃命羣臣葬我於會稽之山論語曰管仲奪伯氏駢邑沒齒無怨言也剖判

庶土商搉角萬俗國有鬱鞅而顯敞邦有湫子小阨烏介而踡拳跼伊茲

都之函弘傾神州而韞櫝仰南斗以斟酌兼二儀之優渥湫下也阨小也函弘

寬大也左氏傳齊景公欲更晏子之宅曰子宅湫隘不可以居禹所受地說書曰崑崙東南方五千里名曰神州帝王居之楚辭曰八柱

何以東南傾吳國在地勢所傾寫故曰傾神州而韞櫝也論語曰韞櫝而藏諸廣雅曰商度也搉粗略也言商度其粗略天官星占曰南

斗主爵祿其宿六星春秋說題辭曰南斗為吳詩曰既優既渥繇此而揆之西蜀之於東吳小大之

相絕也亦猶棘林螢燿而與夫檮木龍燭也否泰之相背也亦猶帝

之懸解而與桎梏疏屬也庸可共世而論巨細同年而議豐确胡角乎

崔寔政論云使賢不肖相去如日月之與螢火雖頑嚚之人猶察山海經曰檮木長千里又曰鍾山之神名曰燭龍視為晝暝為夜莊子

曰老子死秦失弔之三號而出弟子曰非子之交耶曰然然弔若是可乎曰始也吾以其人也而今非也適爲夫子時也適去夫子順也安時而處順憂樂不能入也古者謂是帝之懸解莊子曰有繫謂之懸無謂之解郭璞曰懸絕曰解山海經曰二負殺猰貐帝乃梏之疏屬之山桎其右足反縛兩手漢宣帝時擊磻石於上郡陷得石室其中有反縛械人劉向曰此二負之臣也帝曰何以知之以山海經對帝天也人生稟命於天受拘俗之性憂虞終身不解此乃自終執縛爲天所繫夫安時處順憂樂不能入此自然放肆爲天所解也天在上者故曰帝之懸解性之永放者也桎梏疏屬形之永拘者也相背之甚故以相況焉凡物安於所守思不易方處窮塞而不識天下之通塗亦如此也善曰棘聚而成林郭象玄莊子注曰暫其幽遐獨遂生曰懸死曰解過秦論曰不可同年而語矣碻薄也

寥廓閑奧耳目之所不該足趾之所不蹈倜儻之極異譎君屈詭之殊事藏理於終古而未覺於前覺也若吾子之所傳孟浪之遺言略舉其梗概而未得其要妙也倜儻譎詭皆謂非常詭異之事終古猶永古也周禮考工記曰輪已崇則人不能登也輪已庳則終古登阤離騷曰吾焉能忍此終古孟子曰伊尹云天之生斯人也使先知覺後知先覺覺後覺也予天民之先覺者也孟浪猶莫絡也不委細之意莊子曰夫子以爲孟浪之言我以爲妙道之行善曰司馬彪莊子注曰孟浪鄙野之語東京賦曰粗謂賓言其梗槩梗槩粗言也

文選卷第五

賜進士出身通奉大夫江南蘇松常鎮太等處承宣布政使司布政使胡克家重校刊

文選卷第六

梁昭明太子撰

文林郎守太子右內率府錄事參軍事崇賢館直學士臣李善注上

京都下

魏都賦一首 魏曹操都鄴相州是也太沖賦三都以吳蜀遞相頓折以魏都依制度

左太沖

魏國先生有睟其容乃盱衡而誥曰异乎交益之士 孟子曰君子所性仁義禮智根於心其生色睟然見於面不言而喻趙岐曰睟潤澤貌也眉上曰衡盱舉眉大視也异異也尚書堯典四岳曰异哉善曰漢書曰武帝置交州又改梁曰益有益州又曰公盱衡厲色振揚武怒音義曰眉上曰衡謂舉眉揚目也字林曰盱張目也爾雅曰誥告也 蓋音

有楚夏者土風之乖也 善曰孫卿子曰人居楚而楚居夏而夏非天性也積靡使然也史記曰淮北沛陳汝南南郡此西楚也潁川南陽夏人之居故至今謂之夏人 情有險易者習俗之殊也 論語曰性相近習相遠也善曰周易曰辭有險易春秋說題辭曰中國之性習俗常操 雖則生常固非自得之謂也 傳曰習實生常善曰孟子曰使自得之趙岐曰使自得其本善性也 昔市南宜僚弄丸而兩家之難解聊為吾子

復翫德音以釋二客競于辯囿者也莊子曰市南宜僚弄丸而兩家之難解又曰公孫龍辯者之徒
飾人之心易人之意能勝人之口不能服人之心辯者之囿也善曰毛詩曰德音孔昭夫泰極剖判造化權輿
善曰周易曰易有太極是生兩儀史記曰鄒衍稱引天地剖判以來淮南子曰大丈夫無爲與造化逍遙爾雅曰權輿始也劇秦美新序
曰權輿天地未祛也班固漢書述曰彰其剖判體兼晝夜理包淸濁善曰列子曰昏明之分察故一晝一夜又曰夫
有形者生於無形清輕者上爲天濁重者下爲地流而爲江海結而爲山嶽善曰班固終南山賦曰流澤遂
而成水停積結而爲山列宿分其野荒裔帶其隅巖岡潭淵限蠻隔夷峻危之
竅也潭淵也屈平卜居曰橫江潭而漁善曰漢書曰秦地於天官東井輿鬼之分野楊雄交州箴曰交州荒裔水與天際方言曰竅
空也蠻陬子侯夷落譯導而通鳥獸之坻也陬落蠻夷之居處名也一名聚居爲陬善曰廣雅曰落居
也杜篤通邊論曰親錄譯導綏步四來論衡曰四夷入諸夏因譯而通說文曰譯傳四夷之語者漢書賈捐之上書曰駱越之人與禽獸
無異毛萇詩傳曰坻民也正位居體者以中夏爲喉不以邊垂爲襟也易曰正位居體美在
其中而暢於四支善曰喉衿以身及衣爲喻也戰國策頓子曰韓天下之喉咽也魏天下之胷腹也李尤函谷關銘曰衿帶咽喉聲類曰
衿衣交領也長世字甿者以道德爲藩不以襲險爲屏也善曰左氏傳北宮文子曰有其
國家令聞長世周書成王曰朕不知字民之道敬問伯父說文曰甿田民也東方朔集曰文帝以道德爲籬以仁義爲藩毛萇詩傳曰藩

屏也楊雄城門校尉箴曰盤石唐芒襲險重固毛萇詩傳曰屏蔽也而子大夫之賢者尚弗會庶翼等威附麗皇極思稟正朔樂率貢職善曰言不會與衆庶翼戴上者等其威儀而附著於大中之道也國語越王勾踐曰苟聞子大夫之言賈逵曰親而近之故曰子大夫尚書曰庶明厲翼孔安國曰衆庶皆明其教而自勉厲翼戴上命左氏傳曰士會曰貴有常尊賤有等威莊子曰附麗不以膠漆王弼周易注曰麗著也尚書曰皇極皇建其有極孔安國曰皇大極中也謂大中之道也又曰稟受也論語比考讖曰正朔所加莫不歸義又撰考讖曰穿胷儋耳莫不貢職漢書曰單于非正朔所加東觀漢記曰百蠻貢職而徒務於詭隨匪人宴安於絕域榮其文身驕其險棘善曰詭隨匪人言詭善隨惡同於匪人又自宴安於其絕域也毛詩曰無縱詭隨以謹無良毛萇曰詭隨詭人之善隨民之惡毛詩曰獨爲匪民左氏傳管仲曰宴安酖毒不可懷也李陵書曰出征絕域漢書曰少康之庶子封於會稽文身斷髮蔡雍樊陵碑曰進路孔夷人情險棘毛萇詩傳曰棘急也繆默語之常倫牽膠言而踰侈飾華離以矜然假倔渠屈彊巨兩而攘臂非醇粹之方壯謀踳舛駮於王義孰愈尋靡蓱於中逵造沐猴於棘刺李尅書曰言語辯聰之說而不度於義者謂之膠言周官曰形方氏掌制邦國之地域而正其封疆無華離之地班固云不變曰醇不雜曰粹莊子曰惠施多方其書五車其道踳駮言惡也楚辭天問曰靡蓱九逵枲華安居韓子曰燕王好微巧衛人曰臣能以棘刺之端爲母猴王悅之養以五乘之奉王曰吾請觀客爲棘刺之母猴衛人曰臣爲棘刺之母猴也人主欲觀之必半歲不入

宮不飲酒食肉雨霽日出視之晏陰之間而棘刺之母猴乃可見燕王因養衛人而不能觀母猴鄭人有臺下之冶者謂王曰臣爲削者諸微巧必以削削之所削必大於削今棘刺之端不容削王試觀客之削則能與不能可知也王曰客爲棘刺之母猴何以理之曰以削王曰吾欲觀客之削也客曰臣請取之因逃冶人謂王曰上之無度量言談之士多棘刺之說也善曰周易曰君子或默或語廣雅曰廖欺也鄭玄禮記注曰矜謂自尊大也毛萇詩傳曰然是也漢書伍被曰倔彊江淮閒孟子曰馮婦善搏虎攘臂下車衆皆悅之楚辭曰王色頩以開顏精純粹而始壯華口哇反司馬彪莊子注曰踳讀曰舛舛乖也駮色雜不同也頩普丁反王逸楚辭注曰寧有莽草蔓衍於九逵之道靡蔓也

劍閣雖嶛憑之者蹶非所以深根固蔕也

善曰劍閣蜀境也酈元水經注曰小劍戍去大劍飛閣通衢故謂之劍閣廣雅曰嶛嶭高也力彫反又曰蹶敗也善曰老子曰有國之母可以長久是謂深根固蔕長生久視之道聲類曰蔕果鼻也

洞庭雖濬負之者北非所以愛人治國也

善曰洞庭吳境也史記吳起曰三苗氏左洞庭而右彭蠡恃此險也禹滅之毛萇詩傳曰濬深也鄭玄周禮注曰負恃也漢書音義服虔曰鄉敗曰北南北之北老子曰愛人治國能無知乎

彼桑榆之末光踰長庚之初輝

善曰東觀漢記光武曰失之東隅收之桑榆毛詩曰東有啓明西有長庚

況河冀之爽塏苦改與江介之湫子小湄

善曰左氏傳齊景公欲更晏子之宅曰子之宅湫隘囂塵請更諸爽塏楚辭曰長江介之遺風薛君韓詩章句曰介界也毛萇詩傳曰水草交曰湄

故將語子以神州之略赤縣之畿魏都之卓犖呂角六合之樞機

鄒衍以爲儒者所謂中國

者於天下八十一分居一耳中國名赤縣神州赤縣神州內自有九
州禹之所敘九州也是以不得爲州數中國外若赤縣神州者九所
謂九州者也范睢說秦王曰魏韓中國處而天下之樞也善曰河圖
括地象曰崑崙東南地方五千里名曰神州帝王居之小雅曰略
界也周禮曰方千里曰王畿西都賦曰卓躒諸夏
卓犖與卓躒音義同呂氏春秋曰神通乎六合
于時運距陽九漢網絕維姦回內贔備兵纏紫微翼翼京室眈眈眈帝宇巢焚原燎變
爲煨燼故荆棘旅庭也殷殷寰內繩繩八區鋒鏑縱橫化爲戰場故
麋鹿寓城也不飲酒而怒曰贔詩曰內贔于中國漢室之亂起於閹官故曰內贔也紫微宮在南城下于時兵所圍繞光熹
元年四月靈帝崩八月大將軍何進入省見太后黃門張讓郭進等斬進進部曲將兵突入尚書閣閣閉虎賁中郎將袁術等攻閣日暮
術等起火燒閣初平元年十二月董卓還都長安其夜燒洛陽南北宮易曰鳥焚其巢尚書曰若火之燎于原春秋穀梁傳曰寰內諸侯
非天子之命不得出會尹更始曰天子以千里爲寰伍被謂淮南王曰昔伍子胥諫吳王吳王不用乃曰臣今見麋鹿遊姑蘇臺也臣今
見宮中荆棘露沾衣也善曰春秋保乾圖曰五運七變各以類驚宋
衷曰五運五行用事之運也孔安國尚書傳曰距至也漢書陽九厄
曰初入百六陽九音義曰易傳所謂陽九之厄漢書曰漢與禁網疏
闊管子曰國有四維四維不張則滅王逸楚辭注曰維紘也尚書曰
崇信姦回毛詩曰商邑翼翼漢書客謂陳涉曰夥涉之爲王沈沈者
應劭曰沈沈宮室深邃之貌沈長含切與眈音義同謝承後漢書曰
陽球爲司隸校尉虎視帝宇廣雅曰煨燼也烏瓌反廣雅曰煨煙也
杜預左氏傳注曰燼火之餘木也似進反毛萇詩曰殷衆也毛詩曰

子孫繩繩兮長楊賦曰洋溢八區言廣大也說文曰鋒兵端也又曰矢鋒也戰國策曰綴甲厲兵效勝於戰場伊洛榛曠崤
函荒蕪善曰服虔漢書注曰榛木叢生也賈逵國語注曰蕪穢也臨菑牢落鄢郢丘墟善曰漢書齊郡有臨
菑縣牢落猶遼落也洞簫賦曰翩連綿以牢落東觀漢記曰第五倫自度仕宦牢落漢書南郡有故鄢縣呂氏春秋獨過曰子胥諫而不
聽故吳為丘墟而是有魏開國之日締構之初萬邑譬焉亦獨犨昌由麋之與
子都培塿之與方壺也善曰周易曰開國承家廣雅曰締結也犨麋古之醜人也呂氏春秋曰陳有惡人焉曰敦
洽犨麋椎顙廣額色如漆赭陳侯悅之毛詩曰不見子都子都美丈夫也左氏傳曰太叔曰培塿無松栢培步苟反塿路苟反方壺二山
名已見上文且魏地者畢昴之所應虞夏之餘人先王之桑梓列聖之遺
塵考之四隈則八埏延之中測之寒暑則霜露所均卜偃前識而賞
其隆吳札聽歌而美其風雖則衰世而盛德形於管絃雖踰千祀而
懷舊蘊於遐年詩譜云魏地畢昴之分野虞舜及禹所都之地在禹貢冀州雷首之北析城之西周以封同姓其後晉獻
公滅魏以封大夫畢萬在晉之南河曲故其詩云彼汾一曲寘之河之干隈猶隅也鄒衍曰四隈不靜司馬相如封禪文曰下泝八埏國
語曰卜偃云魏大名也以是始賞天啟之矣左傳曰吳公子札來聘使工為之歌魏曰美哉大而婉儉而易行以德輔此則為明主也善
曰毛詩曰惟桑與梓必恭敬止王逸楚辭注曰考校也周禮曰以土圭測日影以求地中日南多暑日北多寒禮記曰日月所照霜露所

墜左氏傳史趙曰盛德必百世祀吳越春秋樂師曰君王爾其疆域
之德可記之於管絃毛詩序曰懷其舊俗方言曰蘊積也
則旁極齊秦結湊冀道開胷殷衞跨躡燕趙山林幽映烏朗切川澤迴
繚恒碣碪碍於青霄河汾浩涆而皓溔南瞻淇澳於六切則綠竹純茂北
臨漳滏父則冬夏異沼神鉦迢遞於高巒靈響時驚於四表溫泉毖
秘涌而自浪華清蕩邪而難老善曰史記蘇秦說魏襄王曰南有鴻
溝東有淮頴西有長城北有河外地
理志曰魏觜觿參之分野也自高陵以東河東河內南有陳及汝南
之邵陵隱彊新汲西華長平頴川舞陽郾許鄢樊陵河南之開封中
牟陽武酸棗卷皆魏分也魏武皇帝初封魏公南得河內魏郡北得
趙國中山常山鉅鹿安平甘陵東得平原西得東平凡十郡以此爲
魏之本國蓋冀州之地恒山北岳也碣石山名也詩云瞻彼淇澳綠
竹猗猗漢書溝洫志曰下淇園之竹漳滏二水名經鄴西北滏水熱
故曰滏口水有寒有温故曰冬夏異沼也冀州圖鄴西北鼓山山上
有石鼓之形俗言時自鳴劉邵趙都賦曰神鉦發聲俗云石鼓鳴則
天下有兵革之事詩云毖彼泉水温水在廣平都易縣俗以治疾洗
百病華清井華水也善曰王逸楚辭注曰湊聚也冀道亦二國名也
爾雅曰兩河閒曰冀州左氏傳曰江黃道柏方睦於齊杜預曰道國
在汝南胷猶前也南都賦曰涓水蕩其胷漢書地理志曰河內本殷
舊都周分爲邶鄘衞碪碍高貌碪五感反鄭玄周禮注曰汾水出汾
陽縣浩古老切涆古旦反上林賦曰澋溔潢漾廣雅曰浩溔大也皓
故老反溔餘眇反山海經曰少山清漳水出焉郭璞曰至武安南入
濁漳山海經曰神囷山滏水出焉郭璞曰經鄴西北入漳說文曰泌

水駃流也泌與毖同音秘魚豢典略曰淢井者弗鑿而成毛詩曰永錫難老墨井鹽池玄滋素液厥田惟

中厥壤惟白原隰畇畇墳衍斥斥或嵬罍力罪而複陸或黋苦光朗而拓

落乾坤交泰而絪縕嘉祥徽顯而豫作是以兆朕振古萌柢疇昔藏

氣讖緯閟象竹帛迴時世而淵默應期運而光赫暨聖武之龍飛肇

受命而光宅鄴西高陵西伯陽城西有石墨井井深八丈河東猗氏南有鹽池東西六十四里南北七十里尚書禹貢冀州

厥土惟白壤厥田惟中中閟閉也詩云閟宮有洫善曰周禮曰辨其墳衍原隰之名鄭玄曰水厓曰墳下平曰衍毛詩曰畇畇原隰以純

反斥斥廣大之貌也蒼頡篇曰斥大也嵬罍不平之貌嵬烏罪切黋朗光明之貌拓落廣大之貌周易曰天地交泰又曰天地絪縕西京

賦曰備致嘉祥文帝答曹植詔曰所獻詩二篇徽顯成章兆猶機事之先見者也淮南子曰欲與物接而未成朕兆者也許慎曰朕兆也

直軫反毛詩曰振古如茲毛萇曰振自也廣雅曰萌始也爾雅曰柢本也丁計反禮記曰余疇昔之夜夢鄭玄曰疇發語聲也說文曰讖

驗也河洛所出書曰讖毛萇詩傳曰閟閉也墨子曰以其所書於竹帛傳於後代子孫春秋說題辭曰尚書者所以推期運明命授之際

魏志曰太祖武皇帝姓曹諱操為丞相封魏王文帝受禪追尊曰武皇帝東京賦曰世祖乃龍飛白水毛詩序曰文王受命作周也鄭玄

曰受天命而王天下也東京賦曰漢初弗之宅爰初自臻言占其良謀龜謀筮亦既允臧修

其鄴郭繕其城隍經始之制牢籠百王畫雍豫之居寫八都之宇鑒

茅茨於陶唐察卑宮於夏禹古公草創而高門有閌（苦浪）宣王中興而築室百堵兼聖哲之軌幷文質之狀商豐約而折中准當年而爲量思重爻摹大壯覽荀卿采蕭相僝拱木於林衡授全模於梓匠（謀龜謀筮）

猶周公之卜都洛邑也毛詩云爰契我龜又曰卜云其吉終然允臧重爻易爻也大壯易卦名也易曰上古穴居而野處後世聖人易之以宮室上棟下宇以禦風雨蓋取諸大壯謂壯觀也荀卿曰宮室臺榭以避燥濕養德別輕重也非爲夸泰將以明人之大通仁順也春秋左傳曰山林之木衡鹿守之治木器曰梓尚書有梓材之篇也善曰尚書曰謀及卜筮淮南子曰太一者牢籠天地雍西京也豫東京也西京賦曰取殊裁於八都墨子曰堯舜茅茨不翦論語子曰禹卑宮室毛詩美古公亶父曰高門有閌又美宣王曰築室百堵說文曰僝具也僎勉反又曰僝取也子軟切孟子曰梓匠輪輿能與人規矩不能使人巧趙岐曰梓匠木工也

遐邇悅豫而子來工徒擬議而騁巧闌鉤繩之筌緒承二分之正要揆日晷考星耀建社稷作清廟築會宮以迴匝比岡隒（魚檢）而無陂造文昌之廣殿極棟宇之弘規𡾊若崇山崫起以崔嵬髧（徒感）若玄雲舒蜺以高垂（二分春秋）

之中者也詩定之方中作爲楚宮揆之以日作爲楚室定營室星營室中可以興土功也陂傾也易曰無平不陂文昌正殿名也蜺龍形而五色善曰難蜀父老曰遐邇一躰豫或爲務西都賦序曰衆庶悅豫毛詩曰庶人子來周易曰擬之而後言議之而後動擬議以成其

變化甘泉賦曰王爾投其鉤繩杜預左傳注銓次也與筌同周禮曰匠人建國晝參諸日中之景夜考之極星以正朝夕鄭玄曰極星北
辰也周禮曰左宗廟右社稷說文曰隒崖也鄭玄禮記注曰陂傾也周易曰上棟下宇以避風雨對高貌也景福殿賦曰若仰崇山而戴
垂雲髮垂貌也淮南子曰玄雲素朝瓌材巨世𡐨楚洽𡑈除立參差枌音汾橑音老複結欒櫨疊
施丹梁虹申以並亘朱桷森布而支離綺井列疏以懸蔕華蓮重葩
而倒披齊龍首而涌霤時梗概於滮被尤池爾雅曰桷謂之榱善曰西都賦曰因瓌材而究奇抗
應龍之虹梁廣雅曰曲枅謂之欒說文曰欂櫨柱枅也然欒櫨一也有曲直之殊耳西京賦帶倒茄於藻井披紅葩之狎獵又曰疏龍首
以抗殿齊龍首而涌霤謂畫為龍首於椽承檐四隅而以寫霤也說文曰霤屋水流也東京賦曰其梗概如此毛詩曰滮池北流也旅
楹閑列暉鑒抰鳥浪振榱題黮䵝階隋嶙峋長庭砥平鍾簴夾陳風無
纖埃雨無微津詩云旅楹有閑抰中央也振振屋宇穩也文昌殿前有鍾簴其銘曰惟魏四年歲在丙申龍次大火五月丙
寅作蕤賓鍾又作無射鍾建安二十一年七月始設鍾簴於文昌殿前所以朝會四方也善曰鄭玄毛詩箋曰旅楹衆也薛君韓詩章句
曰閑大也謂閑然大也暉鑒言楹柱光輝遠照抰振也廣雅曰鑒照也聲類曰黮深黑色也直感反䵝亦黑也徒對反應劭上林賦注曰
楯闌橫也西京賦曰抵鍔嶙峋埤蒼曰嶙峋山崖之貌也毛詩曰風雨攸除墨子曰聖王作為宮室邊足以御風寒上足以待露巖
巖北闕南端逌遵竦峭雙碣方駕比輪西闢延秋東啓長春用覲羣

后觀享頤賓文昌殿前値端門端門之前南當南止車門又有東西
止車門端門之外東有長春門西有延秋門文昌殿所
以朝會賓客享四方善曰德陽殿賦曰朱闕巖巖凡南方正門皆謂
之端春秋說題辭曰血書魯端門西京賦曰圓闕竦以造天若雙闕
之相望毛萇詩傳曰覲見也尚書曰肆覲羣后周易曰
觀頤觀其所養也頤養亦享也故曰觀享頤賓許兩切左則中朝有
赩聽政作寢匪樸匪斲去泰去甚木無彫鎪所留土無綈題錦玄化所
甄國風所稟中朝內朝也漢氏大司馬侍中散騎諸吏爲中朝丞相
也六百石以下爲外朝也文昌殿東有聽政殿內朝所在
也墨子曰堯之爲君采椽不斲晏子春秋曰明堂之制下之濕潤不
能及也上之寒暑不能入也土事不文木事不鏤示民知節也老子
曰去甚去泰爾雅曰鏤鎪也善曰毛萇詩傳曰赩赤貌也尚書曰旣
勤樸斲孔安國曰樸治斲削也西京賦曰木衣綈錦說文曰綈厚繒
也蔡雍陳留太守頌曰玄化洽矣黔首用寧漢書音義如淳曰陶人
作瓦器謂之甄吉然反毛詩序曰一國之事繫一人之本謂之風
於前則宣明顯陽順德崇禮重闈洞出鏘鏘濟濟珍樹猗猗奇卉萋
萋蕙風如薰甘露如醴聽政殿聽政殿門聽政門前升賢門升賢門左崇禮門崇禮門右順德門三門並南向升
賢門前宣明門宣明門前顯陽門顯陽門前有司馬門闔守門也周
官闔人守王門爾雅曰宮中之門謂之闈洞達也南北外內東西左
右掖門皆洞達相通善曰禮記曰大夫濟濟庶士鏘鏘毛萇詩傳曰
猗猗萋萋茂盛貌也音此禮切叶韻東京賦曰惠風橫被邊讓帝臺
賦曰惠風如春施家語舜曰南風之薰兮王肅曰薰風至之貌也禁
論衡曰甘露味如飴蜜王者太平則降鄭玄周禮注曰醴今甜酒

臺省中連闥對廊直事所繇典刑所藏譪譪列侍金蜩齊光詰朝陪
幄納言有章亞以柱後執法內侍符節謁者典璽儲吏膳夫有官藥
劑有司肴醳亦順時腠理則治升賢門內聽政闥向外東入有納言闥尚書臺宜明門內升賢門升賢門
外東入有內醫署顯陽門內宜明門外東入最南有謁者臺閣次中央符節臺閣最北御史臺閣三臺並別西向符節臺東有丞相諸曹
舍曰魏武集荀欣等曰漢制王所居曰禁中諸公所居曰省中淮南子曰連闥通房人所安也直事若今之當直也蔡邕獨斷曰直事尚
書一人典刑周禮六典八刑也建安十八年始置侍中中尚書御史符節謁者金蜩金蟬蔡邕獨斷曰侍中常侍皆冠惠文加貂附蟬左
氏傳曰詰朝將見杜預曰詰朝平旦也周禮曰幕人掌幄帟鄭玄曰王所居之帳也尚書舜典曰龍命汝作納言應劭漢書注曰納言如
今尚書官王之喉舌也毛詩曰出言有章漢書音義曰柱後以鐵為柱今法冠是如淳曰御史冠也符節掌璽故云典璽漢有尚符璽謁
者受事故曰儲吏漢書謁者掌讚受事周禮膳夫上士又曰醫師掌毒藥共醫事鄭玄周禮注曰劑和也又禮記注曰舊醳之酒謂昔酒
也呂氏春秋伊尹曰用新去陳腠理遂通高誘曰腠理肌脈也於後則椒鶴文石永巷壺術楸梓木
蘭次舍甲乙西南其戶成之匪日丹青煥炳特有溫室儀形宇宙歷
像賢聖圖以百瑞綷以藻詠芒芒終古此焉則鏡有虞作繪茲亦等
競近世王者後宮以椒房為通稱聽政殿後有鳴鶴堂楸梓坊木蘭坊文石室後宮所止也壺宮中巷也術道也鳴鶴堂之前次聽政

殿之後東西二坊之中央有溫室中有畫像讚尚書咎繇薦舜曰予欲觀古人之象日月星辰山龍華蟲作繪粉米永巷掖庭之別名善
曰列女傳曰姜后待罪永巷周禮曰正宮掌宮中次舍甲乙謂次舍之名以甲乙紀之也毛詩曰築室百堵西南其戶又曰不日成之藻
詠文藻頌詠也綷子對切芒芒遠貌也楚辭曰長無絕兮終古廣雅曰鑒謂之鏡照也鄭玄論語注曰繪畫也右則疏圃曲
池下畹高堂蘭渚莓莓石瀨湯湯弱葼係實輕葉振芳奔龜躍魚有
睽呂梁馳道周屈於果下延閣胤宇以經營飛陛方輦而徑西三臺
列峙以崢嶸亢陽臺於陰基擬華山之削成上累棟而重霤下冰室
而沍冥文昌殿西有銅爵園園中有魚池堂皇班固曰畹三十畝也離騷曰既滋蘭之九畹石瀨湍也水激石閒則怒成湍葼木
之細枝者也楊雄方言曰青齊兗豫之閒謂之葼故傳曰慈母怒子折葼而笞之其惠存焉子紅切係古計切莊子曰呂梁懸水三十仞
流沫三十里黿鼉魚鱉之所不能遊也漢魏舊有樂浪所獻果下馬高三尺以駕輦車銅爵園西有三臺中央有銅爵臺南則金虎臺北
則冰井臺有屋一百一閣金虎臺有屋一百九閣冰井臺有屋百四十五閣上有冰室三臺與法殿皆閣道相通直行為徑周行為營建
安十五年作銅雀臺山海經曰太華之山削成四方沍堅也春秋左氏傳曰固陰沍寒善曰楚辭曰坐堂伏檻臨曲池曹植責躬詩曰夕
宿蘭渚左氏傳曰原田莓莓杜預曰若原田之草莓莓然莓莫來反楚辭曰石瀨兮淺淺說文曰睽察也千俐反漢書曰太子不敢絕馳
道應劭曰天子道也若今之中道延相連延也淮南子曰延樓棧道魯靈光殿賦注飛陛揭孽方輦言廣也甘泉賦曰似紫宮之崢嶸魯

靈光殿賦曰樹而高大謂之陽基在小故曰陰基周軒中天丹墀臨猋增搆峩峩清塵彯彯

雲雀踶甍而矯首壯翼摛鏤於青霄雷雨窈冥而未半皦日籠光於

綺寮習步頓以升降御春服而逍遙八極可圍於寸眸萬物可齊於

一朝丹墀以丹與蔣離合用塗地也爾雅曰扶搖謂之猋猋上也風從下升也班固西都賦說鳳闕曰上觚稜而棲金雀凡鳥之棲也羽翼戢弭以今揆古言棲非所覩之形也張衡西京賦曰鳳翥騫於甍標感遡風而欲翔此鳳之有定有住尚向風而無一方則不宜言遡風也但鳥跱則形定翼住飛則斂足絕據踶則舉羽翮用勢若將飛而尚住故言雲雀踶甍而矯首也踶音提王吉傳曰進退步趨以實下言人不行則膝脛以下虛弱不實也眸眸子也王褒甘泉賦曰十分未升其一增惶懼而目眩若播岸而臨坑登木末以闚泉楊雄甘泉賦說臺曰鬼魅不能自逮半長途而下顛班固西都賦說臺曰攀井幹而未半目眩轉而意迷舍靈檻而却倚若顛墜而復稽張衡西京賦說臺曰將作往而未半怵悼慄而竦兢非都盧之輕蹻孰能超而究升此四賢所以說臺樹之體皆危峴悚懼雖輕捷與鬼神由莫得而自逮也非夫王公大人聊以雍容升高彌望得意之謂也異乎老子曰若春升臺之爲樂焉故引習步頓以實下稱八方之究遠適可以圍於徑寸之眸子言其理曠而當情也莊子有齊物之論善曰軒長廊之有牕也列子曰周穆王築臺號中天臺漢典職儀曰以丹漆地故稱丹墀西都賦曰正殿崔嵬層構七發曰蒙清塵毛萇詩傳曰壯健也摛鏤摛布其彫鏤也說文曰窈窕深遠也冥幽昧也毛詩曰有如皦日西京賦曰交綺豁以疏寮論語曾點曰春服既成毛詩曰於焉逍遙淮南子曰八紘之外乃有八極趙岐孟子章句曰

眸目童子也長塗牟首豪徼古弔互經晷漏肅唱明宵有程附以蘭錡魚九宿以禁兵司衛閑邪鉤陳罔驚牟者閣道有說者也霍光傳說昌邑王輦道牟首鼓吹歌舞豪徼道也晷漏漏刻也善曰說文曰晷景故曰晷漏漢書房中歌曰肅倡和聲字書倡亦唱字也充向反程猶限也程與呈通西京賦曰武庫禁兵設在蘭錡建安二十二年初置衛尉漢書曰衛尉掌宮門衛屯兵周易曰閑邪存其誠樂汁圖曰鉤陳後宮也服虔甘泉注曰紫宮外營鉤陳星

於是崇墉濬洫嬰堞帶湀四門轍轍魚竭隆廈重起憑太清以混成越埃壒烏害而資始藐藐標危亭亭峻趾臨焦原而不恍誰勁捷而无猥與岡岑而永固非有期乎世祀陽靈停曜於其表陰祇濛霧於其裏墉城也濬深也洫城溝也張衡西京賦曰經城洫堞城上女墻也賈誼曰翟伐衛寇俠城堞湀厓也毛詩云夏屋渠渠又曰既成藐藐尸子曰莒國有石焦原者廣尋長五十步臨百仞之谿莒國莫敢近也有勇以見莒子者獨卻行齊踵焉所以服莒國也善曰薛綜西京賦注曰巘巘高貌也鶡冠子曰上及太清下及太寧老子曰有物混成先天地生西都賦曰軼埃壒之混濁周易曰萬物資始王逸楚辭注曰藐藐遠也說文曰標末也鄭玄禮記注曰危棟上也西京賦曰狀亭亭以苕苕說文曰阯基也論語曰慎而无禮則葸猥與葸同思子反陽靈天神也甘泉賦曰齊平陽靈之宮周禮曰掌地祇之禮也

苑以玄武陪以幽林繚了垣開囿觀宇相臨碩果灌叢圍木竦尋篁篠懷風蒲陶結陰回淵漼積水深

蒹葭贙藋胡官蒻弱森丹藕凌波而的皪綠芰泛濤而浸七心潭以心羽翮頡頏鱗介浮沉栖者擇木雊者擇音若咆步交渤澥與姑餘常鳴鶴而在陰表清籞勒虞箴思國卹忘從禽樵蘇往而無忌卽鹿縱而匪禁

玄武苑在鄴城西苑中有魚梁釣臺竹園蒲陶諸果詩曰集于灌木春秋左氏傳曰鳥則擇木又曰鹿死不擇音皆自得之謂也雊者舉雉雊之類不傷其時況其巨者乎楊雄曰勃澥之島淮南子曰軼鶤雞於姑餘易曰鳴鶴在陰其子和之張衡東京賦曰江沘清籞虞箴虞人之箴也事見春秋其辭曰芒芒禹跡畫爲九州經啓九道人有寢廟獸有茂草各有攸處德用不擾在帝夷羿冒于原獸忘其國恤思其麀牡武不可重是用不恢于夏家獸臣司原敢告僕夫周易曰卽鹿無虞往從禽也孟子齊宣王問曰文王之囿方七十里有諸孟子對曰於傳有之曰若是其大乎答曰民猶以爲小也曰寡人之囿方四十里民猶以爲大何也答曰文王之囿方七十里芻蕘者往焉雉兔者往焉與民同之民以爲小不亦宜乎臣始至於境問國之大禁然後敢入臣聞郊關之內有囿方四十里殺其麋鹿者如殺人之罪則是四十里爲阱於國中民以爲大不亦宜乎言樵蘇往而無忌卽鹿縱而匪禁者蓋同乎周文之德異乎齊宣之意善曰西都賦曰幽林穹谷西京賦曰繚垣緜連周易曰碩果不食莊子曰見巨木其絜百圍孫子曰水深則回說文曰淵回水也毛詩曰有漼者泉文子曰積水成海說文曰贙分別也胡犬反本草曰藕一名水芝爾雅曰荷芙蕖其根藕此文云凌波而的皪卽藕爲偏名非唯根矣的皪光明也上林賦曰的皪江靡鄭玄周禮注曰陵芰也說文曰白濤大波也浸潭漸漬也隨波之貌洞簫賦曰玉液浸潭而承其根毛萇詩傳

曰飛而上曰頡飛而下曰頏周禮曰川澤宜鱗物墳衍宜介物鄭玄曰鱗魚龍之屬介龜鼈之屬水居陸生者也漢書音義晉灼曰樵取薪也蘇取草也膴膴坰野奕奕菑畝甘荼伊蠢芒種斯阜西門溉其前史起灌其後墱流十二同源異口畜爲屯雲泄爲行雨水澍稉稌陸蒔稷黍黝黝桑柘油油麻紵均田畫疇蕃廬錯列薑芋充茂桃李蔭翳音咽叶韻家安其所而服美自悅邑屋相望武方而隔踰奕世膴膴美也詩云周原膴膴堇荼如飴爾雅曰田一歲曰菑詩云薄言采芑于此菑畝周官曰澤草所生種之芒種鄭司農曰芒種稻麥也今鄴下有十二墱天井堰在城西南分爲十二墱丁鄧切微子麥秀之歌曰黍苗油油漢制列侯公主田無過三十頃者其餘各以官次哀帝時董賢賜田猥多王嘉上疏均田之制從此墮壞疇者界也埒畔際也詩云中田有廬孟子曰五畝之宅樹之以桑故曰蕃廬錯列老子曰甘其食美其服樂其俗安其居鄰里相望雞犬之聲相聞人至老死不相與往來舍曰韓詩曰周原膴膴莫來反毛詩曰奕奕梁山維禹甸之賈逵國語曰阜長也河渠書曰西門豹引漳水溉鄴以富魏之河內漢書曰史起爲鄴令遂引漳水溉鄴人歌之曰鄴有賢令兮爲史公決漳水兮灌鄴旁終古舃鹵兮生稻粱水陸謂高下之田也二渠之利下則澍生稉稌高則植立稷黍也說文曰澍時雨所以澍生萬物者也之樹反方言曰蒔更也郭璞曰謂更種也時吏切爾雅曰黑謂之黝郭璞曰黝黑貌也聲類曰油油麻肥也莊子曰治邑屋曷嘗不法聖人哉謝承後漢書曰王翁位二千石奕世相襲內則街衝輻輳朱闕結隅石杠飛梁出控漳

渠疏通溝以濱路羅青槐以蔭塗比滄浪平而可濯方步櫩以占而有
踰習習冠蓋莘莘所巾蒸徒斑白不提行旅讓衢設官分職營處署居
夾之以府寺班之以里閭鄴城內諸街有赤闕黑闕正當東西南北城門最是其通街也石竇橋在宮東其水
流入南北里爾雅曰石杠謂之倚郭璞曰石橋音江疏通也魏武帝時堰漳水在鄴西十里名曰漳渠堰東入鄴城經宮中東出南北二
溝夾道東行出城所經石竇者也楚辭曰滄浪之水清可以濯吾纓善曰杜預左氏傳注曰衢交道也齒容反文子曰羣臣輻湊李尤德
陽殿賦曰朱闕巖巖晉灼漢書注曰飛梁浮道之橋小雅曰控引也步櫩長廊也楚辭曰曲屋步櫩宜擾畜上林賦曰步櫩周流長途中
宿蔡雍胡億碑曰祁祁我君習習冠蓋毛萇詩傳曰莘莘衆多也禮記曰斑白者不提挈鄭玄曰雜色曰斑家語曰虞芮二國爭田入文
王境行者讓路周禮曰設官分職以爲民極小雅曰班次也其府寺則位副三事官踰六卿奉常
之號大理之名厦屋一揆華屏齊榮肅肅階闢重門再扃師尹爰止
毗代作楨當司馬門南出道西最北東向相國府第二南行御史大夫府第三少府卿寺道東最北奉常寺次南大農寺出東
掖門正東道南西頭太僕卿寺次中尉寺出東掖門宮東北行北城下東入大理寺宮內大社西郎中令府城南有五營魏武帝爲魏王
時太常號奉常廷尉號大理建安十八年始置侍中尚書御史符節謁者郎中令太僕大理大農少府中尉二十一年大理鍾繇爲相國
始置太常宗正二十二年以軍師華歆爲御史大夫初置衛尉時武帝爲魏王置相國御史大夫故云位副三事置卿近九故曰官踰六

鄉善曰毛詩曰三事大夫莫肯夙夜夏屋已見上注鄭玄禮記注曰
畫華也爾雅曰屏謂之樹鄭玄禮記注曰榮屋翼也爾雅曰兩階閒
曰鄉許亮反周易曰重門擊柝說文曰扃門之關也毛詩曰赫赫師
尹毛萇曰太師周之三公也尹氏爲太師毛詩曰天子是毗又曰王
國克生維周之楨 其閭閻則長壽吉陽永平思忠亦有戚里寘宮之
毛萇曰楨幹也
東門出長者巷苞諸公都護之堂殿居綺牕輿騎朝猥蹀㪟其中長壽
吉陽永平思忠四里名也長壽吉陽二里在宮東中當石竇吉陽南
入長壽北入皆貴里都護者將軍曹淵也漢書萬石君傳曰徙其家
長安戚里以姊爲美人故善曰古詩云交疏結綺牕廣雅曰猥
衆也烏罪反聲類曰蹀躡也徒協反說文曰㪟匽也乍知反 營客
館以周坊餝賓侶之所集瑋豐樓之閈閎起建安而首立葺墻冪室
房廡雜襲剞居綺劂罔掇匠斲積習廣成之傳無以嚋㚒街之邸不能
及鄴城南有都亭城東亦有都道北有大邸起樓門臨道建安中所
立也古者重客館故舉年號也春秋左傳曰高其閈閎繕完葺墻
以待賓客垣人以時冪館宮室子產曰僑聞文公之爲盟主也宮室
卑庳以崇大諸侯之館館如公寢爾雅曰閎巷門也一曰閎門中所
從出入也葺覆也垣人塗人也冪墁也館宮室諸侯傳也史記藺相
如奉璧西入秦秦舍相如廣城傳舍善曰說文曰廡堂下周屋也許慎
淮南子注曰剞劂曲刀也劂九月反鄭玄論語注曰輟止掇古字通
張晏漢書注曰嚋等也漢書曰郅支首縣㚒街蠻夷邸閒晉灼曰黃
圖在長安廓三市而開廛籍平逵而九達班列肆以兼羅設闤闠以
城內也

襟帶濟有無之常偏距日中而畢會抗旗亭之嶢辥五結侈所覩之博大周禮大市日昃而市朝市朝時而市夕市日夕而市此三市之謂也達已見上章傳曰達市在達之上易曰日中爲市致天下之人聚天下之貨交易而退各得其所善曰有無謂貨物之多少也二者常偏此能濟之也孟子曰古之爲市也以其所有易其所無西京賦注曰旗亭市樓也嶢嶭高峻之貌爾雅曰覜視也他吊反百隧轂擊連軫萬貫憑軾捶馬袖幕紛半壹八方而混同極風采之異觀質劑子遺平而交易刀布貿而無筭軾車橫覆膝人所憑也周官曰聽賣買以質劑又曰以質劑結信而止訟鄭玄曰質劑謂兩書一札而別之也若今下手書保物要還矣質大賈也劑小賈也刀布錢刀之謂荀卿書曰省刀布之斂善曰西京賦曰俯察百隧史記蘇秦曰臨菑之塗車轂擊人肩摩連衽成帷舉袂成幕左傳曰楚子玉謂晉侯曰君憑軾而觀之說文曰捶擊也河圖龍文曰八方歸德淮南子曰采俗者所以一羣生之短脩明九夷之風采高誘曰風俗采事也財以工化賄以商通難得之貨此則弗容器周用而長務物背窳而就攻不鬻邪而豫賈古著馴風之醇醲周官曰百工飭貨八材商賈阜通貨賄漢書貨殖傳曰桓文之後禮義大壞上下相冒於是商通難得之貨工作無用之器攻者堅也詩曰我車既攻通物曰商居賣曰賈禮記王制曰器用不中度不鬻於市布帛精麤不中數幅廣狹不中量不鬻於市姦色亂正色不鬻於市禽獸魚鼈不中殺不鬻於市此皆不鬻邪之義史記曰子產治鄭不鬻賈周官曰平肆展成鄭玄曰展整也成平也市者使定物賈防誑豫也善曰廣雅曰財貨

也財與材古字通爾雅曰賄財也廣雅曰長常也言常書之史記曰舜居河濱器不苦窳晉灼曰窳病也餘乳反淮南子曰黃帝治天下市不豫賈周易曰馴致其道仲長子昌言曰淑清穆和之風既宣醇醲之化既浹孔安國尚書傳曰醇粹也說文曰醲厚酒也女龍切優渥然以酒之醲以喻政厚也

白藏平之藏去富有無隄同賑大內控引世資賨幏積墆琛幣充牣仞關石之所和鈞財賦之所厎慎燕弧盈庫而委勁冀馬塡廄救而駔駿白藏庫在西城下有屋一百七十四間爾雅曰秋爲白藏因以爲名也大內京邑都內寶藏也漢書淮南王安上疏曰越人貢財之奉不輸大內食貨志曰或墆財夏書曰關石和鈞王府則有此夏之逸書禹貢曰庶土交正厎慎財賦咸則三壤鄴城西下有乘黃廄燕幽州也弧弓也爾雅曰北方之美者有幽都之筋角焉春秋左傳曰冀之北土馬之所生善曰周易曰富有之謂大業漢書東方朔曰不足以危無隄之輿蘇林曰隄限也爾雅曰賑富也風俗通曰槃瓠之後輸布一匹二丈是謂賨布廩君之巴氏出幏布八丈賨在宗反幏音稼墆音滯賈逵國語注曰關通也鄭玄儀禮注曰和調也孔安國尚書傳曰金鐵曰石供民器用通之使和平子虛賦曰充仞其中說文曰駔壯馬也子朗反

至乎勍敵糾紛庶土罔寧聖武興言將曜威靈介胄重襲旍旗躍莖弓珧以焦解檠巨景矛鋋飄英三屬之甲縵莫韓胡之纓控絃簡發妙擬更平羸建安十九年五月立魏公位諸侯王上赤紱遠遊冠二十一年進爵爲王二十二年得設天子旍旗出警入蹕賜朱冠冕十二旒金根車駕六馬建太常設五時副車爾雅曰弓以蜃者謂之珧蜃骨也

檠弓桰也詩云二矛重英漢書刑法志曰魏氏武卒衣三屬之甲趙惠文王好劍劍士夾門而客者三千人趙太子悝謂莊周曰吾王所見劍士皆蓬頭突鬢垂冠縵胡之纓短後之衣瞋目而語難者王乃悅之戰國策更嬴謂魏王曰臣能虛發而下鴈魏王曰然則射可至於此乎更嬴曰可有鴈從南方來更嬴虛發而鴈下善曰左氏傳曰子魚曰勍敵之人隘而不成列杜預曰勍強也尚書曰庶士交正毛詩曰庶士有揭又曰興言出宿長楊賦曰以露威靈金匱曰良弓非勍檠不張說文曰鋋小矛史記曰冒頓自立為單于控弦之士三十萬班固漢書李廣述曰控弦貫石威動北鄰爾雅曰簡擇也謂擇處而發也

齊被練而銛息廉戈襲偏裘以讀會列畢出征而中律執奇正以四伐碩畫精通目無匪制推鋒積紀鋌氣彌銳三接三捷既晝亦月剋翦方命吞滅咆白交烋虛交雲撤叛換席卷虔劉祲鷁子威八紘荒阻率由洗兵海島刷馬江洲振旅輷輷反旆悠悠凱歸同飲疏爵普疇朝無冗官五印國無費留

春秋左傳曰被練三千馬融曰練為甲裘史記蘇代曰強弩在前銛戈在後司馬法曰師多則讀孫武曰奇正還相生若環之無端莊子曰庖丁為文惠君屠牛手之所觸莫不中音合於桑林之舞文君曰善哉技庖丁對曰臣好者道進乎技矣臣始解牛時所見無非牛者三年之後未嘗見全牛也今臣以神遇而不以目視也良庖歲更刀割也族庖月更刀折也今臣刀十九年矣所解數千牛也而刀刃若新發於硎若彼節者有閒而刀刃者無厚以無厚入有閒恢恢乎其於遊刃必有餘地矣文君曰善吾聞丁之言得養生焉　一紀十二年推鋒積紀謂魏武帝從初平

元年起兵至建安二十五年軍無不剋抑亦庖丁用刀十九年之義也孫武曰避其銳氣謂銳氣之利甚於鋒刃也易曰晉康侯用錫馬蕃庶晝日三接詩云一月三捷既晝亦月者蓋取其頻繁之數或曰或月也方命放棄王命也尚書曰咈哉方命剋翦方命者謂始起兵誅董卓之首亂漢室也咆烋猶咆哮也自矜健之貌也詩云咆烋于中國吞滅咆烋者剋默韓暹楊奉之專用王命也叛換猶恣睢也漢書曰項氏叛換雲撤換叛者謂討破袁紹猶勝項羽也虔劉殺也春秋左傳呂相絕秦曰虔劉我邊陲席卷虔劉者謂擒呂布於徐州剋袁術於揚州平韓約馬超於雍州降劉表於荊州之屬也祲威八紘荒阻率由者謂北羈單于于白屋東懷孫權於吳會西攝劉備於巴蜀也刷小嘗也司馬相如梨賦曰唰嗽其漿史記蘇秦曰輷輷殷殷若三軍之衆穀梁傳曰入曰振旅兵事以嚴終也春秋左傳曰凡公行告於宗廟反行飲至漢書曰疏爵而貴之疏爵普疇疇其爵邑者刓印印角刓也韓信傳曰項王有功當封爵印刓忍不能與孫子兵法曰戰勝而不脩其賞者凶命曰費留善曰國語曰公使申生伐東山韋昭注曰東山皋落氏也衣之偏裻之衣韋昭注曰裻在中左右異故曰偏裻音督說文曰讚列中止也然讚列或止或列周易曰師出以律漢書楊雄上疏曰石畫之臣甚衆史記曰秦穆公與晉惠公戰於韓地秦人見穆公窘亦皆推鋒爭死尚書曰方命圮族春秋感精符曰楚圖宋更相吞滅春秋推誠圖曰諸侯氷散席卷各爭恣妄西都賦曰祲威盛容淮南子曰八澤之外乃有八紘尚書曰率由典常以藩王室魏武兵接要曰大將將行兩濡衣冠是謂洗兵刷猶飲也所劣切劉劭七華曰漱馬河源遊目崑崙蒼頡篇曰輷輷衆車聲也呼萌切今爲輷字音田毛詩曰悠悠旆旌魏武孫子注曰賞不以時但留費也

喪亂既弭而能宴武人歸獸而去戰蕭斧戢柯以柙刃虹旍

攝麾以就卷斟洪範酌典憲觀所恒通其變上垂拱而司契下緣督而自勸道來斯貴利往則賤囹圄寂寥京庾流衍（尚書曰往伐歸獸桓譚新論雍門周說孟嘗君曰以強秦之勢伐弱燕譬猶磨蕭斧以伐朝菌也馬融廣成頌曰建雄虹之長旍洪範箕子陳政術之篇也易曰觀其所恒而天地萬物之情可見矣又曰通其變使人不倦老子曰聖人執左契而不責於人有德司契無德司徹善曰毛詩曰喪亂既平周公攝政弘化弭亂司馬法曰以戰去戰雖戰可也柙胡甲反尚書曰垂拱而天下治莊子曰緣督以爲經可以保身可以全生司馬彪曰緣順也督中也順守道中以爲常也禮記曰仲春省囹圄文子曰法寬刑於緩囹圄空虛毛詩曰曾孫之庾如坻如京鄭玄曰庾露積穀也）

時東鯷即序西傾順軌荊南懷憓（惠）朔北思韙（偉）緜緜迥塗驟山驟水襁負賮贄重譯貢篚鑿首之豪鐻耳之傑服其荒服斂衽（而審）魏闕置酒文昌高張宿設其夜未遽庭燎晣晣有客祁祁載華載裔（入聲協韻）岌岌冠縰（所綺）纍纍辮髮清酤（戶）如濟濁醪如河凍醴流澌溫酎躍波豐肴衍衍行庖皤皤愔愔醧（一據）讌酣滑無譁（呼瓜反地理志曰會稽海外有東鯷人分爲二十餘國以歲時獻見尚書禹貢曰織皮西傾因桓是來織皮西戎國也憓順也司馬相如封禪書曰義征不憓淮南子曰三苗鑿首賮禮贄也周官曰九州之外謂之藩國世一見各以其所貴寶爲贄孟子曰將有遠行行者必以賮蒼頡篇曰賮財貨也建安二十一年匈奴

南單于呼韓廚泉將其名王大人來朝待以客禮張衡南都賦曰九
醖甘醴十旬兼清蘇秦曰齊有清濟濁河楚辭小招魂曰挫糟凍飲
酎清涼王逸曰凍冷也酎三重釀醇酒也韓詩云賓爾籩豆飲酒之
醧能者飲不能者已謂之醧許氏曰醧酒美也善曰尚書曰西戎即
序尸子曰荆者非無東西也而謂之南其南者多也杜預左氏傳注
曰韙是也論語曰襁負其子博物志曰織縷爲之以約小兒於背上
尚書曰厥貢漆絲厥篚織文山海經曰青要之山䰠武羅司之穿耳
以鐻郭璞曰鐻金銀之器名䰠音神鐻音渠漢書曰高張四縣晉灼
曰樂四縣也周禮曰凡樂事宿縣毛詩曰夜未央鄭玄曰未渠央也
毛詩曰庭燎晣晣又曰采蘩祁祁楚辭曰高余冠之岌岌鄭玄禮記
注曰纚今之幘也纚與縰同漢書曰諸侯纍纍從楚又終軍曰解辮
髮削左衽毛詩曰既載清酤說文曰漸流水也周易曰鴻漸于磐飲
食衎衎王肅曰衎衎寬饒之貌也皤皤豐多貌也韓詩曰愔愔夜飲
薛君曰愔愔和悅之貌也孔安國尚書傳曰樂酒曰酣毛詩曰迨我
暇矣飲此湑矣毛詩曰湑莤酒也鄭玄
曰沛莤之也一曰湑樂也醧乙據反延廣樂奏九成冠韶夏冒六莖
僣響起疑震霆天宇駭地廬驚億若大帝之所興作二嬴之所曾聆
善曰賈逵國語注曰延陳也尚書曰簫韶九成鳳凰來儀樂動聲儀
曰帝嚳樂曰六英帝顓頊曰五莖舜曰大韶禹曰大夏宋衷曰六英
能爲天地四時六合也五莖能爲五行之道立根本也漢書曰顓頊
作六莖夏大承二帝也韶繼堯也僣與曹古字通西京賦曰大帝說
秦穆公而覲之饗以鈞天廣樂史記曰趙簡子病扁鵲視之曰昔秦
穆公嘗如此七日而寤寤之日告公孫支曰我之帝所甚樂帝告我
晉國且大亂今主君之疾與之同二日簡子寤曰我之帝所甚樂與
百神遊於鈞天廣樂九奏萬舞不類三代之樂又曰趙氏之先與秦

同祖然則秦趙同姓故曰二嬴也博雅曰聆聽也金石絲竹之恒韻匏土革木之常調干戚
羽旄之飾好去清謳微吟之要妙世業之所日用耳目之所聞覺雜
糅紛錯兼該泛博鞮鞻所掌之音韎邁昧任而金禁金之曲以娛四夷
之君以睦八荒之俗鞮鞻周掌樂官名也周官鞮鞻氏掌四夷之樂與其聲歌韓詩內傳曰王者舞六代之樂舞四
夷之樂大德廣之所及善曰周禮曰播之以八音金石土革絲木匏竹禮記曰干戚羽旄謂之樂鄭玄曰干盾也戚斧也武舞所執羽翟
羽也旄旄牛尾文舞所執魏文帝樂府曰短歌微吟不能長孔叢子曰世業不替周易曰百姓日用而不知鄭玄周禮注曰鞮鞻四夷舞
者屝也鞮都泥反鞻俱具反毛萇詩傳曰東夷之樂曰韎孝經鉤命決曰東夷曰昧南夷曰任西夷之樂曰株離北夷之樂曰禁然韎昧
皆東夷之樂而重用之疑悞也甘泉賦曰八荒協兮萬國諧既苗既狩爰遊爰豫藉田以禮動大
閱以義舉備法駕理秋御顯文武之壯觀邁梁騶之所著夏獵曰苗冬獵曰狩
建安二十一年三月魏武帝親耕藉田于鄴城東建安二十二年十月甲午治兵上親執金鼓以詔進退大閱講武也魯詩傳曰古有梁
騶梁騶天子獵之田曲也善曰孟子夏諺曰吾王不遊吾何以休吾王不豫吾何以助一遊一豫為諸侯度禮記曰天子為藉田千畝公
羊傳曰大閱者何簡車馬也蔡邕獨斷曰天子有法駕莊子曰尹需學御三年而無所得夜夢受秋駕於其師明日往朝其師其師望而
謂之曰吾非獨愛道也恐子之未可與也今將教子以秋駕司馬彪曰秋駕法駕也史記曰此天下之壯觀也林不槎枿澤

不伐夭斧斨以時罾罜以道德連木理仁挺芝草皓獸爲之育藪丹魚爲之生沼喬雲翔龍澤馬亍阜山圖其石川形其寶莫黑匪烏三趾而來儀莫赤匪狐九尾而自擾嘉頴離合以蓴蓴醴泉涌流而浩浩顯禎祥以曲成固觸物而兼造蓋亦明靈之所酬酢休徵之所偉

兆草木未成曰夭斨方銎斧也詩曰取彼斧斨以伐遠揚延康元年黃初元年十一月黃龍高四五丈出雲中張口正赤喬雲者外赤內青也楊雄太玄經曰紫霓喬雲澤馬見於上黨郡瑞石靈圖出於張掖之柳谷始見於建安形成於黃初文備於大和周圍七尋中高一仞旁厚一里蒼質素章龍馬鳳凰仙人之象粲然盛著是以有魏詩雲鳥之書黃初二年醴泉出河內郡玉璧一枚延康元年三足烏九尾狐見於郡國嘉禾生醴泉出易曰顯道而神德行是故可與酬酢可與佑神矣賓主俱飲主人先舉名曰酬客酌主人酒名曰酢酢者報也行道德守神明而祥瑞皆至此蓋明靈感應之理其與人事交報之義也故曰蓋亦明靈酬酢也善曰國語里革曰山不槎蘖澤不伐夭槎士雅切枿五割切夭烏老切斨七羊切罾子能切文子曰鷹隼未擊羅罔不得張谷草木未落斤斧不得入山林孝經援神契曰德至草木則木連理古瑞命記曰王者慈仁則芝草生說文曰亍步也丑赤反毛詩曰莫赤匪狐莫黑匪烏尚書曰鳳凰來儀應劭漢書曰擾音擾馴也說文曰穎穗也蓴茂盛貌子本切蒼頡篇曰禎善也周易曰曲成萬物而不遺尚書有休徵孔安國曰序美行之驗也說文曰偉大也

旼旼率土遷善罔匱沐浴

福應宅心醰（南徒）粹餘糧棲畝而弗收頌聲載路而洋溢河洛開奧符命用出翩翩黃烏銜書來訊（叶韻音悉）人謀所尊鬼謀所秩劉宗委馭巽其神器闚玉策於金縢案圖籙於石室考厤數之所在察五德之所莅量寸旬涓吉日陟中壇即帝位改正朔易服色繼絕世脩廢職徽幟以變器械以革顯仁翌明藏用玄默菲言厚行陶化染學讎校篆籀篇章畢覿優賢著於揚歷匪孽形於親戚河洛開奧河出圖洛出書也黃初元年黃烏銜丹書畫見河尚臺易曰人謀鬼謀百姓與能玉策玉牒也尚書曰納策于金縢縢緘也楊雄遺劉歆書曰得觀書於石室莅臨也詩曰方叔莅止司馬法曰明不寶咫尺之玉而愛寸陰之旬旬時也禮記曰聖人南面而治天下改正朔易服色殊徽號異器械易曰顯諸仁藏諸用讎校所爲讎校者也魏文帝好書作皇覽諸文章辭藻多奏御故曰讎校尚書盤庚曰優賢揚歷歷試也善曰封禪書曰旼旼穆穆周易曰君子見善則遷有過必改史記太史公曰成王作頌沐浴膏澤尚書曰宅山阜猥積醰美也廣雅曰粹純也淮南子曰昔容成之時置餘糧於畝首蔡雍胡廣碑曰餘糧棲于畎畝公羊傳曰古者什一而籍而頌聲作矣毛詩曰厥聲載路毛萇曰路大也七略曰鄒子有終始五德從所不勝木德繼之金德次之火德次之水德次之魏志曰文帝諱丕字子桓武帝太子爲魏王漢帝以衆望在魏遂禪位乃爲壇於繁陽王升壇即阼改元爲黃初尚書曰將遜于位遜與巽同涓擇也古玄切淮南子曰君人之道儼然玄默馬融論語注曰菲

薄也論語曰君子薄於言而厚於行風俗通曰案劉向別錄讎校一人讀書校其上下得繆誤爲校一人持本一人讀書若怨家相對漢書音義曰周宣王太史大篆也籀音胄漢書晁錯曰今陛下不尊諸侯應劭曰接之以禮不以庶孽畜之也本枝別幹蕃屏皇家勇若任城才若東阿抗旍則威噉秋霜摛翰則華縱春葩英喆知列雄豪佐命帝室相兼二八將猛四七赫赫震震開務有謐故令斯民覩泰階之平可比屋而爲一建安二十三年代郡烏丸反魏武帝以鄢陵侯彰爲北中郎將行驍騎將軍入涿郡界叛胡數千騎卒至彰唯有步卒千人騎數百疋身自搏戰追胡大破之斬首五千餘級二八者八元八凱也四七者漢光武二十八將也黃帝泰階六符經曰泰階者天之三階也上階上星爲天子下星爲女主中階上星爲諸侯三公下星爲卿大夫下階上星爲元士下星爲庶人三階平則陰陽和風雨時歲大登民人息天下平是謂太平善曰毛詩曰本支百世說文曰幹本也左氏傳富辰曰封建懿親以蕃屏周蔡邕述行賦曰皇家赫而天居彰後爲任城王植爲東阿王漢書終軍曰驃騎抗旌昆耶左衽噉猶猛也魚贍反荀悅申鑒曰人主怒如秋霜答賓戲曰摛藻如春華易乾鑿度曰代者赤兌黃佐命應劭漢官儀曰帝室猶古言王室毛詩曰赫赫師尹周易曰夫易開物成務爾雅曰謐靜也音密尚書大傳曰周人可比屋而封筭祀有紀天祿有終傳業禪祚高謝萬邦皇恩綽矣帝德沖矣讓其天下臣至公矣榮操行之獨得超百王之庸庸追亘卷領與結繩睠留重華而比蹤尊盧赫胥羲

農有熊雖自以為道洪化以為隆世篤玄同奚遽不能與之踵武而

齊其風淮南子曰古者有鬠而卷領以王天下其為德生而不殺莊周曰昔者軒轅氏赫胥氏尊盧氏虙戲神農氏當是時人結繩而用之若此之時則至治也黃帝一號有熊氏踵繼也武迹也楚辭曰及前王踵之武善曰幽通賦曰旦筭祀于契龜音義曰筭數也尚書曰天祿永終王逸楚辭注曰謝去也西京賦曰皇恩溥尚書曰帝德廣運老子曰大滿若沖字書曰沖虛也魏志曰陳留王奐即皇帝位後禪位于晉嗣王魏世譜曰魏封帝為陳留王臣至公謂帝為臣於晉至公之道也仲長子昌言曰人主臨之以至公司馬相如弔二世文曰操行之不得班固曰漢承百王之弊馮衍顯志賦曰非庸庸之所識庸謂凡常無奇異也史記曰舜字重華高誘淮南子注曰隆盛也老子曰知者不言言者不知是謂玄同韓子曰雖厚愛之奚遽不亂是故料聊其建國析其法度

諮其考室議其舉厝復之而無斁申之而有裕非疏糲魯葛之士所能

精非鄙俚之言所能具詩云斯干宣王考室也疏糲麤也韓非曰糲糧之飲藜藿之羹斁猒也漢書司馬遷傳曰質而不俚俚鄙也善曰說文曰析量也爾雅曰諮謀也陳琳檄至於吳將校曰豈輕舉厝也哉毛詩曰無斁於人斯又曰綽綽有裕

山川之倬詭物產之魁殊或名奇而見稱或實異而可書生生之所

常厚洵美之所不渝其中則有鴛鴦交谷虎澗龍山掘鯉之淀蓋節

之淵扺扺精衛銜木償怨常山平干鉅鹿河間列真非一往往出焉

昌容練色犢配眉連玄俗無影木羽偶仙琴高沈水而不濡時乘赤

鯉而周旋師門使火以驗術故將去而林燔老子曰人之輕死以其生生之厚也謂適生生

之情以自厚也鴛鴦水在南和縣西交谷水在鄴南虎淵在鄴西南龍山在廣平沙縣掘鯉淀在河間莫縣之西淀者如淵而淺也蓋節淵在平原鬲縣北山海經曰發鳩之山有鳥狀如烏文首白喙赤足名曰精衞赤帝之女名曰女娃女娃遊於海溺而不反精衞常取西山之木石以堙東海焉列真謂列仙也列仙傳昌容者常山道人也自稱殷王女食蓬累根二百餘年而顏色如年二十人故曰鍊色犢子者鄴人也時壯時老時好時醜乃知其仙人也陽都女者生而連眉耳細而長衆以爲異俗皆言此天人也會犢子來過都女都女悅之遂留相奉待出門共牽犢耳而走莫能追之玄俗者自言河閒人也餌巴豆雲英賣藥於市七丸一錢治百病王病瘕服藥用下蛇十餘頭王家老舍人自言父甘見俗俗形無影王呼俗著日中實無影河閒故趙也文帝三年以爲國木羽者鉅鹿南和人也母貧賤常助產婦兒生自下唼母母大怖暮夢見大冠赤幘守兒言此兒司命君也當報汝恩使子與木羽俱仙母陰信識之後兒生字之爲木羽兒至年十五夜有車馬來迎之呼木羽木羽爲我御來遂俱去琴高者趙人也浮游冀州二百餘年後辭入碭水中取龍子與諸弟子期期日皆絜齊待於傍設屋祠果乘赤鯉來出坐祠中留一月復入水去師門者嘯父弟子亦能使火爲孔甲龍師孔甲不能修其心意殺而埋之外野一旦風雨迎之訖則山木皆燔孔甲祠而禱之未還而道死嘯父冀州人也在曲周市上曲周屬廣平郡漢武帝征和二年嘗爲平干國故曰常山平干也師門者本嘯父弟子故附冀州善曰廣雅曰倬絕也薛綜西京賦注曰詭異也王逸楚辭注曰魁大也鄭玄

周禮注曰生猶養也劉瓛周易義曰自無出有曰生毛詩曰洵美且仁鄭玄曰洵信也毛詩曰舍命不渝毛萇曰渝變也淀音殿說文曰抵亦翅字翼翅也叔豉切今音祇抵飛貌馮衍爵銘曰壽配列眞劉歆移曰天下衆書往往頗出左傳太史尅曰奉以周旋

易陽壯容衞之稚質邯鄲躧步趙之鳴瑟眞定之棃故安之栗醇酎中山流湎千日淇洹之筍信都之棗雍丘之粱清流之稻錦繡襄邑羅綺朝歌緜纊房子縑總清河若此之屬繁富夥禍夠古侯非可單究是以抑而未罄也

枚乘兔園賦曰易陽之容淮南子曰蔡之幼女衞之稚質史遷記曰趙中山鼓鳴瑟跕躧躧眞定屬中山郡出御棃故安屬范陽出御栗楊雄幽州箴曰蕩蕩幽州惟冀之別禹貢無幽州故安今見屬中山郡中山出好酎酒其俗傳云昔有人曰玄石者從中山酒家酤酒酒家與之千日之酒語其節度比歸數百里可至於醉如其言飲之至家而醉其家不知其醉以爲死也棺斂而葬之中山酒家計向千日憶曰玄石前來酤酒其醉向解也遂往問其鄰人曰玄石死來三年服已闋矣於是與其家至玄石冢上掘而開其棺玄石於是醉始解起於棺中其俗語曰玄石飲酒一醉千日信都屬安平出御棗雍丘屬陳留也地理志曰魏參之分野南有陳留桓斌曰雍丘之糧清流鄴西出御稻襄邑屬陳留舊有服官中都賦曰朝歌羅綺又房子出御緜清河出縑總清河一名甘陵也善曰漢書音義臣瓚曰跕爲躧跕都牒反躧所解反薛君韓詩章句曰均衆謂之流閉門不出容謂之湎淇園已見上文杜預左氏傳注曰水出洹汲郡汲即衞地也洹或爲園洹音垣孔安國尚書傳曰纊細緜廣雅曰總絹也廣雅曰夠多也

蓋比物以錯辭述

清都之閑麗雖選言以簡章徒九復而遺旨覽大易與春秋判殊隱
而一致末上林之隤墻本前脩以作系胡計切逸詩九變復貫知言之選擇來比物謂屬變而還
復舊貫則知言之選擇來比物錯辭物士之敘也屈原遠遊曰造旬始觀清都言雖選言簡章徒至九復而猶遺其精旨也春秋推見以
至隱易本隱以之顯所言雖殊其合德一也故曰末上林之隤墻本前脩以作系也前脩謂前賢也離騷擥吾法夫前脩司馬相如上林
賦曰頽墻塡壍使山澤之人得至楊雄羽獵賦後曰放雉兔收罝罘與百姓共之亂者理也傳曰有亂臣十人此皆二賦以其後居正之
義理其前過甚之事也張衡東京賦曰相如壯上林之觀楊雄騁羽獵之辭雖系以隤墻塡壍亂以收其罝罘卒無補於風規蓋易有系
辭之義而以本於前脩以爲系胥之意也系者胥也且易之系述而辨至於相如初壯上林之觀後說隤墻之事首尾相顧非本系辭之
流也而張衡云系以隤墻謂爲系辭同音於義有未安焉諸文賦之後亂者與本絕於隤墻收罝罘雖不與本文絕義張氏同諸系辭之
別可知也善曰韓子曰連類比物列子曰周穆王暨及化人之宮王以爲清都紫微班固漢書司馬相如贊文曰推見至隱言大易春秋
隱顯殊而合德若一故觀覽而法則之上林則頽墻塡壍雖本前修而作系所謂勸百而諷一故輕末而鄙賦其軍容弗犯
信其果毅糾華綏戎以戴公室元勳配管敬之績歌鍾析邦君之肆
則魏絳之賢有令聞也國語曰鄭伯納女樂二八歌鍾二肆公錫魏絳女樂一八歌鍾一肆曰子教寡人和戎狄
而政諸華於今八年七合諸侯寡人無不得志與子共之管敬仲相桓公九合諸侯魏絳輔晉悼公七合諸侯故謂之元勳配管敬之績

也悼公得二肆而賜魏絳一肆故諸侯歌鍾析邦君之肆也善曰司
馬法曰古者國容不入軍軍容不入國禮記曰介冑有不可犯鄭玄
禮記注曰信讀如屈伸之伸假借字也左氏傳君子曰殺敵爲果閑
致果爲毅班固漢書述曰太祖元勳啓立輔臣毛詩曰令問令望
居險巷室邇心遐富仁寵義職競弗羅千乘爲之軾廬諸侯爲之止
戈則干木之德自解紛也呂氏春秋曰段干木者魏文侯敬之過其
盧而軾之其僕曰干木布衣耳而君軾其
盧不亦過乎文侯曰干木不趣俗役懷君子之道隱處窮巷聲馳千
里之外未肯以己易寡人也寡人光乎勢干木富於義勢不如德尊
財不如義高吾安敢不軾乎秦欲攻魏而司馬康諫曰段干木賢者
而魏禮之天下皆聞無乃不可加乎兵秦君以爲然乃止干木寂然
不競於俗故曰職競弗羅也逸詩云兆云詢多職競弗羅善曰漢書
曰司馬相如稱疾閑居毛詩曰誕寘之隘巷又曰其室則邇老子曰
解其紛也貴非吾尊重士踰山親御監門嗛嗛同軒搦女格秦起趙威振八
蕃則信陵之名若蘭芬也史記曰魏有隱士曰侯嬴年七十家貧爲
大梁夷門監者公子方置酒大會賓客坐
定從車騎虛左自迎侯生秦兵圍邯鄲公子姊爲平原君夫人平原
使使讓公子公子數請王及賓客辯士說王萬端王畏秦終不聽公
子公子用侯生策使朱亥椎殺將軍晉鄙而奪其軍進擊秦軍秦軍
解去邯鄲遂存秦兵伐魏公子駕歸救魏王魏王以上將授公子公
子使徧告諸侯諸侯各進兵救魏公子率五國之兵破秦至函谷關
秦兵不敢出當是之時公子威振天下善曰史記曰侯生直上載欲
以觀公子公子執轡愈恭然親御謂身自爲御也監門即侯
嬴也周易曰謙謙君子卑以自牧嗛古謙字說文曰搦按也英辯榮

枯能濟其厄位加將相窒知逸隙之策四海齊鋒一口所敵張儀張祿
亦足云也史記張儀者魏人也始嘗與蘇秦俱事鬼谷先生學術蘇秦自以不及張儀儀以學而游說諸侯嘗從楚相飲楚相
亡璧楚相門下意張儀曰儀貧無行此必盜相君璧共執儀掠笞數百不服釋之張儀相秦使於諸侯皆說之散其合從之謀秦封儀為
武信君為秦將取陝築上郡塞范睢者魏人也游說欲事魏王家貧無以自資乃事魏中大夫須賈賈怨范睢以告魏將魏齊笞擊折脅
摺齒睢佯死即盛以簀中范睢謂守者曰公能出我我必厚謝公守者乃請棄簀中死人遂伏匿更名張祿先生隨秦謁者王稽入秦謂
昭王曰臣居山東時聞齊有田單而不聞其有王也聞秦有太后穰侯不聞其有王也今太后擅行不顧穰侯出使不報華陽涇陽專斷
不請四貴備而國不危者未之有也昭王懼乃疑穰侯收其印而相張祿為應侯應侯之相秦蔡澤說曰今君相秦計不下席謀不出廊
廟坐制諸侯六國不得合從使天下皆長秦也善曰曹植輔臣論曰英辯博通張升及論曰噓枯則冬榮解嘲曰窒隙蹈瑕而無所屈也
摧惟庸蜀與鴝鵲同窠句吳與鼃黽同穴善曰許慎淮南子注曰摧揚摧略也尚書曰及庸蜀
人孔安國曰庸在江漢之南左氏傳曰鸜鵒株株鸜具瑜反株音誅世本曰吳孰姑徙句吳注孰姑壽夢也句吳太伯始所居地名句吳
句音溝說文曰鼃蝦蟆也胡蝸反鄭玄周禮注曰黽蝦蟇屬也黽莫耿切一自以為禽鳥一自以為魚鼈
善曰漢賈捐之上書曰駱越之人譬猶魚鼈何足貪也鍾會芻蕘論曰吳之玩水若魚鼈蜀之便山若禽獸山阜猥積而
踦嶇泉流迸集而呹咽隰壤瀸漏而沮洳林藪石留力又而蕪穢山阜猥積

蜀也泉流迸集吳也戰國策段規謂韓王曰分地必取成皐韓王曰
成皐石留之地無所用之也石留之地喻土地多石猶人物之有留
結也一曰壤漱而石也或作溜字善曰廣雅曰踦𨇤傾側也字書曰
迸散走也咉咽流不通也咉烏朗反公羊傳曰濊者何瀆也作廉反
周易曰甕敝漏然漏猶滲也滲所禁反毛詩曰彼汾
沮洳毛萇曰沮洳其漸洳也漢書楊惲曰蕪穢不治窮岫泄雲日月
恆翳宅土熇暑封疆障癘吳蜀皆暑濕其南皆有瘴氣善曰
泄猶出也埤蒼曰熇熱貌許妖切蔡莽螫
適刺力剚昆蟲毒噬蔡莽螫刺多毒草也昆蟲毒噬蝮蚖鴆鳥之屬也
善曰王逸楚辭注曰蔡草莽也方言曰莽草也南
楚曰莽鄭玄禮記注曰昆明也明蟲者陽
而生陰而藏詩序曰文王德及鳥獸昆蟲漢罪流禦秦餘徙𨤏楊雄
蜀都
賦曰秦漢之徙充以山東貨殖傳曰秦破趙遷卓氏於蜀漢時日南
比景合浦九真亦皆有徙者息夫躬孫寵之屬焉善曰左氏傳舜流
四凶族以禦魑魅廣
雅曰𨤏餘也力制反宵貌蕞罪陋稟質遳脆蔣衞巷無杼直呂首里罕耆
耋地理志曰江南卑濕丈夫多夭巴蜀輕易淫泆柔弱褊阸漢書曰
人宵天地之貌方言曰燕記曰豐人杼首杼首長首也燕謂之杼
交益之人率皆弱陋故曰無杼首也善曰左氏傳曰蕞爾小國杜預
曰蕞爾小貌也廣雅曰脆軀也遳亦脆也七戈反說文曰脆少耎易
斷也左氏傳曰王使宰孔謂齊侯
曰伯舅耋老杜預曰七十曰耋或魋直追髻而左言或鏤膚而鑽髮
或明發而嫕歌或浮泳而卒歲楊雄蜀記曰蜀之先代人椎結左語
不曉文字嫕謳歌巴土人歌也何晏
曰巴子謳歌相引牽連手而跳歌也潛行為泳詩曰漢之廣矣不可
泳思善曰漢書淮南王曰越鬋髮文身之人張揖以為古翦字也子

踐反文身卽鏤膚也毛詩曰明發不寐爾雅曰嬥嬥契契愈遐急也郭璞曰賦役不均賢人憂歎遠急切也侊或作嬥音葦苕一音徒了反毛詩曰何以卒歲風俗以韰果為嬞人物以戕害為藝善曰楊雄反騷曰何文肆而質韰應劭曰韰狹也下介切方言曰慄勇也果與慄古字通說文曰嬞靜好也音畫左氏傳曰自內害其君曰殺自外曰戕七良反威儀所不攝憲章所不綴禮記曰孔子憲章文武善曰毛詩曰朋友攸攝攝以威儀賈逵國語注曰綴連也由重山之東阨烏介因長川之裾勢距遠關以闚闟俞時高欅而陛制重山東阨謂蜀也長川裾勢謂吳也漢書曰形束壤制善曰束扼拘束其民由於湫阨也据勢依据川之形勢也闚闟望尊位也陛制亦以高欅之陛而能約制其民也漢書音義言其土地形勢足以束制其人也据古據字九御切薄戍緜冪無異蛛蝥之網弱卒瑣甲無異螳蜋之衛善曰緜冪微貌呂氏春秋湯祝曰蛛蝥作罔罟今之人學之蛛音株蝥莫侯反莊子蘧伯玉謂顏闔曰汝不知夫螳蜋乎怒其臂以當車轍不知其不勝任也與先世而常然雖信險而勦絕揆既往之前迹卽將來之後轍成都迄已傾覆建鄴則亦顛沛善曰尚書曰天用勦絕其命勦子小反左傳呂相絕秦曰傾覆我社稷論語曰顛沛必於是馬融曰顛沛偃仆也顧非累卵於疊棊焉至觀形而懷怛善曰言其危懼易見不俟觀形也說苑曰晉靈公造九層臺孫息聞之求見曰臣能累十二博棊加九雞子其上公曰子作之孫息以棊子置下加九雞子于其上靈公曰危哉孫息曰是不危復有危於此者九層之臺三年不成鄰國將

欲與兵社稷亡滅君欲何望公卽壞臺賈逵國語注曰怛懼也權假日以餘榮比朝華而菴奄藹善曰
權猶苟且也楚辭曰聊假日以須時說文曰木堇朝華暮落覽麥秀與黍離可作謠於吳會善曰尚書
大傳曰微子將朝周過殷之墟見麥秀之蔪蔪曰此父母之國宗廟社稷所立也志動心悲欲哭則爲朝周俯泣則婦人推而廣之作雅
聲毛詩序曰黍離閔宗周大夫行役過故宗廟宮室盡爲禾黍而作是詩先生之言未卒吳蜀二客矍焉
相顧䏈焉失所有靦瞢容神惢形茹弛氣離坐㥏墨而謝矍懼也左傳曰駟氏
矍懼毛詩曰有靦面目瞢愧也左傳曰亦無瞢焉楊雄方言曰慙也荆楊之間曰㥏善曰張以愯先壠反今本並爲矍矍大視呼縛反說
文曰䏈失意視他狄反字書曰蘂垂也謂垂下也惢與蘂同而髓切說文曰惢心疑也亦而髓反呂氏春秋曰以茹魚驅蠅蠅愈至而不
可禁然茹臭敗之義也如舉反廣雅曰弛釋也施紙反㥏勑典反杜預左氏傳注曰墨色下也說文曰謝辭也曰僕黨清狂
怵迫閩濮卜習蓼蟲之忘辛翫進退之惟谷非常寐而無覺不覩皇
輿之軌躅漢書昌邑王賀傳曰賀清狂不慧注色理清徐而心不慧故曰清狂也賈誼鵩鳥賦曰怵迫之徒或趣西東善曰閩
已見吳都賦孔安國尚書注曰濮國在江漢之南楚辭注曰蓼蟲不知從乎葵藿王逸曰蓼蟲處辛刺食苦惡不從葵藿食甘美毛詩曰
人亦有言進退惟谷又曰尚寐無覺楚辭曰恐皇輿之敗班固漢書班嗣曰伏周孔氏之軌躅音義曰躅迹也過以佻剽之
單慧歷執古之醇聽楊雄方言曰佻剽輕也善曰鄭玄禮記注曰過猶誤也王逸楚辭注曰歷逢也老子曰執古之

道佺敷劒切剽匹妙反兼重一龍反悂以貤繆偭辰光而罔定善曰言既重其悂而又累其繆也廣倉曰悂用心并誤也方奚反說文曰貤重次第物也弋豉反漢書音義應劭曰偭背也音面國語曰次序三辰賈逵曰日月星也先生玄識深頌靡測得聞上德之至盛匪同憂於有聖老子曰古之士微妙玄通深不可識夫惟不可識故強為之頌故曰先生玄識深頌靡測又曰上德無為而無不為易曰顯諸仁藏諸用鼓萬物而不與聖人同憂盛德大業至矣哉夫聖人親憂其事然後能立易體無為而無不為自然動物而不與聖人同憂蓋謂治合造化出於形器之表者聖人無所復聞無復恤也故曰鼓萬物而不與聖人同憂其上賦中云顯仁翌明藏用玄默故下覆報言之也善曰王弼周易注曰不與聖人之憂憂君子之道不長小人之道不消黍稷之不茂荼蓼之蕃殖至於乾坤簡易是常無偏於生養無擇於人物不能委曲與彼聖人同此憂之抑若春霆發響而驚蟄飛競潛龍浮景而幽泉高鏡善曰二客聞言朗然心悟猶春霆響驚蟄紛然而競飛龍彩幽泉煥然而照也呂氏春秋曰聞春始雷則蟄虫動矣詩推度客曰震起而驚蟄睹周易曰潛龍勿用也雖星有風雨之好人有異同之性庶覿蔀家與剝廬非蘇世而居正尚書洪範曰庶人惟星星有好風星有好雨言人心之不同如星之所好異易曰豐其屋蔀其家小人剝廬楚辭九章曰蔀也必獨立春秋公羊傳曰君子大居正善曰言己因此幸見蔀家剝廬之凶非謂悟世而居正道也爾雅曰庶幸也王弼周易注曰蔀覆暖鄣光明之物也既豐其屋又覆其家屋厚家覆闇之甚也王逸楚辭注曰蘇寤之也且夫寒谷豐黍吹律暖之也

昏情爽曙箴規顯之也劉向別錄曰鄒衍在燕有谷地美而寒不生五穀鄒子居之吹律而溫至黍生今名黍谷善曰孔安國尚書注爽明也說文曰曙旦明也雖明珠兼寸尺璧有盈曜車二六三傾五城未若申錫典章之爲遠也太史書曰田敬仲世家傳曰齊威王二十四年與魏惠王會田於郊魏王問曰王亦有寶乎曰無有也魏王曰若寡人小國也尚有徑寸之珠照車前後十二乘者十枚奈何以萬乘之國而無寶乎善曰尹文子曰田父得寶玉徑寸置於廡上其夜照一室史記曰趙惠文王得楚和璧秦昭王聞之願以十五城請易璧毛詩曰申錫無疆亮曰不雙麗世不兩帝天經地緯理有大歸安得齊給守其小辯也哉二客自言安能守此者自晦也荀卿子曰辯說譬諭齊給便利而不愼義謂之姦說善曰禮記曰天無二日土無二王漢書文帝賜尉佗書云兩帝並立新序單襄公曰經之以天緯之以地經緯不爽天之象也家語孔子曰小辯害義小言破道也

文選卷第六

賜進士出身通奉大夫江南蘇松常鎮太等處承宣布政使司布政使胡克家重校刊

文選卷第七

梁昭明太子撰

文林郎守太子右內率府錄事參軍事崇賢館直學士臣李善注上

郊祀

楊子雲甘泉賦

耕籍

潘安仁籍田賦

畋獵上

司馬長卿子虛賦

郊祀祭天曰郊郊者言神交接也祭地曰祀祀者敬祭神明也郊天正於南郊郭外曰郊

甘泉賦一首并序

楊子雲善曰漢書曰楊雄字子雲蜀郡成都人也雄少好學年四十餘自蜀來遊京師大司馬王音召以爲門下史薦雄待詔歲餘爲郎中給事黃門卒桓譚新論曰雄作甘泉賦一首始成夢腸出收而內之明日遂卒

然舊有集注者並篇內具列其姓名亦稱臣善以相別佗皆類此

孝成帝時客有薦雄文似相如者善曰雄荅劉歆書曰雄作成都城四隅銘蜀人有楊莊者為郎誦之於成帝以為似相如雄遂以此得見上方郊祀甘泉泰畤汾陰后土以求繼嗣善曰上謂成帝也漢書曰武帝幸甘泉令祠官具太乙祠壇太一所用如雍畤物又立后土於汾陰脽上孟康曰畤音止神靈之所止也脽音誰召雄待詔承明之庭善曰諸以材術見知直於承明待詔卽見故曰待詔焉承明已見上文正月從上甘泉還奏甘泉賦以風善曰漢書曰永始四年正月行幸甘泉七略曰甘泉賦永始三年正月待詔臣雄上漢書三年無幸甘泉之文疑七略誤也毛詩序曰下以風刺上音諷不敢正言謂之諷其辭曰惟漢十世將郊上玄善曰惟有也是也十世成帝也上玄天也定泰畤雍神休尊明號晉灼曰雍祐也休美也言見祐護以休美之祥也明號下同符三皇也善曰言將祭泰畤冀神擁祐之以美祥因尊己之明號也廣雅曰將欲也雍音擁同符三皇錄功五帝文穎曰符合也善曰言同符契於三皇錄功勤於五帝也卹胤錫羨拓迹開統應劭曰卹憂也胤續也錫與也羨饒也拓廣也時成帝憂無繼嗣故修祠泰畤后土言神明饒與福祥廣迹而開統也李奇曰統緒也善曰羨弋戰反於是乃命羣僚歷吉日協靈辰善曰爾雅曰命告也楚辭曰歷吉日吾將行郭璞上林賦注曰歷選也爾雅注曰辰時也星陳而天行善曰星陳天行已見西京賦詔招搖與太陰兮伏鉤陳使當兵張晏

曰禮記曰招搖在上急繕其怒太陰歲後三辰也服虔曰鉤陳神名也紫微宮外營陳星也善曰句陳已見上文鄭玄禮記注曰當主也主謂典領也屬堪輿以壁壘兮捎夔魖而抶獝狂張晏曰堪輿天地總名也孟康曰木石之怪曰夔如龍有角人面魖耗鬼也獝狂亦惡鬼也兮皆捎而去之善曰杜預左氏傳注曰屬託也淮南子曰堪輿行雄以知雌許慎曰堪天道也輿地道也說文曰抶擊也丑乙切八神奔而警蹕兮振殷轔而軍裝服虔曰自招搖遊神之屬也張晏曰堪輿至獝狂八神也善曰言上諸神各有職役夔魖之屬又捎去之故令八方之神奔走而警蹕殷轔之盛而以軍裝也轔栗忍切漢書武帝紀曰用事八神文穎曰八方之神也薛君韓詩章句曰振奮也殷轔言盛多也軍裝如軍戎之裝者也蚩尤之倫帶干將而秉玉戚兮飛蒙茸而走陸梁張晏曰玉戚以玉爲戚柲也晉灼曰飛者蒙茸而亂走者陸梁而跳謂猛士之輩善曰蚩尤已見西京賦干將已見東京賦禮記曰朱干玉戚鄭玄曰戚斧也又考工記注曰柲猶柄也音秘茸而恭反齊總總以撙撙其相膠轕兮猋駭雲迅奮以方攘晉灼曰方攘半散也善曰王逸楚辭注曰總總撙撙束聚貌也膠葛已見上文鄭玄禮記注曰奮迅也撙子本切迅音信攘人羊切駢羅列布鱗以雜沓兮柴虒參差魚頡而鳥䀏善曰駢猶併也張揖上林賦注曰柴虒不齊也頡䀏猶頡頏也柴初蟻切虒音豸頡胡結切䀏胡剛切翕赫曶霍霧集而蒙合兮半散昭爛粲以成章善曰翕赫盛貌曶霍疾貌爾雅曰天氣下地氣不應曰霧霧與蒙同曶音忽於是乘輿迺登夫鳳皇兮而翳華芝

韋昭曰鳳皇爲車飾也翳隱也服虔曰華芝華蓋也善曰言以華蓋自翳也駟蒼螭兮六素虯蠖略蕤綏

灕虖襂纚善曰高唐賦曰乘玉輿兮駟蒼螭上林賦曰乘鏤象六玉虯說文曰虯龍無角者春秋命歷序曰皇伯駕六龍蠖略

蕤綏龍行之貌也灕虖襂纚龍翰下垂之貌也蠖於鑊切灕音離襂音森纚所宜切帥爾陰閉霅然陽開晉灼曰帥

聚也霅散也善曰文子曰與陰俱閉與陽俱開霅於甲切騰清霄而軼浮景兮夫何旟旐郅偈之

旖旎也張晏曰軼過雲與倒景也服虔曰旖旎從風柔弱貌善曰薛君韓詩章句曰騰乘也何休公羊傳注曰軼過也浮景流景

也神女賦曰夫何神女之妖麗何休公羊傳注曰據疑問所不知者曰何周禮曰鳥隼爲旟龜蛇爲旐郅偈竿之貌也郅音質偈音桀旖

於綺切旎女氏切流星旄以電燭兮咸翠蓋而鸞旗善曰言星旄之流如電之光也周書曰樓煩星

旄者羽旄也鄭玄曰可以爲旌旗也高唐賦曰蜺爲旌翠爲蓋蔡邕獨斷曰天子出前驅有鸞旗者編羽毛列繫橦傍敦萬騎

於中營兮方玉車之千乘善曰敦與屯同王逸楚辭注曰屯陳也鄭玄儀禮注曰方併也玉車以玉飾車也

聲駍隱以陸離兮輕先疾雷而馺遺風善曰廣雅曰陸離參差也方言曰馺馳也郭璞曰馺疾也

聖主得賢臣頌曰追奔電逐遺風駍普萌切馺先合切淩高衍之嵱嵷兮超紆譎之清澄孟康曰衍

無崖岸也紆譎曲折也李奇曰嵱音踊嵷音竦如淳曰嵱嵷上下衆多貌登椽欒而羾天門兮馳閶闔而

入凌兢服虔曰椽欒甘泉南山也凌兢恐懼貌也李奇曰羾音貢蘇林曰羾至也善曰楚辭曰令帝閽開閶闔而望予王逸曰閽

闔天門也鵕鉅陵切是時未轃夫甘泉也迺望通天之繹繹善曰轃與臻同至也通天臺名已見

上文薛君韓詩章句曰繹繹盛皃下陰潛以慘廩兮上洪紛而相錯善曰慘廩寒貌也廩來感切

直嶢嶢以造天兮厥高慶而不可乎彌度善曰七發曰條上造天孔安國尚書傳曰造至也彌

雅曰彌終也言高不可終竟而度量也慶音羌度大各切彌或為彊平原唐其壇曼兮列新雉於林薄

鄭展曰唐道也服虔曰新雉香草也雉夷聲相近善曰子虛賦曰案衍壇曼新雉辛夷也本草辛夷一名辛引廣雅曰草藂生曰薄壇徒

旦切曼莫旦切攢并閭與茇葀兮紛被麗其亡鄂善曰蒼頡篇曰攢聚也并櫚椶也茇葀草名也被麗

分散貌也風賦曰被麗披離鄂垠鄂也茇步末切葀音括被皮義切麗音隸崇丘陵之駊騀兮深溝嶔巖

而為谷蘇林曰駊騀音叵我善曰駊騀高大貌也嶔岩深貌也嶔口銜切𨓈𨓈離宮般以相爥兮封

巒石關施靡乎延屬應劭曰言秦離宮三百武帝復往往修理之也善曰說文曰𨓈古文往字也往往言非一也般

希也與班同三輔黃圖曰甘泉有石闕觀封巒觀施靡相連貌也施弋尔切鄭玄喪服傳注曰屬連也屬之欲切於是大廈

雲譎波詭摧嗺而成觀孟康曰言廈屋變巧乃為雲氣水波相譎詭也摧嗺林木崇積貌也善曰言大廈之高而

成觀闕也摧子罪切嗺子水切觀工喚切仰撟首以高視兮目冥眴而亡見善曰王逸楚辭注曰撟舉

也撟與矯同冥眴昏亂之貌冥莫見切眴音縣正瀏濫以弘惝兮指東西之漫漫孟康曰瀏清也服虔

曰惝大貌也音敞善曰瀏濫猶言清淨而洸濫也漫漫無厓際之貌也瀏音劉徒徊徊以徨徨兮魂眇眇而

昏亂善曰言迷惑也據軨軒而周流兮忽坱圠而亡垠韋昭曰軨欄也軒檻板也善曰軨與櫺同

周流流行周遍也軼軋廣大貌也服鳥賦曰軼軋無垠軨音零坱烏朗切圠烏黠切翠玉樹之青葱兮壁馬犀

之瞵㻞善曰漢武帝故事曰上起神屋前庭植玉樹珊瑚為枝碧玉為葉壁馬犀言作馬及犀為壁飾也埤蒼曰瞵㻞文貌也應

劭曰瞵音鄰晉灼曰㻞音豳金人仡仡其承鍾虡兮嵚巖巖其龍鱗善曰孔安國尚書傳曰仡

仡壯勇之貌也嵚開張之貌也龍鱗似龍之鱗也仡魚乞切嵚火敢切揚光曜之燎燭兮垂景炎之炘

炘晉灼曰景大也善曰廣雅曰炘熱也音欣配帝居之縣圃兮象泰壹之威神服虔曰曾城縣圃閬

風崑崙之山三重也天帝神在其上善曰春秋合誠圖曰紫宮帝室大一之精洪臺崛其獨出兮檄北極之

嶟嶟應劭曰崛特貌也檄至也晉灼曰嶟嶟檄繳也善曰爾雅曰北極謂之北辰崛其勿切檄竹指切嶟千旬切列宿迺

施於上榮兮日月纏經於枎振韋昭曰榮屋翼也服虔曰枎中央也振屋梠也善曰施式支切枎於兩切

振音辰雷鬱律於巖突兮電儵忽於牆藩善曰鬱律小聲也上林賦曰巖突洞房釋名曰突幽也儵

忽疾貌也藩籬也突一吊切鬼魅不能自逮兮半長途而下顛善曰逮及也爾雅曰顛隕也歷

倒景而絕飛梁兮浮蠛蠓而撇天張揖曰陵陽子明經曰倒景氣去地四千里其景皆倒在下如淳郊

祀志注曰在日月之上日月返從下照故其景倒又曰絕度也服虔曰浮高貌也晉灼曰飛梁浮道之橋也善曰孫炎爾雅曰蠛蠓蟲小於蚑張揖三蒼注曰撇拂也蠛莫孔反撇匹列反左欃槍而右玄冥兮前熛闕而後應門晉灼曰大人賦曰攬欃槍以為旗又曰左玄冥而右黔雷雄擬相如故云爾也熛闕赤色之闕也南方之帝曰赤熛怒應門正門在熛闕之內也善曰應劭曰大人賦注曰欃槍奔星也張揖曰玄冥北方黑帝佐也熛必遙切蔭西海與幽都兮涌醴汨以生川如淳曰言闕之高乃蔭西海也善曰山海經曰北海之內有山名曰幽都黑水出焉涌醴醴泉涌出也方言曰汨疾也于筆切蛟龍連蜷於東厓兮白虎敦圉乎崑崙善曰連蜷長曲貌也敦圉盛怒貌也春秋漢含孳曰天一之帝居左青龍右白虎服虔曰象崑崙山在甘泉宮中也蜷音拳敦徒昆切覽樛流於高光兮溶方皇於西清服虔曰高光宮名也晉灼曰樛流猶繚繞善曰樛流高曲之貌也溶盛貌也方皇卽彷徨觀名也漢書曰甘泉有高光旁皇旁音傍西清西廂清淨之處也上林賦曰象輿偃蹇於西清前殿崔巍兮和氏玲瓏晉灼曰以黃金為璧帶含藍田璧玲瓏明見皃也善曰前殿正殿也諸宮皆有之漢書曰未央宮立前殿炕浮柱之飛榱兮神莫莫而扶傾善曰炕舉也舉浮柱之飛榱言檐宇高峻若神清淨而扶其傾危也炕與抗古字同毛詩曰君婦莫莫毛萇曰莫莫清淨也閌閬閬其寥廓兮似紫宮之崢嶸善曰閌高也說文曰閬閬高大之貌也寥廓虛靜貌紫宮及崢嶸並已見上文閬音浪寥音僚駢交錯而曼衍兮崣嶱隗乎其相嬰善曰駢列也曼衍分布也埤蒼曰崣

山長貌嶂隗高貌嬰繞也衍弋戰切峻他賄切嶂音皐隗五賄切乘雲閣而上下兮紛蒙籠以棍成
服虔曰蒙籠膠葛貌棍成言自然也善曰雲閣言高連雲也老子曰有物混成棍與混同曳紅采之流離兮颺翠
氣之宛延善曰言宮觀之高故紅采翠氣流離宛延在其側而曳颺之襲琁室與傾宮兮若登高
眇遠亡國肅乎臨淵服虔曰襲繼也桀作琁室紂作傾宮以此微諫也應劭曰登高遠望當以亡國爲戒若臨深淵
也善曰晏子春秋曰夏之衰也其王桀作爲琁室殷之衰也其王紂作爲傾宮回猋肆其碭駭兮披桂椒而
鬱移楊服虔曰回猋回風也善曰毛萇詩傳曰肆疾也碭過也廣雅曰駭起也披與披同說文曰鬱木聚生也爾雅曰棠棣移也
楊楊樹也言回風碭駭披散桂椒又鬱衆移楊也碭徒浪切移音移香芬茀以穹隆兮擊薄櫨而將榮
善曰言香氣芬茀穹隆而盛乃拂擊薄櫨而及屋榮也說文曰薄櫨柱上枅也薛君韓詩章句曰將辭也茀房物切薄房隔切櫨力都切
薌呹肸以棍批兮聲駍隱而歷鍾善曰薌亦香字也禮記曰燔燎羶薌呹疾貌也說文曰肸蠁布也司
馬彪上林賦注曰肸過也棍同也批擊也歷鍾經歷至鍾也呹余日切肸許一切棍下本切批薄結切駍普耕切排玉戶而
颺金鋪兮發蘭蕙與穹窮李奇曰鋪門鋪首也善曰言風飄香氣旣排玉戶而颺金鋪又發揚蕙蘭與穹窮也
長門賦曰擠玉戶以撼金鋪司馬注子虛賦曰穹窮似藁本帷弸彋其拂汨兮稍暗暗而靚深善曰
弸彋風吹帷帳之聲也拂汨鼓動之貌暗暗深空之貌靚即靜字耳弸普萌切彋音宏汨于密切暗烏感切陰陽淸濁穆

羽相和兮若夔牙之調琴張晏曰聲細不過羽穆然相和也善曰莊子黃帝曰一清一濁陰陽調和尚書曰夔
典樂教胄子列子曰伯牙善鼓琴般倕棄其剞劂兮王爾投其鉤繩應劭曰剞曲刀也劂曲鑿也善
曰尚書曰倕汝作共工般魯般也爾王爾也並已見西京賦般與班同倕音垂雖方征僑與偓佺兮猶彷彿
其若夢晉灼曰方常也征行也言宮觀之高峻雖使仙人行其上恐遽不識其形觀猶髣髴若夢也善曰鄭玄毛詩箋曰方且也
征僑姓征名僑也司馬相如大人賦曰廝征伯僑漢書曰正伯僑並同也餘依晉說列仙傳曰偓佺槐里采藥父也食松實形體生毛數
寸能飛行逮走馬說文曰彷彿相似視不諟也楚辭曰時彷彿以遙見諟卽諦字音帝於是事變物化目駭耳
回善曰蒼頡篇曰駭驚也回謂回皇也蓋天子穆然珍臺閒館琁題玉英蜵蜎蠖濩之
中應劭曰題頭也榱椽之頭皆以玉飾言其英華相燭也張晏曰蜵蜎蠖濩刻鏤之形也善曰范子曰玉英出藍田孝經援神契曰玉
英玉有英華之色閒音閑蜵音淵蜎於緣切蠖烏郭切濩胡郭切惟夫所以澄心清魂儲精垂恩善曰
鄭玄毛詩箋曰惟思也文子曰澄心清意言儲蓄精神冀神垂恩也感動天地逆釐三神者服虔曰釐福也韋昭
曰逆迎也迎受福釐也善曰三神天地人也釐音熙迺搜逑索偶皐伊之徒冠倫魁能韋昭曰搜擇也
逑匹也索求也偶對也應劭曰冠其羣倫魁桀也善曰皐皐繇堯臣也伊伊尹湯臣也函甘棠之惠挾東征之
意善曰毛詩序曰甘棠美邵伯也又曰東山周公東征也相與齊乎陽靈之宮善曰韓康伯周易注曰洗心曰

齊齊側皆反祭天之所故曰陽靈靡薜荔而爲席兮折瓊枝以爲芳善曰靡謂偃靡之藉地而爲席
也楚辭曰折瓊枝以繼佩吸清雲之流瑕兮飲若木之露英善曰淮南子曰志厲青雲非夸矜也司馬
相如大人賦曰呼吸沆瀣餐朝霞霞與瑕古字通山海經曰灰野之山有赤樹青葉名曰若木露英英之含露者集乎禮神
之囿登乎頌祇之堂善曰禮神謂祭天也晉灼曰后土歌祭之處也善曰爲歌頌以祭地祇建光燿之
長旓兮昭華覆之威威服虔曰昭明也華覆華蓋也善曰埤蒼曰旓旌旗斿也旓所交切威猶葳蕤也攀琁
璣而下視兮行遊目乎三危善曰漢書曰北斗七星所謂琁璣玉衡楚辭曰忽反顧以游目尚書曰導黑水
至于三危陳衆車於東阬兮肆玉軑而下馳如淳曰東阬東海也苦庚切晉灼曰軑車轄也韋昭曰軑
徒計切善曰賈逵國語注曰肆恣也楚辭曰齊玉軑而並馳軑音大漂龍淵而還九垠兮窺地底而上
回應劭曰龍淵在張掖服虔曰九垠九重也善曰言從東阬下馳遂浮龍淵而繞其九重乃窺地底而上歸也說文曰漂浮也莊子曰
千金之珠在九重之淵驪龍頷下廣雅曰垠厓也厓亦重之義也還音旋風漎漎而扶轄兮鸞鳳紛其銜
蕤善曰漎漎疾皃也音竦晉灼曰蕤綏也梁弱水之濎濙兮躡不周之逶蛇服虔曰崑崙之東有
弱水渡之若濎濙耳善曰濎濙小水貌也字林曰濙絶小水也廣雅曰躡履也山海經曰西海之外有山不合名曰不周逶蛇欲平貌也
濎吐定切濙音熒蛇音移想西王母欣然而上壽兮屏玉女而却宓妃善曰言既臻西極故

想王母而上壽乃悟好色之敗德故屏除玉女而及宓妃亦以此微諫也山海經曰玉山西王母所居也神異經曰東荒中有大石室東王公居之常與玉女共投壺宓妃已見東京賦玉女亡所眺其清矑兮宓妃曾不得施其蛾眉服虔曰矑目童子也善曰毛詩曰螓首蛾眉方攬道德之精剛兮侔神明與之為資晉灼曰等天地之計量也善曰說文曰攬撮持也音覽精剛精微剛強也於是欽柴宗祈善曰恭敬燔柴尊崇所祈也尚書曰至于岱宗柴燎薰皇天應劭曰牲玉之香也皐搖泰壹如淳曰皐挈皐也積柴於挈皐頭置牲玉於其上舉而燒之欲近天也張晏曰招搖泰一皆神名善曰搖與遙同舉洪頤服虔曰洪頤旗名也應劭曰旗旆布也樹靈旗李奇曰欲伐南越告禱太一畫旗樹太一壇上名靈旗以指所伐之國也見漢書郊祀志樵蒸昆上配藜四施張晏曰配藜披離也善曰言燔燎之盛故樵蒸之光同上而披離四布也周禮曰共祭祀之薪蒸鄭玄曰麤曰薪細曰蒸說文曰昆同也昆或為焜字書曰焜煌火貌東爥滄海西耀流沙北爌幽都南煬丹厓服虔曰丹水之厓也善曰尚書曰弱水餘波入于流沙幽都已見吳都賦爌與晃音義同方言曰煬炙也玄瓚觩䚧秬鬯泔淡服虔曰以玄玉飾之故曰玄瓚張晏曰瓚受五升口徑八寸以大圭為柄用灌鬯觩䚧其貌也應劭曰泔淡滿也善曰孔安國尚書傳曰黑黍曰秬釀以鬯草觩音求䚧力幽切泔胡敢切淡大敢切肸蠁豐融懿懿芬芬善曰言秬鬯分布芬芳炎盛美也肸蠁已見上文

感黃龍兮熛訛碩麟韋昭曰碩大也善曰言燄熛熾盛感動神物也字林曰燄火光也說文曰熛火飛也毛萇詩傳

曰訬動也慓必遙切選巫咸兮叫帝閽開天庭兮延羣神服虔曰令巫祝叫呼天門也善曰山海經
曰大荒中有靈山巫咸從此升降王逸楚辭注曰巫咸古神巫也楚辭曰吾令帝閽關開兮鄭玄禮記注曰延導也儐暗藹兮
降清壇瑞穰穰兮委如山張晏曰儐贊也善曰鄭玄周禮注曰接賓曰儐然謂贊禮者也暗藹衆盛貌也委積
也暗烏感切於是事畢功弘迴車而歸度三巒兮偈棠黎晉灼曰黃圖無三巒相如傳有
封巒觀善曰三巒卽封巒觀也漢書曰甘泉有封巒棠黎韋昭曰偈息也音憩天閫決兮地垠開八荒協兮
萬國諧善曰鄭玄禮記注曰閫門限也決亦開也言門決以出德澤故八荒万國俱協諧也登長平兮雷鼓磕
天聲起兮勇士厲如淳曰長平坂名在池陽南善曰字指曰磕大聲也口蓋切天聲如天之聲言其大也杜預左氏傳
注曰厲猛也雲飛揚兮雨滂沛于胥德兮麗萬世善曰言恩澤之多若雲行雨施君臣皆有聖德
故華麗至于萬世也毛詩曰于胥樂兮鄭玄曰于於也胥皆也麗光華也亂曰善曰王逸楚辭注曰亂理也所以發理辭指總撮所
要也崇崇圜丘隆隱天兮善曰崇崇高貌也廣雅曰圜丘大壇祭天也登降峛崺單埢垣兮
善曰登降上下也峛崺邪道也單大貌埢垣圜貌峛力爾切崺弋爾切單音蟬埢音拳增宮嵾差駢嵯峨兮善曰
嵾與參同初林切駢步千切嵯材何切峨音俄岭巆嶙峋洞無厓兮善曰埤蒼曰岭巆嶙峋深無厓之貌岭音零巆
音滎嶙音鄰峋音旬上天之縡杳旭卉兮善曰縡事也杳深遠也旭卉幽昧之貌毛詩曰上天之載無聲無臭縡與

載同聖皇穆穆信厥對兮李奇曰對配也能與天相對配也善曰詩曰帝作邦作對徠祇郊禋神所依兮善曰言來郊禋而甚敬故爲神祇之所依也徠古來字徘徊招搖靈迟迡兮善曰招搖猶彷徨也迟迡卽棲遲也毛萇詩傳曰棲遲遊息也招必遙切迟音棲迡大夷反光煇眩燿降厥福兮子子孫孫長無極兮

耕藉臣瓚漢書注曰景帝詔曰朕親耕藉本以躬親爲義藉謂蹈藉之也

藉田賦一首臧榮緒晉書曰泰始四年正月丁亥世祖初藉于千畝司空掾潘岳作藉田頌也

潘安仁臧榮緒晉書潘岳字安仁滎陽中牟人總角辯惠摛藻清豔鄉邑稱爲奇童弱冠辟司空太尉府舉秀才高步一時爲衆所疾然藉田西征咸有舊注以其釋文膚淺引證疏略故並不取焉

伊晉之四年正月丁未皇帝親率羣后藉于千畝之甸禮也晉書曰丁亥藉田戊子大赦令爲丁未誤也千畝已見西京賦禮記曰天子籍田千畝於是乃使甸帥清畿野廬埽路周禮曰甸師掌帥其屬而耕耨王籍鄭玄曰師猶長也然師而爲帥者避晉景帝諱也周禮曰野廬氏掌達國之道路也封人壝宮掌舍設枑周禮曰封人掌設王之社壝爲畿封而樹之鄭玄曰聚土曰封壝謂壇及堳埒也周禮曰掌舍掌王之會同之舍設梐枑再重杜子春讀爲梐枑梐枑行馬也壝以委切枑音互青壇蔚其嶽立兮翠幕默以雲布

國語虢文公曰古者王命司空除壇于籍楊脩許昌宮賦曰華殿炳而嶽立鄭玄周禮注曰帷覆上曰幕魏文帝愁霖賦曰玄雲黯其四

塞黯黑貌也封禪書曰雲布霧散黯丁敢切 結崇基之靈趾兮啓四塗之廣阼 崇基謂壇也於壇四

面而爲階也說文曰趾基也又曰阼主階也 沃野墳腴膏壤平砥 墳腴平砥已見上文史記曰京師膏壤沃野千

里毛詩曰周道如砥 清洛濁渠引流激水 子虛賦曰激水推移 遐阡繩直邇陌如矢 史記曰秦

孝公壞井田開阡陌風俗通曰南北曰阡東西曰陌繩直已見上文詩曰其直如矢 總犗服于縹軛兮紺轅綴

於黛耜 總犗帝耕之牛也說文曰總帛青色音葱犗牛已見吳都賦又曰縹帛青白色轅軛犂轅軛也鄭玄周禮注曰轅端壓牛

領曰軛於革切說文曰紺染青而揚赤色也鄭玄禮記注曰耜耒之金 儼儲駕於廛左兮俟萬乘之躬

履 駕牛儼然在於廛左以待天子躬親履之耕以儲畜故曰儲駕也說文曰儼好貌也晉灼漢書曰廛一百畝也然古耕以耒而今以

牛者蓋晉時創制不沿於古也 百僚先置位以職分 百僚已見上文羽獵賦曰先置乎白楊之南漢書曰六卿各有

徒屬職分也 自上下下具惟命臣 周易曰自上下下其道大光西京賦曰具惟帝臣鄭玄儀禮注曰命者加爵服

之名 襲春服之萋萋兮接游車之轔轔 司馬彪上林賦注曰襲服也禮記曰孟春衣青衣春服已見魏

都賦薛君韓詩章句曰萋萋盛也文穎漢書注曰天子出游車九乘毛詩曰有車轔轔 微風生於輕幰織埃起

於朱輪 幰車幰也釋名曰車幰所以御熱也朱輪見吳都賦 森奉璋以階列望皇軒而肅震 森盛

貌也毛詩曰奉璋峨峨髦士攸宜階爵之次也爾雅曰震懼也若湛露之晞朝陽似衆星之拱北辰
也毛詩曰湛湛露斯匪陽不晞毛萇曰晞乾也言露見日而乾以喻諸侯承命而施敬也論語子曰爲政以德譬如北辰居其所而衆
星共之於是前驅魚麗屬車鱗萃周禮曰王出入則自左馭而前驅鄭玄曰前驅如今導引也魚麗已見東
京賦屬車已見西京賦子虛賦曰珍怪鳥獸萬端鱗萃閶闔洞啓參塗方駟四洛陽宮舍記曰洛陽有閶闔門西京
賦曰旁開三門參塗夷庭羽獵賦曰方駕千駟常伯陪乘太僕秉轡尚書曰左右常伯應劭曰漢官儀曰侍中周成
王常伯任侍中殿下稱制出卽陪乘鄭玄周禮注曰陪乘參乘也漢舊儀曰漢乘輿大駕儀公卿奉引太僕御也后妃獻穜
稑之種司農撰播殖之器周禮曰上春詔王后帥六宮之人而生穜稑之種而獻于王鄭司農曰先種後熟謂
之穜後種先熟謂之稑漢書曰大農令武帝更名大司農孔安國論語注曰撰具也史記曰后稷播植百穀孔安國尚書傳曰播布也蒼
頡篇曰殖種也挈壺掌升降之節宮正設門閭之蹕周禮有挈壺氏周禮曰宮正凡邦之事蹕宮中
鄭玄曰正長也宮中之長也鄭司農曰蹕謂止行者清道若今時警蹕天子乃御玉輦蔭華蓋臧榮緒晉書曰
大駕鹵簿有大輦華蓋中道輦大輦也華蓋已見西京賦玉衡牙錚鎗綃紈綷縩禮記曰凡帶必有佩佩玉有衡
牙鄭玄曰衡牙居中央以前後觸也錚鎗玉聲也錚乂耕切鎗乂行切鄭玄禮記注曰綃綺屬也許慎淮南子注曰紈素也漢書班婕妤
賦曰紛綷縩兮紈素聲綃思樵切紈音丸綷七悴切縩七大切金根照耀以炯晃兮龍驥騰驤而沛

艾司馬彪續漢書曰漢承秦制御爲乘輿金根安車五采文畫輈西京賦曰乃奮翅而騰驤龍驤沛艾已見上文表朱玄於離坎飛青縞於震允中黃暈以發揮方綵紛其繁會謂鹵簿之儀車騎旌旗各依方色表猶標也周易曰離南方之卦也坎者正北方之卦也震者東方兌正西秋也周禮曰東方謂之青南方謂之赤西方謂之白北方謂之黑毛萇詩傳曰縞白色也縞古老切周禮曰地謂之黃臧榮緒晉書鹵簿曰青立車青安車赤立車赤安車黃立車黃安車白立車白安車黑立車黑安車合十乘並駕駟建旗十二如車色五輅鳴鑾九旗揚旆周禮曰王之五路一曰玉路二曰金路三曰象路四曰革路五曰木路又曰掌九旗之物名日月爲常蛟龍爲旂通帛爲旃雜帛爲物熊虎爲旗鳥隼爲旟龜蛇爲旐全羽爲旞析羽爲旌瓊鈒入蘂雲罕晻藹臧榮緒晉書曰雲罕車駕駟戟車載闟與鈒音義同也蒼頡篇曰蘂聚也楚辭曰揚雲霓之晻藹鈒音吸晻音烏感切簫管嘲哳以啾嘈兮鼓鞞硡隱以砰磕簫管已見上文楚辭曰鶤鷄嘲哳而悲鳴蒼頡篇曰啾衆聲也嘈已見上文周禮曰鍾師掌鞞鄭玄曰擊鞞以和樂字林曰鼙小鼓也鞞與鼙同步迷切硡與訇音義同火宏切字書曰砰大聲也字指曰磕大聲也砰披萌切磕苦蓋切筍簴嶷以軒翥兮洪鍾越乎區外筍簴軒翥已見西京賦天子之行擊左右鍾已見西都賦震震填填塵鶩連天以幸乎藉田震震盛也郭璞爾雅注曰闐闐羣行聲也東觀漢記曰王邑旗幟蔽野埃塵連天鶩或爲霧非也蟬冕頩以灼灼兮碧色肅其千千蟬冕已見魏都賦千千碧皃似夜光之剖荊璞兮若茂松之依

山巔也於是我皇乃降靈壇撫御耦降謂臨幸也應劭漢官儀曰天子東耕之日天子升壇上空無
祭天子耕於壇舉耒三推而已論語曰長沮桀溺耦而耕鄭玄曰耜廣五寸二耜為耦王逸楚辭注曰撫持也坻場染屨洪
縻在手方言曰坻場也蚍蜉犂鼠之場謂之坻場浮壤之名也音傷說文曰縻牛轡也忙皮反三推而舍庶人
終畝三推已見上文國語號文公曰王耕一墢班三之庶人終于千畝韋昭曰一墢一耜之墢也班次也三之下各三其上王一公
三卿九大夫二十七庶人盡耕也既云以牛而又言推者蓋沿古成文不可以文而害實也墢扶發切然國語與禮記不同而潘雜用之
貴賤以班或五或九禮記曰帝藉三公五推卿諸侯九推于斯時也居靡都鄙民無華
裔都謂京邑也杜預左傳注鄙邑也左傳孔子曰裔不謀夏夷不亂華王肅家語注曰裔邊裔也長幼雜遝以交集
士女頒斌而咸戾雜遝衆多貌也頒斌相雜之貌也爾雅曰戾至也被褐振裾垂髫總髮老子
曰被褐而懷玉杜預左氏傳注曰振整也說文曰褐者粗衣也爾雅曰袚謂之裾郭璞曰衣後裾也袚音劫魏志毛玠曰臣垂髫執簡埤
蒼曰髫髦也大聊切毛詩曰總角之宴毛萇曰總角結髮也躡踵側肩掎裳連襼說文曰躡追也躡其踵所以為
追逐也聲類曰踵足根也史記馮驩曰夫朝趨市者側肩爭門而入賈逵國語注曰從後牽曰掎方言曰複襦江湖之閒或謂之籠襼郭
璞方言注曰襼卽袂字也說文曰袂袖也黃塵為之四合兮陽光為之潛翳山陽公載記曰賈詡鳴鼓
雷震黃塵蔽天西都賦曰紅塵四合動容發音而觀者莫不抃儛乎康衢謳吟乎聖世

列子曰一里老幼喜躍抃儛康衢已見上文吾丘壽王驃騎論功曰遊童牧豎詠德謳吟情欣樂於昏作兮慮盡力乎樹蓺昏作已見西京賦韓詩外傳曰子路治蒲孔子曰我入其境田疇甚易草萊甚辟故其人盡力也周禮曰正月之吉頒職事二曰樹蓺鄭玄毛詩箋曰蓺猶樹也靡誰督而常勤兮莫之課而自厲說文曰誰何也謂責問之也字書曰督察也王逸楚辭注曰課試也躬先勞以說使兮豈嚴刑而猛制之哉周易曰說以使民民忘其勞史記曰秦繁法嚴刑而天下不振有邑老田父或進而稱曰蓋損益隨時理有常然周易曰損益盈虛與時偕行又曰隨時之義大矣哉晏子春秋曰物有必至事有常然古之道也高以下爲基民以食爲天老子曰貴必以賤爲本高必以下爲基漢書酈食其曰王者以人爲天而民以食爲天正其末者端其本善其後者慎其先言治國之道以商爲末而農爲本以貨爲後而食爲先也陸賈新語注曰治末者調其本李奇漢書注曰本農也末賈也漢書詔曰農天下之本也而人或不務本而事末故生不遂禮記曰善終者如始尚書大傳曰八政何以先食傳曰食者萬物之始人事之本也故八政先食夫九土之宜弗任四人之務不壹國語展禽曰共工氏之子曰后土能平九土韋昭曰九土九州之土尚書曰禹別九州任土作貢管子曰士農工商四民者國之正民也孔安國尚書傳曰壹專一也野有菜蔬之色朝靡代耕之秩禮記曰三年耕必有一年食雖有凶旱水溢人無菜色又曰夫祿足以代其耕無儲穡以虞災徒望歲以自必言無儲穡以度荒災空自必望於歲也崔

珍倣宋版印

寔四民月令曰十月五穀既登家有儲稸禮記曰國無九年之蓄曰不足韋昭曰虞度也左氏傳王曰余一人閔閔焉如農夫之望歲也三季之衰皆此物也國語郭偃曰夫三季王之亡宜也韋昭曰季末也三季王桀紂幽王也今聖上昧旦丕顯夕惕若慄昧旦丕顯已見東京賦周易曰君子夕惕若厲爾雅曰慄懼也圖匱於豐防儉於逸言常節約以戒不虞故圖乏者必於豐殷御儉者在於奢逸也廣雅曰儉少也欽哉欽哉惟穀之卹尚書曰欽哉欽哉惟刑之恤哉展三時之弘務致倉廩於盈溢國語虢文公曰三時務農一時講武韋昭曰三時春夏秋也管子曰倉廩實則知禮節蔡邕月令章句曰穀藏曰倉米藏曰廩固堯湯之用心而存救之要術也漢書董仲舒對策曰陛下親耕籍田以為農先此亦堯舜之用心也若乃廟祧有事祝宗諏日廟祧已見西京賦禮記曰宗祝在廟鄭玄曰宗宗人也祝接神者也毛詩箋曰后稷既為郊祀之酒則諏謀其日廱卹漢書注曰諏謀也簠簋普淖則此之自實周禮曰舍人凡祭祀共簠簋實之陳之儀禮曰孝孫某敢用嘉薦鄭玄曰普淖黍稷也普大也淖和也德能大和乃有黍稷故以為號云淖乃孝切縮鬯蕭茅又於是乎出左氏傳管仲曰爾貢苞茅不入王祭不供无以縮酒周禮曰鬯人釀秬以為酒又曰甸師祭祀共蕭茅杜子春曰蕭香蒿也鄭玄曰既薦然後爇蕭合馨香茅以縮酒國語虢文公曰上帝之粢盛於是乎出黍稷馨香旨酒嘉栗左氏傳季良奉酒醴以告曰嘉栗旨酒謂其上下皆有嘉德而無違心所謂馨香無讒慝杜預曰栗謹敬也宜其民和年登而神降之吉也左氏傳季梁奉粢盛以告曰潔

粢豐盛謂其三時不害而人和年豐也鄭玄周禮注曰登成也左氏傳曰致其禋祀於是乎人和而神降之福古人有言曰聖人之德無以加於孝乎夫孝天地之性人之所由靈也孝經曾子曰敢問聖人之德無以加於孝乎子曰天地之性人爲貴人之行莫大於孝夫聖人之德又何以加於孝乎漢書曰人有生之最靈者也昔者明王以孝治天下其或繼之者鮮哉希矣孝經子曰昔者明王之以孝理天下也論語子曰其或繼周者雖百世可知也逮我皇晉實光斯道鄭玄毛詩箋曰光明也斯道謂孝道也儀刑孚于萬國愛敬盡於祖考毛詩曰儀刑文王萬國作孚毛萇曰孚信也孝經子曰愛敬盡於事親而德教加於百姓故躬稼以供粢盛所以致孝也尚書大傳曰王者躬耕所以供粢盛五經要義曰天子藉田千畝所以先百姓而致孝敬也勸穡以足百姓所以固本也西京賦曰勸穡於原陸論語孔子曰百姓足君孰與不足尚書曰民惟邦本本固邦寧何晏論語注曰本基也能本而孝盛德大業至矣哉周易曰盛德大業至矣哉此一役也而二美具焉一役謂籍田也二美謂能本而孝也左氏傳陰飴甥曰此一役也秦可以霸不亦遠乎不亦重乎論語文也敢作頌曰思樂甸畿薄采其茅茅卽上甸畿之所供者毛詩曰思樂泮水薄采其芹毛萇曰薄辭也大君戾止言藉其農周易曰大君有命毛詩曰魯侯戾止言觀其旂毛萇曰戾來也止至也其農三推萬方以祗禮記曰耕藉然後諸侯知所以敬爾雅曰祗敬也耨我公田實及我

私鄭玄周禮注曰耨耘耔也奴豆切毛詩曰雨我公田遂及我私我簠斯盛我簋斯齊禮記曰天子籍田以事天地山川以為齊盛毛萇詩傳曰器實曰齊在器曰盛齊音資我倉如陵我庾如坻毛詩曰我倉既盈我庾惟億又曰曾孫之庾如坻如京鄭玄曰庾露積穀也坻水中高地念茲在茲永言孝思言念此黍稷在此祭祀也尚書禹曰念茲在茲毛詩曰永言孝思人力普存祝史正辭左氏傳季梁曰上思利人忠也祝史正辭信也故奉牲以告曰博碩肥腯謂人力之普存也神祇攸歆逸豫無期左氏傳楚子曰能歆神人杜預曰歆享也毛詩曰爾公爾侯逸豫無期一人有慶兆民賴之尚書王曰一人有慶兆民賴之

畋獵鄭玄禮記注曰田者所以供祭祀庖廚之用王制曰天子諸侯無事則歲三田馬融曰取獸曰畋

子虛賦一首善曰漢書曰相如遊梁乃著子虛賦後蜀人楊得意為狗監侍上上讀子虛賦曰朕獨不得與此人同時哉得意曰臣邑人司馬相如自言為此賦上乃召相如相如曰此乃諸侯之事未足觀請為天子遊獵之賦以子虛虛言也為楚稱烏有先生烏有此事也為齊難亡是公者亡是人也欲明天子之義故虛藉此三人為辭以風諫焉

司馬長卿善曰漢書曰司馬相如字長卿蜀郡人少好讀書為武騎常侍後拜文園令病卒

郭璞注

楚使子虛使於齊王悉發車騎與使者出畋司馬彪曰畋獵也善曰家語曰孔子在齊齊侯出畋本或云境內之士備車騎之衆非也畋罷子虛過奼烏有先生張揖曰奼誇也丑亞切字當作詫亡是公存焉坐定烏有先生問曰今日畋樂乎子虛曰樂獲多乎曰少然則何樂對曰僕樂齊王之欲夸僕以車騎之衆而僕對以雲夢之事也張揖曰楚藪也在南郡華容縣善曰廣雅曰僕謂附著於人然自卑之稱也夢莫諷切曰可得聞乎子虛曰可王車駕千乘選徒萬騎畋於海濱郭璞曰濱涯也列卒滿澤罘網彌山郭璞曰彌覆也善曰罘已見上文掩兔轔鹿射麋脚麟司馬彪曰轔轢也音吝韋昭曰脚謂持其脚也善曰鄭玄毛詩箋曰掩者覆也鶩於鹽浦割鮮染輪張揖曰海水之厓多出鹽也李奇曰鮮生也染擩也切生肉擩車輪鹽而食之也善曰擩揾也擩而緣切揾一頓切射中獲多矜而自功郭璞曰伐其功也善曰鄭玄禮記注曰矜自尊大也顧謂僕曰楚亦有平原廣澤游獵之地饒樂若此者乎楚王之獵孰與寡人乎郭璞曰與猶如也僕下車對曰郭璞曰下車謙也臣楚國之鄙人也廣雅曰鄙小也幸得宿衛十有餘年時從出游游於後園覽於有無然猶未能徧覩也善曰覽於有無謂或有所見或復無也又焉足以言其外澤乎齊王曰雖然略以

子之所聞見而言之僕對曰唯唯臣聞楚有七澤嘗見其一未覩其餘也臣之所見蓋特其小小者耳郭璞曰特獨也名曰雲夢雲夢者方九百里其中有山焉其山則盤紆茀鬱隆崇嵂崒郭璞曰隆崇竦起也善曰茀音佛岑崟參差日月蔽虧張揖曰高山擁蔽日月虧缺半見也善曰崟音吟交錯糾紛上干青雲郭璞曰言相摎結而峻絕也善曰孔安國尚書傳曰干犯也罷池陂陀下屬江河郭璞曰言旁頽也屬連也罷音疲陂音婆陀音駝文穎曰南方無河也冀州凡水大小皆謂之河詩賦通方言耳晉灼曰文章假借協陀之韻也其土則丹青赭堊雌黃白坿錫碧金銀張揖曰丹丹沙也青青雘也赭赤土也堊白土也蘇林曰白坿白石英也坿音附善曰高誘淮南子注曰碧青石也衆色炫燿照爛龍鱗郭璞曰如龍鱗之鱗彩也其石則赤玉玫瑰琳瑉昆吾張揖曰琳珠也瑉者石之次玉者昆吾山名也出美金尸子曰昆吾之金晉灼曰玫瑰火齊珠也郭璞曰琳玉名瑊玏玄厲張揖曰瑊玏石之次玉者玄厲黑石可用磨也如淳曰瑊音緘玏音勒碝石碔砆張揖曰碝石碔砆皆石之次玉者碝石白者如冰半有赤色碔砆赤地白采葱蘢白黑不分郭璞曰碝而兖切善曰管子曰陰山碝珉戰國策曰白骨疑象碔砆類玉其東則有蕙圃衡蘭芷若穹窮菖蒲張揖曰蕙圃蕙草之圃也衡杜衡也其狀若葵其臭如蘼蕪芷白芷也若杜若也司馬彪曰芎藭似藁本善曰薛綜西京賦注曰蘭香草也芷若下或有射干非也江蘺蘼蕪諸柘

巴苴張揖曰江蘺香草也蘪蕪蘄茝也似蛇床而香諸柘甘柘也郭璞曰江蘺似水薺文穎曰巴苴草名一名巴蕉善曰苴子余切
其南則有平原廣澤登降陁靡案衍壇曼司馬彪曰陁靡邪靡也案衍窊下也壇曼平博也善
曰陁弋爾切衍弋戰切壇徒旦切曼莫幹切緣以大江限以巫山張揖曰巫山在南郡巫縣其高燥則
生葴菥苞荔張揖曰葴馬藍也菥似燕麥也苞藨也荔馬荔也蘇林曰菥斯歷切善曰葴之林切苞音包荔音隸藨皮表切
薛莎青薠張揖曰薛藾蒿也莎藾侯也青薠似莎而大生江湖鴈所食善曰薠音煩其埤濕則生藏莨蒹
葭郭璞曰藏莨草名中牛馬芻張揖曰蒹蘼葭蘆也善曰埤音婢莨音郎東蘠彫胡張揖曰東蘠實可食彫胡菰米也
蓮藕觚盧張揖曰蓮荷之實也其根藕張晏曰觚盧扈魯也奄閭軒于張揖曰奄閭蒿也子可醫疾軒于蕕草也
生水中揚州有之善曰奄音淹蕕音猶衆物居之不可勝圖郭璞曰圖畫也其西則有湧泉清
池激水推移郭璞曰波抑揚也外發芙蓉菱華內隱鉅石白沙應劭曰芙蓉蓮花也其
中則有神龜蛟鼉瑇瑁鼈黿張揖曰蛟狀魚身而蛇尾皮有珠也其北則有陰林其樹
楩枏豫章服虔曰陰林山北之林也善曰尸子曰水積則生吞舟之魚土積則生楩楠豫章本或林下有巨字樹下有則字非
也桂椒木蘭檗離朱楊郭璞曰木蘭皮辛可食張揖曰檗皮可染者離山棃也郭璞曰朱楊赤莖柳也善曰蓋山
之國東有樹赤皮幹名曰朱木楊柳也樝棃梬栗橘柚芬芳張揖曰樝似棃而甘也梬梬棗也善曰說文曰梬棗

似柿而小名曰梬而兖切蘇林曰梬音郢都之郢然諸說雖殊而木一也今依蘇音其上則有鵷鶵孔鸞騰遠射干張揖曰孔孔雀也鸞鸞鳥也射干似狐能緣木服虔曰騰遠獸名也善曰射弋舍切其下則有白虎玄豹蟃蜒貙犴郭璞曰蟃蜒大獸似貍長百尋貙似貍而大犴胡地野犬也似狐而小蟃音萬善曰山海經曰鳥鼠同穴之山其上多白虎又曰幽都之山其上有玄豹郭璞曰黑豹也於是乎乃使剸諸之倫手格此獸善曰剸諸已見吳都賦楚王乃駕馴駮之駟張揖曰馴擾也駮如馬白身黑尾一角鋸牙食虎豹擾而駕之以當駟馬也乘彫玉之輿郭璞曰刻玉以飾車也靡魚須之橈旃張揖曰以魚須爲旃柄驅馳逐獸也橈靡也善曰橈女教切曳明月之珠旗張揖曰以明月珠綴飾旗也善曰孝經援神契曰蛟珠旗宋均曰蛟魚之珠有光耀可以飾旗建干將之雄戟張揖曰干將韓王劍師也雄戟胡中有鮔者干將所造也善曰雄戟已見吳都賦鮔音巨左烏號之雕弓張揖曰黃帝乘龍上天小臣不得上挽持龍鬚鬚拔墮黃帝弓臣下抱弓而號名烏號也郭璞曰雕畫也右夏服之勁箭服虔曰服盛箭器也夏后氏之良弓名繁弱其矢亦良卽繁弱箭服故曰夏服也陽子驂乘孅阿爲御張揖曰陽子伯樂字也秦繆公臣姓孫名陽郭璞曰孅阿古之善御者見楚辭孅音纖善曰楚辭曰孅阿不御焉案節未舒卽陵狡獸司馬彪曰案節行得節未舒馬足未舒也狡獸狡健之獸也善曰天文志曰案節徐行服虔曰謂行遲也蹵蛩蛩轔距虛張揖曰蛩蛩青獸狀如馬距虛似驘而小善曰說苑孔子曰蛩蛩距虛見人將來必負蟨以走二獸者非性愛蟨

也爲得甘草而貴之故也軼野馬轇陶駼張揖曰軼過也野馬似馬而小海外經曰北海內有獸狀如馬名陶駼郭璞曰
轇車軸頭也善曰軼轇言車之疾能過野馬及陶駼也軼不言車轇不言過互文也轇音衛陶音逃駼音塗乘遺風射游
騏張揖曰遺風千里馬也呂氏春秋曰遺風之乘爾雅曰嶲如馬一角不角者騏嶲音攜倏眒倩浰張揖曰皆疾貌善曰
倏式六切眒式刃切倩千見切浰音練雷動猋至星流霆擊郭璞曰霆劈歷弓不虛發中必決
眦李奇曰射之巧妙決於目眦善曰說文曰眥目匡也眦眥俱同洞胷達掖絕乎心繫張揖曰自左射之貫胷通
右髃中絕系也善曰說文曰髃肩前也五口切一音五俱切繫音系獲若雨獸揜草蔽地善曰言所在衆多若天之
雨獸雨于具切毛萇詩傳曰揜覆也於是楚王乃弭節徘徊翶翔容與郭璞曰弭猶低也節所仗信節
也翶翔容與言自得也善曰王逸楚辭注曰弭案也覽乎陰林觀壯士之暴怒與猛獸之恐懼
徼執受詘郭璞曰執疲極也執音劇司馬彪曰徼執遮其倦者善曰受屈取其力屈也詘與屈同丘勿切殫覩衆物
之變態郭璞曰殫盡也變態姿貌也於是鄭女曼姬如淳曰鄭女夏姬也曼姬楚武王夫人鄧曼也被阿
緆揄紵縞張揖曰阿細繒也緆細布也揄曳也司馬彪曰縞細繒也善曰列子曰鄭衛之處子衣阿緆戰國策魯連曰君後宮
皆衣紵縞緆與錫古字通雜纖羅垂霧縠司馬彪曰纖細也張揖曰縠細如霧垂以爲裳也善曰神女賦曰動霧縠以徐
步襞積褰縐紆徐委曲鬱橈谿谷張揖曰襞積簡齰也褰縮也縐裁也其縐中文理茀鬱有似於谿谷

也善曰襞必亦切縐側救切齰詐白切衯衯裶裶揚袘戌削郭璞曰衯衯裶裶皆衣長貌也張揖曰揚舉也袘衣

袖也戌削裁制貌也善曰裶音非袘弋爾切戌音卹蜚襳垂髾司馬彪曰襳袿飾也髾燕尾也善曰襳與燕尾皆婦人袿衣之

飾也蜚古飛字也襳音纖髾所交切扶輿猗靡張揖曰扶持楚王車輿相隨也善曰猗於綺切翕呷萃蔡張揖曰翕

呷衣起張也萃蔡衣聲也善曰呷火甲切萃音翠下靡蘭蕙上拂羽蓋善曰垂髾飛襳飄揚上下故或摩蘭蕙或

拂羽蓋錯翡翠之威蕤張揖曰錯其羽毛以為首飾也繆繞玉綏張揖曰楚王車之綏以玉飾之也郭璞曰

綏登車所執言手纏絞之眇眇忽忽若神仙之髣髴郭璞曰言其容飾奇豔非於世所見也若神已見上文

是乃相與獠於蕙圃善曰說文曰獠獵也力笑切媻姍勃窣上乎金隄韋昭曰媻姍勃窣匍

匐上也司馬彪曰金隄隄名也善曰媻音盤姍先安切窣先忽切揜翡翠射鵔鸃善曰方言曰揜取也鵔鸃已見上文

微矰出孅繳施善曰矰繳已見上文弋白鵠連駕鵝善曰言既弋白鵠而因連駕鵝也雙鶬下

玄鶴加善曰雙鶬見上注爾雅曰下落也戰國策更羸曰臣能虛發而下鳥淮南子注曰加制也列子曰蒲且子連雙鶬於青雲

之上戰國策莊辛曰黃鵠知射者脩矰繳將加己也怠而後發游於清池郭璞曰怠倦也浮文鷁張揖

曰鷁水鳥也畫其象於船首也揚旌栧張揖曰揚舉也析羽為旌建於船上也郭璞曰栧船舷樹旌於上善曰栧依郭說栧音曳

張翠帷建羽蓋郭璞曰施之船上也善曰翠帷羽蓋謂以翠羽飾帷蓋罔瑇瑁鉤紫貝郭璞曰紫貝紫

（貿黑文也善曰璹瑁紫貝已見西京賦）摐金鼓（韋昭曰摐擊也音窻郭璞曰金鼓鉦也）吹鳴籟（張揖曰籟簫也）榜人歌（張揖曰榜船也月令曰命榜人榜人船長也主唱聲而歌者也善曰榜方孟切）聲流喝（郭璞曰言悲嘶也善曰喝一介切嘶蘇奚切）水蟲駭波鴻沸（郭璞曰魚鼈躍濤浪作）涌泉起奔揚會（郭璞曰暴溢激相鼓薄也善曰溢普頓切）礧石相擊硠硠礚礚（善曰礧力對切）若雷霆之聲聞乎數百里之外將息獠者擊靈鼓起烽燧（文穎曰靈鼓六面鼓）車按行騎就隊（應劭曰按按次第也善曰服虔左氏傳注曰隊部也行胡郎切隊大內切）纚乎淫淫般乎裔裔（司馬彪曰皆行貌也善曰纚音灑般音盤）於是楚王乃登雲陽之臺（孟康曰雲夢中高唐之臺宋玉所賦者言其高出雲之陽）怕乎無為憺乎自持（郭璞曰養神氣也善曰老子曰我獨怕然而未兆說文曰怕無為也廣雅曰憺怕靜也神女賦曰頩薄怒以自持憺與澹同徒濫切怕與泊同蒲各切）勺藥之和具而後御之（服虔曰具美也或以勺藥調食也文穎曰五味之和也晉灼曰南都賦曰歸鴈鳴鵽香稻鮮魚以為勺藥酸恬滋味百種千名之說是也善曰服氏一說以勺藥為藥名或者因說今之煮馬肝猶加勺藥古之遺法晉氏之說以勺藥為調和之意枚乘七發曰勺藥之醬然則和調之言於義為得韋昭曰勺丁削切藥旅酌切）不若大王終日馳騁曾不下輿脟割輪焠自以為娛（韋昭曰焠謂割鮮焠輪也郭璞曰焠染也善曰脟音臠焠七內切）臣竊觀之齊殆不如（善曰毛萇詩傳曰殆近也）於是齊王無以應僕也烏

有先生曰是何言之過也足下不遠千里來貺齊國郭璞曰言有惠賜也善曰戰國

策秦王謂蘇秦曰今先生不遠千里而庭教高誘曰不以千里之道爲遠王悉發境內之士備車騎之衆

與使者出畋善曰家語曰越悉起境內之士三千人助吳乃欲戮力致獲以娛左右晉灼曰謙

不斥言故云左右言使者左右也善曰國語曰戮力一心賈逵曰戮幷力也何名爲夸哉問楚地之有無

者願聞大國之風烈先生之餘論也善曰風烈已見上文先生謂子虛也張晏曰願聞先賢之遺談

美論也今足下不稱楚王之德厚而盛推雲夢以爲高郭璞曰以爲高談奢言

淫樂而顯侈靡郭璞曰顯明也奢闊也竊爲足下不取也必若所言固非楚國

之美也無而言之是害足下之信也彰君惡傷私義善曰史記樂毅與燕惠王書曰

恐傷先王之明有害足下之義彰君惡害私義非楚國之美彰君惡也害足下之信傷私義也本或云有而言之是彰君之惡者非也

二者無一可而先生行之必且輕於齊而累於楚矣文穎曰必見輕於齊輕易於齊

也善曰使者失辭爲輕於齊使非其人爲累於楚也累力瑞切且齊東陼鉅海南有琅邪蘇林曰小洲曰陼司

馬彪曰齊東臨大海爲渚也張揖曰琅邪臺名也在渤海閒善曰呂氏春秋辛寬曰太公望封於營丘渚海阻山也聲類曰陼或作渚

觀乎成山張揖曰觀闕也成山在東萊掖縣於其上築宮闕也射乎之罘晉灼曰之罘山在東萊腄縣獵其上也善

曰睡直瑞切浮渤澥應劭曰渤澥海別枝也澥音蟹游孟諸文穎曰宋之大澤也故屬齊邪與肅慎爲隣郭璞曰肅慎國名在海外北接之右以湯谷爲界司馬彪曰湯谷日所出也以爲東界也善曰言爲東界則右當爲左字之誤也秋田乎青丘服虔曰青丘國在海東三百里善曰山海經曰青丘其狐九尾徬徨乎海外善曰毛詩曰海外有截吞若雲夢者八九於其胷中曾不蔕芥善曰蔕芥已見西京賦若乃俶儻瑰瑋異方殊類郭璞曰俶儻猶非常也善曰廣雅曰瑰瑋琦玩也俶佗歷切珍怪鳥獸萬端鱗崪善曰高唐賦曰珍怪奇偉不可稱論張揖曰崪與萃同集也充牣其中不可勝記禹不能名卨不能計張揖曰禹爲堯司空辯九州名山別草木卨爲堯司徒敷五教率萬事應劭曰契善計也善曰廣雅曰充牣滿也然在諸侯之位不敢言游戲之樂苑囿之大先生又見客如淳曰見賓客禮待故也善曰言見先生是客也是以王辭不復司馬彪曰復荅也何爲無以應哉

文選卷第七

賜進士出身通奉大夫江南蘇松常鎮太等處承宣布政使司布政使胡克家重校刊

文選卷第八

梁昭明太子撰

文林郎守太子右內率府錄事參軍事崇賢館直學士臣李善注上

畋獵中

司馬長卿上林賦

楊子雲羽獵賦

上林賦一首　司馬長卿　郭璞注

亡是公听然而笑善曰說文曰听笑貌也牛隱切曰楚則失矣而齊亦未爲得也夫使諸侯納貢者非爲財幣所以述職也郭璞曰諸侯朝於天子曰述職善曰尚書大傳曰古者諸侯之於天子五年一朝見述其職述職者述其所職也封疆畫界者非爲守禦所以禁淫也郭璞曰天下有道守在四夷立境界者欲以杜絕淫放耳善曰小雅曰淫過也今齊列爲東藩而外私肅愼郭璞曰私與通也捐國踰限越海而田其於義固未可也且二君之論不務明君臣之義正諸侯之禮徒事爭於游戲之樂苑囿之大欲以奢侈相

勝荒淫相越此不可以揚名發譽而適足以貶君自損也晉灼曰貶古貶字也善曰鄧析子曰因勢而發譽毛萇詩傳曰秖適也且夫齊楚之事又烏足道乎君未覩夫巨麗也獨不聞天子之上林乎左蒼梧右西極文穎曰蒼梧郡屬交州在長安東南故言左爾雅曰至于豳國為西極在長安西故言右也丹水更其南應劭曰丹水出上洛冢領山東南至析縣入洵水更公衡切紫淵徑其北文穎曰河南穀羅縣有紫澤在縣北於長安為在北也終始灞滻出入涇渭張揖曰灞滻二水終始盡於苑中不復出也涇渭二水從苑外來又出苑去也酆鎬潦潏紆餘委蛇經營乎其內張揖曰酆水出酆縣南山酆谷北入渭鎬在昆明池北善曰潦即澇水也說文曰澇水出鄠縣北入渭潏水出杜陵今名沇水自南山黃子陂西北流經至昆明池入渭郭璞曰經營其內周旋苑中也蕩蕩乎八川分流相背而異態郭璞曰變態不同也善曰潘岳關中記曰涇渭灞滻酆鄗潦潏凡八川東西南北馳騖往來郭璞曰言更相錯涉也來盧代切出乎椒丘之闕服虔曰丘上名也兩山俱起象雙闕者也善曰楚辭曰馳椒丘兮焉且止也音昌呂切行乎洲淤之浦張揖曰淤漫也浦水崖也淤於庶切善曰方言曰水中可居者曰洲三輔謂之淤也經乎桂林之中張揖曰桂林林名也南海經曰桂林八樹在番禺東也過乎泱漭之壄張揖曰山海經所謂大荒之野如淳曰大貌也泱烏朗切汨乎混流順阿而下蘇林曰楊雄方言曰汨逕疾也汨于筆切郭璞曰混幷也阿大陵也赴險陿

之口郭璞曰夾岸閒爲陿隘於懈切陿音狹觸穹石激堆埼張揖曰穹石大石也埼曲岸頭也郭璞曰堆沙堆也
丁回切埼巨依切沸乎暴怒郭璞曰沸水聲也音拂洶涌彭湃司馬彪曰洶涌跳起也彭湃波相戾也洶許勇
切湃拜切滭弗宓汩蘇林曰滭音畢宓音密司馬彪曰畢弗盛貌也宓汩去疾也汩于筆切偪側泌瀄郭璞
曰泌瀄音筆櫛司馬彪曰偪側相迫也泌瀄相揳也偪字與逼同揳先結切橫流逆折轉騰潎洌司馬彪曰逆折
旋回也孟康曰轉騰相過也潎洌相撇也潎匹列切洌音列滂濞沆溉司馬彪曰滂濞水聲也沆溉徐流也郭璞曰滂音匹
亨切濞匹祕切溉胡慨切韋昭曰沆胡郎切穹隆雲橈郭璞曰穹起回窊也善曰雲橈如雲屈橈也橈女教切宛潬
膠盭司馬彪曰宛潬展轉也膠盭邪屈也宛音婉潬音善盭古戾字踰波趨浥泣泣下瀨司馬彪曰踰波後波
凌前波也趨浥輸於淵也泣泣水聲也浥於俠切泣音利批巖衝擁奔揚滯沛司馬彪曰擁曲隈也善曰說文曰批
擊也滯沛奔揚之貌也滯直制切沛蒲蓋切臨坻注壑瀺灂霣墜鄧展曰坻水中山也坻音遲善曰字林曰瀺灂
小水聲也霣即隕字也墜直類切沈沈隱隱砰磅訇礚善曰沈沈深貌也隱隱盛貌也司馬彪曰砰磅訇礚皆水
聲也砰普冰切磅普萌切潏潏淈淈湁潗鼎沸善曰說文曰潏水涌出也淈水出貌周成雜字曰湁潗水沸貌也淈
音骨湁敕立切潗子入切馳波跳沫汩濦漂疾司馬彪曰汩濦水聲也韋昭曰濦許及切善曰汩于筆切漂匹姚切
悠遠長懷郭璞曰懷亦歸變文耳寂漻無聲肆乎永歸善曰說文曰漻清深也漻音聊杜預左氏傳注

曰肆放也言水奔放而長歸於淵海也然後灝溔潢漾郭璞曰皆水无涯際貌也灝音皓溔弋少切潢胡廣切漾弋丈
切安翔徐回郭璞曰言運轉也翯乎滈滈郭璞曰水白光貌也翯胡角切滈音鎬東注太湖郭璞
曰太湖在吳縣尚書所謂震澤也衍溢陂池郭璞曰其形狀而出也陂池江旁小水於是乎蛟龍赤螭
文頴曰龍子爲螭張揖曰赤螭雌龍也魱鰽漸離李奇曰周洛曰鮪蜀曰魱鰽出鞏山穴中司馬彪曰漸離魚名也張揖曰
其形狀未聞魱音亘鰽音槽鰅鰫鰬魠郭璞曰鰅魚有文彩鰫似鰱而黑鰬似鱓魠鱤一名黃曰頰鰅音顒鰫嘗容切鰬音
乾魠音托鱓音善鱤音感禺禺魼鰨郭璞曰禺禺魚皮有毛黃地黑文魼比目魚狀似牛脾細鱗紫色兩相合得乃行鰨鯢魚
也似鮎有四足聲如嬰兒禺音顒魼音榻鰨奴榻切揵鰭掉尾振鱗奮翼郭璞曰揵舉也鰭背上鬛也善曰高唐賦
曰振鱗奮翼揵巨言切掉徒釣切潛處乎深巖郭璞曰隱岸坻也魚鼈讙聲萬物衆夥善曰小雅
曰夥多也明月珠子的皪江靡應劭曰靡邊也明月珠子生於江中其光耀乃照於江邊也張揖曰靡厓也善曰說
文曰玓瓅明珠光也玓瓅與的皪音義同蜀石黃碝水玉磊砢張揖曰蜀石石次玉者也郭璞曰碝碝石黃色水玉
水精也磊砢魁礨貌也善曰山海經曰常庭之山其上多水玉碝如兖切砢洛可切磷磷爛爛采色澔汗郭璞曰皆
玉石符采映耀也磷音吝澔音皓藂積乎其中鴻鷫鵠鴇鴐鵝屬玉張揖曰鴻大鴈也郭璞曰鷫鷞
鷞也屬玉似鴨而大長頸赤目紫紺色者交精旋目郭璞曰交精似鳧而腳高有毛冠辟火災司馬彪曰旋目鳥名也煩

鶩庸渠郭璞曰煩鶩鴨屬也庸渠似鳧灰色而雞腳一名章渠鶩音木箴疵鵁盧張揖曰箴疵似魚虎而倉黑色鵁鶄
頭鳥郭璞曰盧鸕鷀也箴音鍼疵音貲鷀音慈也羣浮乎其上汎淫泛濫隨風澹淡郭璞曰皆鳥任
風波自縱漂貌也汎音馮泛敷劍切與波搖蕩奄薄水渚張揖曰奄覆也郭璞曰薄猶集也唼喋菁藻
咀嚼菱藕郭璞曰菁水草也善曰通俗文曰水鳥食謂之唼與安同所甲切喋丈甲切咀才汝切嚼才削切於是乎
崇山矗矗巃嵷崔巍郭璞曰皆高峻貌也巃力孔切嵷音摠深林巨木嶄巖參嵳郭璞曰皆
峯嶺之貌也嶄仕銜切參楚林切嵳楚宜切九嵕嶻嶭南山峩峩郭璞曰嶻嶭高峻貌也善曰九嵕南山已見西
都賦嶻音截嶭音齧峩音娥巖陁甗錡摧崣崛崎司馬彪曰陁靡也甗甑也錡欹也上大下小有似欹甑也張揖
曰摧崣高貌也崛崎斗絕也摧作罪切崣卒鄙切郭璞曰崛音掘崎音錡振溪通谷蹇產溝瀆張揖曰振拔也水注
川曰谿注谿曰谷蹇產詰曲也郭璞曰自溪及瀆皆水相通注也善曰言山石收斂溪水而不分泄谽呀豁閜阜陵別
隝司馬彪曰谽呀大貌豁閜空虛也郭璞曰隝水中山也谽呼含切呀呼加切閜呵下切隝音擣崴磈嵔廆丘虛堀
礨郭璞曰皆其形勢也崴於鬼切磈烏鬼切嵔惡罪切廆胡罪切虛音祛堀音窟礨音磊隱轔鬱壘登降施靡
郭璞曰隱轔鬱壘堆壟不平貌轔洛盡切壘音壘施式氏切陂池貏豸郭璞曰陂池旁頹貌也陂音皮貏音被豸直爾切善
曰貏豸漸平貌沇溶淫鬻張揖曰水流谿谷之閒也沇以水切溶音容淫以舟切鬻音育散渙夷陸司馬彪曰布平

地也亭皐千里靡不被築服虔曰皐澤也隄上十里一亭郭璞曰皆築地令平也被皮義切揜以綠蕙
被以江離張揖曰揜覆也綠王芻也蕙薰草也郭璞山海經曰蕙香草蘭屬也糅以蘪蕪雜以留夷張揖
曰留夷新夷也善曰王逸楚辭注曰留夷香草布結縷郭璞曰結縷蔓生如縷相結攢戾莎司馬彪曰戾莎莎名也
揭車衡蘭應劭曰揭車一名芞輿香草也揭去竭切芞巨乞切槀本射干郭璞曰槀本槀茇也方末切司馬彪曰射
干香草也射弋舍切茈薑蘘荷張揖曰茈薑子薑也茈音紫蘘人羊切葴持若蓀如淳曰葴音鍼韋昭曰持音懲
張揖曰葴持闕若杜若郭璞曰蓀香草也鮮支黃礫司馬彪曰鮮支支子也張揖曰皆香草也蔣苧青薠張揖曰蔣
菰也苧三稜也郭璞曰苧音杼布濩閎澤延曼太原郭璞曰布濩猶布露也善曰閎大也濩音護延弋戰切離
靡廣衍善曰離靡離而邪靡不絕之貌也孟康甘泉賦注曰衍无厓岸也離力爾切應風披靡吐芳揚烈
善曰烈酷烈香氣盛也披丕蟻切郁郁菲菲衆香發越郭璞曰香氣射散也菲音妃肸蠁布寫晻
薆咇茀司馬彪曰肸過也芬芳之過若蠁之布寫也郭璞曰香氣盛歕馞也善曰說文曰肸蠁布也歕馞咇茀音義同說文曰馣
馤香氣奄藹也馣與晻馤與薆音義同晻音奄咇步必切茀音勃於是乎周覽泛觀縝紛軋芴孟康曰縝
紛衆盛也軋芴緻密也縝丑人切芴音勿芒芒怳忽郭璞曰言眼亂也芒莫朗切視之無端察之無涯
日出東沼入乎西陂張揖云日朝出苑之東池暮入於苑西陂中善曰漢宮殿簿曰長安有西陂池東陂池其

南則隆冬生長涌水躍波張揖曰其苑南陽煖則盛冬十月草木生長也郭璞曰躍波言不凍也善曰孫卿子曰松柏經隆冬而不彫其獸則㺎旄貘犛沈牛麈麋郭璞曰㺎似牛領有肉堆也音容張揖曰旄旄牛也其狀如牛而四節毛貘白豹犛牛黑色出西南徼外沈牛水牛也能沈沒水中麈似鹿而大善曰南越志曰潛牛形角似水牛一名沈牛也赤首圜題窮奇象犀張揖曰題頟也窮奇狀如牛而蝟毛其音如嗥狗食人者也其北則盛夏含凍裂地涉冰揭河司馬彪曰揭褰衣也善曰尸子曰寒凝冰裂地其獸則麒麟角端騊駼橐駞郭璞曰麒似麟而無角角端似貊角在鼻上馬中作弓韋昭曰背上有肉似橐故曰橐駞也蛩蛩驒騱駃騠驢驘郭璞曰驒騱駏驉類也駃騠生三日而超其母驒音顛騱音奚駃音玦騠音提騾驘同於是乎離宮別館彌山跨谷善曰鄭玄周禮注曰彌徧也高廊四注重坐曲閣司馬彪曰廊廡上級下級皆可坐故曰重坐曲閣閣道委曲也華榱璧璫輦道纚屬韋昭曰裁金爲璧以當榱頭也如淳曰輦道閣道也司馬彪曰纚屬連屬也張揖曰纚力尔切屬之欲切步櫩周流長途中宿善曰步櫩步廊也周流周徧流行也楚辭曰曲屋步櫩郭璞曰中途樓閣間陛道司馬彪曰中宿乃至其上夷嵕築堂累臺增成如淳曰嵕山也張揖曰平此山以作堂者也重累而成之故曰增成嵕子公切巖窔洞房郭璞曰言於巖窔底爲室潛通臺上也善曰窔一吊切頫杳眇而無見仰𠬜橑而捫天善曰聲類曰頫古文俯字說文曰頫低頭也楚辭曰遂倏忽而捫天晉灼曰𠬜古攀字也捫摸也橑音老

捫音門奔星更於閨闥宛虹拖於楯軒善曰奔流星也行疾故曰奔如淳曰宛虹屈曲之虹也應劭曰
楯欄檻也司馬彪曰軒楯下版也更工衡切青龍蚴蟉於東葙郭璞曰蚴蟉龍行貌也善曰孫炎爾雅注曰葙夾室
前堂也蚴一糾切蟉力糾切象輿婉僤於西清張揖曰山出象輿瑞應車也西清者葙中清淨處也善曰婉僤動貌
也僤音善靈圄燕於閒館張揖曰靈圄衆仙之號也楚辭曰坐靈圄而來謁閒讀曰閑偓佺之倫暴於
南榮郭璞曰偓佺仙人也暴謂偃臥日中也榮屋南檐也醴泉涌於清室通川過於中庭郭璞曰醴
泉瑞水也善曰言醴泉於室中涌出而通流爲川而過中庭盤石振崖李奇曰振整也以石整頓池水之涯也振之刃切
嶔巖倚傾郭璞曰嶔巖欹貌也嶔口銜切倚於綺切嵯峨嶕嶢刻削崢嶸郭璞曰言自然若彫刻也司馬
彪曰崢嶸深貌也善曰嶕音捷嶢音業玫瑰碧琳珊瑚叢生善曰並已見上文瑉玉旁唐玢豳
文鱗郭璞曰旁唐言盤礴也玢豳文理貌也音紛彬善曰宋玉笛賦曰其處磅磄千仞赤瑕駮犖雜臿其閒
張揖曰赤瑕赤玉也郭璞曰言雜厠崖石中駮犖采點也犖洛角切晁采琬琰和氏出焉司馬彪曰晁采玉名善曰
晁古朝字尚書曰弘璧琬琰在西序於是乎盧橘夏熟應劭曰伊尹書曰箕山之東青鳥之所有盧橘夏熟晉灼曰此
雖賦上林博引異方珍奇不係於一也盧黑也黃甘橙榛郭璞曰黃甘橘屬而味精榛亦橘之類也音湊張揖曰榛小橘也出
武陵善曰說文曰橙橘屬也枇杷橪柹亭奈厚朴張揖曰枇杷似斛樹長葉子如杏亭山梨也厚朴藥名也郭璞

曰橪橪支木也橪音煙朴步角切榑棗楊梅張揖曰楊梅其實似穀子而有核其味酸出江南也櫻桃蒲陶善曰

櫻桃蒲陶見南都賦隱夫薁棣張揖曰隱夫未詳薁山李也郭璞曰棣實似櫻桃也薁於六切棣徒計切荅遝離支

張揖曰荅遝似李出蜀晉灼曰離支大如雞子皮麤剝去皮肌如雞子中黃味甘多酢少遝音沓離力智切羅乎後宮列

乎北園貤丘陵下平原司馬彪曰貤延也羊氏切揚翠葉扤紫莖張揖曰扤搖也音兀發紅

華垂朱榮煌煌扈扈照曜鉅野郭璞曰言其光采之盛也煌音皇沙棠櫟櫧張揖曰沙棠狀

如棠黃華赤實其味如李無核呂氏春秋曰果之美者沙棠之實櫧似柃葉冬不落應劭曰櫟採木也櫧音諸柃音零採音采華楓

枰櫨張揖曰華皮可以為索楓攝也脂可以為香郭璞曰枰平仲木也櫨已見南都賦華胡化切留落胥邪仁頻

并閭郭璞曰留未詳落檴也中作器胥邪似并閭皮可作索孟康曰仁頻檳也善曰仙藥錄曰檳榔一名檳然仁頻即檳榔也胥邪

并閭已見南都賦檴音鑊欃檀木蘭孟康曰欃檀檀別名也欃音讒豫章女貞張揖曰女貞木葉冬不落長千

仞大連抱司馬彪曰七尺曰仞夸條直暢實葉葰楙郭璞曰夸張布也司馬彪曰葰大也葰音峻攢

立叢倚連卷欐佹司馬彪曰欐佹支重累也倚於綺切卷巨專切欐力爾切佹音詭善曰蒼頡篇曰攢聚也崔錯

癹骫郭璞曰崔錯交雜癹骫蟠戾也崔千賄切癹步葛切骫古委字坑衡閜砢郭璞曰坑衡徑直貌閜砢相扶持也坑口

庚切閜烏可切砢來可切垂條扶疏落英幡纚善曰說文曰扶疏四布也呂氏春秋曰樹肥無使扶疏英謂華也張

揖曰幡纚飛揚貌也纚山尔切紛溶箾蔘猗狔從風郭璞曰紛溶箾蔘支棣擢也張揖曰猗狔猶阿那也溶音容箾
音蕭蔘音森猗憶靡切狔女爾切藰莅芔歙司馬彪曰衆聲貌也藰音劉莅音利芔古卉字歙音翕蓋象金石
之聲管籥之音善曰金石管已見上文籥已見南都賦偨池茈虒旋還乎後宮張揖曰偨池參
差也茈虒不齊也如淳曰茈音此虒音豸郭璞曰還繞也偨音差雜襲絫輯郭璞曰相重被也善曰絫古累字輯與集同
被山緣谷循阪下隰視之無端究之無窮於是乎玄猨素雌蜼玃飛
蠝張揖曰蜼似母猴卬鼻而長尾玃似獮猴而大飛蠝鼠也其狀如兔而鼠首以其髯飛郭璞曰蠝鼯鼠也毛紫赤色飛且生一名飛
生蜼音遺蠝音誄善曰玄猨言猨之雄者玄色也素雌猨之雌者素色也玃音钁蛭蜩蠼猱司馬彪曰山海經曰不咸之山
飛蛭四翼蜩蟬也玃獶獮猴也郭璞曰蛭蜩未聞如淳曰蛭音質猱奴刀切獑胡豰蛫張揖曰獑胡似獮猴頭上有髦要以
後黑郭璞曰豰似鼬而大要以後黃一名黃要食獮猴蛫未聞也獑音讒豰呼谷切蛫音詭棲息乎其間長嘯哀
鳴翩幡互經郭璞曰互經互相經過也夭蟜枝格偃蹇杪顛郭璞曰皆獮猴在樹暴戲姿態也夭蟜頻
申也善曰埤蒼曰格木長貌也說文曰杪末也廣雅曰顛末也蟜音矯隃絕梁騰殊榛郭璞曰梁石絕水也張揖曰殊
榛異枋也善曰隃字與踰同榛仕人切枋五曷切捷垂條掉希閒張揖曰捷持懸垂之條掉往著稀疏無支之閒也郭
璞曰掉懸擿也託鈞切牢落陸離郭璞曰羣奔走也善曰牢落猶遼落也廣雅曰陸離參差也爛漫遠遷郭璞

曰崩騰羣走貌也若此者數百千處娛遊往來宮宿館舍善曰說文曰娛戲也許其切郭璞曰皆離宮別館出入所幸也庖廚不徙後宮不移百官備具郭璞曰言所在有也於是乎背秋涉冬天子校獵李奇曰以五校兵出獵也乘鏤象六玉虬張揖曰鏤象象路也以象牙疏鏤其車輅六玉虬謂駕六馬以玉飾其鑣勒有似虬龍也無角曰虬也郭璞曰韓子曰黃帝駕象車六蛟龍善曰此依古成文而假言之非謂似也今依郭說拖蜺旌靡雲旗張揖曰析羽毛染以五采綴以縷為旌有似虹蜺之氣也畫熊虎於旒為旗似雲氣也善曰此亦假言也高唐賦曰蜺為旌雲旗已見東京賦前皮軒後道游文穎曰皮軒以虎皮飾車天子出道車五乘游車九乘在乘輿車前賦頌為偶辭耳善曰言皮軒最居前而道游次皮軒之後此為前後相對為偶辭耳非謂道游在乘輿之後孫叔奉轡衛公參乘李善曰孫叔者太僕公孫賀也字子叔衛公者大將軍衛青也大駕太僕御大將軍參乘扈從橫行出乎四校之中晉灼曰扈大也張揖曰跋扈縱橫不案鹵簿也文穎曰凡五校今言四者中一校隨天子乘輿也鼓嚴簿縱獵者張揖曰鼓嚴鼓也簿鹵簿也善曰言擊嚴鼓簿鹵之中也河江為陆泰山為櫓郭璞曰因山谷遮禽獸為陆櫓望樓車騎靁起殷天動地郭璞曰殷猶震也善曰靁古雷字殷音隱先後陸離離散別追郭璞曰各有所逐也善曰廣雅曰陸離參差淫淫裔裔緣陵流澤雲布雨施郭璞曰言徧山野也善曰韓子曰雲布風動周易曰雲行雨施也生貔豹搏豺狼韋昭曰生謂生取之也郭璞曰貔執夷虎屬音毗

手熊羆足埜羊張揖曰熊犬身人足黑色羆如熊黃白色埜羊䍶羊也似羊而青郭璞曰足謂踏也蒙鶡蘇孟康曰鶡鶡尾也蘇析羽也張揖曰鶡似雉鬬死不御善曰蒙謂蒙覆而取之鶡以蘇爲奇故特言之以成文耳鶡音曷絝白虎郭璞曰絝謂絆絡之也善曰絝音袴被班文善曰班文虎豹之皮也司馬彪漢書曰虎賁騎皆虎文單衣跨埜馬善曰跨謂騎之也凌三嵕之危善曰漢書音義曰陵上也郭璞三倉注曰三嵕山在聞喜下磧歷之坻張揖曰磧歷不平也坻下阪道也坻音遲徑峻赴險越壑厲水郭璞曰厲以衣渡水椎蜚廉弄獬豸郭璞曰飛廉龍雀也鳥身鹿頭張揖曰獬豸似鹿而一角人君刑罰得中則生於朝廷主觸不直者今可得而弄也獬音蟹豸文介切格蝦蛤鋋猛氏孟康曰蝦蛤猛氏皆獸名郭璞曰今蜀中有獸狀如熊而小毛淺有光澤名猛氏蝦音遐蛤音閤善曰說文曰鋋小矛也市延切羂騕褭射封豕張揖曰騕褭馬金喙赤色一日行萬里者郭璞曰封豕大豬也善曰聲類曰羂係取也工犬切左氏傳申包胥曰吳爲封豕長蛇箭不苟害解脰陷腦弓不虛發應聲而倒張揖曰脰項也善曰脰音豆史記陷苦念切於是乘輿弭節徘徊翺翔往來郭璞曰言周旋也善曰楚辭曰聊弭節而高厲睨部曲之進退覽將帥之變態善曰部曲已見上文然後侵淫促節郭璞曰言疾驅也善曰侵淫漸進之貌儵敻遠去郭璞曰儵忽長逝也善曰曹大家幽通賦注曰敻遠也流離輕禽蹴履狡獸張揖曰流離放散也輕禽飛鳥也晉灼曰輕小之禽善曰張說是也轊白鹿捷狡兔郭璞曰狡兔健跳故曰捷

耳捷音接軼赤電遺光耀張揖曰軼過也郭璞曰皆妖氣爲變怪游光之屬也追怪物出宇宙張揖曰怪
物奇禽也彎蕃弱滿白羽文穎曰彎牽也蕃弱夏后氏良弓之名引弓盡箭鏑爲滿以白羽爲箭故言白羽也善曰左氏
傳衞子魚曰分魯公以封父之繁弱蕃與繁古字通國語曰吳素甲白羽之矰望之如荼射游梟櫟蜚遽張揖曰梟惡鳥
也故射之櫟梢也飛遽天上神獸也鹿頭而龍身郭璞曰梟羊也善曰高誘淮南子注梟羊山精也似遽類高說是也梟工聊切遽音鉅
擇肉而后發先中而命處郭璞曰言必如所志也善曰廣雅曰命名也弦矢分藝殪仆文穎
曰所射準的爲藝壹發死爲殪善曰說文曰仆頓也殪音翳仆音赴然后揚節而上浮郭璞曰言騰游也善曰楚辭曰
鳥託乘而上浮淩驚風歷駭猋乘虛無與神俱張揖曰郭璞老子經注曰虛無寥廓與元通靈言其所乘
氣之高故能出飛鳥之上而與神俱者也躪玄鶴亂昆雞張揖曰昆雞似鶴黃白色郭璞曰躪踐也亂者言亂其行伍也
遒孔鸞促鵔鸃郭璞曰遒促皆迫捕貌遒才由切拂翳鳥張揖曰山海經曰九疑之山有五采之鳥名曰翳鳥
捎鳳皇捷鵷鶵揜焦明張揖曰焦明似鳳西方之鳥也善曰方言曰揜取也樂汁圖焦明狀似鳳皇宋衷曰水鳥
也道盡塗殫迴車而還消搖乎襄羊降集乎北紘司馬彪曰消搖逍遙也張揖曰淮南
子云八澤之外乃有八紘北方之紘曰委羽郭璞曰襄羊猶彷徉也率乎直指郭璞曰率徑馳去也晻乎反鄉郭璞
曰忽然疾歸貌蹶石闕歷封巒過鳷鵲望露寒郭璞曰蹷蹋也音厥張揖曰此四觀武帝建元中作在雲

陽甘泉宮外鳷音支下棠棃息宜春張揖曰棠棃宮名在雲陽東南三十里郭璞曰宜春宮名在渭南杜縣東西馳

宣曲張揖曰宣曲宮名也在昆明池西濯鷁牛首張揖曰牛首池名在上林苑西頭善曰漢書曰鄧通以濯舡為黃頭

郎音義曰善濯舡於池中也一說能持櫂行船也韋昭曰櫂今棹也並直孝切登龍臺張揖曰觀名也在豐水西北近渭也掩

細柳郭璞曰觀名也在昆明池南善曰方言曰掩者息也觀士大夫之勤略司馬彪曰略巡行也均獵者

之所得獲郭璞曰平其多少也徒車之所轥轢郭璞曰徒步也轢輾也善曰輾女展切步騎之所

蹂若人臣之所蹈籍善曰廣倉曰若蹈足貌與其窮極倦谻郭璞曰窮極倦驚憚讋伏

谻疲憊者也驚憚讋伏怖不動貌也谻音劇憚丁曷切讋之涉切不被創刃而死者佗佗籍籍郭璞曰言

交橫也佗徒河切填阬滿谷掩平彌澤善曰廣雅曰大野曰平於是乎遊戲懈怠置酒

乎顥天之臺張揖曰臺高上干顥天也張樂乎膠葛之寓郭璞曰言曠遠深貌也撞千石之

鍾張揖曰千石十二萬斤也立萬石之虡張揖曰虡獸重百二十萬斤以俠鍾旁建翠華之旗樹靈

鼉之鼓張揖曰以翠羽為葆也以鼉皮為鼓也郭璞曰華葆也奏陶唐氏之舞如淳曰舞咸池也善曰尚書曰

惟彼陶唐孔安國曰陶唐堯氏也聽葛天氏之歌張揖曰葛天氏三皇時君號也其樂三人持牛尾投足以歌八曲一

曰載民二曰玄鳥三曰育草木四曰奮五穀五曰敬天常六曰徹帝功七曰依地德八曰總禽獸之極韋昭曰葛天氏古之王者其事見

呂氏春秋善曰呂氏春秋云葛天氏之樂以歌八闋一曰載民二曰遂草木六曰建帝功今注以闋爲曲以民爲氏以遂爲育以建爲徹
皆誤千人唱萬人和山陵爲之震動川谷爲之蕩波郭璞曰波浪起也巴渝宋
蔡淮南干遮郭璞曰巴西閬中有渝水獠居其上皆剛勇好舞初高祖募取以平三秦後使樂府習之因名巴渝舞也張揖
曰樂記曰宋音燕女溺志蔡人謳員三人淮南鼓員四人干遮曲名文成顛歌文穎曰文成遼西縣名也其縣人善歌顛益州
顛縣其人能作西南夷歌也顛與滇同也族居遞奏金鼓迭起張揖曰族聚也郭璞曰遞迭也徒結切鏗鎗
闛鞈洞心駭耳善曰鏗鎗鍾聲也闛鞈鼓音也毛詩曰擊鼓其鏜字書曰鞈鼓聲闛與鏜鞈與鞈古字通闛託郎切鞈音
榻荊吳鄭衛之聲郭璞曰皆淫哇也善曰禮記曰鄭衛之音亂世之音也韶濩武象之樂文穎曰韶
舜樂也濩湯樂也大武武王樂也張揖曰象周公樂也南人服象爲虐於夷成王命周公以兵追之至於海南乃爲三象樂陰淫
案衍之音郭璞曰流沔曲也衍弋戰切鄢郢繽紛激楚結風李奇曰鄢今宜城縣也郢楚都也繽紛舞
也張揖曰楚歌曲也文穎曰衝激急風也結風亦急風也楚地風氣既自漂疾然歌樂者猶復依激結之急風爲節也其樂促迅哀切也
俳優侏儒狄鞮之倡善曰三蒼曰俳倡也優樂也禮記曰夫新樂及優侏儒郭璞曰狄鞮西戎樂名也鞮丁奚切
所以娛耳目樂心意者麗靡爛漫於前郭璞曰言恣所觀也靡曼美色張揖曰靡細也
曼澤也善曰言作樂於前者皆是靡曼美色也下或云於後非也若夫青琴宓妃之徒伏儼曰青琴古神女也如

淳曰宓妃伏羲氏女溺死洛遂為洛水之神絶殊離俗郭璞曰離俗俗無雙也妖冶嫺都善曰字書曰妖巧也說文曰嫺雅也或作閑小雅曰都盛也靚糚刻飾便嬛綽約郭璞曰靚糚粉白黛黑也刻刻畫鬋鬢也便嬛輕利也綽約婉約也善曰莊子曰綽約若處子嬛音翾靚音淨柔橈嫚嫚嫵媚孅弱郭璞曰柔橈嫚嫚皆骨體耎弱長豔貌也孅弱弱顏也善曰埤蒼曰嫵媚悅也孅弱謂容體孅細柔弱也方言曰自關而西凡物小謂之孅橈女教切嫚於圓切嫵音武孅卽織字曳獨繭之褕袘眇閻易以卹削張揖曰褕襜褕也袘袖也郭璞曰獨繭一繭之絲也閻易衣長大貌也卹削言如刻畫作之也善曰褕音踰袘音曳易弋示切便姍嫳屑與俗殊服郭璞曰衣服婆娑貌善曰便步千切姍音先嫳步結切芬芳漚鬱酷烈淑郁皓齒粲爛宜笑的皪郭璞曰香氣盛也漚一候切又曰鮮明貌也善曰楚辭曰美人皓齒嫮以姱又曰嫮目宜笑娥眉曼皪音礫長眉連娟微睇緜藐郭璞曰連娟言曲細也緜藐遠視貌善曰娟一全切睇大計切藐音邈色授魂與心愉於側張揖曰彼色來授我魂往與接也愉音踰於是酒中樂酣郭璞曰中半也中仲切天子芒然而思似若有亡司馬彪曰亡喪也曰嗟乎此大奢侈朕以覽聽餘閒無事棄日善曰言聽政既有餘暇無事而虛棄時日也閒音閑順天道以殺伐郭璞曰因秋氣也善曰家語孔子曰啓蟄不殺則順天道也時休息於此郭璞曰謂苑囿中也恐後葉靡麗遂往而不返非所以為繼嗣創業垂統也郭璞曰言不可以示

將來也善曰爲于僞切孟子曰君子創業垂統爲可繼也於是乎乃解酒罷獵而命有司曰地可
墾闢悉爲農郊以贍萌隸張揖曰邑外謂之郊郊田也詩曰稅于農郊韋昭曰萌民也司馬彪曰隸小臣也善
曰爾雅曰命告也蒼頡篇曰墾耕也小雅曰贍足也隤墻塡塹使山澤之人得至焉郭璞曰芻蕘者往也
雉兔者往也實陂池而勿禁虛宮館而勿仞司馬彪曰養魚鼈滿陂池而不禁民取也郭璞曰虛言不
聚人衆其中也仞滿也發倉廩以救貧窮補不足善曰蔡邕月令章句曰穀藏曰倉米藏曰廩孟子齊景公
興發補不足趙岐曰興惠政發倉廩以振貧而補不足也恤鰥寡存孤獨出德號省刑罰郭璞曰號號令
也改制度郭璞曰變宮室車服易服色郭璞曰衣尚黑革正朔郭璞曰更以十二月爲正平旦爲朔與天
下爲更始郭璞曰新其事於是歷吉日以齋戒張揖曰歷算也善曰周易曰聖人以此齋戒韓康伯曰洗
心曰齋防患曰戒襲朝服乘法駕司馬彪曰襲服也法駕六馬也建華旗鳴玉鸞郭璞曰鸞鈴也善曰
楚辭曰鳴玉鸞之啾啾游于六藝之圃馳騖乎仁義之塗郭璞曰六藝禮樂射御書數也論語曰游
於藝塗道也善曰藝六經也覽觀春秋之林如淳曰春秋義理繁茂故比之於林藪也射貍首兼騶虞
郭璞曰貍首逸詩篇名諸侯以爲射節騶虞召南之卒章天子以爲射節也弋玄鶴舞干戚郭璞曰干楯也戚斧也善
曰言古者舞玄鶴以爲瑞令弋取之而舞干戚也尚書大傳曰舜樂歌曰和伯之樂舞玄鶴公羊傳曰朱干玉戚以舞大夏載雲

罕揜羣雅張揖曰罕畢也前有九流雲畢之車掩捕也詩小雅之材七十四人大雅之材三十一人故曰羣雅也善曰先用雲

罕以獵獸今載之於車而捕羣雅之士也悲伐檀張揖曰其詩刺賢者不遇明王也樂樂胥善曰毛詩曰君子樂胥受

天之祜言王者樂得材智之人使在位故天與之福祿也胥先呂切脩容乎禮園郭璞曰禮所以整威儀自脩飾也翺

翔乎書圃郭璞曰尚書所以疏通知遠者故遊涉之述易道郭璞曰脩絜靜精微之術放怪獸張揖曰苑中奇

怪之獸不復獵登明堂坐清廟郭璞曰明堂者所以朝諸侯處清廟太廟也善曰禮記月令曰天子居太廟太室鄭玄曰

太廟太室中央室也次羣臣奏得失四海之內靡不受獲善曰得恩德也於斯之時天

下大說鄉風而聽隨流而化嵱然興道而遷義郭璞曰嵱猶勃也許貴切刑錯而

不用德隆於三王而功羨於五帝善曰包咸論語注曰錯置也千故切司馬彪曰羨溢也若此

故獵乃可喜也若夫終日馳騁勞神苦形罷車馬之用抏士卒之精

郭璞曰精銳也抏損也音翫費府庫之財而無德厚之恩善曰管子曰國雖盛滿無德厚以安之國非其

國也務在獨樂不顧衆庶善曰鄭玄毛詩曰顧念也忘國家之政貪雉兔之獲則仁

者不繇也郭璞曰繇道也音由從此觀之齊楚之事豈不哀哉地方不過千里

而囿居九百是草木不得墾辟而人無所食也善曰蒼頡篇曰墾耕也薛君韓詩章句曰

辟除夫以諸侯之細而樂萬乘之侈僕恐百姓被其尤也於是二子
也愀然改容超若自失郭璞曰愀然變色貌也材誘切善曰禮記曰孔子愀然作色而對也逡巡避廗善曰
公羊傳曰逡巡北面再拜廣雅曰逡巡卻退也孝經曰曾子避廗廗與席古字通曰鄙人固陋不知忌諱善曰
廣雅曰鄙小也乃今日見教謹受命矣

羽獵賦并序　楊子雲

孝成帝時羽獵服虔曰士卒負羽也善曰高唐賦曰傳言羽獵雄從以爲昔在二帝三王應劭
曰堯舜夏殷周也善曰春秋說題辭曰尚書者二帝之迹三王之義所以推期運明命授之際宮館臺榭沼池苑囿
林麓藪澤財足以奉郊廟御賓客充庖廚而已善曰財與纔同毛萇詩傳曰御進也禮記
曰天子無事歲三田一爲乾豆二爲賓客三爲充君之庖也不奪百姓膏腴穀土桑柘之地女有
餘布男有餘粟善曰孟子曰以羨補不足則農有餘粟女有餘布也國家殷富上下交足故甘
露零其庭醴泉流其唐善曰禮記曰天降膏露地出醴泉孝經援神契曰甘露一名膏露應劭曰爾雅曰廟中路
謂之唐也鳳凰巢其樹黃龍游其沼麒麟臻其囿神爵棲其林善曰禮記曰鳳皇麒
麟皆在郊藪龜龍在宮沼漢書注曰神雀大如雞斑文昔者禹任益虞而上下和草木茂善曰尚書

帝曰疇若予上下草木禹曰益哉帝曰汝作朕虞孔安國曰上謂山下謂澤也成湯好田而天下用足善曰呂氏

春秋曰湯見網置四面湯拔其三面也文王囿百里民以為尚小齊宣王囿四十里民

以為大裕民之與奪民也善曰孟子齊宣王問孟子曰文王之囿方七十里有諸曰有之若是其大乎荅曰民

猶以為小也寡人之囿方四十里耳民猶以為大何也荅曰文王之囿與人同之民以為小不亦宜乎王之囿四十里殺其麋鹿如殺人

之罪人以為大不亦宜乎孫卿子曰足國之道節用裕民而善藏其餘不知節用裕民雖好取侵奪猶將寡獲也武帝廣開

上林東南至宜春鼎湖御宿昆吾晉灼曰鼎湖宮黃圖以為在藍田昆吾地名上有亭善曰宜春已見

上文三秦記曰樊川一名御宿旁南山西至長楊五柞善曰漢書曰盩厔有長楊五柞宮旁步浪切北繞

黃山濱渭而東善曰漢書曰槐里有黃山之宮濱涯也言循渭水之涯而東也公羊傳濤塗曰濱海而東濱與賓同音也

周袤數百里善曰說文曰南北曰袤穿昆明池象滇河瓚曰西南夷有昆明國又有滇池故作昆明池

以象之以習水戰營建章鳳闕神明馺娑孟康曰馺娑殿名也善曰鄭玄毛詩箋曰營治也建章宮名也神明

臺名也漸臺泰液象海水周流方丈瀛洲蓬萊善曰漢書曰建章其北治太液池漸臺高二十

餘丈名曰泰液中有蓬萊方丈瀛洲象海中仙山服虔曰海中三山名法効象之游觀侈靡窮妙極麗雖頗

割其三垂以贍齊民善曰三垂謂西方南方東方武帝侵三垂以置郡故謂之割漢書杜鄴上書曰三垂蠻夷又雄

上書曰北狄中國之堅敵三垂比之縣矣爾雅曰邊垂也如淳曰齊等也無有貴賤故謂之齊人若今言平人矣晉灼曰中國被教齊整之民

然至羽獵甲車戎馬器械儲偫禁禦所營善曰說文曰儲偫待也應劭曰禦禁也謂禁止往來營謂造作也卽賦云禦自汧渭經營鄷鄗甲或爲田非也尚泰奢麗誇詡善曰毛萇詩傳曰詡大也許羽切非堯舜成湯文王三驅之意也善曰三驅已見西都賦又恐後世復脩前好不折中以泉臺服虔曰魯莊公築臺非禮也至文公毀之公羊譏云先祖爲之而毀之勿居而已今楊雄以宮觀之盛非成帝所造勿脩而已當以泉臺爲折中也韋昭曰制或爲折也故聊因校獵賦以風之善曰七略曰羽獵永始三年十二月上校獵已見上文其辭曰

或稱羲農豈或帝王之彌文哉善曰假爲或人之意言古之樸素而合禮者咸稱羲農是則豈或謂後代帝王彌加文飾而不合禮哉故論者荅之於下論者云否各以並時而得宜奚必同條而共貫善曰論者雄自謂也言帝王文質各並時而得宜何必同條而共貫乎言必不然也尚書大傳曰否不也漢書武帝制曰帝王之道豈不同條共貫也則泰山之封焉得七十而有二儀孟康曰封禪各言異也善曰管子曰古之封太山禪梁父者七十二家而夷吾所記者十有二焉是以創業垂統者俱不見其爽遐邇五三孰知其是非張晏曰爽差也不差其優劣誰知其賢愚也善曰言創業垂統者各隨時立制皆不見其差爽故五帝三王誰

知其是非乎但文質不同明無是非也廣雅曰爽差也遂作頌曰麗哉神聖處於玄宮富既與地乎侔貲貴正與天乎比崇善曰玄北方也禮記月令曰季冬天子居玄堂右个蔡邕月令章句曰玄黑也其堂尚玄莊子曰夫道顓頊得之以處玄宮又曰莫神於天莫富於地莫大於帝王故曰帝王之德配天地齊桓曾不足使扶轂楚嚴未足以爲驂乘狹三王之阨僻嶠高舉而大興善曰史記曰齊公子小白立是爲桓公又曰楚穆王卒子莊王侶立春秋感精記曰黃池之會重吳子滕薛夾轂魯衛驂乘鄭氏曰阨僻陋小也王逸楚辭注曰嶠舉也嶠音鐈歷五帝之寥廓涉三皇之登閎善曰寥廓高遠也韋昭曰登高也閎大也建道德以爲師友仁義與之爲朋於是玄冬季月天地隆烈善曰北方水色黑故曰玄冬隆烈陰氣盛萬物權輿於內徂落於外善曰爾雅曰權輿始也大戴禮曰孟春百草權輿帝將惟田于靈之囿開北垠受不周之制善曰薛君韓詩章句曰惟辭也孟康曰西北爲不周風謂冬時也以奉終始顓頊玄冥之統應劭曰顓頊玄冥皆北方之神主殺戮者迺詔虞人典澤東延昆鄰西馳閶闔善曰孔安國尚書傳曰虞掌山澤之官又曰延及也張晏曰東至昆明之邊也善曰閶闔已見上文儲積共偫戍卒夾道善曰郭舍人爾雅注曰共具物也偫具事也漢書曰廷中陳車騎戍卒衛官也斬叢棘夷野草善曰杜預左氏傳注曰夷殺也禦自汧渭經營酆鎬善曰孔安國尚書傳曰經營規度也章皇

周流出入日月天與地沓善曰章皇猶彷徨也周流周匝流行也出入日月言其廣大日月似在其中出入也張晏曰日出扶桑入湯谷應劭曰沓合也爾迺虎路三嵏以爲司馬團經百里而爲殿門晉灼曰路音落落纍也服虔曰以竹虎落此山也應劭曰外門爲司馬門殿門在內也善曰三嵏已見上文外則正南極海邪界虞淵應劭曰虞淵日所入也善曰爾雅曰極至也淮南子曰至于虞淵是謂黃昏鴻濛沆茫揭以崇山韋昭曰鴻濛沆茫水草廣大貌也善曰薛綜東京賦注曰揭猶表也鴻胡孔切濛莫孔切沆胡朗切茫音莽揭音竭也營合團會然後先置乎白楊之南昆明靈沼之東張晏曰先置供具於前也服虔曰白楊觀名也善曰三秦記曰昆明池中有靈沼神池賁育之倫蒙盾負羽杖鏌邪而羅者以萬計善曰說苑曰勇士孟賁水行不避蛟龍陸行不避虎狼育夏育也已見西京賦說文曰鏌邪大戟也鏌音莫邪弋奢切其餘荷垂天之畢張竟壄之罘善曰言畢之大垂天之邊也靡日月之朱竿曳彗星之飛旗善曰朱竿太常之竿也周禮曰日月爲太常王建太常穆天子傳曰日月之旗七星之文河圖曰彗星者天地之旗也楚辭曰攬彗星以爲旗青雲爲紛紅蜺爲繯屬之乎崑崙之虛韋昭曰紛旗旒也繯旗上繫也善曰鄭玄喪服傳注曰屬連也爾雅曰河出崑崙虛繯下犬切屬之欲切虛音墟渙若天星之羅浩如濤水之波善曰天星之羅言光明也濤水之波言廣大也淫淫與與前後要遮善曰淫淫與與皆行貌也欃槍爲闉明

月爲候孟康曰闉戰鬪自障蔽如城門外女垣也善曰杜預左傳注曰候望敵者熒惑司命天弧發射張晏曰熒惑法使司命不祥天弧虛上二星善曰樂緯稽耀嘉曰熒惑主命禮記曰凡生於天地之閒者皆曰命漢書曰狼下有四星曰弧

鮮扁陸離駢衍佖路服虔曰鮮扁戰鬭軍陣貌也駢衍軍壘駢衍也晉灼曰佖滿也善曰扁音篇佖頻一切徽車輕武鴻絧緁獵晉灼曰徽疾貌也音揮善曰廣雅曰武健也鴻絧相連貌也緁獵相次貌也鴻胡弄切絧徒弄切緁音捷殷殷軫軫被陵緣阪窮夐極遠者相與列乎高原之上善曰殷軫盛貌也夐或爲冥殷音隱羽騎營營昈分殊事韋昭曰騎負羽也蘇林曰昈明也善曰毛萇詩傳曰營營往來貌昈分謂羽騎明白分別各殊其事也昈音戶繽紛往來轠轤不絕若光若滅者布乎青林之下孟康曰轠轤連屬貌也如淳曰轠音雷轤音盧於是天子乃以陽晁始出乎玄宮善曰陽朝陽明之朝晁古字同也撞鴻鍾建九旒善曰尚書大傳曰天子將出則撞黃鍾之鍾禮記曰龍旗九旒也六白虎載靈輿善曰杜業奏事曰軨車駕白虎四白虎馬名服虔曰靈輿天子輿也蚩尤並轂蒙公先驅善曰韓子曰黃帝駕象車畢方並轂蚩尤居前楚辭曰選衆以並轂漢書音義曰蒙公蒙恬也如淳曰蒙公髦頭也晉灼曰此多說天子事如說是並步浪切立歷天之旂曳捎星之旃韋昭曰歷干也捎拂也霹靂烈缺吐火施鞭應劭曰霹靂雷也烈缺閃隙也火電照也善曰言威德之盛役使百神故霹靂列缺吐火施鞭而爲衛也閃失染切萃從沇溶淋離廓

落戲八鎮而開關應劭曰四方四隅爲八鎮如淳曰不言九者一鎮在中天子居之故也善曰埤蒼曰從走貌也沈溶盛多之貌也上林賦曰沈溶淫鬻從先勇切沈以永切溶音容戲音麾飛廉雲師吸噏瀟率鱗羅布烈攢以龍翰善曰楚辭曰後飛廉使奔屬王逸曰飛廉風伯也雲師已見吳都賦說文曰吸喘息也埤蒼曰噏喘息聲也瀟率吸噏之貌鱗羅若鱗之羅也攢以龍翰若龍翰之聚也鄭玄尚書大傳注曰翰毛之長大者噏普利切瀟音肅啾啾蹌蹌入西園切神光善曰郭璞三蒼解詁曰啾啾衆聲也啾或爲秋蹌蹌行貌楚辭曰鳴玉鸞之啾啾張晏曰切近也神光宮名也望平樂徑竹林張揖曰平樂館名晉灼曰在上林中也蹂蕙圃踐蘭唐善曰蕙圃已見子虛賦服虔曰蘭唐蘭生唐中也舉熢烈火轡者施技善曰轡者執轡之人也方馳千駟狡騎萬帥晉灼曰狡健之騎也善曰鄭玄毛詩箋曰方併也虓虎之陳從橫膠轕猋拉雷厲驞駍駖磕服虔曰虓音哮鄧展曰拉音獵善曰毛詩曰闞如虓虎拉風聲也哮火交切轕音葛驞疋人切駍普萌切駖力莖切洶洶旭旭天動地岋善曰洶洶旭旭鼓動之聲也韋昭曰岋動貌也洶旭勇切岋五合切羨漫半散蕭條數千里外善曰羨弋戰切若夫壯士忼慨殊鄉別趣善曰鄉音向毛萇詩傳曰趣趨也東西南北騁耆奔欲善曰言各隨其者欲而奔騁也耆音嗜拕蒼豨跋犀犛蹶浮麋韋昭曰跋蹋也應劭曰蹶頓也善曰廣雅曰拕引也音他浮麋過麋也跋步末切蹶居月切斮巨狿搏玄猨韋昭曰斮斬也側略切服虔曰巨狿獸名也善

曰廣雅曰搏擊也挺已見上林賦騰空虛距連卷張晏曰連卷木也善曰距古岠字也孔安國尚書傳曰距至也卷音
拳踔夭蟜娭澗間張晏曰踔夭蟜之枝也善曰三蒼詁訓曰踔踰也丑孝切莫莫紛紛山谷爲之
風猋林叢爲之生塵善曰莫莫紛紛風塵之貌也及至獲夷之徒蹶松柏掌蒺藜
服虔曰獲夷能獲夷狄者善曰蹶踏也掌以掌擊之也爾雅曰茨蒺藜獵蒙龍轔輕飛善曰蒙龍已見上文輕飛輕獸
飛禽也履般首帶脩蛇如淳曰般音班班首虎之頭也善曰履謂踐履之也淮南子曰吳爲封豕長蛇鉤赤豹
摼象犀韋昭曰摼抳也善曰摼古牽字跇巒阬超唐陂如淳曰跇超踰也音義曰巒山小而銳阬大坂也車
騎雲會登降闇藹善曰闇藹衆盛貌闇烏感切泰華爲旒熊耳爲綴張晏曰旒幡綴旌也善曰
綴亦旒也司馬相如大人賦曰垂絳幡之素蜺張揖曰以赤氣爲幡綴以白氣也木仆山還漫若天外如淳曰還
音旋言山爲之回旋也善曰宋玉大言賦曰長劍耿介倚天外儲與乎大浦聊浪乎宇內服虔曰儲與相羊貌
也浦水涯也善曰淮南子曰陰陽儲與聊浪放蕩也與音餘浦音普浪音琅於是天清日晏善曰許慎淮南子注曰晏
無雲之處也逢蒙列訾羿氏控弦善曰吳越春秋曰黃帝作弓後有楚狐父以其道傳羿羿傳逢蒙說文曰匈奴
名引弓曰控弦皇車幽輵光純天地服虔曰皇車君車也李奇曰純緣繞也善曰幽輵車聲也方言曰純文也輵一
轄切純之允切望舒彌轡服虔曰望舒月御也如淳曰楚辭曰前望舒使先驅善曰彌轡按行貌也彌與弭古字通彌莫爾切

翼乎徐至於上蘭晉灼曰上蘭觀在上林中也移圍徙陣浸淫蹵部善曰部軍之部伍也毛萇詩傳曰蹵促也蹵古字通子育切曲隊堅重各按行伍善曰隊徒內切行胡郎切壁壘天旋神抶電擊善曰言威之盛也埤蒼曰抶笞擊也逢之則碎近之則破善曰六韜太公曰當之者破近之者亡烏不及飛獸不得過善曰高唐賦曰飛鳥未及起走獸未及發軍驚師駭刮野掃地善曰言殺獲皆盡野地似乎掃刮也宋衷春秋緯注曰驚動也廣雅曰駭起也刮古滑切掃先早切及至罕車飛揚武騎聿皇善曰罕畢罕也聿皇輕疾貌蹈飛豹羂嘄陽善曰嘄陽即狒狒也已見上文羂工犬切追天寶出一方應劭曰天寶陳寶也晉灼曰天寶鷄頭而人身應駍聲擊流光野盡山窮囊括其雌雄如淳曰陳寶神來下時駍然有聲又有光精應劭曰下時窮極山川天地之閒然後得其雌雄也善曰太康記曰秦文公時陳倉人獵得獸若彘而不知其名道逢二童子曰此名為糟弗述糟弗述亦語曰彼二童子名為寶鷄得雄者王得雌者霸陳倉人舍糟弗述逐二童子化為雉雄止陳倉化為石雌如楚止南陽也糟浮謂切沇沇溶溶遙噱乎紘中晉灼曰口之上下名為噱言禽獸奔走倦極皆遙張噱吐舌於紘網之中也善曰噱其略切三軍芒然窮宂閼與孟康曰宂行也閼止也言三軍之盛窮閼禽獸使不得逸漏也善曰孟康之意言窮其行止皆無逸漏如淳曰窮音穹宂者懈怠也晉灼曰閼與容貌也如晉之意言三軍芒然懈惓容貌閼與而舒緩也今依如晉之說也芒莫郎切宂音淫閼於庶切與音豫亶觀夫剽禽之紲隃犀兕之

抵觸韋昭曰亶音但善曰古但字紐與蹍同已見上文文子曰兕牛之動以抵觸也熊羆之挐玃虎豹之凌遽韋昭曰挐玃惶遽也善曰說文曰凌越也遽窘也徒角槍題注蹴竦讋怖魂亡魄觸輻關脰晉灼曰徒但也服虔曰獸以角觸地也善曰蹴與蹙同爾雅曰竦慴懼也讋與慴同觸輻關脰言觸車輻因關其頸也槍七羊切蹴子育切脰音豆妄發期中進退履獲善曰言矢雖妄發而期於必中進退之際必踐履而獲之也韓子曰新砥礪殺矢轂弩而射雖冥而妄發其端未嘗不中秋毫者也創淫輪夷丘累陵聚張晏曰淫過也夷平也言獸被創過大血流與車輪平也音義曰創血流平於車輪也善曰丘累陵聚言積獸之多也於是禽殫中衰善曰中竹仲切相與集於靖冥之館以臨珍池晉灼曰靖冥深閑之館也服虔曰珍池山下之流灌以岐梁溢以江河晉灼曰梁梁山善曰尚書曰治梁及岐孔安國曰治山通水故以山名東瞰目盡西暢無崖善曰目盡盡目而望也無崖廣遠也隨珠和氏焯爍其陂善曰焯古灼字爍式藥切玉石礬崟眩燿青熒善曰玉石玉之與石也李彤單行字曰礬崟高大貌青熒光明貌漢女水潛怪物暗冥不可殫形應劭曰漢女鄭交甫所逢二女也善曰不可殫形不能盡其形也高唐賦曰曾不可殫形也玄鸞孔雀翡翠垂榮善曰榮光榮也王雎關關鴻鴈嚶嚶羣娛乎其中噍噍昆鳴善曰毛詩曰關關雎鳩毛萇曰雎鳩王雎也又曰鳥鳴嚶嚶噍與啾同子由切說文曰昆同也鳧鷖振鷺上下砰礚聲若雷霆善曰言鳥飛上

下翅翼之聲若雷霆也乃使文身之技水格鱗蟲服虔曰文身越人也能入水取物也凌堅冰犯
嚴淵探巖排碕薄索蛟螭善曰嚴言可畏也嚴岸側欽巖之處也孔安國尚書傳曰薄迫也賈逵國語注曰索
求也欽口銜切蹈獱獺據黿鼉善曰郭璞三蒼解詁曰獱似狐青色居水中食魚服虔曰音賓善曰廣雅曰據引也抾
靈蠵鄭玄曰抾音袪韋昭曰抾捧也服虔曰蠵觜蠵入洞穴出蒼梧晉灼曰洞穴禹穴也善曰郭璞山海經注曰吳
縣南太湖中有包山山下有洞庭道也言潛行水底無所不通也乘巨鱗騎京魚善曰京魚大魚也字或爲鯨鯨亦大
魚也浮彭蠡目有虞應劭曰彭蠡大澤在豫章善曰有虞謂舜也方椎夜光之流離剖明月
之珠胎善曰鄭玄毛詩箋曰方且也明月珠蚌子珠爲蚌所懷故曰胎椎直追切鞭洛水之宓妃餉屈原
與彭胥鄭玄曰彭咸也晉灼曰胥伍子胥也皆水沒也善曰楚辭曰願依彭咸之遺制王逸曰殷賢大夫自投水而死宓妃已見
上子胥已見吳都賦於茲乎鴻生鉅儒俄軒冕雜衣裳韋昭曰俄卬也車有蕃曰軒冕大冠也善曰管
子曰先王制軒冕足以章貴賤雜衣裳言衣裳殊色也脩唐典匡雅頌揖讓於前昭光振燿蠁
曶如神善曰蠁曶疾也蠁與響同曶與忽同仁聲惠於北狄武誼動於南鄰善曰南鄰南方之邑
是以旃裘之王胡貉之長移珍來享抗手稱臣如淳曰以物與人曰移善曰周禮曰職方
掌九貉鄭司農曰北方曰貉犍爲舍人爾雅注曰獻珍物曰珍獻食物曰享毛詩曰自彼氐羌莫敢不來享爾雅曰享獻也抗手舉手而

拜者也貉莫白切前入圍口後陳盧山孟康曰單于南庭山羣公常伯陽朱墨翟之徒
善曰常伯侍中也已見籍田賦陽朱墨翟取古賢以爲喻列子曰陽朱南遊沛逢老聃高誘呂氏春秋注以爲宋人喟然並稱
曰崇哉乎德雖有唐虞大夏成周之隆何以侈茲善曰周易曰先王以作樂崇德樂錄
圖曰成康之隆妖孽滅也夫古之覲東嶽禪梁基舍此世也其誰與哉善曰東嶽泰山也梁
梁父也已見上文上猶謙讓而未俞也張晏曰俞然也方將上獵三靈之流下決醴
泉之滋如淳曰三靈日月星垂象之應也服虔曰受福流也善曰賈逵國語注曰獵取也發黃龍之穴窺鳳
凰之巢臨麒麟之囿幸神雀之林奢雲夢侈孟諸善曰言以雲夢孟諸爲奢侈而非之
也雲夢楚藪澤名也左氏傳曰楚靈王與鄭伯田于江南之雲夢孟諸宋藪澤也又曰楚穆王欲伐宋昭公導以田孟諸也非章
華是靈臺善曰言以楚章華爲非而以周之靈臺爲是左傳楚子成章華之臺罕徂離宮而輟觀游善曰
罕徂言希往也士事不飾木功不彫善曰晏子曰士事不文木事不鏤丞民乎農桑勸之以
弗怠善曰聲類曰丞亦拯字也說文曰拯上舉也儕男女使莫違善曰杜預左氏傳注曰儕等也莫違謂以時爲
婚無違於期也毛詩序曰男女多違儕士階切恐貧窮者不偏被洋溢之饒開禁苑散公儲
創道德之囿弘仁惠之虞善曰虞與娛古字通馳弋乎神明之囿覽觀乎羣臣

之有亡（善曰言馳弋神明之囿冀以其聖德觀其有無而加恩施）放雉兔收罝罘麋鹿芻蕘與百姓共之（善曰毛萇詩傳曰芻蕘薪采者也）蓋所以臻茲也於是醇洪鬯之德豐茂世之規（善曰鬯與暢同暢通也）加勞三皇勗勤五帝不亦至乎乃祗莊雍穆之徒（善曰祗敬也雍和也）立君臣之節崇賢聖之業未遑苑囿之麗游獵之靡也因回軫還衡背阿房反未央（善曰麗光華也鄭玄禮記注曰靡奢侈也）

文選卷第八

賜進士出身通奉大夫江南蘇松常鎮太等處承宣布政使司布政使胡克家重校刊

文選卷第九

梁昭明太子撰

文林郎守太子右內率府錄事參軍事崇賢館直學士臣李善注上

畋獵下

畋獵

長楊賦一首并序　楊子雲

明年上將大誇胡人以多禽獸善曰明年謂作羽獵賦之明年卽校獵之年也班欲敘作賦之明年漢書成紀曰元延二年冬幸長楊宮縱胡客大校獵是也七略曰羽獵賦永始三年十二月上然永始三年去校獵之前首尾四載謂之明年

疑班固誤也又七略曰長楊賦綏和元年上綏和在校獵後四歲無容元延二年校獵綏和二年賦又疑七略誤蔡邕曰上者尊位所在

呂忱曰誇大言也說文曰誇誕也秋命右扶風發民入南山善曰冬將校獵故秋先命之也爾雅曰命告也

漢書曰武帝以右內史更名右扶風扶風在涇州界南山終南山也西自褒斜東至弘農南敺漢中善曰

褒斜谷名已見上漢書有弘農郡武帝置又有漢中郡秦置張羅罔罝罘捕熊羆豪豬虎豹狖玃

狐兔麋鹿善曰山海經曰竹山有獸其狀如豚白毛毛大如笄而黑端以毛射物名豪豪彘也廣雅曰狖蜼也尾長四五尺郭

璞爾雅曰玃似獼猴豹形如虎而圜文鄭玄曰鳥罟曰羅狖弋又切玃九縛切載以檻車善曰劉熙釋名曰檻車上施欄檻以

格猛獸亦因禁罪人之車也漢書音義曰或曰檻車有封檻也輸長楊射熊館善曰三輔黃圖曰長楊宮有射熊館在盩

厔以網為周阹李奇曰阹遮禽獸圍陣也阹音祛縱禽獸其中令胡人手搏之自取

其獲上親臨觀焉服虔曰令胡客自取其得也善曰廣雅曰搏擊也是時農民不得收斂雄

從至射熊館還上長楊賦聊因筆墨之成文章故藉翰林以為主人

子墨為客卿以風韋昭曰翰筆也善曰翰林文翰之多若林也詩大雅曰有壬有林君也此云林即文翰林猶儒林之

義也胡廣云博士為儒雅之林是也說文曰毛長者曰翰詩序曰下以風刺上其辭曰

子墨客卿問於翰林主人曰蓋聞聖主之養民也仁霑而恩洽動不

爲身今年獵長楊先命右扶風左太華而右褒斜顏師古曰動不爲身言憂百姓也山
海經曰松梁之山西六十里曰太華山今在弘農縣華陰西也長安東故言左高五千仞廣十里善曰太華已見西都賦椓巀嶭
而爲弋紆南山以爲罝服虔曰巀嶭山名也孟康曰在池陽北顏師古曰巀嶭卽今謂嵳嶭也善曰說文曰弋橜
也又曰紆詘也椓音卓巀音截嶭音齧羅千乘於林莽列萬騎於山隅帥軍踤阹錫戎
獲胡漢書音義曰踤聚也顏監曰踤足蹴也善曰錫戎獲胡言以禽獸錫戎令胡自獲之胡戎一也變文耳踤音崒方言曰踤蹴蹋
也搤熊羆拕豪豬善曰搤拕已見西都賦木擁槍纍以爲儲胥顏師古曰胥須也言有儲畜以
待所須也蘇林曰木擁柵其外又以竹槍纍爲外儲胥也韋昭曰儲胥蕃落之類也槍七羊切纍力委切此天下之窮覽
極觀也雖然亦頗擾于農人三旬有餘其廑至矣而功不圖善曰古今字詁
曰廑今勤字也爾雅曰圖謀也凡人之所爲皆有所圖今則百姓甚勞而無所圖言勞而無益也慎子曰無法之勞不圖於功恐不
識者外之則以爲娛樂之游內之則不以爲乾豆之事豈爲民乎哉
善曰禮記曰天子無事歲三田一爲乾豆也且人君以玄默爲神澹泊爲德善曰玄默謂幽玄恬默也
玄默已見魏都賦澹泊與憺怕同已見子虛賦今樂遠出以露威靈善曰露暴露也數搖動以罷車
甲本非人主之急務也蒙竊惑焉善曰周易曰蒙者蒙也韓康伯曰蒙昧幼少之象也前年獵長楊故

言數翰林主人曰吁客何謂之茲耶善曰孔安國尚書傳曰吁疑怪之辭也若客所謂知
其一未睹其二見其外不識其內也善曰莊子曰識其一不知其二治其內而不治其外僕嘗
倦談不能一二其詳善曰毛萇詩傳曰詳審也請略舉其凡而客自覽其切焉善曰
廣雅曰都凡也顏監曰凡大指也張晏曰切近也覽其近於義也客曰唯唯主人曰昔有彊秦封豕
其土窫窳其民鑿齒之徒相與摩牙而爭之應劭淮南子注云堯之時窫窳封豕鑿齒皆爲
人害窫窳類貙虎爪食人服虔曰鑿齒齒長五尺似鑿亦食人李奇曰以喻秦貪婪殘食其人也晉灼曰鑿齒之徒謂六國窫烏黠切窳
音庾豪俊麋沸雲擾羣黎爲之不康善曰如麋之沸若雲之擾言亂之甚也廣雅曰麋潰也毛詩曰羣黎
百姓爾雅曰康安也於是上帝眷顧高祖高祖奉命順斗極運天關服虔曰隨天斗極運
轉也善曰毛詩曰乃睠西顧孔安國尚書傳曰奉天成命春秋元命苞曰命者天之令緯書曰聖人受命必順斗極宋均尚書中候注曰
順斗機爲政也爾雅曰北極謂之北辰天官星占曰北辰一名天關又星經曰牽牛神一名天關橫鉅海漂昆侖善曰
橫度大海也漂搖蕩之也匹昭切提劍而叱之所過麾城摲邑下將降旗顏監曰摲舉手擬也
蒼頡篇曰摲拍取也善曰鄭玄禮記注曰摲之言芟也字林曰摲山檻切一日之戰不可殫記當此之勤
頭蓬不暇梳飢不及餐善曰頭蓬髮亂如蓬也鞮鍪生蟣蝨介胄被霑汗善曰說文

曰鞮鍪首鎧也韓子曰攻戰無已甲冑生蟣蝨鄭玄禮記注曰介被甲也孔安國尚書傳曰冑兜鍪也鞮鍪即兜鍪也鞮丁奚切鍪音牟

蟣居綺切蝨所乙切以爲萬姓請命乎皇天善曰淮南子曰高皇帝奮袂執銳以爲百姓請命于皇天家語曰孔

子曰分於道謂之命王肅曰分於道始得爲人也迺展人之所詘振人之所乏善曰方言曰展申也詘古

屈字也賈逵國語注曰振救也規億載恢帝業善曰杜預左氏傳注曰恢大也七年之間而天下密

如也善曰高祖五年誅羽自六年至十二年崩凡七載爾雅曰密靜也逮至聖文隨風乘流方垂意

於至寧善曰隨風乘流言順從高祖之風流也躬服節儉綈衣不斃革鞜不穿善曰言不穿不

斃不更爲也漢書東方朔曰孝文皇帝身衣弋綈之衣履革舃六韜曰堯衣履不斃盡不更爲服虔曰鞜舃也音沓大廈不居

木器無文善曰晏子曰土事不文木事不鏤於是後宮賤瑇瑁而疏珠璣善曰廣雅曰疏亦賤

也字書曰疏遠也璣小珠也音祈卻翡翠之飾除彫琢之巧善曰爾雅曰玉謂之琱又曰治玉曰琢也惡

麗靡而不近斥芬芳而不御善曰廣雅曰斥推也抑止絲竹晏衍之樂憎聞鄭

衛幼眇之聲善曰禮記曰絲竹樂之器也晏衍邪聲也禮記曰鄭衛之音亂世之音也衍弋戰切幼一笑切眇音妙是

以玉衡正而太階平也韋昭曰玉衡北斗也善曰春秋運斗樞曰北斗七星第五曰玉衡元命苞曰常一不易玉

衡正太階平出黃帝六符經其後熏鬻作虐東夷橫畔服虔曰熏鬻堯時匈奴也東夷東越也一云呂嘉殺

其國王立國人殺嘉也善曰橫自縱也胡孟切羌戎睚眥閩越相亂晉灼曰睚眥瞋目貌也又猜忌不和貌善曰漢
書曰立無諸爲閩越王又曰武帝建元四年尉佗孫胡爲南越王閩越王郢興兵擊南越邊邑遐甿爲之不安中國
蒙被其難韋昭曰甿音萌萌人也於是聖武勃怒爰整其旅善曰毛詩曰王赫斯怒爰整其旅
迺命驃衛應劭曰驃驃騎霍去病也衛衛青也善曰漢書曰霍去病爲驃騎將軍凡六出擊匈奴又曰衛青字仲卿爲大將軍
凡七出擊匈奴汾沄沸渭雲合電發善曰汾沄沸渭衆盛貌也汾汾音紛沄音雲猋騰波流機駭蠭
軼善曰爾雅曰扶搖謂之飇機駭蠭軼言其疾也猋與飇古字通也疾如奔星擊如震霆碎轒轀破
穹廬應劭曰轒轀匈奴車也音義曰穹廬旃帳也服虔曰轒轀百二十步兵車或可寢處善曰轒扶云切轀於云切腦沙幕
髓余吾服虔曰破其頭腦塗沙幕也余吾水名北山經曰北鮮之山多馬鮮水出焉而北經余吾水應劭曰在朔方北鄭氏曰折
其骨使髓膏水也通俗文曰骨中脂曰髓古髓字遂躪乎王庭孟康曰匈奴王庭善曰王逸楚辭注曰躪踐也歐臺
駞燒熐蠡張晏曰熐蠡乾酪母燒之壞其養生之具也張揖曰熐蠡山名熐音覓蠡來戈切分勢單于磔裂
屬國韋昭曰勢劃也音如黎顏師古曰凡言屬國者存其國號而屬朝善曰單于匈奴王號漢書曰單于廣大之貌也言其象天單
于然也廣雅曰磔張也漢書曰置屬國以處匈奴降者韋昭曰外國羌胡來屬漢者也夷阬谷拔鹵莽刊山石
善曰毛詩傳曰夷平也鹵莽中生草莽也說文曰鹵西方鹹地也鄭玄禮記注曰刊剗也拔莽剗石以通道蹂屍輿廝係

累老弱服虔曰蹂尸踐尸也顏師古曰死則蹂踐其尸破傷者輿而行如淳曰輿斷輪踐其斷徒也善曰賈逵國語注曰係繫也
杜預左氏傳注曰累係也咣鋋瘢耆金鏃淫夷者數十萬人如淳曰咣括也孟康曰瘢耆馬脊耆創瘢
處善曰如氏之說以為箭括及鋋所中皆為創瘢於馬耆孟氏以為耆被金鏃過傷者甚衆也服虔曰耆鬛傷者或矛鑽內未出其瘡如
含然或箭揷其項未拔藁若鬛焉孔安國尚書傳曰淫過也杜預左氏傳注曰夷傷也吮辭兖切皆稽顙樹領扶服
蛾伏如淳曰叩頭時項下向則領樹上向也韋昭曰領音蛤善曰說文曰匍匐手行也扶服與匍匐音義同蛾伏如蟻之伏也蛾古
蟻字二十餘年矣尚不敢惕息善曰漢書曰漢不復出兵擊匈奴三年武帝崩前此者漢兵深入窮邊二十餘
年匈奴極苦之單于常欲和親賈逵國語注曰惕疾也說文曰息喘也夫天兵四臨幽都先加善曰天兵言兵
威之盛如天也尚書曰宅朔方曰幽都迴戈邪指南越相夷善曰漢書曰南越王胡上書曰今東越擅興兵侵臣
天子為興師往討閩越閩越王弟餘善殺郢以降廣雅曰夷滅也靡節西征羌僰東馳服虔曰僰夷名也善曰漢
書音義曰節所杖信節也僰蒲比切是以遐方疏俗殊鄰絕黨之域善曰絕遠也自上仁所
不化茂德所不綏善曰尚書曰有夏先后方楙厥德莫不蹻足抗首請獻厥珍服虔曰蹻
舉足也音蹻使海內澹然善曰廣雅曰澹安也徒濫切永亡邊城之災金革之患善曰史記
士蔿曰邊城少寇禮記子夏曰三年之喪卒金革之事無避也禮歟今朝廷純仁遵道顯義幷包書林

聖風雲靡英華沈浮洋溢八區善曰英華草木之美者故以喻帝德焉沈浮言多也禮斗威儀曰帝者得其英華王者得其根荄八區八方之區也普天所覆莫不沾濡善曰禮記曰天之所覆難蜀父老曰羣生霑濡矣士有不談王道者則樵夫笑之意者以爲事罔隆而不殺物靡盛而不虧善曰廣雅曰意疑也鄭玄周禮注曰殺減也文子曰物盛則衰故平不肆險安不忘危服虔曰肆弃也顏監云肆放也不放心於險也善曰孫卿子曰平則慮險安則慮危迺時以有年出兵整輿竦戎善曰言時不常也穀梁傳曰有年五穀皆熟爲有年方言曰西秦之閒相勸曰聳竦與聳古字通振師五莋習馬長楊善曰杜預左氏傳注曰振整也盩厔有五柞宮也柞音作簡力狡獸校武票禽善曰爾雅曰簡擇也賈逵國語注曰簡書也廣雅曰狡健也賈逵國語注曰校考也票禽輕疾之禽也匹妙切迺萃然登南山瞰烏弋晉灼曰萃集也服虔曰三十六國烏弋最在西西域傳曰去長安萬二千二百里其地暑熱莽平近日所入善曰廣雅曰瞰視也西厭月䶂東震日域服虔曰䶂音窟月所生也善曰何休公羊傳注曰厭服也爾雅曰震懼也日域日出之域也厭一涉切又恐後代迷於一時之事常以此爲國家之大務淫荒田獵陵夷而不禦也顏監曰禦止也善曰漢書張釋之曰秦陵夷至于二世天下土崩韓詩曰無矢我陵薛君章句曰四平曰陵爾雅曰禦禁也是以車不安軔日未靡旃從者彷彿骫屬而還韋昭曰不暇稅駕支車也張晏曰從者彷彿委釋而

迴旋善曰王逸楚辭注曰軔支輪木曰未靡旆言日未移旌旗之影也委屬而還謂委釋其事連屬而迴還也張以釋為委軔如振切仿
彿或作髣髴骫古委字也屬之欲切亦所以奉太尊之烈遵文武之度善曰太尊高祖也爾雅曰烈業
也復三王之田反五帝之虞善曰三王之田文王三驅是也見上文尚書帝曰益汝作朕虞已使農
不輟耰工不下機韋昭曰耰所以覆種音憂顏監曰摩田器也晉灼云以耒推塊曰耰善曰工女功也漢書酈食其曰
農夫釋耒工女下機婚姻以時男女莫違善曰毛詩序曰婚姻失時男女多違也出凱弟行簡易
善曰毛詩曰愷悌君子人之父母周易曰乾以易知坤以簡能易則易知簡則易從易簡而天下之理得矣矜劬勞休力
役善曰毛萇詩傳曰矜憐也毛詩曰之子于征劬勞于野孫卿子曰罕興力役無奪農時見百年存孤弱善曰禮記
曰百年者就見之說文曰存恤問也春秋說題辭曰存恤幼孤帥與之同苦樂然後陳鐘鼓之樂鳴
鞀磬之和建碣磍之虡孟康曰碣磍之簴刻猛獸為之故其形碣磍而盛怒也善曰鄭玄禮記注曰鞀如鼓而小
有柄賓至搖之以奏樂碣一轄切磍音轄鞀徒刀切拮隔鳴球掉八列之舞韋昭曰拮櫟也鳴球玉磬也古文隔
為擊善曰賈逵國語注曰掉搖也八列八佾也拮居黠切球音求掉徒釣切酌允鑠肴樂胥張揖曰允信也鑠美也言
酌信美以當酒帥禮樂以為肴善曰毛詩曰允矣君子展也大成又曰於鑠王師又曰君子樂胥聽廟中之雍雍受
神人之福祜善曰毛詩曰雍雍在宮肅肅在廟又曰受天之祜爾雅曰祜福也音怙歌投頌吹合雅服虔

目聲之相投也其勤若此故真神之所勞也張揖曰詩云愷悌君子神所勞矣方將侯元符
晉灼曰元符大瑞也以禪梁甫之基增泰山之高史記管子曰古者禪梁父善曰難蜀父老曰增太山之封
加梁甫之事延光于將來比榮乎往號張晏曰往號三五也善曰李軌法言注曰五帝三王延光至今不絕
也豈徒欲淫覽浮觀馳騁秔稻之地周流棃栗之林蹂踐芻蕘誇詡
衆庶盛狖玃之收多麋鹿之獲哉善曰孔安國尚書傳曰浮過也說文曰秔稻屬也聲類以爲秔不黏
稻也漢書東方朔曰涇渭之南又有秔稻棃栗之饒芻馬草也禮記曰蹴路馬芻說文曰蕘草薪也毛萇詩傳曰詡大也且盲者
不見咫尺而離婁燭千里之隅善曰莊子南榮趎曰盲者不能自見賈逵國語注曰八寸曰咫孟子曰離
婁之明趙岐曰古之明目者也蓋黃帝時人趎音樞客徒愛胡人之獲我禽獸會不知我亦已
獲其王侯善曰說文曰會辭之舒也言未卒墨客降席再拜稽首曰大哉體乎允
非小人之所能及也善曰躰猶法也迺今日發矇廓然已昭矣善曰禮記曰昭然若發蒙
矣矇與蒙古字通廓除貌

射雉賦

潘安仁善曰射雉賦序曰余徙家于琅邪其俗實善射聊以講肄之餘暇而習媒翳之事遂樂而賦之也

徐爰注媒者少養雉子至長狎人能招引野雉因名曰媒翳者所隱以射者也晉邦過江斯藝乃廢歷

代迄今寡能厥事嘗覽茲賦昧而莫曉聊記所聞以備遺忘

涉青林以游覽兮樂羽族之羣飛樂羽翮之類或羣或飛飲啄恣性也善曰七發曰游涉乎雲林薛君韓詩章句曰青靜也鸜鵒賦曰羽族之可貴者聿采毛之英麗兮有五色之名翬聿述也述序羽族之中采飭英麗莫過翬也翬雉也伊洛以南素質五采皆備成章曰翬英者雄果之目名者聲聞之稱也一本聿作偉善曰翬見爾雅厲耿介之專心兮奓雄豔之姱姿厲嚴整也耿介專一也奓豐也姱好也美色曰豔言雉嚴整其不羣之性奮揚其雄豔之貌見敵必戰不容他雜此之謂英麗也奓赤氏切姱苦瓜切善曰薛君韓詩章句曰雉耿介之鳥也巡丘陵以經略兮畫墳衍而分畿巡行也言周行丘陵因其墳衍以爲疆界分而護之不相侵越也青幽之閒土高且大者通之曰墳雉一界之內要以一雄爲主餘者雖衆莫敢鳴鷕也此以上言雉之形性也善曰左傳楚無宇曰天子經略廣雅曰巡略行也孔安國尚書傳曰分其圻界圻與畿同於時青陽告謝朱明肇授時四月也善曰爾雅曰春爲青陽夏爲朱明楚辭曰青春受謝王逸曰謝去也靡木不滋無草不茂草木具榮初莖蔚其曜新陳柯槭以改舊蔚然初生之莖曜其新暉槭然陳宿之柯變其舊色言新舊咸茂也槭彫柯貌也所隔切天泱泱以垂雲泉涓涓而吐溜涓涓清新之色泱音英涓古玄切善曰毛詩曰英英白雲毛萇曰英英白雲貌泱與英古字通家語金人

銘曰涓涓不壅終為江河溜水流貌也麥漸漸以擢芒雉鷕鷕而朝鴝漸漸含秀之貌也微子曰麥秀
漸漸鷕鷕雉聲也又云雉之朝鴝尚求其雌雌雉不得言鴝顏延年以潘為誤用也案詩有鷕雉鳴則云求牡及其朝鴝則云求雌今云
鷕鷕朝鴝者互文以舉雄雌皆鳴也此以上序節物氣候雉可射之時也鷕以少切眄箱籠以揭驕睨驍媒之
變態揭驕志意肆也箱籠竹器盛媒者也凡竹器箱方而密籠圓而疎盛媒器籠形者養鳥宜圓也箱密者不欲令見明也言感辰
景之韶淑樂山梁之榮茂悟羣雉之奮逸思騁藝之肆志顧視箱籠詳察驍媒恣睢揭驕意願得也楚辭揭驕字作拮矯揭居桀切睨音
詣善曰楚辭曰意恣睢以拮矯王逸曰縱心肆志所意願高也奮勁骹以角槎瞵悍目以旁睞骹脛也角
邪也槎斫也悍戾也瞵視貌睞視也奮其堅勁之脛以利距邪斫瞵其剛戾之目以旁視其敵也骹苦交切槎千荷切瞵力新切睞力代
切善曰曹植鬬雞詩曰悍目發朱光鸐綺翼而赬撾灼繡頸而袞背鸐文章貌也詩云有鸐其羽翼如綺
文赬則赤也撾肶也灼盛貌也頸毛如繡背如袞章言五采備也赬勑呈切撾都瓜切善曰肶音陛鬱軒翥以餘怒思
長鳴以效能鬱暴怒也軒起望也方言云翥舉也鬱然暴怒軒舉長鳴思見野敵效其才能也此以上言媒之形勢能怒代
切爾乃擊場拄翳停僮葱翠擊者開除之名也今俗人通有此語射者聞有雉聲便除地為場拄翳於草停
僮翳貌也葱翠翳色也擊步何切拄株庾切善曰廣雅曰擊除也綠柏參差文翮鱗次蕭森繁茂婉
轉輕利翳上加木枝衣之以葉上則蕭森下則繁茂而實綢繆輕利也婉轉綢繆之稱衷料戾以徹鑒表厭

躡以密緻料戾小而徹也厭躡重而密也翳外觀密緻與草木無別內視洞徹多所覩見也此以上序翳之形飾厭於輒切

恐吾游之晏起慮原禽之罕至游雉媒名江淮閒謂之游游者言可與游也言既芟場拄翳又恐媒起不早野雉希至原禽雉也雉不處下濕故曰原禽也甘疲心於企想分倦目以寓視企想雉出專視草際心爲之疲目爲之倦也此以上言拄翳之後遲獲之意也善曰說文曰企舉踵也左氏傳楚子玉曰得臣與寓目焉杜預曰寓寄也

調翰之喬桀邈疇類而殊才調翰謂媒也媒性調良故謂調翰喬桀俊逸也言邈絕疇類殊異才氣也善曰何疑問之辭也候扇舉而清叫野聞聲而應媒扇布也形如手巾叫鳴也將欲媒雛振布令有聲媒便清叫野雉聞卽應而出也褰微罟以長眺已踉蹡而徐來褰開也罟網也古者當以細網掩翳窻上視外處其制未聞也今則以板夾言聞野雉應媒之聲知其必出開翳戶長視已見踉蹡徐來也踉蹡作行作止不迅疾之貌也善曰踉蹡欲行也廣雅曰蹡走也踉音亮蹡七亮切摛朱冠之赩赫敷藻翰之陪鰓赩赫赤色貌陪鰓奮怒之貌也善曰廣雅曰摛舒也藻翰翰有華藻也摛敕知切赩許力首葯綠素身拕黼繪方言曰葯纏也猶纏裹也言雉首綠色頸葯素也黼繡也繪畫文也身采如繪也葯烏角切青鞦莎靡丹臆蘭綷鞦夾尾閒也莎草名楚辭曰青莎雜樹則莎色青也言雉尾閒青毛如莎草之靡靡也臆膺也膺色如秋蘭之色也綷同也宋衞之閒謂混爲綷也鞦音秋善曰小雅曰雜采曰綷最音或蹶或啄時行時止皆得意之形容也善曰賈逵曰蹶走也鄭玄曰蹶行遽貌字林曰啄鳥食也莊子曰

澤雉十步一啄百步一飲也躐居衞切周易曰時止則止時行則行廣雅曰躐踶跳班尾揚翹雙角特起雄壯之勢也此以上言野雉之狀貌也善曰說文曰翹尾之長毛也良遊呃喔引之規裏良遊媒也言媒呃喔其聲誘引令入可射之規內也呃於隔切喔於角切應叱愕立擢身竦峙峙立也既入可射之內來迅不止因便叱之雉聞叱卽驚竦身而立者也善曰杜子春周禮注曰愕驚也捧黃閒以密彀屬剛罫以潛擬捧舉也黃閒弩名也張衡云黃閒機張一名黃肩善曰說文曰彀張弓弩也屬謂注矢於弦也剛罫弩矢鏃也以鐵爲之形如十字各長三寸方似罔罫故曰罫焉罫古買切挂同倒禽紛以迸落機聲振而未已射應也禽被箭躍起而反落弩聲猶未歇言其矢來疾也山鷩悍害猋迅已甚鷩雉似山雞而小冠背毛黃腹下赤項綠色其性悍戾憨害飛走如風之猋也爾雅曰扶搖謂之猋謂暴風從下上也善曰字書曰憨愚也呼甘切越壑凌岑飛鳴薄廩鷩性悍憋聞媒聲便越澗凌岑且飛且鳴逕來翳前也廩翳中盛飲食處今俗呼翳名曰倉也善曰薄至也方言曰憋惡也裨列切鯨牙低鏃心平望審鯨當作擎擎舉也舉弩牙低矢鏑以射之善曰禮記曰心平體正持弓矢審固也毛體摧落霍若碎錦雉當不止於飛中射之毛體披散如錦之分碎也逸羣之儁擅場挾兩逸羣儁異之雉不但欲擅一場而已又挾兩雌也善曰西京賦曰秦政利觜長距終得擅場說文曰擅專也櫟雌妬異倏來忽往櫟擊搏也聞他雄鳴擊搏其雌倏忽往來無時蹔止也善曰楚辭曰荷衣兮蕙帶倏而來兮忽而逝六韜曰倏然而往忽然而來忌上風之餮切畏映日之

儵眒䬆切微動之聲儵眒不明之狀言其忌聲而畏光也䬆音鐵屏發布而累息徒心煩而技懩
屏除其布不敢散氣意者恐微有所聞便驚而逝既無由使媒鳴欲射則紛紜不定空心煩而技懩有伎藝欲逞曰技懩也音養善曰難
蜀父老曰心煩於慮應劭風俗通曰高漸離變姓易名庸保於宋子之家久作苦聞其家堂客擊筑伎養不能毋出言也伊義鳥
之應敵啾擭地以厲響義鳥媒也爲人致敵故名曰義媒見野雉紛紜雜中啾然擭地而鳴引令來鬬埤蒼曰擭
地爪持也三蒼曰啾聲也彼聆音而逕進忽交距以接壤彼野雉聞媒聲便逕來鬬交距躡地土壤相接
善曰廣雅曰壤壓也形盈窻以美發紛首頹而臆仰形赤也盈滿也言其光彩滿當於窻美取其意而發
矢又曰既與媒戰形當翳窻發弩極美正射其頸首頹向後臆仰却斃也或乃崇墳夷靡農不易壠墳大防今
呼爲塘也夷靡也頹弛也易脩也農不脩壠此言田塘荒廢也善曰毛詩曰禾易長畝稊菽蘗糅翳薈蓁茸稊稗
類也菽豆也謂勞豆之屬野生也田既荒廢雜草繁茂翳薈蓁茸深貌蓁蒲動切茸如隴切善曰孫子兵法曰林木翳薈西京賦曰萃
蕁蓁茸鳴雄振羽依于其冢冢山巔也爾雅曰山頂曰冢言野之雄雉振其羽翼鳴鷮高墳之上善曰毛詩曰莎
雞振羽𢵧降丘以馳敵雖形隱而草動𢵧疾貌也言雉鷮於高丘之頂𢵧然降下向敵不見其形而見
草動也𢵧一本或作撊撊戶𪋻切撊而專切善曰尚書曰是降丘宅土瞻挺穟之傾掉意淰躍以振踊挺穟
草莖也掉動也覩草莖傾動冀雉將出意淰躍踊逸也善曰淰失冉切躍失藥切暾出苗以入場愈情駭而

神悚㗲漸出貌也楚辭曰㗲將出兮東方向覩草動冀雉當至㗲然而出果其所願情神愈驚動望𪍿合而翳𩰫
雉䏶肩而旋踵言雉出苗望諸處𪍿然閻合唯翳𩰫然獨顯仍斂翼旋反也人斂身謂之䏶肩𪍿烏簟切善曰說文曰𩰫
顯也漢書公孫𤣱曰脅肩低首呂氏春秋管仲曰車不結軌士不旋踵𩰫胡了切䏶許結切儆余志之精銳擬青
顱而點項雉既反歸乃從後射正中項也顱頭也儆音欣亦有目不步體邪眺旁剔目不步體覗與
體違也邪眺旁剔覗瞻不正常驚惕也善曰國語單襄公曰晉侯目不在體而足不步目說文曰惕驚也剔與惕古字通靡聞而
驚無見自鷖鷖音脉字亦從脉方言云脉俗謂黠為鬼脉言雉性驚鬼黠周環回復繚繞磐辟皆回
從往復不正之貌也善曰漢書曰何武所舉者磐辟雅拜戾翳旋把縈隨所歷戾轉也把翳內所執處也言轉翳回
旋隨雉所趣取其便也善曰戾力結切彳亍中輟馥焉中鏑彳亍止貌也輟止也鏑矢鏃也馥中鏃聲也彳丑亦
切亍丑錄切馥被逼切善曰今本並云彳亍中輒張衡舞賦曰蹇兮宕往彳兮中輒以文勢言之徐氏誤也前剽重膺傍
截疊翮正横射也剽割也前割重膺傍斷兩翮也剽魯跌切若夫多疑少決膽劣心狷雉性怯而多疑
膽劣而心戾者善曰說文曰狷急也古縣切內無固守出不交戰內心也固堅也心無堅守外無鬭意也善曰管
子曰民無恥外不可以應敵內不可以固守賈逵國語注曰交共也來若處子去如激電處子處女也莊周云藐姑
射之山有神人居綽約若處子來若處女之畏人去若激電之迅疾也善曰司馬兵法曰始如處女荅賓戲曰風颮電激闚閰鶡

葉蒖歷乍見藹麥稍也謂在麥田中藹葉閑闚閃於外乍見乍隱不敢出埸也閃丑占切善曰藹與稍並同古玄切蒖音覓

於是筭分銖商遠邇分銖弩牙後刻畫定矢所至遠近之處也雉既不出將就草射之故計其分銖商其遠近也

揆懸刀騁絶技懸刀弩牙後刀也一名機揆度也籌量可發而發故言騁絶技也善曰釋名曰弩牙外曰郭下曰懸刀其形然也西京賦曰妙材騁伎薛君韓詩章句曰騁施也

如輊如軒不高不埤言至平也善曰毛詩曰如輊如軒輕與輊同鄭玄周禮注曰埤短也埤與庳古字通輊竹二切埤貧美切

當咮值胷裂膆破嘴射面也膆喉受食處也嘴嗉也裂喉破嗉也字書曰咮鳥口也咮竹秀切膆音素

夷險殊地䮕龘異變地有平險之殊雉有䮕龘之異隨變而應不可爲一准也

昃不暇食夕不告勌言樂之者忘飢倦也

昔賈氏之如皐始解顏於一箭善曰左氏傳曰昔賈大夫惡取妻三年不言不笑御以如皐射雉獲之其妻始笑始言列子曰列子師老商氏五年之後夫子始一解顏而笑也

醜夫爲之改貌憾妻爲之釋怨妻所以愁恨者怨其夫之醜也今見獲雉而言笑則是斯藝能使醜夫變貌恨妻釋怨者也憾胡闇切

彼遊田之致獲咸乘危以馳騖騖疾也田獵也言遊獵馳車騁馬飛鷹走犬陵山越澗常乘危險也

何斯藝之安逸羌禽從其己豫善曰言斯藝極安從禽最逸豫言禽來就己故豫不勞

清道而行擇地而住人多則雉驚故僻除人從清道而行擇善地而住爲埸也善曰司馬相如上疏曰清道而後行班固漢書贊曰馮參鞠射履方擇地而行

尾飾鑣而在服肉登俎而永御

豈唯皁隸此焉君舉舉音據善曰說文曰鑣馬銜也董巴輿服志曰馬並以黃金爲乂髦插以翟尾先多用雉尾周禮王后六服有褕翟闕翟儀禮上大夫庶羞有雉兔鶉鷃左氏傳臧僖伯曰鳥獸之肉不登於俎則公不射若夫山林川澤之實皁隸之事非君所及又曹劌曰君舉必書

若乃耽槃流遁放心不移槃樂也善曰東京賦曰若乃流遁忘返於心不覺也忘其身恤司其雄雌恤憂也司主也善曰左氏傳虞人箴曰忘其國恤思其麀牡樂而無節端操或虧善曰東京賦曰樂而無節楚辭曰內惟省以端操此則老氏所戒君子不爲老子曰馳騁畋獵令人心發狂善曰歸田賦曰感老氏之遺誡孫卿子曰此小人之所務而君子之所以不爲也

紀行

北征賦流別論曰更始時班彪避難涼州發長安至安定作北征賦也

班叔皮漢書曰班彪字叔皮扶風安陵人也性好莊老祖況成帝時爲越騎校尉父稚哀帝時爲廣平太守彪年二十遭王莽敗劉聖公立未定乃去京師往天水郡歸隗囂囂時據隴擁衆囂不禮彪彪後知囂必敗乃避地於河西就大將軍竇融勸融歸光武光武問融曰比來文章所奏誰作荅云班彪也融知彪有才舉茂才爲徐令卒亦爲望都長

余遭世之顛覆兮罹填塞之阨災毛詩序曰閔周室之顛覆孔安國尚書傳曰罹被也王道不通故曰

墳塞廣雅曰墳塞也王逸楚辭注曰險阨傾危也舊室滅以丘墟兮曾不得乎少留呂氏春秋獨過曰子胥諫而不聽故吳爲丘墟楚辭曰欲少留此靈瑣遂奮袂以北征兮超絕迹而遠遊淮南子曰奮袂執銳莊子曰絕迹易廣雅曰絕滅也楚辭曰願輕舉而遠遊朝發軔於長都兮夕宿瓠谷之玄宮楚辭曰朝發軔於天津兮夕余至乎西極長都長安也晉灼漢書注曰有宮觀故稱都楚辭曰夕宿兮帝郊爾雅曰周有焦穫郭璞曰音護今扶風池陽縣瓠中是也按瓠谷玄宮皆地名在長安西羽獵賦曰處於玄宮歷雲門而反顧望通天之崇崇雲陽古縣在池陽西北屬右扶風雲門卽雲陽縣門也漢書左馮翊有雲陽縣楚辭曰忽反顧而遊目通天臺名已見上文乘陵崗以登降息郇邠之邑鄉漢書右扶風栒縣有豳鄉詩豳國公劉所治邑也栒與郇同豳與邠同應劭曰左傳云畢原豐郇文之昭也郇侯賈伯伐晉是也臣瓚曰按汲郡古文晉武公滅郇以賜大夫原黯是爲郇叔又云文公城郇然則當在晉之境內不得在右扶風之界也今河東有郇城卽古郇國也廣雅曰乘陵也爾雅曰大阜曰陵郇音荀邠與豳同方旻切慕公劉之遺德及行葦之不傷尚書曰公劉克篤前烈孔安國曰公爵劉名也莊子盜跖曰此父母之遺德也毛詩序曰行葦忠厚也詩曰敦彼行葦牛羊勿踐履彼何生之優渥我獨罹此百殃毛詩曰既優既渥鄭玄禮記注曰殃禍惡也毛詩曰我生之後逢此百殃故時會之變化兮非天命之靡常故時會者言此乃時君不能修德致之故使傾覆非天命無常也時亦世也言人吉凶乃時會之變化豈天之命無常乎爾雅曰時會也毛詩曰侯

服于周天命靡常天命上天之命也登赤須之長坂入義渠之舊城赤須坂在北地郡義渠城名在北地王莽改爲義溝郿善長水經注曰赤須水出赤須谷西南流注羅水然坂因水以得名也漢書北地郡有義渠道忿戎王之淫狡穢宣后之失貞嘉秦昭之討賊赫斯怒以北征史記秦本紀曰昭襄王母楚人姓芈氏號宣太后秦昭王時義渠戎王與宣太后亂有二子宣太后詐而殺義渠戎王於甘泉遂起兵伐滅義渠而得其地杜預左氏傳注曰狡猾也赫怒已見上注紛吾去此舊都兮騑遲遲以歷茲杜預左氏傳注曰紛亂也謂心緒亂也楚辭曰紛吾乘兮玄雲舊都北地郡也說文曰驂傍馬也毛詩曰行道遲遲楚辭曰喟憑心而歷茲遂舒節以遠逝兮指安定以爲期舒節將行舒其志節也淮南子曰縱志舒節以馳大區漢書安定郡武帝元鼎三年置在涇渭之閒去長安三百五十里涉長路之緜緜兮遠紆回以樛流毛萇詩傳曰緜緜長不絕貌也劉歆遂初賦曰路脩遠而緜緜說文曰紆屈也樛流曲折貌也樛音蚪過泥陽而太息兮悲祖廟之不脩漢書北地郡有泥陽縣漢書曰班壹始皇之末避地於樓煩故泥陽有班氏之廟也泥奴雞切釋余馬於彭陽兮且弭節而自思孝武帝傷李夫人賦曰釋余馬於椒丘楚辭曰步余馬於蘭皐漢書安定郡有彭陽郎今彭原是也楚辭曰吾令羲和弭節兮司馬彪上林賦注曰弭節安志也日晻晻其將暮兮覩牛羊之下來楚辭曰日晻晻下而頹說文曰晻不明也於感切毛詩云日之夕矣牛羊下來君子行役如之何勿思寤曠怨之傷情兮哀詩人之歎

時思君子爲怨曠嗟行役爲歎時毛詩序曰大夫久役男女怨曠廣雅曰歎傷也越安定以容與兮遵長城
之漫漫楚辭曰遵赤水而容與又曰路曼曼其脩遠漫與曼古字通劇蒙公之疲民兮爲彊秦乎
築怨說文曰劇甚也史記曰蒙恬齊人也爲秦將拜爲內史秦使蒙恬築長城劉歆遂初賦曰劇彊秦之暴虐兮舍高亥
之切憂兮事蠻狄之遼患不耀德以綏遠顧厚固而繕藩言不光耀道德以綏
遠方反爲厚固繕藩而已廣雅曰切近也史記曰周穆王將征犬戎祭公謀父諫曰不可昔我先王耀德不覿兵杜預左氏傳注曰繕脩
也首身分而不寤兮猶數功而辭譽何夫子之妄說兮孰云地脉而
生殘史記曰趙高者諸疏遠屬也爲中車府令事公子胡亥始皇崩高得幸胡亥欲立爲太子太子已立遣使以罪賜蒙恬死蒙恬
喟然太息我何罪於天無過而死良久徐曰恬罪固當死矣起臨洮屬之遼東城壍萬餘里此其中不能毋絕地脉哉乃恬之罪也吞藥
自殺登鄣隧而遙望兮聊須臾以婆娑蒼頡篇曰障小城也漢書武帝謂狄山曰使居一障閒說文曰
隧塞上亭守烽火者也篆文從火古字通詞醉切班固漢書贊曰不脩障隧其義並同隧或爲墜說文曰墜古文地字也須臾少時也楚
辭曰何須臾而忘反婆娑容與之貌也毛詩曰市也婆娑閔獯鬻之猾夏兮弔尉卬於朝那史記文紀
曰匈奴謀入邊爲寇攻朝那塞殺北地都尉卬徐廣曰姓孫尚書曰蠻夷猾夏漢書曰安定郡有朝那縣姚察曰卬姓段從聖文
之克讓兮不勞師而幣加惠父兄於南越兮黜帝號於尉他聖文文帝也尚

書曰允恭克讓幣加加之幣帛也史記文紀曰南越王尉他自立爲武帝上召他兄弟以德報之他遂去帝稱臣又曰南越王尉他者真定人姓趙氏爲南海尉然爲尉故曰尉他又云他秦時爲龍川令使南越王值秦亂遂不歸自立爲越王降几杖於藩國兮折吳濞之逆邪史記曰吳王濞高帝兄劉仲之子也高祖立爲吳王孝文時稍失藩臣之禮稱病不朝天子賜吳王几杖老不朝其謀亦益不解也惟太宗之蕩蕩兮豈曩秦之所圖言文帝知加幣以懷邊豈如彊秦繕藩而禦遠也史記丞相申屠嘉議曰孝文皇帝廟宜爲帝者太宗之廟尚書曰王道蕩蕩曩猶向時也躋高平而周覽望山谷之嵯峨漢書安定有高平縣高唐賦曰周覽九土野蕭條以莽蕩迥千里而無家楚辭曰山蕭條而無獸爾雅曰迥遠也劉歆遂初賦曰迥百里而無家風猋發以漂遙兮谷水灌以揚波言水灌注且以揚波也管子曰山水之溝命曰谷水列女傳津吏女歌曰水揚波兮杳冥冥飛雲霧之杳杳涉積雪之皚皚楚辭曰眴兮杳杳王逸曰杳杳深冥貌也說文曰皚皚霜雪白之貌也牛哀切劉歆遂初賦曰漂積雪之皚皚涉凝露之隆霜鴈邕邕以羣翔兮鵾雞鳴以嚌嚌毛詩曰雝雝鳴鴈楚辭曰鵾雞啁哳而悲鳴嚌嚌衆聲也音嚌遊子悲其故鄉心愴悢以傷懷漢書高祖曰遊子悲故鄉廣雅曰愴愴悢悢悲也悢力上切毛詩曰嘯歌傷懷蒼頡篇曰懷抱也撫長劍而慨息泣漣落而霑衣左氏傳曰晉子朱怒撫劍從之說文曰慨太息也周易曰泣血漣如古詩曰淚下霑衣裳攬余涕以於邑兮哀生民之多故楚辭曰思美人

兮攬涕而竚眙又曰氣於邑而不可止又曰哀生人之長勤國語桓公問於史伯曰王室多故夫何陰曀之不陽兮嗟久失其平度陰曀喻昏亂也楚辭曰欲俟時而須臾日陰曀其將暮毛萇詩傳曰陰而風曰曀於計切諒時運之所為兮永伊鬱其誰愬爾雅曰諒信也宋衷春秋緯注曰五運五行用事之運也楚辭曰獨鬱結其誰語說文曰愬亦訴字亂曰夫子固窮遊藝文兮樂以忘憂惟聖賢兮論語子曰君子固窮又曰遊於藝又曰樂以忘憂達人從事有儀則兮行止屈申與時息兮毛詩曰我從事獨賢莊子曰形體保神各有儀則周易曰時止則止時行則行動靜不失其道光明家語孔子曰君子之行己也可以屈則屈可以伸則伸周易曰天地盈虛與時消息是也君子履信無不居兮雖之蠻貊何憂懼兮周易曰履信思乎順論語曰子張問行子曰言忠信行篤敬雖蠻貊之邦行矣

東征賦大家集曰子穀為陳留長大家隨至官作東征賦流別論曰發洛至陳留述所經歷也

曹大家范曄後漢書曰扶風曹世叔妻者同郡班彪之女也名昭字惠姬年十四嫁世叔和帝數召入宮令皇后貴人師事焉號曰大家兄固修漢書不終而死大家續之時馬融受業於大家

惟永初之有七兮余隨子乎東征惟是也東觀漢記曰和帝年號永初時孟春之吉日兮撰良辰而將行禮記曰孟春之月日在營室鄭玄禮記注曰撰猶擇也楚辭曰吉日兮良辰毛萇詩傳曰辰時也

乃舉趾而升輿兮夕予宿乎偃師（左氏傳曰鬬伯比曰莫敖舉趾高杜預注曰趾足也漢書河南郡有偃師縣在洛陽東三十里洛陽故事云帝嚳所都後為西亳即古之易亭周秦之世為偃師盤庚所遷處也）遂去故而就新兮志愴悢而懷悲（楚辭曰愴怳懭悢兮去故而就新）明發曙而不寐兮心遲遲而有違（毛詩曰明發不寐又曰行道遲遲中心有違）酌罇酒以弛念兮喟抑情而自非（漢書東方朔曰銷憂者莫若酒廣雅曰弛絕也爾雅曰念思也）諒不登樔而椓蠡兮得不陳力而相追（登樔椓蠡謂上古未有君臣又無宮室不知火化之時也言信不能同於上古登樔而椓蠡得不陳力就列而相追乎禮記曰昔者未有宮室夏則居橧巢韓子曰上古之世人民少而禽獸眾人不勝禽獸蟲蛇聖人作構木為巢以羣居天下號曰有巢氏民食果蓏蚌蛤腥臊惡臭聖人作鑽燧取火以化腥臊天下號曰燧人氏鄭玄周禮注曰椓擊也淮南子曰古者人茹草飲水食蠃蚌之肉陳思王遷都賦曰覽乾元之兆域兮本人物乎上世紛混沌而未分與禽獸乎無別椓蠡蟄而食蔬摭皮毛以自蔽然陳思之言蓋出於此也尸子曰卵生曰琢胎生曰乳琢與椓蠡與蠃古字通蠡力戈切蟄力兮切蚌蒲講切論語子謂冉有曰周任有言陳力就列不能者止）且從眾而就列兮聽天命之所歸（論語曰吾從眾就列已見上注墨子曰貧富治亂固有天命不可損益也）遵通衢之大道兮求捷徑欲從誰（楚辭曰夫唯捷徑以窘步王逸曰徑邪道也）乃遂往而徂逝兮聊游目而遨魂（楚辭曰忽反顧而游目韓詩曰聊樂我魂薛君曰魂神也）歷七邑而觀覽兮遭

鞏縣之多艱史記曰秦莊襄王滅東西周徐廣曰周比亡之時凡七縣河南洛陽穀城平陸偃師鞏緱氏漢書河南郡有鞏縣楚辭曰路脩遠以多艱鞏居勇切望河洛之交流兮看成皐之旋門郭璞曰山海經注曰洛水東至河南鞏縣入河廣雅曰交合也漢書河南郡有成皐縣旋門已見東京賦成皐縣今虎牢是也既免脫於峻嶮兮歷滎陽而過卷漢書河南郡有滎陽縣應劭曰卷故號國今號亭是也卷丘圓切食原武之息足宿陽武之桑閒漢書河南郡有原武縣陽武縣涉封丘而踐路兮慕京師而竊歎漢書陳留郡有封丘縣應劭曰鄭春秋所謂敗狄於長丘史記曰紂醢九侯西伯聞之竊歎也小人性之懷土兮自書傳而有焉論語子曰君子懷德小人懷土孔安國曰懷安也遂進道而少前兮得平丘之北邊家語曰孔子適齊驅而少前漢書陳留郡有平丘縣入匡郭而追遠兮念夫子之厄勤彼衰亂之無道兮乃困畏乎聖人論語子畏於匡又曰慎終追遠史記曰孔子將適陳過匡匡人聞之以爲魯之陽虎陽虎嘗暴於匡匡人匡人遂止孔子悵容與而久駐兮忘日夕而將昏神女賦曰時容與以微動漢書門卒謂韓延壽曰明府久駐未出蒼頡篇曰駐主也到長垣之境界察農野之居民漢書陳留郡有長垣縣也睹蒲城之丘墟兮生荊棘之榛榛丘墟已見上文漢書伍被曰臣見宮中生荊棘惕覺寤而顧問兮想子路之威神衛人嘉其勇義兮訖于今而稱云長門賦曰惕寤覺而無見

韓詩外傳曰周公無所顧問史記徐廣注曰長垣縣有匡城蒲鄉史記曰子路爲蒲邑大夫論語子曰君子有勇而無義爲亂又曰民到于今稱之稱或爲祠

蘧氏在城之東南兮民亦尚其丘墳蘧氏蘧瑗也陳留風俗傳曰長垣縣有蘧鄉有蘧伯玉冢廣雅曰墳高也春秋說題辭曰丘者墓也

唯令德爲不朽兮身既沒而名存毛詩曰顯顯令德左氏傳穆叔曰太上有立德此之謂不朽論語曰文王既沒

惟經典之所美兮貴道德與仁賢老子曰莫不尊道而貴德尹文子曰親疏係乎勢利不係乎不肖與仁賢也

吳札稱多君子兮其言信而有徵左氏傳曰吳季札適衛說蘧瑗史狗史鰌公子荊公叔發謂公子朝曰衛多君子未有患也又叔向曰君子之言信而有徵

後衰微而遭患兮遂陵遲而不興史記衛世家曰成侯貶號曰侯平侯子嗣君更貶號曰君朝魏魏殺懷君至君角秦二世廢爲庶人衛絕祀孫卿子曰百仞之山而豎子憑而游焉陵遲故也今夫世之陵遲亦久矣而能使勿踰乎漢書劉向上書曰周室多禍遂陵夷不能復興王肅家語注曰陵遲猶陂陀也

知性命之在天由力行而近仁論語子夏曰死生有命富貴在天家語孔子曰形於一謂之性王肅曰人各受陰陽剛柔之性故曰形於一也命已見上文禮記子曰好學近乎知力行近乎仁

勉仰高而蹈景兮盡忠恕而與人毛詩曰高山仰止景行行止論語子貢問曰有一言而終身行之者乎子曰其恕乎己所不欲勿施於人老子曰天道無親常與善人

好正直而不回兮精誠通於明神毛詩曰靖恭爾位好是正直神之聽之介爾景福又曰求福不回鄭玄曰不違先祖之道也文子曰精誠通於

形動氣於天庶靈祇之鑒照兮祐貞亮而輔信楚辭曰招貞良與明智亂曰君子之

思必成文兮盍各言志慕古人兮楊子法言曰君子言則成文動則成德論語曰顏淵季路侍子曰盍

各言爾志先君行止則有作兮雖其不敏敢不法兮先君謂彪也有作謂北征賦也論語顏淵

曰回雖不敏請事斯語矣貴賤貧富不可求兮正身履道以俟時兮論語子曰富而可求雖執

鞭之士吾亦爲之如不可求從吾所好周易曰履道坦坦孫卿子曰君子博學深謀脩身端行以俟其時脩短之運愚智

同兮靖恭委命唯吉凶兮靖恭已見上注鶡冠子曰縱軀委命敬慎無怠思嗛約兮清

靜少欲師公綽兮毛詩曰敬慎威儀尚書曰無怠無荒周易曰人道惡盈而好謙嗛與謙音義同苦兼切封禪書曰上

猶嗛讓而未俞也老子曰清淨爲天下正論語曰子

路問成人子曰若公綽之不欲馬融曰孟公綽也

文選卷第九

賜進士出身通奉大夫江南蘇松常鎮太等處承宣布政使司布政使胡克家重校刊

珍倣宋版印

文選卷第十

梁昭明太子撰

文林郎守太子右內率府錄事參軍事崇賢館直學士臣李善注上

紀行下

潘安仁西征賦一首

西征賦臧榮緒晉書曰岳爲長安令作西征賦述行歷論所經人物山水也

潘安仁岳滎陽中牟人晉惠元康二年岳爲長安令因行役之感而作此賦岳家在鞏縣東故言西征

歲次玄枵許喬月旅蕤賓丙丁統日乙未御辰岳傷弱子序曰元康二年五月余之長安以歷推之元康二年歲在壬子乙未五月十八日也爾雅曰太歲在子曰困敦左氏傳梓慎曰歲在星紀而淫於玄枵杜預曰歲歲星也玄枵在子虛危之次也然玄枵歲星所歷困敦太歲所次今論太歲而曰玄枵疑誤也鄭玄周禮注曰旅猶處也禮記曰仲夏之月律中蕤賓鄭玄曰中猶應也仲夏氣至則蕤賓律應也呂氏春秋曰仲夏其日丙丁高誘曰丙丁火日也然夏爲火德故以丙丁統夏也左氏傳云日月之會是謂辰故以配日杜預曰一歲日月十二會所會謂之辰配日謂子丑配甲乙也然其日値乙未也鄭玄禮記注曰御猶主也

潘子憑軾西征自京徂秦潘子岳自謂也馮衍揚節賦曰馮子耕於酈山之阿憑軾已見魏都賦爾雅曰徂往

也迺喟然歎曰古往今來邈矣悠哉寥廓惚怳化一氣而甄三才論語
夫子喟然歎曰吾與點也寥廓惚怳未分之貌也鵩鳥賦曰寥廓忽
荒列子曰太易者未見氣也易變而爲一又曰一者形變之始也輕
清者上爲天重濁者下爲地中和之氣者爲人張湛曰所謂易者窈
冥惚怳不可變也一氣恃之而作化故寄名變耳甄已見魏都賦易
曰兼三才而兩之漢書音
義曰陶人作瓦器謂之甄 此三才者天地人道唯生與位謂之大寶
周易曰天地之大德曰
生聖人之大寶曰位 生有脩短之命位有通塞之遇鬼神莫能要
聖智弗能豫東征賦曰脩短之運愚智同通塞猶窮達
也班固覽海賦曰運之脩短不豫期也 當休明之盛
世託菲薄之陋質左氏傳王孫滿曰德之休明楚辭曰質
菲薄而無由馬融論語注曰菲薄也 納旌弓於
鉉台讚庶績於帝室臧榮緒晉書曰岳弱冠辟太尉府掾孟子曰夫
招士以旃大夫以旌左氏傳陳敬仲曰詩云翹
翹車乘招我以弓周易曰鼎金鉉鄭玄曰金鉉喻明道能舉君之官
職也鄭玄尚書注曰鼎三公象也春秋漢含孳曰三公在天法三台
也尚書曰庶績其凝應劭漢
官儀曰帝室猶言王室者也 嗟鄙夫之常累固既得而患失無柳季
之直道佐士師而一黜臧榮緒晉書曰岳遷廷尉平爲公事免官論
語子曰鄙夫不可與事君其未得之患得之
既得之患失之又曰柳下惠爲士師三黜人曰
子未可以去乎曰直道而事人焉往而不三黜 武皇忽其升遐八音
遏於四海臧榮緒晉書武紀曰帝諱炎字世安崩謚曰武禮記曰天
王崩告喪曰天王登遐尚書曰帝乃徂落三載四海遏密

八音孔安國尚書傳曰遏絕密靜也天子寢於諒闇百官聽於冢宰臧榮緒晉書惠紀曰帝諱衷字正度武帝崩太子即皇帝位禮記曰高宗諒闇三年不言干寶晉紀曰彼楊駿為太傅百官總己以聽於駿尚書曰百官總己以聽於冢宰負荷之殊重雖伊周其猶殆伊尹之相太甲致桐宮之師周旦之輔成王有流言之謗左氏傳曰子產曰其父析薪其子弗克負荷爾雅曰殆危也窺七貴於漢庭譸一姓之或在七姓謂呂霍上官趙丁傅王也庚亮表曰向使西京七族皆非姻黨從而悉全決不盡敗聲類曰譸亦疇字也爾雅曰疇誰也無危明以安位祇居逼以示專陷亂逆以受戮匪禍降之自天言無見危之明以安其位秖為逼主以示己專也干寶晉紀曰駿被誅禮記曰明於順然後能守危鄭玄曰能守自危之道周易曰危者安其位者也毛詩曰亂匪降自天生自婦人孔隨時以行藏蘧與國而舒卷苟蔽微以繆章患過辟之未遠言孔蘧有知微知章之鑒故隨否泰而行藏與治亂而舒卷中庸之流苟蔽繆於斯術故患此過常之辟未遠其身也周易曰隨時之義大矣哉論語子謂顏淵曰用之則行舍之則藏唯我與爾有是夫又曰君子哉蘧伯玉邦有道則仕邦無道可卷而懷之周易注曰君子知微謂幽昧知章謂明顯也爾雅曰辟罪未遠不離其身也辟匹亦切悟山潛之逸士卓長往而不反班固漢書贊曰山林之士往而不能反陋吾人之拘攣飄萍浮而蓬轉言己闕行藏之明而有蔽繆之累故悟山潛之為是陋拘攣之寔非謝承後漢書鄭玄戒子書曰黃巾為害萍浮南北東觀漢記太史官曰票駭蓬轉因遇際會寮位儡其

隆替名節漼以隳落危素卵之累殼甚玄鸞之巢幕心戰懼以兢悚
如臨深而履薄說文曰傴壞敗之貌洛罪切漼亦壞貌七罪切累卵已見魏都賦左氏傳吳公子札曰夫子在此猶鸞巢
幕上也杜預曰夫子孫文子也毛詩曰戰戰兢兢如臨深淵如履薄冰殼苦角切夕獲歸於都外宵未中而
難作王隱晉書曰潘岳為楊駿府主簿駿被誅曰岳取急對人朱振代吏三族匪擇木以棲集尠林焚而
烏存擇木已見魏都賦爾雅曰尠寡也遭千載之嘉會皇合德於乾坤聖主得賢臣頌曰上下懽
然交欣千載一會周易曰亨者嘉之會也乾坤天地也張超宣尼頌曰合暈乾坤周易曰大人者與天地合其德弛秋霜之
嚴威流春澤之渥恩韋昭漢書注曰弛廢也荀悅申鑒曰人主怒如秋霜漢書孫寶敕侯文曰今鷹隼始擊當從天
氣取姦惡以成嚴霜之威古長歌行曰陽春布德澤萬物生光輝洞簫賦曰蒙聖主之渥恩甄大義以明責反初
服於私門宋均尚書緯注曰甄表也楚辭曰進不入以離尤兮退將復脩吾初服戰國策蘇子說魏王曰破公家而成私門
皇鑒揆余之忠誠俄命余以末班末班謂長安令也楚辭曰皇覽揆余於初度何休公羊傳注曰俄者
須臾之間牧疲人於西夏攜老幼而入關周禮曰以嘉石平疲民陳思王述征賦曰恨西夏之不綱戰國
策曰薛人攜老幼迎孟嘗君道中上去魯而顧歎季過沛而涕零伊故鄉之可懷疚
聖達之幽情韓詩外傳曰孔子去魯遲遲乎其行也漢書曰上過沛留置酒沛宮乃起舞忼慨傷懷泣下數行謂沛父老曰

遊子悲故鄉爾雅曰疚病也舞賦曰幽情形而外揚矧匹夫之安土邈投身於鎬京爾雅曰矧況也漢書
元帝詔曰安土重遷黎人之性毛詩序曰王居鎬京猶犬馬之戀主竊託慕於闕庭曹植責躬表曰不勝
犬馬戀主之情東都賦曰闕庭神麗眷鞏洛而掩涕思纏緜於墳塋鞏洛二縣名也河南郡圖經曰潘岳
父冢鞏縣西南三十五里楚辭曰長太息以掩涕張升與任彥堅書曰纏綿恩好庶蹈高蹤漢書音義如淳曰塋冢田也音營爾乃
越平樂過街郵秣馬皐門稅駕西周平樂館名也酈善長水經注曰梓澤西有一原古舊亭處即街
郵也石卷瀆口高三丈謂之皐門橋左氏傳曰秣馬利兵毛萇詩曰秣粟也韓子曰衛靈公至濮水之上稅馬而牧法言曰仲尼之駕稅
矣李軌曰稅舍也失銳切西周見下注解遠矣姬德興自高辛思文后稷厥初生民率西
水滸化流岐豳祚隆昌發舊邦惟新左氏傳劉子曰美哉禹功明德遠矣史記曰帝嚳高辛者黃帝
曾孫也姜嫄為帝嚳元妃生弃號曰后稷別姓姬氏毛詩曰思文后稷克配彼天又曰厥初生人時維姜嫄又曰古公亶父來朝走馬率
西水滸至於岐下史記曰后稷之孫慶節立國於邠後古公為戎狄攻之遂去邠止於岐下公季卒子昌立曰文王文王崩太子發立是
為武王毛詩曰周雖舊邦其命惟新偕與嚳同邠與豳同旋牧野而歷茲愈守柔以執競尚書曰武王與
受戰于牧野茲此也謂此周也北征賦曰駢遲遲兮歷茲老子曰守柔曰強毛詩曰執競武王無競維烈鄭玄曰競強也能材強道者惟
有武王爾夜申旦而不寐憂天保之未定楚辭曰獨申旦而不寐史記曰武王望商邑至于周自夜不寐

周公旦曰曷爲不寐王曰我未定天保何暇寐也惟泰山其猶危祀八百而餘慶言武王滅商雖有泰
山之固尚以爲危故能載祀八百猶有餘慶也郭璞爾雅注曰惟發語辭也戰國策呂不韋曰周凡三十七王八百六十七年然今言八
百舉全數也周易曰積善之家必有餘慶鑒亡王之驕淫竄南巢以投命坐積薪以待然
方指日而比盛亡王謂桀也言武王居安而慮危而桀處險而逾泰也尚書曰成湯放桀於南巢范曄後漢書趙壹曰奚
異涉海之失柂坐積薪而待然尚書大傳曰伊尹入告於王曰大命之去有日矣王曰天之有日猶吾之有人日有亡哉日亡吾亦亡鄭
玄曰自比於天言常在也比於日言去復來也人度量之乖舛何相越之遼迥人謂武王與桀也安危異
情故曰乖舛也喻巴蜀檄曰人之度量相越豈不遠哉乖舛不齊也爾雅曰迥遠也今協韻爲呼瞑切考土中于斯邑
成建都而營築既定鼎于郟鄏遂鑽龜而啓繇尚書曰成王欲宅洛邑周公曰王來紹上
帝自復于土中毛詩曰考卜惟王鄭玄曰考稽也東都賦曰建都河洛左氏傳曰王孫滿曰成王定鼎於郟鄏卜世三十卜年七百杜預
左氏傳注曰繇卜兆辭也平失道而來遷緊二國而是祐史記曰平王東遷于雒邑二國晉鄭也左氏傳
桓公曰我周之東遷晉鄭焉依杜預左氏傳注曰緊語助也豈時王之無僻賴先哲以長懋言周末之
王豈無邪僻之行但賴前聖之德所以長茂也左傳韓厥曰三代之令王皆數百年保天之祿夫豈無僻王賴前哲以免也漢書策詔曰
大禹能亡失德夏以長懋說文曰懋盛也望圉北之兩門感虢鄭之納惠討子頹之樂禍

尤關西之効戾言鄭伯以子頹樂及徧舞爲樂禍而討之既尤之矣及乎享王闕西備樂是乃効其爲戾也左氏傳曰初王姚嬖于莊王生子頹子頹有寵及惠王即位衛師燕師伐周立子頹享五大夫樂及徧舞鄭伯聞之見虢叔曰寡人聞之哀樂失時殃咎必至今王子頹歌舞不倦樂禍也盍納王乎虢公曰寡人之願也同伐王城鄭伯將王自圉門入虢叔自北門入殺子頹鄭伯享王于闕西辟樂備原伯曰鄭伯効尤其亦將有咎包咸論語注曰尤過也爾雅曰戾罪也重戮帶以定襄弘大順以霸世左氏傳曰太叔帶以狄師伐周襄王出適鄭晉侯迎王王入于城取太叔於溫殺之鄭玄毛詩箋曰弘廣也重晉文侯重耳靈壅川以止鬭晉演義以獻說國語曰靈王二十二年穀洛二水鬭欲毀王宮王欲壅之太子晉諫曰不可晉聞古之長人不墮山不防川今吾執政實有所辟而禍夫二川之神賈逵曰鬭者兩會似於鬭小雅曰演廣遠也咨景悼以迄丏政凌遲而彌季俾庶朝之構逆歷兩王而干位孔安國尚書傳曰咨嗟也左氏傳曰王子朝有寵於景王王崩子朝因舊官之喪職秩者以作亂單子逆悼王於莊宮以歸子朝奔京王子猛卒敬王即位王子朝入于尹劉子以王如劉王子朝入於王城單子如晉告急晉智躒帥師納王子朝奔楚王人殺子朝于楚杜預曰悼王子猛也敬王子猛母弟子丏也賈逵國語注曰子朝景王之長庶子也爾雅曰迄至也呼乞切丏音蓋毛詩序曰禮義凌遲左氏傳晏子曰此季世也毛詩曰我日構禍毛萇曰構成也左氏傳衛彪傒曰魏子干位以令大事踰十葉以逮赧邦分崩而爲二竟橫噬於虎口輸文武之神器史記曰景王崩子悼王立崩弟敬王立崩子元王立崩子定王立崩子哀王立

弟殺哀王自立爲思王思王弟殺思王自立爲考王崩子威烈王立崩子安王立崩子烈王立崩弟立爲顯王崩子慎靚王立崩子赧王立東西周分治王赧徙都西周初考王封其弟于河南桓公卒威公立卒子惠公立乃封其少子于鞏以奉王號東周惠公秦莊襄王滅東西周爾雅曰逮及也論語子曰邦分崩離析虎口喻秦也漢書曰秦二世拜叔孫通爲博士通出曰我幾不免虎口老子曰天下神器不可爲也爲者敗之

澡孝水而濯纓嘉美名之在茲澡水經注作濟字林曰孝水在河南郡酈元曰在河南城西十餘里楚辭曰滄浪之水清可以濯吾纓毛萇詩傳曰濯滌也夭赤子於新安坎路側而瘞之亭有千秋之號子無七旬之期雖勉勵於延吳實潛慟乎余慈傷弱子序曰三月壬寅弱子生五月之長安壬寅次于新安之千秋亭甲辰而弱子夭乙巳瘞于亭東廣雅曰夭折也書曰若保赤子字書曰瘞埋也猗頠切禮記曰延陵季子適齊於其反也其長子死葬於嬴博之閒其坎深不至於泉列子曰魏有東門吳者子死而不憂其相室曰公之愛子也天下無有子死而不憂者何也東門吳曰吾嘗無子之時不憂今子死乃與向無子時同吾奚憂也戰國策以吳爲吾眄山川以懷古悵攬轡於中塗虐項氏之肆暴坑降卒之無辜激秦人以歸德成劉后之來蘇事回泬而好還卒宗滅而身屠東都賦曰慨長思而懷古楚辭曰攬騑轡而下節杜預左氏傳注曰肆極也史記曰章邯降項王秦吏卒多竊言曰今能入關破秦大善即不能秦必盡誅吾父母妻子諸將聞其計以告項羽於是楚軍夜擊坑秦卒二十餘萬新安城南後羽敗垓下至烏江自刎尚書曰后來其蘇韓詩曰謀猷回泬薛君

曰回邪僻也老子曰其事好還經澠池而長想停余車而不進漢書弘農郡有澠池縣舞賦曰遠思長想秦虎狼之彊國趙侵弱之餘燼超入險而高會杖命世之英藺戰國策楚王曰秦虎狼之國也左氏傳齊賓媚人曰請收合餘燼背城借一杜預曰燼火餘之木也高會已見吳都賦孟子曰五百年必有王者興其閒必有命世者廣雅曰命名也李陵書曰命世之才耻東瑟之偏鼓提西缶而接刃辱十城之虛壽奄咸陽以取儁史記曰趙王與秦王會於澠池秦王曰寡人聞趙王好音請奏瑟趙王鼓瑟相如前曰趙王竊聞秦王善為秦聲請奏缶秦王怒不許相如曰請得以頸血濺大王矣左右欲刃相如相如叱之皆靡秦王不懌為一擊缶秦之羣臣請以趙十五城為秦王壽藺相如亦曰請以秦咸陽為趙王壽秦王終不能加勝於趙爾雅曰盎謂之缶呂氏春秋曰兵不接刃而人人服化說文曰奄覆也取儁自取雄儁也出申威於河外何猛氣之咆勃入屈節於廉公若四體之無骨河外謂之澠池史記曰秦王使使告趙王為好會於西河外澠池咆勃怒貌也史記曰廉頗曰我為趙將有攻城野戰之功而藺相如徒以口舌為勞而位居我上我見相如必辱之相如出見廉頗引車避匿荀悅申鑒曰高祖申威於秦項宋玉笛賦曰悲猛氣兮飄疾家語子夏曰今夫子欲屈節以救父母之國論語丈人曰四體不勤尸子曰徐偃王有筋而無骨也處智勇之淵偉方鄙吝之忿悁雖改日而易歲無等級以寄言智勇相如也忿悁廉頗也言以相如之比廉頗雖以一日之促方一歲之永猶未足以寄言言相去遠也史記繆賢曰臣舍人藺相如勇士有智謀太史公曰

其處智勇可謂兼之矣范曄後漢書陳蕃曰鄙𡿨之萌復存乎心戰國策張儀曰秦忿悁含怒之日久也當光武之蒙塵
致王誅于赤眉異奉辭以伐罪初垂翅於回谿不尤眚以掩德終奮
翼而高揮東觀漢記曰馮異字公孫拜爲征西將軍與赤眉相距上命諸將士屯澠池爲赤眉所乘反走上回谿阪異復合兵
追擊大破之殽底璽書勞異曰垂翅回谿奮翼澠池左氏傳臧文仲曰天子蒙塵于外東都賦曰天人致誅東觀漢記曰樊崇欲與王莽
戰恐其衆與莽兵亂乃皆朱其眉以相別識由是號曰赤眉尚書曰奉辭伐罪左傳秦穆公曰吾不以一眚掩大德西京賦曰遊鷮高翬
薛綜曰翬飛也揮與翬古字通建佐命之元勳振皇綱而更維佐命已見西都賦荅賓戲曰廓帝紘恢皇
綱鄭玄周禮注曰維猶連結也登嶠坂之威夷仰崇嶺之嵯峨韓詩曰周道威夷薛君曰威夷險也嵯峨
已見上文皐記墳於南陵文違風於北阿蹇哭孟以審敗襄墨縗以授戈
會隻輪之不反棘三帥以濟河左氏傳曰秦穆公召孟明西乞白乙使出師襲鄭蹇叔之子與師哭而送
之曰晉人禦師必於殽殽有二陵焉其南陵夏后皐之墓也其北陵文王之所避風雨也必死是閒余收爾骨焉秦師還晉文公子墨縗
經敗秦師于殽獲百里孟明視西乞術白乙丙以歸文嬴請三帥公許之杜預曰公未葬故襄公稱子公羊傳曰晉人敗秦師于殽匹馬
隻輪無反者而值庸主之矜愎殆肆叔於朝市任好綽其餘裕獨引過以歸
己明三敗而不黜卒陵晉以雪恥豈虛名之可立良致霸其有以言若

偩庸主矜而愎諫殆戮三帥陳之市朝而賴任好緯然寬裕故直引過而歸諸己爾雅曰庸常也鄭玄禮記注曰矜自尊大也左氏傳曰慶鄭曰愎諫違卜杜預曰愎戾也論語子服景伯曰吾力猶能肆諸市朝鄭玄曰陳其尸曰肆史記秦繆公曰任好孟子曰吾進退豈不緯然有餘裕哉左氏傳曰秦伯不廢孟明曰孤之罪也又曰秦孟明視伐晉晉侯禦之戰于彭衙秦師敗績又曰晉先且居伐秦取汪彭衙而還以報彭衙之役斯三敗矣又曰秦伯伐晉取王官及郊晉人不出封殽尸而還遂霸西戎用孟明也然止二敗言三未詳史記秦穆公謂三將曰子其悉雪恥古詩曰虛名復何益楚辭曰名不可以僞立毛詩曰何其久也必有以也鄭玄曰必以有功德也卒或爲雜非也

降曲崤而憐虢託與國於亡虞貪誘賂以賣鄰不及臘而就拘垂棘反於故府屈產服于晉輿德不建而民無援仲雍之祀忽諸

劉澄之地理書曰肴有純石或謂石肴如淳漢書注曰相與友善爲與國與黨與也左氏傳曰晉荀息請以屈產之乘垂棘之璧假道於虞以伐虢虞公許之宮之奇曰虞不臘矣晉滅虢虢公醜奔京師還館於虞遂襲虞滅之穀梁傳曰後晉舉虞荀息牽馬操璧而前曰璧猶是馬齒加長矣燕丹子夏扶曰馬無服輿之伎則未可與決良左氏傳曰臧文仲聞六與蓼滅曰皐陶庭堅不祀忽諸德之不建人之無援哀哉杜預曰忽然而亡也史記曰武王求仲雍之後得虞仲封於周之北故夏墟之地

我徂安陽言陟陝郛行乎漫瀆之口憩乎曹陽之墟

漢書弘農郡有陝縣酈善長水經注曰橐水出橐山北流出谷謂之漫澗與安陽溪水合又西經陝縣故城南又合一水謂之瀆谷水漫澗水北有逆旅亭謂之漫口客舍弘農郡圖經曰曹陽桃林縣東十二里

美哉

邈乎茲土之舊也固乃周邵之所分二南之所交麟趾信於關雎騶虞應乎鵲巢公羊傳曰自陝以東周公主之自陝以西召公主之毛詩序曰關雎麟趾之化王者之風也故繫之周公鵲巢騶虞之德諸侯之風也故繫之邵公周南邵南正始之道王化之基愍漢氏之剝亂朝流亡以離析卓滔天以大滌劫宮廟而還迹俾萬乘之威尊降遙思於征役顧請旋於傕汜既獲許而中惕追皇駕而驟戰望玉輅而縱鏑魏志曰董卓字仲穎隴西人為相國卓以山東豪傑並起乃徙天子都長安燔燒洛陽宮室卓至西京呂布誅卓卓將李傕郭汜擅朝政傕質天子於營傕將楊奉叛傕傕眾稍衰天子乃得出至新豐楊奉董承以天子還洛陽傕汜悔遣天子復相與追及天子於弘農之曹陽大戰奉兵敗左氏傳子朝曰單旗劉狄剝亂天下毛詩曰民卒流亡離析已見上注孔安國尚書傳曰滌除也左氏傳晉趙括謂楚曰寡君使羣臣遷大國之迹於鄭淮南子曰雖有盛尊之親萬乘已見上文痛百寮之勤王咸畢力以致死分身首於鋒刃洞胸腋以流矢有褰裳以投岸或攘袂以赴水傷桴檝之褊小撮舟中而掬指華嶠後漢書曰李傕等大戰弘農百官士卒死者不可勝數董承率眾擊傕大破之乘輿乃得進承先具舟船帝以絹挽而下餘人匍匐岸側或自投死范曄後漢書獻帝下登船諸不得渡者皆爭攀船船上人刃櫟其指舟中之指可掬左氏傳狐偃曰求諸侯莫如勤王東觀漢記太史曰忠臣畢力尉繚子曰未有不能得其力而致其死北征賦曰首身分而不寤子虛賦曰洞胸達

脉禮記曰流矢在白肉毛詩曰褰裳涉洧又曰攘袂而與左氏傳曰晉中軍下軍爭舟舟中之指可掬

升曲沃而惆悵惜兆亂而兄替枝末大而本披都偶國而禍結

左氏傳曰晉穆侯之夫人姜氏以條之役生太子命之曰仇其弟以千畝之戰生命之曰成師師服曰今君命太子曰仇弟曰成師始兆亂矣兄其替乎後封桓叔于曲沃師服曰吾聞國家之立也本大而末小是以能固天子建國諸侯立家今晉甸侯也本既弱矣其能久乎後曲沃莊伯伐翼殺孝侯曲沃武公伐翼獲翼侯然孝侯翼侯仇之後也莊伯武公桓叔成師之後也翼晉都也曲沃在河東聞喜縣酈善長水經注曰春秋晉侯使詹嘉守桃林之塞處此以備秦時以曲沃之官守之故有曲沃之名然此曲沃在西因彼曲沃而得名今因名而說彼楚辭曰惆悵而私自憐爾雅曰替廢也左氏傳申無宇曰末大必折漢書曰田蚡曰枝大於幹脛大於股不折必披或云枝本大而末披左氏傳辛伯曰大都偶國亂之本也

臧札飄其高厲委曹吳而成節何莊武之無恥徒利開而義閉

左氏傳曰吳子諸樊將立季札季札辭曰曹宣公之卒也諸侯與曹人不義曹君將立子臧子臧去之遂不爲也以成曹君君子曰能守節矣君義嗣也誰敢奸君有國非吾節也札雖不才願附於子臧以無失節王逸楚辭注曰委弃也范曄後漢書李固奏記梁商曰夫義路閉則利門開利門開則義路閉

躡函谷之重阻看天險之衿帶迹諸侯之勇怯算嬴氏之利害

廣雅曰躡履也函谷已見西都賦鸚鵡賦曰崎嶇重阻周易曰天險不可升也險山川丘陵衿帶已見上文孫卿子曰勇怯勢也

或開關以延敵競遯逃以奔竄

言其利也過秦論曰諸侯以百萬之衆叩關而攻秦

秦人開關延敵九國之師逡巡而不敢進也有噤門而莫啓不窺兵於山外言其害也戰國策范雎謂
秦王曰秦今反閉關而不敢窺兵於山東者穰侯為國謀不忠大王計有所失也楚辭曰噤閉而不言然噤亦閉也噤巨蔭切連雞
互而不棲小國合而成大言小國異乎連雞也戰國策秦惠王謂寒泉子曰蘇秦約于諸侯諸侯之不可一猶
連雞之不能俱止棲亦明矣豈地勢之安危信人事之否泰言崤函之險未嘗暫改或開關延敵或噤
門莫啓明此不徒在地勢亦由在人也湯曰吾欲因其地勢所有而敵之否泰周易二卦名也周易曰泰上下交而其志同也否上下不
交而天下無邦漢六葉而拓畿縣弘農而遠關六葉武帝也難蜀父老曰德茂存乎六世應劭漢書注曰
拓廣也漢書元鼎三年徙函谷關於新安以故關為弘農縣也厭紫極之閑敞甘微行以遊盤長傲
賓於柏谷妻覩貌而獻餐疇匹婦其已泰胡厭夫之繆官紫極星名王者為宮
以象之曹植上表曰情注于皇居心在乎紫極南都賦曰體爽塏以閑敞蒼頡篇曰敞高顯也漢武帝故事曰帝即位為微行嘗至柏谷
夜投亭長宿亭長不納乃宿逆旅逆旅翁要少年十餘人皆持弓矢刀劍令主人嫗出遇客婦謂其翁曰吾觀此丈夫非常人也且有備
不可圖也天寒嫗酌酒多與其夫夫醉嫗自縛其夫諸少年皆走嫗出謝客殺雞作食平旦上去還宮乃召逆旅夫妻見之賜嫗金千斤
擢其夫為羽林郎疇猶酬也昔明王之巡幸固清道而後往懼銜橜之或變峻徒
御以誅賞東觀漢記曰西巡幸長安司馬相如上疏曰夫清道而後行猶將有銜橜之變漢書音義張揖曰御勸也司馬彪莊

子注曰橜騑馬口中長銜也橜巨月切淮南子曰陷法刻刑許慎曰陷峻也毛詩曰徒御不驚彼白龍之魚服挂豫
且之密網輕帝重于天下奚斯漸之可長白龍已見東京賦帝重帝位之重也言輕帝位之重
於天下此乃陵上之漸何可長乎弔戾園於湖邑諒遭世之巫蠱探隱伏於難明委
讒賊之趙虜加顯戮於儲貳絕肌膚而不顧作歸來之悲臺徒望思
其何補漢書曰戾太子據與江充有隙會巫蠱事起充遂至太子宮掘得桐木人太子無以自明乃斬江充與丞相劉屈氂戰兵
敗東至湖邑自縊而死車千秋訟太子寃上憐太子無辜乃作思子宮爲歸來望思之臺於湖宣帝即位謚曰戾以湖邑閿鄉爲戾園又
太子罵充曰趙虜乃亂吾父子也蒼頡篇曰委任也尚書王曰弗迪有顯戮漢書疏廣曰太子國儲副君宋均元命苞注曰儲君副主言
設以待之王命論曰高四皓之名刻肌膚之愛幽通賦曰雖覆醢其何補紛吾既邁此全節又繼之以盤
桓問休牛之故林感徵名於桃園言吾紛然行此全節之野又繼之以盤桓而不前楚辭曰紛吾乘兮
玄雲北征賦曰紛吾去此舊都騑遲遲而歷茲爾雅曰邁行也全節即漢書全鳩里戾太子死處圖經曰全節閿鄉縣東十里鳩澗西廣
雅曰盤桓不進也周易曰初九盤桓尚書武成曰放牛於桃林之野示天下弗服東征記曰全節地名其西名桃原古之桃林也發
閿鄉而警策愬黃巷以濟潼眺華岳之陰崖覿高掌之遺蹤漢書湖縣名今
虢州閿鄉湖城二縣皆其地也曹子建應詔詩曰僕夫警策鄭玄周禮注曰警勑戒之也薛綜西京賦注曰愬向也愬與遡古字通獻帝

春秋曰興平二年十一月丙寅車駕東行到黃巷亭庚午到弘農述征記曰河自關北東流水側有坂謂之黃巷坂雍州圖經曰潼水在華陰縣界水經曰北流注河西京賦曰綴以二華巨靈贔屓高掌遠蹠以流河曲闕音聞憶江使之反璧告亡期於祖龍史記曰秦始皇帝三十六年鄭使者從關東來至華陰之野有持璵使者曰為我遺鎬池君因言曰明年祖龍死置璧而去忽不見始皇使人視璧乃二十八年渡江所沈璧也蘇林曰祖始也龍人君之象謂始皇也不語怪以徵異我聞之於孔公論語曰子不語怪力亂神慍韓馬之大憝阻關谷以稱亂何晏論語注曰慍怒也魏志曰建安十六年關中諸將馬超韓遂等反超等屯潼關尚書曰元惡大憝孔安國曰憝惡也杜預左氏傳注曰阻恃也關谷潼關函谷也尚書曰敢行稱亂孔安國曰稱舉也魏武赫以霆震奉義辭以伐叛彼雖衆其焉用故制勝於廟筭魏志曰曹公西征與超等夾關為戰大破之尚書曰奉辭伐罪左氏傳隨武子曰伐叛刑也柔服德也又屈完曰雖君之衆無所用之孫子曰水因地而制行兵因敵而制勝又曰夫未戰而廟勝得筭之多者也漢書楊雄郎趙充國圖畫而頌之曰料敵制勝砰揚桴以振塵繣瓦解而冰泮超遂遁而奔狄甲卒化為京觀字書曰砰大聲也魏志曰韓遂馬超走涼州楚辭曰揚桴兮拊鼓左氏傳曰援枹而鼓說文曰枹鼓椎也東觀漢記馮衍說吳漢曰得道之兵鼓不振塵鄭玄禮記注曰振動也繣破聲也呼麥切春秋運斗樞曰不能宣德天下瓦解漢書曰徐樂上書曰何謂瓦解吳楚齊趙之兵是也當此之時安土樂俗之人衆故諸侯無境外之助此之謂瓦解淮南子曰冰泮而農桑起左氏傳潘黨曰君盍收晉

尸以為京觀杜預曰積尸封土其上謂之京觀硏普耕切倦狹路之迫隘軌踦䠐以低仰倦極也司馬相

如大人賦曰區中之隘狹廣雅曰踦䠐傾側也蹈秦郊而始闢豁爽塏以宏壯黃壤千里沃

野彌望華實紛敷桑麻條暢班固高紀述曰粤蹈秦郊尚書曰雍州厥土惟黃壤杜篤論都賦曰沃野千里

原隰彌望保植五穀桑麻條暢春秋文耀鉤曰春致其時華實乃繁洞簫賦曰標紛敷以扶疏廣雅曰暢長也邪界褒斜右

瀕汧隴褒斜汧隴並已見上文寶雞前鳴甘泉後涌寶雞甘泉並已見上文面終南而背

雲陽跨平原而連嶓冢漢書武功山有太一古文以為終南此賦下云太一明與終南別山西京賦曰於前則終

南太一二山明矣漢書左馮翊有雲陽縣西京賦曰後則高陵平原又曰連崗乎嶓冢九嵕巀嶭太一巃嵸並已

見上文吐清風之飂戾納歸雲之鬱蓊孔叢子孔子曰夫山者與吐風雲以通乎天地之間四子講德

論曰虎嘯而風寥戾思玄賦曰馮雲而遐逝楚辭曰望谿谷兮滃鬱歸南有玄灞素滻湯井溫谷玄素水色

也灞滻二水名也楚辭曰臨沅湘之玄淵又曰舍素水而蒙深湯井溫湯也雍州圖曰溫湯在新豐縣界溫谷即溫泉也雍州圖曰溫泉

在藍田縣界北有清渭濁涇蘭池周曲毛萇詩傳曰涇渭相入而清濁異三輔黃圖曰蘭池觀在城外長安

圖曰周氏曲咸陽縣東南三十里今名周氏陂陂南一里漢有蘭池宮浸決鄭白之渠漕引淮海之粟

鄭玄周禮注曰浸者可以為陂灌溉者鄭白已見上文西都賦曰通溝大漕控引淮湖與海通波也林茂有鄠之竹山

挺藍田之玉並已見上文班述陸海珍藏張敘神臯隩區此西賓所以言於東主安處所以聽於憑虛也可不謂然乎西都賦曰陸海珍藏西京賦曰寔惟地之奧區神臯勁松彰於歲寒貞臣見於國危論語子曰歲寒然後知松栢之後凋老子曰國家昏亂有貞臣入鄭都而抵掌義桓友之忠規竭股肱於昏主赴塗炭而不移世善職於司徒緇衣弊而改爲史記曰鄭桓公友者周厲王少子也犬戎殺幽王於酈山下幷殺桓公鄭人共立其子爲武公抵掌已見蜀都賦左氏傳荀息曰竭其股肱之力尚書帝曰臣作股肱又曰民墜塗炭毛詩序曰緇衣美武公也父子並爲周司徒善於其職詩曰緇衣之宜兮弊予又改爲兮履犬戎之侵地疾幽后之詭惑舉僞烽以沮衆淫嬖褒以縱慝軍敗戲水之上身死驪山之北赫赫宗周威爲亡國史記宣王崩子幽王宮涅立幽王嬖愛褒姒竟廢申后及太子而以褒姒爲后褒姒不好笑幽王爲烽燧大鼓有寇至舉烽火諸侯悉至至而無寇褒姒乃大笑幽王悅之爲數舉烽火其後不信諸侯益亦不至廢后之父申侯乃與西夷犬戎共攻幽王幽王舉烽火徵兵兵莫至遂殺幽王驪山下毛萇詩傳曰沮止也又曰慝邪也國語里革曰厲流于彘幽滅于戲毛詩曰赫赫宗周褒姒威之毛萇曰威呼滅切又有繼於此者異哉秦始皇之爲君也傾天下以厚葬自開闢而未聞匠人勞而弗圖俾生埋以報勤外懼西楚之禍內受牧豎之

焚漢書劉向上疏曰秦始皇葬驪山之阿石槨爲遊館生埋工匠後
項籍燔其宮室營宇其後牧兒亡羊入其鑿中牧者持火照求羊
失火燒其藏槨自古至今葬未有盛始皇也數年之閒外被項籍之
災內離牧豎之禍豈不哀哉尚書考靈耀曰天地開闢勞而不圖言
匠人勞苦而不圖謀其賞生埋報勤語曰行無禮必自及此非其効
謂反以生埋之事以報其功勤也
與左氏傳君子曰志有之所謂行無禮必自及者也 乾坤以有親可久君子以厚德載物易周
曰乾以易知坤以簡能易知則有親易從則有功有親則可久有功
則可大可久則賢人之德可大則賢人之業又曰君子以厚德載物
方論高祖之德故以乾坤爲喻焉 觀夫漢高之興也非徒聰明神武豁達大度而已
也漢書班固高紀述曰寔天生德聰明神武漢書曰高祖仁愛意豁如也常有大度 乃實愼終追舊篤誠款
愛澤靡不漸恩無不逮論語曰愼終追遠左氏傳季孫行父曰明允篤誠廣雅曰款誠也說苑晏子謂景公曰今
君愛老而恩無不逮也 率土且弗遺而況於隣里乎況於卿士乎于斯時也乃
摹寫舊豐制造新邑故社易置枌榆遷立街衢如一庭宇相襲渾雜
犬而亂放各識家而競入三輔舊事曰太上皇不樂關中思慕鄉里高祖徙豐沛屠兒酤酒煮餅商人立爲新
豐西京雜記曰高祖既作新豐并徙舊社放犬羊雞鴨於通途亦競識其家孟子曰變置社稷趙岐曰更置立之漢書曰高祖禱豐枌榆
社張晏曰枌白榆社在豐東北十五里尚書曰欲遷其社孔安國尚書傳曰襲因也渾胡本切籍含怒於鴻門沛跼

躋而來王范謀害而弗許陰授劍以約莊拚白刃以萬舞危冬葉之待霜履虎尾而不噬寔要伯於子房漢書曰項羽欲西入關聞沛公已定關中大怒遂至戲於是饗士旦日合戰羽季父項伯素善張良夜馳見良具告事實良與項伯俱見沛公沛公曰吾豈敢反願伯明言不敢背德戒沛公早自來謝沛公旦日見羽鴻門因留沛公飲范增數目羽擊沛公羽不應范增起出謂項莊曰汝入以劍舞因擊沛公殺之不者女屬且為所虜莊拔劍起舞項伯亦起舞常翼蔽沛公周書武王曰吾含怒深矣毛詩曰謂天蓋高不敢不跼謂地蓋厚不敢不蹐尚書曰四夷來王毛詩曰莫敢不來王拚撝也力刃切周易曰履虎尾不咥人亨鄭玄注本為噬噬齧也音誓樊抗憤以巵酒咀彘肩以激揚漢書曰樊噲聞事急乃持楯撞入項羽目之問之為誰張良曰沛公參乘樊噲項羽曰壯士賜之巵酒彘肩噲飲酒拔劍切肉食之項羽曰能復飲乎曰臣死且不辭豈特巵酒乎又谷永上疏曰贊命之臣靡不激揚也忽蛇變而龍攄雄霸上而高驤會遷怒而橫撞碎玉斗其何傷史記曰褚先生曰丈夫龍變傳曰蛇化為龍不變其文家化為國不變其姓漢書曰元年十月沛公至霸上鄒陽上書曰蛟龍驤首奮翼漢書曰沛公獻璧羽受之又獻玉斗於范增增怒撞其斗曰吾屬今為沛公虜矣論語曰不遷怒又曰何傷乎嬰罥組於軹塗投素車而肉袒漢書曰秦王子嬰素車白馬係頸以組降軹道傍軹塗已見東京賦左氏傳曰鄭伯肉袒牽羊以逆杜預曰肉袒示服為臣僕也疏飲餞於東都畏極位之盛滿漢書曰疏廣字仲翁為太子太傅兄子受為少傅廣謂受曰吾聞知足不辱知止不殆今宦成

名立不去懼有後悔遂上疏乞骸骨上皆許之故人邑子為設祖道供帳東都門外蘇林曰長安東門也毛詩曰飲餞于禰毛萇曰祖而舍軷飲酒於其側曰餞漢書曰劉德妻死霍光欲以女妻之德不敢取畏盛滿也金墉鬱其萬雉峻崚峭以繩直西京賦曰橫西洫而絕金墉西都賦曰建金城而萬雉崚謂棧崚嶮貌也繩直已見東京賦戾飲馬之陽橋踐宣平之清閾爾雅曰戾至也長安圖曰漢時七里渠有飲馬橋夏侯嬰冢在橋南三里陽橋之陽也三輔黃圖曰長安東出北頭第一城門名宣平門清謂華而且清也都中雜遝戶千人億華夷士女駢田逼側

展名京之初儀即新館而莅職勵疲鈍以臨朝勖自強而不息長安舊都故曰名京潘子初臨故曰新館莅職謂蒞政也毛萇詩傳曰莅臨也孔安國尚書傳曰勵勉也又曰勖勉也周易曰君子以自強不息於是孟秋爰謝聽覽餘日楚辭曰青春爰謝王逸曰謝去也上林賦曰聽覽餘閑舞賦曰餘日怡蕩巡省

農功周行廬室街里蕭條邑居散逸營宇寺署肆廛管庫蕞芮於城隅者百不處一言今之寺署蕞芮在於城隅方之昔時雖復百分不能處一也漢書劉向上疏曰項籍燔其宮室營宇風俗通曰今尚書御史謁者所止皆曰寺漢書百官表少府有諸僕射署鄭玄周禮注曰肆市中陳物處鄭司農周禮注曰廛市中空地禮記曰管庫之士鄭玄曰管管鍵也庫物所藏也字林曰蕞聚所謂尚貌也音在外切說文曰芮小貌而銳切處一或為一處非也冠脩成黃棘宣明建陽昌陰北煥南平皆夷漫滌蕩亡其處而有其

名皆里名也漢書曰宣帝舍長安尚冠里又曰武帝同母姊金王孫女號脩成君餘未詳爾乃階長樂登未央汎太液凌建章縈馺娑而款駘盪轥枍詣而轢承光徘徊桂宮惆悵柏梁已上並見西京賦鷕雉雊於臺陂狐兔窟於殿傍何黍苗之離離而余思之芒芒鷕雉已見射雉賦黍苗已見魏都賦尚書曰予思日孜孜洪鍾頓於毀廟乘風廢而弗縣史游急就章曰乘風縣鍾華祠樂禁省鞠為茂草金狄遷於灞川如淳漢書注曰本名禁中漢儀注孝元皇后父名禁避之故曰省毛詩曰踧踧周道鞠為茂草毛萇曰鞠窮也潘岳關中記曰秦為銅人十二董卓壞以為錢餘二枚魏明帝欲徙詣洛載到霸城重不可致今在霸城大道南銅人即金狄也懷夫蕭曹魏邴之相並已見西都賦辛李衛霍之將漢書曰辛慶忌字子真為左將軍匈奴西域親附敬其威信本狄道人又曰李廣隴西人也為右北平太守匈奴號曰漢飛將軍避之數歲不入界衛霍已見長楊賦銜使則蘇屬國震遠則張博望漢書孫寶銜命奉使職在刺舉又曰蘇武字子卿杜陵人也武以中郎將使持節送匈奴使留在漢者匈奴乃徙武北海上武杖漢節牧羊武留匈奴凡十九歲乃還拜為典屬國又曰張騫漢中人也以郎應募使月氏去十三年得還騫以校尉從大將軍擊匈奴知水草處軍得以不乏封騫為博望侯教敷而彝倫敘兵舉而皇威暢敷教蕭曹也舉兵衛霍也尚書曰彝倫攸敘臨危而智勇奮投命而高節亮臨危張騫也智勇已見上文投命蘇武也吳子曰一人投命足懼千人杜預左氏傳

注曰投弃命也史記曰魯連好持高節暨乎秺侯之忠孝淳深小雅曰暨及也漢書曰金日磾字翁叔本匈奴休屠王太子也武帝拜爲侍中駙馬都尉莽何羅矯制發兵明日上臥未起何羅從外入日磾奏廁心動立入坐內戶下何羅褏白刃從東廂上日磾抱何羅呼曰何羅反得禽縛之緐是著忠孝節封爲秺侯音妬陸賈之優游宴喜漢書曰陸賈楚人也高祖拜賈爲太中大夫有五男分其子子二百金令爲生產賈常乘安車駟馬從歌鼓瑟侍者十人謂其子曰與女約過女女給人馬酒食後陳平乃以奴婢百人車馬五十乘錢五百萬遺賈爲食飲費賈以此游漢庭公卿閒名聲籍甚荅賓戲曰陸子優游新語以興毛詩曰吉甫燕喜既多受祉長卿淵雲之文子長政駿之史司馬長卿王子淵楊子雲也史記曰司馬遷字子長爲太史令修史記歷黃帝以來至太初凡百三十篇漢書曰劉向字子政元帝擢爲宗正著疾讒摘要救危及世頌凡八篇又著五行傳列女傳新序說苑又曰劉歆字子駿爲中壘校尉爲七略趙張三王之尹京定國釋之之聽理漢書曰趙廣漢字子都涿郡人守京兆大尹發姦擿伏如神又曰張敞字子高河東人也守京兆尹枹鼓稀鳴市無偷盜又曰王遵字子貢涿郡人也爲諫大夫守京輔都尉行京兆尹事旬月閒盜賊清又曰王章字仲卿泰山人也章以選爲京兆尹又曰王駿琅邪人也爲京兆尹趙廣漢張敞王章至駿皆有能名故京師稱曰前有趙張後有三王又曰于定國字曼倩東海人也爲廷尉其決疑平法務在哀鰥寡罪疑惟輕朝廷稱之又曰張釋之字子季南陽人也爲廷尉周亞夫見釋之持議平乃結爲親友緐此天下稱之也汲長孺之正直鄭當時之推士漢書曰汲黯字長孺濮陽人也爲主爵都尉數直諫又曰鄭當時字莊陳人也爲大司農

每朝候上閒說未嘗不言天下長者聞人之善進之上唯恐後班固贊曰汲黯之正直鄭當時之推賢 終童山東之英妙賈生洛陽之才子 漢書曰終軍字子雲濟南人也年十八選爲博士弟子上書言事武帝異其文拜爲謁者死時年二十餘故世謂之終童又曰賈誼雒陽人也年十八以能誦詩屬書稱於郡中文帝召以爲博士時年二十餘曹植自試表曰終軍以妙年使越 飛翠緌拖鳴玉以出入禁門者衆矣 鄭玄禮記注曰緌纓之飾也禮記曰君子行則鳴珮玉東觀漢記杜詩上書曰伏湛宜出入禁門補缺拾遺是也 或被髮左袵奮迅泥滓 謂日磾也論語曰吾其被髮左袵矣凡人沈於卑賤故曰泥滓東觀漢記曰趙喜奮迅行伍李陵與蘇武書曰言爲瑕穢動增泥滓說文曰滓澱也 或從容傅會望表知裏 謂陸賈也班固漢書贊曰陸賈從容平勃之間附會將相尚書大傳孔子謂子夏曰子見表未見其裏 或著顯績而嬰時戮 謂廣漢之屬也 或有大才而無貴仕 謂賈誼之屬也 皆揚清風於上烈垂令聞而不已想珮聲之遺響若鏗鏘之在耳 胡廣曰建鴻德流清風毛詩曰令聞令望左氏傳穆嬴曰今君雖終言猶在耳 當音鳳恭顯之任勢也乃熏灼四方震耀都鄙 漢書曰王鳳與元后同母爲大司馬大將軍用事上遂謙讓無所專鳳薨從弟音代鳳爲司馬車騎將軍又曰弘恭沛人坐法腐刑爲中尚書明習法令故事石顯已見西京賦漢書谷永曰許班之貴熏灼四方范曄後漢書曰鄧騭寵靈顯赫光震都鄙 而死之日曾不得與夫十餘公之徒隸齒才難不其然乎 論語曰齊景公死之日民無德

而稱焉十餘公之徒謂蕭曹之屬也張湛列子注曰隸猶羣輩也一云徒隸賤人也漢書賈誼曰握重權大官而有徒隸無恥之心乎高
誘呂氏春秋注曰齒列也論語子曰才難不其然乎望漸臺而扼腕梟巨猾而餘怒漢書曰更始兵從宣
平城門入王莽之漸臺上商人杜吳殺莽取其綬史記曰天下之士莫不扼腕而言西京賦曰巨猾閒釁漢書音義曰懸首於木上曰梟
揖不疑於北闕軾樗里於武庫漢書曰儁不疑字曼倩勃海人也爲京兆尹有一男子乘黃犢車詣北闕
自謂衞太子公車以聞丞相二千石至者莫敢發言不疑後到叱從吏收縛曰昔蒯聵違命出奔輒距而不納春秋是之衞太子得罪先
帝亡不即死今來自詣此罪人也遂送詔獄史記曰樗里子者名疾秦惠王之弟也卒葬于渭南章臺之東曰後百歲當有天子之宮夾
我墓至漢興長樂宮在其東未央宮在其西武庫正直其墓也酒池鑒於商辛追覆車而不寤漢書贊曰
武帝設酒池肉林賈逵國語注曰鑒察也六韜太公曰桀紂王天下之時積糟爲阜以酒爲池腯肉爲山林晏子春秋曰諺曰前車覆後
車戒賈誼過秦曰三主惑而終身不寤也曲陽僭於白虎化奢淫而無度漢書曰王根爲曲陽侯五侯大
脩第室起土山漸臺洞門高廊百姓歌之曰五侯初起曲陽最怒壞決高都連竟外杜土山漸臺象西白虎毛詩序曰游蕩無度命
有始而必終孰長生而久視家語孔子曰命者性之始也死者生之終也有始必有終矣老子曰長生久視
之道武雄略其焉在近惑文成而溺五利文成將軍李少翁五利將軍欒大皆方術士說武帝作宮
觀以延神仙帝耽溺之其雄才大略亦何在也俾造化以制作窮山海之奧秘淮南子曰大丈夫無爲與

造化逍遙靈若翔於神島奔鯨浪而失水爆鱗骼於漫沙隕明月以雙墜
擢仙掌以承露干雲漢而上至西都賦曰抗仙掌以承露擢雙立之金莖西京賦曰干雲霧以上達致
卭蒟其奚難惟余欲而是恣縱逸遊於角觝絡甲乙以珠翠忍生民
之減半勒東岳以虛美班固漢書西域贊曰孝武之時感蒟醬卭竹杖則開牂柯越巂漢書曰武帝作角抵戲又
東方朔曰甲乙之帳臣瓚曰興造甲乙之帳絡以隋珠和璧漢書贊曰孝武奢侈海內虛耗戶口減半漢書曰武帝登封泰山封禪書曰
勤功中岳續漢書曰羣臣上言宜封泰山詔曰遠遣吏上壽盛稱虛美餘並已見上文超長懷以遐念若循環
之無賜尚書大傳曰三王之統若循連環周則復始窮則反本方言曰賜盡也較面朝之煥炳次後庭
之猗靡言先明面朝次至後庭也廣雅曰較明也周禮曰面朝後市子虛賦曰飛纖垂髾扶輿猗靡較音校壯當熊之
忠勇深辭輦之明智漢書曰孝元馮昭儀上幸虎圈鬭獸熊佚出圈攀檻欲上殿左右貴人傅昭儀皆走馮婕妤直
前當熊而立左右格殺熊上問人情驚懼何故當熊婕妤對曰猛獸得人而止妾恐熊至御坐故身當之元帝嗟嘆以此倍敬重焉傅昭
儀等皆慚又曰成帝遊於後庭嘗欲與班婕妤同輦載婕妤辭曰觀古圖畫賢聖之君皆有名臣在側三代末主乃有嬖女今欲同輦得
無近似之乎楚辭曰招貞良與明智衛鬒髮以光鑒趙輕體之纖麗漢武故事曰衛子夫得幸頭解上見
其美髮悅之左傳叔向母曰昔有仍氏生女黰黑而甚美光可以鑑廣雅曰鑑照也荀悅漢紀曰趙氏善舞上悅之事由體輕咸善

立而聲流亦寵極而禍侈以奇見幸故曰聲流緣廢自裁故曰禍侈津便門以右轉究吾境之所暨漢書武帝紀曰三年作便門橋杜預左氏傳注曰暨至也掩細柳而撫劍快孝文之命帥周受命以忘身明戎政之果毅距華蓋於壘和案乘輿之尊轡肅天威之臨顏率軍禮以長撎輕棘霸之兒戲重條侯之倨貴方言曰掩止也

掩與揜同漢書曰孝文後六年匈奴大入邊遣宗正劉禮軍霸上祝茲侯徐厲軍棘門河內守周亞夫軍細柳帝勞軍至霸上棘門直馳入而之細柳軍軍士吏被甲持滿上至不得入於是上使使詔將軍曰吾欲勞軍亞夫乃傳言開壁壁門士謂車騎曰將軍約軍中不得驅馳天子乃案轡徐行至中營亞夫持兵揖曰介胄之士不拜請以軍禮見文帝曰嚮者霸上棘門軍如兒戲至於亞夫可得而犯耶左氏傳曰子朱怒撫劍從之六韜曰爲將者受命忘家當敵忘身左氏傳君子曰殺敵爲果致果爲毅華蓋已見上文壘營也和軍營之正門也左氏傳齊侯曰天威不違顏咫尺說文曰撎拜舉手下也索因利切漢書曰丞相條侯至貴倨也杜預左傳注曰倨傲也

杜郵其焉在云孝里之前號惆輟駕而容與哀武安以興悼爭伐趙以徇國定廟筭之勝負扞矢言而不納反推怨以歸咎未十里於遷路尋賜劍以刎首嗟主闇而臣嫉禍於何而不有杜郵亭名在咸陽西今謂之孝里辛氏三

秦記曰畢陌西北有孝里畢陌西有白起墓惆猶悶悶失志之貌也楚辭曰遵赤水而容與史記曰白起者郿人也善用兵事秦昭王爲

武安君秦使王陵攻趙邯鄲少利秦王欲使武安君代陵將武安君曰邯鄲未易攻也王自命不行乃使應侯請之終不肯行秦圍邯鄲弗能拔武安君曰不聽臣言今何如矣秦王聞之怒遣白起不得留咸陽中既行出咸陽西門十里至杜郵秦王乃使使者賜之劒自殺昭王昭襄王也廟筭已見上文尚書曰率籲衆慼出矢言何休公羊注曰刎劃也孫卿子曰主闇於上臣詐於下俱害之道杜篤弔比干文曰闇主之在上豈忠諫之是謀西京賦曰林麓之饒于何不有

窺秦墟於渭城兾闕緬其堙盡陛殿之餘基裁岥岮以隱嶙聲類曰墟故所居也史記曰秦孝公作爲咸陽築兾闕緬盡貌也亡行切岥岮頹貌也司馬相如哀二世曰登岥岮之長岅隱嶙絶起貌

想趙使之抱璧瀏睨楹以抗憤史記曰秦王得趙璧無意償趙城相如曰璧有瑕請指示王王授璧相如因持璧却立倚柱曰臣觀大王無償趙王城邑故臣復取璧大王必欲急臣臣頭今與璧俱碎於柱矣相如持其璧睨柱欲以擊柱秦王乃辭謝瀏睨目清貌也

燕圖窮而荊發紛絶袖而自引史記曰荊軻獻燕督亢之地圖圖窮匕首見因左手把秦王之袖而右手持匕首揕之未至身秦王驚自引而起袖絶以其匕首揕秦王不中揕丁鴆切

筑聲厲而高奮狙潛鉛以脫臏史記曰荊軻之客高漸離變名姓爲人庸保以擊筑聞於秦始皇始皇召見人有識者乃高漸離秦帝矐其目使擊筑稍益近之高漸離乃以鉛置筑中舉筑扑秦皇帝不中遂誅論衡曰高漸離舉筑擊秦王中臏秦王病瘡死蒼頡篇曰狙伺候也七豫切尚書刑德放曰臏者脫去人之臏也郭璞三蒼解詁曰臏膝蓋矐音各音格字

一據天位其若茲亦狼狽而可愍尚書曰伊尹曰天位艱哉文字集略曰狼狽猶狼跋也孔

叢子曰吾於狼狽見聖人之志荀悅漢紀論曰周勃狼狽失據塊然囚執狽音貝簡良人以自輔謂斯忠而
鞅賢寄苛制於捐灰矯扶蘇於朔邊史記曰商君者衛之諸庶孽子也名鞅姓公孫氏商君之法刑
棄灰於道者又曰李斯者上蔡人也始皇以斯為丞相始皇長子扶蘇監兵上郡始皇崩與趙高謀詐為受始皇詔立子胡亥為太子為
書賜長子扶蘇曰扶蘇不孝其賜劍以自裁扶蘇為人仁即自殺賈逵國語注曰苛煩也鄭玄周禮注曰矯稱詐以為是儒林塡
於坑穽詩書煬而為煙史記曰盧生為始皇求仙藥亡去始皇大怒使御史案問諸生諸生犯禁者四百六十四
人皆坑之咸陽又曰李斯曰臣請非博士官所職天下敢有藏詩書百家語詣守尉雜燒之廣雅曰穽阬也才性切郭璞方言注曰今江
東呼火熾猛為煬余亮切國滅亡以斷後身刑轘以啓前商法焉得以宿黃犬何
可復牽史記曰秦孝公卒太子立公子虔之徒告商君反商君亡至關下欲舍客舍人不知其是商君曰商君之法舍人無驗者
坐之商君喟然嘆曰嗟乎為法之弊一至於此哉秦惠王車裂商君鄭玄周禮注曰車裂曰轘史記曰李斯具五刑出獄與其中子俱執
顧謂其子曰吾欲與若復牽黃犬俱出上蔡東門逐狡兔可得乎遂夷三族商鞅李斯各有食邑故曰國也刑轘之辟二人為首故曰啓
前野蒲變而成脯苑鹿化以為馬風俗通曰秦相趙高指鹿為馬東蒲為脯二世不覺史記曰趙高欲
為亂恐羣臣不聽乃先驗持鹿於二世曰馬也二世笑曰丞相誤耶謂鹿為馬也假讒逆以天權鉗衆口而
寄坐春秋元命苞曰赤受命持天權莊子曰鉗墨翟之口兵在頸而顧問何不早而告我願黔

黎其誰聽惟請死而獲可國語單襄公曰兵在其頸不可久東征賦曰惕覺寤而顧問史記曰趙高恐二世怒
誅及其身與其女壻閻樂謀易置上樂遂斬衛令二世怒召左右皆惶擾不鬬傍有宦者一人侍不敢去二世入內謂曰公何不蚤告我
宦者曰臣不敢言故得全使臣蚤言皆已誅安得至今閻樂前卽告二世曰足下其自為計二世曰吾願得郡為王弗許又曰願為萬戶
侯弗許願與妻子為黔首弗許閻樂麾其兵陵二世乃自殺兵在頸已見東京賦健子嬰之果決敢討賊以
紓禍勢土崩而莫振作降王於路左史記曰趙高立公子嬰為秦王子嬰與其子二人謀曰今使我
齋見廟此欲因廟中殺我我稱病不行丞相必自來來則殺之高果自往子嬰遂刺殺高於齋宮廣雅曰果能也杜預左氏傳注曰紓除
也漢書徐樂上書曰臣聞天下之患在於土崩秦之末世是也人困而主不恤下怨而上不知此之謂土崩賈逵國語注曰振救也子嬰
降已見上文蕭收圖以相劉料險易與衆寡史記沛公至咸陽蕭何獨先入收秦丞相御史圖書藏之
漢所以具知天下阨塞戶口多少者以何具得秦圖書也說文曰料量也孫卿子曰地者遠近險易又曰識衆寡之用者勝也羽天
與而弗取冠沐猴而縱火史記曰客有說張耳曰天與不取反受其咎又曰或說項王關中可都項王見秦皆
已燒殘破又心懷思欲東歸說者曰人言楚人沐猴而冠耳果然張晏曰沐猴獮猴也漢書曰羽屠咸陽燒其宮室楚辭曰若縱火於秋
蓬貫三光而洞九泉曾未足以喻其高下也鄧析子曰賢愚之相覺若九地之下與重天之
顛淮南子曰大道含吐陰陽而章三光許慎曰三光日月星也燕丹子曰死懷恨入於九泉感市閭之菆井歎戶

韓之舊處丞屬號而守闕人百身以納贖豈生命之易投誠惠愛之洽著許望之以求直亦余心之所惡思夫人之政術實幹時之良具苟明法以釋憾不愛才以成務弘大體以高貴非所望於蕭傅漢書曰韓延壽字長公燕人也為東郡太守為天下最代蕭望之為左馮翊望之遷御史大夫延壽在東郡時放散官錢千餘萬會御史問事東郡望之因令并問之延壽知卽案劾望之在馮翊時廩犧官錢放散百餘萬上令窮竟所考望之卒無事實而延壽竟坐弃市吏民數千人送至渭城百姓莫不流涕說文曰蔌麻蒸也阻留切然蔌井卽渭城賣蒸之市也延壽被誅丞屬無守闕者而趙廣漢就戮則有之恐潘誤毛詩曰如可贖兮人百其身論語子貢曰賜也亦有惡乎惡訐以為直者說文曰訐面相斥罪左氏傳穆叔曰齊人釋憾於弊邑之地又魏犨公欲殺之而愛其材周易曰開物成務莊子曰襄公造長山之應司馬曰夷知大體者也漢書曰蕭望之左遷太子太傅而慷慨偉龍顏之英主胸中豁其洞開羣善湊而必舉漢書曰高祖隆準而龍顏又曰高祖葬長陵三秦記曰秦名天子冢曰長山漢曰陵故通名山陵漢書曰高祖意豁如也王命論曰英雄陳力羣冊畢舉此高祖之大略也潘元茂九錫文曰羣善必舉也存威格乎天區亡墳掘而莫禦臨揜坎而累抔步毀垣以延佇尚書周公曰時則有若伊尹格于皇天范曄後漢書曰赤眉焚西京宮室發掘園陵又光武詔曰脩復西京園陵爾雅曰揜蓋也郭璞曰謂覆蓋王逸楚辭注曰擊手曰抔楚辭曰結幽蘭而延佇越安陵而無譏諒惠聲

之寂寞漢書曰惠帝葬安陵穀梁傳曰公會齊侯于讙無譏乎楚辭曰欲寂漠而絶端薛君韓詩章句曰寂無聲之貌也漠靜也

弔爰絲之正義伏梁劍於東郭漢書曰爰盎字絲楚人也爲楚相病免家居梁孝王欲求爲嗣盎進說王以此怨盎使人刺殺盎安陵郭門外盎烏浪切

訊景皇於陽丘奚信譖而矜謔隕吳嗣於局下盍發怒於一博成七國之稱亂飜助逆以誅錯恨過聽而無討茲沮善而勸惡廣雅曰訊問也何休公羊傳注曰如其事曰訊加誣曰譖爾雅曰戲謔也漢書曰景帝葬陽陵又景帝爲太子吳太子侍飲博弈爭道不恭皇太子引博局提吳太子殺之景帝即位晁錯說上令削吳地及書至吳吳王起兵誅漢吏二千石以下膠西膠東淄川濟南楚趙亦皆反七國反書聞爰盎曰吳楚相遺書言賊臣晁錯擅適諸侯削奪之地以故反爲名而共誅錯方今計獨斬錯發使赦七國則兵可無血刃上從其議遂斬錯又鄧公謂上曰錯患諸侯彊大請削之地計畫始行卒受大戮內杜忠臣之口外爲諸侯報仇帝曰公言善吾亦恨之又曰晁錯潁川人爲御史大夫錯七故切今協韻七各切漢書成帝曰過聽將作大匠解萬年言昌陵三年可成無討謂不誅盎也左氏傳子鮮曰賞罰無章何以沮勸沮才與切漢書谷永曰虧德沮善毛萇詩傳曰沮止也

訾孝元於渭塋執奄尹以明貶漢書曰元帝葬渭陵奄尹謂弘恭石顯也班固漢書述曰閹尹之訾穢我明德韋昭曰訾病也疾移切鄭玄禮記注曰訾毀也子爾切何休公羊傳注曰貶損也

褒夫君之善行廢園邑以崇儉褒猶讚美也夫君元帝也漢書曰元帝罷衞思園及戾園又詔曰初陵勿置縣邑

過延門而責成忠何辜而爲

戮陷社稷之王章俾幽死而莫鞫漢書曰成帝葬延陵爾雅曰辜罪也漢書曰成帝時日有蝕之王章奏封事召見言王鳳不可任用帝謂章曰微京兆直言吾不聞社稷計後上不忍退鳳章遂爲鳳所陷章罪至大逆死獄中爾雅曰俾使也漢書曰趙王幽死張晏漢書曰鞫窮也謂窮問囚情也一曰鞫毛萇詩傳注曰鞫告也忲淫嬖之匈忍勦皇統之孕育小雅曰狃忲也淫嬖謂趙飛燕也漢書曰司隸解光奏言許美人及宮史曹宮皆御幸孝成皇帝產子隱不見又掖庭中御幸生子者輒死又飲藥傷墮者無數左氏楚令尹子上目蜂目而豺聲忍人也杜預曰忍行不義也尚書曰天用勦絕其命孔安國曰勦截也截絕其命是也張舅氏之姦漸貽漢宗以傾覆廣雅曰張開也舅氏諸王也爾雅曰貽遺也左氏傳呂相曰傾覆我國家刺哀主於義域僭天爵於高安欲法堯而承羞永終古而不刋漢書曰哀帝葬義陵王莽奏曰王者父事天故爵稱天子又曰封董賢爲高安侯已見西京賦論語曰不恒其德或承之羞楚辭曰長無絕兮終古鄭玄禮記注曰刋削也瞰康園之孤墳悲平后之專絜殃厥父之篡逆蒙漢恥而不雪激義誠而引決赴丹爓以明節投宮火而焦糜從灰熛而俱滅漢書曰平帝葬康陵又曰孝平王皇后莽女也及漢兵誅莽燔燒未央宮后曰何面目以見漢家自投火中而死后不合葬故曰孤墳鶩橫橋而旋軫歷敝邑之南垂潘岳關中記曰秦作渭水橫橋橫音光雍州圖曰在長安北二里橫門外也門磁石而梁木蘭兮構阿房之屈奇疏南山以表

闕倬樊川以激池役鬼傭其猶否矧人力之所爲工徒斲而未息義兵紛以交馳宗祧汙而爲沼豈斯宇之獨隳三輔黃圖曰阿房前殿以木蘭爲梁磁石爲門懷刃者止之史記曰始皇南山之巔以爲闕毛萇詩傳曰倬大也三秦記曰長安正南秦嶺嶺根水流爲秦川一名樊川漢武上林唯此爲盛史記由余曰役鬼爲之則神怒矣使人爲之則人亦苦矣鄭玄周禮注曰傭與庸通漢書高祖曰吾以義兵誅殘賊禮記曰遠廟爲祧又邾婁定公曰臣弒君殺其人壞其室洿其宮而豬焉汙與洿古字通音烏方言曰隳壞也

由僞新之九廟夸宗虞而祖黃軀吁嗟而妖臨搜佞哀以拜郎漢書王莽下書曰定有天下號曰新又王莽九廟一曰黃帝二曰虞帝三曰陳王四曰齊敬王五曰濟北愍王六曰濟南伯王七曰元城孺王八曰陽平頃王九曰新都顯王又曰鄧曄于匡起兵南鄉莽愈憂不知所出崔發曰周禮國有大災則哭以厭之莽乃率羣臣至南郊搏心大哭諸生甚悲哀及能誦策文除以爲郎也

誦六藝以飾姦焚詩書而面牆心不則於德義雖異術而同亡漢書曰王莽立樂經徵天下通一藝皆詣公車焚詩書已見上文尚書曰不學牆面左氏傳富辰曰心不則德義之經爲頑班固漢書王莽贊曰昔秦焚詩書以立私議莽誦六藝以文姦言同歸殊塗俱用滅亡

宗孝宣於樂游紹衰緒以中興漢書音義應劭曰宣帝廟曰樂游又宣紀贊曰可謂中興侔德殷宗周宣矣不獲事于敬養盡加隆於園陵兆惟奉明邑號千人訊諸故老造自帝詢隱王母之非命縱聲樂以娛

神漢書孝武衛皇后生戾太子太子納史良娣產子男進號曰史皇孫太子敗皆遇害太子遺孫一人史皇孫子王夫人男是為孝宣
帝即位乃葬衛后追謚曰思后故太子謚曰戾史良娣曰戾夫人史皇孫曰悼母曰悼后悼園稱奉明園潘岳關中記曰宣帝父曰悼皇
考母曰悼夫人墓曰奉明園后曰思后以倡優雜伎千人樂思后園今所謂千人鄉者是也兆塋也詢宣帝名也毛詩曰召彼故老訊之
占夢毛萇詩傳曰隱痛也王母思后也爾雅曰父之妣為王母雖靡率於舊典亦觀過而知仁爾雅曰率
循也尚書曰舊典時式論語子曰人之過也各於其黨觀過斯知仁矣憑高望之陽隈體川陸之汙隆
廣雅曰憑登也長安圖曰高望堆延興門南八里隈匡也鄭玄周禮注曰體分也漢書音義或曰汙下也閑襟乎清暑之
館游目乎五柞之宮曹植閑居賦曰愬寒風而開襟清暑謂甘泉也西都賦曰九嵕甘泉涸陰沍寒日北至而含凍
此焉清暑楚辭曰忽反顧而游目五柞在盩厔交渠引澧激湍生風澧渠已見上文乃有昆明池乎
其中漢書武帝發謫穿昆明池其池則湯湯汗汗滉瀁瀰漫浩如河漢西都賦曰集乎豫章
之宇臨乎昆明之池左牽牛而右織女似雲漢之無涯古詩曰皎皎河漢女日月麗天出入乎東西旦似
湯谷夕類虞淵周易曰日月麗乎天西京賦曰日月於乎出象扶桑與濛汜淮南子曰日出湯谷又曰日入虞淵之汜曙
於濛谷之浦昔豫章之名宇披玄流而特起三輔黃圖曰上林有豫章觀西京賦曰神池靈沼黑水玄
沚豫章珍館揭焉中峙儀景星於天漢列牛女以雙峙儀謂法象之也毛萇詩傳曰京大也大戴禮曰

漢天漢宮闕疏曰昆明池有二石牽牛織女象也圖萬載而不傾奄摧落於十紀孔安國尚書傳曰十
二年曰紀武帝元狩三年穿昆明池至王莽之敗凡一百一十三年今云十紀言其大數耳擢百尋之層觀今數
仞之餘趾鄭玄周禮注曰八尺曰尋包咸論語注曰七尺曰仞說文曰趾基也振鷺于飛鳧躍鴻漸毛詩
曰振鷺于飛周易曰鴻漸于干乘雲頡頏隨波澹淡毛萇詩傳曰飛而上曰頡飛而下曰頏上林賦曰浮淫汎濫隨
波澹淡瀺灂鷩波唼喋陵芡瀺灂出沒之皃高唐賦曰巨石溺以瀺灂西京賦曰散似驚波上林賦曰唼喋菁藻
華蓮爛於淥沼青蕃蔚乎翠瀲說文曰蕃草茂也夫袁切瀲波際也力奄切伊茲池之肇
穿肄水戰於荒服志勤遠以極武良無要於後福釋穿池之意也言志在勤於遠略以
極武功良無要於已後之福也福謂水物之利漢書曰越欲與漢用船戰遂乃脩昆明池賈逵國語注曰肄習也左氏傳周宰孔曰齊侯
不務德而勤遠略鍾會檄曰窮武極戰杜預左氏傳注曰要邀也而菜蔬芼實水物惟錯乃有贍乎
原陸在皇代而物土故毀之而又復西都賓曰華實之毛尚書曰海物惟錯字書曰贍足也皇代謂
晉也言在皇代物其土宜故前毀之而今又復左氏傳賓媚人曰先王疆理天下物土之宜杜預曰播殖之物各從土宜凡厥寮
司既富而教咸帥貧惰同整檝櫂收罟課獲引繳舉效鰥夫有室愁
民以樂論語冉有曰既富矣又何加焉曰教之廣雅曰課第也謂品第也謂品第其所獲也杜預左氏傳曰效致也謂其舉所致

多少也徒觀其鼓枻迴輪灑釣投網垂餌出入挺叉來往言欲迴輪必先鼓枻也郭
璞方言曰今江東人呼枻為軸舊說曰輪釣輪也謂為車以收釣緡也輪或為綸毛萇詩傳曰緡綸也灑亦投也挺拔也叉取魚叉也西
京賦曰叉蔟之所攙捔纖經連白鳴根厲響貫鰓䱎尾掣三牽兩纖經連白網也連白以白
羽連綴網經其上於水中二人對引之說文曰根高木也以長木叩舷為聲言曳纖經於前鳴長根於後所以驚魚令入網也淮南子曰
魚者扣舟罟猶擊也音的字書曰掣牽也於是弛青鯤於網鉅解赬鯉於黏徽杜預左氏注曰弛解
也鯉鯤二魚名孔安國論語注曰網者為大網以繳繫鉤羅屬著網鉅鉤也說文曰黏相著也女廉切又曰徽大索也言魚黏於網故曰
黏徽也華魴躍鱗素鱮揚鬐鬐已見子虛賦雍人縷切鸞刀若飛應刃落俎靃
靃霏霏周禮曰內饔中士鄭玄曰饔者割亨煎和之稱也鸞刀已見東京賦紅鮮紛其初載賓旅竦而
遲御既餐服以屬厭泊恬靜以無欲迴小人之腹為君子之慮傅毅七激
曰膾其鯉魴積如委紅張衡七辯曰鞏洛之鱒割以為鮮薛君韓詩章句曰載設也毛萇詩傳曰南方有魚遲之也然遲思待之也毛詩
曰以御賓客左氏傳曰梗陽有獄其大宗賂以女樂魏子將受閻沒女寬將諫饋入三歎曰始至恐其不足是以歎中置自咎曰豈將軍
食之而有不足是以再歎及饋之畢願以小人之腹為君子之心屬厭而已獻子辭梗陽人賂廣雅曰恬泊靜也老子曰我好靜而民自
正我无欲而民自朴爾乃端策拂茵彈冠振衣言將還也許慎淮南子注曰策杖也茵車中蓐也毛詩曰文茵

暢轂楚辭曰新沐者必彈冠新浴者必振衣徘徊酆鎬如渴如飢心翹懃以仰止不加敬而自祗酆鄗周所居也孔叢子子思曰君若飢渴待賢企佇也毛詩曰高山仰止禮記曰宗廟之中未施敬而人敬豈三聖之敢夢竊十亂之或希琴操曰崇侯譖文王於紂曰西伯昌聖人也長子發中子旦皆聖三聖合謀將不利於君論語孔子曰吾不復夢見周公尚書曰予有亂臣十人馬融論語注曰周公旦召公奭太公望畢公榮公太顛閎夭散宜生南宮适其一人謂文母也廣雅曰希庶也經始靈臺成之不日惟酆及鄗仍京其室庶人子來神降之吉積德延祚莫二其一靈臺已見上文毛詩曰作邑於酆又曰宅是鎬京左氏傳季梁曰人和而神降之福史記曰古公積德行義國人皆戴之漢書翼奉上書曰永世延祚不亦優乎莫二其一謂周祚延之長唯有其一莫能爲二蔡邕胡黃公頌曰參其二也永惟此邦云誰之識越可略聞而難臻其極言誰之識言難識也馬融廣成頌曰三五以來越可略聞周禮嘉量銘曰允臻其極子贏鋤以借父訓秦法而著色耕讓畔以閑田沾姬化而生棘蘇張喜而詐騁虞芮愧而訟息漢書賈誼曰商君遺禮義奉俗日敗借父耰鉏慮有德色音義曰假與父鉏而德之尚書傳曰虞人與芮人質其成於文王入文王之境則見其人萌讓爲士士大夫入其國則見士大夫讓爲公卿二國相謂曰此其君亦讓以天下而不居也讓其所爭以爲閑田毛萇詩傳曰耕者讓畔行者讓路蘇秦張儀已見上文由此觀之土無常俗而教有定式上之遷下均之埏埴

漢書董仲舒曰上之化下下之從上猶泥之在鈞唯甄者之所爲如淳曰陶家作器於鈞上杜預左氏傳注曰均平也老子曰埏埴以爲器河上公曰埏和也埴土也謂和土以爲器也埏失然切埴市力切五方雜會風流溷淆惰農好利不昬作勞密邇獫狁戎馬生郊漢書曰秦地五方雜錯風俗不純富人則商賈爲利說文曰溷亂也溷或爲渾尚書曰惰農自安不昬作勞左氏傳曰以魯國之密邇仇讎毛詩曰獫狁孔熾老子曰天下無道戎馬生郊而制者必割實存操刀言在於化也漢書賈誼曰黃帝云操刀必割左氏傳子產曰大官大邑而使學者制焉猶未能操刀而使之割人之升降與政隆替杖信則莫不用情無欲則賞之不竊左氏傳子展曰杖德莫如信杖信以待晉不亦可乎論語子曰上好信則人莫敢不用情又曰季康子患盜孔子曰苟子之不欲雖賞之不竊也雖智弗能理明弗能察信此心也庶免夫戾言己雖無才能然任其才信無欲之心庶足以理左氏傳太史克曰庶幾免於戾乎戾下或有劣字非如其禮樂以俟來哲論語冉求曰如其禮樂以俟君子幽通賦曰訊來哲以通情

文選卷第十

賜進士出身通奉大夫江南蘇松常鎮太等處承宣布政使司布政使胡克家重校刊

文選卷第十一

梁昭明太子撰

文林郎守太子右內率府錄事參軍事崇賢館直學士臣李善注上

遊覽

王仲宣登樓賦一首

孫興公遊天台山賦一首并序

鮑明遠蕪城賦一首

宮殿

王文考魯靈光殿賦一首并序

何平叔景福殿賦一首

遊覽

登樓賦盛弘之荊州記曰當陽縣城樓王仲宣登之而作賦

王仲宣魏志曰王粲字仲宣山陽人獻帝西遷粲從至長安以西京擾亂乃之荊州依劉表後太祖辟

爲右丞相掾魏國建爲侍中卒
登茲樓以四望兮聊暇古雅日以銷憂馮衍顯志賦曰伏朱樓而四望采三秀之華英孫卿子曰多暇
日者其出入不遠也賈逵國語注曰暇閑也暇或爲假楚辭曰遷逡次而勿驅聊假日以消時邊讓章華臺賦曰冀彌日以銷憂漢書東
方朔曰銷憂者莫若酒覽斯宇之所處兮實顯敞而寡仇說文曰屋宇邊謂樓之宇也西京賦曰雖
斯宇之既坦李尤高安館銘曰增臺顯敞禁室靜幽蒼頡篇曰敞高顯也爾雅曰仇匹也挾清漳之通浦兮倚曲
沮之長洲挾猶帶也山海經曰荊山漳水出焉而東南注于雎漢書地理志曰漢中房陵東山沮水所出至郢入江雎與沮同
背墳衍之廣陸兮臨臯隰之沃流杜預左氏傳注曰陸道也孟康漢書注曰沃灌溉也北彌陶
牧西接昭丘爾雅曰彌終也謂終極也盛弘之荊州記曰江陵縣西有陶朱公冢其碑云是越之范蠡而終於陶爾雅曰郊
外曰牧荊州圖記曰當陽東南七十里有楚昭王墓登樓則見所謂昭丘華實蔽野黍稷盈疇春秋文耀鉤曰春致
其時華實乃榮說文曰疇耕治之田也賈逵國語注曰一井爲疇雖信美而非吾土兮曾何足以少
留楚辭曰雖信美而無禮北征賦曰曾不得乎少留說文曰曾謂辭之舒也遭紛濁而遷逝兮漫踰紀以
迄今紛濁喻代亂也楚辭曰吸精粹而吐紛濁孔安國尚書傳曰十二年曰紀毛詩曰以迄于今毛萇曰迄至也情眷眷
而懷歸兮孰憂思之可任韓詩曰眷眷懷顧毛詩曰豈不懷歸毛萇曰懷思也杜預左氏傳注曰任當也憑

軒檻以遙望兮向北風而開襟言感北風逾增鄉思也小雅曰憑依也漢書曰天子自軒檻上隤銅丸韋昭曰軒檻殿上欄軒上板也風賦曰有風颯然而至王乃披襟而當之平原遠而極目兮蔽荊山之高岑楚辭曰目極千里傷春心漢書臨沮縣荊山在東北也爾雅曰山小而高曰岑路逶迤而脩迥兮川既漾以上而濟深逶迤長貌也爾雅曰迥遠也韓詩曰江之漾矣不可方思薛君曰漾長也毛詩曰濟有深涉爾雅曰濟渡也悲舊鄉之壅隔兮涕橫墜而弗禁楚辭曰忽臨睨夫舊鄉漢中山王勝曰不知涕泣之橫集昔尼父之在陳兮有歸歟之歎音左氏傳曰孔丘卒公誄之曰尼父無自律論語子在陳曰歸歟歸歟鍾儀幽而楚奏兮莊舄顯而越吟左氏傳曰晉侯觀于軍府見鍾儀問曰南冠而縶者誰也有司對曰鄭人所獻楚囚也使稅之問其族對曰伶人也使與之琴操南音公曰樂操土風不忘舊也史記曰陳軫適楚秦惠王曰子去寡人之楚亦思寡人不陳軫對曰昔越人莊舄仕楚執珪有頃而病楚王曰舄故越之鄙細人也今仕楚執珪富貴矣亦思越不對曰凡人之思故在其病也彼思越則越聲不思越則且楚聲人往聽之猶尚越聲也今臣雖弃逐之楚豈能無秦聲者哉人情同於懷土兮豈窮達而異心窮謂鍾儀達謂莊舄論語子曰小人懷土孔安國曰懷思也呂氏春秋曰道德於此窮達一也惟日月之逾邁兮俟河清其未極尚書云日月逾邁若弗云來左氏傳鄭子駟曰周詩有之俟河之清人壽幾何杜預曰逸詩也爾雅曰極至也兾王道之一平兮假高衢而騁力賈逵國語注曰兾望也兾與覬同尚書曰王道

正直孔安國曰王道平直也高衢謂大道也薛君韓詩章句曰騁馳也懼匏瓜之徒懸兮畏井渫之莫食論語子曰吾豈匏瓜也哉焉能繫而不食鄭玄曰我非匏瓜焉能繫而不食者冀往仕而得祿周易曰井渫不食爲我心惻鄭玄曰謂已浚渫也猶臣脩正其身以事君也張璠曰可爲惻然傷道未行也然不食以被任用也步棲遲以徙倚兮白日忽其將匿毛詩曰衡門之下可以棲遲楚辭曰步徙倚而遙思杜預左氏傳注曰匿藏也風蕭瑟而並興兮天慘慘而無色楚辭曰蕭瑟兮草木搖落而變衰通俗文曰暗色曰黲慘與黲古字通獸狂顧以求羣兮鳥相鳴而舉翼楚辭曰狂顧南行王逸曰狂猶遽也大戴禮夏小正曰鳴也者相命也原野闃其無人兮征夫行而未息原野闃無農人但有征夫而已周易曰闃其戶闃其無人埤蒼曰闃靜也毛詩曰駪駪征夫心悽愴以感發兮意忉怛丁達而憯七感切惻廣雅曰感傷也毛詩曰勞心忉忉毛萇曰憂勞也又曰勞心怛怛毛萇曰怛怛猶忉忉也循堦除而下降兮氣交憤於胸臆於力切司馬彪上林賦注曰除樓階也杜預左氏傳注曰交戾也王逸楚辭注曰憤滿也說文曰臆胸也夜參半而不寐兮悵盤桓以反側方言曰參分也韓子曰衞靈公泊濮水夜分而聞有鼓琴者毛詩曰耿耿不寐易曰初九盤桓利居貞廣雅曰盤桓不進也毛詩曰展轉反側

遊天台山賦并序支遁天台山銘序曰余覽內經山記云剡縣東南有天台山

孫興公 何法盛晉中興書曰孫綽字興公太原人也爲章安令稍遷散騎常侍領著作郎尋轉廷尉卿卒于時才筆之士綽爲其冠

天台山者蓋山嶽之神秀者也 廣雅曰秀異也 涉海則有方丈蓬萊登陸則有四明天台 方丈蓬萊皆海中名山也爾雅曰高平曰陸謝靈運山居賦注曰天台四明相接連四明方石四面自然開窻 皆玄聖之所遊化靈仙之所窟宅 名山略記曰天台山卽是定光寺諸佛所降葛仙公山也 夫其峻極之狀嘉祥之美 毛詩曰嵩高維嶽峻極于天東京賦曰備致嘉祥 窮山海之瓌富盡人神之壯麗矣 埤蒼曰瑰瑋珍琦也 所以不列於五嶽闕載於常典者 爾雅曰太山爲東嶽華山爲西嶽衡山爲南嶽常山爲北嶽嵩山爲中嶽常典五經之流也 豈不以所立冥奧其路幽迥 冥奧者冥冥深奧也幽迥遐遠也 或倒景於重溟或匿峯於千嶺 重溟謂海也山臨水而影倒故曰倒景也 始經魑魅之塗卒踐無人之境 杜預左氏傳注曰魑山神魅怪物莊子曰其道幽遠而無人 舉世罕能登陟王者莫由禋祀 劉兆穀梁注曰舉盡也楚辭曰舉世皆然禮將誰告孔安國尚書傳曰精意以享謂之禋 故事絕於常篇名標於奇紀 廣雅曰絕滅也篇卽常典也廣雅曰標書也奇紀卽內經山記 然圖像之興豈虛也哉非夫遺世翫道絕粒茹芝者烏能輕舉而宅之 列仙

傳曰赤松子好食松實絶穀孔安國尚書傳曰米食曰粒音立列仙傳讚曰呑水須茹芝莖斷食休糧以除穀氣廣雅曰茹食也讓慮切楚辭曰願輕舉而遠遊

非夫遠寄冥搜篤信通神者何肯遙想而存之言非寄情遐遠搜訪幽冥篤信善道通神感化者何肯存之也

余所以馳神運思晝詠宵興俛仰之間若已再升者也莊子老聃謂崔瞿曰其疾也哉俛仰之間再撫四海之外也王弼周易注曰若辭也瞿音劬

方解纓絡永託茲嶺方猶將也纓絡以喻世網也說文曰嬰繞也纓與嬰通郭璞山海經注曰絡繞也

不任吟想之至聊奮藻以散懷歸田賦曰揮翰墨以奮藻

太虛遼廓而無閡運自然之妙有太虛謂天也自然謂道也無閡謂無名妙有謂一也言大道運彼自然之妙一而生萬物也管子曰虛而無形謂之道鵩鳥賦曰寥廓忽荒老子曰天法道道法自然鍾會曰莫知所出故曰自然王弼曰自然無義之言窮極之辭也又曰妙者極之微也老子曰道生一王弼曰一數之始而物之極也謂之爲妙有者欲言有不見其形則非有故謂之妙欲言其物由之以生則非無故謂之有也斯乃無中之有謂之妙有也阮籍通老子論曰道者自然易謂之太極春秋謂之元老子謂之道也

融而爲川瀆結而爲山阜老子曰三生萬物鍾會曰散而爲萬物也融猶銷也班固終南山賦曰流澤遂而成水停積結而爲山

嗟台嶽之所奇挺實神明之所扶持廣雅曰挺出也魯靈光殿賦序曰豈非神明依憑支持者也

蔭牛宿以曜峯託靈越以正基天台越境故云牛宿也漢書曰越地

牽牛之分野結根彌於華岱直指高於九疑結猶固也南都賦曰結根竦本華岱九疑皆山名也劉瓛
周易義曰彌廣也應配天於唐典齊峻極於周詩配猶對也左氏傳周史謂陳侯曰姜太嶽之後也山
嶽則配天杜預曰姜姓之先爲堯四嶽故曰唐典也邈彼絶域幽邃窈窕王逸楚辭注曰邈遠也絶遠也魯靈光殿
賦曰旋室㛹娟以窈窕洞房叫窱而幽邃王逸曰邃深也近智以守見而不之之者以路絶而莫
曉近智猶小智也爾雅曰之往也言近智守所見而不之假有之者以其路斷絶莫之能曉也方言曰曉知也哂夏蟲之
疑冰整輕翮而思矯言淺近小智同乎夏蟲今既哂之故整翮思矯也馬融論語注曰哂笑也莊子北海若謂河伯
曰夏蟲不可以語於冰者篤於時也司馬彪曰厚信其所見之時也方言曰矯飛也理無隱而不彰啓二奇以
示兆劉向列女傳曰名無細而不聞行無隱而不彰二奇赤城瀑布也賈逵國語注曰兆形也赤城霞起而建標
皁遙瀑布飛流以界道支遁天台山銘序曰往天台當由赤城山爲道徑孔靈符會稽記曰赤城山名色皆赤狀似雲
霞懸霤千仞謂之瀑布飛流灑散冬夏不竭天台山圖曰赤城山天台之南門也瀑布山天台之西南峯水從南巖懸注望之如曳布建
標立物以爲之表識也戰國策曰舉標甚高界道謂爲道彊界也法華經曰黃金爲繩以界八道覩靈驗而遂徂忽
乎吾之將行仍羽人於丹丘尋不死之福庭楚辭曰仍羽人於丹丘兮留不死之舊鄉王逸
曰因就衆仙於明光也丹丘晝夜常明山海經有羽人之國不死之民苟台嶺之可攀亦何羨於層城

薛君韓詩章句曰羨願也淮南子曰掘崐崙墟以下地中有層城九重是也釋域中之常戀暢超然之高情老子曰域中有四大漢書音義曰暢通也老子曰雖有榮觀宴處超然被毛褐之森森振金策之鈴鈴七啓曰余好毛褐未暇此服也金策錫杖也鈴鈴策聲披荒榛之蒙蘢陟峭崿之崢嶸高誘淮南子注曰叢木曰榛孫子曰草樹蒙蘢文字集略曰崿崖也字林曰崢嶸山高貌濟楢溪而直進落五界而迅征顧愷之啓蒙記注曰之天台山次經油溪謝靈運山居賦曰凌石橋之莓苔越楢溪之縈紆注曰所居往來要經石橋過楢溪人迹不復過此楢字雖殊並酉留切落邪行也五界五縣之界孔靈符會稽記曰此山舊名五縣之餘地五縣餘姚鄞句章剡始寧服虔漢書注曰鄞音銀跨穹隆之懸磴丁鄧臨萬丈之絕冥穹隆長曲貌西京賦曰閣道穹隆懸磴石橋也顧愷之啓蒙記曰天台山石橋路逕不盈尺長數十步步至滑下臨絕冥之澗冥幽深也踐莓苔之滑石搏壁立之翠屏莓苔即石橋之苔也翠屏石橋之上石壁之名也異苑曰天台山石有莓苔之險孔靈符會稽記曰赤城山上有石橋懸度有石屏風橫絕橋上邊有過逕纔容數人仲長子昌言曰斧帳翠屏之不坐莓音梅攬樛木之長蘿援葛藟力鬼之飛莖顧愷之啓蒙記注曰濟石橋者搏巖壁援女蘿葛藟之莖毛詩曰南有樛木葛藟纍之毛萇曰木下曲曰樛爾雅曰女蘿兔絲賈逵國語注曰援引也雖一言於垂堂乃永存乎長生漢爰盎諫上曰臣聞千金之子坐不垂堂老子曰長生久視之道東方朔十洲記曰桂英流丹服之長生必契誠於幽昧履重嶮而逾平

幽昧謂道也鍾會老子注曰幽冥晦昧故稱爲玄既克隮於九折路威夷而脩通言其道嶮曲折有九也杜篤首陽山賦曰九折萋崥而多艱韓詩曰道威夷者也恣心目之寥朗任緩步之從容列子曰晏平仲問養生於管夷吾曰恣目之所欲視恣意之所欲行寥朗謂心虛目明也說文曰寥虛空也毛萇詩傳曰朗明也列子曰子華之容緩步闊視尚書曰從容以和藉萋萋之纖草蔭落落之長松以草薦地而坐曰藉楚辭曰春草生兮萋萋杜篤首陽山賦曰長松落落卉木蒙蒙覿翔鸞之裔裔聽鳴鳳之嗈嗈裔裔飛貌也爾雅曰嗈嗈和也謂聲之和也過靈溪而一濯疏煩想於心胸靈溪溪名也廣雅曰濯洗也賈逵國語注曰疏除也蕩遺塵於旋流發五蓋之遊蒙因一濯而假言也六塵虛假而能不住故曰蕩雖遣而未能盡故曰遺中論曰六塵色聲香味觸法高誘淮南子注曰旋流深淵也身意皆淨而能不離故曰發五蓋非真而蔽己善行故曰遊大智度論曰五蓋貪欲瞋恚睡眠調戲疑悔禮記曰昭然發蒙五蓋或爲神表追羲農之絕軌躡二老之玄蹤羲農伏羲神農也廣雅曰軌跡也又曰躡履也二老老子老萊子也史記曰老子者楚苦縣人名耳字聃姓李氏見周之衰乃遂去西至關關令曰子將隱矣彊爲我著書乃著上下二篇言道德之意又曰老萊子亦楚人也著書十五篇言道家之用脩道而養壽也劉向別錄曰老萊子古之壽者陟降信宿迄于仙都毛詩曰陟降廷止毛萇曰陟降上下左氏傳曰凡師一宿爲舍再宿爲信爾雅曰迄至也十洲記曰滄浪海島中有石室九老仙都治處仙官數萬人雙闕雲竦以夾路瓊臺中天而

懸居朱闕玲瓏於林間玉堂陰映于高隅顧愷之啓蒙記注曰天台山列雙闕於青霄中上有
瓊樓瑤林醴泉仙物畢具十洲記曰承淵山金臺玉樓流精之闕瓊華之室西王母之所治真官仙靈之所宗也晉灼漢書注曰玲瓏明
見貌彤雲斐亹亡匪以翼櫺曒公鳥日烱晃於綺疏斐亹文貌翼猶承也櫺窻閑子也毛詩曰有如
曒日烱晃光明也李尤東觀銘曰房闥內布綺疏外陳薛綜西京賦注曰疏刻穿之也然刻為綺文謂之綺疏也八桂森挺
以凌霜五芝含秀而晨敷山海經曰桂林八樹在賁隅東郭璞曰八樹成林言其大也賁隅音番禺神農本草
經曰桂葉冬夏常青不枯又曰赤芝一名丹芝黃芝一名金芝白芝一名玉芝黑芝一名玄芝紫芝一名木芝馮衍顯志賦曰食五芝之
茂英惠風佇芳於陽林醴泉涌溜於陰渠邊讓章華臺賦曰惠風春施宁猶積也佇與宁同毛萇詩
傳曰山南曰陽鄭玄周禮注曰陽林生於山南史記曰崐崙山上有醴泉白虎通曰醴泉者美泉狀如醴陰渠山北之渠建木滅
景於千尋琪樹璀璨而垂珠淮南子曰建木在廣都衆帝所自上下日中無景呼而無響蓋天地之中也山
海經曰神人之丘有建木百仞無枝又曰崐崙之墟北有珠樹文玉樹玗琪樹璀璨珠垂貌玗羽俱切璀七罪切王喬控鶴
以沖天應真飛錫以躡虛列仙傳曰王子喬者周靈王太子晉也道人浮丘公接以上嵩高山三十餘年後人
於山上見之告我家於七月七日待我於緱氏山頭果乘白鶴駐山頭毛萇詩傳曰控引也史記楚莊王曰有鳥不蜚蜚乃沖天百法論
曰并及八輩應真僧然應真謂羅漢也大智度論曰菩薩常應二時頭陀常用錫杖經傳佛像騁神變之揮霍忽出

有而入無言衆仙既登正道故能騁其神變出於衆有而入無為也淮南子曰出於無有入於無為於是遊覽既
周體靜心閑王逸楚辭注曰閑靜也害馬已去世事都捐莊子曰黃帝將見大隗于具茨之山適遇
牧馬童子黃帝曰請問為天下小童曰夫為天下者亦奚以異乎牧馬者哉亦但去其害馬者而已矣郭璞曰馬以過分為害歸田賦曰
與世事乎長辭投刃皆虛目牛無全莊子曰庖丁為文惠君屠牛文惠君曰善哉技庖丁對曰臣好者道進乎技矣
臣始解牛時所見無非牛者三年之後未嘗見全牛也今臣以神遇而不以目視也凝思幽巖朗詠長川廣雅曰凝
止也朗猶清徹也爾乃羲和亭午遊氣高褰楚辭曰吾令羲和弭節兮王逸曰羲和日御也午日中徐爰射
雉賦注曰褰開也法鼓琅以振響衆香馥以揚煙法華經曰擊大法鼓又曰燒衆名香肆覲天
宗爰集通仙天宗謂老君也通仙謂衆仙也其通猶通侯也尚書曰肆覲羣后孔安國曰肆遂也挹以玄玉之
膏嗽以華池之泉毛萇詩傳曰挹斟也山海經曰密山是生玄玉玉膏之所出郭璞曰言玉膏中又出黑玉史記曰崐
崙其上有華池散以象外之說暢以無生之篇象外謂道也周易曰象者像也荀粲列傳粲荅兄俣云立
象以盡意此非通乎象外者也象外之意故蘊而不出矣無生謂釋典也維摩詰曰是天女所願具足得無生忍俣牛矩切悟遣
有之不盡覺涉無之有閒言道釋二典皆以無為宗今悟有為非而遣之遣之而不盡覺無為是而涉之涉之
而有閒言皆滯於有也說文曰悟覺也小雅曰間隙也泯色空以合跡忽即有而得玄言有既滯有故

釋典泯色空以合其跡道教忽於有而得於玄郭象莊子注曰泯平泯也又曰本末內外暢然俱得泯然無跡維摩經喜見菩薩曰色色空爲二色卽是空非色滅空色性自空如是受想行識識空爲二識卽是空非識性自空於其中通而達者爲入不二法門有謂有形也王弼老子注曰凡有皆始於無又曰有之所始以無爲本然王以凡有皆以無爲本無以有爲功將欲寤無必資於有故曰卽有而得玄也王弼又曰玄冥嘿無有也

釋二名之同出消一無於三幡釋謂解說令散也二名卽有名物始無名物母也言二名雖異釋之令同出於道也老子曰無名天地之始有名萬物之母故常無欲以觀其妙常有欲以觀其徼此兩者同出而異名同謂之玄王弼曰兩者謂始與母也同出於玄也異名所施不同也在首則謂之始終則謂之母也訓暢令盡也三幡色一也色空二也觀三也言三幡雖殊消令爲一同歸於無也郤敬輿與謝慶緒書論三幡義曰近論三幡諸人猶多欲旣觀色空別更觀識同在一有而重假二觀於理爲長然敬輿之意以色空及觀爲三幡識空及觀亦爲三幡

恣語樂以終日等寂默於不言夫言從道生道因言暢道之因言理歸空一故終日語樂等乎不言莊子曰言而足則終日言而盡道也又曰言無言終身未嘗言終身不言未嘗不言

渾萬象以冥觀兀同體於自然妙悟玄宗則蕩然都遣不知己之是己不見物之爲物故渾齊萬像以冥觀兀然同體於自然孝經鉤命決曰地以舒形萬象咸載冥昧也言不顯視也兀無知之貌也自然已見上文

蕪城賦四言集云登廣陵故城漢書曰廣陵國高帝十一年屬吳景帝更名江都武帝更名廣陵江都易王非廣陵厲王胥皆都焉

鮑明遠沈約宋書鮑昭字明遠文辭贍逸世祖時爲昭中書舍人上好爲文章自謂物莫能及昭悟其旨爲文多鄙言累句當時咸謂昭才盡實不然也臨海王子頊爲荊州昭爲前軍掌書記之任子頊敗爲亂兵所殺

瀰弭迆以爾平原瀰迆相連漸平之貌也廣雅曰迆斜也平原即廣陵也南馳蒼梧漲張海北走去聲紫塞鴈門南馳北走言所通者遠也漢書有蒼梧郡謝承後漢書曰陳茂嘗渡漲海如淳漢書注曰走音奏趨也崔豹古今注曰秦所築長城土色皆紫漢塞亦然故稱紫塞漢書有鴈門郡柂以漕渠軸以崐崗廣雅曰柂引也漕渠邗溝也左氏傳曰吳城邗溝通江淮杜預曰通糧道說文曰漕水轉穀也又曰軸持輪也崐崗廣陵之鎭平也類車軸之持輪河圖括地象曰崐崗之山橫爲地軸柂或爲陁軸或爲袖重江複關之隩四會五達之莊南臨江曰重濱帶江南曰複蒼頡篇曰隩藏也洛陽記曰銅駝二枚在四會道頭爾雅曰五達謂之康六達謂之莊當昔全盛之時車挂轊衛人駕肩全盛謂漢時也史記蘇秦說齊王曰臨菑之塗車轂擊人肩摩說文曰轊車軸端杜預左氏傳注曰駕陵也謂相迫切也廛閈撲卜地歌吹沸天鄭玄周禮注曰廛民居區域之稱說文曰閈閭也方言曰撲盡也郭璞曰今種物皆生云撲地出也孳茲貨鹽田鏟利銅山聲類曰孳蕃也孳滋古字通也海賦曰陸死鹽田蒼頡篇曰鏟削平也初產切史記曰吳有豫章郡銅山吳王濞盜鑄錢煑海水爲鹽才力雄富士馬精妍班固傳贊曰材力有餘士馬彊盛范曄後

漢書曰王元說隗囂曰今天水完富士馬最強故能奓秦法佚周令聲類曰奓侈字也軼過也佚與軼通西都賦曰覽秦制跨周法劃崇墉刳濬洫圖脩世以休命字林曰佳刀曰劃刳謂除消其土也周易曰刳木為舟薛綜西京賦注墉謂城洫池也左氏傳北宮文子曰其有國家令問長世尚書曰俟天休命春秋元命苞曰命者天之命也是以板築雉堞之殷井幹寒烽櫓之勤郭璞曰三蒼解詁曰板築牆上下板築杵頭鐵沓也鄭玄周禮注曰雉長三丈高一丈杜預左氏傳注曰堞女牆也殷盛也淮南子曰大構架興宮室雞棲井幹許慎曰皆屋構飾也郭璞上林賦注曰櫓望樓也格高五嶽袤廣三墳蒼頡篇曰格量度也五嶽已見天台賦南北曰袤三墳未詳或曰毛詩曰遵彼汝墳又曰鋪敦淮墳爾雅曰墳莫大於河墳此蓋三墳崪慈聿若斷岸矗丑六似長雲崪高峻也矗齊平也製磁石以禦衝糊頳壤以飛文三輔黃圖曰阿房宮以磁石為門懷刃者止之廣雅曰衝突也字書曰糊黏也戶徒切毛萇詩傳曰頳赤也七啟曰燿飛文觀基扃之固護將萬祀而一君說文曰扃外閉之關也凡文士之言基扃況論城闕猶車稱轓舟謂之艫耳非獨指扃也固護言牢固也出入三代五百餘載竟瓜剖而豆分王逸廣陵郡圖經曰郡城吳王濞所築然自漢迄于晉末故云出入三代五百餘載也漢書賈誼上疏曰高帝瓜分天下王功臣也澤葵依井荒葛罥塗王逸楚辭注曰風萍水葵生於池中罥猶絹也壇羅虺吁鬼蜮羽逼階鬭麏居筠鼯王逸楚辭注曰壇堂也毛詩曰為鬼為蜮毛萇曰蜮短狐也公羊傳曰有麇而角劉兆曰麇麞也麏與麇音義同鼯鼯鼠也木

魅莫隗山鬼野鼠城狐說文曰魅老物精也莫愧切楚辭九歌有祭山鬼漢書曰蘇武掘野鼠草實而食之魏明帝長歌行曰久城育狐兔高墉多鳥聲風嘷雨嘯昏見晨趨左氏傳曰豺狼所嘷也胡高切飢鷹厲吻寒鴟嚇雛厲摩也鄭玄周禮注曰吻口邊也士粉切鄭玄毛詩箋曰口距人曰嚇火嫁切郭璞爾雅注曰雛生而能自食者謂鳥子也伏虣藏虎乳血飡膚字書曰虣古文暴字蒲到切虣或爲彪爾雅曰虪白虎虪戶甘切崩榛塞路崢嶸古馗服虔漢書注曰榛木叢生也廣雅曰崢嶸深冥也韓詩曰肅肅兔罝施于中馗薛君曰中馗馗中九交之道也仇悲切白楊早落塞草前衰崔豹古今注曰白楊葉圓李陵書曰涼秋九月塞外草衰塞或爲寒稜稜霜氣蔌蔌風威稜稜霜氣嚴冬之貌蔌蔌風聲勁疾之貌蔌素鹿切孤蓬自振驚砂坐飛無故而飛曰坐飛灌莽杳而無際叢薄紛其相依廣雅曰灌叢也王逸楚辭注曰草木交曰薄通池既已夷峻隅又已頹通池城濠也峻隅城隅也直視千里外唯見起黃埃王逸楚辭注曰埃塵也凝思寂聽心傷已摧天台山賦曰凝思高巖若夫藻扃黼帳歌堂舞閣之基琁淵碧樹弋林釣渚之館藻扃扃施藻畫也司馬相如美人賦曰芳香芬烈黼帳高張琁淵玉池也碧樹玉樹也吳蔡齊秦之聲魚龍爵馬之玩楚辭曰吳歈蔡謳漢書藝文志有齊歌秦歌西京賦曰海鱗變而成龍又曰大雀踆踆又曰爵馬同轡皆薰歇燼滅光沉響絕杜預左氏傳注曰薰香草也又曰燼火之餘木東都妙

姬南國麗人蕙心紈質玉貌絳脣陸機擬東城一何高曰京洛多妖麗玉顏侔瓊蕤然京洛卽東都也曹子建詩曰南國有佳人華容若桃李左九嬪武帝納皇后頌曰如蘭之茂好色賦曰腰如束素蘭蕙同類紈素兼名文士愛奇故變文耳宋玉笛賦曰頳顏臻玉貌起楊雄蜀都賦曰姚朱顏離絳脣莫不埋魂幽石委骨窮塵委猶積也豈憶同輿之愉樂離宮之苦辛哉魏志曰明帝悼毛皇后有寵出入與帝同輿輦長門賦曰期城南之離宮天道如何吞恨者多抽琴命操爲蕪城之歌韓詩外傳曰孔子抽琴按軫以授子貢廣雅曰命名也琴道曰琴有伯夷之操夫遭遇異時窮則獨善其身故謂之操歌曰邊風急兮城上寒井逕滅兮丘隴殘周禮曰九夫爲井又曰夫間有遂遂上有徑千齡兮萬代共盡兮何言莊子曰化窮數盡謂之死

宮殿

魯靈光殿賦幷序

王文考范曄後漢書曰王逸字叔師南郡宜城人也子延壽字文考有儁才遊魯作靈光殿賦後蔡邕亦造此賦未成及見延壽所爲甚奇之遂輟翰而止後溺水死時年二十餘　張載注

魯靈光殿者蓋景帝程姬之子恭王餘之所立也善曰漢書景帝十三王傳曰程姬生

魯恭王餘初恭王始都下國好治宮室（善曰漢書曰恭王徙魯好治宮室毛詩曰命于下國韋昭國語注曰曲沃在絳下故曰下國然以天子爲上國故諸侯爲下國）遂因魯僖基兆而營焉（昔魯僖公使大夫公子奚斯上新姜嫄之廟下治文公之宮故曰遂因魯僖基兆而營焉善曰史記季友奉公子申立是爲釐公釐與僖同爾雅曰兆域也）遭漢中微盜賊奔突（突唐突也詩云昆夷突矣）自西京未央建章之殿皆見隳壞（未央建章西京二殿之名杜預左氏傳注曰隳毁也）而靈光巋然獨存（巋然高大堅固貌也善曰孔叢子孔子曰夫山者巋然高）意者豈非神明依憑支持以保漢室者也（善曰廣雅曰意疑也）然其規矩制度上應星宿（音秀）亦所以永安也（善曰上應星宿謂觜觿也賦曰規矩應天上憲觜觿）予客自南鄙觀藝於魯（南鄙荊州也廣雅曰鄙國也藝六經也魯有周公孔子在焉）覩斯而眙（丑吏切愕視曰眙本爲藝而來見此驚也）曰嗟乎詩人之興感物而作（見可嗟之物爲作詩作賦）故奚斯頌僖歌其路寢而功績存乎辭德音昭乎聲（善曰韓詩曰新廟奕奕奚斯所作薛君曰奚斯魯公子也言其新廟奕奕然盛是詩公子奚斯所作也左氏傳司馬侯曰先王務脩德音以享神人毛詩曰我有嘉賓德音孔昭）物以賦顯事以頌宣匪賦匪頌將何述焉遂作賦曰粵若稽古帝漢祖宗濬哲欽明（若順也稽考也言能順天地考行古之道者帝也濬深也哲智也明又有深知欽明詩云濬哲維商書云放勳欽明善曰書曰粵若稽

古帝堯又曰濬哲文明殷五代之純熙紹伊唐之炎精善曰殷盛也五代周殷夏唐虞也言漢盛於五
代純熙之道而紹帝堯火德之運毛詩曰時純熙矣爾雅曰純大也孔安國尚書傳曰熙廣也爾雅曰紹繼也詩含神務曰慶都生伊堯
孔安國尚書傳曰堯以唐侯升為天子李尤德陽殿賦曰若炎唐稽古作先東觀漢記序曰漢以炎精布耀或幽而光又馮衍說鮑永曰
社稷復存炎精更輝荷天衢以元亨廓宇宙而作京衢道也易曰荷天之衢道大行也元善之長也亨嘉
之會也天所覆為宇中所由為宙也善曰方言曰張小使大謂之廓鄭玄周易注曰人君在上位負荷天之大道敷皇極以
創業協神道而大寧皇極皇建其有極謂得中也協和神明之道而天下大寧皆謂初漢之盛時也善曰孟子曰君
子創業垂統謂可繼也周易曰聖人以神道設教於是百姓昭明九族敦序乃命孝孫俾侯
于魯善曰尚書曰百姓昭明又曰敦敘九族孔安國曰九族高祖玄孫之親也爾雅曰命告也毛詩曰孝孫有慶又曰建爾元子俾
侯于魯錫介珪以作瑞宅附庸而開宇介大也圭長尺二寸謂之介瑞信也諸侯錫大圭以為瑞信又
以為寶申伯之封云錫爾介圭以作爾寶古者附庸百里魯五百里之封也成王以周公有大功錫二十四等附庸方七百里以是開居
也善曰毛詩曰錫之山川土田附庸又曰大啓爾宇為周室輔乃立靈光之秘殿配紫微而為輔詩云
秘宮有恤紫微至尊宮斥京師也善曰毛萇詩傳曰秘神也西京賦曰思比象於紫微春秋合誠圖曰北辰其星七在紫微中承明
堂於少陽昭列顯於奎之分野善曰言承漢明堂而在少陽之位其光昭列顯於奎之分野也爾雅曰分

文也漢書曰泰山郡奉高縣有明堂武帝造又曰少陽東方也又曰魯地奎婁之分野也一曰春秋說題辭曰心爲天明堂以布政教言靈光承天之明堂在少陽之地瞻彼靈光之爲狀也則嵯峨嶵罪嵬隗峞巍㠥㟳皆其形也善曰皆高峻之貌峞羌軌切巍五軌切㠥盧罪切㟳枯罪切吁可畏乎其駭人也駭驚也故覩斯而眙孔安國尚書傳曰吁疑怪之辭迢嶢倜儻豐麗博敞洞轇轕乎其無垠也又其形也博廣也敞高平也善曰迢嶢高貌也倜儻非常也上林賦曰張樂乎膠葛之寓郭璞曰言曠遠深邈貌邈希世而特出羌瓌譎而鴻紛羌辭也羌亦乃也善曰瑰異譎乞魚詭也甘泉賦曰上洪紛而相錯屹乙山峙以紆鬱隆崛魚勿岉勿乎青雲屹猶聳也高大貌詩云臨衝弗弗崇墉屹屹隆屈也西京賦曰終南太一隆屈崔崒崛岉乎青雲言此物上逮青雲善曰廣雅曰峙止也鬱坱軮圠烏黠以嶒七耕竑宏崱助力繒綾陵而龍鱗崱崱嶷然皆其形也善曰坱圠無齊限之貌嶒竑深空貌汨于繒綾不平貌甘泉賦曰嶔巖其龍鱗汨筆磑五磑哀以璀璨赫燡燡亦而燭坤皆其形貌光輝也善曰汨淨貌磑磑高貌璀璨衆材飾貌燡光明貌燭坤光照下土狀若積石之鏘鏘又似乎帝室之威神威神言尊嚴也善曰積石山名西都賦曰激神岳之嶈嶈帝室天帝之室春秋合誠圖曰紫宮太帝室也崇墉岡連以嶺屬朱闕巖巖而雙立墉牆也善曰李尤德陽殿賦曰朱闕巖巖高門擬于閶闔方二軌而並入閶闔天門也王者因以爲門善曰二軌謂容兩車也鄭玄儀禮注曰方併也周禮曰

應門二轍鄭玄周禮注曰軌謂轍廣於是乎乃歷夫太階以造其堂俯仰顧眄東西周
章造其堂觀其狀而賦之善曰孔安國尚書傳曰造至也彤彩之飾徒何為乎澔澔涆涆流離
爛漫善曰澔澔涆涆光明盛貌澔古老切涆古旦切流離爛漫分散遠貌皓壁皜曜以月照丹柱歙赩
而電烻霞駮雲蔚若陰若陽其色狀也善曰皜白也古老切崔駰七依曰丹柱彫牆烻光盛起烻弋戰切
瀖濩燐亂煒煒煌煌善曰采色衆多眩曜不定也瀖音霍濩音穫隱陰夏以中處霐寥窲
以崢嶸善曰陰夏向北之殿也韋仲將景福殿賦曰陰夏則有望舒涼室亦與此同霐寥窲崢嶸皆幽深之貌霐烏宏切寥魚夭
切窲音巢鴻爣炾以爣閬飋蕭條而清泠鴻大也爣炾爣朗皆寬明也善曰飋蕭條清涼之貌爣苦晃切
炾呼廣切爣士黨切閬音朗動滴瀝以成響殷雷應其若驚善曰言簷垂滴瀝繞成小響室內應之其
聲似雷之驚也說文曰滴瀝水下滴瀝之也耳嘈嘈以失聽目矎矎而喪精言炫燿也矎目不正也
善曰埤蒼曰嘈嘈聲衆也廣雅曰矎視也洞簫賦曰愍眸子之喪精矎火懸切騈密石與琅玕齊玉璫與壁
英琅玕珠也似玉尚書曰球琳琅玕善曰李軌法言注曰騈並也國語曰天子之室加密石焉韋昭曰密密理謂砥也然彼以密石磨
琢此亦為飾也西都賦曰裁金壁以飾璫璧英璧玉之英也孝經援神契曰玉英玉有英華之色遂排金扉而北入
霄靄靄而晻曖言深邃也霄冥也旋室㛹娟以窈窕洞房叫窱而幽邃善曰淮南

子曰傾宮旋室在崐崙閶闔之中徐幹七喻曰連觀飛榭旋室迴房旋室曲屋也㛹娟迴曲貌楚辭曰姱容脩態亘洞房西京賦曰望叫窱以經廷西廂踟蹰以閑宴西廂西序也踟蹰連閣傍小室也閑清閑也可以燕會踟蹰或移字善曰踟蹰相連貌毛萇傳曰宴安也言安靜也東序重深而奧祕東序東廂也互言之文相避耳爾雅曰東西廂謂之序善曰廣雅曰奧藏也字書曰祕密也屹鏗瞑以勿罔屑黶翳以懿濞寂寞之形也善曰瞑莫耕切魂悚悚其驚斯心㥏㥏而發悸驚斯於此驚也善曰蘇林漢書注曰葸葸懼貌㥏㥏與葸葸同說文曰悸心動也渠季切悸或爲欷於是詳察其棟宇觀其結構欲安心定意審其事也善曰高誘呂氏春秋注曰結交也構架也規矩應天上憲觜陬應天文星宿也憲法也善曰爾雅曰觜陬之星營室東壁也毛詩曰定之方中作爲楚宮毛萇曰定營室也觜子移切陬子瑜切倔佹雲起嶔崟離摟善曰甘泉賦曰大夏雲譎波詭離摟衆木交加之貌長門賦曰羅丰茸之遊樹離摟梧而相撐倔渠物切佹君委切摟力朱切三間四表八維九隅室每三間則有四表四角四方爲八維并中爲九萬楹叢倚磊砢相扶楹柱也善曰磊砢壯大之貌浮柱岹嵽以星懸漂嶢峴而枝柱枝柱言無根而倚立也善曰甘泉賦曰抗浮柱之飛榱漂輕貌嶢峴不安之貌峴五結切蒼頡篇曰柱枝也誅僂切飛梁偃蹇以虹指揭蘧蘧而騰湊善曰甘泉賦曰歷倒景而絕飛梁西都賦曰抗應龍之虹梁崔駰七依曰夏屋蘧蘧高也音渠王逸楚辭注曰湊聚也層櫨磥垝以岌峨曲枅要紹而環句善曰說文曰欂

櫨柱上枅蒼頡篇曰枅柱上方木然枅櫨爲一此重言之蓋有曲直之殊爾要紹曲貌芝栭欑羅以戢孴枝掌

杈枒而斜據芝栭山節方小木爲之掌眉梁之上也各長三尺掌或作棖字善曰說文曰栭枅上梁蒼頡篇曰欑聚也戢孴

衆貌孴乃立切說文曰掌柱也恥孟切杈枒參差之貌杈楚加切枒音牙毛萇詩傳曰據依也傍夭蟜以橫出互黝

糾而搏負善曰夭蟜黝糾特出之貌蟜巨表切黝於糾切糾切搏負負荷而攢搏也下岪蔚以璀錯上崎嶬

而重注善曰岪蔚特起貌璀錯衆盛貌岪扶弗切崎嶬危嶮貌崎音綺嶬音蟻注猶屬也捷獵鱗集支離分

赴善曰捷獵相接貌支離分散也縱橫駱驛各有所趣善曰縱橫四散也駱驛不絕爾乃懸棟結

阿天窻綺踈天窻高窻也綺文也踈刻鏤也善曰周書曰明堂咸有四阿屋四垂也綺踈已見上文圓淵方井

反植荷蕖反植者根在上而葉在下爾雅曰荷芙蕖種之於員淵方井之中以爲光輝善曰鄭玄周禮注曰植根生之屬發

秀吐榮菡萏披敷綠房紫菂窋咤垂珠綠房芙蕖之房刻繒爲之綠色紫菂菂中芍也爾雅曰其

中菂珠珠之實窋咤也善曰爾雅曰荷其華菡萏菡胡感切萏徒感切菂與芍同音的說文曰窋物在穴中貌張滑切咤亦窋也竹亞切

雲楶藻梲龍桷雕鏤雲節畫雲氣爲山節也梲梁上楹又畫水草之文龍桷畫椽爲龍善曰爾雅曰栭謂之節郭璞

曰節櫨也楶與節同論語曰山節藻梲包咸曰梲者梁上楹畫爲藻文鄭玄禮記注曰栭謂之梁楚辭曰仰觀刻桷畫龍蛇飛禽

走獸因木生姿爲之形也善曰高唐賦曰狀似走獸或象飛禽奔虎攫挐以梁倚仡奮舋而

軒鬐善曰攫挐相搏持也羽獵賦曰熊羆之挐攫張揖漢書注曰梁倚相著也仡舉頭也郭璞曰鬐背上鬣也杜預左氏傳注曰舋
動也蚪龍騰驤以蜿蟺頷若動而躨跜善曰杜預左氏傳注曰頷搖頭也牛感切李尤辟廱賦曰萬騎
躨跜以攫挐躨跜動貌躨音逵跜音尼朱鳥舒翼以峙衡騰蛇蟉虯而遶榱榱亦椽也有三名一
曰椽二曰桷三曰榱善曰春秋漢含孳曰太一之常居前朱鳥衡四阿之長衡也淮南子曰桁題不枅文字曰騰蟉蚪曲貌蟉力鳥切蚪
巨繞切白鹿孑蜺於欂櫨蟠螭宛轉而承楣善曰古王子喬辭曰王子喬參駕白鹿雲中遨子蜺
蜒首之貌孑甄熱切蜺詰結切方言曰未升天龍謂之蟠龍狡兔跧伏於柎側猿狖攀椽而相追
善曰說文曰跧蹴也柎欒切柎音父玄熊舑舕以齗齗卻負載而蹲跠跠踞也善曰舑舕吐舌貌舑吐
玷切舕吐暫切蒼頡篇曰齗齒根也牛斤切廣雅曰蹲跠踞也齊首目以瞪眄徒脈脈而狋狋齊首目以
瞪眄駢頭而相觀視脈脈狋狋視貌善曰埤蒼曰瞪直證切爾雅曰脈相視也莫革切說文曰狋犬怒貌牛飢切胡人遙集
於上楹儼雅跽而相對仡欺猥以鵰眝鶴顤顟而睽睢狀若悲愁於
危處憯嚬蹙而含悴皆胡夷之畫形也人尊於鳥獸故著在上楹儼雅而相對言敬恭也善曰儼雅跽貌說文曰跽
長跪也奇几切欺猥大首也鵰眝如鵰之視也聲類曰瞲驚視也眝與瞲同呼穴切鶴顤顟大首深目之貌鶴烏交切顤呼交切顟力交
切睽睢張目貌孟子曰嚬蹙而言嚬蹙憂貌神仙岳岳於棟間玉女闚窗而下視神女之人又彌

高也善曰岳岳立貌李尤函谷關銘曰玉女流眄而下視忽瞟眇以響像若鬼神之髣髴善曰瞟眇視不
明之貌說文曰瞟瞭也廣雅曰眇莫也響像猶依俙非正形聲也說文曰彷彿相似視不諟也諟與諦同圖畫天地品類
羣生雜物奇怪山神海靈寫載其狀託之丹青千變萬化事各繆形
隨色象類曲得其情言委曲得情也善曰列子曰千變萬化不可窮極繆形形不同也淮南子曰以鏡視形曲得其
情上紀開闢遂古之初更畫太古開闢之時帝王之君也善曰尚書考靈耀曰天地開闢曜滿舒光楚辭曰遂古
之初誰傳道之五龍比翼人皇九頭善曰春秋命厤序曰皇伯皇仲皇叔皇季皇少五姓同期俱駕龍周密與神通
號曰五龍又曰人皇九頭提羽蓋乘雲車出暘谷分九河宋均曰九頭九人也提羽蓋烏之羽伏羲鱗身女媧蛇軀
女媧亦三皇也善曰列子曰伏羲女媧蛇身而人面有大聖之德玄中記曰伏羲龍身女媧蛇軀鴻荒朴略厥狀睢
盱鴻大也朴質也略野略上古之世爲鴻荒之世也畫其形亦質而略睢盱質朴之形善曰法言曰鴻荒之世聖人惡之尚書璇璣鈐
曰帝嚳以上朴略有象難傳西京賦曰睢盱跋扈字林曰睢仰目也盱張目也煥炳可觀黃帝唐虞至於煥炳可觀
唯黃帝堯舜以來易曰黃帝堯舜垂衣裳而天下治善曰尚書璇璣鈐曰帝堯煥炳隆興可觀軒冕以庸衣裳有殊
車曰軒冠曰冕庸用也作此車服以賜有功章有德書曰車服以庸上曰衣下曰裳有功者賞無功者否故曰殊也下及三后
婬妃亂主皆畫其形也三后夏殷周也善曰國語史蘇曰昔夏桀妹嬉有寵而亡夏殷辛妲己有寵而亡殷周幽褒姒有寵周

於是乎亡忠臣孝子烈士貞女忠臣屈原子胥之等孝子申生伯奇之等烈士豫讓聶政之等貞女梁寡昭姜之等賢愚成敗靡不載敘善曰列子曰但伏羲以來賢愚好醜成敗是非無不消滅也惡以誡世善以示後善曰家語曰孔子觀於明堂覩四墉有堯舜桀紂之象而各有善惡之狀興廢之誡焉孔叢子子思曰古者則有國史書之以示後也善以爲示惡以爲誡也於是乎連閣承宮馳道周環馳道馳馬之道旋宮而帀毛萇詩傳曰年不順成馳道不脩善曰馳道人君所行之道也君必乘車馬故以馳爲名也陽榭外望高樓飛觀大殿無內室謂之榭春秋傳曰宣榭災榭而高大謂之陽長途升降軒檻曼延長途升降閣道上下也軒檻所以開明也善曰上林賦曰長途中宿郭璞曰途樓閣閒陛道漸臺臨池層曲九成善曰言重高九層也呂氏春秋曰有娀氏有二佚女爲九成之臺也屹然特立的爾殊形高徑華蓋仰看天庭高徑所徑高亢上至華蓋也善曰楚辭曰登華蓋兮乘陽谷荅賓戲曰未仰天庭而覩白日飛陛揭孽緣雲上征善曰揭孽高貌中坐垂景頫視流星言臺之高自中坐而乘日景也楚辭曰流星墜兮成雨千門相似萬戶如一千門萬戶言衆多也相似如一言皆好也善曰漢書曰建章宮度爲千門萬戶巖突洞出逶迤詰屈善曰子虛賦曰巖突洞房周行數里仰不見日或二或三爲數非正之辭也論語孔子曰加我數年可以學易何宏麗之靡靡咨用力之妙勤善曰小雅曰靡靡細也郭璞方言注曰靡靡細好也妙勤精妙功勤也非夫通神之俊才誰

能剋成乎此勳善曰移太常博士曰聖上德通神明漢書曰益州刺史王襄聞王褒有俊才爾雅曰勳功也據坤
靈之寶勢承蒼昊之純殷易曰地勢坤蒼昊皆天之稱也春爲蒼天夏爲昊天純大殷中也言魯承天之大中
也包陰陽之變化含元氣之烟熅烟熅天地之蒸氣也善曰孫卿子曰陰陽大化周易曰四時變化春
秋命歷序曰元氣正則天地八卦孳周易曰天地絪縕萬物化醇玄醴騰涌於陰溝甘露被宇而下
臻醴泉出地故曰陰溝也善曰春秋元命包曰天樞得則醴泉出孝經援神契曰德至天則甘露降朱桂黝儵於南
北蘭芝阿那於東西黝儵阿那皆茂盛之貌善曰尚書大傳曰德光地序則朱草生禮斗威儀曰君乘金而王其政
平則蘭芝常生鄭玄曰主調和也伏儼子虛賦注曰芍藥以蘭桂調食也然蘭既爲瑞桂亦宜同春秋運斗樞曰搖光得陵黑芝朱穆鬱
金賦曰丹桂植其東祥風翕習以颯灑激芳香而常芬風之散物如灑颯然及激灑草木出其芳滋故
云翕習以灑颯善曰禮斗威儀曰君乘火而王其政平則祥風至翕習盛貌颯素合切神靈扶其棟宇歷千載
而彌堅善曰甘泉賦曰神莫莫而扶傾爾雅曰彌益也永安寧以祉福長與大漢而久存實
至尊之所御保延壽而宜子孫善曰喪服傳曰天子至尊高唐賦曰延年益壽千萬歲毛詩曰宜爾子孫
振振兮苟可貴其若斯孰亦有云而不珍毛萇詩傳曰云言也爾雅曰珍美也
亂曰彤彤靈宮巋嵬穹崇紛龐鴻兮善曰皆高大之貌嵬助軌切龐莫董切鴻胡董切崱屴

嵫釐岑崟崰嶷駢巃嵸兮善曰皆峻嶮之貌巃助力切岦音連拳偃力嵫音茲釐音貍崰音菑嶷音嶷蹇崙菌踡嵯傍欹傾兮善曰皆特起之貌崙音倫菌巨貧切踡巨免切嵯音產歇欻幽藹雲覆霮䨴洞杳冥兮善曰皆幽邃之貌歇許乞切欻許勿切霮杜咸切䨴杜對切葱翠紫蔚礧碨瓌瑋含光晷兮善曰蔚文貌埤蒼曰礧碨礧也礧力罪切碨於賄切郭璞山海經注曰礧硌大石也音洛埤蒼曰瓌瑋珍琦也窮奇極妙棟宇已來未之有兮善曰周易曰上棟下宇以庇風雨神之營之瑞我漢室永不朽兮

景福殿賦洛陽宮殿簿曰許昌宮景福殿七間

何平叔典略曰何晏字平叔南陽人也尚金鄉公主有奇才頗有材能美容貌魏明帝將東巡恐夏熱故許昌作殿名曰景福既成命人賦之平叔遂有此作平叔爲散騎常侍遷尚書主選後曹爽反爲司馬宣王斬於東市

大哉惟魏世有哲聖武創元基文集大命武武帝文文帝並見魏都賦毛詩曰世有哲王尚書伊尹曰天監厥德用集大命孔安國曰集王命於其身皆體天作制順時立政東都賦曰體元立制順時立政謂依月令而行也禮記曰凡舉事必順其時尚書有立政篇至于帝皇遂重熙而累盛魏志曰明皇帝諱叡

字元仲文帝太子也生數歲而有岐嶷之姿武皇異之文帝崩即皇帝位東都賦曰至乎永平之際重熙而累洽也遠則襲陰陽之自然近則本人物之至情周易曰一陰一陽之謂道阮籍通老子論曰道法自然漢書晁錯對策曰計安天下莫不本於人情也上則崇稽古之弘道下則闡長世之善經稽古已見靈光殿賦尚書序曰謂之三墳言大道也左氏傳曰北宮文子曰有其國家令聞長世又隨武子曰兼弱攻昧武之善經庶事既康天秩孔明尚書咎繇曰庶事康哉又曰天秩有禮毛詩曰祀事孔明故載祀二三而國富刑清歲三月東巡狩至于許昌魏志明紀曰大和六年三月行幸東巡四月行幸許昌宮春秋說題辭曰國富民康周易曰聖人以順動則刑罰清班固漢書述曰國富刑清尚書曰歲二月東巡狩至于岱宗柴望祠山川考時度方存問高年率民耕桑禮記王制曰歲二月東巡狩望祠山川問百年者就見之考時月定禮樂制度衣服正之史記曰撫萬民度四方王齊曰隔定四方而安撫之司馬彪續漢書曰凡郡國掌治民常以春行所至縣勸民農桑越六月既望林鍾紀律大火昏正桑梓繁廡大雨時行尚書曰惟五月既望孔安國曰十五日日月相望也又越於也禮記曰季夏之月昏火中又曰律中林鍾是月也大雨時行尚書曰庶草蕃廡三事九司宏儒碩生三事三公也毛詩曰三事大夫莫肯夙夜九司九卿也春秋漢含孳曰九卿象河海劇秦美新曰耆儒碩老爾雅曰宏碩大也感乎溽暑之伊鬱而慮性命之所平禮記曰季夏是月也土潤溽暑伊鬱煩熱貌周易曰乾道變化各正性命家語孔子對魯

哀公曰分於道謂之命形於一謂之性王肅曰分於道始得爲人也各受陰陽剛柔之性故曰形於一惟岷越之不靜
寤征行之未寧岷越吳蜀二境也尚書曰西土人亦不靜也乃昌言曰昔在蕭公暨于孫
卿皆先識博覽明允篤誠尚書曰禹拜昌言蕭公何也荀卿子曰宮室臺榭以避燥濕養德別輕重也長笛賦
序曰博覽典雅左氏傳曰高陽氏有才子明允篤誠莫不以爲不壯不麗不足以一民而重威
靈不飭不美不足以訓後而永厥成漢書曰蕭何治未央宮上見其壯麗甚怒何曰天子以四海爲
家非令壯麗亡以重威且亡令後世有以加也賈逵連珠曰夫君人者不飾不美不足以一民國語屈建曰不可以訓後嗣不可以私欲
干國毛詩曰我客戾止永觀厥成故當時享其功利後世賴其英聲杜預左氏傳注曰享受也史記
司馬季曰助上養下多其功利封禪書曰飛英聲且許昌者乃大運之攸戾圖讖之所旌獻帝
紀曰太史丞許芝奏故白馬令李雲上書曰許昌氣見於當塗高當塗高者昌於許當塗高者魏也今魏基昌於許漢徵絕於許春秋元命包曰
許昌爲周當塗春秋說題辭曰大運在五維書摘亡辭曰五德之運杜預左氏傳注曰戾定也賈逵國語注曰旌表也荀德義
其如斯夫何宮室之勿營帝曰俞哉廣雅曰何問也尚書帝曰俞孔安國曰俞然也玄輅既
駕輕裘斯御禮記曰孟冬之月天子乘玄輅又曰是月也天子始裘論語子曰衣輕裘蔡邕月令章句曰凡衣服加於身曰
御乃命有司禮儀是具禮記曰乃命有司漢書景帝詔曰禮官具禮儀審量日力詳度費務

漢書曰王延世功費約省用日力寡孫子曰必先算其費務鳩經始之黎民輯農功之暇豫左氏傳鄭子曰以鳩其民爾雅曰鳩聚也毛詩曰經始靈臺孔安國尚書傳曰黎衆也又輯集也左氏傳呂相絶秦曰芟夷我農功國語優施曰我教暇豫之事君韋昭曰暇閑也豫樂也因東師之獻捷就海孽之賄賂魏志明帝六年九月脩許昌宮十月田豫討大將周賀於成山殺賀東師獻捷蓋謂此也左氏傳曰齊侯來獻戎捷漢書曰蟲豸之妖謂之孽以吳僻居海曲而稱亂故曰海孽魚列切爾雅曰賄財也立景福之祕殿備皇居之制度魏志明紀曰脩許昌宮起景福殿魯靈光殿賦曰立靈光之祕殿爾乃豐層覆之耽耽建高基之堂堂西京賦曰大廈耽耽史記曰楚國堂堂之大也羅疏柱之汨王筆越肅坻直夷鄂五各之鏘鏘羅列也疏柱畫柱也汨越光明貌坻殿基也鄂垠鄂也西京賦曰坻鍔鱗眴飛櫚翼以軒翥反宇巘魚桀以高驤西京賦曰反宇業業飛櫚巘巘又曰鳳騫翥於甍標西都賦曰荷棟桴而高驤流羽毛之威蕤垂環玭之琳琅言宮室以羽毛爲飾又垂環玭及琳琅也西都賦曰翡翠火齊威蕤羽毛之貌爾雅曰肉好若一謂之環說文曰玭珠也蒲眠切參旗九旒從風飄揚周禮曰熊旗六斿以象伐毛萇詩傳曰參伐也然伐一星以旗象參故曰參旗周禮曰龍旗九旒今云參旗九旒蓋一指旗名一言旒數可以相明也皓皓旰旰丹彩煌煌旰旰煌煌皆盛貌故其華表則鎬鎬杲鑠鑠赫奕章灼若日月之麗天也華表謂華飾屋外之表也鎬鎬鑠鑠赫奕章灼皆謂光顯昭明也周易曰日月

麗乎天鎬古皓切鑠舒藥切其奧祕則䕸蔽曖昧髣髴退概若幽星之纚連也魯靈光殿賦曰西序重深而奧祕䕸蔽曖昧髣髴退概皆謂幽深不明也幽猶夜也曖音愛概古愛切纚相連之貌力氏切既櫛比明逸而欑集又宏璉以豐敞毛詩曰其比如櫛璉未詳一曰宏連大連衆木也王逸楚辭注曰橫木關柱為連璉與連古字通兼苞博落不常一象博落謂所繞者廣也郭璞山海經注曰絡繞也落與絡古字通遠而望之若摛朱霞而耀天文迫而察之若仰崇山而戴垂雲廣雅曰摛舒也宋衷易緯注曰天文者謂三光王褒甘泉賦曰却而望之鬱乎似積雲就而察之䨴乎若太山羌瓌瑋以壯麗紛或或其難分此其大較角也南都賦曰紛郁郁其難詳大較猶大略也孔安國尚書傳曰大較三品也若乃高甍萌崔嵬飛宇承霓薛綜西京賦注曰甍棟也緜蠻黮徒感䨴徒會隨雲融泄韓詩曰緜蠻黃鳥薛君曰緜蠻文貌黮䨴黑貌黮徒感切䨴徒對切融泄動貌也鳥企山峙若翔若滯言屋形高竦如鳥之企如山之竦若翔若滯山鳥之貌毛詩曰如鳥斯企說文曰企舉踵也去豉切魯靈光殿賦曰屹山峙以紆鬱峨峨嶫業嶫罔識所居西京賦曰嵯峨捷業罔識所則雖離朱之至精猶眩曜而不能昭晰也趙岐孟子章句曰離朱卽離婁也淮南子曰離朱之明察箴末於百步之外箴古針字王逸楚辭注曰眩曜惑亂貌說文曰昭晰明也晰之逝切爾乃開南端之豁達張筍虡之輪菌凡正門皆謂之端門春秋說題辭曰血書魯端門豁達門通之貌輪

齒其形也華鍾杌其高懸悍獸仡以儷陳言端門之內為筍以懸華鍾又植悍獸為虡以負之仡然相對
而陳列之東都賦曰鏗華鍾獸負鍾已見西京賦何休公羊傳注曰仡然壯勇貌賈逵國語注曰儷偶也儷力計切體洪剛之
猛毅聲訇普安磤其若震音真毛詩傳曰磤雷聲也於謹切爰有遐狄鐐質輪菌遐狄卽長
狄也以鐐為質輪菌然也爾雅曰白金謂之銀美者謂之鐐郭璞曰音遼廣雅曰質軀也輪音倫菌其旻切坐高門之側
堂彰聖主之威神言為金狄坐於高門側堂之中以明聖主之有威神晏子曰景公坐於堂側芸若充庭
槐楓被宸禮記曰仲冬之月芸始生鄭玄曰芸香草也若杜若也何休公羊傳注曰充滿也槐楓二木名說文曰宸屋宇也音
辰綴以萬年綷以紫榛賈逵國語注曰綴連也晉宮閣銘曰華林園萬年樹十四株綷猶雜也毛詩曰山有紫榛
毛萇曰榛木名或以嘉名取寵或以美材見珍萬年嘉名之屬紫榛美材之屬結實商秋敷
華青春禮記曰孟秋之月其音商楚辭曰青春爰謝王逸曰青東方為春位其色青藹藹萋萋馥馥芬芬
爾其結構則脩梁彩制下褰上奇脩梁跨迴故曰褰彩殊制故曰奇徐爰射雉賦注曰褰開也說文
曰奇異也桁梧複疊勢合形離桁梁上所施也桁與衡同梧柱也音悟赩如宛虹赫如奔螭
宛虹奔螭梁上之飾也如淳漢書注曰宛虹屈虹也南距陽榮北極幽崖宜任重道遠厥庸孔
多言椽栱交結南自陽榮而北至幽崖故云任重道遠其功甚多多當為趨廣雅曰趨多也紙移切郭璞上林賦注曰榮屋南簷也在

南曰陽論語曰任重而道遠於是列髹休彤之繡桷垂琬琰之文璫言桷以髹漆飾之而爲藻繡以琬琰之玉而爲文璫漢書曰殿上髹周禮曰王之喪車髹飾鄭玄曰赤多黑少謂之髹韋昭曰刷漆爲髹尚書曰弘璧琬琰在西序上林賦曰華榱璧璫蝹於云若神龍之登降灼若明月之流光神龍繡桷也明月文璫也薛綜西京賦注曰蝹龍貌爰有禁楄補沔勒分翼張楄附陽馬之短桷也說文曰楄署也扁從戶冊者署門戶也桷署雖殊爲文之義則一也扁與楄同一音必緜切冊楚責切勒分翼張言如獸勒之分鳥翼之張釋名曰勒與肋古字通承以陽馬接以員方陽馬四阿長桁也禁楄列布承以陽馬衆材相接或員方也馬融梁將軍西第賦曰騰極受檐陽馬承阿斑閒賦白踈密有章廣雅曰斑分也毛萇詩傳曰賦布也考工記曰畫繪之事赤與白謂之章飛枊鳥踊雙轅是荷飛枊之形類鳥之飛又有雙轅任承檐以荷衆材今人名屋四阿栱曰欂枊也劉梁七舉曰雙轅覆井芰荷垂英枊吾郎切赴險凌虛獵捷相加其衆材相加或凌虛赴嶮獵捷相接之貌皎皎白閒離離列錢白閒青瑣之側以白塗之今猶謂之白閒列錢金釭也西京賦曰金釭銜璧是爲列錢晨光內照流景外烻晨光日景也日光照於室中而流景外發而延起也西都賦曰激日景而納光烻起貌式延切烈若鉤星在漢煥若雲梁承天言宮殿烈然光明若鉤星之在河漢煥然高廣又似雲梁而承於天也廣雅曰辰星或謂之鉤星雲梁以雲爲梁也騧徙增錯轉縣成郛騧或爲蝸言合衆板上爲井欄而形文錯若蝸之徙遞轉縣之各成郛郭茄蔤倒植吐被芙蕖

爾雅曰荷芙蕖其莖茄其本蔤郭璞曰莖下曰藕在泥中者蔤音密蒼頡篇曰植種也繚了以藻井編以綷子會

疏紅葩鞸胡甲韡直甲丹綺離婁力俱反廣雅曰繚繞纏也西京賦曰蔕倒茄於藻井披紅葩之狎獵又曰何工

巧之瑰瑋交綺豁以疏寮綷疏謂繪五彩於刻鏤之中離婁刻鏤之貌劉向熏爐銘曰彫鏤萬獸離婁相加菡萏赩翕纖

縟紛敷菡萏已見上文頷與菡同說文曰縟采飾也繁飾累巧不可勝書廣雅曰勝舉也言不可勝而書

於是蘭栭積重窶數矩設蘭木蘭也以木蘭為栭言蘭栭重疊交互以相承有似窶數故借其名焉蘇林漢書

注曰窶數四股鉤窶其矩切數所柱切櫼子兼櫨各落以相承欒栱夭蟜而交結櫼卽柳也櫼子

廉切說文曰櫨柱上栟也薛綜西京賦注曰欒柱上曲木兩頭受櫨者栱欒類而曲也夭蟜欒栱長壯之貌蟜其夭切金楹齊

列玉為承跋金楹金柱也而以玉礩承柱之跋也西京賦曰彫楹玉舄廣雅曰磶礩也禮記曰燭不見跋鄭玄曰跋本也方

末切青瑣銀鋪是為閨闥言以青瑣銀鋪是為閨闥之飾漢書曰赤墀青瑣銀鋪以銀為鋪首也長門賦曰擠玉戶

而擴金鋪雙枚既脩重桴乃飾雙枚屋內重檐也重桴重棟也在內謂之雙枚在外謂之重桴言重檐既長因達于

外而為重棟以施采飾也枚莫回切梍梠緣邊周流四極言以梍梠緣屋邊隅周帀流移至於四極說文曰梍梠秦

名屋縣聯楚謂之梠也梍頻移切侯衛之班藩服之職言梍梠之居四極若五服之鎮外藩也周書有侯衛藩服

小雅曰班次也溫房承其東序涼室處其西偏溫房涼室二殿名卞蘭許昌宮賦曰則有望舒涼室羲和

温房然卞何同時今引之者轉以相明也他皆類此開建陽則朱炎豔啓金光則清風臻建陽門在東金光在西白虎通曰炎者太陽韋仲將景福殿賦曰昭剛義於金光崇柔惠於建陽爾雅曰臻至也故冬不淒寒夏無炎燀言寒暑猶門故無寒燀之患毛萇詩傳曰淒寒風也國語太子晉曰水無沉氣火無炎燀韋昭曰燀炎起貌昌延切鈞調中適可以永年呂氏春秋曰衷也者適也高誘曰適中也舞賦曰永年之術墉垣碭基其光昭昭爾雅曰牆謂之墉說文曰碭文石也徒浪切昭之紹切周制白盛今也惟縹墉之色也周禮曰掌蜃共白盛之蜃鄭玄注曰盛猶成也謂飾墉使白之蜃也今東萊用蛤謂之义灰劉梁七舉曰丹墀縹壁紫柱紅梁落帶金釭此焉二等落帶壁帶也而交落之上施金釭而爲二等漢書曰昭陽舍其壁帶往往爲黃金釭函藍田壁明珠翠羽往往而在漢書曰昭陽舍往往明珠翠羽飾之欽先王之允塞悅重華之無爲尚書曰重華濬哲文明温恭允塞孔安國曰舜有深智文明温恭之德信充塞四表上下也論語曰無爲而治者其舜也歟命共工使作績明五采之彰施尚書帝曰垂命汝作共工又曰予欲觀古人之象作會宗彝以五采彰施于五色作服汝明鄭玄曰繢讀曰繪凡畫者爲繪胡對切圖象古昔以當箴規韋昭國語注曰箴箴刺王闕鄭玄毛詩箋曰規正圓之器以思親正君曰規也椒房之列是準是儀漢舊儀曰皇后稱椒房詩曰椒聊之實蔓延盈升美其繁與也觀虞姬之容止知治國之佞臣列女傳曰齊虞姬者名損之齊威王之姬也威王即位諸侯並侵之其佞臣周破胡專權擅勢嫉賢

妬能即墨大夫賢而日毀之阿大夫不肖反日譽之虞姬謂王曰破胡諛讒之侫臣也不可不退齊有北郭先生者賢明於道可置左右王乃封即墨大夫以萬戶烹阿大夫與周破胡遂收故侵地齊國大治

見姜后之解珮寤前世之所遵

列女傳曰周宣王姜后者齊侯之女宣王之后也宣王嘗夜卧而晏起后夫人不出於房姜后旣出乃脫簪珥待罪於永巷使其傅母通言於王曰妾不才妾之淫心見矣致君王失禮而晏朝注云永巷堂塗是也

賢鍾離之讜言懿楚樊之退身

列女傳曰鍾離春者齊無鹽邑之女也爲人極醜自詣宣王願乞一見宣王召見之乃舉手拊膝曰殆哉殆哉宣王曰願聞命對曰今西有橫秦之患南有強楚之讎春秋四十壯勇不立此一殆也漸臺五層萬民疲困此二殆也賢者伏匿山林諂諛強於左右此三殆也酒漿沈湎以夜繼日女樂俳優縱橫大笑此四殆也宣王喟然而歎寡人之殆幾不全拜無鹽君以爲王后漢書成帝曰久不見班生今日復聞讜言聲類曰讜善言也列女傳曰楚莊王樊姬者楚莊王之夫人也王嘗聽朝而罷晏樊姬曰何罷之晏也王曰今旦與賢者語樊姬曰王之所謂賢者諸侯之客與將國中士也王曰虞丘子也樊姬揜口而笑曰妾幸得充後宮妾所進者九人今賢於妾者二人與妾同列者七人今夫虞丘子之相楚十餘年矣其所薦者非其子孫則族昆弟未嘗聞其進賢而退不肖夫知賢而不進是不忠也若不知賢是無知也豈可謂賢哉

嘉班妾之辭輦偉孟母之擇鄰

漢書曰成帝遊於後庭嘗與班婕妤同輦婕妤辭曰三代末主乃有嬖女今欲同輦得無近似之列女傳曰孟軻母者鄒孟子母也號曰孟母其舍近墓孟子之少也嬉戲爲墓間之事踊躍築埋孟母曰此非所以居處子也乃去舍市傍其子嬉戲爲賈又曰此非所以居處子也乃舍學宮之傍其子遊戲乃設俎豆

揖讓進退曰此可以居子遂居及孟子長學六藝卒成大儒故將廣智必先多聞文子曰聰明廣智守以愚多聞
博辯守以儉國語曰晉公使趙衰爲鄉辭曰胥臣多聞臣不若也多聞多雜多雜眩真楊子曰雜乎雜人病多知
爲雜惟聖人爲不雜賈逵國語注曰眩惑也不眩焉在在乎擇人左氏傳士文伯謂晉侯曰務三而已一曰擇人
杜預曰擇賢人也故將立德必先近仁言將欲立德必先近於仁賢也左氏傳穆叔曰太上立德禮記曰力行近
乎仁也欲此禮之不愆去乾是以盡乎行道之先民大戴禮記曰禮義之不愆何恤人言禮記
孔子曰行道之人國語曰古曰在昔昔曰先民也朝觀夕覽何與書紳言朝夕觀覽圖畫何如書紳之事乎論語
曰子張書諸紳若乃階除連延蕭曼雲征蕭曼蕭條曼延言高遠也西京賦曰途閣雲曼魯靈光殿賦曰飛陛
揭孽緣雲上征櫺檻邳張鉤錯矩成西京賦曰伏櫺檻而頫聽薛綜曰櫺檻臺上欄也邳或爲丕孔安國尚書傳曰
丕大也鉤以正曲矩以正方也莊子曰曲者不以鉤方者不以矩錯猶治也楯類騰蛇槢音習似瓊英欒楯彫鏤
形類騰蛇衆槢文采又似瓊英越絕書曰越王勾踐欲伐吳大夫文種於是作欒楯嬰以白璧鏤以黃金狀類龍蛇以獻吳王一曰應劭
漢書注曰楯欄橫也司馬彪莊子注曰槢棫楔也瓊英玉英也此旣施之於櫺檻然凡楔皆謂之槢辭立切楔先結切如螭之
蟠如虯之停廣雅曰無角曰螭龍有角曰虯龍蟠已見上文玄軒交登光藻昭明司馬彪上林賦注曰
軒楯下板也上加漆故曰玄軒楯階除騶之欄故曰交登鄭玄周禮注曰登升也騶虞承獻素質仁形言爲騶虞以乘

軒板狀軒軒然毛萇詩傳曰騶虞白虎黑文毛詩序曰仁如騶虞則王道成矣劉熙孟子注曰獻猶軒軒在物上之稱也廣雅曰質地也
彰天瑞之休顯照遠戎之來庭司馬相如封禪書騶虞頌曰厥塗靡從天瑞之徵王褒四子講德論曰南
郡獲白虎是以北狄賓也陰堂承北方軒九戶在北故曰陰堂也方軒幷窻也西京賦曰九戶開闢右个清
宴西東其宇杜預左氏傳注曰个東西廂也清宴殿名韋誕景福殿賦曰離殿別館粲如列星安昌延休清宴永寧連
以永寧安昌臨圃洛陽宮殿簿曰許昌宮永寧殿七間安昌殿十間臨圃殿名遂及百子後宮攸
處韋誕景福殿賦曰美百子之特居嘉休祥之令名鄭玄毛詩箋曰大姒十子衆妾則宜百子其殿之名蓋取於此處之斯
何窈窕淑女毛詩曰窈窕淑女君子好仇思齊徽音聿求多祜毛詩曰思齊大任文王之母又曰大
姒嗣徽音則百斯男又曰靡有不克自求伊祜其祜伊何宜爾子孫宜爾子孫已見上文克明克哲克
聽克敏蔡邕橋玄碑曰克明克哲實叡實聽毛詩曰農夫克敏永錫難老兆民賴止錫之以難老令其壽
考毛詩曰既飲旨酒永錫難老尚書曰一人有慶兆民賴之於南則有承光前殿賦政之宮洛陽宮殿
簿曰許昌宮承光殿七間納賢用能詢道求中西京賦曰表賢簡能毛萇詩傳曰親戚之謀爲詢也疆理宇
宙甄陶國風左氏傳齊賓媚人謂晉人曰先王疆理天下楊子法言曰甄陶天下其在和平李聃曰埏埴爲器曰甄陶王者
亦甄陶其民也埏失然切雲行雨施品物咸融周易曰雲行雨施品物流形融猶通也其西則有左

城右平講肄之場七略曰蹵鞠者傳言黃帝所作王者宮中必左城而右平城猶國也言有國當治之也蹵鞠亦有治
國之象左城而右平侯權景福殿賦曰乃造彼鞠室講肄謂習武也賈逵國語注曰肄習也二六對陳殿翼相當
二六蓋鞠室之數而室有一人也李尤鞠室銘曰圓鞠方牆放象陰陽法月衡對二六相當卞蘭許昌宮賦曰設御坐於鞠域觀奇材之
曜暉二六對而講功體便捷其若飛僻脫承便蓋象戎兵言相僻脫似承敵人之便以象戎兵習戰之術也七略曰
蹋鞠兵勢也漢書音義曰捽胡若今相僻臥輪之類僻匹赤切察解言歸譬諸政刑將以行令豈唯
娛情言察之既解而各言歸斯實譬之政刑非為戲樂而已七略曰蹋鞠其法律多微意皆因嬉戲以講練士至今軍士羽林無事
使得蹋鞠歸田賦曰聊以娛情鎮以崇臺寔曰永始永始臺名倉廩所居也韋仲將景福殿賦曰時襄羊以劉覽步
華輦於永始知稼穡之艱難壯農夫之克敏複閣重闈猖狂是俟莊子曰猖狂妄行也京庾之儲無
物不有毛詩曰曾孫之庾如坻如京鄭玄曰庾露積穀也西京賦曰于何不有不虞之戒於是焉取言有
不虞之戒取京庾以給之周易曰君子以除戎器戒不虞爾乃建凌雲之層盤浚虞淵之靈沼凌雲
層盤名也為之以承甘露也虞淵靈沼名也韋仲將景福殿賦曰虞淵靈沼滌水決決毛詩曰王在靈沼清露瀼瀼淥水
浩浩清露層盤之露也毛詩曰零露瀼瀼而羊切尚書曰浩浩滔天樹以嘉木植以芳草西京賦曰嘉木樹庭
芳草如積悠悠玄魚皠皠白鳥孔叢子孔子歌曰黃河洋洋悠悠之魚毛詩曰白鳥翯翯毛萇曰翯翯肥澤也翯與

睢音義同沈浮翺翔樂我皇道言魚鳥得所若乃蚪龍灌注溝洫交流言爲蚪龍之形
吐水灌注以成溝洫交橫而流東征賦曰望河洛之交流陸設殿館水方輕舟爾雅曰大夫方舟郭璞曰併兩船
篁棲鶤鷺瀨戲鰋鮋音由服虔漢書注曰篁叢竹也鶤鷺二鳥名鰋鮋二魚名豐侔淮海富賑山
丘字林曰侔齊等也馮衍爵銘曰富如江海孫卿子曰節用裕民且有富厚丘山之積矣爾雅曰賑富叢集委積焉可
殫籌鄭玄周禮注曰少曰委多曰積儀禮注曰籌算也雖咸池之壯觀夫何足以比讎春秋漢含
孳曰咸池主五穀宋均曰咸池取池水灌注生物以爲名也元命包曰其星五者各有職以蓄積爲作特五穀爾雅曰讎匹也視周切
於是碣以高昌崇觀表以建城峻廬薛綜東京賦注曰高昌建城二觀名也韋仲將景福殿賦曰北
看高昌邪睨建城碣揭同岩嶢岑立崔嵬巒居爾雅曰山小而高曰岑又曰巒山墮郭璞曰山形長狹者荊州謂之
巒飛閣干雲浮堦乘虛西都賦曰脩塗飛閣西京賦曰干雲霧而上達浮堦飛陛也遙目九野遠
覽長圖謂建城也淮南子曰上通九天下貫九野高誘曰九天八方中央九野亦如之周禮曰遂人掌邦之野以土地之圖經田
野頫眺三市孰有誰無謂高昌也韋仲將景福殿賦曰踐高昌以北眺臨列隊之京市周禮曰大市日仄而市朝
市朝時爲市夕市夕時爲市孟子曰古之爲市以其所有易其所無覩農人之耘耔亮稼穡之艱難惟
饗年之豐寡思無逸之所歎毛詩曰或耘或耔黍稷薿薿尚書無逸周公曰嗚呼君子所其無逸先知稼穡

之艱難乃逸又曰我聞在昔殷王中宗享國七十有五年高宗之享國五十有九年自是厥後立王生則逸或五六年或四三年感物衆而思深因居高而慮危謂三市也感猶思也周易曰日中爲市聚天下之貨又曰君子安而不忘危惟天德之不易懼世俗之難知周易曰用九天德不可爲首也尚書曰爾亦弗知天命不易也觀器械之良窳以察俗化之誠僞文子曰器械不惡而職事不慢也鄭玄禮記曰器械禮樂之器及兵甲也史記曰舜陶河濱器不苦窳晉灼曰窳病也班固漢書贊曰孝宣之治至於器械自元成間鮮能及之亦足以知吏稱其職民安其業瞻貴賤之所在悟政刑之夷陂晏子春秋景公謂晏子曰子之宅近市則識貴賤乎對曰旣竊利之敢不識乎公曰何貴何賤是時也景公繁於刑晏子對曰踊貴而屨賤公是以省刑孔安國尚書傳曰夷平也陂險也亦所以省風助教豈惟盤樂而崇侈靡省風觀器械也國語伶州鳩曰天子省風以作樂助教察政刑也班固漢書述曰威實輔德刑亦助教子虛賦曰奢言淫樂而顯侈靡也屯坊列署三十有二星居宿陳綺錯鱗比聲類曰坊別屋也方與坊古字通釋名曰坊別屋名星散也列位布散也宿星宿也比比相次也扶至切辛壬癸甲爲之名秩辛壬癸甲十干之名今取以題坊署以別先後也房室齊均堂庭如一出此入彼欲反忘術廣雅曰術道也惟工匠之多端固萬變之不窮楚辭曰亦多端而膠加又曰萬變之情豈其可盡物無難而不知乃與造化乎比隆列子曰穆王見偃師歎曰人之巧乃與造化同功造化已見東

雖天地以開基並列宿而作制制無細而不協於規景作無微而不違於水臬（五結切無細不合皆言合也無微而違言不違也周禮匠人建國水地以縣置槷以縣眡其景為規識日出之景與日入之景鄭玄曰於四角立植而縣以水望其高下高下既定乃為位而平地也槷古文臬假借字也於所平之地中樹八尺之臬以縣正之眡之其景將以正四方也）故其增構如積植木如林區連域絕葉比枝分離背別趣（騈田胥附離背別趣各有所施也騈田胥附羅列相著也）騈田胥附縱橫踰延各有攸注公輸荒其規矩匠石不知其所斲（墨子曰公輸般為雲梯鄭玄禮記注曰公輸若匠師也般若之族多技巧也孔安國尚書傳曰荒廢也莊子曰匠石之齊見櫟社樹觀者如市匠伯不顧司馬彪曰匠石字伯說文曰斲竹句切）既窮巧於規摹何彩章之未殫爾乃文以朱綠飾以碧丹（言既極規摹之巧而未盡采章之盛故文之以朱綠而飾之以碧丹也傳毅七激曰文以朱綠殫下或有駮字非也）點以銀黃爍以琅玕（黃謂黃金漢書曰楊僕懷銀黃也）光明熠（以入）爚爍文彩璘班（說文曰熠盛光也爚火光也埤蒼曰璘瑞文貌）清風萃而成響朝日曜而增鮮雖崐崙之靈宮將何以乎侈旃（穆天子傳曰天子升於崐崘之上觀黃帝之宮）規矩既應乎天地舉措又順乎四時（太玄經曰天道成規地道成矩文子曰舉措廢置不可不審順四時即順時立政也）是以六合元亨九有雍熙（呂氏春秋曰神通乎六合高誘曰四

方上下爲六合元亨已見上文毛詩曰方命厥后奄有九有毛萇曰九有九州也東京賦曰上下共其雍熙尚書曰黎民於變時雍又曰
庶績咸熙家懷克讓之風人詠康哉之詩尚書曰允恭克讓又咎繇乃歌曰元首明哉股肱良哉庶事康
哉莫不優游以自得故淡泊而無所思毛詩曰優哉游哉鄭玄曰優游自安止也東都主人曰莫
不優游而自得玉潤而金聲淮南子曰所謂有天下者自得而已老子曰道之出口淡乎其無味說文曰泊無爲也莊子曰知反於帝宮
見黃帝而問焉曰何思何慮則知道黃帝曰無思無慮則知道也歷列辟而論功無今日之至治直之
反封禪書曰歷選列辟李尤平樂觀賦曰披典籍以論功蓋罔及乎大漢莊子曰容成氏大庭氏若此時至治也彼吳蜀之
湮滅固可翹足而待之封禪書曰湮滅而不稱新序趙良謂商君曰君亡可翹足而待也廣雅曰翹舉也然
而聖上猶孜孜靡忒求天下之所以自悟孟子曰雞鳴而起孳孳爲善者舜之徒也孳與孜同
鄭玄毛詩箋曰忒變也家語魯君曰微夫子寡人無由自悟也招忠正之士開公直之路漢書谷永上書曰崇
諫爭之官廣開忠直之路想周公之昔戒慕咎繇之典謨周公昔戒謂無逸也咎繇典謨謂康哉之歌也
除無用之官省生事之故史記曰吳起如楚捐不急之官漢書蕭望之曰生事於外夷漸不可長公羊傳曰遂
者何生事也何休曰生猶造也賈逵國語注曰故謀也絕流遁之繁禮反民情於太素淮南子曰凡亂
之所由生者皆在流遁流遁之所生者五或遁於木或遁於土或遁於金或遁於火此五者一足以亡天下也說文曰遁遷也

尚書曰禮煩則亂太素樸素也東都賦曰昭節儉示太素故能翔岐陽之鳴鳳納虞氏之白環國語周內史過曰周之興也鸑鷟鳴於岐山世本曰舜時西王母獻白環及珮蒼龍覿於陂塘龜書出於河源魏志文紀曰青龍見於摩陂魏略文紀曰神龜出於靈池東京賦曰龜書畀姒班固漢書贊曰漢使窮河源也醴泉涌於池圃靈芝生於丘園魏志曰延康元年醴泉出芝草生於樂平郡揔神靈之貺祐集華夏之至歡王逸楚辭注曰揔合也春秋元命包曰通三靈之貺長楊賦曰受神人之福祐爾雅曰貺賜也祐福也尚書曰華夏蠻貊方四三皇而六五帝曾何周夏之足言鄭玄毛詩箋曰方且也燕丹子夏扶謂荊軻曰何以教太子軻曰高欲令四三王下欲令六五霸於君何如也

文選卷第十一

賜進士出身通奉大夫江南蘇松常鎮太等處承宣布政使司布政使胡克家重校刊

文選卷第十二

梁昭明太子撰

文林郎守太子右內率府錄事參軍事崇賢館直學士臣李善注上

江海

木玄虛海賦一首

郭景純江賦一首

海賦

木玄虛 今書七志曰木華字玄虛華集曰爲楊駿府主簿傅亮文章志曰廣川木玄虛爲海賦文甚儁麗足繼前良

昔在帝嬀古爲巨唐之代帝嬀謂舜也尚書序曰昔在帝堯尚書曰釐降二女于嬀汭孔安國曰舜所居嬀水之汭也左氏傳季文子使太史克對宣公曰舜臣堯舉八愷使主后土杜預曰爲堯臣也天綱浡蒲沒潏以出爲凋爲瘵側界反言水之廣大爲天綱紀浡潏沸涌貌桓子新論曰夏禹之時鴻水浡潏說文曰潏水涌出也又說文曰凋半傷也爾雅曰瘵病也尚書曰湯湯洪水方割孔安國曰割害也洪濤瀾汗萬里無際瀾汗長貌西京賦曰起洪濤而揚波長波涾

徒潨杜荅潨我迆芊氏涎延延八裔涾潨相重之貌迆涎邐迆相連也八裔猶八方也於是乎禹也乃鏟
臨崖之阜陸決陂潢而相浚孟子曰當堯之時洪水橫流氾濫天下堯獨憂之舉舜舜使禹疏九河瀹濟漯
蒼頡篇曰鏟削平也淮南子曰禹有洪水之患陂塘之事高誘曰陂畜也塘堤也說文曰潢積水池也浚灌也啓龍門之岝
嶺墾陵巒而嶄七咸鑿尚書琁璣鈐曰禹開龍門導積石鄭玄注曰龍門山名也岝嶺高貌岝助格切嶺五格切廣雅
曰墾治也墾與墾音義同廣雅曰鑴謂之鏨仕咸切鏨與嶄古字通羣山既略百川潛渫息列切孔安國尚書傳曰
治山通水故以山名尚書曰嵎夷既略孔安國曰用功少曰略周書曰禹渫七十川大利天下尚書大傳曰百川趨於海爾雅曰潛深也
說文曰渫除去也泱思朗漭莫廣澹徒敢泞騰波赴勢泱漭廣大也澹泞澄深也泞音紵江河既導
萬穴俱流尚書曰岷山導江又曰導河積石淮南子曰漕有萬穴掎居蟻拔五嶽竭涸九州掎拔竭涸
言水既除掎拔而出竭涸而乾也掎引也廣雅曰拔出也五嶽泰華霍恒嵩賈逵國語注曰涸竭也尚書序曰禹別九州瀝滴滲
淫七林薈烏外蔚雲霧涓流泱烏黨瀼乃朗莫不來注說文曰瀝滴水下滴瀝也滲淫小水津液也滲
音侵薈蔚雲霧霑潤也毛詩曰薈兮蔚兮南山朝隮涓流小流也泱瀼渟淤也漢書杜欽曰屯氏河羨溢有填淤反瀼之害說文曰注灌
也於廓靈海長為委輸毛萇詩傳曰於歎辭也爾雅曰廓大也孟子曰舜使禹疏九河瀹濟漯而注諸海禮記曰
三王之祭川也或源或委鄭玄曰委流所聚淮南子曰河水九折注海而流不絕者崐崙之輸也其為廣也其為怪

也宜其爲大也爾其爲狀也則乃浟由湙亦瀲力冉灩以冉浮天無岸浟湙

流行之貌瀲灩相連之貌玄中記曰天下之多者水焉浮天載地說文曰浮汎也沖沖瀜融沆胡廣瀁余兩渺眇瀰

彌湠炭漫沖瀜沆瀁深廣之貌渺瀰湠漫曠遠之貌波如連山乍合乍散莊子曰白波若山噓噏

許急百川洗滌淮漢噓噏猶吐納也百川已見上文淮漢之流小而且穢故洗滌之襄陵廣舃漻交瀉

葛浩汗尚書曰懷山襄陵又曰海濱廣斥史記曰斥爲舃古今字也漻瀉廣深之貌若乃大明撫苗彼轡於

金樞之穴言月將夕也大明月也周易曰懸象著明莫大乎日月撫猶攬也月有御故言轡金西方也河圖帝覽嬉曰月者金

之精月有窟故言穴伏韜望清賦曰金樞理轡素月告望義出於此翔陽逸駭於扶桑之津言日初出也翔陽日

也淮南子曰日陽之主也日中有烏故言翔逸駭言出疾也廣雅曰駭起也山海經曰湯谷上有扶木者扶桑也十日所浴彯匹遙

沙礐苦角石蕩颸以出島濱言此二時風尤疾也易通卦驗曰巽風不至則大風發屋揚沙說文曰礐石聲也春秋命

曆序曰大風飄石颸風疾貌說文曰島海中往往有山可居曰島於是鼓怒溢浪揚浮言風既疾而波鼓怒也上

林賦曰沸乎暴怒更相觸搏飛沫起濤蒼頡篇曰濤大波也狀如天輪膠戾而激轉呂氏

春秋曰天地如車輪終則復始高誘曰輪轉也上林賦曰宛潬膠盭又似地軸挺拔而爭迴河圖括地象曰地下

有四柱廣十萬里有三千六百軸廣雅曰挺出也岑嶺飛騰而反覆五嶽鼓舞而相磓丁迴反岑

嶺五嶽言波濤之形遞相觸激故或反覆故或相碰也爾雅曰山小而高曰岑五嶽已見上文碰猶激也渭謂濆淪而滀丑六漯他荅鬱沏切迭而隆頹渭亂貌濆淪相糾貌滀漯攢聚貌鬱盛貌沏迭疾貌隆頹不平貌盤盓乙于激而成窟消七笑浺士含滐桀而為魁盤盓旋遶也消浺峻波也毛萇詩傳曰傑特立也滐與傑同賈逵國語注曰川阜曰魁㵄尖冉泊匹帛栢而迆以爾颺余詠磊洛罪匒答匌苦合而相豗呼迴反㵄疾貌泊栢小波也迆颺邪起也磊大貌匒匌重疊也相豗相擊也驚浪雷奔駭水迸集七發曰波湧而濤起橫奔似雷字書曰迸散也開合解會瀼瀼傷濕濕瀼瀼濕濕開合之貌葩華踧子六沑女六頊頂濘奴冷潗側立㵊女及反葩華分散也踧沑聚也頊濘沸貌潗㵊沸聲若乃霾莫排曀一計潛銷莫振莫竦爾雅曰風而雨土為霾陰而風為曀霾音埋說文曰潛藏也廣雅曰振動也竦亦動也輕塵不飛纖蘿不動爾雅曰唐蒙女蘿猶尚呀呼加呷餘波獨湧言風雖靜而餘波猶壯呀呷波相吞吐之貌澎匹宏濞灪於勿䃶烏埋碨烏罪磊山壟澎濞水聲洞簫賦曰澎濞慷慨灪䃶高峻貌碨磊不平貌爾其枝岐潭審瀹以藥渤蕩成汜音似管子管仲對桓公曰水別於他水入於大水及海者命曰枝穆天子傳曰飲于枝洔之中郭璞曰水岐成洔洔小渚也音止潭瀹動搖之貌毛詩曰江有汜毛萇曰決復入為汜也乖蠻隔夷迴互萬里若乃偏荒速告王命急宣列子曰殊方偏國張湛曰偏邊也毛詩曰肅肅王命飛駿鼓楫汎海淩山爾雅曰駿速也

郭璞曰駿猶迅速亦疾也方言曰楫謂之橈東方朔對詔曰凌山越海窮天乃止於是候勁風揭桀百尺廣雅曰揭舉也百尺帆檣也維長綃所交挂帆席綃今之帆綱也以長木為之所以挂帆也劉熙釋名曰隨風張幔曰帆或以席為之故曰帆席也望濤遠決冏九永然鳥逝蒼頡篇曰冏光也鷸聿如驚鳧之失侶倏如六龍之所掣充制反鷸疾貌蘇武荅李陵書曰雖乘雲附景不足以比速晨鳧失羣不足以喻疾春秋命厤序曰皇伯登出扶桑日之陽駕六龍以上下說文曰掣引而縱也一越三千不終朝而濟所屆左氏傳曰子文訓兵於睽終朝而畢爾雅曰濟度也孔安國尚書傳曰屆至也若其負穢臨深虛誓愆祈負穢言身有罪若負荷然尚書曰負罪引慝杜預左氏傳注曰愆失也鄭玄周禮注曰祈禱也則有海童邀路馬銜當蹊吳歌曰仙人齎持何等前謁海童爾雅曰邀遮也陸綏海賦圖云馬銜其狀馬首一角而龍形杜預左氏傳注曰蹊徑也天吳乍見而髣髴蝄像暫曉而閃式染屍山海經曰朝陽之谷神為天吳吳為水伯說文曰髣髴見不諟也楚辭曰時彷彿以遙見國語仲尼曰丘聞之水之怪龍罔象木之怪夔魍魎韋昭曰罔象食人閃屍暫見之貌羣妖遘迕眇䁝余沼冶夷爾雅曰遘遇也小雅曰迕犯也眇䁝視貌冶夷妖媚之貌決帆摧橦直江戕風起惡去聲橦百尺也杜預左氏傳注曰戕卒暴之名也起惡起為暴惡也廓如靈變惚怳幽暮廓猶開也言廓然暫開如神之變惚怳之頃而又幽暮也鄭玄禮記注曰幽闇者不明也氣似天霄靉愛靅費雲布言海神吐氣類於天霄靉靅昏闇貌韓子曰雲布風

動霳叔昱絕電百色妖露霳昱疾貌妖露為妖而呈露也呵嗽許勿掩鬱矆居縛睒失冉無
度呵嗽掩鬱不明貌說文曰矆大視也又曰睒暫視也飛澇勞相磢楚爽激勢相沏楚櫛反言狀風迅疾而波
浪相衝也澇大波也郭璞方言注曰磢錯也磢與磢同沏摩也楚乙切崩雲屑雨浤浤火宏汩汩屑雨飛灑之貌
言波浪飛灑似雲之崩如雨之屑也李尤辟雍賦曰興雲動雷飛屑風雨浤浤汩汩波浪之聲也浤音宏䟸勑甚踔丑角湛以甚
灤藥沸潰渝溢䟸踔湛灤波前卻之貌潰亂流也渝亦溢也瀖霍泋冄濩鑊渭蕩雲沃日
瀖泋濩渭衆波之聲於是舟人漁子徂南極東言風起而浪驚故漂浮而無定毛萇詩傳曰極至也或屑
沒於黿鼉之穴或挂罥於岑嶅敖之峯言被漂溺死非一所也屑猶碎也禮記曰屑桂與薑聲類
曰罥係也爾雅曰山多小石曰嶅或掣充制掣洩余制洩於裸人之國或汎汎悠悠於黑
齒之邦掣掣洩洩任風之貌汎汎悠悠隨流之貌淮南子曰自西南至東南有裸人國黑齒民許慎曰其民不衣也其人黑齒也
或乃萍流而浮轉或因歸風以自反謝承後漢書鄭玄戒子書曰黃巾為害萍浮南北徒識
觀怪之多駭乃不悟所歷之近遠蒼頡篇曰駭驚也說文曰悟覺也爾其為大量也
則南澰斂朱崖北灑天墟音虛廣雅曰澰漬也東都主人曰南燿朱垠垠亦崖也爾雅曰北陸虛也東演
析木西薄青徐說文曰演長流也言流至析木之境爾雅曰析木謂之天津海在青徐之東故云西薄小雅曰薄迫也尚

書曰海岱惟青州又曰海岱及淮惟徐州經途瀴烏泠溟莫泠萬萬有餘鄭玄周禮注曰經謂里數也瀴溟猶絕遠
杳冥也吐雲霓含龍魚淮南子曰四海之雲湊隱鯤鱗潛靈居鯤鱗或爲昆山昆山方壺之屬也靈
居眾仙所處也豈徒積太顛之寶貝與隨侯之明珠琴操曰紂徙文王於羑里擇日欲殺之於是太
顛散宜生南宮适之屬得水中大貝以獻紂立出西伯墨子曰和氏之璧隨侯之珠將世之所收者常聞所未
名者若無言世之所收者常聞其名其或未名者若本無也且希世之所聞惡烏審其名言希
世乃一聞之故不能審其名魯靈光殿賦曰邈希世而特出故可仿像其色靉於愷霼虛氣其形仿像靉霼
不審之貌爾其水府之內極深之庭劉劭趙都賦曰其東則有天泿水府百川是理則有崇島巨
鼇峌庭結峴五結孤亭擘洪波指太清崇島五嶽也巨鼇大鼇也列仙傳曰巨鼇負蓬萊山而抃滄海之中
列子曰渤海之東名曰歸墟其中有五山帝命禺强使巨鼇十五舉首戴五山峙而不動說文曰海中往往有山可依止曰島峌峴高貌
山居海中故云擘峻極際天故云指鄭眾周禮注曰擘破裂也東方朔十洲記曰冥海洪波百丈鶡冠子曰上及泰清下及太寧竭
磐石栖百靈鄭玄禮記注曰竭猶戴也聲類曰磐大石也百靈眾仙颺凱風而南逝廣莫至而
北征言巨鼇多力遡風而行也呂氏春秋曰南方曰凱風北方曰廣莫風其垠銀則有天琛水怪鮫人
之室天琛自然之寶也尚書曰天球在東序水怪奇石生乎水濱也尚書曰鉛松怪石曹子建七啓曰戲鮫人劉淵林吳都賦注曰

鮫人水底居瑕石詭暉鱗甲異質說文曰瑕玉之小赤色者也詭暉別色說文曰詭變也異質殊形也廣雅曰質
軀也若乃雲錦散文於沙汭之際綾羅被光於螺蚌之節言沙汭之際文若雲錦螺
蚌之節光若綾羅也毛萇詩傳曰芮崖也芮與汭通曹植齊瑟行曰蚌蛤被濱崖光采如錦紅繁采揚華萬色隱鮮
說文曰隱蔽也陽冰不冶陰火潛然言其陽則有不冶之冰其陰則有潛然之火也晏子春秋曰陰冰凝陽冰厚五
寸說文曰冶銷也熺許眉炭重燔煩吹烱古永九泉熺炭炭之有光也廣雅曰熺熾也重燔猶重然也吹猶然
也漢書趙氏無吹火焉說文曰烱光也言火之光下照九泉地有九重故曰九泉朱燩熖綠煙䁏眇一少眇蟬蜎
一緣反䁏眇蟬蜎煙豔飛騰之貌燩與爓同魚則橫海之鯨突扤孤遊弔屈原曰橫江湖之鱣鱏郭璞山海
經注曰橫塞也突扤高貌戛巖嶅偃高濤戛猶檕也茹鱗甲吞龍舟廣雅曰茹食也莊子曰吞舟之魚碭
而失水高誘淮南子注曰龍舟大舟噏虛及波則洪漣踧蹜吹澇則百川倒流劉劭趙都賦曰巨鼇
冠山陵魚吞舟吸潦吐波氣成雲霧踧蹜聚貌踧子六切蹜所六切或乃蹭七鄧蹬鄧窮波陸死鹽田蹭蹬
失勢之貌鹽田海邊也張揖上林賦注曰海水之崖多出鹽也巨鱗插雲鬐鬣刺天郭璞上林賦注曰鰭魚背上鬣
也南都賦曰森蕁蕁而刺天顱盧骨成嶽流膏為淵廣雅曰顱謂之顯顡魏武四時食制曰東海有魚如山長
五六里謂之鯢時死岸上膏流九頃春秋元命包曰積骨成山流血成淵若乃巖坻直夷之隈沙石之嶔音欽

郭璞上林賦注曰坻岸也說文曰隈水曲也嶔沙石嶔岑也毛翼產鷇苦候剖卵成禽爾雅曰生哺鷇郭璞曰鳥
子須母食也剖猶破也鳧鶵離褷所宜鶴子淋滲所今反西京雜記曰太液池其閑鳧鶵鶴子布滿充積離褷淋
滲毛羽始生之貌羣飛侶浴戲廣浮深翔霧連軒洩余世洩淫淫軒舉也洩洩淫淫飛翔之
貌翻動成雷擾翰爲林翻動貌漢書趙王曰聚蚊成雷孔安國尚書傳曰擾亂也王弼周易注曰翰高飛貌更
相叫嘯詭色殊音詭異也若乃三光既清天地融朗淮南子曰夫道紘宇宙而章三光杜
預左氏傳注曰融朗也不汎陽侯乘蹻去喬絕往淮南子曰武王渡于孟津陽侯之波逆流而擊曹植苦寒行曰
乘蹻追術士遠在蓬萊山抱朴子曰乘蹻可以周流天下蹻道有三法一曰龍蹻二曰氣蹻三曰鹿盧蹻覿安期於蓬萊
見喬山之帝像列仙傳曰安期先生謂始皇曰後千歲求我蓬萊山下史記曰武帝祭黃帝冢橋山上曰吾聞黃帝不死
今有冢何也或對曰黃帝已仙上天羣臣葬其衣冠也羣仙縹匹妙眇餐玉清涯音宜縹眇遠視之貌魯靈光殿
賦曰忽縹眇以響像列仙傳曰赤松子服水玉履阜鄉之留舄被羽翮之襂所今纚所宜反列仙傳曰安
期先生琅邪阜鄉人自言千歲秦始皇與語賜金數千萬於阜鄉亭皆置去留書以赤玉舄一量爲報言仙人以羽翮爲衣漢書曰天道
將軍衣羽衣襂纚羽垂之貌翔天沼戲窮溟莊子曰窮髮之北有溟海者天池也甄古然有形於無欲
永悠悠以長生言眾仙雖表有形而無情欲故能久視長生也鄭玄尚書緯注曰甄表也淮南子曰有形之類莫尊於水

莊子曰同乎無欲老子曰常無欲以觀其妙又曰長生久視之道且其爲器也包乾之奧括坤之區周易曰乾爲天坤爲地孔安國尚書傳曰奧內也又曰區域也惟神是宅亦祇是廬神祇衆靈之通稱非惟天地而已禮記曰有天下者祭百神也何奇不有何怪不儲說文曰儲積也芒芒積流含形內虛班彪覽海賦曰余有事於淮浦覽滄海於茫茫孫卿子曰不積小流無以成河海含形內虛言水能含衆形內虛似乎謙也孫卿子曰水清則見物之形周易曰君子以虛受人曠哉坎德卑以自居周易曰坎爲水家語金人銘曰江海雖左長百川以其卑也周易曰謙謙君子卑以自牧管子曰夫人皆赴高水獨赴下卑也而水以爲都居也弘往納來以宗以都自海而往弘之而令大自外而來納之而不逆尚書曰江漢朝宗于海山海經曰和山實惟河之九都郭璞曰九水所潛故曰九都品物類生何有何無言諸品物以類相生何所不有何者而無言其多也韓詩外傳曰夫水羣物以生品物以正李尤翰林論曰木氏海賦壯則壯矣然首尾負揭狀若文章亦將由未成而然也

江賦釋名曰江者公也出物不私故曰公也風俗通曰江者貢也爲其出物可貢晉中興書曰璞以中興王宅江外乃著江賦述川瀆之美

郭景純臧榮緒晉書曰郭璞字景純河東人璞性放散不脩威儀爲佐著作後轉王敦記室參軍敦謀逆爲敦所害又云有人見其睡形變鼉云是鼉精也

咨五才之並用實水德之靈長左氏傳宋子罕曰天生五材人並用之廢一不可杜預曰金木水火土也

淮南子曰夫水者大不可極深不可測無公無私水之德也惟岷山之導江初發源乎濫觴惟發語之辭也岷山導江東別爲沱南都賦曰發源巖穴家語孔子謂子路曰夫江始於岷山其源可以濫觴及其至於江津不舫舟不避風則不可以涉王肅曰觴所以盛酒者言其微也聿經始於洛沫昧攏萬川乎巴梁薛君韓詩章句曰聿辭也漢書廣漢郡雒縣有漳山雒水所出入湔雒與洛通湔音煎說文曰沫水出蜀西塞外東南入江沫武蓋切攏猶括東也巴郡名也梁州名也衝巫峽以迅激躋江津而起漲盛弘之荊州記曰信陵縣西二十里有巫峽方言曰躋登也酈元水經注曰馬頭崖北對大岸謂之江津漲水大之貌極泓烏宏量而海運狀滔天以淼茫鄭玄禮記注曰極窮也莊子曰大鵬海運則將徙南溟司馬彪曰運轉也尚書曰浩浩滔天揔括漢泗兼包淮湘并吞沅澧禮汲引沮七余漳南都賦曰總括趨欽郭璞山海經注曰泗水出魯國卞縣至臨淮下相縣入淮孟子曰禹決汝漢排淮泗而注之江景福殿賦曰兼苞博落郭璞山海經注曰湘水出酃陵營道縣陽朔山過秦論曰并吞八荒之心山海經曰沅水出象郡而東注江合洞庭中應劭漢書地理志曰武陵郡充縣歷山澧水所出入沅水經云入江說文曰汲引水也山海經曰景山雎水出焉南注于汚江又曰荊山漳水出焉而東南流注于雎沮與雎同源二分於崌居崍來流九派乎潯陽山海經曰岷山東北百四十里崍山江水出焉又東百五十里崌山江水出焉而東流注于大江郭璞曰崍山中江所出也崌山北江所出也水別流爲派尚書曰荊州九江孔殷應劭漢書注曰江自廬江潯陽分爲九也漢書廬江郡有潯陽縣鼓洪濤於赤

岸淪餘波乎柴桑洪濤已見海賦七發曰凌赤岸或曰赤岸在廣陵輿縣廣雅曰淪沒也餘波濤之餘波也言濤之餘
波至柴桑而盡也尚書曰餘波入于流沙漢書豫章郡有柴桑縣綱絡羣流商摧苦角涓古玄澮古外反廣雅曰
商度也許慎淮南子注曰揚搉粗略也涓澮小流也爾雅曰注溝曰澮也表神委於江都混流宗而東會
委及宗並見上文漢書曰廣陵國有江都縣東會于海尚書曰東會于泗沂注五湖以漫漭灌三江而漰
普萌沛普會反墨子曰禹治天下南為江漢淮汝東流之注五湖之處以利荆楚于越之民史記太史公曰余登姑蘇望五湖張勃吳
錄曰五湖者太湖之別名也周行五百餘里尚書曰三江既入震澤底定孔安國曰自彭蠡江分為三入震澤又曰震澤吳南太湖名也
滈胡道汗六州之域經營炎景之外六州益梁荆江揚徐臧榮緒晉書曰華陽黑水惟梁州部巴東郡益
州梁州之南地部蜀郡江州本荆州之東界揚州之南境也海岱及淮惟徐州部廣陵郡上林賦曰經營于其內南方火故曰炎景所
以作限於華裔壯天地之嶮介言江波之濬既作限於華夷天地嶮介因之益壯也吳錄曰魏文帝臨江
嘆曰天所以隔南北也周易曰天嶮不可升地嶮山川丘陵郭璞爾雅注曰介閡也呼吸萬里吐納靈潮自然
往復或夕或朝呼吸萬里言其疾也抱朴子曰鷃氏云朝者據朝來也言夕者據夕至也激逸勢以前驅
乃鼓怒而作濤峨嵋為泉陽之揭玉壘作東別之標峨嵋玉壘二山名也泉陽即陽
泉也顧野王輿地志云益州陽泉縣蜀分縣竹立揭標皆表也水經曰江水又東別為沲開明之所鑿尚書曰岷山導江東別為沲戰國

策曰舉標甚高衡霍磊落以連鎮巫廬嵬魚鬼崫危勿而比嶠周禮曰荊州之鎮山曰衡山鄭玄曰
在湘水南鎮山名安地德者也爾雅曰霍山為南岳郭璞曰今在廬江西漢書曰南郡巫縣巫山在西南釋慧遠廬山記曰山在江州潯
陽之南爾雅曰山銳而高曰嶠其廟切協韻音橋協靈通氣濆忿薄相陶流風蒸雷騰虹揚
霄莊子曰川谷通氣故飄風老子曰陰陽陶冶萬物韋昭國語注曰蒸升也出信陽而長邁淙悰大壑與
沃焦信陽卽信陵之陽也臧榮緒晉書曰建平郡有信陵縣吳都賦曰寂寥長邁說文曰淙水聲也列子曰渤海之東不知幾萬億
里有大壑無底之谷其下無底名歸墟玄中記曰天下之大者東海之沃焦焉水灌之而不已沃焦山名也在東海南方三萬里若
乃巴東之峽夏后疏鑿盛弘之荊州記古歌曰巴東三峽巫峽長猨鳴三聲淚沾裳禹疏三江已見上文絕
岸萬丈壁立赮駮赮駮如赮之駮也赮古霞字虎牙嵥桀豎樹以屹魚乙崒慈聿荊門
闕竦而磐礴盛弘之荊州記曰郡西泝江六十里南岸有山名曰荊門北岸有山名曰虎牙二山相對楚之西塞也虎牙石
壁紅色間有白文如牙齒狀荊門上合下開開達山南有門形故因以為名嵥特立貌屹崒高峻貌闕竦如闕之竦也西京賦曰圜闕竦
以造天磐礴廣大貌圓淵九回以懸騰湓普寸流雷呴呼后而電激淮南子曰藏志九旋之淵許慎
曰九旋之淵至深說文曰騰水涌也蒼頡篇曰溢水聲也聲類曰呴嗥也荅賓戲曰遊說之徒風颷電激駭浪暴灑驚波
飛薄灑散也飛薄飛騰蕩薄也迅澓扶福增澆涌湍疊躍澓澓流也音伏王逸楚辭注曰洄波為澆古堯切

砯普冰巖鼓作㴵普萌湱呼陌㶁胡角𤃫仕角反砯水激巖之聲也㴵湱㶁𤃫皆大波相激之聲也爾雅曰夏有水冬無水曰㶁音學瀥蒲冰濞蒲拜瀼火宏潎呼拜濆濩獲㳚呼活漷呼郭反皆水勢相激洶湧之貌潏胡決湟皇淴呼骨泱烏朗漭烏黨潣失冉㶖舒感瀹始灼反皆水流漂疾之貌漩旋澴許玄滎於營瀯營渨紆鬼㵗誄濆忿瀑步角反皆波浪回旋濆涌而起之貌也溭助側淢域濜助謹溳于窘龍鱗結絡溭淢濜溳參差相次也龍鱗結絡如龍之鱗連結交絡也潘岳金谷詩曰濫泉龍鱗瀾碧沙瀢杜罪㶇徒可而往來巨石硉洛骨矹五骨以前卻瀢㶇硉矹沙石隨水之貌潛演肖之所汩淈胡骨奔溜之所磢楚奕錯說文曰潛藏也又曰演水脈行地中弋刃切蒼頡篇曰淈水通貌磢已見海賦廣雅曰錯磨也厓隒魚檢為之泐勒嵃魚免碕嶺為之嵒崿說文曰隒厓也周禮曰石有時以泐鄭司農曰泐謂石解散也嵃猶嶮也楚辭曰觸石碕而橫逝許慎淮南子注曰碕長邊也幽澗積岨礐力隔硞客角礐盧礭苦角反爾雅曰山夾水曰澗澗與澗同礐硞礐礭皆水激石嶮峻不平之貌若乃曾潭之府靈湖之淵鄭玄毛詩箋曰曾重也王逸楚辭注曰楚人名淵曰潭府澄澹汪洸烏宏瀇烏廣滉胡廣囦音玄泫皆水深廣之貌說文曰汪廣也烏黃切泓弘汯宏泂烏猛㵾胡猛涒紆鋐粼鄰圞巒潾力銀反皆水勢回旋之貌混澣音翰灦呼見渙流映揚焆音涓水勢清深而澄澈光映也蒼頡篇曰焆明也溟莫令涬渺湎莫翦汗汗沺田沺皆廣大無際之貌察

之無象尋之無邊氣滃烏孔渤蒲沒以霧杳時鬱律其如煙滃渤霧出貌鬱律煙上貌

成公綏天河賦曰氣蓬勃以霧蒸說文曰杳冥也類胚普杯渾之未凝象太極之構天言雲氣杳冥似

胚胎渾混尚未凝結又象太極之氣欲構天也淮南子曰孕婦三月而胚胎春秋命曆序曰冥莖無形濛鴻萌兆渾渾混混宋均曰渾渾

混混雖舛未分也周易曰是故易有太極是生兩儀韓康伯曰太極者無稱之稱不可得名也長波浹子叶渫牒峻湍

崔嵬埤蒼曰浹渫水滂溏也小雅曰峻高也盤渦烏和谷轉凌濤山頹渦水旋流也廣雅曰淩馳也王粲遊

海賦曰洪濤奮蕩大浪踊躍山隆谷窳宛亶相搏陽侯砐五合硪我以岸起洪瀾涴宛演而雲

迴陽侯已見海賦砐硪搖動貌涴演迴曲貌沄銀淪溛烏華瀤烏懷乍浥烏甲乍堆沄淪回旋之貌溛瀤不平

之貌豃呼檻如地裂豁若天開豃豁開貌易緯曰天下愁地裂山崩漢書曰孝惠二年天開東北廣十餘丈觸

曲厓以縈繞叫駭崩浪而相礧相礧相擊也音雷鼓㕎苦合窟以漰普萌渤蒲沒乃

湓普寸湧而駕隈㕎亦窟之類也漰渤水聲也小雅曰駕凌也魚則江豚海狶喜叔鮪于軌

王鱣音邅南越志曰江豚似豬臨海水土記曰海狶豕頭身長九尺郭璞山海經注曰今海中有海狶體如魚頭似豬爾雅曰鮥鮛

鮪郭璞曰鮪屬大者王鮪小者叔鮪王鱣之大者猶曰王鮪鮥音洛鱛骨鰊練鰧特登鮋直流鯪陵鰩遙鯩

鰱音連山海經曰鰼魚其狀如魚而鳥翼出入有光其音如鴛鴦郭璞曰音滑舊說曰鰊似繩山海經曰鰧其狀如鱖居逵切蒼文赤

尾郭璞曰舊說曰鮋似鱓楚辭曰鯪魚何所出王逸曰鯪魚鯪鯉也山海經曰鰩魚狀如鯉又曰鯩魚黑文狀如鮒食之不腫郭璞曰音倫廣雅曰鰱鱮也或鹿觡格象鼻或虎狀龍顏臨海異物志曰鹿魚長二尺餘有角腹下有脚如人足郭璞山海經注曰麋鹿角曰觡又曰今海中有虎鹿魚體皆如魚而頭似虎鹿龍顏似龍也鱗甲鑵七罪錯煥爛錦斑鑵錯間雜之貌揚鰭掉尾噴普悶浪飛㖢似延反上林賦曰揵鬐掉尾說文曰噴吒也㖢沫也排流呼哈乎合隨波遊延或爆蒲角采以晃淵或嚇呼厄鰓乎巖間說文曰爆灼也今以為曝曬也曝步木切廣雅曰晃暉也嚇猶開也介鯨乘濤以出入鯼祖洪鮆薺順時而往還爾雅曰介大也字林曰鯼魚出南海頭中有石一名石首郭璞山海經注曰鮆狹薄而長頭大者長尺餘一名刀魚常以三月八月出故曰順時爾其水物怪錯則有潛鵠魚牛虎蛟鉤蛇怪錯奇怪雜錯也舊說曰潛鵠似鵠而大山海經曰魚牛其狀如牛陵居蛇尾有翼又曰虎蛟其狀魚身而蛇尾有翼其音如鴛鴦郭璞山海經注曰今永昌郡有鉤蛇長數丈尾跂在水中鉤取斷岸人及牛馬啖之鯩倫鱄團鱟候蝞媚鱝扶粉鼇烏郎鼊迷龞音麻說文曰蜦蛇屬也黑色潛於神泉之中能興雲致雨山海經曰鱄魚其狀如鮒而彘尾郭璞曰音團如扇之團廣志曰鱟魚似便面雌常負雄而行失雄則不能獨活出交阯南海中臨海水土物志曰蝞似蝦中食益人顏色有愛媚又曰鱝魚如圓盤口在腹下尾端有毒又曰初寧縣多鼅鼊形薄頭喙似鵝指爪又鼅鼊與鼉鼊辟相似形大如籧生乳海邊曰沙中肉極好中啖王珧姚海月土肉石華郭璞山海經注曰珧

亦蚌屬也臨海水土物志曰海月大如鏡白色正圓常死海邊其柱如搔頭大中食又曰土肉正黑如小兒臂大長五寸中有腹無口目

有三十足炙食又曰石華附石生肉中啖**三蝬**子工**虷**洨**江鸚螺**力戈**蜁**旋**蝸**古花反臨海水土物志曰三蝬

似蛤舊說曰虷江似蟹而小十二脚南州異物志曰鸚鵡螺狀如覆杯頭如鳥頭向其腹視似鸚鵡故以為名也舊說曰蜁蝸小螺也

璅蛣詰**腹蟹水母目蝦**遐南越志曰璅蛣長寸餘大者長二三寸腹中有蟹子如榆莢合體共生俱為蛣取食又

曰海岸間頗有水母東海謂之蛇正白濛濛如沫生物有智識無耳目故不知避人常有蝦依隨之蝦見人則驚此物亦隨之而沒蛇音

蜡二字並除嫁切**紫蚢**胡岡**如渠洪蚶**呼甘**專車**爾雅曰大貝曰蚢漢書曰尉佗獻紫貝五百尚書大傳曰文王

囚於羑里散宜生之江淮之浦而得大貝如車渠以獻紂鄭玄曰渠罔也臨海水土物志曰蚶則徑四尺背似瓦壟有文國語孔子曰防

風氏其骨節專車賈逵曰專滿也**瓊蚌晞曜以瑩珠石蜐**居葉**應節而揚葩**異物志曰蚌似車螯

絜白如玉晞曜向日也楊雄蜀都賦曰蚌含珠而擘裂南越志曰石蜐形如龜腳得春雨則生花花似草華廣雅曰葩花也蜐音劫**蜛**

居**蝫**諸**森衰以垂翹玄蠣**力滯**磈**苦罪**磥**力罪**而碨**烏懷**砐**烏遐反南越志曰蜛蝫一頭尾有數

條長二三尺左右有腳狀如蠶可食森衰垂貌翹尾也臨海水土物志曰蠣長七尺南越志曰蠣形如馬蹄磈磥碨砐不平之貌**或**

泛瀲辭豔**於潮波或混淪乎泥沙**字書曰瀲泛也水波上及也混淪輪轉之貌廣雅曰混轉也混乎本切淪

力本切**若乃龍鯉一角奇鶬**倉**九頭**山海經曰龍鯉陵居其狀如鯉或曰龍魚一角也劉騊駼玄根賦曰

一足之夔九頭之鶬有鼊三足有龜六眸莫侯反山海經曰三足鼊岐尾爾雅曰鼊三足曰能郭璞曰今吳興郡陽羨縣山上有池池中出三足鼊又有六眼龜赬鱉胏扶廢躍而吐璣文魮毗磬鳴以孕璆山海經曰珠蟞之魚其狀如胏而有目六足有珠郭璞曰蟞音鼈南越志曰珠鼈吐珠山海經曰文魮之魚其狀如覆銚鳥首而翼魚尾音如磬之聲是生珠玉郭璞曰音毗鯈條鱅庸拂翼而掣充制耀神蜧麗蝹於粉蜦力殞以沉遊山海經曰鯈鱅狀如黃蛇魚翼出入有光郭璞曰音條容說文曰蜧蛇屬也許慎淮南子注曰黑蜧神蛇也潛於神泉蝹蜦行貌𩣡蒲沒馬騰波以噓蹀牒水兕雷咆薄交乎陽侯山海經曰𩣡馬牛尾白身一角其音如虎郭璞曰音勃黃伯仁龍馬賦曰嘘天慷慨南越志曰西聳縣東暨于海其中多水兕形似牛說文曰咆嗥也淵客築室於巖底鮫人構館于懸流吳都賦曰淵客慷慨而泣珠鮫人已見海賦雹布餘糧星離沙鏡雹布星離言衆多也本草經曰禹餘糧生東海池澤傅玄擬楚篇曰光滅星離舊說曰沙鏡似雲母也青綸競糾縟組爭映爾雅曰綸似綸組似組東海有之糾繚也縟繁采也紫菜熒曄以叢被綠苔鬖所咸髿沙乎研上紫菜色紫狀似鹿角菜而細生海中熒曄光明貌南越志曰海藻一名海苔生研石上風土記曰石髮水苔也青綠色皆生於石通俗文曰髮亂曰鬖髿說文曰研滑石也研與硯同五見切菜或爲蘂石帆平蒙籠以蓋嶼序蓱實時出而漂泳音詠劉逵吳都賦注曰石帆生海嶼石上草類也又曰嶼海中洲上有山石家語曰楚昭王渡江中流有物大如斗員而赤直

觸王舟舟人取之王大怪使聘魯問孔子孔子曰此所謂萍實也可剖而食之吉祥也唯霸者爲能得焉王肅曰萍水草也說文曰漂浮
也爾雅曰泳游也其下則金礦丹礫歷雲精爥銀說文曰礦銅鐵璞也古猛切丹礫丹砂也異物志曰
雲母一曰雲精入地萬歲不朽穆天子傳曰乃披圖視典曰天子之寶璿珠爥銀郭璞曰銀有精光如爥也珕麗珋留璿
瑰古回水碧潛瑎美巾反說文曰珕蜃屬力計切又曰珋石之有光者山海經曰大荒之中有西王母之山爰有璿瑰郭璞
曰璿瑰亦玉名也旋回兩音山海經曰耿山多水碧郭璞曰亦水玉類也潛瑎亦水玉也鳴石列於陽渚浮磬肆
乎陰濱山海經曰共水多鳴石郭璞曰晉永康元年襄陽郡上鳴石似玉色青撞之聲聞七八里尚書曰泗濱浮磬孔安國尚書
傳曰肆陳也或頩古迥彩輕漣或焆涓曜崖鄰焆已見上文說文曰鄰水粼崖間粼粼然也力因切林
無不溽岸無不津孫卿子曰玉在山而木潤淵生珠而崖不枯廣雅曰溽濕也鄭玄周禮注曰津潤也其羽族
也則有晨鵠天雞鴢於絞鷔敖鷗鴃山海經曰大鶚音如晨鵠郭璞曰晨鵠猶晨鳧也爾雅曰韓天雞孫
炎曰黑身一名莎雞山海經曰鴢其狀如鳧青身而朱目赤尾郭璞曰音窈窕之窈山海經曰鷔青黃其所集者其國亡郭璞曰音敖山
海經曰鴃其狀如鳧郭璞曰音鉗鈇之鈇徒計切陽鳥爰翔于以玄月尚書曰彭蠡既豬陽鳥攸居爾雅曰九月
爲玄郭璞曰國語云至于玄月也千類萬聲自相喧聒說文曰聒讙語也濯翮疏風鼓翅翻
許聿翽許月反疏理也禮記曰鳳以爲畜故鳥不獝麟以爲畜故獸不狘鄭玄曰獝狘飛走之貌翻與獝同揮弄灑珠拊

拂瀑沫洞簫賦曰揚素波而揮連珠說文曰瀑霣也蒲到切集若霞布散如雲豁產毹他積羽往來勃碣其列反字書曰毻落毛也毻與毹同音唾竹書曰穆王北征行流沙千里積羽千里漢書曰燕地勃碣之閒一都會也伏琛齊地記曰勃海郡東有碣石謂之勃碣也橉力刃杞稹之忍薄於潯涘栛槤連森嶺而羅峯橉杞二木名也字林曰稹稠穊也薄叢生也淮南子曰南游江潯許慎注曰潯水涯也音尋栛槤亦二木名也栛音隸桃枝篔筠簹當實繁有叢劉淵林蜀都賦注曰桃枝竹屬也可爲杖又吳都賦注曰篔簹竹生水邊長數丈葭蒲雲蔓欔以蘭紅雲蔓言多而無際也欔采色相揚映也蘭澤蘭也爾雅曰紅龍舌揚皜杲毦二擢紫茸而容反皜白也毦與茸皆草花也蔭潭隩於六被長江爾雅曰隩隈也郭璞曰今江東呼爲浦隩於到切繁蔚尉芳蘺隱藹水松蘺江蘺香草也似薺水松藥草名也涯灌芊千見萰力見潛薈烏外葱龍郎公反涯灌則叢生也潛薈水中茂盛也芊萰葱龍皆青盛貌也鯪陵鯥六䟫曰眉跼具側於垠銀隒魚儉獱頻獺睽失冉瞲呼穴乎㕢去聲空鯪魚已見同篇山海經曰有魚狀如牛陵居蛇尾其名曰鯥埤蒼曰踦躧跳也求悲切聲類曰偏舉一足曰踦跼也渠俱切郭璞三蒼解詁曰獱似青狐居水中食魚山海經曰鼇山滽滽之水出焉有獸名曰獺其狀如鱬其毛如彘鬣郭璞曰音蒼頡之頡與獺同鱬如珠切睽暫視也聲類曰瞲驚視上也呼穴切㕢岸側空處也去巖切迅蜼聿季臨虛以騁巧孤玃居縛登危而雍容蜼狖也玃似獼猴也夔㹻呼口翹踛六於夕陽

鴛雛弄翮乎山東山海經曰岷山多夔牛郭璞曰今蜀山中有大牛重數千斤名爲夔牛又爾雅注曰今青州呼犢爲
牯牯夔牛之子也牯與牯同火口切莊子曰齕草飲水翹尾而踶此馬之真性也司馬彪曰踶跳也廣雅曰翹舉也山海經曰南禺之山
有鵷鶵郭璞曰鵷鶵鳳屬也爾雅曰山西曰夕陽山東曰朝陽因岐成渚觸澗開渠岐已見上文漱所遘壑
生浦區別作湖周禮曰善爲溝者水漱之鄭玄曰漱齧也論語曰區以別矣磴土登之以瀿煩瀷翼
渫息刑之以尾閭磴猶益也土登切淮南子曰莫鑒於流瀿而鑒於澄水許慎曰楚人謂水暴溢爲瀿扶園切淮南子曰潦
水旬月不雨則涸而枯澤受瀷而無源者也許慎曰瀷湊漏之流也瀷昌即切莊子海若曰天下之水莫大於海萬川歸之而不盈尾閭
渫之而不虛司馬彪曰尾閭水之從海出也標之以翠翳泛之以遊菰標猶表識也翳草之翳薈也菰蔣
也浮於水上故曰遊也播匪藝之芒種挺自然之嘉蔬孔安國尚書傳曰播布也鄭玄毛詩箋曰藝猶
樹也鄭司農周禮注曰芒種稻麥也禮記曰凡祭廟之禮稻曰嘉蔬鄭玄曰嘉善也稻菰蔬之屬鱗被菱荷攢布水
蓏力果反鱗被如鱗之被言多也蒼頡篇曰攢聚也應劭漢書注曰木實曰果草實曰蓏翹莖瀵芳問蘂濯穎散
裹說文曰瀵水浸也匹問切廣雅曰蘂華也穎穗也裹謂草實也高唐賦曰綠葉紫裹隨風猗萎於危與波潭沲
猗萎隨風之貌潭沲隨波之貌潭音覃沲徒我切流光潛映景炎羊染霞火言草之華蘂流耀潛映波瀾景色外
發炎於赮火赮與霞同其旁則有雲夢雷池彭蠡青草雲夢澤名也吳錄曰雷池在皖尚書曰彭蠡既

豬孔安國曰澤名也吳錄曰巴陵縣有青草湖具區洮姚滆鬲朱滻丹漅具區亦澤名也風土記曰陽羨縣西
有洮湖水經注曰中江東南左合滆湖音核又曰朱湖在溧陽又曰洮水又東得滻湖水周三四百里丹湖在丹陽漅湖在居巢漅祖了
切極望數百沆胡朗瀁余兩皛胡杳溔余少反七發曰極望成林鄭玄禮記注曰極盡也沆瀁廣大之貌皛溔深
白之貌爰有包山洞庭巴陵地道潛逵傍通幽岫窈窕郭璞山海經注曰洞庭地穴在
長沙巴陵吳縣南太湖中有苞山山下有洞庭穴道潛行水底云無所不通號為地脈逵水中穴道交通者金精玉英瑱
他見其裏瑤珠怪石琗其表穆天子傳河伯曰示汝黃金之膏郭璞曰金膏其精汋也汋音綽孝經援神契曰玉
英玉有英華之色也孫卿子曰琁玉瑤珠不知佩山海經曰苟林之山多怪石郭璞曰怪石似玉也瑱琗謂文采相雜小雅曰雜采曰綷
琗與綷同瑱徒見切琗字憒切驪蚪渠幽摎居由其址止梢雲冠其⿰山票必眇反驪蚪驪龍也在於九重之泉
故云摎其址也莊子曰千金之珠在九重之淵而驪龍頷下宋衷太玄經注曰摎猶糾也孫氏瑞應圖曰梢雲瑞雲人君德至則出若樹
木梢梢然也⿰山票山巔也方眇切海童之所巡遊琴高之所靈矯海童已見上文列仙傳曰琴高浮遊冀州
二百餘年後入碭水中乘赤鯉魚來出泊一月復入水去方言曰矯飛也言飛而去來其中冰夷倚浪以傲睨五計
江妃含嚬而矊彌延眇山海經曰從極之川唯冰夷恒都焉冰夷人面而乘龍郭璞曰冰夷馮夷也莊子曰獨與天地
精神往來而不傲睨於萬物傲睨自寬縱不正之貌列仙傳曰江婓二女出遊江濱鄭交甫所挑者孟子注嚬蹙而言嚬蹙憂貌矊眇遠

覛貌法言曰眇緜作炳聯𥌒音緜撫淩波而鳧躍吸翠霞而夭矯鄭玄禮記注曰撫以手按之也廣雅
曰淩馳也上林賦曰馳波跳沫廣雅曰吸飲也陵陽子明經曰春食朝霞朝霞者日始出之赤氣夭矯自得之貌若乃宇宙
澄寂八風不翔文子曰四方上下謂之宇說文曰宙舟車所極覆淮南子曰天有八風條風明庶風清明風景風凉風閶
闔風不周風廣莫風洞簫賦曰翔風蕭蕭而逕其末舟子於是搦女角棹涉人於是檥魚綺榜補郎反毛
詩曰招招舟子人涉卬否搦捉也應劭漢書注曰檥止也王逸楚辭注曰榜船櫂也補孟切一曰榜併船也漂飛雲運艅
艎劉淵林吳都賦注曰飛雲吳樓船之有名者左氏傳曰楚敗吳師獲其乘舟艅艎杜預曰艅艎舟名也舳艫相屬萬
里連檣說文曰舳舟尾也艫船頭也埤蒼曰檣帆柱也才羊切泝洄沿流或漁或商毛詩曰泝洄從之毛
萇曰逆流而上曰遡洄孔安國尚書傳曰順流而下曰沿列子曰中國之人或農或商或佃或漁赴交益投幽浪平
交益二州名也周禮曰東北曰幽州漢書有樂浪郡也竭南極窮東荒淮南子曰章亥自北極步至南極山海經有東
荒經爾乃䨟霧紛祲子陰於清旭許玉覘勑詹五兩之動靜方言曰䨟視也音隸杜預左氏傳曰
氛氣也說文曰霧亦氛字也鄭玄禮記注曰祲陰陽氣相浸漸以成災也毛萇詩傳曰旭日始出也鄭玄禮記注曰覘闚視也勑廉切兵
書曰凡候風法以雞羽重八兩建五丈旗取羽繫其巔立軍營中許慎淮南子注曰綄候風也楚人謂之五兩也綄音桓長風颹
于鬼以增扇廣莫䬆麗而氣整高唐賦曰長風至而波起颹大風貌音韋廣莫風已見上文郭璞山海經注曰

颸颸急風貌音戾徐而不颷烏回疾而不猛埤蒼曰颷風遲也音隈鼓帆平迅越趋陌㶇

張截洞音迥帆已見上文趋猶越也截直度也㶇洞皆深廣之貌淩波縱柂電往杳溟覓冷反楊雄方言曰

船後曰柂郭璞曰今江東呼柂為舳也王逸荔枝賦曰飛匡上下電往景還匡勤往切𩄻如晨霞孤征眇若雲

翼絶嶺𩄻征貌徒對切晨霞朝霞也莊子曰大鵬翼若垂天之雲故曰雲翼言廣大也倏忽數百千里俄頃

楚辭曰往來儵忽何休公羊傳注曰俄者須臾之閒司馬彪莊子注曰頃久也王肅家語注曰俄有頃也飛廉無以睎其

蹤渠黃不能企其景史記曰飛廉善走廣雅曰睎視也穆天子傳曰天子之八駿曰渠黃毛詩曰跂予望之鄭玄曰

舉足則望見之企與跂同於是蘆人漁子擯落江山謂採蘆捕魚之子也擯落謂被斥擯而漂落也司馬彪莊

子注曰擯棄也衣則羽褐食惟䟽鱻思延切鄭玄毛詩箋曰褐毛布也聲類曰鱻小魚也栫寂見澱廷見爲

涔夾潨在公羅筌說文曰栫以柴木壅水也劉淵林吳都賦注曰澱如淵而淺澱與淀古字通爾雅曰槮謂之涔郭璞曰今

作槮叢木於水中魚得寒入其裏以薄捕取之也槮蘇感切涔字廉切說文曰潨小水入大水也筌捕魚之器以竹為之蓋魚笱屬箄

灑連鋒罾子僧䍡雷比船舊說曰箄灑皆釣名也罾䍡皆網名也灑所蟹切或揮輪於懸碕奇

或中瀨而橫旋輪釣輪也埤蒼曰碕曲岸頭也忽忘夕而宵歸詠採菱以叩舷淮南子曰

夫歌採菱發陽阿楚辭曰漁父鼓枻而去王逸曰叩船舷也傲自足於一嘔尋風波以窮年字書曰歗

倨也嶇與謳同楚辭曰順風波以南北兮霧宵晦以紛紛西京賦曰窮年忘歸猶不能徧也爾乃域之以盤巖豁之以洞壑疏之以沲度河汜似鼓之以朝夕尚書曰沲潛既導孔安國曰沲江別名也汜已見上文漢書枚乘上書曰游曲臺臨上路不如朝夕之池也川流之所歸湊雲霧之所蒸液王逸楚辭注曰湊聚也琴賦曰蒸靈液以播雲淮南子曰山雲蒸而柱礎潤珍怪之所化產傀奇之所窟宅高唐賦曰珍怪奇偉子虛賦曰珍怪鳥獸說文曰傀偉也又曰奇異也納隱淪之列真挺異人乎精魄桓子新論曰天下神人五一曰神仙二曰隱淪三曰使鬼物四曰先知五曰鑄凝馮衍爵銘曰富如江海壽配列真說文曰真仙人變形也班固公孫弘贊曰異人並出孝經援神契曰五岳之精雄四瀆之精仁左氏傳樂祁曰心之精爽是謂魂魄播靈潤於千里越岱宗之觸石公羊傳曰曷爲祭大山河海山川有能潤乎百里者天子秩而祭之觸石而出膚寸而合不崇朝而徧雨天下者唯太山雲爾海潤于千里何休曰雲氣觸石理而出爲雨無膚寸之地而不徧也河海與雲雨及千里及其譎變儵怳符祥非一動應無方感事而出孔安國尚書傳曰神妙無方鄭玄論語注曰方常也經紀天地錯綜人術言以綜爲喻也符祥上則經紀天地下則錯綜人術漢書五行志曰厥風絕經紀如淳曰壞絕匹帛之屬周易曰錯綜羣數王肅曰錯交也綜理事也仲長子昌言曰錯綜人情妙不可盡之於言事不可窮之於筆若乃岷精垂曜於東井陽侯遯形乎大波河圖括地象曰岷山之地上爲井絡史記曰五星聚

于東井陽后陽侯也高誘淮南子注曰楊國侯溺死於水其神能爲大波莊子曰其死登遐三年而形遯奇相去得道而

宅神乃協靈爽於湘娥廣雅曰江神謂之奇相西京賦曰懷湘娥王逸楚辭注曰堯二女墜湘水之中因爲湘夫

人也駭黃龍之負舟識伯禹之仰嗟呂氏春秋曰禹南省方濟乎江黃龍負舟舟中之人五色無主禹仰

視天而嘆曰吾受命於天竭力以養民生性也死命也余何憂於龍焉龍俛耳曳尾而逃壯荆飛之擒蛟終成氣

乎太阿呂氏春秋曰荆有佽飛者得寶劍於干遂反涉江至于中流有兩蛟夾繞其舡佽飛拔寶劍曰此江中腐肉朽骨也赴江

刺蛟殺之荆王聞之仕以執珪高誘曰干遂吳邑越絕書曰歐冶子作鐵劍二曰太阿悍要離之圖慶在中流

而推戈廣雅曰悍勇也呂氏春秋曰要離走往見王子慶忌於衛慶忌喜要離曰請與王子往奪之國王子慶忌與要離俱涉於

江拔劍以刺王子慶忌捽而投之於江浮出又取而投之於江如此者三其卒曰汝天下之國士也幸汝以成名要離不死歸吳矣悲

靈均之任石嘆漁父之櫂歌楚辭曰名余曰正則字余曰靈均又曰望大河之洲渚悲申徒之抗直驟諫君

而不聽重任石之何益又曰懷沙礫而自沉兮不忍見君之蔽壅史記曰屈原作懷沙賦懷石自投汨羅懷沙卽任石也義與王逸不同

楚辭曰漁父鼓枻而歌曰滄浪之水清可以濯吾纓想周穆之濟師驅八駿於黿鼉紀年曰周穆王三十

七年征伐大起九師東至于九江叱黿鼉以爲梁列子曰周穆王遠遊命駕八駿之乘驊騮綠耳赤驥白儀渠黃踰輪盜驪山子張湛曰

儀義字古感交甫之喪珮愍神使之嬰羅廣雅曰感傷也韓詩內傳曰鄭交甫遵彼漢皋臺下遇二女與

言曰願請子之珮二女與交甫交甫受而懷之超然而去十步循探之卽亡矣迴顧二女亦卽亡矣莊子曰宋元君夜半夢人被髮而窺阿門曰予自宰露之泉爲清江使河伯之所漁者豫且得予元君覺召占夢者占之曰此神龜也元君乃刳龜以卜七十鑽而無遺筴司馬彪曰鑽命卜以所卜事而灼之

煥大塊之流形混萬盡於一科莊子曰夫大塊載我以形勞我以生司馬彪曰大塊自然也周易曰品物流形混萬盡於一科言混萬物盡歸於一科也孟子曰水源泉混混不舍晝夜盈科而後進放乎四海趙岐曰科坎也

保不虧而永固稟元氣於靈和春秋元命包曰水者五行始焉元氣之湊液也

川瀆而妙觀實莫著於江河班固漢書贊曰中國川原以百數莫著於四瀆而河爲宗也

文選卷第十二

賜進士出身通奉大夫江南蘇松常鎮太等處承宣布政使司布政使胡克家重校刊

珍倣宋版印

文選卷第十三

梁昭明太子撰

文林郎守太子右內率府錄事參軍事崇賢館直學士臣李善注上

物色

宋玉風賦　潘安仁秋興賦

謝惠連雪賦　謝希逸月賦

鳥獸上

賈誼鵩鳥賦　禰正平鸚鵡賦

張茂先鷦鷯賦

物色 四時所觀之物色而爲之賦又云有物有文曰色風雖無正色然亦有聲詩注云風行水上曰漪易曰風行水上渙渙然即有文章也

風賦 劉熙釋名云風者況也爲能況博萬物又云風者放也動氣放散曾子書曰陰陽偏則風物理志曰陰陽擊發氣也

宋玉 史記曰楚有宋玉景差之徒皆好辭而以賦見稱王逸楚辭序曰宋玉屈原弟子

楚襄王游於蘭臺之宮史記曰楚懷王薨太子橫立爲頃襄王又曰楚有謂頃襄王曰王績繳蘭臺徐廣曰績縈

也七見切宋玉景差侍有風颯然而至景差亦楚大夫說文曰颯風聲楚辭曰風颯颯兮木蕭蕭王迺

披襟而當之曰快哉此風寡人所與庶人共者邪宋玉對曰此獨大

王之風耳庶人安得而共之王曰夫風者天地之氣溥暢而至不擇

貴賤高下而加焉河圖帝通紀曰風者天地之使也五經通義曰陰陽散爲風風氣無根也管子曰風漂物者也風之

所漂不避貴賤美惡今子獨以爲寡人之風豈有說乎宋玉對曰臣聞於師枳

句來巢空穴來風枳木名也枳句言枳樹多句也說文曰句曲也古侯切似橘屈曲也考工記曰橘踰淮爲枳莊子曰

騰猿得枳棘枳句之間振動悼慄又曰空閱來風桐乳致巢此以其能苦其性者司馬彪曰門戶孔空風善從之桐子似乳著其葉而生

其葉似箕鳥喜巢其中也其所託者然則風氣殊焉者下或有因字非也王曰夫風始安生

哉宋玉對曰夫風生於地起於青蘋之末莊子曰大塊噫氣其名爲風爾雅曰萍其大者曰蘋

郭璞曰水萍也侵淫谿谷盛怒於土囊之口春秋元命包曰陰陽怒而爲風侵淫漸進也土囊大穴也盛弘

之荊州記曰宜都佷山縣有山山有穴口大數尺爲風井土囊當此之類也緣泰山之阿舞於松柏之下

阿曲也飄忽淜滂激颺熛怒淜滂風擊物聲淜疋冰切熛怒如熛之聲說文曰熛火飛也僄堯切滂普郎切耾

耾雷聲迴穴錯迕耾侯萌切埤蒼曰耾耾風聲廣雅曰耾聲也十洲記曰玄洲在北海上有風聲響如雷上對天之西北門也凡事不能定者迴穴此卽風不定貌錯迕雜錯交迕也蹷石伐木梢殺林莽蹷動也伐擊也漢書音義應劭曰蹷頓也韋昭曰梢擊也至其將衰也被麗披離衝孔動楗被麗披離四散之貌也字林曰楗拒門也眴煥粲爛離散轉移眴呼縣切眴煥粲爛鮮明貌故其清涼雄風則飄舉升降乘凌高城入于深宮邸華葉而振氣說文曰邸觸也邸與抵古字通徘徊於桂椒之間翺翔於激水之上將擊芙蓉之精廣雅曰菁華也精與菁古字通獵蕙草離秦衡獵歷也秦香草也衡杜衡也又云秦木名也范子計然曰秦衡出於隴西天水芳香也槩新夷被荑楊楚詞曰露甲新夷飛林薄顏師古曰新夷一名留夷卽上林賦雜以留夷也易曰枯楊生稊王弼曰稊者楊之秀也稊與荑同徒奚切迴穴衝陵蕭條衆芳然後倘常佯羊中庭北上玉堂倘佯猶徘徊也躋于羅帷經于洞房迺得爲大王之風也說苑雍門周說孟嘗君曰下羅帷來清風楚辭曰姱容修態亘洞房故其風中人狀直憯悽惏慄清涼增欷素問曰若汗出逢虛風其中人也楚詞曰憯悽增欷鄭玄曰憯憯憂也說文曰憯痛也錯感切惏寒貌毛萇詩傳曰慄洌寒氣也慄理吉切欷欣既切清清泠泠愈病析酲清清泠泠清涼之貌也愈猶差也漢書曰泰尊柘漿析朝酲應劭曰酲酒病析解也發明耳目寧體便人此所謂大王之雄

風也王曰善哉論事夫庶人之風豈可聞乎宋玉對曰夫庶人之風
塕然起於窮巷之間堀窟堁課揚塵塕然風起之貌也一孔切堀堁風動塵也廣雅曰堀突也淮南
子曰揚堁而弭塵許慎曰堁塵塺也塺莫迴切勃鬱煩冤衝孔襲門勃鬱煩冤風迴旋之貌司馬彪莊子注曰襲入
也動沙堁吹死灰堁或爲堀非也駭溷濁揚腐餘廣雅曰駭起也言風之來既起溷濁之處又舉揚腐
臭之餘家語孔子曰惜其腐餘而務施仁人之偶也溷胡困切腐扶甫切邪薄入甕牖至於室廬禮記孔子曰儒
有蓬戶甕牖故其風中人狀直憞溷鬱邑毆溫致濕憞徒對切孔安國尚書傳曰憞惡也言此
風入於人身體令惡也憝溷煩濁之貌字林曰溷亂也王逸楚詞注曰鬱邑而憂也毆古驅字素問曰冬傷於寒春必病溫又曰中央生
濕濕生土也言此風毆溫濕氣來令致濕病也中心慘怛生病造熱慘怛憂勞也慘錯感切方言曰怛痛也素問黃
帝問岐伯曰人傷於寒而轉爲熱何也曰夫寒盛則生於熱也中脣爲胗軫得目爲蔑說文曰胗脣瘍也呂氏春
秋曰氣鬱處目則爲蔑爲盲高誘曰蔑眵也蔑與矆古字通亡結切眵充支切啗齰嗽獲死生不卒啗齰嗽獲中風
人口動之貌風疾既甚言死而未即死言生而又有疾也故云不卒說文曰啗食也齰齧也士白切嗽吮也山角切聲類曰嚄大喚也宏
麥切獲與嚄古字通卒七忽切此所謂庶人之雌風也

秋興賦幷序

潘安仁劉熙釋名曰秋就也言萬物就成也興者感秋而興此賦故因名之

晉十有四年余春秋三十有二始見二毛十四年晉武帝太始十四年也左氏傳宋襄公曰不禽二毛杜預曰二毛頭白有二色也以太尉掾兼虎賁中郎將寓直于散騎之省臧榮緒晉書云賈充爲太尉又曰岳爲賈充掾漢書曰期門僕射秩比千石平帝更名虎賁郎置中郎將寓寄也世說曰桓玄既篡將改置直館問左右虎賁中郎將省合在何處有人荅云無省當時殊迕旨問何以知無荅曰潘岳秋興賦敘云兼虎賁中郎將寓直於散騎之省玄咨嗟稱善劉謙之晉紀云玄欲復虎賁中郎將疑訪之僚屬咸莫能定參軍劉荀之對昔潘岳秋興賦敘云兼虎賁中郎將寓直於散騎之省以言之是也玄從之高閣連雲陽景罕曜言閣之高而且深故曰罕曜其中珥蟬冕而襲紈綺之士此焉游處珥猶插也蔡邕獨斷曰侍中中常侍加貂附蟬鄭玄禮記注曰襲重衣也漢書曰班伯與王許子弟爲羣在於綺襦紈袴之閒鷫鷞賦曰感平生之遊處僕野人也偃息不過茅屋茂林之下禮記曰唯饗野人皆酒呂氏春秋田替曰若夫偃息之義則未聞也范曄後漢書曰王霸隱居止茅屋蓬戸論衡曰山種棗栗名曰茂林談話不過農夫田父之客說文曰話會合善言也胡快切毛詩曰帥時農夫播厥百穀禮記曰上農夫食九人尹文子曰魏田父有耕於野者攝官承乏猥厠朝列左氏傳韓厥謂齊侯曰敢告不敏攝官承乏蒼頡篇曰厠次也雜也禮記曰爵祿有列於朝夙興晏寢匪遑底寧毛詩曰夙興夜寐又曰不遑寧處譬猶池魚籠鳥有

江湖山藪之思於是染翰操紙慨然而賦翰筆毫也說文曰慨太息也字林曰慨壯士不得志
也許既切于時秋也故以秋興命篇鄭玄周禮注曰興者記事於物其辭曰四時忽其代
序兮萬物紛以迴薄莊子黃帝曰陰陽四時運行各得其序楚辭曰日月忽其不淹兮春與秋兮代序鵩鳥賦曰萬
物迴薄覽花蒔之時育兮察盛衰之所託字林曰蒔更別種上吏切周易曰時育萬物感冬
索而春敷兮嗟夏茂而秋落孔安國尚書傳曰索盡也又曰敷布也又曰已布而生也呂氏春秋曰春氣至
則草木產秋氣至則草木落雖末士之榮悴兮伊人情之美惡舞賦曰慢末士之歌曲文子曰有榮
悴者必末愁悴善乎宋玉之言曰悲哉秋之為氣也王逸注曰寒氣聊戾歲將暮也蕭瑟兮
陰氣促急草木搖落花葉隕落風暴疾也草木肥潤去也而變衰形體易色枝枯槁也憀了慄兮息念卷戾心自
傷若在遠行遠出之他方登山臨水升高遠望視江河也送將歸族親別還故鄉已上宋玉九辯之文
夫送歸懷慕徒之戀兮言懷思慕戀徒侶也遠行有羇旅之憤左氏傳陳敬仲曰羇旅之臣杜
預曰羇寄旅客臨川感流以歎逝兮登山懷遠而悼近論語曰子在川上曰逝者如斯夫不舍晝
夜包曰逝往也言凡往者如川之流也晏子春秋曰景公遊於牛山
臨齊國乃流涕而歎曰奈何去此堂堂之國而死乎使古而無死不
亦樂乎左右皆泣晏子獨笑曰夫盛之有衰生之有死天之數也物
有必至事有當然曷有悲老而哀死古無死古之樂也君何有焉懷

遠悼逝齊景之謂也彼四感之疚心兮遭一塗而難忍毛詩曰既來既往使我心疚鄭玄曰疚病也

嗟秋日之可哀兮諒無愁而不盡野有歸燕隰有翔隼楚辭曰燕翩翩其辭歸鷙擊之鳥通呼曰隼一曰鷂春化為布穀文子曰鷹隼未擊羅網不得張游氛朝興槁葉夕殞杜預左氏傳注曰氛氣也鄭玄毛詩箋曰木葉槁得風乃落於是迺屏輕箑所甲釋纖絺呂氏春秋曰冬不用箑非愛箑也清有餘也高誘曰箑扇也孔安國尚書傳曰纖細也絺細葛也藉莞蒻若御袷衣鄭玄毛詩箋曰莞小蒲席也胡官切說文曰蒻蒲子以為華蓆也又曰袷衣無絮也古洽切庭樹槭以灑落兮勁風戾而吹帷槭枝空之貌所隔切戾勁疾之貌蟬嘒嘒而寒吟兮鴈飄飄而南飛毛詩曰菀彼柳斯鳴蜩嘒嘒毛萇詩曰嘒嘒小聲也飄飄飛貌楚辭曰鴈雝雝而南游天晃朗以彌高兮日悠陽而浸微言秋日天氣高朗晃朗明貌悠陽日入貌杜篤弔王子比干曰霞霏尾而四除言晃朗而高明楚辭曰天高而氣清禮記曰仲秋殺氣浸盛陽氣日衰何微陽之短晷覺涼夜之方永尚書曰日短星昴以正仲冬毛詩曰夏之日冬之夜毛萇曰言長也月朣朧以含光兮露淒清以凝冷埤蒼曰朣朧欲明也朣徒東切朧力東切熠燿粲於階闥兮蟋蟀鳴乎軒屏毛詩曰熠燿宵行毛萇曰熠燿燐也燐螢火也毛詩曰蟋蟀在堂毛萇曰蟋蟀蛬也崔豹古今注曰熠燿燐也一曰燿夜腐草為之食蚊蚋又曰蟋蟀名蛬初秋生得寒則鳴噪濟南謂之嬾婦也聽離鴻之晨吟兮望流火

之餘景毛詩曰七月流火毛萇曰大火也流下也宵耿介而不寐兮獨展轉於華省王逸楚辭
注曰耿介執節守度毛詩曰耿耿不寐如有隱憂又曰悠哉悠哉展轉反側悟時歲之遒盡兮慨俛首而
自省楚辭曰歲忽忽而遒盡毛萇詩傳曰遒終也廣雅曰遒急也班列子曰師曠俛首而聽之曾子曰君子日就業夕而自省也
鬢髟以承弁兮素髮颯以垂領服虔通俗文曰髮垂而髟方料切說文曰白黑髮雜而髟字林亦同周禮
曰士弁服白虎通曰皮弁冠名仰羣儁之逸軌兮攀雲漢以游騁登春臺之熙熙兮
珥金貂之炯炯高閣連雲升之以攀雲漢也言羣儁自致高遠老子曰衆人熙熙如享太牢如登春臺漢書谷永對詔曰
戴金貂之飾執常伯之職也董巴輿服志曰侍中冠金璫附蟬爲文貂尾爲飾廣雅曰炯炯光也苟趣舍之殊塗兮
庸詎識其躁靜六韜太公曰夫人皆有性趣舍不同司馬遷書曰趣舍異路莊子王倪曰吾庸詎知吾所謂知非不知邪
司馬彪曰庸猶何用也老子曰重爲輕根靜爲躁君聞至人之休風兮齊天地於一指莊子曰不離於
眞謂之至人又曰以指喻指之非指不若以非指喻指之非指也以
馬喻馬之非馬不若以非馬喻馬之非馬也天地一指也萬物一馬
也郭象曰夫自是而非彼我之常情也故以我指喻彼指則彼指於
我指獨爲非指矣此以指喻指之非指也若覆以彼指還喻我指則我
指於彼指復爲非指矣此以非指喻指之非指也將明無是無非莫
若反覆相喻反覆相喻則彼之與我既同於自是又均於相非均於
相非則天下無是同於自是則天下無非何以明其然邪是若果是
則天下不得復有非之者也非若果非亦不得復有是之者也今是

非無主紛然殽亂明此區區各信其偏見而同於一致耳仰觀俯察莫不皆然是以至人知天地一指也萬物一馬也故浩然大寧而天下萬物各當其分同於自得而無是無非也彼知安而忘危兮故出生而入死周易曰安不忘危存不忘亡老子曰出生入死韓子曰人始於生而卒於死始之謂出卒之謂入故曰出生入死也行投趾於容跡兮殆不踐而獲底厥側足以及泉兮雖猴援而不履言人之行投趾在乎容跡之地近不踐而獲安若以足外爲無用欲闕之及泉雖則提若猴援亦不能履也莊子惠子謂莊子曰子言無用莊子曰知無用而可與言用矣夫地非不廣且大也人之所用容足耳然則側足而塹之致黃泉人尚有用乎惠子曰無用莊子曰然則無用之爲用也亦明矣郭璞爾雅注曰底止也龜祀骨於宗祧兮思反身於綠水莊子曰莊子釣於濮水楚王使二大夫往聘莊子曰願以境內累子莊子持竿不顧曰吾聞楚有神龜死已三千歲矣王巾笥而藏之廟堂之上此龜者寧其死爲留骨而貴乎寧其生而曳尾塗中乎二大夫曰寧生而曳尾塗中莊子曰往矣吾將曳尾於塗中矣且斂衽以歸來兮忽投紱以高厲衽襟也字林曰紱綬也楚辭曰颯弭節而高厲耕東皐之沃壤兮輸黍稷之餘稅水田曰皐東者取其春意漢書鄭明曰將歸延陵之皐修農圃之疇張晏曰隱耕皐澤之中阮籍奏記曰將耕東皐之陽輸黍稷之稅說文曰稅租也泉涌湍於石間兮菊揚芳於崖澨禮記曰仲秋菊有黃華澡秋水之涓涓兮玩游儵之潎潎莊子曰秋水時至百川灌河金人銘曰涓涓不壅將成江河莊子曰莊子與惠子遊於濠梁上莊子曰儵魚出遊從

容是魚樂也惠子曰子非魚安知魚樂莊子曰子非我安知我不知魚之樂也滌滌游貌也匹曳切逍遙乎山川之阿

放曠乎人間之世莊子有逍遙篇司馬彪曰言逍遙無為者能游大道也又有人間世篇司馬彪曰言處人間之宜居亂世之理與人羣者不得離人然人間之事故世世異宜唯無心而不自用者為能唯變所適而何足累優哉游哉聊以卒歲家語孔子歌曰優哉游哉聊以卒歲王肅曰言優游以終歲也

雪賦說文曰雪凝雨也釋名曰雪娞也水下遇寒而凝娞娞然下也曾子曰陰氣凝而為雪五經通訓曰春洩氣為雨寒凝為雪

謝惠連沈約宋書曰謝惠連陳郡陽夏人也幼而聰敏年十歲能屬文族兄靈運深加知賞本州辟主簿不就後為司徒彭城王法曹為雪賦以高麗見奇年二十七卒

歲將暮時既昏毛詩曰歲亦暮止劉向七言曰時將昏暮白日午昏冥也寒風積愁雲繁莊子曰風積不厚則其負大翼也無力傳玄詩曰浮雲含愁色悲風坐自嘆班婕妤擣素賦曰佇風軒而結睇對愁雲之浮沈然疑此賦非婕妤之文行來已久故兼引之梁王不悅游於兔園此假主客以為辭也漢書曰梁孝王文帝子也西京雜記曰梁孝王好宮室苑囿之樂築兔園也迺置旨酒命賓友召鄒生延枚叟漢書梁孝王待士鄒陽從孝王游又曰枚乘為弘農都尉去官游梁相如末至居客之右漢書曰相如客游梁又曰田叔等十人漢廷臣無能出其右者俄

而微霰零密雪下莊子曰俄而死王肅家語注曰俄有頃也王迺歌北風於衛詩詠南山於周雅毛詩衛風曰北風其涼雨雪其滂又小雅信南山曰上天同雲雨雪雰雰授簡於司馬大夫言大夫尊之也國語越王勾踐曰苟聞子大夫之言爾雅曰簡謂之畢也郭璞曰今簡札也曰抽子秘思騁子妍辭侔色揣稱爲寡人賦之鄭玄周禮注曰侔等也莫侯切說文曰揣量也初委切爾雅曰稱好也老子曰王公自謂孤寡不穀相如於是避席而起逡巡而揖孝經曰曾子避席公羊曰逡巡北面再拜也廣雅曰逡巡却退也曰臣聞雪宮建於東國雪山峙於西域孟子曰齊宣王見孟子於雪宮劉熙曰雪宮離宮之名也漢書西域傳曰天山冬夏有雪岐昌發詠於來思姬滿申歌於黃竹岐周所居昌文王名也毛詩曰昔我往矣楊柳依依今我來思雨雪霏霏姬周姓也滿穆王名昭王子也孔安國尚書傳曰申重也穆天子傳曰天子遊黃臺之丘大寒北風雨雪天子作詩三章以哀人夫我徂黃竹員閟寒乃宿於黃竹曹風以麻衣比色楚謠以幽蘭儷曲毛詩曹風曰蜉蝣掘閱麻衣如雪宋玉諷賦曰臣嘗行至主人獨有一女置臣蘭房之中臣授琴而鼓之爲幽蘭白雪之曲賈逵曰儷偶也盈尺則呈瑞於豐年袤丈則表沴於陰德左氏傳曰凡平地尺爲大雪毛萇詩傳曰豐年之冬必有積雪金匱曰武王伐紂都洛邑未成雨雪十餘日深丈餘漢書曰氣相傷謂之沴沴臨莅不和意也春秋潛潭巴曰大雪甚厚後必有女主天雪連月陰作威宋均曰雪爲陰臣道也雪之時義遠矣哉請言其始若迺玄

律窮嚴氣升禮記曰季冬之月日窮於次月窮於紀又曰孟冬之月天地始肅鄭玄曰肅嚴急之氣也孟冬之月天氣上騰

夏侯孝若寒雪賦曰嚴氣枯殺玄澤閉凝焦溪涸護湯谷凝酈元水經注曰焦泉發于天門之左南流成溪謂之焦泉

盛弘之荆州記曰南陽郡城北有紫山東有一水冬夏常溫因名湯谷也火井滅溫泉冰博物志曰臨邛火井諸葛亮往

視後火轉盛以盆貯水煑之得鹽後人以火投井火即滅至今不燃又曰西河郡鴻門縣亦有火井祠火從地出張衡溫泉賦曰遂適驪

山觀溫泉沸潭無湧炎風不興酈元水經注曰以生物投之須臾即熟又曰曲阿季子廟前井及潭常沸故名井曰

沸井潭曰沸潭炎風在南海外常有火風夏日則蒸殺其過鳥也呂氏春秋曰何謂八風東北曰炎風高誘曰一曰融風北戶墐

扉裸胡卦壞垂繒毛詩曰穹窒熏鼠塞向墐戶毛萇曰向北出牖也墐塗也東夷傳曰倭國東四千餘里裸人國也字林曰

繒帛揔名也於是河海生雲朔漠飛沙淮南子曰四海之雲湊又曰八澤之雲以雨九州公羊傳曰河海潤

千里何休曰河海興雲雨及千里說文曰北方流沙漢書李陵歌曰徑萬里兮度沙漠范曄後漢書袁安議曰今朔漠既定楊泉物理論

曰風怒則飛沙揚礫連氛累靄揜日韜霞文字集略曰靄雲狀又曰靄亦靄也一大切毛萇詩傳曰揜覆也於儼切

杜預左氏傳曰韜藏也吐刀切霰淅瀝而先集雪紛糅女又而遂多韓詩曰先集惟霰薛君曰霰霙也音

英夏侯孝若寒雪賦曰集洪霰之淅瀝煥摧磊以纚索楚辭曰雪紛糅其增加鄭玄禮記注曰糅雜也其為狀也散漫

交錯氛氳蕭索王逸楚辭注曰氛氳盛貌藹藹浮浮瀌瀌弈弈毛詩曰雨雪浮浮又曰雨雪瀌瀌方

邁切廣雅曰藹藹弈弈盛貌聯翩飛灑徘徊委積始緣甍而冒棟終開簾而入隙
杜預曰甍屋棟也毛詩曰下土是冒傳曰冒覆也字林云隙壁際孔從阜傍二小夾日也初便娟於墀廡末縈盈
於帷席便娟縈盈雪迴委之貌楚辭曰嫚娟修竹王逸曰嫚娟好貌說文曰廡堂下周屋也釋名曰大屋曰廡既因方
而為珪亦遇圓而成璧眄隰則萬頃同縞瞻山則千巖俱白於是臺
如重璧逵似連璐廣雅曰縞練也穆天子傳曰為盛姬築臺是曰重璧之臺劉公幹清廬賦曰蹈琳珉之塗然卽逵也
許慎淮南子注曰璐美玉也音路庭列瑤階林挺瓊樹瑤階玉階也已見西京賦說文曰挺拔也達鼎切莊子曰
南方積石千里樹名瓊枝皓鶴奪鮮白鷴失素相鶴經云鶴千六百年形定而色白復二千年大毛落茸毛生色雪
白白鷴鳥名也西都賦曰招白鷴紈袖慙冶玉顏掩姱說文曰紈素也冶妖也范子紈素出齊古詩曰燕趙多佳
人美者顏如玉楚辭曰美人皓齒嫮與姱同好貌若迺積素未虧白日朝鮮爛兮若燭龍銜
燿照崐山山海經曰赤水之北有章尾山有神人面蛇身其瞑乃晦其視乃明是燭九陰是謂燭龍楚辭曰日安不飛燭龍何
照王逸曰言天西北有幽冥無日之國有龍銜燭而照之山海經曰鍾山之神名曰燭陰郭璞曰卽燭龍也詩含神務曰天不足西北無
有陰陽故有龍銜火精以照天門中也崑山已見上文爾其流滴垂冰緣霤承隅王逸楚辭注曰霤屋宇也
粲兮若馮夷剖蚌列明珠莊子曰夫道馮夷得之以遊大川抱朴子釋鬼篇曰馮夷華陰人以八月上庚日度

河溺死天帝署爲河伯說文曰蚌蜃也司馬彪以爲明月珠蚌蛤也蜀志秦宓奏記曰剖蚌求珠 至夫繽紛繁鶩之貌皓旰曒絜之儀迴散縈積之勢飛聚凝曜之奇固展轉而無窮嗟難得而備知若迺申娛翫之無已夜幽靜而多懷風觸楹而轉響月承幌而通暉 包氏論語注曰棁者梁上楹也說文曰楹柱也承上也文字集略曰幌以帛明牕也 酌湘吳之醇酎御狐狢之兼衣 吳錄曰湘川酃陵縣水以作酒有名吳興烏程縣若下酒有名醇酎已見魏都賦論語曰狐狢之厚以居晏子春秋曰景公時雨雪三日公被狐白之裘晏子入公曰怪哉雨雪三日不寒晏子曰古之賢者飽而知飢溫而知寒公曰善出裘發粟以與飢人夏侯孝若寒雪賦曰既增覆而累鎮又加裘而兼衣 對庭鵾之雙舞瞻雲鴈之孤飛 西京雜記曰公孫乘月賦曰鵾雞舞於蘭渚蟋蟀鳴於西堂 踐霜雪之交積憐枝葉之相違馳遙思於千里願接手而同歸 杜篤眾瑞頌曰千里遙思展轉反側毛詩曰攜手同歸 鄒陽聞之懣然心服 莊子曰子貢滿然慙又曰使人以心服而不敢忤說文曰懣煩也蒼頡曰悶也莫本切 有懷妍唱敬接末曲於是迺作而賦積雪之歌歌曰攜佳人兮披重幄援綺衾兮坐芳縟燎薰鑪兮炳明燭酌桂酒兮揚清曲 漢武帝秋風辭曰攜佳人兮不能忘劉向有薰鑪銘楚辭曰奠桂酒兮椒漿薰火煙上出也字從黑 又續而爲白雪之歌歌曰曲既揚兮酒既陳

朱顏酡兮思自親 楚辭曰美人既醉朱顏酡王逸曰酡著也面著赤色也徒何切 願低帷以昵枕念解珮而褫紳 昵近也褫奪衣也孔安國論語注曰紳大帶也 怨年歲之易暮傷後會之無因君寧見階上之白雪豈鮮耀於陽春 楚辭曰無衣裘以御冬恐死不得見乎陽春 歌卒王迺尋繹吟翫撫覽扼腕 毛萇詩傳曰繹悅也方言曰繹理也說文曰扼把也鄭玄曰腕掌後節也史記曰天下之士莫不扼腕以言 顧謂枚叔起而為亂 亂者理也總理一賦之終也 亂曰白羽雖白質以輕兮白玉雖白空守貞兮 孟子曰白羽之白也猶白雪之白也歟白雪之白也猶白玉之白也歟劉熙曰孟子以為白羽之白性輕白雪之性消白玉之性堅雖俱白其性不同問告子告子以為三白之性同 未若茲雪因時興滅 言隨時行藏也 玄陰凝不昧其潔太陽曜不固其節 蔡雍述行賦曰玄靈黲以凝結零雨集之溱溱正厤曰日太陽也 節豈我名潔豈我貞憑雲陞降從風飄零值物賦象任地班形 任猶因也 素因遇立污隨染成 污猶相染污也 縱心皓然何慮何營 歸田賦曰苟縱心於域外孟子曰我善養吾浩然之氣敢問何謂浩然之氣曰難言也其為氣也至大至剛以直養而無害則塞於天地之間鴻安上嚴平頌曰無營無欲澹爾淵清

月賦 周易曰坎為月陰精也鄭玄曰臣象也廣雅云夜光謂之月月御謂之望舒說文曰月者太陰之精釋名曰月闕也

言有時盈有時闕也

謝希逸 沈約宋書曰謝莊字希逸陳郡陽夏人也太常弘微子也年七歲能屬文仕至光祿大夫泰初二年卒時年三十六謚曰憲子所著文章四百餘首行於代

陳王初喪應劉端憂多暇 假設陳王應劉以起賦端也陳王曹植也應劉應瑒劉楨也魏文帝書曰徐陳應劉一時俱逝孫卿子曰其為人也多暇日者其出入不遠 綠苔生閣芳塵凝榭 言無復娛遊故綠苔生而芳塵凝也高誘注淮南子曰蒼苔水衣庾闡楊都賦曰結芳塵於綺疏郭璞爾雅注曰樹臺上起屋也 悄焉疚懷不怡中夜 毛詩曰憂心悄悄悄悄憂貌七小切爾雅曰疚病也怡樂也家語孔子云日出聽政至于中夜 迺清蘭路肅桂苑 蘭路有蘭之路桂苑有桂之苑楚辭曰皐蘭被徑王逸曰徑路也劉淵林吳都賦注曰吳有桂林苑 騰吹寒山弭蓋秋阪 王逸楚辭注曰騰馳也禮記曰季秋入學習吹王逸楚辭注曰弭按也 臨濬壑而怨遙登崇岫而傷遠

于時斜漢左界北陸南躔 大戴禮曰七月漢案戶漢天漢也案戶直戶也李陵詩曰天漢東南馳左傳申豐曰日在北陸而藏冰杜預曰陸道也漢書曰冬則南夏則北漢書音義韋昭曰躔處也亦次也方言曰日運為躔躔歷行也 白露曖空素月流天 長歌行曰昭昭素明月輝光燭我牀 沈吟齊章殷勤陳篇 楚辭曰意欲沈吟毛詩齊風曰東方之月兮彼姝者子在我闥兮又陳風曰月出皦兮佼人僚兮 抽毫進牘以命仲宣 此假王仲宣也毫筆毫也

文賦曰或含毫而邈然說文曰牘書版也仲宣跪而稱曰聲類曰跪跽也跪渠委切跽奇几切臣東鄙幽介
長自丘樊仲宣山陽人故云東鄙戰國策范睢謂秦王曰臣東鄙賤人爾雅曰樊藩也郭璞曰藩籬也昧道懵學
孤奉明恩說文曰懵目不明也莫賵切臣聞沈潛既義高明既經尚書曰沈潛剛克高明柔克孔
安國曰沈潛謂地高明謂天左氏傳子太叔曰子產云禮天之經地之義日以陽德月以陰靈春秋說題辭曰陽精
爲日易辯終備曰日之既陽德消鄭玄曰日既蝕明盡也春秋感精符云月者陰之精擅扶光於東沼嗣若英
於西冥扶光扶桑之光也東沼湯谷也若英若木之英也西冥昧谷也月盛於東故曰擅始生於西故曰嗣山海經曰湯谷有扶
木九日居下枝一日居上枝又曰灰野之山有赤樹青葉名曰若木日之所入處郭璞曰扶木扶桑也尚書曰宅西曰昧谷孔安國曰昧
冥也淮南子曰日出於湯谷拂於扶桑又曰若木末有十日其華照下地高誘曰若木端有十日狀如蓮華引玄兔於帝
臺集素娥於后庭張衡靈憲曰月者陰精之宗積成爲獸象兔形春秋元命苞曰月之爲言闕也兩說蟾蠩與兔者陰
陽雙居明陽之制陰陰之倚陽張泉觀象賦曰漸臺可升自注曰漸臺天臺之名四星在織女東淮南子曰羿請不死之藥於西王母常
娥竊而奔月注曰常娥羿妻也歸藏曰昔常娥以不死之藥奔月論語曰皇皇后帝張泉觀象賦曰寥寥帝庭自注云帝庭謂太微宮也
春秋元命苞曰太微爲天庭朒朓警闕朏魄示沖說文曰朒朔而月見東方縮朒然朓晦而月見西方也朏月未
成光魄月始生魄然也尚書五行傳曰晦而月見西方謂之朓朓則王侯奢也朔而月見東方謂之側匿側匿則王侯肅鄭玄曰朓條達

行疾貌也警闕謂朒朓失度則警人君有所闕德示沖言朏魄得所則表示人君有謙沖不自盈大也禮記注曰月三日而成魄是以禮

有三讓也朒女六切朓大鳥切朏芳尾切順辰通燭從星澤風辰十二辰言月順之以照天下也淮南子曰正月建

寅月從左行十二辰許慎曰歷十二辰而行尚書曰月之從星則以風以雨孔安國尚書傳曰月經于箕則多風離于畢則多雨然澤則

雨也增華台室揚采軒宮台室三公位軒宮軒轅之宮史記曰中宮文昌魁下六星兩兩相比名曰三能能古台字

也齊色則君臣和也淮南子曰軒轅者帝妃之舍高誘曰軒轅星名委照而吳業昌淪精而漢道融吳錄

曰長沙桓王名策武烈長子母吳氏有身夢月入懷漢書元后母李親夢月入懷而生后遂爲天下母昌盛也融明也若夫氣

霽地表雲斂天末說文曰霽雨止也西京賦曰眇天末以遠期霽才計切洞庭始波木葉微脫

楚辭曰洞庭波兮木葉下菊散芳於山椒鴈流哀於江瀨禮記曰仲秋菊有黃華王逸楚辭注曰土高四

墮曰椒漢書武帝傷李夫人賦曰釋予馬於山椒山椒山頂也說文曰瀨水流沙上也升清質之悠悠降澄輝

之藹藹楚辭曰白日出兮悠悠長門賦曰望中庭之藹藹若季秋之降霜列宿掩縟長河韜映楚辭曰若

列宿之錯置說文曰縟繁采飾也毛詩曰倬彼雲漢毛萇曰雲漢天河也柔祇雪凝圓靈水鏡柔祇地也圓靈天也

連觀霜縞周除冰淨觀宮觀也徐幹七喻曰連觀飛榭說文曰除殿陛也君王迺厭晨懽樂宵

宴收妙舞弛清縣邊讓章華臺賦曰妙舞麗於陽阿長笛賦曰磬襄弛縣周禮曰大憂弛縣鄭玄曰弛釋也字林曰弛

解也韋昭曰弛廢也去燭房即月殿芳酒登鳴琴薦若迺涼夜自淒風篁成韻篁竹叢生也風篁風吹篁也親懿莫從羇孤遞進親懿親也左氏傳富辰曰兄弟雖有小忿不廢懿親杜預曰懿美也羇孤羇客孤子也言親懿不從遊而羇旅之孤更進也聆皐禽之夕聞聽朔管之秋引詩曰鶴鳴九皐皐禽鶴也抱朴子曰峻槩獨立而皐禽之響振也朔管羌笛也說文曰管十二月位在北方故云朔秋引商聲也於是絃桐練響音容選和絃桐琴也埤蒼曰練擇也練與揀音義同桓譚新論曰神農始削桐爲琴練絲爲絃侯瑾箏賦曰察其風采揀其聲音鄭玄禮記注曰選可選擇也徘徊房露惆悵陽阿防露蓋古曲也文賦曰寤防露與桑間又雖悲而不雅房與防古字通淮南子曰夫歌采菱發陽阿鄙人聽之不若延露以和也聲林虛籟淪池滅波此言風將息也聲林而籟管虛淪池而大波滅牽秀相風賦曰幽林絕響巨海息波莊子曰子綦謂子游曰夫大塊噫氣其名曰風是以無作作則萬竅怒號泠風則小和飄風則大和厲風濟則衆竅爲虛子游曰地籟則衆竅是已郭象曰烈風作則衆竅實及其止則衆竅虛薛君韓詩章句曰從流而風曰淪淪文貌說文曰波水涌也情紆軫其何託愬皓月而長歌楚辭曰鬱結紆軫兮離愍而長鞠王逸曰紆曲軫痛也毛詩曰如彼愬風毛萇曰愬鄉之也歌曰美人邁兮音塵闕隔千里兮共明月楚辭曰望美人兮未來陸機思歸賦曰絕音塵於江介託影響乎洛湄淮南子曰道德之論譬如日月馳騖千里不能改其處也臨風歎兮將焉歇川路長兮不可越楚辭曰臨風怳兮浩歌歌響未終

餘景就畢滿堂變容迴遑如失（說文曰滿堂飲酒莊子子貢曰夫子見之變容失色范曄後漢書曰戴良見黃憲反歸罔然若有失也）又稱歌曰月既沒兮露欲晞歲方晏兮無與歸（楚辭曰歲既晏兮孰與歸）佳期可以還微霜霑人衣（楚辭曰與佳人期兮夕張又曰微霜兮夜降魏文帝善哉行曰谿谷多悲風霜露霑人衣）陳王曰善迺命執事獻壽羞璧（左氏傳原成叔曰敢私於執事史記曰平原君以千金爲魯連壽韓詩外傳曰楚襄王遣使持白璧百雙聘莊子）敬佩玉音復之無斁（毛詩曰無金玉爾音尚書曰我有周無斁爾雅曰斁猒也）

鳥獸（爾雅曰兩足而羽謂之禽四足而毛謂之獸禽即鳥也）

鵩鳥賦并序

賈誼（漢書曰賈誼洛陽人也年十八屬文稱於郡中河南太守吳公聞其秀才召置門下甚幸愛後文帝召爲博士爲絳灌馮敬之屬害之於是天子疏之以爲長沙王傅然賈生英特弱齡秀發縱橫海之巨鱗矯冲天之逸翰而不參謀棘署贊道槐庭虛離謗缺爰傅卑土發憤嗟命不亦宜乎而班固謂之未爲不達斯言過矣）

誼爲長沙王傅（漢書云誼爲長沙王大傅三年鵩入誼舍又云後歲餘文帝思誼徵拜爲梁王傅然文帝之世王長沙者唯有吳芮之子孫耳經史不載其謚號故難得而詳也又景帝十三王傳曰長沙定王發母唐姬無寵故王卑濕國）三年有鵩

鳥飛入誼舍止於坐隅鵩似鴞不祥鳥也晉灼曰巴蜀異物志曰有鳥小如雞體有文色土俗因形名之曰鵩不能遠飛行不出域鴞于妖切誼既以謫居長沙韋昭曰謫譴也長沙卑濕誼自傷悼以爲壽不得長迺爲賦以自廣自廣自寬也其辭曰單閼之歲兮四月孟夏爾雅曰太歲在卯曰單閼徐廣曰文帝六年歲在丁卯庚子日斜兮鵩集予舍李奇曰日西斜時也止于坐隅兮貌甚閑暇閑暇不驚恐也異物來萃兮私怪其故萃集也發書占之兮讖言其度說文曰讖驗也有徵驗之書河洛所出書曰讖曰野鳥入室兮主人將去請問于鵩兮予去何之善曰讖于鵩鳥也吉乎告我凶言其災淹速之度兮語予其期淹遲也速疾也謂死生之遲疾也鵩迺歎息舉首奮翼口不能言請對以臆請以臆中之事以對也萬物變化兮固無休息莊子曰已化而生又化而死鶡冠子曰固無休息斡流而遷兮或推而還如淳曰斡轉也善曰鶡冠子曰斡流遷徙固無休息形氣轉續兮變化而嬗韋昭曰而如也蘇林曰轉續相傳與也嬗音蟬如蜩蟬之蛻化也或曰嬗相連也沕穆無窮兮胡可勝言沕穆不可分別也顏師古曰沕穆深微也鶡冠子曰變化無窮何可勝言沕亡筆切禍兮福所倚福兮禍所伏鶡冠子曰禍乎福之所倚福乎禍之所伏老子注曰倚因也聖人遭禍而能悔過責己脩善則禍去福來也中人得福而爲驕驕恣則福去而禍

來也憂喜聚門兮吉凶同域鶡冠子曰憂喜聚門吉凶同域或作最亦聚也董仲舒云弔者在門慶者在廬今言皆在門者好惡故言同域也彼吳強大兮夫差以敗越棲會稽兮句踐霸世鶡冠子曰失反爲得成反爲敗吳大兵強夫差以困越棲會稽句踐霸世史記曰越王句踐其先允常與吳王闔閭戰而相怨伐允常卒子句踐立是爲越王闔閭聞允常死乃興師伐越越王句踐使士挑戰射傷吳王闔閭闔閭且死告其子夫差曰必無忘越三年句踐聞吳王夫差日夜勤兵且以報越欲先吳未發往伐之范蠡諫曰不可王曰已決之矣遂興師吳王聞之悉精兵以伐越敗之夫椒越王乃以甲兵五千人棲於會稽吳師追而圍之越王謂范蠡曰以不聽子故至於此爲之柰何蠡對曰持滿者與天定傾者與人節事者以地卑辭厚禮以遺之不許而身與之市句踐曰諾乃令大夫種行成於吳膝行頓首曰君王亡臣句踐使陪臣種敢告下執事句踐請爲臣妻爲妾吳王將許子胥言於吳王曰天以越賜吳勿許也吳王不聽卒許越平句踐自會稽歸拊循其士民伐吳大破吳因留圍之三年越遂棲吳王於姑蘇山吳王謝曰吾老矣不能事君王遂自殺乃蔽面曰吾無以見子胥也高誘淮南子注云山處曰棲越滅吳稱霸斯游遂成兮卒被五刑應劭曰李斯西游於秦身登相位二世時爲趙高所讒身被五刑傅說胥靡兮迺相武丁尚書曰高宗夢得說使百工營求諸野得諸傅巖爰立作相孔安國曰傅氏之巖通道所經有澗水壞道使胥靡刑人築護此道說賢而隱代胥靡築之莊子曰夫道傳說得之以相武丁夫禍之與福兮何異糾纆字林曰糾兩合繩纆三合繩應劭曰禍福相與爲表裏如糾纆索相附會也臣瓚曰糾絞也纆索也鶡冠子曰禍與福如糾纆也命不可說

兮孰知其極鶡冠子曰終則有始孰知其極老子道德經曰孰知其極河上公注曰禍福更相生死孰知其窮極時也顏監曰極止也水激則旱兮矢激則遠萬物迴薄兮振盪相轉言矢飛水流各有常度為物所激或旱或遠斯則萬物變化烏有常則乎鶡冠子曰水激則悍矢激則遠精神迴薄振蕩相轉悍與旱同並戶但切呂氏春秋曰激矢遠激水旱雲蒸雨降兮糾錯相紛黃帝素問曰地氣上為雲天氣下為雨韋昭國語注曰蒸升也大鈞播物兮坱圠無垠如淳曰陶者作器於鈞上此以造化為大鈞應劭曰陰陽造化如鈞之造器也其氣坱圠非有限齊也善曰坱烏黨切圠烏點切天不可預慮兮道不可預謀鶡冠子曰天不可預慮道不可預謀遲速有命兮焉識其時鶡冠子曰遲速止息必中參伍焉識其時見下文也且夫天地為鑪兮造化為工莊子子黎曰今一以天地為大鑪以造化為大冶惡乎往而不可哉陰陽為炭兮萬物為銅合散消息兮安有常則莊子曰人之生也氣之聚也聚為生散為死鶡冠子曰同合消散孰識其時千變萬化兮未始有極列子曰千變萬化不可窮極莊子曰若人之形者萬化而未始有極司馬彪曰當復化而為無忽然為人兮何足控摶控摶愛生之意也孟康曰控引也摶持也言人生忽然何足引持自貴惜也如淳曰摶音團或作揣晉灼曰許慎二云揣量也度商曰揣言何足度量己之年命長短而惜之乎按史記英布傳二云果如薛公揣之陳平二云生揣我何念皆訓為量與晉灼說同音初毀切又丁果切但字者滋也不可膠柱在此賦訓摶為量義似未是至於合韻全復參差且史記揣作摶字如淳孟康義為是

也善曰鶡冠子曰彼時之至安可復還安可控摶也化爲異物兮又何足患師古曰患音還言人皆死變化我何足患之莊子曰假於異物託於同體郭璞曰假因也今死生聚散變化無方皆異物也小智自私兮賤彼貴我列子曰小智自私怨之府莊子北海若曰以道觀之無貴無賤以物觀之自貴而相賤鶡冠子曰小智立趣好惡自懼達人大觀兮物無不可鶡冠子曰達人大觀乃見其符莊子曰物故有所然物故有所可無物不然無物不可貪夫殉財兮烈士殉名列子云胥士之殉名貪夫之殉財天下皆然不獨一人司馬彪曰殉營也瓚曰以身從物曰殉夸者死權兮品庶每生善曰鶡冠子曰夸者死權自貴矜容殉名司馬彪莊子注曰夸虛名也孟康曰每貪也莊子曰貪生失理怵迫之徒兮或趨東西孟康曰怵爲利所誘怵也迫迫貧賤也東西趨利也趨音娶怵音戌大人不曲兮意變齊同大人者與天地合其德愚士繫俗兮窘若囚拘莊子曰不肖繫俗窘囚拘之貌求頊切至人遺物兮獨與道俱莊子曰不離於真謂之至人又孔子謂老聃曰形體若槁木似遺物而立於獨也鶡冠子曰聖人捐物又曰至人不遺動與道俱衆人惑惑兮好惡積億李奇曰惑惑東西也所好所惡積之萬億也鶡冠子曰衆人惑惑迫於嗜慾真人恬漠兮獨與道息文子曰得天地之道故謂之真人也莊子曰虛靜恬淡寂漠無爲者道德之至也釋智遺形兮超然自喪莊子云仲尼問於顏回曰何謂坐忘回曰墮支體黜聰明離形去智同於大道此謂坐忘司馬彪曰坐而自忘其身老子曰燕處超然莊子曰南伯子綦曰嗟乎我悲人之自喪寥廓

忽荒恍兮與道翱翔寥廓忽荒元氣未分之貌廣雅曰寥深也廓空也鶡冠子曰與道翱翔乘流則逝

兮得坻則止孟康曰易坎為險遇險難而止也張晏曰坻水中小洲也坻或為坎又曰易明夷則仕險難則隱鶡冠子曰乘流以逝縱軀委命兮不私與己鶡冠子曰縱軀委命與時往來其生兮若浮其死兮若

休莊子曰其生若浮其死若休澹乎若深泉之靜泛乎若不繫之舟莊子老聃曰其居也淵而靜其唯人心乎鶡冠子曰泛泛乎若不繫之舟不以生故自寶兮養空而浮鄧展曰自寶自貴也鄭氏曰道家養空虛若浮舟也莊子曰汎若不繫之舟虛而遨遊德人無累知命不憂莊子苑風曰願聞德人淳芒曰德人者居無思行無慮也又曰聖人循天之理故無天災故無物累周易曰樂天知命故不憂細故蔕芥何足以疑鶡冠子曰細故袃葪奚足以疑袃葪與蔕芥古字通張揖子虛賦注曰蔕芥刺鯁也

鸚鵡賦并序山海經曰黃山有鳥其狀如鴞青羽赤喙人舌能言名鸚鵡也注曰舌似小兒舌脚指前後各兩鵡一作

鵡莫口切

禰正平范曄後漢書曰禰衡字正平平原人也少有才辯而尚氣慠曹操欲見之不肯往操懷忿而以才名不欲殺之送劉表後復侮慢於表表不能容以江夏太守黃祖性急故送衡與之祖長子射為章陵太守尤善於衡射大會賓客人有獻鸚鵡者射舉卮於衡前曰願先生賦之衡攬筆而作辭彩甚麗後黃祖殺之時年二十六

時黃祖太子射亦賓客大會有獻鸚鵡者舉酒於衡前曰禰處士應劭
風俗通曰處士者隱居放言也今日無用娛賓竊以此鳥自遠而至明慧聰善羽族
之可貴典引曰來儀集羽族於觀魏願先生爲之賦使四坐咸共榮觀不亦可乎
老子曰雖有榮觀燕處超然衡因爲賦筆不停綴文不加點其辭曰惟西域之靈
鳥兮挺自然之奇姿體金精之妙質兮合火德之明煇西域謂隴坻出此鳥也老
子曰以輔萬物之自然河上公曰輔萬物自然之性也西方爲金毛
有白者故曰金精南方爲火觜有赤者故曰火德歸藏殷筮曰金水
之子其名曰羽蒙是生百鳥蔡邕月令章句曰天官五獸前有朱雀鶉火之體也性辯慧而能言兮才聰明
以識機禮記曰鸚鵡能言不離飛鳥王弼周易注曰幾者事之微也故其嬉游高峻棲跱幽深說文
曰嬉樂也跱立也飛不妄集翔必擇林紺趾丹觜綠衣翠衿說文曰紺深青而揚赤也采
麗容咬咬好音韓詩曰采采衣服薛君曰采采盛貌也韻略曰咬咬鳥鳴也音交毛詩曰睍睆黃鳥載好其音雖
同族於羽毛固殊智而異心配鸞皇而等美焉比德於衆禽於是羨
芳聲之遠暢偉靈表之可嘉命虞人於隴坻詔伯益於流沙漢書音義應劭
曰天水有大阪曰隴坻尚書帝曰益汝作朕虞孔安國曰伯益也掌山澤官也尚書曰導弱水餘波入于流沙跨崑崙而播

弋冠雲霓而張羅雖綱維之備設終一目之所加文子曰有鳥將來張羅而待之得鳥者羅之一目也今爲一目之羅卽無以得鳥也且其容止閑暇守植安停鵩鳥賦曰貌甚閑暇王逸楚辭注曰植志也逼之不懼撫之不驚鶡冠子曰迫之不懼定以知勇寧順從以遠害不違迕以喪生毛詩序曰君子全身遠害故獻全者受賞而傷肌者被刑爾迺歸窮委命離羣喪侶委命已見上文禮記曰離羣索居閉以雕籠翦其翅羽淮南子曰天下以爲之籠又何失鳥之有乎然籠所以盛鳥說文曰翅翼也流飄萬里崎嶇重阻埤蒼曰崎嶇不平也崎去奇切嶇音驅踰岷越障載罹寒暑岷障二山名續漢書曰岷山在蜀郡五道西障縣屬隴西蓋因山立名也毛詩曰二月初吉載離寒暑一曰障亭障也女辭家而適人臣出身而事主有以託意也時爲曹操所迫故寄意以申情家語曰女十五許嫁有適人之道漢書郅都曰已背親而出身固當奉職也彼賢哲之逢患猶棲遲以羈旅毛詩曰衡門之下可以棲遲女適人臣事君逢禍患尚棲遲羈旅也羈旅已見上文矧禽鳥之微物能馴擾以安處薛君韓詩章句曰鳥微物也說文曰馴順也漢書音義應劭曰擾馴也眷西路而長懷望故鄉而延佇楚辭曰情慨慨而長懷又曰結幽蘭而延佇忖陋體之腥臊亦何勞於鼎俎毛詩曰予忖度之七本切國語舅犯對晉侯曰偃之肉腥臊將焉用之孔安國尚書傳曰腥臭也嗟祿命之衰薄奚遭時之險巇禮斗

威儀曰夭其祿命不得極其數楚辭曰何周道之平易然蕪穢而險巇王逸曰險巇顛危也豈言語以階亂將不
密以致危周易孔子曰亂之所生則言語以為階也君不密則失臣臣不密則失身痛母子之永隔哀伉
儷之生離左氏傳曰施氏之婦怨施氏曰已不能庇其伉儷杜預曰儷偶也伉敵也楚辭曰悲莫悲兮生別離匪餘年
之足惜愍衆雛之無知爾雅曰生哺雛謂鳥子初生能自啄食揔名曰雛也背蠻夷之下國侍
君子之光儀毛詩曰命于下國非天子之國故曰下也懼名實之不副恥才能之無奇莊子
許由曰名者實之賓羨西都之沃壤識苦樂之異宜西都長安也鸚鵡言長安樂自古有之未詳所見
懷代越之悠思故每言而稱斯斯此也此長安也言類彼鳥馬而懷代越之思故亦每言而稱此古詩曰
代馬依北風越鳥巢南枝若迺少昊司辰蓐收整轡禮記曰孟秋之月其帝少昊其神蓐收嚴霜初
降涼風蕭瑟楚詞曰冬又申之以嚴霜長吟遠慕哀鳴感類毛詩曰哀鳴嗷嗷音聲悽以
激揚容貌慘以顦顇漢書谷永上疏曰贊命之臣靡不激揚荅賓戲曰夕而顛顇也聞之者悲傷見
之者隕淚毛詩曰涕既隕之毛萇曰隕墜也放臣為之屢歎棄妻為之歔欷放臣棄妻屈原
哀姜之徒王逸楚詞注曰歔欷啼聲感平生之游處若壎篪之相須論語曰君子久要不忘平生之言毛
詩曰伯氏吹壎仲氏吹篪毛萇曰土曰壎竹曰篪何今日之兩絕若胡越之異區淮南子曰自異者視

之肝膽胡越也高誘曰胡越喻遠順籠檻以俯仰闚戶牖以踟蹰說文曰櫳房室之疏也楯欄檻也王逸楚詞注曰從曰檻橫曰楯說文曰牖穿壁以爲窻也韓詩曰搔首踟蹰薛君曰踟蹰躑躅也踟陽知切蹰陽誅切想崑山之高嶽思鄧林之扶疏班固漢書贊禹本紀云崑崙山高二千五百餘里山海經曰夸父與日競走渴死棄其杖化爲鄧林上林賦曰垂條扶疏顧六翮之殘毀雖奮迅其焉如韓詩外傳蓋桑曰夫鴻鵠一舉千里所恃者六翮耳心懷歸而弗果徒怨毒於一隅毛詩曰豈不懷歸廣雅曰毒痛也苟竭心於所事敢背惠而忘初左氏傳子犯曰背惠食言楚詞曰不敢忘初之厚德託輕鄙之微命委陋賤之薄軀楚詞曰蜂蛾微命力何固期守死以報德甘盡辭以效愚論語子曰守死善道毛詩曰欲報之德司馬遷書曰效其癡愚恃隆恩於既往庶彌久而不渝渝變也感恩久不變也

鷦鷯賦并序毛詩曰肇允彼桃蟲詩義疏曰桃蟲今鷦鷯微小黃雀也鷦音焦鷯音遼又方言曰桑飛郭璞注曰即鷦鷯也自關而東謂之工雀又云女工一云巧婦又云女匠

張茂先臧榮緒晉書曰張華字茂先范陽人也少好文義博覽墳典爲太常博士轉兼中書郎雖栖處雲閣慨然有感作鷦鷯賦後詔加右光祿大夫封壯武郡公遷司空爲趙王倫所害

鷦鷯小鳥也生於蒿萊之閒長於藩籬之下翔集尋常之內而生生

之理足矣漢書音義應劭曰八尺曰尋倍尋曰常老子曰人之輕死以其生生之厚易繫辭曰生生之謂易韓康伯曰陰陽轉
易以化成生也色淺體陋不為人用形微處卑物莫之害呂氏春秋曰高節厲行物莫之害
繁滋族類乘居匹游列女傳姜后曰睢鳩之鳥猶未常見其乘居而匹遊翩翩然有以自樂也
翩翩自得之貌毛詩曰翩翩者鵻彼鷲鶚鵾鴻孔雀翡翠說文曰鷲黃頭赤目五色皆備鶚鵰也山海經曰景
山多鷲黑色多力鵾狀如鶴而文漢書音義應劭曰雄曰翡雌曰翠異物志曰翡赤色大於翠顏監曰鳥各別異非雄雌異名也或
淩赤霄之際或託絕垠之外絕垠天邊之地也楚辭曰載赤霄而淩太清又曰踔絕垠于寒門翰舉
足以沖天觜距足以自衛王弼周易注曰翰高飛也史記楚莊王曰有鳥三年不蜚蜚乃沖天蜚與飛同字書
曰沖中也呂氏春秋曰凡人之性爪牙不足以自守衛西京賦曰觜距為刀鈹然皆負矰嬰繳羽毛入貢何
者有用於人也繳繫箭線也尚書曰厥貢齒革羽毛夫言有淺而可以託深類有微而
可以喻大故賦之云爾
何造化之多端兮播羣形於萬類易曰天地造生萬物咸成又曰造化道也淮南子曰大丈夫無為與
造化逍遙楚辭曰多端膠加老子曰道生萬物河圖曰地有九州以包萬類惟鷦鷯之微禽兮亦攝生而
受氣老子曰善攝生者不然莊子北海若曰吾受氣於陰陽育翩翾之陋體無玄黃以自貴字林

曰翮疾飛也說文曰翾小飛也呼緣切毛弗施於器用肉弗登於俎味左氏傳臧僖伯曰皮革齒牙骨
角毛羽不登於器鳥獸之肉不登於俎則公不射古之制也鷹鸇過猶俄翼尚何懼於罿衝罻尉左
氏傳然明曰見不仁者誅之如鷹鸇之逐鳥雀也爾雅曰晨風鸇也廣雅曰俄邪也毛詩曰側弁之俄箋云俄傾貌罿罻皆網也鸇之然
切翳薈蒙籠是焉游集孫子兵法曰林木翳薈草樹蒙籠飛不飄颺翔不翕習翕習盛貌
其居易容其求易給巢林不過一枝每食不過數粒莊子曰鷦鷯巢林不過一枝孔
安國尚書傳曰米食曰粒棲無所滯游無所盤爾雅曰盤樂也匪陋荊棘匪榮茝蘭動翼
而逸投足而安委命順理與物無患委命已見上文淮南子曰守道順理伊茲禽之無
知何處身之似智莊子曰鳥高飛以避矰弋之害鼷鼠深穴乎神丘之下以避熏鑿之患而曾二蟲之無知也不
懷寶以賈害不飾表以招累左氏傳曰虞叔有玉虞公求之弗獻既悔之曰周任有言匹夫無罪懷璧其罪
吾焉用此以賈其害杜預曰賈賣也靜守約而不矜動因循以簡易文子曰約其所守即察尚書曰汝惟
不矜孔安國曰自賢曰矜淮南子曰因循而任下周易曰簡易而天下之理得矣任自然以為資無誘慕於
世偽自然已見上文文子曰去其誘慕除其嗜欲張湛曰遺其術尚爲害真性傅毅七激曰排挫禮學譏譴世偽鵰鶚介
其觜距鵠鷺軼於雲際穆天子傳曰青鵰執犬羊食豕鹿郭璞曰今鵰亦能食麠鹿山海經曰燀諸之山多鶚郭

璞曰似雉而大青色有角鬬死乃止出上黨言因鬭距而爲人用也鶡鷄竄於幽險孔翠生乎遐裔彼

晨鳧與歸鴈又矯翼而增逝說苑曰魏文侯嗜晨鳧史記曰楚人有好以弱弓微繳加歸鴈之上解嘲曰矯

翼厲翮淮南子曰鳳皇曾逝萬仞之上咸美羽而豐肌故無罪而皆斃文子曰羽翼美者傷其骨骸司

馬相如美人賦曰弱骨豐肌徒銜蘆以避繳終爲戮於此世淮南子曰鴈銜蘆而翔以備矰繳抱朴子

曰智禽銜蘆以避網水牛結陣以却虎史記太史公曰英布不克於身爲世大戮蒼鷹鷙而受緤鸚鵡惠而

入籠李陵詩曰有鳥西南飛熠燿似蒼鷹王逸楚詞注曰緤繫也鸚鵡賦曰性辯惠而能言又曰閉以雕籠屈猛志以

服養塊幽縶於九重淮南子曰塊然獨處苦對切楚辭曰君之門兮九重變音聲以順旨思摧

翮而爲庸戀鍾岱之林野慕隴坻之高松鍾岱二山鷹之所產漢書曰趙地鍾岱迫近胡寇如

淳曰鍾所在未聞漢有代郡故代國也東方朔十洲記曰北海外有鍾山鸚鵡賦曰命虞人於隴坻雖蒙幸於今日未

若疇昔之從容左氏傳曰羊斟云疇昔之羊子爲政杜預曰疇昔猶前日也尚書曰從容以和海鳥鶢袁鶋

居避風而至國語曰海鳥曰爰居止於魯東門外展禽曰今茲海其有災乎夫廣川之鳥獸常知而避其災是歲海多大風

條枝巨雀踰嶺自致漢書曰條枝國臨西海有大鳥提挈萬里飄颻逼畏漢書曰左提右挈

夫唯體大妨物而形瓌足瑋也陰陽陶蒸萬品一區文子老子曰陰陽陶冶萬物蒸

氣貌出巨細舛錯種繁類殊鷦螟巢於蚊睫接大鵬彌乎天隅晏子春秋景公曰天下有極細者乎對曰有東海有蟲巢於蚊睫再飛而蚊不爲驚臣不知其名而東海有通者命曰鷦螟莊子曰北溟有魚其名曰鵾化而爲鵬怒而飛翼若垂天之雲將以上方不足而下比有餘莊子曰長者不爲有餘短者不爲不足普天壤以遐觀吾又安知大小之所如莊子北海若曰以差觀之因其所大而大之則萬物莫不大因其所小而小之則萬物莫不小則差數覩矣歸田賦曰安知榮辱之所如

文選卷第十三

賜進士出身通奉大夫江南蘇松常鎮太等處承宣布政使司布政使胡克家重校刊

文選卷第十四

梁昭明太子撰

文林郎守太子右內率府錄事參軍事崇賢館直學士臣李善注上

鳥獸

赭白馬賦 劉芳毛詩義證曰彤白雜毛曰駁彤赤也即赭白也

顏延年 沈約宋書曰顏延之字延年琅邪人也好讀書無所不覽文章之美冠絕當時吳國內史劉柳以為行軍參軍後為祕書監太常卒

驥不稱力馬以龍名 論語曰驥不稱其力稱其德周禮曰凡馬八尺已上為龍 豈不以國尚威容

軍駛音伏馬名趫迅而已傅玄乘輿馬賦曰用之軍國則文武之功顯又曰文榮其德武耀其威庾中丞昭君辭曰聯雪隱天山崩風盪河澳朔障裂寒笳冰原嘶代駛顏庾同時未詳所見毛詩曰四牡有驕毛萇曰驕壯貌趫與驕同並綺嬌切實有騰光吐圖疇德瑞聖之符焉尚書中候曰帝堯即政七十載脩壇河洛仲月辛日禮備至于日稷榮光出河龍馬銜甲赤文綠色臨壇吐甲圖宋均曰稷側也黃伯仁龍馬賦曰或有奇貌絕足蓋為聖德而生疇昔也是以語崇其靈世榮其至我高祖之造宋也沈約宋書曰高祖武皇帝諱裕字德輿彭城縣人後封宋王受晉禪五方率職四隩入貢禮記曰中國蠻夷戎狄五方之人魏都賦曰樂率職貢尚書曰四隩既宅孔安國曰四方之宅可居四隩四方之隱處也漢書曰古者諸侯以時入貢祕寶盈於玉府文駟列乎華廄周禮曰玉府掌王之金玉玩好尚書曰王府則有周書曰犬戎文馬赤鬣白身左氏傳曰宋人以馬百駟贖華元漢舊儀有承華廄乃有乘輿赭白特稟逸異之姿妙簡帝心用錫聖皁潘安仁夏侯湛誄曰妙簡邦良論語曰簡在帝心崔駰武賦曰假皇天兮簡帝心用錫見下文司馬彪莊子注曰皁櫪也服御順志馳驟合度韓子曰造父御駟馬馳驟周旋而恣於馬者轡策制之齒歷雖衰而藝美不忒穀梁傳曰馬齒加長矣爾雅曰歷數也毛詩曰其儀不忒襲養兼年恩隱周渥賈逵國語注曰襲受也周書曰小人無兼年之食國語注曰隱私也毛萇詩傳曰渥厚也歲老氣殫斃于內棧說文曰殫盡也棧櫪也呂氏春秋曰取之內皁而著之外皁莊子伯樂曰我善治馬編之以皁棧司馬彪

曰棧若𣗥𣗥施之濕地也少盡其力有惻上仁韓詩外傳曰昔者田子方出見老馬於道問其御者此何馬也曰公
家畜也疲而不用故出之子方喟然嘆曰少盡其力老棄其身仁者不為也束帛而贖之長楊賦曰自上仁所不化乃詔陪侍
奉述中旨末臣庸蔽敢同獻賦其辭曰崔瑗胡公碑曰唯我末臣頑蔽無聞
惟宋二十有二載盛烈光乎重葉宋文帝十七年也沈約宋書曰文帝諱義隆武帝第二子也烈業也
自武至文故曰重葉毛萇詩傳曰葉世也武義粵其肅陳文教迄已優洽羽獵賦曰武義動於南鄰尚書
曰偃武脩文孔安國曰脩文教也泰階之平可升興王之軌可接泰階已見上國語曰與王賞諫臣
訪國美於舊史考方載於往牒兩都賦序曰國家之遺美西京賦曰學乎舊史氏方載四方之事漢書杜
下方書音義曰四方之文書說文札牒也昔帝軒陟位飛黃服皁春秋命歷序曰帝軒受圖維授歷尚書曰汝陟
帝位淮南子曰黃帝治天下於是飛黃服皁高誘曰飛黃如狐背上有角乘之壽三千歲也后唐膺籙赤文候日
后唐謂堯也膺籙已見東京賦赤文候日即至于日稷也已見上注漢道亨而天驥呈才杜預左氏傳注曰亨通也
天馬歌曰天馬來從西極漢書曰武帝元鼎四年馬生渥洼水中李斐曰南陽新野有暴利長武帝時遭刑屯田燉煌界數於水旁見羣
野馬中有奇異者與凡馬異來飲此水利長先作土人持勒絆於水旁後馬翫習久之代土人持勒絆收得其馬獻之欲神異此馬云從
水中出作天馬歌魏德楙而澤馬効質說文曰楙盛也魏志曰文帝黃初中於上黨得澤馬魏都賦曰澤馬亍阜

伊逸倫之妙足自前代而間出公孫弘贊曰異人間出並榮光於瑞典登郊歌
乎司律瑞典吐圖也作天馬歌歌之以郊祀合于司律也所以崇衛威神扶護警蹕魯靈光殿賦曰
又似帝室之威神漢儀曰皇帝輦動則左右侍帷幄者稱警出則傳蹕止行人清道也精曜協從靈物咸秩協合
也論語撰考讖曰下學上達知我者其天乎通精曜也尚書曰龜筮協從又曰咸秩無文秩序也暨明命之初基罄
九區而率順爾雅曰暨及也明命謂高祖也九區九服也尚書伊尹曰先王顧諟天之明命劉騊駼郡太守箴曰大漢遵周
化洽九區有肆險以稟朔或踰遠而納贄肆險人慕化也長楊賦曰故平不肆險魏都賦曰思稟正朔孟
子曰有遠行者必以贄蒼頡篇曰贄財貨也說文曰贄會禮也聞王會之皐昌知函含夏之充牣皐盛
也周書王會曰成周之會鄭玄曰王城既成大會諸侯及四夷也漢書郊祀歌曰敷華就實既皐既昌楊雄河東賦曰函夏之大服虔曰
函諸夏也漢書音義蘇林曰充牣喻多也如淳曰牣滿也摠六服以收賢掩七戎而得駿收賢取賢善之
馬也周禮曰王畿外侯服甸服男服采服衞服蠻服斯爲六服爾雅曰九夷八狄七戎六蠻謂之四海郭璞曰七戎在西蓋乘風
之淑類實先景之洪胥崔駰七依曰服飛兔之中乘騁華騠之驂輪蹏虛騰雲乘風度律漢書楊雄河東賦曰六
先景之乘劉邵魏明帝誄曰先皇嘉其誕受洪胥故能代驂象輿歷配鉤陳鄭玄毛詩箋曰在旁曰驂韓子
曰黃帝合鬼神於泰山駕象車張揖曰德流則山出象車山之精瑞也上林賦曰象輿婉嬋於西清鉤陳已見上文齒算延長

聲價隆振鄭玄儀禮注曰筭數也風俗通曰張伯坐養聲價信聖祖之蕃錫留皇情而驟進
祖高祖也皇文帝也蕃錫已見魏都賦徒觀其附筋樹骨垂梢植髮相馬經曰良馬可以筋骨相也梢尾
之垂者髮額上毛也尾欲梢而長梢所交切張敞集曰蒼蠅託驥之髮也傳玄乘輿馬賦曰頭似削成尾如植髮雙瞳夾鏡
兩權協月相馬經曰目成人者行千里注云成人者視童子中人頭足皆見言目中清明如鏡或云兩目中央旋毛爲鏡權顴
權也相馬經曰顴欲圓如懸璧因謂之雙璧其盈滿如月異相之表也黃伯仁龍馬頌曰雙璧似月異體峯生殊相逸
發峯生若山而生峯也超攄絕夫塵轍驅騖迅於滅沒劉歆遂初賦曰馬龍騰以超攄列子秦穆公謂
伯樂曰子之年長矣子之姓有可使求馬者乎伯樂對曰良馬可以形容筋骨相也天下之馬者若滅若沒若亡若失若此者絕塵弭轍
臣之子皆下才也可告以良馬不可告天下之馬也李尤馬鞍銘曰驅騖馳逐騰踊覆踐簡偉塞門獻狀絳闕塞紫
塞也已見蕪城賦有關故曰門塞或爲寒非也傳玄北都賦曰巍巍絳闕旦刷幽燕晝秣荊越說文曰刷刮也魏都
賦曰刷馬江州毛詩曰言秣其馬杜預曰以粟飯馬曰秣幽燕荊越四地名也教敬不易之典訓人必書之
舉孝經曰聖人因嚴以教敬國語號文公曰王其監農不易左氏傳曰訓人事君又曹劌諫曰君舉必書惟帝惟祖爰
游爰豫孟子曰一游一豫爲諸侯度飛輶軒以戒道環轂騎而清路輶輕也吳都賦曰輶軒蓼
擾轂騎煒煌杜篤迎鍾文曰必令河伯戒道道先也清路已見射雉賦勒五營使按部聲八鑾以節步

漢書王尋勑諸營皆按部薛綜東京賦注曰馬步齊則鸞聲和應劭漢官儀曰大駕鹵簿五營校尉在前名曰塡衞毛詩曰四牡彭彭八

鸞鏘鏘具服金組兼飾丹臒倚瓠切丹臒泉來東下金甲耀日光左氏傳曰組甲三金組二甲也蔡雍女琰詩曰卓

千馬融曰組甲以組爲甲也丹臒二色也郭璞山海經曰臒黝屬寶鉸星纏鏤章霞布鉸裝飾也章采文也袁宏

酎宴賦曰朱帷赫以霞布進迫遮迾卻屬輦輅服虔通俗文曰天子出虎賁伺非常謂之遮迾漢書音義晉灼曰迾

古列字欻聳擢以鴻驚時濩略而龍翥薛綜西京賦注曰欻忽也說文曰欻有所吹起也傅玄乘輿馬

賦曰形便飛燕勢越驚鴻甘泉賦曰洒遝濩略綏蕤張景陽七命曰蚪踊螭騰麟超龍翥弭雄姿以奉引婉柔心

而待御東京賦曰奉引既畢先輅乃發至於露滋月肅霜戾秋登禮記曰孟秋之月天地始肅爾雅曰

戾至也又曰登成也王于興言闡肆威稜毛詩曰王于興師漢書武帝報李廣曰威稜憺乎鄰國又曰興言出宿聲

類曰闡大開也賈逵國語注曰肆習也臨廣望坐百層地理書洛陽故宮曰廣望觀臨金市劉梁七舉曰鴻臺百層干

雲參差料武藝品驍騰字林曰料量也夏侯淳馳射賦曰參武藝以遊遨說文曰驍良馬也廣雅曰騰奔也流藻

周施和鈴重設流藻周流藻畫也應瑒馳射賦曰藻飾齊明和鈴已見上睨影高鳴將超中折相馬

經曰馬有眄影而視者分馳迴場角壯永埒南都賦曰羣士放逐馳乎沙場別曹毗馬射賦曰脩埒坦其平舒

輦越羣絇火縣練夐絕絇練猋貌也夐絕迴絕也捷趫夫之敏手促華鼓之繁節廣雅

曰蹻捷也孔安國尚書傳曰敏疾也言射有常儀鼓有常節今以馬
馳之疾故加捷促也應瑒馳射賦曰槍動鼓震讚聲雷潰魏略司馬
景王與許允書曰震華鼓建朱節 經玄蹄而雹散歷素支而冰裂玄蹄馬蹄也素支月支也皆射帖名
也言馬既良射者亦中故玄蹄雹散素支冰裂也邯鄲淳藝經曰馬射左邊爲月支二枚馬蹄三枚也 膺門沫赭汗溝
走血相馬經曰膺門欲開汗溝欲深漢書天馬歌曰霑赤汗沫流赭應劭曰大宛馬汗血霑濡也流沫如赭也如淳曰沫或作頮音
悔 踠迹回唐畜怒未洩方言曰洩歇也南都賦曰收驩命駕分背回唐東都主人曰馬踠餘足士怒未洩 乾
心降而微怡都人仰而朋悅乾喻文帝也周易曰乾爲天都人已見西都賦 姸變之態既畢
淩遽之氣方屬淩遽已見西京賦鄭玄喪服注曰屬連也 跼鑣轡之牽制隘通都之圈束
字林曰跼踡行不申也得通都馳騁猶爲圈束司馬遷書曰通邑大都說文曰圈養畜閑也 眷西極而驤首望朔
雲而蹀足漢書天馬歌曰天馬來從西極又曰武帝得烏孫馬名天馬後更名西極馬鄒陽上書曰交龍驤首曹顏遠感舊賦
曰胡馬仰朔雲越鳥巢南樹又圍棊賦曰良馬蹀足輕車結輪 將使紫燕駢衡綠虵衞轂尸子曰我得而民治
則馬有紫燕蘭池劉邵趙都賦曰良馬則飛兔奚斯常驪紫燕纖驪衡車衡也尚書中候曰龍馬赤文綠色鄭玄曰赤文而綠地也纖驪
接趾秀騏齊亍李斯上書曰乘纖離之馬尸子曰馬有秀騏逢駹毛萇詩傳曰騏綦文也音其駹京媚切 覲王母
於崑墟要帝臺於宣嶽史記曰造父取驥之乘匹與桃林盜驪驊騮騄駬獻之繆王繆王使造父爲御西巡狩見

王母樂之忘歸列仙傳西王母在崐崙山山海經曰鼓鍾之山帝臺之所以觴百神也郭璞曰帝臺神人名山海經有宣山跨中州之轍迹窮神行之軌躅司馬相如大人賦曰世有大人在乎中州列子曰黃帝夢游華胥氏之國其國乘空如履實山谷而不躓其步神行而已轍迹穆王也見下文軌躅已見魏都賦然而般于遊畋作鏡前王尚書曰文王不敢盤于遊畋孟子曰詩云殷鑑不遠在夏后之世趙岐曰以前代善惡為明鏡肆於人上取悔義方肆敢也左氏曰師曠諫晉悼公曰天之愛人甚矣豈使一人肆於人上杜預曰肆恣也庾元規表曰為國取悔左氏傳石碏曰臣聞愛子教之義方天子乃輟駕迴慮息徒解裝孔叢子曰孔子歌曰喟然回慮題彼泰山嵇康贈秀才詩曰息徒蘭圃王逸荔枝賦曰裝不及解許慎淮南子注曰裝束也鑒武穆憲文光左氏傳右尹子革曰周穆王欲肆其心周行天下將皆有車轍馬迹焉漢書武帝好大宛馬使者相望於道又賈捐之曰孝文皇帝時有獻千里馬者詔曰鸞旗在前屬車在後吉行日三十凶行日五十朕乘千里之馬獨先安之於是乃還其馬東觀漢記光武紀曰是時名都王國有獻名馬駕鼓車振民隱脩國章小雅曰振救也國語祭公謀父曰勤恤民隱而除其害韋昭曰隱痛也戒出豕之敗御惕飛鳥之跱銜韓子曰王子期為趙簡子御取道爭千里之表其始發也彘伏溝中王子期齊轡策而進之彘突出於溝中馬驚敗駕古文周書曰穆王田有黑鳥若鳩翩飛而跱於衡御者斃之以策馬佚不克止之蹶於乘傷帝左股案漢明帝起居注云帝向太山至滎陽有鳥鳴軏中郎將王吉引弓射殺之將以示帝曰烏鳴軏轡弓射洞胸腋陛下壽萬歲臣受二千石乃賜帛二百匹東觀漢記朱勃上書理馬援曰

飛鳥跱衡馬驚觸虎物類相生亦無不有故祗慎乎所常忽敬備乎所未防周書芮良夫曰惟禍發於
人之倏忽王弼周易注曰敬慎防備可以不敗輿有重輪之安馬無泛駕之佚重輪已見東京賦漢書曰
夫泛駕之馬亦在御之而已應劭曰泛覆也處以濯龍之奧委以紅粟之秩盧植集曰詔給濯龍廄馬
三百匹鄭玄尚書注曰奧內也廣雅曰委累也言累加之也鄭玄周禮注曰秩祿稟也紅粟已見吳都賦服養知仁從老
得卒鶺鶵賦曰屈猛志以服養嵇康養生論曰從自得老從老得終加弊帷收仆質禮記孔子曰弊帷不弃為埋馬
也天情周皇恩畢魏都賦曰皇恩畢
亂曰惟德動天神物儀兮尚書益贊于禹曰惟德動天春秋合誠圖曰黃帝先致白狐白虎諸神物乃下於
時駔駿充階街佳兮說文曰駔壯也言駔駿之馬充於階街也魏都賦曰冀馬塡廄而駔駿王逸楚詞注曰駔駿馬
名也稾靈月駟祖雲螭兮春秋考異記云地生月精為馬漢書曰漢中星為天駟黃伯仁龍馬賦曰資玄螭之表像
似靈虯之矩則郭璞遊仙詩曰雲螭非我駕雄志倜儻精權奇兮漢書天馬歌曰志俶儻精權奇廣雅曰倜儻卓
異也既剛且淑服鞿羈兮周禮曰師曠見太子太子曰詩云馬之剛矣轡之柔矣楚詞曰余雖好脩姱以鞿羈兮王
逸曰韁在口曰鞿絡在頭曰羈效足中黃殉驅馳兮曹植與陳琳書曰驥騄不常步應良御而効足漢書舊儀曰中
黃門騶馬又大宛馬汗血馬乾河馬天馬曹植令曰今皇帝損乘車之副竭中黃之府願終惠養蔭本枝兮漢書

疏廣曰此金者聖主所以惠養老臣毛詩曰本枝百世竟先朝露長委離兮朝露至危而又先之言甚速也漢書李陵謂蘇武曰人生如朝露曹子建自試表曰常恐先朝露楚詞曰遂萎絕而離異禮記曰哲人其萎乎家語爲委萎與委古字通

舞鶴賦

鮑明遠

散幽經以驗物偉胎化之仙禽相鶴經者出自浮丘公公以自授王子晉崔文子者學仙於子晉得其文藏於嵩高山石室及淮南八公採藥得之遂傳於世鶴經曰鶴陽鳥也因金氣依火精火數七金數九故十六年小變六十年大變千六百年形定而色白又云二年落子毛易黑點三年頭赤七年飛薄雲漢又七年學舞復七年應節晝夜十二鳴六十年大毛落茸毛生色雪白泥水不能汚百六十年雄雌相見目精不轉孕千六百年飲而不食食於水故喙長軒於前故後短栖於陸故足高而尾凋翔於雲故毛豐而肉疏行必依洲嶼止必集林木蓋羽族之宗長仙人之騏驥也隆鼻短口則少眠露眼赤精則視遠頭銳身短則喜鳴四翎亞膺則體輕鳳翼雀毛則善飛龜背鼈腹則能產軒前垂後則善舞洪髀纖趾則能行鍾浮曠之藻質抱清迴之明心曹植九詠章句曰鍾當也指蓬壺而翻翰望崑閬而揚音蓬壺崐閬見上帀日域以迴騖窮天步而高尋相鶴經曰一舉千里不崇朝而偏四方者也長楊賦曰東震日域毛詩曰天步艱難陸機擬古詩曰粲粲光天步然文雖出彼而意並殊不以文害意也踐神區其既遠積靈祀而方多一舉千里故云既遠壽踰千歲故云方多精含丹而星曜頂凝紫而烟華相鶴經曰露目赤精則視遠引員吭

之纖婉頓脩趾之洪姱吭已見吳都賦相鶴經曰高腳疎節則多力王氏楚詞注曰姱好也疊霜毛而
弄影振玉羽而臨霞閔鴻羽扇賦曰同皦素於凝霜江逌扇賦曰瓊澤氷鱗瓊亦玉也朝戲於芝田
夕飲乎瑤池十洲記曰鍾山在北海之中地仙家數千萬耕田種芝草課計頃畝也穆天子傳曰天子觴王母于瑤池之上
厭江海而游澤掩雲羅而見羈新序曰晉文公出田漁者曰鴻鵠保河海之中厭而徙之小澤必有矰弋
之憂鸚鵡賦曰冠雲霓而張羅去帝鄉之岑寂歸人寰之喧卑莊子曰乘彼白雲至于帝鄉岑寂猶高靜
也人寰已見魏都賦歲崢嶸而愁暮心惆悵而哀離廣雅曰崢嶸高貌歲之將盡猶物之高楚詞曰惆悵
而私自憐於是窮陰殺節急景凋年禮記曰季冬之月日窮于次神農本草經曰秋冬爲陰禮記曰仲秋之月
殺氣浸盛凉沙振野箕風動天易卦通驗曰巽氣至則大風揚沙春秋緯曰月失其行離於箕者風易緯曰箕風飄
石折樹巖巖苦霧皎皎悲泉冰塞長河雪滿羣山海賦曰羣山既略既而氛昏
夜歇景物澄廓廣雅曰廓空也星翻漢迴曉月將落魏文帝雜詩曰天漢迴西流感寒雞
之早晨憐霜鴈之違漠漠已見雪賦臨驚風之蕭條對流光之照灼傅休奕雜
詩曰一紀如流光唳清響於丹墀舞飛容於金閣唳鶴聲也八王故事陸機歎曰欲聞華亭鶴唳不可
復得力計切丹墀已見魏都賦相鶴經云七年飛薄雲漢復七年學舞又七年舞應節始連軒以鳳蹌終宛轉

而龍躍海賦曰翔霧連軒相鶴經曰鳳翼則善飛尚書曰鳥獸蹌蹌龍躍已見吳都賦躑躅徘徊振迅騰摧
或飛騰或摧折驚身蓬集矯翅雪飛如蓬之集如雪之飛相鶴經曰大毛落茸毛生色雪白離綱別赴
合緒相依綱緒謂舞之行列也言或離而別赴或合而相依將興中止若往而歸颯沓矜顧
遷延遲暮颯沓羣飛貌矜顧矜莊相顧也遷延徐退也高唐賦曰遷延引身楚詞曰恐美人之遲暮王逸曰暮晚也逸翮
後塵翱翥先路言飛之疾塵起居鶴之後鶴飛在路之先楚詞曰吾導夫先路指會規翔臨岐矩步
會四會之道岐岐路也四會已見蕪城賦爾雅曰二達謂之岐郭璞曰岐道傍出態有遺妍貌無停趣奔機
逗徒鬭節角睞力分形機節舞之機節奔獨赴也說文曰逗止也角猶競也廣雅曰睞視也長揚緩鶩並
翼連聲輕迹凌亂浮影交橫相凌而交橫衆變繁姿參差洊在見密傅玄乘輿馬賦
曰繁姿屢發字書曰洊仍也煙交霧凝若無毛質毛羽與煙霧同色故云若無風去雨還不可
談悉風雨既除而色愈淨故難悉也既散魂而盪目迷不知其所之韓詩曰聊樂我魂薛君注曰魂
神也忽星離而雲罷整神容而自持星離分散也雲罷俱止也韓子曰雲罷霧濟而龍與螾蟻同矣自持
自整持也神女賦曰頩薄怒而自持仰天居之崇絕更惆悵以驚思蔡邕述行賦曰皇家赫赫而天居崇
絕高而懸絕當是時也燕姬色沮巴童心恥左氏傳曰齊侯伐北燕燕人歸燕姬巴童巴渝之童也毛萇

詩傳曰汨巾拂兩停丸劍雙止沈約宋書曰晉初有公莫舞今之巾猶壞也舞也相傳云項莊劍舞項伯以袖隔之今之用巾蓋像項伯衣袖之遺式又江左初有拂舞舊云拂舞吳舞西京賦曰跳丸劍之揮霍雖邯鄲其敢倫豈陽阿之能擬漢書有邯鄲鼓員古樂府曰黃金爲君門白璧爲君堂上有雙樽酒使作邯鄲倡陽阿已見上入衛國而乘軒出吳都而傾市左氏傳曰衛懿公好鶴鶴有乘軒者注云軒大夫車也吳越春秋曰吳王闔閭有小女王與夫人女會食蒸魚王嘗半女怨曰王食魚辱我不忍久生乃自殺闔閭痛之葬於郡西閶門外鑿池積土爲山石爲槨金鼎玉盃銀樽珠襦之寶以送女乃舞白鶴於吳市中萬人隨觀遂使男女與鶴俱入墓門因塞之以送死守馴養於千齡結長悲於萬里養生要曰鶴壽有千百之數阮籍詠懷詩曰鴻鵠相隨飛隨飛適荒裔雙翮浸長風須臾萬里逝

志上

幽通賦

漢書曰班固作幽通賦以致命遂志賦云覿幽人之髣髴然幽通謂與神遇也

班孟堅

系高頊之玄冑兮曹大家曰系連也冑緒也高高陽氏也頊帝顓頊也言己與楚同祖俱帝顓頊之子孫也水北方黑行故稱玄也家語孔子曰顓頊者黃帝之孫昌意之子也曰高陽配水也氏中葉之炳靈應劭曰中葉謂令尹子文也乳虎故曰炳靈漢書班氏之先與楚同姓令尹子文之後子文初生弃於夢澤中虎乳之楚人謂虎班其子以爲號秦滅楚遷晉代之間因

氏焉毛詩曰昔在中葉颻颽風而蟬蛻兮雄朔野以颺聲曹大家曰颻飄颻也南風曰颽風朔北方
也言己先人自楚徙北至朔方也如蟬蛻之剖後爲雄桀揚其聲淮南子曰蟬飲而不食三十日而蛻漢書曰始皇之末班懿避地於樓
煩當孝惠高后時以財雄北邊皇十紀而鴻漸兮有羽儀於上京晉灼曰皇漢皇也應劭曰紀世也鴻
鳥也漸進也言先人至漢十世始進仕有羽翼於京師也成帝之初班況女爲婕妤父子並在長安周易曰鴻漸于陸其羽可用爲儀
巨滔天而泯夏兮考遘愍以行謠應劭曰王莽字巨君曹大家曰滔漫也泯滅也夏諸夏也考父也言
父遭亂猶行歌謠意欲救亂也詩云我歌且謠象恭滔天行謠言憂思也終保己而貽則兮里上仁之所
廬終猶竟也言考能自保己又遺我法則也莊子曰聖人其於人也樂物之通而保己焉曹大家曰貽遺也里廬皆居處名也言我父
早終遺我善法則也何謂善法則乎言爲我擇居處也孔子曰里仁爲美懿前烈之純淑兮窮與達其必
濟曹大家曰懿美也前烈先祖也言己先祖窮遭王莽達則必富貴濟渡民人惠利之風有令名於後世也孟子曰窮則獨善其身達
則兼善天下呂氏春秋曰古之得道者窮亦樂達亦樂非窮達異也道得於此窮達一也咨孤蒙之眇眇兮將圮
皮義絶而罔階曹大家曰蒙童蒙也眇微也圮毀也言己孤生童微陋鄙薄將毀絶先祖之迹無階路以自成也豈余
身之足殉兮違世業之可懷項岱曰殉營也曹大家曰違恨也懷思也違或作愇愇亦恨也孔叢子曰仲尼
大聖自茲以降世業不替也靖潛處以永思兮經日月而彌遠曹大家曰言己安靜長思不欲毀絶

先人之功跡日月不居忽復大遠匪黨人之敢拾兮庶斯言之不玷應劭曰拾更也自謙不敢與鄉人更進也曹大家曰庶此異行不玷先人之道也毛詩曰斯言之玷不可爲也拾巨業切魂煢煢與神交兮精誠發於宵寐曹大家曰言人之晝所思想夜爲之發夢乃與神靈接也夢登山而迥眺兮覿幽人之髣髴項岱曰覿見也張晏曰幽人神人也曹大家曰登山遠望見深谷之中有人髣髴欲來也攬葛藟而授余兮眷峻谷曰越勿墜曹大家曰言夢臨深谷欲墜見神持葛來授我也昒韋昭曰音昧又音忽昕寤而仰思兮心矇矇猶未察曹大家曰昒昕晨旦明也言己旦仰思此夢心中矇矇未知其吉凶黄神邈而靡質兮儀遺讖以臆對應劭曰黄黄帝也作占夢書邈遠也言黄神邈遠無所質問依其遺讖文以胸臆爲對也淮南子曰黄神嘯吟遺讖謂夢書也曰乘高而遌神兮道遐通而不迷曹大家曰遌遇也言己緣高而遇神道術將通不迷惑之象也葛緜緜於樛木兮詠南風以爲綏曹大家曰詩周南國風曰南有樛木葛藟纍之樂只君子福履綏之此是安樂之象也蓋惴惴之臨深兮乃二雅之所祗曹大家曰祗敬也大雅曰人亦有言進退維谷小雅曰惴惴小心如臨于谷此皆敬慎之戒也既訊爾以吉象兮又申之以烱戒爾雅曰訊告也曹大家曰烱明也登高爲吉象深谷爲明戒也盍孟晉以迨羣兮辰倏忽其不再盍何不也曹大家曰孟勉也晉進也迨及也倏過也言何不勉進而及羣時早得進用日月倏忽將復過去楚辭曰時不可兮再得承

靈訓其虛徐兮竚盤桓而且俟曹大家曰靈神靈也虛徐狐疑也竚立也盤桓不進也俟待也詩曰其虛
其徐周易曰初九盤桓利居貞惟天地之無窮兮鮮生民之晦在曹大家曰鮮少也晦亡幾也言天地
無窮極民在其閒上壽一百二十年少者亡幾耳莊子曰天與地無窮人死有時晦紛屯邅與蹇連兮何艱多
而智寡漢書音義曰世艱多智少故遇禍也曹大家曰屯蹇皆難也周易曰屯如邅如又曰往蹇來連上聖迕而後
拔兮雖羣黎之所禦曹大家曰迕觸也禦止也言上聖之人舜有焚廩填井湯囚夏臺文王拘羑里孔子畏匡在陳
絕粮皆觸艱難然後自拔張晏曰豈衆人之所能預自防止耶曹大家以寤為迕也毛詩有曰羣黎百姓昔衛叔之御音訝
迎也昆兮昆為寇而喪予公羊傳曰叔武讓國奈何文公逐衛侯而立叔武叔武立治反衛侯衛侯得反曰叔武篡
我終殺叔武何休曰叔武訟治於晉文公令白王者反衛侯使還國也管彎弧欲斃讎兮讎作后而成
己讎謂桓公也左氏傳曰呂郄將殺晉侯寺人披請見公使讓之對曰齊桓公置射鉤而使管仲相之變化故而相詭
兮孰云預其終始曹大家曰詭反也事變如此誰能預知其始終吉凶也雍造怨而先賞兮丁
繇惠而被戮漢書曰六年春正月上巳日封功臣二十餘人上居南宮從複道上見諸將往往偶語以問張良良曰陛下與
此屬共取天下今已為天子所封皆故人所愛所誅皆平生仇怨今軍吏計功以天下為不足偏封而恐以過失誅故相聚謀反上曰為
之奈何良曰取上素所不快羣臣共知最甚者一人先封以示羣臣上曰雍齒與我有故數窘我張良曰今急先封雍齒羣臣見雍齒先

封則人人自堅矣於是封雍齒爲什方侯什音十又丁公爲項羽將
逐窘漢王漢王謂丁公曰兩賢豈相阨哉丁公引兵而還及項王滅
丁公謁見漢王漢王曰丁公爲臣不忠遂斬之栗取弔于逌所也音由吉兮王膺慶於所感應劭曰孝
景栗姬也孝景立栗姬男爲太子栗姬妬而廢太子爲臨江王栗姬
愈恚以憂死又曰孝宣王皇后初爲婕妤許后薨上憐太子蚤失母
乃選後宮素謹愼而無子者立王婕妤爲皇后令母養太子叛迴穴其若玆兮北叟頗識其倚伏
曹大家曰叛亂也迴邪也穴僻也禍福相反韓詩曰謀猶迴穴淮南
子曰塞上之人有善馬者其馬無故亡而入胡人皆弔之其父曰此
何遽不爲福居數月其馬將胡駿馬而歸人皆賀之其父曰何遽不
爲禍乎家富馬其子好騎墮而折髀人皆弔之其父曰此何遽不爲
福乎居一年胡人大出丁壯者控弦而戰塞上之人死者十九此獨
以跛足故父子相保故福之爲禍禍之爲福變化不可測鷃冠子曰
禍乎福所倚福乎禍所伏單治裹而外凋兮張修襮博而內逼曹大家曰治裹謂導氣也襮表也莊
子曰田開謂周成公曰魯有單豹者巖居而水飲行年七十而猶嬰
兒之色不幸遇餓虎殺而食之有張毅者高門懸薄無不趣義也行
年四十而有內熱之病以死豹養其內而虎食其外毅養其外病攻其內聿中龢爲庶幾兮顏與冉又不
得曹大家曰聿惟也顏顏淵也冉冉伯牛也二子居中履和庶幾聖賢然淵早夭伯牛被疾俱不得其死也論語孔子曰有顏回者好
學不幸短命死矣今也則亡又曰伯牛有疾溺招路以從己兮謂孔氏猶未可曹大家曰溺桀溺也
謂孔子爲避人之士未可與安身自謂避世者招子路從己隱也論語曰長沮桀溺耦而耕孔子過之使子路問津焉桀溺曰孔丘之徒

歟對曰然曰滔滔者天下皆是也而誰以易之且與其從避人之士豈若從避世之士哉安慆慆而不痝肥兮卒

隕身乎世禍曹大家曰慆慆亂貌痝避也言子路不避慆慆之亂終隕身於世之禍也遊聖門而靡救兮

雖覆醢其何補曹大家曰子路遊學聖師之門無救禍防患之助旣身死於衛覆醢不食何補益乎禮記曰孔子哭子路

於中庭引使者而問其故使者曰醢之矣遂命覆醢固行行胡朗其必凶兮免盜亂爲賴道應劭曰子

路得免盜與亂聞道於仲尼也論語曰子路行行如也子曰若由也不得其死然又曰君子有勇而無義爲亂小人有勇而無義爲盜

形氣發於根柢帝兮柯葉彙胃而零茂韋昭曰柢本也應劭曰彙類也曹大家曰零落也張晏曰

言人稟氣於父母吉凶夭壽非獨在人譬諸草木華葉盛與零落由本根也恐魍魎之責景兮羌未得其

云已應劭曰諸子以顏冉季路逢災蹈害或疑其身或非其師是由魍魎問景乃未得有已也言罔兩責景之無操不知景之行止

而有待或非三子之行殊不知吉凶之由命也故云恐罔兩之責景羌未得其實言也莊子曰罔兩問景曰曩子行今子止曩子坐今子

起何其無特操與景曰吾有待而然者也郭象爲罔兩司馬彪爲罔浪罔浪景外重陰也黎淳耀于高辛兮芊亡氏

彊大於南汜重黎有大明之德於高辛之世而德流子孫故楚彊大於南汜也國語曰史伯對鄭桓公曰夫黎爲高辛氏火

正以淳耀敦大光照四海夫成天地之大功者其子孫未嘗不章韋昭曰淳大也耀明也章顯也史記曰楚之先祖出自重黎毛詩曰江

有汜曹大家曰芊楚姓汜涯也嬴取威於伯儀兮姜本支乎三趾應劭曰嬴秦姓伯益之後伯益在唐

虞爲有儀鳥獸百物之功秦所由取威於六國也姜齊姓也趾禮也齊伯夷之後伯夷爲虞舜典天地人鬼之禮也既仁得其信然兮仰天路而同軌劉德曰人道既然仰視天道又同法也仁謂求仁而得仁也馮衍顯志賦曰惟天路之同軌東鄰虐而殲仁兮王合位乎三五曹大家曰東鄰謂紂也殲盡也仁謂三仁也周易曰東鄰殺牛國語曰泠周鳩對景王曰昔武王伐殷歲在鶉火月在天駟日在析木之津辰在斗柄星在天黿星與日辰之位在北維顓頊之所建也帝嚳受之我姬氏出自天黿及析木者有建星及牽牛焉則我皇妣大姜之姪伯陵之後逢公所馮神也歲之所在則我有周之分野月之所在辰馬農祥也五位歲日月星辰也三年逢公所馮周分野所在后稷所經緯者也戎女烈而喪孝兮伯徂歸於龍虎曹大家曰戎女驪姬也烈酷也孝子申生也左氏傳曰晉獻公娶驪姬爲夫人生奚齊姬謂太子曰君夢齊姜速祭之太子祭歸胙于公姬寘毒公祭之地地墳與犬犬斃姬泣曰賊由太子太子縊于新城姬譖諸公子曰皆知之重耳奔蒲應劭曰伯文公也孟康曰歲在卯出歷十九年過一周歲在酉入卯東方爲龍酉西方爲虎也國語晉侯問餶子曰吾其濟乎對曰公以辰出而以參入皆晉祥也必伯諸侯也發還師以成命兮重醉行而自耦曹大家曰發武王名也項岱曰重晉文公重耳也應劭曰與天時耦會也成命以成天命也周書武王觀兵于孟津諸侯皆曰帝紂可伐矣武王曰汝未知天命未可也乃還師左氏傳曰晉公子及齊桓公妻之公子安之姜與子犯醉而遣之震鱗漦於夏庭兮匝三正而滅姬應劭曰震爲龍鱗蟲之長漦沫也曹大家曰三正謂夏殷周也史記曰夏后氏之衰也有二龍止於夏庭而言曰余褒之二君也於是幣

而冊告之龍亡而漦在櫝而藏之比三代莫敢發之至厲王發而觀之漦流于庭化爲玄黿童妾而遭之旣笄而孕生子懼而棄之有收
之奔褒褒人有罪入棄子以贖罪謂之褒姒幽王廢申后立褒姒爲后廢后父申侯怒攻幽王遂殺幽王驪山下 巽羽化于
宣宮兮彌五辟而成災曹大家曰易巽卦爲雞雞羽蟲之屬故言羽也應劭曰宣帝時未央宮路軨中雌雞化爲
雄元后時始爲太子妃至平帝歷五葉而莽簒也五辟謂王后元帝也成帝也哀帝也平帝也辟君也故云終五辟而成災也 道脩
長而世短兮夐冥默而不周曹大家曰夐遠邈也周至也言天道長遠人世促短當時冥默不能見徵應之
所至也劉德曰冥默玄深不可通至 胥仍物而鬼諏子侯兮乃窮宙而達幽應劭曰胥須也仍因也諏
謀也易曰人謀鬼謀百姓與能往古來今曰宙聖人須因卜筮然後謀鬼神極古今通幽微也 嬀巢姜於孺筮兮旦
筭祀于契龜應劭曰嬀陳姓也巢居也姜齊姓也旦周公名也孺小也音義曰筭數也祀年也左氏傳曰陳公子完奔齊又
曰敬仲其少也周史有以周易見陳侯筮之遇觀之否曰是謂觀國之光利用賓于王此其代陳有國乎不在此其在異國非此其身在
其子孫若異國必姜姓也又曰懿氏卜妻敬仲其妻占之曰有嬀之後將育于姜杜預曰敬仲陳公子完也左氏傳王孫滿曰周卜世三
十卜年七百天所命也毛詩曰爰契我龜 宣曹興敗於下夢兮魯衞名諡於銘謠曹大家曰宣周
宣王也毛詩曰牧人乃夢衆維魚矣大人占之衆維魚矣實維豐年宣王竟中興左氏傳曰初曹人或夢衆君子立於社宮而謀亡曹曹
叔振鐸請待公孫彊許之及曹伯陽卽位公孫彊爲政背晉而奸宋宋人伐之執曹伯陽以歸殺之又曰師己曰吾聞文成之世童謠有

之禍父喪勞朱父以驕杜預曰禍父昭公朱父定公也應劭曰昭公死于野井定公即位而驕也莊子曰衛靈公卜葬沙丘而吉掘之數仞得石槨焉有銘曰不馮其子靈公奪而埋之靈之為靈久矣夫

姚聆呱而劾何弋石兮許相理而鞫條應劭曰姚叔向母石叔向子字林曰呱子啼聲也左氏傳曰叔向娶申公巫臣氏生伯石姑視之及堂聞其聲而還曰是豺狼之聲非是莫喪羊舌氏杜預曰姑叔向之母也應劭曰刻其必滅羊舌氏本或為劾項岱曰舉罪曰劾漢書曰周亞夫為河內守許負相之曰縱理入口此餓死法也後亞夫封條侯為丞相人上變告子事連亞夫亞夫詰廷尉不食五日歐血而死毛萇詩傳曰鞫告也

道混成而自然兮術同原而分流曹大家曰大道神明混沌而成言人生而心志在內聲音在外骨體有形事變有會更相為表裏合成一體此自然之道至於術學論其成敗考其貧賤觀其富貴各取一槩故或聽聲音或見骨體或占色理或視威儀或察心志或省言行或考卜筮或本先祖如水同原而分流也老子曰有物混成先天地生又曰道法自然也

神先心以定命兮命隨行以消息曹大家曰言人之行各隨其命命者神先定之故為徵兆於前也雖然亦在人消息而行

之斡流遷其不濟兮故遭罹而嬴縮項岱曰斡轉也遷徙也嬴過也縮不及也遭遇也罹憂也言人受先祖善惡之迹轉徙流行故有遭遇禍福相及也

三欒同於一體兮雖移易而不忒應劭曰晉大夫欒書書子黶黶子盈書賢而覆黶黶惡而害盈曹大家曰天命祐善災惡非有差也然其道廣大雖父子百葉猶若一體也左氏傳秦伯問士鞅曰晉大夫誰先亡對曰其欒氏乎黶汏虐已甚猶可以免其身禍在盈也欒黶死盈之善未能及人武子之施沒矣而黶之惡實

彰紫於是乎在後晉果滅欒氏洞參差其紛錯兮斯衆兆之所惑曹大家曰衆庶也兆人也報應參差不齊紛亂錯繆故迷惑不信天道也楚辭曰衆兆之所咍周賈盪而貢憤兮齊死生與禍福曹大家曰周莊周賈賈誼也貢潰也憤亂也盪盪不知所守也莊周賈誼有好智之才而不以聖人爲法潰亂於善惡遂爲放盪之辭莊周曰生爲徭役死爲休息賈誼曰忽然爲人何足控揣化爲異物又何足患抗爽言以矯情兮信畏犧而忌鵩項岱曰抗極過差之言以矯枉其情耳莊子曰或聘莊子莊子應其使曰子見犧牛乎衣以文繡食以蒭菽及其牽入于太廟雖欲爲孤犢其可得乎鳥已見上文鵩所貴聖人至論兮順天性而斷誼曹大家曰至論謂五經六藝所以貴之者順天之性也亦當以義斷之不可貪苟生而失名物有欲而不居兮亦有惡而不避論語子曰富與貴是人之所欲不以其道得之不處也貧與賤是人之所惡不以其道得之不去也守孔約而不貳兮乃輶德而無累曹大家曰孔甚也輶輕也言聖人所守甚約而無二端則平心立而思慮輕矣輶德德輕而易行也毛詩曰德輶如毛民鮮克舉之曹大家曰以乃爲內晉灼曰與萬物無害累也三仁殊於一致兮夷惠舛而齊聲項岱曰三人所行各異俱至於仁也曹大家曰柳下惠以不去辱身爲善伯夷以高逝爲賢言去留適等也論語曰微子去之箕子爲之奴比干諫而死孔子曰殷有三仁焉又子曰不降其志不辱其身伯夷叔齊與謂柳下惠降志辱身也木偃息以蕃魏兮申重繭以存荆木段干木也蕃魏已見魏都賦呂氏春秋曰田贊說荆王曰若夫偃息之義則未之識也高誘曰段干木

偃息以安魏也淮南子曰申包胥重繭七日七夜至于秦庭以見秦王曰使下臣告急秦王乃發軍擊吳果大破之以存楚國高誘戰國策注曰重繭累胝也繭古典切胝竹遲切紀焚躬以衛上兮皓頤志而弗傾漢書曰項羽圍漢滎陽將軍紀信曰事急矣臣請誑楚可以閒出信乃乘王車曰食盡漢王降楚皆之城東觀紀信王得與數十騎出遁羽見信問漢王安在曰已去矣羽燒殺信項岱曰皓四皓也頤養也漢書曰袁公綺里季夏黃公角里先生當秦之世避而入商雒深山侯草木之區別兮苟能實其必榮曹大家曰侯候也項岱曰苟誠也張晏曰苟能有仁義之道必有榮名也論語子夏曰君子之道譬諸草木區以別矣要沒世而不朽兮乃先民之所程論語子曰君子疾沒世而名不稱焉左氏傳穆叔曰魯有先大夫臧文仲既歿其言立此之謂不朽毛詩曰匪先人是程毛萇曰程法也觀天網之紘覆兮實棐諶而相訓曹大家曰棐輔也忱誠也相助也訓教也項岱曰天網大覆人上非不信也誠欲有誠實於世閒亦當相輔助教也尚書曰天威棐忱諶與忱古字通也訓或為順謨先聖之大猷兮亦鄰德而助信曹大家曰謨謀也猷道也言人常當謨先聖人之道亦當為鄰人所助也孔子曰天所助順也人所助信也孔子曰德不孤必有鄰毛詩曰匪大猷是經或作繇字誤也虞韶美而儀鳳兮孔忘味於千載尚書曰簫韶九成鳳皇來儀論語曰子在齊聞韶三月不知肉味素文信而底麟兮漢賓祚于異代應劭曰底致也孔子作春秋素王之文以明示禮度之信而致麟封其後為紹嘉公係殷為二代之客也春秋緯曰麟出周亡故立春秋制素王授當與也精通靈而感物

兮神動氣而入微曹大家曰言人參於天地有生之最神靈也誠能致其精誠則通於神靈感物動氣而入微者矣
養流睇而猨號兮李虎發而石開曹大家曰睇眄也淮南子曰楚有白猨王自射之則搏矢而顧使養
由基射之始調弓矯矢未發而猨抱樹號矣流或爲由非也漢書曰李廣居右北平獵見草中石以爲虎而射之中石沒矢視之石也他
日射之終不能入 非精誠其焉通兮苟無實其孰信曹大家曰非精誠所感誰能若斯 操末
技猶必然兮矧耽躬於道真項岱曰矧況耽樂也言由基李廣奮精誠於末技感獸而開石豈況乃能推至
精耽身於大道之中乎莊子曰道之真以持身也 登孔昊而上下兮緯群龍之所經應劭曰昊太昊
也孔孔子也群龍喻群聖也自伏羲下訖孔子經緯天道備矣孟康曰聖人作經賢者緯之 朝貞觀而夕化兮猶
諠己而遺形應劭曰貞正也諠忘也易曰天地之道貞觀者也張晏曰言朝聞大道而夕死可也論語曰朝聞道夕死可矣
鵩鳥賦曰釋智遺形 若胥彭而偕老兮訴來哲而通情言人若欲胥彭祖之年偕老聃之壽當訊之來
哲與之通情非己所慕也列仙傳曰彭祖殷賢大夫歷夏至商末號年七百老已見遊天台山賦 亂曰天造草昧立
性命兮曹大家曰亂理也天道始造萬物草創於冥昧之中皆立其性命也周易曰天造草昧 復心弘道惟聖
賢兮曹大家曰明道在人身誠能復心而弘之達於天地之性也周易曰復其見天地之心乎孔子曰人能弘道非道弘人 渾
元運物流不處兮曹大家曰渾大也元氣運轉也物萬物也言元氣周行終始無已如水之流不得獨處也 保身

遺名民之表兮曹大家曰言人生能保其身死有遺名民之表也莊子曰可以保身可以全生家語孔子曰凡上者民之表

舍生取誼以道用兮孟子曰生我所欲也義亦我所欲也二者不可得兼舍生而取義也應劭曰舍置也憂

傷夭物忝莫痛兮曹大家曰忝辱也橫夭於物憂辱傷生恥辱不過於是　皓爾太素曷渝色兮

曹大家曰皓白也素質也渝變也言人能篤信好學守死善道不漸染於流俗是爲白爾天質何有渝變之色也　尚越其幾

淪神域兮曹大家曰大素不染神色不變則庶幾於神道之幾微而入於神明之域矣子曰知幾其神乎

文選卷第十四

賜進士出身通奉大夫江南蘇松常鎮太等處承宣布政使司布政使胡克家重校刊

文選卷第十五

梁昭明太子撰

文林郎守太子右內率府錄事參軍事崇賢館直學士臣李善注上

志中

張平子思玄賦一首　歸田賦一首

思玄賦平子名衡南陽西鄂人也漢和帝時爲侍中順和二帝之時國政稍微專恣內豎平子欲言政事又爲奄豎所讒蔽意不得志欲游六合之外勢既不能義又不可但思其玄遠之道而賦之以申其志耳系曰回志朅來從玄諆獲我所求夫何思玄而已老子曰玄之又玄衆妙之門

舊注善曰未詳注者姓名摯虞流別題云衡注詳其義訓甚多疎略而注又稱愚以爲疑非衡明矣但行來既久故不去

仰先哲之玄訓兮雖彌高而弗違訓教也彌終也違避也善曰論語顏回曰仰之彌高匪仁里其焉宅兮匪義迹其焉追里宅皆居也焉猶安也善曰論語曰里仁爲美潛服膺以永靚兮緜日月而不衰緜連也善曰禮記曰服膺拳拳方言伊中情之信脩曰靖思也靖與靚同字林曰靖審也

兮慕古人之貞節脩善也貞誠也善曰楚詞曰苟中情其好脩又曰原生受命于貞節竦余身而順止

兮遵繩墨而不跌竦立也止禮也善曰楚詞曰遵繩墨而不頗廣雅曰跌差也志摶摶以應懸兮

誠心固其如結摶摶垂貌善曰戰國策楚王曰寡人心搖搖然如懸旌毛詩曰勞心團團憂勞也又曰心之憂矣如或結

之旌性行以製珮兮佩夜光與瓊枝旌明也製裁也善曰白虎通曰所以必有珮者表德見所能也

楚辭曰折瓊枝以繼珮纗幽蘭之秋華兮又綴之以江離纗系也幽深也善曰楚辭曰結深蘭之亭

又曰扈江離與辟芷兮紉秋蘭以為珮說文曰繫幃曰纗幃一名縭爾雅曰婦人之幃謂之縭縭之香囊在男曰幃在女曰縭然則纗者

即繫囊之繩也說文曰纗網中繩纗音攜美襞積以酷烈兮允塵邈而難虧襞積衣縫也允信也塵久

也邈遠也虧歇也善曰子虛賦曰襞積褰縐上林賦曰酷烈淑郁楚辭曰芳菲菲兮難虧既姱麗而鮮雙兮非是

時之攸珍姱大也麗好也鮮寡也攸所也奮余榮而莫見兮播余香而莫聞奮動也播散也

幽獨守此仄陋兮敢怠遑而舍勤怠懈也遑暇也勤勞也善曰楚辭曰幽獨處乎山中尚書帝曰明明

揚仄陋毛詩曰不敢怠遑左氏傳曰人生在勤幸二八之遻虞兮嘉傅說之生殷二八八愷八元也遻

遇也傅姓說名也武丁相也善曰左氏傳季孫行父曰昔高辛氏有才子八人伯奮仲堪叔獻季仲伯虎仲熊叔豹季貍言此八人忠肅

恭懿宣慈惠和天下之民謂之八元元善也長也八愷者高陽氏有才子八人倉舒隤愷檮戭大臨庬降庭堅仲容叔達言此八人齊聖

廣淵明允篤誠天下之民謂之八愷尚書曰高宗夢得說使百工營求諸野得諸傅巖尚前良之遺風兮恫後辰而無及尚庶幾也良善也恫痛也言我後時將無及也恫他公切善曰楚辭曰竊慕詩人之遺風何孤行之煢煢兮子不羣而介立煢煢獨也介特也善曰毛詩曰獨行煢煢楚辭曰既惸獨而不羣感鸞鷖之特棲兮悲淑人之希合鸞鷖皆鳥名淑善也善曰鸞鷖喻君子也毛詩曰淑人君子其儀不忒山海經曰蛇山有鳥五色飛蔽日名鷖鳥廣雅曰鸞鳳屬也彼無合而何傷兮患眾偽之冒真無合猶不遇也冒覆也旦獲讟于羣弟兮啓金縢而後信善曰尚書曰武王既喪管叔乃流言於國曰公將弗利於孺子秋大熟未穫天大雷電以風王啓金縢之書乃得周公代武王之說王執書以泣曰其勿穆卜乃信周公覽蒸民之多僻兮畏立辟以危身覽觀也蒸眾也僻邪也辟法也毛詩曰民之多僻無自立辟善曰毛萇傳曰辟法也民之行多為邪辟此言無遺為法也尚書曰蒸民乃粒楚辭曰寧正言不諱以危身增煩毒以迷惑兮羌孰可為言己善曰楚辭曰獨便悁而煩毒焉發憤而舒情又曰中瞀亂兮迷惑私湛憂而深懷兮思繽紛而不理湛深也懷思也繽紛亂貌善曰宋玉笛賦曰武毅發沈憂結願竭力以守誼兮雖貧窮而不改竭盡也執彫虎而試象兮阽焦原而跟趾彫虎象獸名也尸子中黃伯曰余左執太行之獶而右搏彫虎唯象之未與吾心試焉有力者則又願為牛欲與象鬬以自試今二三子以為義矣將惡乎試之夫貧窮太行之獶也疏賤義之彫虎也而吾曰遇

之亦足以試矣阽臨也焦石名也跟踵也尸子又曰莒國有石焦原者廣五十步臨百仞之谿莒國莫敢近也有以勇見莒子者獨卻行齊踵焉所以稱於世夫義之為焦原也亦高矣賢者之於義必且齊踵此所以服一時也善曰彫虎以喻貧試象以喻竭力焦原以喻義言己以執彫虎之貧窮願竭試象之力而守焦原之義上句為此張本漢書曰賈誼曰安天下阽危若是而上不驚者臣瓚曰安臨危曰阽

庶斯奉以周旋兮惡既死而後已善曰左氏傳太史克曰奉以周旋不敢失墜論語子曰死而後已不亦遠乎

俗遷渝而事化兮泯規矩之員方遷移也渝變也泯滅也規圓也矩方也善曰楚辭曰因時俗之工巧兮滅規矩而改錯

寶蕭艾於重笥兮謂蕙茝之不香蕭艾草名也蕙茝香草也禮記曰簞笥問人者並盛食器員曰簞方曰笥案盛衣亦曰笥後漢作珍蓋瑤字相似誤耳

斥西施而弗御兮縶騕褭以服箱斥却也西施越之美女也御幸也縶羈也服服轅也箱大車也善曰楚辭曰西施斥於北宮兮漢書音義應劭曰騕褭古之駿馬也赤喙玄身日行五千里毛詩曰睆彼牽牛不可以服箱馬中立切今賦作縶字

行頗僻而獲志兮循法度而離殃頗傾也離遭也殃咎也蕭該音本作陂布義切禮記曰商亂曰陂鄭玄曰陂傾也周易曰无平不陂廣雅曰陂邪也

惟天地之無窮兮何遭遇之無常鄭玄曰惟思也善曰楚辭曰惟天地之無窮哀人生之長勤

不抑操而苟容兮譬臨河而無航航舡也善曰賈逵曰抑止也孫卿子曰偷合苟容以持祿周書陰符曰四輔不存若濟河無舟矣楚辭曰昔余夢登天兮魂中道而無航

欲巧笑以干媚兮非余心之所嘗

干求也營行也善曰楚辭曰處濁世而顯榮非余心之所樂襲溫恭之黻衣兮被禮義之繡裳襲衣

也黻黼也五色備曰繡善曰毛詩曰君子至止黻衣繡裳辮貞亮以為鞶兮雜伎藝以為珩辮交織也

鞶所以帶珮也手伎曰伎體才曰藝珩珮也善曰說文曰辮交也又曰鞶覆衣大巾也從巾般聲或以為首飾字林曰鞶帶也禮記曰男

鞶革鄭玄曰鞶巾囊盛帨巾者說文曰珩所行也從玉行聲字林曰珩珮玉所以節行大戴禮曰下車以珮玉為度上有雙衡下有雙璜

珩與衡音義同昭綵藻與琱琭兮璜聲遠而彌長綵文綵也藻華藻也字林曰半璧曰璜善曰董巴輿

服志曰古者君佩玉尊卑有序及秦以采組連結於璲謂之綬漢承秦制用而弗改淹棲遲以恣欲兮耀靈忽

其西藏耀靈日也善曰毛詩曰衡門之下可以棲遲楚辭曰耀靈曄而西征廣雅曰朱明曜靈東君日也恃己知而

華予兮鶗鴂鳴而不芳鶗鴂鳥名也以秋分鳴善曰楚辭曰歲既晏兮孰華予又曰恐鶗鴂之先鳴使夫百草為

之不芳臨海異物志曰鶗鴂一名杜鵑至三月鳴晝夜不止夏末乃止服虔曰鶗鴂一名鵙伯勞順陰陽氣而生賊害之鳥也王逸以為

春鳥繆也冀一年之三秀兮遒白露之為霜說文曰遒迫也善曰楚辭曰采三秀於山閒王逸曰三秀

謂芝草也毛詩曰蒹葭蒼蒼白露為霜爾雅曰茵芝郭璞曰芝一歲三華瑞草時亹亹而代序兮疇可與乎

比伉咨姤嫭之難並兮想依韓以流亡亹亹進貌疇誰也伉儷也咨嗟也嫭好也韓衆獲道輕舉

故思依之以流亡也善曰楚辭曰時亹亹而過中又曰恐天時之代序又曰羨韓衆之流得一又曰寧溘死以流亡姤惡也恐漸

冉而無成兮留則蔽而不彰漸進也善曰楚辭曰漸冉而不自知兮又曰蹇淹留而無成心猶豫而狐疑兮卽岐阯而攄情卽就也岐山名也攄陳也善曰楚辭曰欲從靈氛之吉占兮心猶豫而狐疑孟子曰昔文王之治岐也仕者世祿攄力於切文君爲我端蓍兮利飛遁以保名文君文王也遁卦名也上九曰飛遁無不利謂去而遷也九師道訓曰遁而能飛吉孰大焉此筮得遁之咸其遁卦艮下乾上上九爻辭云肥遁最在卦上居無位之地不爲物所累矰繳所不及遁之最美故名肥遁處陰長之時而獨如此故曰利飛遁而保名史記曰蓍百莖一根劉向曰蓍百年而一本生百莖歷衆山以周流兮翼迅風以揚聲從初至三爲艮艮爲山故曰歷衆山從二至四爲巽巽爲風故曰翼迅風善曰謂遁卦也楚辭曰歷衆山而日遠又曰聊浮遊於山陿又曰步周流於江畔幽通賦曰雄朔野以揚聲遁下體是艮說卦云爲山假言衆爾下互體得巽巽爲風故曰揚聲二女感於崇岳兮或冰折而不營崇高也岳五岳也遁上九變爲咸咸感也巽長女兌少女故曰二女從三至五爲乾乾爲冰故曰冰折而不營遁上九變爲兌說卦云巽爲長女兌爲少女也俱在艮上艮卽是山故云感二女於崇岳岳卽山也說卦曰乾爲冰而變爲兌故曰冰折物也毀折不可經營故曰不營天蓋高而爲澤兮誰云路之不平互體四至乾變爲兌兌爲澤天爲澤言天高尚爲澤雖復險戲世路可知誰言其路不通者乎欲其行也善曰周易曰乾爲天兌爲澤勔自強而不息兮蹈玉階之嶢崢勔勉也乾爲玉故曰蹈玉階玉階天子階也言我雖欲去猶戀玉階不思去言尚欲進忠賢勔亡衍切善曰周易曰天行健君子以自強

不息方言曰嶢崢高貌也懼筮氏之長短兮鑽東龜以觀禎長短謂卜筮也左氏傳曰筮短龜長周禮曰東龜長又曰東曰龜甲屬善曰爾雅曰龜左睨不類郭璞曰行顯左睨也今江東所謂左食以甲卜審鄭玄周禮注曰東龜青說文曰禎祥也遇九皋之介鳥兮怨素意之不逞介大也逞快也善曰言卜而遇大鳥之卦也素意不逞謂繇辭也毛詩曰鶴鳴于九皋字林曰逞盡也遊塵外而瞥天兮據冥翳而哀鳴瞥裁見也善曰莊子曰彷徨塵垢之外說文曰遠也瞥匹洩切鵰鶚競於貪婪兮我脩絜以益榮競逐也善曰鵰鶚惡鳥喻小人也楚辭曰皆競進以貪婪兮婪力含切子有故於玄鳥兮歸母氏而後寧善曰此假卜者之辭也玄鳥謂鶴也母氏喻道也言子有故於玄鳥唯歸於道而後獲寧也古文周書曰周穆王姜后晝寢而孕越姬嬖竊而育之斃以玄鳥二七塗以龔血寘諸姜后遽以告王王恐發書而占之曰蜉蝣之羽飛集于戶鴻之戾止弟弗克理皇靈降誅尚復其所問左史氏史豹曰蟲飛集戶是曰失所惟彼小人弗克以育君子史良曰是謂闕親將留其身歸于母氏而後獲寧冊而藏之厥休將振王與令尹冊而藏之於櫝居三月越姬死七日而復言其情曰先君怒予甚曰爾夷隸也胡竊君之子不歸母氏將寘而大戮及王子於治老子曰天下有始以爲天下母既得其母又知其子河上公曰道爲天下物母也韓子解老曰母者道也占既吉而無悔兮簡元辰而俶裝俶始也裝束也周易曰同人于郊無悔旦余沐於清源兮晞余髮於朝陽晞乾也山東曰朝陽善曰楚辭曰朝濯髮於暘谷夕晞余身乎九陽漱飛泉之瀝液兮咀石菌之流英

善曰楚辭曰吸飛泉之微液兮懷琬琰之華英瀝流也菌芝也說文曰漱蕩口也從水軟聲所右切字林曰液汁也石菌石芝也蒼頡篇曰咀噍也翾鳥舉而魚躍兮將往走乎八荒廣雅曰翾飛也淮南子曰四海之外有八澤八澤之外曰八埏八埏之外曰八荒善曰走音奏過少皞之窮野兮問三丘于句芒少皞金天氏居窮桑在魯北三丘謂蓬萊方丈瀛洲句芒木正也左氏傳曰少皞氏有四子曰重曰該曰修曰熙實能金木及水使重為句芒木正該為蓐收金正修及熙為玄冥二子相代為水正也世不失職遂濟窮桑此其三祀也杜預曰窮桑少皞氏之號也四子能治其官使不失職濟成少皞之功死皆為民所祀也史記云蓬萊方丈瀛洲此三神山傳在海中去人不遠及到三山反在水下何道真之淳粹兮去穢累而飄輕不澆曰淳不雜曰粹穢德之累也善曰幽通賦曰矧躭躬於道真楚辭曰昔三后之淳粹又曰除穢累而反真登蓬萊而容與兮鼇雖抃而不傾抃手搏也善曰列仙傳曰巨鼇負蓬萊山而抃於滄海之中留瀛洲而采芝兮聊且以乎長生瀛洲海中山也善曰玄中記曰東南之大者巨鼇焉以背負蓬萊山周迴千里列子曰勃海之東有大壑其山一曰岱輿二曰員嶠三曰方壺四曰瀛洲五曰蓬萊山高下周圍三萬里其頂平地九千里五山之根無所連着常隨潮流上下帝命封禺使巨鼇十五舉頭而載之迭為三番六萬歲一交龍伯國人一釣而連六鼇於是岱輿員嶠沉於大海楚辭曰飲沆瀣馮歸雲而遐逝兮夕余宿乎扶桑馮依也遐遠也逝往也善曰傅毅七激曰仰歸雲翔遊風淮南子曰日出暘谷拂於扶桑海外東經曰黑齒國北暘谷上有扶桑十洲記曰扶桑葉似桑樹又如椹樹長丈大二千圍兩

兩同根生更相依倚是以名之扶桑飲青岑之玉醴兮飡沆瀣以為粻青岑山名上高者曰岑沆瀣夕霞也粻粮也廣雅曰沆瀣常氣也善曰楊雄太玄經曰茹芝英以禦飢兮飲玉醴以解渴楚辭曰飡六氣而飲沆瀣兮漱正陽而食朝霞陵陽子經曰夏飡沆瀣北方夜半氣發昔夢於木禾兮穀崑崙之高岡昔日夢至木禾今親往是發昔日之夢也穀生也善曰淮南子曰崐崙之上有木禾焉其穗長五尋山海經曰帝之下都崑崙之墟高萬仞上有木禾長五尋大五圍郭璞曰木禾穀類也說文曰嘉穀也二月生八月熟得中和故曰禾木王而生木衰而死故曰木禾朝吾行於湯谷兮從伯禹乎稽山湯谷日所出嘉羣神之執玉兮疾防風之食言食僞也善曰國語曰吳伐越隳會稽獲骨節專車吳之使來問之仲尼曰丘聞之昔禹致羣臣於會稽之山防風後至禹乃殺而戮之其骨節專車此為大矣韋昭曰羣神謂主山川之君為羣神之主故謂之神防風汪芒氏君之名也違命後至故禹殺之陳尸為戮左氏傳曰禹合諸侯於塗山執玉帛者萬國尚書曰朕不食言指長沙之邪徑兮存重華乎南鄰重華舜也善曰尚書曰重華協于帝山海經曰南方蒼梧之川其中九疑山舜之所葬在長沙界中說文曰存恤也哀二妃之未從兮翩繽處彼湘濱二妃堯之二女娥皇女英舜妻也善曰禮記曰舜葬蒼梧之野蓋二妃未之從也鄭玄曰離騷所謂歌湘夫人也舜南巡狩死於蒼梧二妃留江湘之閒濱水湄也山海經曰洞庭之山多黃金其下多銀鐵帝之二女是常游江川灃沅之側交游瀟湘之淵在九江之閒出入必以飄風暴雨郭璞曰今長沙巴陵縣西入洞庭而通江水離騷曰邅吾道兮洞庭洞庭風兮木葉下皆謂此也天帝之

女而處江爲神即列仙傳云江妃二女離騷所謂湘夫人稱帝子者是也而河圖玉版曰聞之堯二女舜妻也而喪此傳云二妃死於江
湘之閒俗謂之湘君鄭司農亦以舜妃爲湘君說者皆以舜陟方而死二妃從之俱死於江湘遂號爲湘夫人也流目眺夫
衡阿兮覩有黎之圯墳眺視也衡山名也阿山下也黎高辛氏之火正謂祝融也圯毀也楚靈王之世衡山崩而
祝融之墓壞中有營丘九頭圖焉善曰馮衍顯志賦序曰遊情宇宙流目八紘左氏傳昭十九年顓頊氏有子曰黎爲祝融圯房鄙切
痛火正之無懷兮託山阪以孤魂託寄也善曰杜預曰黎爲火正懷歸也愁鬱鬱以慕
遠兮越卭州而遊遨卭州正南州名也四海圖曰交廣南有卭州其處極熱善曰楚辭曰愁鬱鬱之無快卭五郎切
躋日中于昆吾兮憩炎火之所陶鄭玄曰躋升也善曰淮南子曰日出于暘谷至于昆吾是謂正中高
誘曰昆吾南方爾雅憩息也山海經曰西海之南其外有炎火之山爾雅曰再成曰陶丘揚芒熛而絳天兮水泫
沄而涌濤熛風熾也泫沄沸貌濤水波也善曰爾雅曰沄沉也芒光芒也熛火飛也楊雄冀州箴曰冀土麋沸泫沄如湯温
風翕其增熱兮惄鬱悒其難聊說文曰翕熾也善曰淮南子曰南方之極自北戶之外南至委火炎風之
野萬二千里高誘曰北戶孤竹國名也爾雅曰惄思也乃的切楚辭曰心鬱悒余侘傺賈逵曰聊賴也協韻爲勞顝羈旅而
無友兮余安能乎留茲顝獨也羈寄也旅客也善曰左氏傳陳敬仲曰羈旅之臣楚辭曰廓落兮羈旅而無友顝
切骨苦顧金天而歎息兮吾欲往乎西嬉金天少昊位也善曰家語孔子曰生爲明王死配五行少

韓配金說文曰嬉樂也前祝融使舉麾兮纚朱鳥以承旗尚書曰右秉白旄以麾案執旄以指撝也秦漢以來即以所執之旌名曰麾謂麾幢曲蓋者也善曰楚辭曰飛朱鳥使先驅又曰鳳皇翼其承旗躔建木於廣都兮摭若華而躊躇躔息也摭拾也若華樹名也善曰方言曰日建爲躔躔行也淮南子曰建木在廣都若木在建木西末有十日其華照下地韓詩曰愛而不見搔首躊躇薛君曰躊躇躑躅也廣雅曰躊躇猶豫也方言曰摭取也躊直由切躇直於切超軒轅於西海兮跨汪氏之龍魚聞此國之千歲兮曾焉足以娛余善曰海外西山經曰軒轅之國在窮山之際不壽者八百歲龍魚陵居在北狀如狸在汪野北其爲魚也如狸汪氏國在西海外此國足龍魚也思九土之殊風兮從蓐收而遂徂九土九州蓐收金正該也徂往也善曰好色賦曰周覽九土山海經曰潒山神西望日之所入其氣員神光之所司郭璞曰蓐收金神也人面虎身右手執鉞歘神化而蟬蛻兮朋精粹而爲徒歘輕舉貌善曰楚辭曰濟江海兮蟬蛻又曰吸精粹而吐氛濁漢書音義韋昭曰蟬蛻出於皮殼也蹶白門而東馳兮云台行乎中野漢書音義韋昭曰蹶蹋也爾雅曰台我也善曰淮南子曰八極西南方曰偏駒之山曰白門高誘注曰金氣白故曰白門楚辭曰行中野而散之台音夷亂弱水之潺湲兮逗華陰之湍渚爾雅曰絶流曰亂郭璞注曰直橫渡也書曰亂于河逗止也華太華也山北曰陰善曰山海經曰崐崙之丘其下有弱水之川環之郭璞曰其水不勝鴻毛字林曰潺湲流貌漢書京兆有華陰縣號馮夷俾清津兮櫂龍舟以濟予號呼

也青令傳曰河伯華陰潼鄉人也姓馮氏名夷浴於河中而溺死是爲河伯太公金匱曰河伯姓馮名脩裴氏新語謂爲馮夷淮南子曰
馮夷服夷石而水仙注曰馮夷河伯也華陰潼鄉隄首人服夷石而水仙俾使也淮南子曰天子龍舟鷁首子合韻音夷諸切會帝
軒之未歸兮悵徜徉而延佇黃帝葬於西海橋山神未東歸也應劭曰上郡周陽縣有黃帝冢也悵徜徉思
貌春秋命厤序曰帝軒受圖雒授厤楚辭曰且徜徉而氾觀延佇見上注怬河林之蓁蓁兮偉關雎之戒
女怬息也偉異也詩曰關關雎鳩在河之洲窈窕淑女君子好逑善曰中山經曰北望河林其狀如蒨郭璞注曰說者云蒨木名也毛
萇詩傳曰蓁蓁至盛也怬許吏切又虛秘切黃靈詹而訪命兮樛天道其焉如黃靈黃帝也詹至也
訪謀也樛求也如之也曰近信而遠疑兮六籍闕而不書六籍六經神逵昧其難覆
兮疇克謀而從諸九交道曰逵覆審也疇誰也克能也謀察也諸之也牛哀病而成虎兮雖逢
昆其必噬牛哀魯人牛哀也昆兄也噬食也淮南子曰牛哀病七日而化爲虎其兄啓戶而入哀搏而殺之不自知爲虎也廣
雅曰噬嚙也鼈令殪而口亡兮取蜀禪而引世鼈令蜀王名也殪死也禪傳也引長也善曰蜀王本
紀曰望帝治汶山下邑曰郫積百餘歲荊地有一死人名鼈令其尸亡隨江水上至郫與望帝相見望帝以鼈令爲相以德薄不及鼈令
乃委國授之而去死生錯其不齊兮雖司命其不晣晣昭晣也善曰禮記曰王立七祀曰司命鄭玄
曰司命主督察三命史記扁鵲曰疾在骨髓雖司命無奈之何晣之曳切東方朔曰司命之神捴鬼錄者竇號行於代路

兮後膺祚而繁廡善曰漢書曰孝文竇皇后景帝母也呂太后出宮人以賜諸王竇姬與在行中家在清河願如趙近家請其主遣宦者吏必置趙籍之伍中宦者忘之誤置代籍伍中當行竇姬涕泣怨其宦者不欲往相强乃肯行至代代王獨幸竇姬生景帝後立為皇后

王肆侈於漢庭兮卒銜恤而絕緒善曰漢書曰孝平王皇后莽女也莽秉政以女配帝遣劉歆奉乘輿法駕迎后于莽第及莽即真后常稱疾不朝會莽誅自投火中死國語曰肆後不違韋昭曰肆恣也毛詩曰出則銜恤

尉尨眉而郎潛兮逮三葉而遘武尉官名也尨蒼也善曰漢武故事曰顏駟不知何許人漢文帝時為郎至武帝嘗輦過郎署見駟尨眉皓髮上問曰叟何時為郎何其老也答曰臣文帝時為郎文帝好文而臣好武至景帝好美而臣貌醜陛下即位好少而臣已老是以三世不遇故老於郎署上感其言擢拜會稽都尉

董弱冠而司袞兮設王隧而弗處善曰漢書曰董賢年二十二為三公哀帝崩賢自殺家惶恐夜葬之莽疑其詐死有司奏賢造冢墓不異王制賢既見發羸診其尸因埋獄中禮記曰人生二十曰弱冠周禮曰三公自袞冕而下左氏傳曰晉侯請隧杜預曰掘地通路曰隧王葬禮也

夫吉凶之相仍兮恒反仄而靡所仍因也恒常也

穆屆天以悅牛兮豎亂叔而幽主善曰孔安國尚書傳曰屆至也左氏傳曰穆叔孫穆子名豹魯大夫有罪走向齊及庚宗遇婦人通之有子在齊夢天壓己不勝顧而見人黑而上僂深目而豭喙號之曰牛助余乃勝之旦而瞻其徒無之後穆子還過庚宗婦人獻雉穆子問之曰女有子乎曰余子已能捧雉而從我矣而見之則所夢也未問其名號之曰牛曰唯使為豎牛欲亂其室而有之叔孫疾牛詐謂外人曰夫子疾病

不欲見人使寘饋于介而退牛不進叔孫覆器空而還之示君已食穆子遂餓而死文斷袪而忌伯兮閹謁賊而寧后善曰國語曰初獻公使寺人勃鞮伐文公於蒲城文公踰垣勃鞮斬其袪及入勃鞮求見於是呂甥冀芮畏逼悔納公謀作亂伯楚知之故求見公公遽見之伯楚以呂郤之謀告公韋昭曰寺人掌內人袪袂也勃鞮字伯楚通人闇於好惡兮豈昬惑而能剖剖分明也嬴擿讖而戒胡兮備諸外而發內蒼頡篇讖書河洛書也說文曰讖驗也秦語曰秦三十二年燕人盧生奏籙圖曰亡秦者胡也始皇乃使將軍蒙恬將兵三十萬北擊胡取河南地遂築長城以為塞三十六年始皇南游還至平原津病始皇惡言死無復言死事病甚乃璽書賜蒲蘇使與喪會咸陽而葬以書付行符璽令趙高未授使者丙寅始皇崩於沙丘惟少子胡亥從丞相李斯恐天下有變不敢發喪棺載還咸陽趙高素與亥善留所賜蒲蘇書密謂胡亥曰上崩無詔封王諸子而獨賜蒲蘇書蒲蘇即位為皇帝太子無尺寸之地胡亥曰為將柰何高曰非與丞相謀事不能成乃謂李斯曰蒲蘇即位必召蒙恬為相於君不亦疎乎於是李斯然趙高言乃詐受始皇詔立胡亥為太子更作書賜蒲蘇曰朕巡天下禱祀名山以延年壽而數上書非我所為日夜怨望不得為人子不孝其賜自裁將軍恬與蘇居不匡正宜知其謀為人臣不知亦賜死蒲蘇為人仁得書泣即死胡亥即位為二世葬始皇酈山善曰史記曰盧生使人奏籙圖曰亡秦者胡也使將軍蒙恬北擊胡略取河南地又曰始皇崩李斯與趙高謀詐受始皇詔立胡亥為太子也或輦賄而違車兮孕行產而為對車人名也孕懷子也昔有周犫者家甚貧夫婦夜田天帝見而矜之問司命曰此可富乎司命曰命當貧有張車子財可以假之乃借而與之期曰車子

生急還之田者稍富致貲巨萬及期忘司命之言夫婦輦其賄以逃與行旅者同宿逢夫妻寄車下宿夜生子問名於夫夫曰生車間名
車子也從是所向失利遂更貧困鄭玄曰孚姓子也善曰見鬼神志及搜神記慎竈顯以言天兮占水火而
妄訊慎者魯大夫梓慎竈者鄭大夫裨竈訊告也善曰左氏傳昭公二十四年五月乙未朔日有食之梓慎曰將水叔孫昭子曰旱
也日過分而陽猶不克克必甚能無旱乎秋八月大雩旱也叔孫之言驗也則梓慎之言不驗又昭公十八年夏五月火始昏見丙子風
裨竈言于子產曰宋衛陳鄭將同火若我用瓘斝玉瓚鄭必不火子產不予裨竈曰不用吾言鄭又將火鄭人請用之子產曰天道
遠人道邇非爾及也何以知之竈焉知天道遂不與亦不復火兮言梓慎裨竈是顯明天道之人占於水火亦有妄為言事之難知也占
謂自隱度而言也訊息對切梁叟患夫黎丘兮丁厥子而剚刃善曰呂氏春秋曰梁國之北地名黎
丘有奇鬼焉善劾人之子姪昆弟之狀邑丈人有之市而醉歸者黎丘之鬼劾其子之狀扶而道苦之丈人歸酒醒而誚其子曰吾為汝
父也豈謂不慈哉我醉汝道苦我何故其子泣而觸地曰孽矣無此事也昔也往責於東邑人可問也其父信之曰譆是必奇鬼固嘗聞
之矣明日復於市欲遇而刺殺之明日之市而醉其真子恐其父之不能反也遂往迎之丈人望見之拔劍而刺之丈人智惑於似其子
者而殺於真子高誘曰誚讓也漢書蒯通曰不敢剚刃公之腹者畏秦法也韋昭曰北方人呼插物地中為剚側吏切爾雅曰丁當也
親所睼而弗識兮矧幽冥之可信睼視也矧況也毋緜攣以倖己兮思百憂
以自疹毋勿也緜攣係貌倖引也疹疾也善曰毛詩曰我生之後逢此百憂倖胡泠切彼天監之孔明兮用

棐忱而祐仁監視也孔甚也棐輔也忱誠也祐助也善曰尚書曰天監厥德又曰周公若天威棐忱湯蠲體以禱祈兮蒙厖褫以拯民湯帝乙也蠲絜也拯濟也善曰淮南子曰湯時大旱七年卜用人祀天湯曰我本卜祭爲民豈乎自當之乃使人積薪翦髮及爪自潔居柴上將自焚以祭天火將然卽降大雨呂氏春秋曰湯剋夏大旱七年乃以身禱於桑林自以爲犧牲用祈於上帝民乃甚悅雨乃大至爾雅曰厖大也褫福也祈或爲祊非景三慮以營國兮熒惑次於他辰景謚也慮謀也熒惑火星也次舍也善曰呂氏春秋曰宋景公有疾司星子韋曰熒惑守心心宋之分野君當之若祭可移於相公曰相寡人之股肱豈可除心腹之疾移於股肱可乎曰可移於民公曰民者國之本國無民何以爲國如何傷本而救吾身乎曰可移於歲公曰歲所以養民歲不登何以蓄民子韋曰君善言三熒惑必退三舍延命二十一年視之信一舍七度三七二十一當更壽二十一年魏顆亮以從治兮鬼亢回以斃秦善曰左氏傳曰初魏武子有嬖妾武子有疾命顆曰必嫁是妾疾病則曰必以殉及卒顆嫁之及輔氏之役顆見老人結草以抗杜回杜回躓而顛故獲之夜夢曰余乃所嫁婦人之父也傳宣公十五年秋七月秦桓公伐晉次于輔氏輔氏卽晉地使魏顆敗秦師于輔氏獲杜回秦之力人也魏顆所以敗秦師者專由魏嬖妾之父也他年魏武子武子卽犨也有嬖妾無子武子疾命顆曰必嫁是妾及武子疾甚困則更命顆曰必殺以爲徇葬及武子卒顆嫁之不殺徇葬曰疾病則心情亂吾從其治時也及今年有輔氏之役顆領兵拒秦師之日忽見一人在前結草以亢禦杜回杜回遂躓而顛故獲杜回於是秦師遂敗獲杜回之夜夢曰余汝所嫁婦人之父也爾用先人之治命余是以報也咎繇邁而種德兮

樹德懋于英六邁行也英六國也楚末乃滅善曰尚書禹曰咎繇邁種德史記曰帝禹封皐陶之後於英六桑末寄夫根生兮卉既凋而已育桑末木名也根生寄生也卉草木凡名也育生也凋落也善曰舊注之意以卉卽桑末也言桑末寄夫根生桑末既凋而寄生已茂以喻皐繇之有後封於英六衆國已滅而英六獨存言積德之後必有餘慶也

無言而不酬兮又何往而不復復返也善曰邁德行仁必貽後慶如有言必酬有往必復也毛詩曰無言不酬無德不報禮記曰往而不來非禮也周易曰無平不陂無往不復

盍遠迹以飛聲兮孰謂時之可蓄善曰言何不遠迹以飛聲遊六合而訪道誰謂時之可蓄而不可行乎言時易逝也鄭玄論語注曰盍何不也孔安國尚書傳曰蓄積也

仰矯首以遙望兮魂惝惘而無儔儔匹也善曰甘泉賦曰仰矯首以高視楚辭曰悵惝惘兮永思王逸曰惝惘悵失望志錯越也

逼區中之隘陋兮將北度而宣遊賈逵曰逼迫也爾雅曰宣徧也善曰司馬相如大人賦曰悲世俗之逼隘楚辭曰宣遊兮列宿順極兮彷徨

行積冰之磑磑兮清泉沍而不流沍凍也善曰淮南子曰八紘北方曰積冰高誘曰北方寒冰所積名積冰也方言曰磑磑堅也牛哀切方言磑堅也左氏傳曰固陰沍寒杜預曰沍閉也

寒風淒其永至兮拂穹岫之騷騷淒寒貌說文曰拂擊也爾雅曰穹大也毛詩傳曰騷動也善曰騷騷風勁貌王逸曰騷愁也合韻所流切

玄武縮于殼中兮騰蛇蜿而自糾龜與蛇交曰玄武殼甲也春秋漢含孳曰太一常居後玄武蔡雍月令章句曰北方玄武介蟲之長爾雅曰騰蛇龍類能興雲霧而遊其中文

子曰騰無足而騰也淮南子曰奔蛇廣雅曰蜿曲也魚矜鱗而并凌兮鳥登木而失條凌冰也善曰矜
寒貌凌力證切坐太陰之屛室兮慨含唏而增愁善曰楚辭曰選鬼神於太陰兮漢書曰以陰陽言之
太陰者北方也說文曰屛蔽也慨太息也屛與屛古字通又曰不泣曰唏何休曰歔悲也火旣切怨高陽之相寓兮
伷顓頊而宅幽高陽帝顓頊也相視也寓居也伷小貌也善曰家語孔子曰顓頊者黃帝之孫昌意之子高陽配水山海
經曰北海之內有山名幽都之山黑水出焉伷去鳳切庸織路於四裔兮斯與彼其何瘳瘳愈也南
至炎火鬱邑無聊北至積冰含歔增愁此與彼何以相愈乎庸勞也織曰緯善曰言涉路東西有似於織也望寒門之絕
垠兮縱余緤乎不周善曰楚辭曰踔絕垠乎寒門又曰登閶風而緤馬王逸曰緤繫也楚辭曰路不周以左轉王逸
曰不周山名也在崐崘西北漢書司馬相如大人賦曰軼先驅於寒門注寒門天北門也左氏傳曰臣負羈緤緤馬絆也大荒經西北海
之外大荒隅有山而不合名曰不周淮南子曰昔共工與顓頊爭爲帝共工怒而觸不周山天維絕地柱折故令此山缺壞不周迅
猋潚其媵我兮騖翩飄而不禁潚疾貌媵送也翩飄疾貌潚音肅善曰爾雅曰風飆謂之猋猋字林曰潚深
清也越谽㗅之洞穴兮漂通川之砅砅經重侌乎寂漠兮慜墳羊之深
谽㗅大貌漂浮也砅砅深貌重陰地下也寂寞靜貌侌古陰字墳潛羊土精怪也善曰上林賦曰通川過於中庭春秋外傳國語曰季
桓子穿井獲如土缶中有羊焉使問仲尼曰吾聞穿井得狗何也對曰以丘所聞墳羊也丘聞木石之怪夔罔兩水之怪龍罔象土之怪

墳羊唐固云墳羊雌雄未成者也淮南子曰水生罔象木生畢方井生墳羊廣雅曰羊土神給火含切嚼火加切𤇘音林追荒忽
於地底兮軼無形而上浮善曰荒忽幽昧貌甘泉賦曰窺地底於上回楚辭曰覽方物之荒忽春秋說題辭曰
元氣以爲天混沌無形出石密之闇野兮不識蹊之所由蹊路也由自也善曰山海經曰密山是生
玄玉黃帝取密山之玉策而投之鍾山之陰然下既有鍾山此石密疑是密山速燭龍令執炬兮過鍾山而
中休速徵也善曰楚辭曰日安不到燭龍何照山海經曰鍾山之神人面蛇身而赤身長千里其眠乃晦其視乃明不食不寢不息
風雨是謁是燭九陰是謂燭陰郭璞曰卽燭龍也瞰瑤谿之赤岸兮弔祖江之見劉瞰瞻也瑤谿赤
岸謂鍾山東瑤岸也祖江人名也劉殺也善曰山海經曰鍾山有子曰敷其狀人面而龍身欽䲹殺祖江于崐崙之陽帝乃戮之於鍾山
之東曰瑤岸欽䲹化爲大鶚郭璞曰䲹音丕鶚音愕聘王母於銀臺兮羞玉芝以療飢王母西王母也
銀臺王母所居羞進也療愈也善曰史記曰三神山仙人在焉黃金白銀爲宮闕王母仙者故假言之本草經曰白芝一名玉芝戴
勝慭其既歡兮又誚余之行遲戴勝謂西王母也慭笑貌誚讓也善曰字林曰慭謹敬也山海經曰西海
之南流沙之濱赤水之後黑水之前有大山名曰昆侖之丘其下有弱水之淵環之有人戴勝虎齒豹尾穴處名王母又曰西王母其狀
如人戴勝是司天之厲郭璞曰勝玉勝慭魚覲切載太華之玉女兮召洛浦之宓妃浦涯也善曰列
仙傳曰毛女者字玉姜在華陰山中體生毛所止巖中有鼓琴聲楚辭曰迎宓妃下伊浦咸姣麗以蠱媚兮增嫮

眼而蛾眉說文曰姣好也廣雅曰嫮好也善曰楚辭曰嫮目冥笑眉曼舒訬婧之纖腰兮揚雜錯
之袿徽訬婧細腰貌善曰方言曰袿謂之裾劉熙釋名曰婦人上服謂之袿青絳爲之緣袿古攜切爾雅曰婦人之徽謂之縭郭
璞曰邾今香纓也訬音眇說文曰婧妍婧也財性切一音精離朱脣而微笑兮顏的礫以遺光離開
也的礫明貌善曰神女賦曰朱脣的其若丹上林賦曰宜笑的礫礫音歷獻環琨與琛縭兮申厥好以玄
黃環珠也琨璧也琛寶也縭今之香纓玄黃玉石之色善曰白虎通曰所以必有珮者表意見所能也故循道無窮則佩環能本道德
則佩琨薛君韓詩章句曰縭帶也尚書曰厥篚玄黃琨音昆縭音離雖色豔而賂美兮志皓蕩而不嘉
豔美色也善曰賂美謂環琨玄黃也楚辭曰怨靈脩之皓蕩雙材悲於不納兮並詠詩而清歌善曰
雙材謂玉女宓妃也劉歆列女傳頌曰材女脩身廣觀善惡歌曰天地烟熅百卉含葩烟熅和貌葩華也善
曰周易曰天地烟熅萬物化醇廣雅曰絪縕元氣也毛萇詩傳曰卉草也郭璞曰草物名也說文曰蘤古花字本誤作蘤音爲詭切非此
之用也鳴鶴交頸鴡鳩相和善曰周易曰鳴鶴在陰詩曰關關鴡鳩處子懷春精魂回移
善曰莊子曰藐姑射之山有神人居焉綽約若處子毛詩曰有女懷春如何淑明忘我實多淑善也明謂衛也
玉女宓妃言忘棄我實多善曰論語摘輔像曰仲弓淑明清理可以爲卿毛詩曰如何如何忘我實多將答賦而不暇
兮爰整駕而亟行爰於是也亟疾也善曰毛詩曰爾之亟行遑脂爾車瞻崑崙之巍巍兮臨縈

河之洋洋巍巍高貌縈紆也言河之曲也善曰史記太史公曰禹本紀言河出崐崘毛詩曰河水洋洋毛萇曰洋洋盛大也

伏靈龜以負坻兮亘螭龍之飛梁坻所以止船也善曰楚辭曰麾蛟龍以梁津兮詔西皇使涉予登

閬風之層城兮構不死而爲牀閬風崐崘山名也善曰淮南子曰崐崘虛有三山閬風桐版玄圃層城九重禹二云崐崘有此城高一萬一千里十洲記曰崐崘北角曰閬風之顛山海經曰崐崘開明北有不死樹食之長壽郭璞曰言常生也古今通論曰不死樹在層城西

屑瑤蘂以爲粻兮斟白水以爲漿屑碎也粻精也斟酌也善曰瑤蘂也說文曰粻乾食糧也楚辭曰精瓊靡以爲粻王逸曰靡屑也毛萇詩傳曰粻食也又曰斟挹也爾雅曰斟酌也楚辭曰朝吾將濟於白水兮王逸淮南言白水在崑崘之源也蘂而髓切斟居于切

抨巫咸作占夢兮乃貞吉之元符抨使也善曰言我昔夢木禾今令巫咸占之楚辭曰巫咸將夕降兮懷椒糈而要之王逸曰巫咸古神巫也當殷中宗之時也抨甫耕切

滋令德於正中兮含嘉秀以爲敷滋繁也不華而實謂之秀善曰言己有令德類禾之有嘉秀也尚書曰惟爾令德孝恭

既垂穎而顧本兮亦要思乎故居穎穗也善曰言禾垂穎以顧本猶人之思故居也淮南子曰孔子見禾三變始於粟生於苗成於穗乃歎曰我其首禾乎高誘曰禾穗向根故君子不忘本也

安和靜而隨時兮姑純懿之所廬懿美也廬居也善曰韓詩曰靜貞也周易曰隨時之義大矣哉杜預曰姑且也

戒庶僚以夙會兮僉供職而並訝庶僚卽下豐隆列缺等也訝迎也言戒誓令夙早而會皆供職而來迎我

也善曰孔安國尚書傳曰僉皆也豐隆軒其震霆兮列缺曄其照夜豐隆雷公也軒聲貌震霆霹靂
也列缺電也曄光貌善曰楚辭曰吾令豐隆乘雲兮羽獵賦曰霹靂列缺吐火施鞭軒普耕切雲師䨏以交集兮涷
雨沛其灑塗雲師雨師也䨏陰貌涷雨暴雨也巴郡謂暴雨為涷雨沛雨貌塗路也善曰諸家之說豐隆皆曰雲師此賦別
言雲師明豐隆為雷也故留舊說以廣異聞爾雅曰暴雨謂之涷注曰今江東人呼夏月大暴雨為涷雨楚辭曰使涷雨兮灑塵䨏徒感
切轙琱輿而樹葩兮擾應龍以服路善曰爾雅曰載轡謂之轙郭璞曰轙車軛上環轡所貫也琱輿
琱玉之輿爾雅曰玉謂之琱葩蓋之金華也獨斷曰乘輿車皆羽蓋金華爪擾馴也廣雅曰有翼曰應龍路車也百神森其
備從兮屯騎羅而星布森聚貌屯聚也善曰楚辭曰百神翳其備降振余袂而就車兮脩
劍揭以低昂揭卭貌冠䍧䍧其映蓋兮佩綝纚以煇煌綝纚盛貌䍧䍧冠貌煇煌佩光
貌善曰䍧五咸切綝音林纚音離僕夫儼其正策兮八乘騰而超驤僕夫謂御車人也儼敬也八乘
公上得從車八乘善曰楚辭曰僕夫懷余心悲又曰撰余轡而正策又曰駕八龍之蜿蜿又曰超驤氛旄溶以天旋兮
蜺旌飄以飛颺旌羽旒也善曰氛旄氛氣為旄也楚辭曰連五宿兮建旄揚氛氳以為旌字林曰溶水盛貌今取盛意宋
玉笛賦曰天旋少陰白日西靡高唐賦曰蜺為旌溶音勇撫軨軹而還睨兮心勺藥其若湯勺藥熱貌
善曰說文曰無輻曰軨軹車輪小穿也又曰睨邪視也楚辭曰忽臨睨夫舊鄉又曰心涫沸其若湯軨音零軹之氏切勺市灼切涫音換

羨上都之赫戲兮何迷故而不忘羨欲也赫戲盛貌迷惑也何惑舊故而不忘新愚以爲當去己之迷故之心也善曰言己願上都之赫戲是何迷己之故而不能忘謂不忘上都也楚辭曰陟登皇之赫戲兮左青琱之揵芝兮右素威以司鉦青琱青文龍也素威白虎威也善曰芝小蓋也禮記曰君行左青龍而右白虎也說文曰揵竪也鉦鐃也揵巨偃切前長離使拂羽兮後委衡乎玄冥長離朱鳥也委屬也水衡官名也善曰司馬相如大人賦曰前長離後矞皇如淳曰長離朱鳥也禮記曰前行朱鳥而後玄武又曰鳴鳩拂其羽家語季康子曰吾聞玄冥爲水正此卽五行之主也司馬相如大人賦曰左玄冥而右黔雷屬箕伯以函風兮澂淢汩而爲清函含也澂騰也清靜也善曰風俗通曰風師者箕星也主簸物能致風氣也易曰巽爲長女長者伯之故曰風伯也楚辭曰切淢汩之流俗兮王逸曰淢汩垢濁也拽雲旗之離離兮鳴玉鸞之譻譻鸞鸞鑣也譻譻聲也善曰楚辭曰載雲旗之委蛇又曰鳴玉鸞之啾啾譻古嚶字涉清霄而升遐兮浮蠛蠓而上征霄微雲也善曰楚辭曰涉青雲而汎濫兮甘泉賦曰騰清霄而軼浮景又曰浮蠛蠓而撇天淮南子曰蠛蠓磑而雨春而風言羣而上下至疾曰溢埃風而上征紛翼翼以徐戾兮焱回回其揚靈戾至也回回光明貌善曰說文曰焱火華也言光之盛如火之華楚辭曰皇剡剡其揚靈王逸曰揚其光靈也叫帝閽使闢扉兮覿天皇于瓊宮叫呼也閽主門也闢開也扉宮門闔也覿見也天皇天帝也善曰楚辭曰吾令帝閽開關兮楊雄甘泉賦曰選巫咸兮叫帝閽聆廣樂之九奏兮展洩洩以

彤彤聆聽也廣樂樂名也展信也洩洩彤彤皆樂貌善曰史記曰趙簡子病二日而寤曰我之帝所甚樂與百神遊于鈞天廣樂九
奏萬舞左氏傳曰鄭莊公入而賦大隧之中其樂也彤彤姜出而賦大隧之外其樂也洩洩杜預云融融和也洩洩舒散也融與彤古字
通考治亂於律均兮意建始而思終律十二律均所均聲也建立也善曰琴道曰琴七絲足以通萬
物而考治亂也樂汁圖徵曰聖人往承天助以立五均均者亦律調五聲之均也宋均曰均長八尺施絃以調六律五聲惟般逸
之無斁兮懼樂往而哀來孔安國尚書傳注曰斁猒也善曰莊子曰樂未畢也哀又繼之素女撫絃
而餘音兮太容吟曰念哉建始念終也素素女也太容黃帝樂師也高誘淮南子注曰素女黃帝時方術之女
也善曰史記曰泰帝使素女鼓五十絃瑟舊注本素下無女字今本有之尚書曰帝念哉既防溢而靖志兮迨我
暇以翺翔靖靜也迨及也廣雅曰翺翔浮游也善曰字林曰靖立也毛詩曰迨我暇矣又曰將翺將翔出紫宮之
肅肅兮集太微之閬閬天文志曰中宮太極星其一明者泰一常居也旁三星三公後句曲四星一星正妃餘三
星後宮之屬也環衛十二星藩臣皆曰紫宮善曰紫宮太微二星名也春秋合誠圖曰紫宮帝太宮也又曰太微其星十二字林曰閬高
貌甘泉賦曰閬閬其寥廓閬音郎命王良掌策駟兮踰高閣之將將善曰春秋元命苞曰漢中四星
天騎一曰天駟旁一星王良主天馬也漢書天文志曰王良車騎古善馭者漢書曰營室為清廟又曰離宮閣道建罔車之
幕幕兮獵青林之芒芒善曰罔車畢星也青林天苑也河圖曰桐柏山上為掩畢二危山上為天苑鸞威

弧之拔刺兮射嶓冢之封狼彎引也威弧星名也拔刺彎弓貌善曰楊雄河東賦曰獿天狼之威弧漢書曰
狼下有四星曰弧淮南子曰琴戒撥刺高誘曰撥刺不正也河圖曰嶓冢山名此山之精上爲星名封狼拔方割切刺力達切觀壁
壘於北落兮伐河鼓之磅硠壁營壁也壘中壘也北落星名也伐擊也河鼓星名也磅硠聲也善曰漢書曰
羽林天軍西爲壘或曰鉞傍一大星曰北落爾雅曰河鼓謂之牽牛今荆人呼牽牛星爲檐鼓檐者荷也乘天潢之汎汎
兮浮雲漢之湯湯天潢天津也汎汎流貌也雲漢天河也湯湯水流也善曰樂緯曰商爲五潢宋均曰五潢天津之別
名也毛詩曰倬彼雲漢倚招搖攝提以低佪剹流兮察二紀五緯之綢繆遹皇
二紀日月也五緯五星也攝提星名形似車禮記曰以日星爲紀善曰漢書杓端有兩星一內爲矛爲招搖孟康曰近北斗者招搖剹流
繚繞也漢書曰攝提直斗柄所指以建時節故曰攝提越絕書范蠡曰天貴持盈不失日月星辰紀綱易乾鑿度曰五緯順軌四時和栗
宋均曰和栗氣和而嚴正綢繆連綿也遹皇往來貌也偃蹇夭矯娩以連卷兮說文曰生子二人俱出爲娩纂
要曰齊人謂生子曰娩善曰偃蹇驕傲之貌也夭矯自縱恣貌也娩娩跳也連卷長曲貌娩匹萬切雜沓叢顇颯以方
驤善曰衆多之貌顇音悴戫汨飂淚沛以罔象兮善曰皆疾貌罔象卽仿像也楚辭曰沛罔象而自浮戫一
六切飂力凋切淚音戾爛漫麗靡藐以迭逿分布遠馳之貌善曰爛漫分散貌藐遠貌迭過也逿突也逿音唐
凌驚雷之砊磕兮弄狂電之淫裔凌乘也淫裔電貌善曰楚辭曰凌驚雷軼駭電兮砊磕雷聲也上林

賦曰淫淫裔裔硫音苦郎切 踰痝鴻於宕冥兮貫倒景而高厲 痝鴻宕冥皆天之高氣也善曰孝經援神契曰天度痝鴻孳萌宋均曰痝鴻未分之象也楚辭曰貫蒙鴻以東竭兮說文曰宕過也冥窮也凌陽明經曰倒景氣去地四千里其景皆倒在下楚辭曰颯弭節而高厲痝莫孔切鴻胡孔切宕徒浪切 廓盪盪其無涯兮乃今窺乎天外 宋玉大言賦曰長劍耿耿倚天外 據開陽而頫眡兮臨舊鄉之暗藹 善曰春秋運斗樞曰北斗七星第六開陽也楚辭曰忽臨睨夫舊鄉兮 悲離居之勞心兮情悁悁而思歸 楚辭曰將以遺夫離居字林曰悁忿恨也善曰毛詩曰勞心悁悁烏玄切 魂眷眷而屢顧兮馬倚輈而徘徊 輈車轅也善曰韓詩曰眷眷懷顧毛詩曰屢顧爾僕 雖遊娛以媮樂兮豈愁慕之可懷 善曰楚辭曰聊假日而媮樂兮 出閶闔兮降天途乘焱忽兮馳虛無 閶闔天門也降下也善曰楚辭曰倚閶闔而望予又曰乘迴風而遠遊服虔甘泉賦注曰焱風也上林賦曰凌驚風歷駭焱乘虛無與神俱焱必遙切 雲菲菲兮繞余輪風眇眇兮震余旟 楚辭曰雲菲菲而承宇眇眇遠貌周禮曰鳥隼為旟爾雅曰錯鳥隼為旟此謂合剝鳥皮毛置之竿頭卽禮記所謂載鴻及鳴鳶也 繽連翩兮紛暗曖儵眩眃兮反常閭 蒼頡篇曰眩眃目視不明貌善曰眩音懸眃音云 收疇昔之逸豫兮卷淫放之遐心 善曰左氏傳羊斟曰疇昔之羊子為政毛詩曰逸豫無期楚辭曰神娭眇以淫放毛詩曰無金玉爾音而有遐心 修初服之娑娑兮長余佩之參參 善曰楚辭

曰退將復修吾初服又曰長余佩之陸離文章奐以粲爛兮美紛紜以從風御六藝之珍駕兮遊道德之平林周禮曰六藝禮樂射御書數毛詩曰依彼平林結典籍而爲罟兮敺儒墨以爲禽儒家者述聖道之書也以仁義爲本以禮樂爲用墨家者強本節用之書也以貴儉尚賢爲用善曰敺音驅墨墨家流也玩陰陽之變化兮詠雅頌之徽音善曰孫卿子曰四時代御陰陽交化周易曰四時變化毛詩曰大姒嗣徽音嘉曾氏之歸耕兮慕歷阪之嶔崟善曰琴操曰歸耕者曾子之所作也曾子事孔子十有餘年晨覺眷然念二親年衰養之不備於是援琴鼓之曰歔欷歸耕來兮安所耕歷山盤兮恭夙夜而不貳兮固終始之所服不貳不差貳也服所服事也善曰毛詩曰夙夜在公楚辭曰事君而無貳夕惕若厲以省諐兮懼余身之未勑勑整也善曰周易曰君子夕惕若厲無咎苟中情之端直兮莫吾知而不恧善曰楚辭曰苟余情之端直又曰國無人兮莫我知小雅曰小愧爲恧女六切默無爲以凝志兮與仁義乎逍遙善曰老子曰上德無爲楚辭曰超無爲以志清上林賦曰馳騖乎仁義之塗不出戶而知天下兮何必歷遠以劬勞善曰老子曰不出戶而知天下不窺牖而見天道河上公曰聖人以己身知人身以己家知人家所以見天下矣毛詩曰之子于征劬勞于野系曰系繫也言繫一賦之前意也天長地久歲不留善曰老子曰天長地久天地所以長且久者以其不自生故能長生俟河之清秪懷

憂 祇適也善曰左氏傳子駟曰周詩有之曰俟河之清人壽幾何杜預曰逸詩也言人壽促而河清遲也京房易傳曰河千年一清 願得遠渡以自娛上下無常窮六區 善曰楚辭曰遠度世以忘歸六區上下四方也周易曰上下無常非為邪也 超踰騰躍絕世俗飄遙神舉逞所欲 說文曰逞極也 天不可階仙夫稀 善曰周髀曰天不可階而升 栢舟悄悄吝不飛 栢舟詩篇名也注慍怨也悄悄憂貌羣小衆小人在君側也吝恨也其詩曰憂心悄悄慍于羣小又曰靜言思之不能奮飛注不如鳥奮翼而飛去臣不遇於君猶不忍去厚之至也 松喬高跱孰能離 松赤松子喬王喬離附也 結精遠遊使心攜 攜離也善曰楚辭曰願輕舉而遠遊公羊傳曰攜其妻子何休曰攜猶提將也 迴志朅來從玄謀 朅去也善曰劉向七言曰朅來歸耕永自疎 獲我所求夫何思 夫復也

歸田賦

張平子 歸田賦者張衡仕不得志欲歸於田因作此賦凡在曰朝不曰歸田

遊都邑以永久無明略以佐時徒臨川以羨魚俟河清乎未期 都謂京都永長也久滯也言久淹滯於京都而無知略以匡佐其時君也字林曰羨貪欲也淮南子曰臨河羨魚不如歸家織網高誘曰羨願也易乾鑿度曰天降嘉應河清三日變為赤赤變三日鄭玄曰聖王為政治平之所致 感蔡子之慷慨從唐生以

決疑史記曰蔡澤燕人遊學于諸侯不遇從唐舉相舉孰視而笑曰先生曷鼻戴肩魋顏蹙頞膝攣吾聞聖人不相殆先生乎
澤知舉戲之乃曰富貴吾所自取吾不知者壽也願聞之舉曰先生之壽從今以往者四十三歲澤笑而謝去謂御者曰吾持粱刺齒肥
躍疾驅懷黃金之印結紫綬於腰揖讓人主之前食肉富貴四十一年足矣及入秦昭王召見與語大說拜為客卿遂代范雎為秦相說
文曰慷慨壯士不得志於心也諒天道之微昧追漁父以同嬉諒信也微昧幽隱司馬遷悲士不遇賦曰
天道悠昧楚辭曰屈原既放漁父見而問之曰子非三閭大夫歟漁父悠爾而笑鼓枻而去王逸楚辭序曰漁父避世隱身釣魚江湖欣
然而樂漁父歌曰滄浪之水清可以濯吾纓滄浪之水濁可以濯吾足嬉樂也超埃塵以遐逝與世事乎長
辭世務紛濁以喻塵埃莊子曰遊乎塵埃之外於是仲春令月時和氣清儀禮曰令月吉日鄭玄曰令善
也原隰鬱茂百草滋榮王雎鼓翼鶬鶊哀鳴雎鳩王鳩也郭璞曰雕類也爾雅曰倉庚黃鵹
也鵹音利交頸頡頏關關嚶嚶頡頏上下也毛萇詩傳曰飛而上曰頡飛而下曰頏爾雅曰關關嚶嚶音聲和也釋
訓曰丁丁嚶嚶相切直也注嚶嚶兩鳥鳴也於焉逍遙聊以娛情毛詩曰於焉逍遙廣雅曰逍遙儴佯也爾
乃龍吟方澤虎嘯山丘言己從容吟嘯龘乎龍虎春秋元命苞曰杓星高則羣龍吟淮南子曰龍吟而景雲至虎
嘯而谷風臻仰飛纖繳俯釣長流觸矢而斃貪餌吞鉤觸矢射也吞鉤釣也楚辭曰知貪餌
而近斃落雲閒之逸禽懸淵沈之魦鰡列子曰詹何以獨繭為綸芒針為鉤引盈車之魚於百仞之淵

楚王問其故詹何曰蒲且子之弋弱弓纖繳連雙鶬於青雲之際臣因學釣五年始盡其道毛萇詩傳曰魦鮀也字指曰鰡魦屬

于時曜靈俄景係以望舒廣雅曰曜靈日也王逸楚辭注曰望舒月御也俄斜也極般遊之至樂雖日夕而忘劬尚書曰般遊無度感老氏之遺誡將迴駕乎蓬廬老子曰馳騁田獵令人心發狂注曰精神安靜馳騁呼吸精散氣亡故發狂劉向雅琴賦曰潛坐蓬廬之中巖石之下彈五絃之妙指詠周孔之圖書五絃琴也禮記曰舜作五絃之琴以歌南風鄭玄注曰南風長養之風也毛詩曰南風之薰兮可以解吾民之慍兮蔡邕琴操曰伏羲氏作琴絃有五者象五行也周周公孔孔子也揮翰墨以奮藻陳三皇之軌模賈逵國語注曰軌法也鄭玄毛詩箋曰模法也莫奴切苟縱心於物外安知榮辱之所如班固漢書述賈鄒枚路曰榮如辱如有機有樞劉德曰易曰樞機之發榮辱之主也張晏曰乍榮乍辱如辭也

文選卷第十五

賜進士出身通奉大夫江南蘇松常鎮太等處承宣布政使司布政使胡克家重校刊

文選卷第十六

梁昭明太子撰

文林郎守太子右內率府錄事參軍事崇賢館直學士臣李善注上

志下

潘安仁閑居賦

哀傷

司馬長卿長門賦

向子期思舊賦

陸士衡歎逝賦

潘安仁懷舊賦

寡婦賦

江文通恨賦

別賦

志下

閑居賦并序閑居賦者此蓋取於禮篇不知世事閑靜居坐之意也

潘安仁晉武帝時人也

岳嘗讀汲黯傳至司馬安四至九卿而良史書之題以巧宦之目未嘗不慨然廢書而歎漢書汲黯傳曰黯姊子司馬安文深善巧宦四至九卿以河南太守卒班固司馬遷贊曰遷有良史之才李陵書曰能不慨然史記太史公曰始齊之蒯通讀樂毅報燕王書未嘗不廢書而泣漢書司馬安黯姊子也與長孺同傳為人諂佞善事上下故四至九卿之位班固曰安文善巧故每讀其傳而歎息黯於減切字林曰慨仕不得志許既切曰嗟乎巧誠有之拙亦宜然言誠有巧宦之理拙固有之西京賦曰小必有之大亦宜然顧常以為士之生也非至聖無軌微妙玄通者鄭玄毛詩箋曰顧念也周易曰用無常道事無軌度廣雅曰軌迹也老子曰善行無轍跡又曰古之善為士者微妙玄通深不可識河上公曰玄天也言其節志精微與天通也則必立功立事効當年之用漢書平當書曰建功立事可以永年延篤與張奐書曰烈士殉名立功立事也杜預左氏傳注曰効致也是以資忠履信以進德脩辭立誠以居業周易曰履信思乎順又曰君子進德脩業忠信所以進德也脩辭立誠所以居業也僕少竊鄉曲之譽燕丹子夏扶曰士無鄉曲之譽則未可與論行也忝司空太尉

之命所奉之主即太宰魯武公其人也舉秀才爲郎臧榮緒晉書曰賈充字公閭封魯公爲司空轉太尉薨贈太宰謚武公又曰岳弱冠太尉舉秀才爾雅曰忝辱也命謂舉命之爾雅曰命告也凡尊者之言曰命孝經曰則周公其人也逮事世祖武皇帝臧榮緒晉書武紀曰帝諱炎字安世崩上號世祖禮記曰逮事父母爲河陽懷令臧榮緒晉書曰岳出爲河陽令轉懷令漢書河內郡有懷縣河陽縣也尚書郎廷尉平臧榮緒晉書岳頻宰二邑勤於政績調補尚書郎遷廷尉平爲公事免官漢書曰宣帝初置廷尉左右平秩皆六百石平皮命切今天子諒闇之際天子惠帝也諒闇今謂凶廬裏寒涼幽闇之處故曰諒闇領太傅主簿府主誅除名爲民臧榮緒晉書曰楊駿爲太傅輔政高選吏佐引岳爲太傅主簿駿誅除名俄而復官除長安令何休公羊傳注曰俄者須臾之閒也漢書音義如淳曰凡言除者除故官就新官也遷博士未召拜親疾輒去官免自弱冠涉乎知命之年禮記曰二十曰弱冠論語子曰五十而知天命孔安國曰知天命之終始八徙官而一進階再免一除名一不拜職遷者三而已矣八徙官謂舉秀才爲郎河陽令懷令尚書郎廷尉平領太傅主簿長安令遷博士也一除名謂太傅主簿府誅除名爲民也一不拜職謂遷博士未召拜親疾輒去官也一進階謂徙懷令爲尚書郎也再免謂任廷尉平以公事免遷博士以去官免也三遷謂廷尉平領太傅主簿及遷博士也雖通塞有遇抑亦拙者之效也周易曰不出戶庭知通塞也漢書楊雄曰以爲遇不遇命也廣雅曰効驗也昔通人和長

輿之論余也固謂拙於用多論衡曰博覽古今者爲通人臧榮緒晉書曰和嶠字長輿莊子謂惠子曰夫子固拙於用大尚書周公曰予多才多藝稱多則吾豈敢言拙信而有徵論語孔子曰若聖與仁則吾豈敢左氏傳叔向曰君子之言信而有徵方今俊乂在官百工惟時方今猶正今也廣雅曰方正也尚書曰俊乂在官又曰百工惟時孔安國曰百工皆是言政無非拙者可以絕意乎寵榮之事矣太夫人在堂有羸老之疾漢書曰列侯太夫人如淳曰列侯之妻稱夫人列侯死子復爲列侯乃得稱太夫人左氏傳荀罃曰余羸老矣王隱晉書曰岳母寒以數戒焉尚何能違膝下色養而屑屑從斗筲之役乎孝經曰故親生之膝下以養父母日嚴論語子夏問孝子曰色難左氏傳晉侯謂汝叔齊曰魯侯善禮叔齊曰而屑屑焉習儀以亟方言曰屑屑不靜也論語子曰噫斗筲之人何足算也鄭玄曰筲竹器也容斗二升袁宏後漢紀郭林宗曰大丈夫焉能久處斗筲之役乎於是覽止足之分庶浮雲之志老子曰知足不辱知止不殆注知足之人絕利去欲不辱於身也知可止則止則財利不累於身聲色不亂於耳目終身不危殆也論語孔子曰不義而富且貴於我如浮雲班固答賓戲曰仲尼抗浮雲之志築室種樹逍遙自得毛詩曰築室百堵漢書景帝詔曰藝種樹可衣食物莊子善卷曰余日出而作日入而息逍遙於天地之閒而心意自得家語曰原憲衣弊衣冠衎然有自得之志池沼足以漁釣舂稅足以代耕說文曰稅租也禮記曰夫祿足以代其耕灌園粥蔬以供朝夕之膳列女傳曰於陵子仲爲人灌園字書曰粥賣也粥與

鬻音義同說文曰膳具食也牧羊酤酪以俟伏臘之費鄭玄周易注曰牧養也廣雅曰酤賣也古護切釋名
曰酪乳汁所作也漢書秦德公作伏祠孟康曰六月伏日厤忌釋曰伏者何也金氣伏藏之日也四時代謝皆以相生立春木代水水生
木立夏火代木木生火立冬水代金金生水至於立秋以金代火金畏火故至庚日必伏庚者金故也臘者風俗通禮傳曰夏曰嘉平殷
曰清祀周曰大蜡漢改為臘臘獵也言獵取禽獸以祭其先祖故曰臘也秦孝公始置伏始皇改臘曰嘉平孝乎惟孝友
于兄弟此亦拙者之為政也論語或謂孔子曰子奚不為政子曰書云孝乎惟孝友于兄弟施于有政是亦
為政奚其為為政包氏曰孝乎惟孝美大孝之辭也友于兄弟善於兄弟也施行也所行有政道即與為政同也乃作閑居
賦以歌事遂情焉韓詩序曰勞者歌其事聲類曰遂從意也其辭曰
傲墳素之場圃步先哲之高衢左氏傳楚靈王曰左史倚相能讀三墳五典八索九丘賈逵曰三墳三皇
之書五典五帝之典八索素王之法九丘亡國之戒墳大也言三皇之大道孔子作春秋素王之文也上林賦曰翱翔乎書圃登樓賦曰
假高衢而騁力雖吾顏之云厚猶內媿於寗蘧有道吾不仕無道吾不愚尚書
曰顏厚有忸怩楚漢春秋韓信曰臣內媿於心論語子曰寗武子邦有道則智邦無道則愚其智可及也其愚不可及也又曰君子哉蘧
伯玉邦有道則仕邦無道則卷而懷之何巧智之不足而拙艱之有餘也管子曰巧者有餘而拙者
不足於是退而閑居于洛之涘楊佺期洛陽記曰城南七里名曰洛水蔡邕祓禊文曰自求多福在洛之涘毛

萇詩傳曰涘猶涯也身齊逸民名綴下士論語子曰逸民伯夷叔齊虞仲夷逸朱張柳下惠少連注逸民者節行超

逸也禮記王制祿爵公侯伯子男凡五等禮記曰諸侯之上大夫卿下大夫上士中士下士凡五等陪京泝伊面郊後

市南都賦曰陪京之陽薛綜東京賦注曰泝向也楊佺期洛陽記曰洛水之南名曰伊水周禮曰面朝後市鄭玄儀禮注曰面前也陸

機洛陽記曰洛陽凡三市大市名曰金市公觀之西城中馬市在大城之東洛陽縣市在大城南然此市洛陽縣也浮梁黝以

徑度靈臺傑其高峙河南郡縣境界簿曰城南五里洛水浮橋方言曰造舟謂之浮梁郭璞曰即今浮橋爾雅曰地

謂之黝說文曰黝微青黑色於糾切楚辭曰不能淩波以徑度陸機洛陽記曰靈臺在洛陽南去城三里毛萇詩傳曰傑特立也思玄賦

曰松喬高跱孰能離徐爰射雉賦注曰峙立也闚天文之祕奧究人事之終始日月五星天之文也陸賈

新語曰楚王作乾谿之臺闚天文謝承後漢書曰姚俊尤明圖緯祕奧字書曰祕密也廣雅曰奧藏也禮含文嘉曰禮天子靈臺以考觀

天人之際法陰陽之會易曰歸妹人之終始也其西則有元戎禁營玄幙綠徽其西宅之西也元戎兵車

也詩曰元戎十乘以先啓行禁營謂五營也陸機洛陽記曰五營校尉前後左右將軍府皆在城中陸機既不言所處難得而詳也鄭玄

禮記注曰徽旌旗之名也谿子巨黍異絭同機史記蘇秦說韓王曰谿子巨黍者皆射六百步之外許慎曰南方谿

子蠻夷柘弩皆善材也孫卿子曰繁弱巨黍古之良弓異絭同機言弩絭雖異而同一機也漢書音義張晏曰連弩三十絭共一臂然絭

弩弓也李奇曰絭弓也字林曰絭音卷孔安國尚書傳曰機弩牙也本或為異卷同歸誤也礮石雷駭激矢蝱飛

礮石今之拋石也皆匹孝切廣雅曰駁起也呂氏春秋曰激矢遠法言曰弄激矢范蠡兵法飛石重二十斤爲機發行三百步東觀漢記
光武作飛䖟箭以攻赤眉廣雅曰䖟飛箭名也方言曰凡箭三鐮謂之羊頭三鐮長六尺謂之飛䖟郭璞曰此謂今之射箭也鐮稜也
以先啓行耀我皇威詩曰元戎十乘以先啓行西都賦曰耀皇威而講武事其東則有明堂辟
廱清穆敞閑陸機洛陽記曰辟廱在靈臺東相去一里俱魏武所徙三輔黄圖大司徒宮奏曰明堂辟廱其實一也毛詩曰
於穆清廟洞簫賦曰又足樂乎其敞閑也環林縈映圓海迴淵三輔黄圖曰明堂辟廱水四周於外象四海也仲長
昌言曰溝池自周竹木自環白虎通曰天子立辟雍者所以行禮樂宣教化辟者象璧圓以法天雍者擁之以水象教化流行也班固東
都賦曰爲若辟雍海流聿追孝以嚴父宗文考以配天毛萇詩傳曰聿述也南都賦曰奉先祖而追孝
孝經曰孝莫大於嚴父嚴父莫大於配天又曰宗祀文王於明堂以配上帝文考謂晉文王也尚書曰惟予文考祗聖敬以
明順養更老以崇年言尊祖父以配天所以明順也養三老五更所以崇年也韓詩曰湯降不遲聖敬日躋言湯聖
敬之道上聞於天白虎通曰禮三老於明堂所以教諸侯孝也禮五更於太學所以教諸侯弟也若乃背冬涉春陰
謝陽施七發曰於是背秋涉冬神農本草曰春夏爲陽秋冬爲陰楚辭曰青春爰謝王逸曰謝去也莊子曰隨四時之施漢書曰
陰陽之施化萬物之終始施猶布也天子有事于柴燎以郊祖而展義左氏傳宰孔曰天子有事於文
武杜預曰有祭事也爾雅曰祭天曰燔柴郭璞曰既祭積薪燒之周禮曰以禋祀祀昊天上帝以實柴祀日月星辰以槱燎祀司中司命

鄭司農曰三祀皆積柴實牲體焉燔燎而生煙以報陽也禮記曰周人禘嚳而郊稷鄭玄曰禘郊祖宗謂祀祭以食也左氏傳曰天子非展義不巡狩

張鈞天之廣樂備千乘之萬騎史記趙簡子曰我之帝所與百神遊於鈞天廣樂九奏萬舞蔡邕獨斷曰大法駕備千乘萬騎

服振振以齊玄管啾啾而並吹左氏傳卜偃曰童謠云袀服振振音真服虔曰袀服黑服也杜預曰振振威貌也說文曰袀玄服也音均風俗通曰竹曰管郭璞爾雅注曰管長尺圍寸併吹之有底賈氏以爲如篪六孔風俗通曰漢帝時零陵文學奚景仲於泠道舜祠下得玉管後人易之以竹王逸楚辭注曰啾啾鳴聲也

煌煌乎隱隱乎蒼頡篇曰煌煌光明也上林賦曰煌煌扈扈隱隱盛也又曰沈沈隱隱一作殷殷音義同

茲禮容之壯觀而王制之巨麗也春秋考異郵曰飾禮容成文法史記曰孔子陳俎豆設禮容漢書龔遂曰坐則誦詩書立則習禮容史記曰天下之壯觀上林賦曰君未覩夫巨麗

兩學齊列雙宇如一郭緣生述征記曰國學在辟廱東北五里太學在國學東二百步魯靈光殿賦曰萬戶如一

右延國胄左納良逸爾雅曰延進也國學教胄子太學招賢良太學在國學東尚書曰夔教胄子李尤明堂銘曰夏進賢良

祁祁生徒濟濟儒術安華猛詩曰祁祁我徒毛詩曰來假祁祁又曰濟濟多士班固公孫弘贊曰轟望之以儒術進

或升之堂或入之室家語衛將軍文子問於子貢曰吾聞孔子之施教也成之以文德蓋入室升堂七十餘人

教無常師道在則是尚書曰德無常師主善爲師蔡邕勸學篇曰人無貴賤道在則尊論語叔孫武叔曰吾亦何常師之有道在則是言有道則可以爲師

故髦士投紱名王懷

璽言棄紱藏璽咸來學也毛詩曰髦士攸宜爾雅曰髦俊也漢書曰匈奴單于遣名王奉獻西京賦曰懷璽藏紱訓若風行
應如草靡論語孔子曰君子之德風小人之德草草上之風必偃此里仁所以爲美論語曰里仁爲美鄭
玄曰里者人之所居也居於仁者之里是爲善也孟母所以三徙也列女傳曰孟母舍近墓孟子嬉戲爲墓間之事
孟母曰此非所以居子處也乃去舍市旁其子嬉戲爲賈衒孟母又曰此非所以居子處也乃舍學宮之旁其子嬉戲乃設俎豆進退揖
讓孟母曰此真可以居子矣遂居之及孟子長學六藝卒成大儒爰定我居築室穿池毛詩曰築室百堵莊子孔
子曰魚相造于水者穿池而養給長楊映沼芳枳樹籬馮衍顯志賦曰游鱗瀺灂菡揵六枳而爲籬
萏敷披瀺灂出沒貌高唐賦曰巨石溺之瀺灂毛萇詩傳曰菡萏荷華竹木蓊藹靈果參差張公大
谷之梨梁侯烏椑之柿廣志曰洛陽北芒山有張公夏梨甚甘海內唯有一樹大谷未詳西京雜記曰上林苑有
烏椑木廣志曰梁國侯家有烏椑甚美世罕得之椑方彌切周文弱枝之棗房陵朱仲之李西京雜記
曰上林苑有弱枝棗廣志曰周文王時有弱枝之棗甚美禁之不令人取置樹苑中王逸荔枝賦曰房陵縹李荊州記房陵縣有好棗甚
美仙人朱仲來糴大山肅亦稱學問讀岳賦周文弱枝之棗爲杖策之杖世本容成造厤爲碓磨之磨靡不畢殖蒼頡篇曰
殖種也三桃表櫻胡之別二柰曜丹白之色漢書音義曰櫻桃含桃也爾雅曰荊桃今櫻桃也冬
桃子冬熟也褫桃山桃也實似桃而小不解核西京雜記曰上林苑有胡桃出西域廣志曰張掖有白柰酒泉有赤柰石榴蒲

陶之珍磊落蔓衍乎其側石榴即若榴也蒲陶似燕薁磊落實貌蔓衍長也博物志曰張騫使大夏得石榴李廣利爲貳師將軍伐大宛得蒲陶梅杏郁棣之屬繁榮麗藻之飾郁今之郁李棣實似櫻桃也張揖上林賦注曰薁山李也郁與薁音義同郭璞上林賦注曰棣實似櫻桃華實照爛言所不能極也春秋文耀鉤曰春致其時華實乃榮菜則葱韭蒜芋青筍紫薑堇薺甘旨蓼荾芬芳毛詩曰堇荼如飴毛萇曰堇菜也居隱切鄭玄儀禮注曰荾廉薑也韻略曰荾香菜也相惟切與蓤同蘘荷依陰時藿向陽崔豹古今注曰蘘荷菜似薑宜陰翳地依陰而生也鄭玄儀禮注曰藿豆葉也曹子建求親表曰葵藿之傾葉太陽綠葵含露白薤負霜於是凜秋暑退熙春寒往楚辭曰竊獨悲此凜秋字書曰凜寒也左氏傳張趯曰火星中而寒暑乃退老子曰衆人熙熙如登春臺河上公注熙熙淫情欲也熙春陰陽交通萬物感動登臺觀之志意淫故曰熙春廣雅曰熙熾也易曰暑往則寒來微雨新晴六合清朗呂氏春秋曰神通乎六合太夫人乃御版輿升輕軒禮記曰諸侯曰夫人注夫之言扶也言能以禮自扶版輿車名傅暢晉諸公贊曰傅祗以足疾版輿上殿版輿一名步輿周遷輿服雜事記曰步輿方四尺素木爲之以皮爲襻搁之自天子至庶人通得乘之遠覽王畿近周家園周禮曰方千里曰王畿體以行和藥以勞宣爾雅釋言曰宣徇徧也郭璞注曰皆周徧也杜預左傳注曰宣散也常膳載加舊痾有痊說文曰痾病也莊子曰今余病少痊司馬彪曰痊除也席長筵列孫子柳垂陰車結軌

曹子建名都篇曰列坐竟長筵言屈軌不行也司馬相如難蜀父老曰結軌還轅張揖曰結猶屈也陸擿紫房水挂赬

鯉馬融高第頌曰黃果揚芳紫房潰漏張載安石榴賦曰紫房獨熟毛萇詩傳曰赬赤也或宴于林或禊于氾

史記曰武帝禊灞上續漢書曰三月上巳宮人皆禊於東流水上自洗濯拂除宿疢垢也風俗通曰禊者絜也仲春之時於水祓除故事

取於清絜也爾雅曰窮瀆曰氾郭璞注曰水無所通也爾雅曰水決復入曰氾昆弟班白兒童稚齒王隱晉書曰兒

御史釋弟燕令豹禮記曰班白不提挈爾雅曰幼稚也方言曰稚小也稱萬壽以獻觴咸一懼而一喜

毛詩曰萬壽無疆史記曰武安君起為壽如淳曰上酒為稱壽黃香天子頌曰獻萬年之玉觴論語子曰父母之年不可不知一則以喜

一則以懼孔安國曰見其壽則喜見其衰老則懼壽觴舉慈顏和舞賦曰嚴顏和而怡懌浮杯樂飲絲

竹駢羅說苑曰公承不仁舉大白浮君廣雅曰浮罰也漢書曰陳平厚具樂飲太尉風俗通曰絲曰絃竹曰管西京賦曰蓬萊而

駢羅頓足起舞抗音高歌楊惲報孫會宗書曰奮袖低卬頓足起舞傅武仲舞賦曰抗音高歌為樂之方人生

安樂孰知其佗佗謂繁貴也國語曰晉文公適齊齊侯妻之女甚善焉文公曰人生安樂孰知其佗退求己而

自省信用薄而才劣論語孔子曰君子求諸己曾子曰日就業夕而自省奉周任之格言敢陳

力而就列論語孔子曰周任有言曰陳力就列不能者止論語考比讖賜問曰格言成法亦可以次序也幾陋身之

不保尚奚擬於明哲爾雅曰幾近也孟子曰士庶人不仁不保四體毛詩曰既明且哲以保其身此安仁不自保何

更擬於昔之哲人而登宦位于世也仰衆妙而絶思終優遊以養拙老子曰玄之又玄衆妙之門毛詩曰優哉游哉亦是戾矣鄭玄曰戾止也優游自安止言思不出其位

哀傷

長門賦一首并序

司馬長卿

孝武皇帝陳皇后時得幸頗妒別在長門宮愁悶悲思外戚傳曰陳皇后者長公主嫖女也曾祖嬰與項羽起後歸漢爲堂邑侯傳子至孫午午尚長公主生女初武帝得立爲太子長公主有力取主女爲妃及帝即位立爲皇后擅寵驕貴十餘年而無子聞衛子夫得幸幾死者數焉元光五年坐女子楚服等爲皇后巫蠱祠祭呪詛罷退歸長門宮嫖匹妙切聞蜀郡成都司馬相如天下工爲文奉黃金百斤爲相如文君取酒漢書曰卓氏女文君既奔相如相如與俱之臨邛賣酒舍文君當壚相如身自滌器於市因于解悲愁之辭鄭玄儀禮注曰于爲也而相如爲文以悟主上說文曰悟覺也陳皇后復得親幸字林曰幸吉而免凶也其辭曰

夫何一佳人兮步逍遙以自虞神女賦曰夫何神女之妖麗何休公羊傳注曰據疑問不知者曰何佳人謂陳皇后也楚辭曰聞佳人兮召予說文曰佳善也廣雅曰佳好也爾雅曰虞度也郭璞曰謂測度也言忖所爲被退在長門宮之事

魂踰佚而不反兮形枯槁而獨居 言精魂踰佚形體枯槁悲悴之甚也蒼頡篇曰佚揚也楚辭曰神儵忽而不反兮形枯槁而獨留槁古老切 言我朝往而暮來兮飲食樂而忘人 言我武帝也言帝昔許朝往暮來幸臨於己今以飲食恣樂而忘於爲人人后自謂也 心慊移而不省故兮交得意而相親 鄭玄周禮注曰慊絶也言帝心絶移不省故舊交在得意相親而已慊字或從火非爾雅曰省察也慊理兼切 伊予志之慢愚兮懷貞慤之懽心 蒼頡篇曰懷抱也說文曰慤謹也鄭玄禮記注曰慤愿也空角切 願賜問而自進兮得尚君之玉音 願君問己因而自進也尚猶奉也毛詩曰無金玉爾音 奉虛言而望誠兮期城南之離宮 言奉君虛言而望爲誠實離宮卽長門宮也在城南 脩薄具而自設兮君曾不肯乎幸臨 薄具肴饌也史記曰臨親也 廓獨潛而專精兮天漂漂而疾風 楚辭曰悲愁窮慼兮獨處廓禮記曰祥而廓然鄭玄曰憂悼在心之貌 登蘭臺而遙望兮神怳怳而外淫 王逸楚辭注曰怳失意也又曰不安之意也韓子曰神不淫放則身全廣雅曰淫游也蘭臺臺名 浮雲鬱而四塞兮天窈窈而晝陰 毛萇詩傳曰鬱積也楚辭曰日窈冥兮羌晝晦說文曰窈深遠也 雷殷殷而響起兮聲象君之車音 言似君之車音也毛詩曰殷其雷殷音隱 飄風迴而起閨兮舉帷幄之襜襜 楚辭曰裳襜襜以含風王逸曰襜襜搖貌 桂樹交而相紛兮芳酷烈之誾誾 酷烈誾誾香氣盛也誾魚斤切 孔

雀集而相存兮玄猨嘯而長吟說文曰存恤問也翡翠脅翼而來萃兮鸞鳳翔而北南脅斂也萃集也心憑噫而不舒兮邪氣壯而攻中憑噫氣滿貌字林曰噫飽出息也乙戒切管子曰邪氣襲內玉色乃衰攻中言攻其中心下蘭臺而周覽兮步從容於深宮好色賦曰周覽九土尚書曰從容以和正殿塊以造天兮鬱並起而穹崇孔安國尚書傳曰造至也郭璞方言注曰鬱壯大也穹崇高貌閒徙倚於東廂兮觀夫靡靡而無窮高誘呂氏春秋注曰閒頃也謂下蘭臺少頃也郭璞方言注曰靡靡細好也擠玉戶以撼金鋪兮聲噌吰而似鍾音字林曰擠排也子計切說文曰撼搖也胡感切金鋪以金爲鋪首也噌吰聲也噌音曾吰音宏刻木蘭以爲榱兮飾文杏以爲梁木蘭似桂木文杏亦木名羅丰茸之遊樹兮離樓梧而相撐丰茸衆飾貌遊樹浮柱也離樓攢聚衆木貌漢書音義臣瓚曰邪柱爲梧字林曰撐柱也直庚切施瑰木之欂櫨兮委參差以槺梁方言曰櫨拱也言以瑰奇之木以爲欂櫨委積參差以承虛梁說文曰欂櫨柱上枅也方言曰㝩虛也㝩與槺同音康時仿佛以物類兮象積石之將將楚辭曰時仿佛而不見心淳熱其若湯說文曰髣髴見不審諟也尚書曰導河積石將七羊切五色炫以相曜兮爛耀耀而成光埤蒼曰炫光貌廣雅曰曜照也賈逵國語注曰耀明也緻錯石之瓴甓兮象瑇瑁之文章鄭玄禮記注曰緻密也錯石雜衆石也言累衆石令之密緻以爲瓴

甓采色閒雜象瑇瑁之文章也爾雅曰瓴甋謂之甓郭璞注曰今江東呼甓爲甗甎張羅綺之幔帷兮垂楚組之連綱尚書曰荊州厥篚玄纁璣組孔安國曰組綬類也周禮曰幕人掌帷綬之事鄭司農注曰組綬所以繫帷也撫柱楣以從容兮覽曲臺之央央爾雅曰楣謂之梁三輔黃圖曰未央東有曲臺殿央央廣貌白鶴噭以哀號兮孤雌跱於枯楊廣雅曰噭鳴也日黃昏而望絕兮悵獨託於空堂說文曰悵望恨也懸明月以自照兮徂清夜於洞房楚辭曰姱容脩態亙洞房援雅琴以變調兮奏愁思之不可長宋玉風賦曰援琴而鼓之七略曰雅琴琴之言禁也雅之言正也君子守正以自禁也賈逵國語注曰援引也案流徵以卻轉兮聲幼妙而復揚宋玉笛賦曰吟清商追流徵幼音要貫歷覽其中操兮意慷慨而自卬言依曲次第貫穿而歷覽之志其中操也中操操之中也論語曰吾道一以貫之琴道曰琴有伯夷之操窮則獨善其身不失其操故謂之操自卬激厲也漢書王章妻謂章曰不自激卬如淳注曰激厲抗揚之意也卬五郎切左右悲而垂淚兮涕流離而從橫自眼出曰涕流離涕垂貌舒息悒而增欷兮蹝履起而彷徨息歎息也悒於悒也楚辭曰憯悽增欷蒼頡篇曰欷泣餘聲也臣瓚漢書注曰躡跟爲跕挂跕爲躧說文曰蹝履也一曰鞮屬鞮革履也蒼頡篇曰躧徐行貌蹝與躧音義同揄長袂以自翳兮數昔日之諐殃說文曰揄引也爾雅曰諐過也殃咎也無面目之可顯兮遂頹思而就牀廣雅曰頹

壞也言壞其思慮而就牀摶芬若以爲枕兮席荃蘭而茝香芬若荃蘭皆香草也言以爲枕席冀君來
而幸臨也廣雅曰摶著也段丸切忽寢寐而夢想兮魄若君之在旁琴操聶政之妻曰聶政出遊七
年不歸吾常夢想思見之惕寤覺而無見兮魂迋迋若有亡迋迋恐懼之貌狂往切楚辭曰魂迋迋而
南行王逸曰迋迋惶遽貌莊子曰君惝然若有亡衆雞鳴而愁予兮起視月之精光楚辭曰目眇眇
兮愁予觀衆星之行列兮畢昴出於東方言將曉也淮南子曰西方其星昴畢今出東方謂五月六
月也爾雅曰噣謂之畢又曰大梁昴也望中庭之藹藹兮若季秋之降霜藹藹月光微闇之貌禮記
曰季秋之月霜始降夜曼曼其若歲兮懷鬱鬱其不可再更楚辭曰終長夜之曼曼又曰望孟夏
之短夜何明晦之若歲曼曼長也一作漫漫又曰心鬱鬱之憂思兮獨永歎而增傷鄭玄周禮注曰鬱不舒散也越絕書計倪曰會稽之
飢不可再更更歷也澹偃蹇而待曙兮荒亭亭而復明說文曰澹搖也李奇曰澹猶動也偃蹇佇立貌
也楚辭曰思不眠而極曙王逸曰曙明也莊子廣成子謂黃帝曰自汝治天下日月之光益以荒矣然荒欲明貌亭亭遠貌一云將至之
意妾人竊自悲兮究年歲而不敢忘管子婦對桓公曰妾人聞之非有內憂必有外患不敢忘不敢
忘君也

思舊賦一首并序

向子期臧榮緒晉書曰向秀字子期河內懷人也始有不羈之志與嵇康呂安友康既被誅秀應本州計入洛太祖問曰聞有箕山之志何以在此秀曰以爲巢許未達堯心是以來見反自役作思舊賦後爲黃門郎卒

余與嵇康呂安居止接近臧榮緒晉書曰嵇康爲竹林之遊預其流者向秀劉靈之徒呂安字仲悌東平人也其人並有不羈之才鄒陽上梁孝王書曰使不羈之士與牛驥同皁然嵇志遠而疏呂心曠而放其後各以事見法干寶晉書曰嵇康譙人呂安東平人與阮籍山濤及兄巽友善康有潛遯之志不能被褐懷寶矜才而上人安巽庶弟俊才妻美巽使婦人醉而幸之醜惡發露巽病之告安謗己巽於鍾會有寵太祖遂徙安邊郡遺書與康昔李叟入秦及關而歎云云太祖惡之追收下獄康理之俱死魏氏春秋曰康寓居河內之山陽鍾會爲大將軍所昵聞而造之乘肥衣輕賓從如雲康方箕踞而鍛會至不爲禮會深恨之康與東平呂昭子巽友弟安親善會巽婬安妻徐氏而誣安不孝囚之安引康爲證義不負心保明其事安亦至烈有濟世志鍾會勸大將軍因此除之殺安及康康臨刑自援琴而鼓既而曰雅音於是絕矣時人莫不哀之說文曰法刑也嵇博綜技藝於絲竹特妙王肅周易注曰綜理事也臨當就命顧視日影索琴而彈之國語曰先人就世方言曰就終也文士傳曰嵇康臨死顏色不變謂兄曰向以琴來不兄曰已來康取調之爲太平引曲成歎息曰太平引絕於今日邪康別傳臨終曰袁尼嘗從吾學廣陵散吾每靳固之不與廣陵散於今絕矣就死命也曹嘉之晉紀曰康刑於東市顧日影援琴而彈

余逝將西邁經其舊廬言昔逝將西邁今返經其舊廬毛詩曰逝將去

汝于時日薄虞淵寒冰凄然淮南子曰日入于虞淵之汜凄泠也鄰人有吹笛者發聲寥亮追思曩昔遊宴之好感音而歎故作賦云

將命適於遠京兮遂旋反而北徂論語曰將命者出鄭玄曰將命傳辭者鄭玄毛詩箋曰將奉也徂行也毛詩曰不能旋反爾雅曰適往也濟黃河以汎舟兮經山陽之舊居國語曰秦汎舟於河漢書河內郡有山陽縣瞻曠野之蕭條兮息余駕乎城隅西都賦曰原野蕭條列子曰孔子自衞反魯息駕乎河梁毛詩曰俟我乎城隅踐二子之遺跡兮歷窮巷之空廬二子謂呂安嵇康也風賦曰起於窮巷之閒歎黍離之愍周兮悲麥秀於殷墟毛詩序黍離閔宗周也周大夫行役過故宗周見周墟盡爲禾黍故歌黍離之詩毛詩正義曰過故宗廟宮室盡爲禾黍又方禾黍油油尚書大傳曰微子將朝周過殷之故墟見麥秀之蕲蕲此父母之國志動心悲作雅聲曰麥秀漸兮黍禾蠅蠅彼狡僮兮不我好惟古昔以懷今兮心徘徊以躊躇方言曰惟思也說文曰懷念也韓詩曰搔首躊躇棟宇存而弗毀兮形神逝其焉如家語孔子謂魯哀公曰君仰視榱桷其器皆存而不覩其人也孔安國尚書傳曰如往也昔李斯之受罪兮歎黃犬而長吟史記曰李斯者楚上蔡人也年少時爲郡小吏見吏舍厠中鼠食不絜近人犬數驚恐之斯入倉觀倉中鼠食積粟居大廡下不見人犬之憂斯乃歎曰人之賢不肖譬如鼠矣在所自處耳乃從荀卿學帝王之術已成度楚王不足事六國皆弱無可爲建功者欲西入

秦辭卿曰今秦王欲吞天下此布衣馳騖之時而遊說者之秋也故斯將說秦矣乃拜斯爲客卿卒用其計謀官至廷尉二十餘年竟并天下以斯爲丞相二世立用趙高之言以屬中郎令趙高按治斯斯居囹圄中仰天歎曰嗟乎不道之君何可爲計哉今反者已有天下之半而心未寤而以趙高爲佐吾必見寇至咸陽趙高治斯榜掠千餘不勝痛自誣服斯所以不死自負其辯有功實無心反二世乃具斯五刑論要斬咸陽斯出獄與其中子三川守由俱執顧謂其子曰吾欲與若復牽黄犬出上蔡東門逐狡兎豈可得乎遂父子相哭夷三族拜高爲中丞相事無大小輒決於高

悼嵇生之永辭兮顧日影而彈琴託運遇於領會兮寄餘命於寸陰運遇五行運轉遇人所遇之吉凶也領會冥理相會也鄭玄禮記注曰領理也司馬彪曰領會言人運命如衣領之相交會或合或開淮南子曰聖人不貴尺之璧而重寸之陰時難得而易失也聽鳴笛之慷慨兮妙聲絶而復尋洞簫賦曰其妙聲則清淨猒應長門賦曰聲幼妙而復揚佇駕言其將邁兮遂援翰而寫心言駕將邁遂停不行毛詩曰駕言出遊廣雅曰將欲也胡廣弔夷齊文曰援翰錄弔以舒懷兮毛詩曰我心寫兮

歎逝賦一首 并序

陸士衡 王隱晉書曰陸機字士衡吳郡人也少爲牙門將軍吳平太傅楊駿辟爲祭酒轉太子洗馬後成都王穎以機爲司馬參大將軍軍事遂爲穎所害臨刑年四十有三歎逝者謂嗟逝者往也言日月流邁人世過往傷歎此事而作賦焉

昔每聞長老追計平生同時親故論語曰久要不忘平生之言孔安國曰平生少時也或凋落已盡或僅有存者何休曰僅方也賈逵國語注曰僅猶言纔能也余年方四十而懿親戚屬亡多存寡左氏傳富辰曰兄弟雖有小忿不廢懿親昵交密友亦不半在爾雅曰昵近也孫林曰親之近也長笛賦曰密友近賓或所曾共遊一塗同宴一室十年之外索然已盡索盡貌以是思哀哀可知矣家語孔子謂哀公曰君以此思哀則哀可知矣乃作賦曰

伊天地之運流紛升降而相襲伊惟也升降謂天地氣上下也禮記曰地氣上齊天氣下降而百化興焉鄭玄曰齊讀曰躋躋升也孔安國尚書傳曰襲因也日望空以駿驅節循虛而警立警猶驚也言日月望空駿驅而去時節循虛驚動而立嗟人生之短期孰長年之能執能執言不能執持得長年也素問雷公曰請問短期黃帝曰在經論中管子曰導血氣而求長年時飄忽其不再老晼晚其將及楚辭曰時不可兮再得思玄賦曰辰倏忽其不再楚辭曰白日晼晚其將入晼晚言日將暮也懟瓊蘂之無徵恨朝霞之難挹字林曰懟怨也西京賦曰屑瓊蘂以朝飱必性命之可度楚辭曰漱正陽而含朝霞毛萇詩傳曰挹㪺也挹音揖㪺音俱望湯谷以企予惜此景之屢戢山海經曰湯谷上於扶桑一日方至一日方出郭璞曰上於扶桑在上也一日至一日出言交會相代也毛詩曰誰謂宋遠跂予望之鄭玄曰跂足則可望見之企與跂同字林曰企舉踵也賈逵國語注曰惜痛也戢

藏也悲夫川閱水以成川水滔滔而日度高誘淮南子注曰閱揔也毛詩曰滔滔江漢世閱
人而爲世人冉冉而行暮夫世之得名緣於君上人之父子相繼亦取其名故以一代之人通呼爲世暮言人
之年老也楚辭曰老冉冉而適絶廣雅曰冉冉進也人何世而弗新世何人之能故言皆滅亡而不能故
野每春其必華草無朝而遺露野每春其必華喻人何世而弗新草無朝而遺露喻世何人之能故夫露
之在草無一朝有餘以喻人之居世無一時而能故也王逸楚辭注曰遺餘也經終古而常然率品物其如
素楚辭曰長無絶兮終古周易曰品物咸亨鄭玄禮記注曰素故也譬日及之在條恒雖盡而弗寤
言命之行逝譬乎日及雖至於盡而不能寤爾雅曰根木槿櫬木槿郭璞注曰别二名似李樹華朝生夕隕可食或呼爲日及一曰王蒸
潘岳朝菌賦曰朝菌者世謂之木槿或謂之日及雖不寤其可悲心惆焉而自傷廣雅曰惆痛也亮
造化之若兹吾安取夫久長爾雅曰亮信也淮南子曰大丈夫無爲與造化逍遥痛靈根之夙
隕怨具爾之多喪靈根祖禰也具爾兄弟也南都賦曰固靈根於夏葉毛詩曰戚戚兄弟莫遠具爾箋曰莫無也具猶
俱也爾謂進之也王與族人燕兄弟之親無遠無近王俱揖而進之悼堂構之隤瘁愍城闕之丘荒尚書
曰厥子乃弗肯堂矧肯構猶毁也毛詩曰在城闕兮親彌懿其已逝交何戚而不忘咨余今
之方殆何視天之芒芒爾雅曰咨嗟也芒芒猶夢夢也毛詩曰民今方殆視天夢夢鄭玄曰夢夢亂也爾雅曰殆

也傷懷悽其多念戚貌瘁而尠歡蒼頡篇曰瘁憂也瘁與悴古字通爾雅曰尠少也幽情發
而成緒滯思叩而興端舞賦曰幽情形而外揚慘此世之無樂詠在昔而為言
毛詩曰自古在昔居充堂而衍宇行連駕而比軒彌年時其詎幾夫何往而
不殘充滿於堂盈衍於宇何往而不殘殘毀也爾雅曰彌終也或冥邈而既盡或寥廓而僅半半平
聲協韻說文曰冥窈也廣雅曰寥深也廓空也信松茂而栢悅嗟芝焚而蕙歎毛詩曰如松之茂淮南子
曰巫山之上順風縱火紫芝與蕭艾俱死栢悅蕙歎蓋以自喻苟性命之弗殊豈同波而異瀾言人之性
命脆促不殊譬水同波而無異瀾也瞻前軌之既覆知此路之良難此路即死路也晏子春秋曰前車覆
後車戒啓四體而深悼懼茲形之將然論語曰曾子有疾召門弟子曰啓予足啓予手毒娛情
而寡方怨感目之多顏廣雅曰毒痛也歸田賦曰聊以娛情方術也多顏謂亡者既多而非一狀也目思往沒之
人多在顏也諒多顏之感目神何適而獲怡爾雅曰怡樂也尋平生於響像覽前
物而懷之夫響以應聲像以寫形今形聲既亡故尋其響像魯靈光殿賦曰忽縹眇以響像步寒林以悽惻
翫春翹而有思翹茂盛貌毛詩曰翹翹錯薪觸萬類以生悲歎同節而異時言春秋與
往同然存亡異時河圖曰地有九州以包萬類魏文帝與吳質書曰節同時異年彌往而念廣塗薄暮而意

迮楚辭曰年洋洋而日往史記伍子胥曰日暮塗遠故倒行而逆施之聲類曰迮迫也阻格切親落落而日稀友靡靡而愈索落落稀貌靡靡盡貌索協韻所格切顧舊要於遺存得十一於千百舊要猶久要也遺餘也言顧久要於遺存之中得十一於千百之內十一者謂通千百而計之十分而得其一言亡多而存寡也久要已見上注樂隤心其如忘哀緣情而來宅忘失也宅居也言樂易失而哀易託居也薛君韓詩章句曰隤猶遺也末契於後生余將老而爲客言我將欲老死與汝爲客也說文曰契約也論語子曰後生可畏古詩曰人生天地閒忽如遠行客然後弭節安懷妙思天造楚辭曰夕弭節于北渚王逸曰弭安也論衡曰孔子作春秋妙思自出胸中周易曰天造草昧精浮神淪忽在世表表外也言精神不定世表在世之表也寤大暮之同寐何矜晚以怨早寤覺也大暮猶長夜也原夫生死之理雖則長短有殊終則同歸一揆言覺斯理則晚死者何足矜早夭者何傷也繆熙伯挽歌曰大暮安可晨寐猶死也古詩曰潛寐黃泉下指彼日之方除豈茲情之足攬言既寤之則彼死日之方除豈能亂我情乎言不足亂也毛詩曰日月其除又曰秖攪予心毛萇曰攪亂也感秋華於衰木瘁零露於豐草在殷憂而弗違夫何云乎識道言達人之志混齊死生今反感木衰之秋華悲豐草之零露是乃在殷憂而不去何云識道乎言未識也毛詩曰零露團兮又曰在彼豐草韓詩曰耿耿不寐如有殷憂毛萇曰違去也法言曰委大聖而好乎諸子者惡覩其識道也殷深也將頤天地之大德遺聖人之

洪寶言將養生而遺榮也爾雅曰頤養也遺棄也周易曰天地之大德曰生聖人之大寶曰位解心累於末迹聊
優遊以娛老末迹喻老言解世俗之心累於末聊優遊卒歲以娛老年莊子曰解心之繆去德之累容動色治氣意六者繆
心者也惡欲喜怒哀樂六者累德者也累猶負也優遊已見上文班固漢書述曰疏克有終散金娛老

懷舊賦一首并序懷舊賦者懷思也謂思於親舊而賦之也　潘安仁

余十二而獲見于父友東武戴侯楊君臧榮緒晉書曰岳父芘琅邪內史潘岳楊肇碑曰肇字秀
初滎陽人封東武伯薨謚曰戴芘音毗始見知名遂申之以婚姻言岳有名譽為肇所知漢書曰官皇帝知
名者賈獮之山公表注曰楊肇女適潘岳左氏傳晉呂相絕秦曰相好勠力同心申之以婚姻爾雅曰壻之父母相謂為昏姻而道
元公嗣亦隆世親之愛賈獮之山公表注曰肇生潭字道元太中大夫次韶字公嗣射聲司馬臣松之注魏志引
劉曄傳曰楊暨字肇晉荊州刺史子譚字道源次韶字公嗣不幸短命父子凋殞論語哀公問孔子弟子孰為好
學孔子曰有顏回者不幸短命死矣今也則亡余既有私艱且尋役于外私艱謂家難也毛詩曰未堪家多難
余又集于蓼尋役謂之任也王充論衡曰充罷州役不歷嵩丘之山者九年于茲矣陸機洛陽記曰嵩高
在洛陽東南五十里今而經焉慨然懷舊而賦之曰啓開陽而朝邁濟清洛以
逕渡洛陽記曰大輿在開陽門外應劭漢官儀曰開陽門始成未有名夜有一柱來樓上琅邪開陽縣上言南門一柱飛去光武使

視之因刻記其年月日以名門焉楚辭曰不能復陵波以徑渡晨風淒以激冷夕雪暠以掩路埤蒼曰暠
白也掩覆也轍含冰以滅軌水漸軔以凝沍顏延年纂要解曰車跡曰軌車輪謂之軔王逸楚辭注曰
軔支輪木也廣雅曰漸漬也字林曰凝氷也杜預曰沍閉也塗艱屯其難進日晼晚而將暮周易曰屯
難楚辭曰白日晼晚其將暮仰睎歸雲俯鏡泉流傅毅七激曰仰歸雲遡游風西都賦曰鏡清流前瞻太
室傍眺嵩丘山海經曰太室之山郭璞曰即中嶽嵩高山也今在陽城縣西漢書曰太室嵩高也戴延之西征記曰嵩高中
嶽也東謂太室西謂少室揔名嵩也小說曰昔傅亮北征在河中流或人問之曰潘安仁作懷舊賦曰前瞻太室傍眺嵩丘太室一
山何云前瞻傍眺哉亮對曰有嵩丘山去太室七十里此是寫書誤耳河南郡圖經曰嵩丘在縣西南十五里東武託焉建
塋啓疇如淳漢書注曰塋冢田也賈逵國語注曰一井爲疇巖巖雙表列列行楸崔豹古今注曰堯設誹謗
之木今華表也以横木交柱頭古人亦施之於墓爾雅曰槚大而皵楸郭璞曰老乃皮麤皵者爲楸望彼楸矣感于予
思尚書曰予思曰孜孜既興慕於戴侯亦悼元而哀嗣壙壘壘而接壟栢森森
以攢植古樂府詩曰還望故鄉鬱何壘壘廣雅曰壘重也說文曰壟丘也仲長子昌言曰古之葬植松柏梧桐以識其壙鄭玄周禮
注曰植根生之屬森森一作榛榛壘平聲何逝沒之相尋曾舊草之未異禮記曰朋友之墓有宿草而不
哭焉鄭玄曰宿草陳根余總角而獲見承戴侯之清塵毛詩曰總角丱兮孔安國尚書傳曰承奉也楚

辭曰聞赤松之清塵名余以國士眷余以嘉姻史記豫讓曰智伯以國士遇我我故以國士報之自祖
考而隆好逮二子而世親歡攜手以偕老庶報德之有鄰毛詩曰君子偕老家
語孔子曰詩云皇皇上帝其命不忒天之與人必報有德論語孔子曰德不孤必有鄰今九載而一來空館闃
其無人周易曰闚其戶闃其無人埤蒼曰闃靜也陳荄被于堂除舊圃化而為薪鄭玄禮記注曰
宿草陳根也方言曰荄根也音皆說文曰除殿階也步庭廡以徘徊涕泫流而霑巾說文曰廡堂下周屋
禮記曰孔子泫然流涕張平子四愁詩曰側身北望涕霑巾泫胡犬切宵展轉而不寐驟長歎以達晨
毛詩曰展轉伏枕漢書曰劉向或夜觀星宿不寐達曰獨鬱結其誰語聊綴思於斯文楚辭曰遭沈濁
而汚穢兮獨鬱結其誰語

寡婦賦一首并序寡婦者任子咸之妻也子咸死安仁序其寡孤之意故有賦焉少而無夫曰寡

潘安仁

樂安任子咸賈弼之山公表注曰任護字子咸奉車都尉有韜世之量與余少而歡焉廣雅
曰韜藏也言度之大包藏一世也雖兄弟之愛無以加也范曄後漢書曰姜肱與二弟仲海季江友愛天至
不幸弱冠而終不幸弱冠並已見上良友既沒何痛如之毛詩曰伐木丁丁鳥鳴嚶嚶雖有兄弟不

如友生孫卿子曰夫人必將擇良友而友之其妻又吾姨也賈琊之山公表注曰楊肇女子適任護爾雅曰妻之姊妹同出爲姨郭璞曰同出謂俱已嫁也毛詩曰邢侯之姨左氏傳曰蔡哀侯娶於陳息侯亦娶焉息嬀將歸過蔡蔡侯曰是吾姨也杜預注曰妻之姊妹曰姨少喪父母適人而所天又殞家語曰女年十五有適人之道適謂往嫁也杜預左氏傳注曰婦人在室則父天出則夫天喪服傳曰父者子之天夫者婦之天蔡伯喈女賦曰當三春之嘉月將言歸於所天孤女藐焉始孩潘岳集任澤蘭哀辭曰澤蘭者任子咸之女也涉三齡未沒喪而殞余聞而悲之遂爲其母辭左氏傳晉獻公使荀息傅奚齊公疾召之曰以是藐諸孤辱大夫其若之何注曰言其幼稚與諸子縣藐廣雅曰藐小也字林曰小兒笑也孟子孩提之童無不知愛其親者趙岐曰孩提謂二三歲之閒始孩笑可提抱者禮記內則曰子生三月孩而名斯亦生民之至艱而荼毒之極哀也尚書曰不忍荼毒孔安國曰荼毒苦也昔阮瑀既歿魏文悼之並命知舊作寡婦之賦魏文帝寡婦賦序曰陳留阮元瑜與余有舊薄命早亡故作斯賦以敘其妻子悲苦之情命王粲等並作之余遂擬之以敘其孤寡之心焉其辭曰

嗟予生之不造兮哀天難之匪忱毛詩曰閔予小子遭家不造天難匪忱言天行禍難不由誠信也爾雅曰忱信也少伶傳而偏孤兮痛忉怛以摧心伶傳單子貌偏孤謂喪父也古猛虎行曰少年惶且怖伶傳到他鄉伶力丁切傳匹成切毛詩曰勞心忉忉又曰勞心怛怛毛萇曰忉忉憂勞也又怛怛猶忉忉也覽寒泉之遺

歎兮詠蓼莪之餘音寒泉謂母存也蓼莪謂父母俱亡也毛詩曰爰有寒泉在浚之下有子七人母氏勞苦又曰蓼蓼者莪匪莪伊蒿哀哀父母生我劬勞蓼音陸莪音俄情長感以永慕兮思彌遠而逾深長笛賦曰長感感不能閑居兮曹子建應詔詩曰長懷永慕伊女子之有行兮爰奉嬪於高族毛詩曰女子有行遠父母兄弟箋曰行道也婦人生而有適人之道尚書曰嬪于虞孔安國曰奉行婦道於虞氏承慶雲之光覆兮荷君子之惠渥慶雲喻父母也史記曰若煙非煙若雲非雲郁郁紛紛蕭索輪囷是謂慶雲楚辭注曰慶雲喻尊顯君子謂夫也毛詩曰既見君子不我遐棄詩傳曰渥厚也顧葛藟之蔓延兮託微莖於樛木葛藟二草名也言二草之託樛木喻婦人之託夫家也毛詩曰南有樛木葛藟纍之毛萇曰木下曲曰樛纍猶蔓也藟力水切樛居虯切纍力追切懼身輕而施重兮若履冰而臨谷曹植鸚鵡賦曰怨身輕而施重恐往惠之中虧丁儀妻寡婦賦曰恐施厚而德薄若履冰而臨淵毛詩曰惴惴小心如臨于谷又曰戰戰兢兢如履薄冰遵義方之明訓兮憲女史之典戒蔡邕袁公夫人碑曰義方之訓如川之流毛萇詩傳曰古者后夫人必有女史奉蒸嘗以效順兮供洒掃以彌載禮記曰天子諸侯宗廟之祭春礿夏禘秋嘗冬蒸又曰女於大夫曰備掃灑毛萇詩傳曰灑掃也又曰教成之祭牲用魚芼之以蘋藻所以成婦順也毛萇詩傳曰洒灑同班婕妤自傷賦曰供灑掃於帷幄永終死以為期爾雅曰彌終也彼詩人之攸歎兮徒願言而心痗毛詩曰願言思伯使我心痗毛萇傳曰痗病也音妹何遭命之奇薄

兮遘天禍之未悔魏文帝善哉行曰自惜薄少離凶殃爾雅曰遘遇也言夫之早隕者遇天未悔禍之時言天降禍

于己未有悛悔之心也左氏傳曰天其悔禍于我榮華曄其始茂兮良人忽以捐背丁儀妻寡婦賦

曰榮華曄其始茂所將奄其俱泯楚辭曰及榮華之未落王逸曰榮華喻顏色也孟子曰齊人有一妻一妾而處室者其良人出必猒酒

肉而後反劉熙曰婦人稱夫曰良人孔安國曰捐棄也靜闔門以窮居兮塊煢獨而靡依丁儀妻寡

婦賦曰靜閉門以卻掃塊孤惸以窮居易錦茵以苫席兮代羅幬以素帷丁儀妻寡婦賦曰刷朱闕

以白堊易玄帳以素幬桓子新論曰吾謂楊子曰君數見乘輿錦繡茵席禮記曰父母之喪寢苫枕塊爾雅曰蓋謂之苫注茅苫也江東

呼為蓋楚辭曰翡阿拂壁羅幬張爾雅曰幬謂之帳纂要曰在上曰帳在旁曰帷單帳曰幬幬丈尤切命阿保而就列

兮覽巾箑以舒悲列女傳曰齊孝孟姬曰后妃下堂必從傅母保阿就列就其房列之位也箑扇也口嗚咽

以失聲兮淚橫迸而霑衣韓詩外傳曰嗚歎聲也毛萇詩傳曰咽憂不能息也家語曰公父文伯卒其妻妾行

哭失聲丁儀妻寡婦賦曰涕流迸以淋浪字書曰迸散走也波諍切愁煩冤其誰告兮提孤孩於坐側

誰告言告誰也丁儀妻寡婦賦曰含慘悴其何訴抱弱子以自慰時王粲寡婦賦曰提孤孩兮出戶與之步兮東箱坐側靈坐之側也

曖曖而向昏兮日杳杳而西匿楚辭曰時曖曖其將罷王逸曰曖曖昏昧貌楚辭曰日杳杳而西頹丁儀

妻寡婦賦曰時翳翳而稍陰日亹亹以西墜曹植贈白馬王詩曰白日忽西匿雀羣飛而赴楹兮雞登棲而

斂翼秦嘉贈婦詩曰啾啾雞雀羣飛赴楹丁儀妻寡婦賦曰雞斂翼以登棲雀分散以赴羣爾雅曰雞棲於弋爲榤鑿垣而棲爲塒
棲雞宿處歸空館而自怜兮撫衾裯以歎息楚辭曰私自怜兮何極毛詩曰抱衾與裯實命不猶毛萇
詩傳曰衾被也裯單被也思纏綿以瞀亂兮心摧傷以愴惻張昇與任彥堅書曰纏緜恩好庶蹈高蹤
楚辭曰中瞀亂兮迷惑又曰心悶瞀之屯屯王逸曰瞀亂也瞀莫遘切曜靈曄而遄邁兮四節運而推
移楚辭曰耀靈曄而西征廣雅曰曜靈日也易乾鑿度孔子曰天有春秋冬夏之節故主四時顏延年曰春夏秋冬曰四時時名一節
故言四時遄速也古厤九秋篇曰寒暑推移遄速也天凝露以降霜兮木落葉而隕枝毛萇詩傳曰隕
墜也仰神宇之寥寥兮瞻靈衣之披披曹植九詠曰葛蔓滋兮肓神宇廣雅曰寥深也空廓寥廓也楚
辭曰靈衣兮披披退幽悲於堂隅兮進獨拜於牀垂楚辭曰日暮黃昏羌幽悲王粲神女賦曰登筵
對兮倚牀垂耳傾想於疇昔兮目仿佛乎平素左氏傳羊斟曰疇昔之羊子爲政杜預曰疇昔猶前
日也楚辭曰時髣髴以遙見曹植任城王誄曰目想宮城心存平素字林曰仿相似也佛不審也素昔也言平生昔日之時也雖冥
冥而罔覿兮猶依依以憑附冥冥幽昧也蘇武詩曰胡馬失其羣思心常依依依依思戀之貌小雅曰憑依
也痛存亡之殊制兮將遷神而安厝丁儀妻寡婦賦曰痛存亡之異路將遷靈以大行厝置也孝經
曰卜其宅兆而安厝之龍轜儼其星駕兮飛旐翩以啟路丁儀妻寡婦賦曰駕龍轜於門側旐繽紛

以飛揚爾雅曰緇廣充幅長尋曰旐禮記有龍輴鄭玄注曰龍輴畫轅爲龍也說文曰輴喪車也音而毛詩曰星言夙駕禮記曰孔子之喪公西爲志焉設旐夏也然旐喪柩之旌也爾雅曰廣幅曰旐凶旛卽今之旐旐楚辭曰前飛廉以啓路輪按軌以徐進兮馬悲鳴而跼顧李陵詩曰轅馬顧悲鳴楚辭曰僕夫悲余懷兮馬蹉局而不行局與跼古字並通渠足切潛靈邈其不反兮殷憂結而靡訴殷憂見上文毛詩曰心之憂矣如或結之靡訴言無所告訴也睎形影於几筵兮馳精爽於丘墓家語曰俯察机筵其器存而不覩其人說文曰睎望也廣雅曰睎視也左氏傳樂祁曰心之精爽是謂魂魄自仲秋而在疚兮踰履霜以踐冰丁儀妻寡婦賦曰自衛恤而在疚履春冬之四節韓詩曰惸惸余在疚凡人喪曰疚鄭玄毛詩箋曰在憂病之中周易曰履霜堅冰至雪霏霏而驟落兮風瀏瀏而夙興丁儀妻寡婦賦曰風蕭蕭而日勁雪翩翩以交零毛詩曰雨雪霏霏楚辭曰秋風瀏以蕭蕭王逸曰瀏風疾貌霤泠泠以夜下兮水溓溓以微凝丁儀妻寡婦賦曰霜凄凄而夜降水溓溓而晨結說文曰霤屋水流也又曰溓溓薄冰也力檢切意忽怳以遷越兮神一夕而九升老子曰惚兮怳兮其中有象楚辭曰惟郢路之遼遠魂一夕而九逝庶浸遠而哀降兮情惻惻而彌甚東觀漢記上賜東平王蒼書曰歲月騖過山陵浸遠願假夢以通靈兮目烱烱而不寢陳琳神女賦曰儀營魄於髣髴託嘉夢以通精楚辭曰夜烱烱而不寐烱公泠切夜漫漫以悠悠兮寒凄凄以凜凜夜漫漫已見上文楚辭曰去白日之

昭昭襲長夜之悠悠毛詩曰秋日淒淒說文曰凜凜寒也氣憤薄而乘胸兮涕交橫而流枕丁儀妻寡
婦賦曰氣憤薄而交縈撫素枕而歔欷長笛賦曰泣血泫然交橫而下亡魂逝而永遠兮時歲忽其遒
盡丁儀妻寡婦賦曰神爽緬其日永歲功忽其已成楚辭曰歲忽忽而遒盡毛萇詩傳曰遒終也廣雅曰遒忽也容貌儡以
頓顇兮左右悽其相愍家語曰儡乎若喪家之猶禮記曰喪容儡儡鄭玄曰儡儡羸貌鸚鵡曰容貌慘以顛顇丁儀
妻寡婦賦曰顧顏貌之𢇍𢇍對左右而掩涕洞簫賦曰桀跖鬻博儡頓顇說文曰儡敗也洛罪切𢇍普楹切感三良之殉
秦兮甘捐生而自引毛詩秦風曰黃鳥哀三良也國人刺穆公以人從死而作是詩左氏傳文公六年秦穆公卒以
子車氏之三子奄息仲行鍼虎爲殉皆秦之良也杜預曰以人從葬爲殉妻言願亦如三良死從於夫也自引自殺也漢書主簿謂王嘉
曰君侯宜引決鞠稚子於懷抱兮羌低徊而不忍王粲寡婦賦曰欲引刃以自裁顧弱子而復停史記
曰楚懷王稚子蘭毛詩曰母兮鞠我出入腹我毛萇曰鞠養也鄭玄曰腹懷抱也獨指景而心誓兮雖形存
而志隕韓詩曰謂余不信有如皎日楚辭曰辭靈脩而隕志重曰仰皇穹兮歎息私自憐兮何
極皇穹天也省微身兮孤弱顧稚子兮未識如涉川兮無梁若陵虛兮失
翼周易曰利涉大川楚辭曰江河廣而無梁丁儀妻寡婦賦曰烏淩虛以徘徊上瞻兮遺象下臨兮泉壤
象謂形像也以其已化故謂之遺也窈冥兮潛翳心存兮目想魏太祖祭橋玄文曰幽靈潛翳心存目想奉

虛坐兮肅清愬空宇兮曠朗（愬亦訴字）廓孤立兮顧影塊獨言兮聽響（楚辭曰廓抱影而獨倚丁儀妻寡婦賦曰賤妾煢煢顧影為儔）顧影兮傷摧聽響兮增哀遙逝兮逾遠緬邈兮長乖（國語聲子曰椒舉奔鄭緬然引領南望賈逵曰緬思貌也）四節流兮忽代序歲云暮兮日西頹（楚辭曰日月忽其不淹春與秋兮代序毛詩曰歲聿其暮古詩曰凜凜歲云暮說文曰頹墜也）霜被庭兮風入室夜既分兮星漢迴（韓子曰衛靈王濮水夜分而聞有鼓琴者魏文帝雜詩曰天漢迴西流）夢良人兮來遊若閶闔兮洞開（楚辭曰倚閶闔而望兮王逸曰閶闔天門）怛驚悟兮無聞超慟怳兮慟懷（方言曰怛痛也悟覺也莊子曰君憮然若有怳已見上文）慟懷兮奈何言陟兮山阿（爾雅曰大陵曰阿）墓門兮肅肅脩壟兮峨峨（毛詩曰墓門有棘方言曰無墳謂之墓秦晉之閒或謂冢為壟）孤鳥嚶兮悲鳴長松萋兮振柯（楚辭曰秋風兮蕭蕭舒芳兮振條廣雅曰振動也）哀鬱結兮交集淚橫流兮滂沲（楚辭曰鬱結紆軫兮又曰涕流交集班婕妤自傷賦曰雙淚下兮橫流毛詩曰涕泗滂沲）蹈恭姜兮明誓詠栢舟兮清歌（毛詩序曰柏舟共姜自誓也衛世子早死其妻守義父母欲奪而嫁之誓而不許）要吾君兮終歸骨兮山足存憑託兮餘華（班婕妤自傷賦曰願歸骨於山足依松柏之餘休）同穴之死矢兮靡佗（毛詩曰柏舟共姜自誓也衛世子共伯早死其妻守義父母欲奪而不許注共伯僖侯之世子）

也曹植文帝誄曰願投骨於山足報恩養於下庭毛詩曰穀則異室死則同穴又曰髧彼兩髦實維我儀之死矢靡佗毛萇曰矢誓也之至也言至己之死信無佗心

恨賦意謂古人不稱其情皆飲恨而死也

江文通劉璠梁典曰江淹字文通濟陽考城人祖耽丹陽令父康之南沙令淹少而沉敏六歲能屬詩及長愛奇尚異自以孤賤厲志篤學洎於强仕漸得聲譽嘗夢郭璞謂之曰君借我五色筆今可見還淹卽探懷以筆付璞自此以後材思稍減前後二集並行於世卒贈醴泉侯諡憲子宋桂陽王舉秀才齊興爲豫章王記室天監中爲金紫光祿大夫卒

試望平原蔓草縈骨拱木斂魂爾雅曰試用也毛詩曰野有蔓草左氏傳秦伯謂蹇叔曰中壽爾墓之木拱矣注兩手曰拱古蒿里歌曰蒿里誰家地聚斂魂魄無賢愚人生到此天道寧論於是僕本恨人心驚不已列女傳趙津吏女歌曰誅將加兮妾心驚直念古者伏恨而死至如秦帝按劍諸侯西馳說苑曰秦始皇帝太后不謹幸郎嫪毐茅焦上諫始皇按劍而坐戰國策蘇代曰伏軾而西馳削平天下同文共規禮記曰書同文車同軌華山爲城紫淵爲池過秦論曰踐華爲城因河爲池上林賦曰丹水更其南紫淵徑其北雄圖既溢武力未畢方架黿鼉以爲梁巡海右以送日鄭玄

毛詩箋曰方且也紀年曰周穆王三十七年伐紂大起九師東至一
于九江叱黿鼉以爲梁列子曰穆王駕八駿之乘乃西觀日所入
旦魂斷宮車晚出史記王稽謂范雎曰宮車一日晏駕是事之不可知三也韋昭曰凡初崩爲晏駕者臣子之心猶謂
宮車當駕而晚出風俗通曰天子夜寢早作故有萬機今忽崩隕則爲晏駕若乃趙王既虜遷於房陵淮南
子曰趙王遷流房陵思故鄉作山木之嘔聞者莫不隕涕高誘曰薄趙王張敖秦滅趙虜王遷徙房陵房陵在漢中山木之嘔歌曲也
暮心動昧旦神與楚辭曰薄暮雷電高唐賦曰使人心動左氏傳曰昧旦丕顯別豔姬與美女喪
金輿及玉乘杜預左氏傳注曰美色曰豔史記曰爲之金輿鏓衡以繁其飾玉乘玉輅也置酒欲飲悲來
塡膺漢書曰上置酒沛宮鄭玄禮記注曰塡滿也千秋萬歲爲怨難勝戰國策楚王謂安陵君曰寡人萬歲
千秋之後誰與樂此也至如李君降北名辱身冤漢書武帝天漢二年李陵爲騎都尉領步卒三千出居延
至浚稽山與匈奴相值戰敗弓矢並盡陵遂降孫卿子曰功廢而名辱社稷必危拔劍擊柱漢書曰漢高已併天下尊爲皇
帝羣臣飲爭功醉或妄呼拔劍擊柱弔影慚魂曹子建表曰形影相弔晏子春秋曰君子獨寢不慚於魂情往上郡
心留鴈門漢書有上郡鴈門郡並秦置裂帛繫書誓還漢恩漢書曰常惠教漢使者謂單于言天子射
上林中得鴈足有係帛書蘇武等在某澤中李陵書曰欲如前書之言報恩於國主耳朝露溘至握手何言漢書
李陵謂蘇武曰人生如朝露何久自苦如此楚辭曰寧溘死以流亡王逸曰溘奄也史記繆賢曰燕王私握臣手曰願結交潘岳邢夫人

誄曰臨命相決交腕握手若夫明妃去時仰天太息漢書元帝竟寧元年春正月呼韓邪單于來朝詔掖庭王嬙爲閼氏應劭曰王嬙王氏之女名嬙字昭君文穎曰本南郡人也琴操曰王昭君者齊國王襄女也年十七獻元帝會單于遣使請一女子帝謂後宮欲至單于者起昭君喟然而歎越席而起乃賜單于石崇曰王明君本爲王昭君以觸文帝諱改之戰國策曰樊於期仰天太息流涕紫臺稍遠關山無極紫臺猶紫宮也古樂府相和歌有度關山曲搖風忽起白日西匿爾雅曰飆颻謂之飈颻音扶颻與搖同登樓賦曰白日忽其西匿潘岳寡婦賦曰日杳杳而西匿隴鴈少飛代雲寡色漢書曰凡望雲氣勃碣海代之閒氣皆黑望君王兮何期終蕪絶兮異域鬻子曰君王欲緣五常之道而不失則可以長矣李陵書曰生爲異域之人至乃敬通見抵罷歸田里東觀漢記曰馮衍字敬通明帝以衍才過其實抑而不用漢書曰高后怨趙堯乃抵堯罪馮衍說陰就書曰衍冀先事自歸上書報歸田里漢書曰時多上書言便宜輒下蕭望之問狀下者或罷歸田里閉關卻掃塞門不仕司馬彪續漢書曰趙壹閉關却掃非德不交吳志曰張昭稱疾不朝孫權恨之土塞其門左對孺人顧弄稚子禮記曰天子之妃曰后大夫妻曰孺人稚子見寡婦賦脫略公卿跌宕文史杜預左氏傳注曰脫易也賈逵國語注曰略簡也楊雄自敘曰雄爲人跌宕齎志沒地長懷無已馮衍說陰就書曰懷抱不報齎恨入冥鸚鵡賦曰眷西路而長懷毛萇詩傳曰懷思也及夫中散下獄神氣激揚臧榮緒晉書曰嵇康拜中散大夫東平呂安家事繫獄亹閱之始安嘗以語康辭相證引遂復收康

王隱晉書曰嵇康妻魏武帝孫穆王林女也淮南子曰古之人神氣不蕩乎外漢書谷永上疏曰贊命之臣靡不激揚濁醪夕
引素琴晨張嵇康與山巨源書曰濁醪一盃彈琴一曲又贈秀才詩曰習習谷風吹我素琴秋日蕭索浮雲
無光鄭玄禮記注曰索散也鬱青霞之奇意入脩夜之不暘青霞奇意志言高也曹毗臨園賦曰
青霞曳於前阿素籟流於森管漢書武帝李夫人賦曰釋輿馬於山椒奄修夜之不暘張衡司徒呂公誄曰玄宅冥冥修夜彌長孔安國
尚書傳曰暘明也音陽或有孤臣危涕孽子墜心孟子曰孤臣孽子其操心也危其慮患也深登樓賦曰涕
橫墜而弟禁字林曰孽子庶子也然心當云危涕當云墜江氏愛奇故互文以見義遷客海上流戍隴陰漢書曰匈
奴乃徙蘇武北海上無人處使牧羝羊史記曰婁敬齊人也戍隴西此人但聞悲風汨起血下霑衿琴道
雍門周說孟嘗君曰幼無父母壯無妻子若此人者但聞秋風鳴條則傷心矣毛詩曰鼠思泣血尸子曰曾子每讀喪禮泣下霑衿亦
復含酸茹歎銷落湮沈廣雅曰茹食也又曰湮沒也銷猶散也若迺騎疊跡車屯軌此言
榮貴之子車騎之多也吳都賦曰躍馬疊跡楚辭曰屯余車其千乘王逸曰屯陳也黃塵帀地歌吹四起山陽公載
記曰賈詡鳴鼓雷震黃塵蔽天李陵書曰邊聲四起無不煙斷火絕閉骨泉裏煙斷火絕喻人之死也王充論
衡曰人之死也猶火之滅火滅而耀不照人死而智不慧已矣哉孔安國尚書傳曰已發端歎辭春草暮兮秋風
驚秋風罷兮春草生綺羅畢兮池館盡琴瑟滅兮丘壟平琴道雍門周曰高臺

既已傾曲池又已平墳墓生荆棘狐兎穴其中自古皆有死莫不飲恨而吞聲論語子曰自古皆有死穆天子傳七萃之士曰古有死生張奐與崔元始書曰匈奴若非其罪何肯吞聲

別賦

江文通

黯然銷魂者唯別而已矣黯失色將敗之貌言黯然魂將離散者唯別而然也夫人魂以守形魂散則形斃今別而散明恨深也說文曰黯深黑也楚辭曰魂魄離散家語孔子曰黯然而黑賈逵曰唯獨也況秦吳兮絕國復燕宋兮千里言秦吳燕宋四國川塗既遠別恨必深故舉以爲況也文子曰爲絕國殊俗立諸侯以教誨之或春苔兮始生乍秋風兮蹔起言此二時別恨逾切是以行子腸斷百感悽惻鮑昭東門行曰野風吹秋木行子心腸斷風蕭蕭而異響雲漫漫而奇色荆軻歌曰風蕭蕭兮易水寒尚書大傳帝唱曰卿雲爛兮體漫漫兮舟凝滯於水濱車逶遲於山側楚辭曰船容與而不進淹迴水以凝滯廣雅曰凝止也毛詩曰周道逶遲毛萇曰逶遲歷遠貌櫂容與而詎前馬寒鳴而不息楚辭曰檝齊揚以容與掩金觴而誰御橫玉柱而霑軾韋誕詩曰旨酒盈金觴清顏發朱華毛萇詩傳曰御進也論曰鼓琴者於絃設柱然琴有柱以玉爲之袁叔正情賦曰解蘊麝之芳衾陳玉柱之鳴箏楚辭曰涕潺湲兮霑軾居人愁臥怳若有亡鮑昭東門行曰居人掩閨臥莊子曰君惝然若有亡日下壁而沈彩月上軒而飛光軒檻版也見紅蘭

之受露望青楸之離霜巡曾楹而空揜撫錦幕而虛涼曾高也空息也揜掩涕也涼悲涼也典略曰衞夫人南子在錦帷中廣雅曰帷幙帳也纂要曰帳曰幕知離夢之躑躅意別魂之飛揚說文曰躑躅住足也躑與蹢同馳戟切躅馳錄切曹植悲命賦曰哀魂靈之飛揚故別雖一緒事乃萬族孔安國尚書傳曰族類也至若龍馬銀鞍朱軒繡軸周禮曰馬八尺已上爲龍後漢書明德馬皇后曰前過濯龍門上見外家問起居者車如流水馬如游龍辛延年羽林郎詩曰銀鞍何煒爚翠蓋空踟躕尚書大傳曰未命爲士不得朱軒鄭玄曰軒輿也士以朱飾之軒車通稱也魯連子門客謂陳無宇曰君車衣文繡帳飲東都送客金谷漢書曰高祖過沛帳飲三日又漢書曰疎廣字仲翁東海蘭陵人也廣兄子受字公子廣爲太子太傅公子爲少傅甚見器重朝庭爲榮廣謂受曰吾聞知足不辱知止不殆功成身退天之道也廣遂退稱疾篤上疏乞骸骨上以其年老皆許之加賜黃金二十斤皇太子賜五十斤公卿大夫故人邑子爲設祖道供帳東都門外送車數千兩辭決而去蘇林曰長安東都門也石崇金谷詩序曰余元康六年從太僕卿出爲使持節監青徐諸軍事征虜將軍有別廬在河內縣金谷澗中時征西將軍祭酒王詡當還長安余與衆賢共送澗中琴羽張兮簫鼓陳燕趙歌兮傷美人琴羽琴之羽聲說苑曰雍門周以琴見孟嘗君微揮角羽張晏甘泉賦注曰聲細不過羽漢武帝秋風辭曰簫鼓鳴兮發櫂歌古詩曰燕趙多佳人美者顏如玉珠與玉兮豔暮秋羅與綺兮嬌上春驚駟馬之仰秣聳淵魚之赤鱗言樂之盛也韓詩外傳曰昔伯牙鼓琴而淵魚出聽瓠巴鼓琴

而六馬仰秣成公綏琴賦曰伯牙彈而駟馬仰子野揮而玄鶴鳴造分手而銜涕感寂漠而傷神謝宣
遠送王撫軍詩曰分手東城闉呂氏春秋曰聖人不以感私傷神乃有劍客慙恩少年報士漢書李陵曰臣
所將屯邊者奇材劍客也又曰郭解以軀藉友報仇少年慕其行亦輒爲報讎韓國趙厠吳宮燕市史記曰聶政者
軹深井里人也濮陽嚴仲子事韓哀侯與韓相俠累有郄嚴仲子告聶政而言臣有仇聞足下高義故進百金以交足下之驩聶政拔劍
至韓直入上階刺殺俠累又曰豫讓者晉人也事智伯智伯甚尊寵之趙襄子滅智伯讓乃變姓名爲刑人入宮塗厠欲刺襄子故言趙
厠又曰專諸者棠邑人也吳公子光具酒請王僚酒既酣使專諸置匕首魚炙之腹中而進既至王前專諸以匕首刺王僚王僚立死又
曰荊軻者衛人也至燕與高漸離飲於燕市旁若無人後荊軻爲燕太子丹獻燕地圖圖窮匕首見因以匕首揕秦王割慈忍
愛離邦去里瀝泣共訣抆血相視伏虔通俗文曰與死者辭曰訣史記曰今太子請辭訣矣鄭玄毛詩
箋曰往矣決別之辭訣與決音義同廣雅曰抆拭也泣血已見恨賦抆武粉切驅征馬而不顧見行塵之時
起史記曰荊軻遂發就車不顧方銜感於一劍非買價於泉裏言銜感恩遇故効命於一劍非買價
於泉壤之中也尉僚子吳起曰一劍之任非將軍也金石震而色變骨肉悲而心死燕丹太子曰荊軻與
武陽入秦秦王陛戟而見燕使鼓鍾並發羣臣皆呼萬歲武陽大恐面如死灰色戰國策曰武陽色變史記曰聶政刺韓相俠累死因自
皮面決眼屠腹而死死莫知其誰韓取政尸暴於市能知者與千金久之莫知政姊曰何愛妾之身而不揚吾弟之名於天下哉乃之韓市

抱尸而哭曰此妾弟軹深井里聶政自殺於尸旁晉楚齊聞之曰非獨政之賢乃其姊亦烈女莊子仲尼謂顏回曰夫哀莫大於心死

或乃邊郡未和負羽從軍司馬相如檄蜀文曰邊郡之士聞烽舉燧燔漢書曰有障徼曰邊郡服虔曰士負羽楊子雲羽獵賦曰蒙楯負羽杖鏌邪而羅者以萬計遼水無極鴈山參雲水經曰遼山在玄菟高句麗縣遼水所出海內西經曰大澤方百里鳥所生在鴈山鴈出其閒孟子曰大山之高參天入雲謝承後漢書劉翊曰程夫人富貴參雲閨中風暖陌上草薰薰香氣也日出天而耀景露下地而騰文鏡朱塵之照爛襲青氣之烟熅楚辭曰經堂入奧朱塵筵些王逸曰朱畫承塵也或曰朱塵紅塵楚辭曰芳菲菲兮襲人易通卦驗曰震東方也主春分日出青氣出震此正氣也司馬彪注曰襲入也攀桃李兮不忍別送愛子兮霑羅裙言當盛春之時而分別不忍也左氏傳趙盾曰括君姬氏之愛子杜預曰括趙盾異母弟趙姬文公女也至如一赴絕國詎相見期琴道曰雍門周以琴見孟嘗君孟嘗君曰先生鼓琴亦能令悲乎對曰臣之所能令悲者無故生離遠赴絕國無相見期臣為一揮琴而太息未有不悽愴而流涕者絕國絕遠之國視喬木兮故里決北梁兮永辭王充論衡曰睹喬木知舊都孟子曰故國者非為喬木有世臣也孟子見齊宣王曰所謂故國世臣之謂注非但見其木當有累世修德之臣也楚辭曰濟江海兮蟬蛻決北梁兮永辭左右兮魂動親賓兮淚滋蘇武詩曰淚為生別滋可班荊兮贈恨唯罇酒兮敘悲左氏傳曰楚聲子與伍舉俱楚人舉將奔晉聲子將如晉遇之於鄭郊班荊而坐相與食蘇武

詩曰我有一罇酒欲以贈遠人願子留斟酌敘此平生親值秋鴈兮飛日當白露兮下時怨復怨兮遠山曲去復去兮長河湄毛詩曰居河之湄爾雅曰水草交曰湄又若君居淄右妾家河陽漢書有淄川國又河內郡有河陽縣淄或爲塞同瓊珮之晨照共金爐之夕香毛詩曰有女同車顏如蕣華將翺將翔佩玉瓊琚司馬相如美人賦曰金爐香薰黼帳周垂君結綬兮千里惜瑤草之徒芳結綬將仕也顏延年秋胡詩曰脫巾千里外結綬登王畿漢書曰蕭育與朱博友長安語曰蕭朱結綬宋玉高唐賦曰我帝之季女名曰瑤姬未行而亡封于巫山之臺精魂爲草實曰靈芝山海經曰姑瑤之山帝女死焉名曰女尸化爲䔄草其葉胥成其花黃其實如兔絲服者媚於人郭璞曰瑤與䔄並音遙然䔄與瑤同慙幽閨之琴瑟晦高臺之流黃張載擬四愁詩曰佳人贈我筒中布何以報之流黃素環濟要略曰閒色有五紺紅縹紫流黃也春宮閟此青苔色秋帳含茲明月光毛詩曰閟空有侐毛萇詩傳曰閟閉也班婕妤自傷賦曰應門閉兮玉階苔劉休玄擬古詩曰羅帳延秋月夏簟清兮晝不暮冬釭凝兮夜何長張儼席賦曰席爲冬設簟爲夏施夏侯湛釭燈賦曰秋日既逝冬夜悠長織錦曲兮泣已盡迴文詩兮影獨傷織錦迴文詩序曰竇韜秦州被徙沙漠其妻蘇氏秦州臨去別蘇誓不更娶至沙漠便娶婦蘇氏織錦端中作此迴文詩以贈之符國時人也儻有華陰上士服食還山列仙傳脩芊者魏人也華陰山下石室中有龍石段其上取黃精食之後去不知所之術既妙而猶學道已

寂而未傳方言曰寂安靜也守丹竈而不顧鍊金鼎而方堅南越志曰長沙郡劉陽縣東有王喬山山有合丹竈不顧不顧於世也鍊金鼎鍊金爲丹之鼎也抱朴子曰鄭君唯見授金丹之經又曰九轉丹內神鼎中史記曰黃帝采首山銅鑄鼎鼎成龍下迎黃帝也方堅其志方堅也駕鶴上漢驂鸞騰天列仙傳曰王子晉吹笙作鳳鳴遊伊洛之間道士浮丘公接上嵩高三十餘年後上見桓良曰告我家七月七日待我緱氏山頭果乘白鶴住山下望之不能得到舉手謝世人數日去祠於緱山下雷次宗豫章記曰洪井西鸞岡鶴嶺舊說洪崖先生與子晉乘鸞鶴憩於此張僧鑒豫章記曰洪井有鸞岡舊說云洪崖先生乘鸞所憩處也鸞岡西有鶴嶺王子喬控鶴所經過處暫遊萬里少別千年神仙傳曰若士者仙人也燕人盧敖者秦時遊北海而見若士曰一舉而千里吾猶未之能今子始至於此乃語窮豈不陋哉馬明先生隨神女還岱見安期生語神女曰昔與女郎遊於安息西海之際憶此未久已二千年矣惟世閑兮重別謝主人兮依然說文曰謝辭也下有芍藥之詩佳人之謌詩溱洧章刺亂也兵革不息男女相棄淫風大行莫之能救云維士與女伊其相謔贈之以芍藥注芍藥香草也箋曰伊因也士女往觀因相與戲謔行夫婦之事其別則送與芍藥結恩情也漢書李延年歌曰北方有佳人絕世而獨立桑中衞女上宮陳娥衞陳二國名也毛詩桑中章曰期我乎桑中要我乎上宮送我於淇之上注桑中淇上上宮所期之地箋云此思孟姜之愛厚已也此我期於桑中要我於上宮期我於淇水之上又竹竿章衞女思歸適異國而不見荅思而能以禮也女子有行遠父母兄弟箋云行道也女子之道當嫁耳不以荅違婦道也又燕燕章衞莊姜送歸妾也注莊姜無

子陳女戴嬀生子名完莊姜以爲己子莊公薨完立而州吁殺之戴嬀於是大歸莊姜送於野作詩以見己志方言曰秦晉之閒美貌謂之娥

春草碧色春水淥波送君南浦傷如之何楚辭曰子交手兮東行送美人兮南浦至乃秋露如珠秋月如珪陸雲芙蓉詩曰盈盈荷上露灼灼如明珠遯甲開山圖曰禹遊於東海得玉珪碧色圓如日月以自照目達幽冥明月白露光陰往來與子之別思心徘徊是以別方不定別理千名千名言多也南都賦曰百種千名有別必怨有怨必盈蔡琰詩曰心吐思兮胸憤盈使人意奪神駭心折骨驚亦互文也左氏傳衛太子禱曰無折骨雖淵雲之墨妙嚴樂之筆精漢書曰王襃字子淵楊雄字子雲漢書曰嚴安臨淄人也徐樂燕無終人也上疏言時務上召見乃拜樂安皆爲郎中金閨之諸彥蘭臺之羣英金閨金馬門也史記曰金門宦者署承明金馬著作之庭東方朔曰公孫弘等待詔金馬門蘭臺臺名也傅毅班固等爲蘭臺令史是也論衡曰孝明好文人並徵蘭臺之官文雄會聚賦有凌雲之稱辯有雕龍之聲史記荀卿趙人年五十始來游學於齊騶衍之術迂大而閎辯奭也文難施齊人爲諺曰談天衍劉向別錄曰騶衍之所言五德終始天地廣大書言天事故曰談天彫龍赫赫修騶衍之術文飾之若彫鏤龍文故曰彫龍赫誰能摹暫離之狀寫永訣之情者乎

文選卷第十六

賜進士出身通奉大夫江南蘇松常鎮太等處承宣布政使司布政使胡克家重校刊

文選卷第十七

梁昭明太子撰

文林郎守太子右內率府錄事參軍事崇賢館直學士臣李善注上

論文

陸士衡文賦一首

音樂上

王子淵洞簫賦一首　傅武仲舞賦一首

論文

文賦幷序

陸士衡臧榮緒晉書曰機字士衡吳郡人祖遜吳丞相父抗吳大司馬機少襲領父兵爲牙門將軍年二十而吳滅退臨舊里與弟雲勤學積十一年譽流京華聲溢四表被徵爲太子洗馬與弟雲俱入洛司徒張華素重其名舊相識以文華呈天才綺練當時獨絕新聲妙句係蹤張蔡機妙解情理心識文體故作文賦

余每觀才士之所作竊有以得其用心作謂作文也用心言士用心於文莊子堯曰此吾所用心

夫放言遣辭良多變矣夫作文者放其言遣其理多變故非一體妍蚩好惡可得而言文之
好惡可得而言論也范曄後漢書趙壹刺世疾邪曰孰知辯其妍蚩廣雅曰妍好也說文曰妍慧也釋名曰蚩癡也聲類曰蚩騃也然妍
蚩亦好惡也每自屬文尤見其情論衡曰幽思屬文著記美言屬綴也杜預左氏傳曰尤甚也士衡自言每屬文
甚見爲文之情恒患意不稱物文不逮意爾雅曰逮及也蓋非知之難能之難也尚書
曰非知之艱行之惟艱故作文賦以述先士之盛藻因論作文之利害所由利害
由好惡孔安國尚書傳曰藻水草之有文者故以喻文焉佗日殆可謂曲盡其妙言既作此文賦佗日而觀之近
謂委曲盡文之妙理論語鯉曰佗日又獨立趙岐孟子章句曰佗日異日也至於操斧伐柯雖取則不遠
此喻見古人之法不遠毛詩曰伐柯伐柯其則不遠注則法也伐柯必用其柯大小長短近取法於柯謂不遠也若夫隨手
之變良難以辭逮言作之難也文之隨手變改則不可以辭逮也莊子輪扁謂桓公曰斲徐則甘而不固疾則苦而不
入不疾不徐得於手而應於心口不能言也有數存焉蓋所能言者具於此云蓋所言文之躰者具此賦之言
佇中區以玄覽頤情志於典墳漢書音義張晏曰佇久佚待也中區區中也字書曰玄幽遠也老子曰滌
除玄覽河上公曰心居玄冥之處覽知萬物故謂之玄覽幽通賦曰皓頤志而不傾左氏傳楚子曰左史倚相能讀三墳五典遵四
時以歎逝瞻萬物而思紛遵循也循四時而歎其逝往之事攬視萬物盛衰而思慮紛紜也淮南子曰四時者

春生夏長秋收冬藏悲落葉於勁秋喜柔條於芳春秋暮衰落故悲春條敷暢故喜也淮南子曰木葉落長年悲心懍懍以懷霜志眇眇而臨雲懍懍危懼貌眇眇高遠貌懷霜臨雲言高潔也說文曰懍懍寒也孔融薦禰衡表曰志懷霜雪舞賦曰氣若浮雲志若秋霜詠世德之駿烈誦先人之清芬言歌詠世有俊德者之盛業先民謂先世之人有清美芬芳之德而誦勉毛詩曰王配于京世德作求又曰在昔先民有作遊文章之林府嘉麗藻之彬彬論語曰文質彬彬然後君子孔安國注曰彬彬文質見半之貌慨投篇而援筆聊宣之乎斯文韓詩外傳曰孫叔敖治楚三年而國霸楚史援筆而書之於策尚書中候曰玄龜負圖出洛周公援筆以寫也其始也皆收視反聽耽思傍訊收視反聽言不視聽也耽思傍訊靜思而求之也毛萇詩傳曰耽樂之久廣雅曰訊問也精騖八極心遊萬仞精神爽也八極萬仞言高遠也淮南子曰八紘之外乃有八極包咸論語注曰七尺曰仞其致也情曈曨而彌鮮物昭晣而互進爾雅曰致至也埤蒼曰曈曨欲明也說文曰昭晣明也傾羣言之瀝液漱六藝之芳潤楊子法言曰或問羣言之長曰羣言之長德言也宋衷曰羣非一也周禮曰六藝禮樂射御書數也浮天淵以安流濯下泉而潛浸言思慮之至無處不至故上至天淵於安流之中下至下泉於潛浸之所劇秦美新曰盈塞天淵之閒楚辭曰使江水兮安流毛詩曰洌彼下泉浸彼苞根於是沈辭怫悅若遊魚銜鉤而出重淵之深怫悅難出之貌浮藻聯翩若翰鳥纓

繳而墜曾雲之峻 聯翩將墜貌王弼周易注曰翰高飛也說文曰繳生絲縷也謂縷繫矰矢而以弋射 收百世
之闕文採千載之遺韻 論語子曰吾猶及史之闕文 謝朝華於已披啓夕秀於未
振 華秀以喻文也已披言已用也 觀古今於須臾撫四海於一瞬 高唐賦曰須臾之間司馬遷曰卒卒
無須臾之間莊子老聃曰俛仰之間再撫四海之外呂氏春秋曰萬世猶一瞬說文曰開闔目數搖也尸閏切 然後選義按
部考辭就班 小雅曰班班次也 抱暑者咸叩懷響者畢彈 言皆擊擊而用 或因枝以振
葉或沿波而討源 孔安國尚書傳曰順流而下曰沿源水本也 或本隱以之顯或求易而
得難 言或本之於隱而遂之顯或求之於易而便得難之或爲未非也 或虎變而獸擾或龍見而鳥
瀾 周易曰大人虎變其文炳也言文之來若龍之見煙雲之上如鳥之在波瀾之中應劭曰擾馴也莊子曰君子尸居而龍見大波曰
瀾 或妥帖而易施或岨峿而不安 妥帖易施貌公羊傳曰帖服也廣雅曰帖靜也王逸楚辭序曰義多
乖異事不妥帖岨峿不安貌楚辭曰圜鑿而方枘兮吾固知其鉏鋙而難入妥他果切帖吐協切岨助舉切峿魚呂切 罄澄心
以凝思眇衆慮而爲言 周易曰神也者妙萬物而爲言者也 籠天地於形內挫萬物於
筆端 淮南子曰太一者牢籠天地也說文曰挫折也韓詩外傳曰辟文士之筆端辟武士之鋒端辟辯士之舌端 始躑躅
於燥吻終流離於濡翰 廣雅曰躑躅跢跦也鄭玄毛詩箋云志往謂踟躅也蹢與躑同跢跦與踟跦同蒼頡篇曰

吻脣兩邊也莫粉切字林曰吻口邊流離津液流貌劉公幹詩曰敘意於濡翰毛萇詩傳曰濡漬也濡如娛切漢書音義韋昭曰翰筆也

協韻音寒理扶質以立幹文垂條而結繁言文之體必須以理爲本垂條以樹喻也廣雅曰幹本也鄭玄禮記注曰繁盛也信情貌之不差故每變而在顏楚辭曰情與貌其不變思涉樂其必笑方言哀而已歎或操觚以率爾或含毫而邈然觚木之方者古人用之以書猶今之簡也史由急就章曰急就奇觚觚木簡也論語先進篇子路帥爾而對毫謂筆毫也王逸楚辭注曰銳毛爲毫也毛詩曰聽我藐藐毛萇曰藐藐然不入伊茲事之可樂固聖賢之所欽茲事謂文也左氏傳仲尼曰志有之言足以志文足以言不言誰知其志言而不文行之不遠課虛無以責有叩寂寞而求音春秋說題辭曰虛生有形淮南子曰寂寞音之主也函綿邈於尺素吐滂沛乎寸心毛萇詩傳曰函含也古詩曰中有尺素書列子文摯謂叔龍曰吾見子之心矣方寸之地虛矣言恢之而彌廣思按之而逾深杜預左氏傳注曰恢大也按抑按也言思慮一發愈深恢大播芳蕤之馥馥發青條之森森說文曰蕤草木華垂貌纂要曰草木華曰蕤字林曰森多木長貌以喻文采若芳蕤之香馥青條之森盛也粲風飛而猋豎鬱雲起乎翰林爾雅曰扶颻謂之猋長楊賦曰翰林以爲主人體有萬殊物無一量文章之體有萬變之殊中衆物之形無一定之量也淮南子曰斟酌萬殊紛紜揮霍形難爲狀紛紜亂貌揮霍疾貌西京賦曰跳丸劍之揮霍辭程才以效伎

意司契而爲匠衆辭俱湊若程才效伎取捨由意類司契爲匠老子曰有德司契論衡曰能雕琢文書謂之史匠也在
有無而僶俛當淺深而不讓毛詩曰何有何無僶俛求之僶俛由勉強也論語子曰當仁不讓於師雖
離方而遯員期窮形而盡相方圓謂規矩也言文章在有方圓規矩也故夫夸目者尚奢
愜心者貴當其事既殊爲文亦異故欲夸目者爲文尚奢欲快心者爲文貴當愜猶快也起頰切言窮者無隘
論達者唯曠言其窮賤者立說無非湫隘其論通達者發言唯存放曠詩緣情而綺靡賦體物而
瀏亮詩以言志故曰緣情賦以陳事故曰體物綺靡精妙之言瀏亮清明之稱漢書甘泉賦曰瀏清也字林曰清瀏流也碑披
文以相質誄纏緜而悽愴碑以敘德故文質相半誄以陳哀故纏綿悽慘銘博約而溫潤箴
頓挫而清壯博約謂事博文約也銘以題勒示後故博約溫潤箴以譏刺得失故頓挫清壯頌優遊以彬蔚
論精微而朗暢頌以褒述功美以辭爲主故優遊彬蔚論以評議臧否以當爲宗故精微朗暢彬蔚已見上文漢書音義
曰暢通也奏平徹以閑雅說煒曄而譎誑奏以陳情敘事故平徹閑雅說以感動爲先故煒曄譎誑雖
區分之在茲亦禁邪而制放要辭達而理舉故無取乎冗長論語子曰辭達
而已矣文穎漢書注曰冗散也如勇切言文章體要在辭達而理舉也其爲物也多姿其爲體也屢遷
萬物萬形故曰多姿文非一則故曰屢遷琴賦曰既豐贍以多姿周易曰爲道也屢遷其會意也尚巧其遺言

也貴妍暨音聲之迭代若五色之相宣言音聲迭代而成文章若五色相宣而爲繡也爾雅曰暨
及也又曰迭更也論衡曰學士文章其猶絲帛之有五色之功杜預左氏傳注曰宣明也雖逝止之無常固崎錡
而難便言雖逝止無常唯情所適以其體多變固崎錡難便也逝止由去留也崎錡不安貌楚辭曰嶔岑崎錡崎音綺錡音蟻
苟達變而識次猶開流以納泉言其易也如失機而後會恒操末以續顛
言失次也謬玄黃之袟敘故淟涊而不鮮言音韻失宜類繡之玄黃謬敘故淟涊垢濁而不鮮明也禮記
曰朱綠之玄黃之以爲黼黻文章楚辭曰切淟涊之流俗王逸曰淟涊垢濁也或仰逼於先條或俯侵於後
章廣雅曰條科條也凡爲文之體先後皆須意別不能者則有此累或辭害而理比或言順而義妨
周易曰比輔也說文曰妨害也離之則雙美合之則兩傷考殿最於錙銖定去留於
毫芒漢書音義項岱曰殿負也最善也韋昭曰第一爲最極下曰殿又曰下功曰殿上功曰最鄭玄禮記注曰八兩爲錙漢書曰黃
鍾之一籥容千二百黍重十二銖然百黍重一銖也應劭漢書注曰十黍爲一絫十絫爲一銖賓戲曰銳思毫芒之內音義曰芒稻芒毫
兎苟銓衡之所裁固應繩其必當言銓衡所裁苟有輕重雖應繩墨須必除之聲類蒼頡篇曰銓稱也
曰銓所以稱物也七全切漢書曰衡平也平輕重也尚書曰惟木從繩則正莊子曰匠石治木直者應繩或文繁理富而
意不指適極無兩致盡不可益言其理既極而無兩致其言又盡而不可益立片言而居

要乃一篇之警策以文喻馬也言馬因警策而彌駿以喻文資片言而益明也夫駕之法以策駕乘今以一言之好最於衆辭若策驅馳故云警策論語子曰片言可以折獄左氏傳繞朝贈士會以馬策曹子建應詔詩曰僕夫警策鄭玄周禮注曰警勑戒也雖衆辭之有條必待茲而效績必待警策之言以效其功也家語公父文伯之母曰男女效績愆則有辟亮功多而累寡故取足而不易言其功既多爲累蓋寡故以取足而不改易其文或藻思綺合清麗千眠說文曰謂文藻思如綺會千眠光色盛貌炳若縟繡悽若繁絃說文曰縟繁彩色也又繡五色彩備也蔡邕琴賦曰繁絃既抑雅音復揚必所擬之不殊乃闇合乎曩篇言所擬不異闇合昔之曩篇爾雅曰曩久也謂久舊也雖杼軸於予懷怵佗人之我先杼軸以織喻也雖出自己情懼佗人先己也毛詩曰杼軸其空苟傷廉而愆義亦雖愛而必捐言他人言我雖愛之必須去之也王逸楚辭注曰不受曰廉說文曰捐棄也或苕發穎豎離衆絕致若草之苕也言作文利害理難俱美或有一句同乎苕發穎豎離於衆辭絕於致思也毛詩傳曰苕陵苕也孫卿子曰蒙鳩爲巢繫之葦苕小雅曰禾穗謂之穎形不可逐響難爲係言方之於影而形不可逐譬之於聲而響難係也鶡冠子曰影之隨形響之應聲塊孤立而特峙非常音之所緯文之綺麗若經緯相成一句既佳塊然立而特峙非常音所能緯也心牢落而無偶意徘徊而不能揥牢落猶遼落也言思心牢落而無偶揥之意徘徊而未能揥也蔡邕瞽師賦曰時牢落以失次咢繼蹇而陽絕說文曰

摛取也他狄切協韻他帝切或爲褅褅猶去也石韞玉而山輝水懷珠而川媚雖無佳偶因而留之譬若

水石之藏珠玉山川爲之輝媚也尸子曰水中折者有玉圓折者有珠孫卿子曰玉在山而木潤淵生珠而岸不枯高氏注玉陽中之陰

故能潤澤草珠陰中之陽有明故岸不枯廣雅曰韞裹也彼榛楛之勿翦亦蒙榮於集翠榛楛喻庸音也

以珠玉之句既存故榛楛之辭亦美毛詩曰榛楛濟濟郭璞山海經注曰榛小栗楛木可以爲箭綴下里於白雪吾

亦濟夫所偉言以此庸音而偶彼嘉句譬以下里鄙曲綴於白雪之高唱吾雖知美惡不倫然且以益夫所偉也宋玉對楚

王問曰客有歌於郢中者其始曰下里宋玉笛賦曰師曠爲白雪之曲淮南子曰師曠奏白雪而神禽下降白雪五十絃瑟樂曲名下里

俗之謠歌說文曰偉猶奇也協韻禹貴切或託言於短韻對窮迹而孤興短韻小文也言文小而事寡故

曰窮迹迹窮而無偶故曰孤興俯寂寞而無友仰寥廓而莫承言事寡而無偶俯求之則寂寞而無友仰

應之則寥廓而無所承譬偏絃之獨張含清唱而靡應言累句以成文猶衆絃之成曲今短韻孤起譬

偏絃之獨張絃之獨張含清唱而無應韻之孤起蘊麗則而莫承也毛萇詩傳曰靡無也應於興切或寄辭於瘁音徒

靡言而弗華瘁音謂惡辭也靡美也言空美而不光華也班固漢書贊曰纖微憔悴之音作而民思憂薛君韓詩章句曰靡

好也混妍蚩而成體累良質而爲瑕妍謂言靡蚩謂瘁音既混妍蚩共爲一體翻累良質而爲瑕也禮記

曰玉瑕不掩瑜鄭玄曰瑕玉之病也胡加切象下管之偏疾故雖應而不和言其音既瘁其言徒靡類

乎下管其聲偏疾升歌與之閒奏雖復相應而不和諧杜預左氏傳注曰象類也禮記曰升歌清廟下管象武王肅家語注曰下管堂下吹管象武舞也或遺理以存異徒尋虛以逐微言寡情而鮮愛辭浮漂而不歸漂猶流也不歸謂不歸於實猶絃么而徽急故雖和而不悲說文曰么小也於遙切淮南子曰鄒忌一徽琴而威王終夕悲許慎注曰鼓琴循絃謂之徽悲雅俱有所以成樂直雅而無悲則不成或奔放以諧合務嘈囋而妖冶埤蒼曰嘈啈聲貌啈與囋及囐同才曷切徒悅目而偶俗固高聲而曲下言聲雖高而曲下張衡舞賦曰既娛心以悅目廣雅曰耦諧也耦與偶古字通寤防露與桑閒又雖悲而不雅防露未詳一曰謝靈運山居賦曰楚客放而防露作注曰楚人放逐東方朔感江潭而作七諫然靈運有七諫有防露之言遂以七諫爲防露也禮記曰桑閒濮上之音亡國之音也鄭玄曰濮水之上地有桑閒先亡國之音於此水上或清虛以婉約每除煩而去濫左氏傳君子曰臣除煩而去惑闕大羹之遺味同朱絃之清氾雖一唱而三歎固既雅而不豔言作文之體必須文質相半雅豔相資今文少而質多故既雅而不豔比之大羹而闕其餘味方之古樂而同清氾言質之甚也餘味謂樂羹皆古不能備其五聲五味故曰有餘也禮記曰清廟之瑟朱絃而疏越一唱而三歎有遺音者矣大饗之禮尚玄酒而俎腥魚大羹不和有遺味者矣鄭玄曰朱絃練朱絃也練則聲濁越瑟底孔畫疏之使聲遲唱發歌句者三歎三人從而歎之大羹肉湆不調以鹽菜也遺猶餘也然大羹之有餘味以爲古矣而又闕之甚甚之辭也若夫豐約

之裁俯仰之形廣雅曰約儉也因宜適變曲有微情毛萇詩傳曰適之也楚辭曰結微情以陳辭說文曰微妙也或言拙而喻巧或理朴而辭輕或襲故而彌新或沿濁而更清孔安國尚書傳曰襲因也禮記曰清明王以相沿鄭玄曰沿猶因述也或覽之而必察或研之而後精譬猶舞者赴節以投袂歌者應絃而遣聲王粲七釋曰邪睨鼓下亢音赴節左氏傳曰投袂而起杜預曰投振也是蓋輪扁所不得言故亦非華說之所能精莊子曰桓公讀書於堂上輪扁斲輪於堂下釋椎鑿而上問桓公敢問公之所讀者何言也公曰聖之言曰聖人在乎公曰死矣輪扁曰然則君之所讀者聖人之糟魄耳公曰寡人讀書輪人安得議乎有說則可無說則死輪扁曰臣也以臣之事觀之斲輪徐則甘而不固疾則苦而不入矣不徐不疾得於手而應於心口不能言也有數存焉於其閒臣不能以喻臣之子臣之子亦不能受之於臣是以行年七十而老斲輪郭子玄云言物各有性効學之無益也李頤曰齊桓公也扁言音篇又扶緬切斲丁角切謂斲輪之人扁其名也魄音普莫切李頤曰酒滓曰糟司馬彪曰爛食曰魄甘緩也苦急也李曰數術也王充論衡曰虛談竟於華葉之言無根之深安危之際文人不與徒能華說之効也

普辭條與文律良余膺之所服尚書帝曰律和聲孔安國曰律六律也禮記子曰回得一善則拳拳服膺不失之練世情之常尤識前脩之所淑纏子董無心曰罕得事君子不識世情尤非也楚辭曰蹇吾法夫前脩非時俗之所服淑善也雖濬發於巧心或受嗤於拙目言文之難不能無累雖復巧心濬發或於

拙目受蚩欰笑也欰與蚩同彼瓊敷與玉藻若中原之有菽瓊敷玉藻以喻文也毛詩曰中原有菽庶
人采之毛萇曰中原原中也菽藿也力采者得之同槖籥之罔窮與天地乎並育老子曰天地之閒其
猶槖籥乎虛而不屈動而愈出河上公曰槖籥中空虛故能育聲氣也王弼曰槖排槖籥樂器按槖治鑄者用以吹火使炎熾說文曰槖
囊也音託籥音藥雖紛藹於此世嗟不盈於予掬毛詩曰終朝采綠不盈一掬毛萇曰綠王芻兩手曰
掬患挈缾之屢空病昌言之難屬挈瓶喻小智之人以注在上何休曰提猶挈也左氏傳曰雖有挈瓶
之智守不假器論語曰回也屢空尚書帝曰禹亦昌言孔安國曰昌當也王逸楚辭注曰屬續也故踸踔於短垣放
庸音以足曲廣雅曰踸踔無常也今人以不定爲踸踔不定亦無常也莊子曰夔謂蚿曰吾以一足踸踔而行爾無如矣謂
脚長短也踸勑甚切踔勑角切國語曰有短垣君不踰爾雅曰庸常也恒遺恨以終篇豈懷盈而自足
言才恒不足也荅賓戲曰孔終篇於西狩懼蒙塵於叩缶顧取笑乎鳴玉缶瓦器而不鳴更蒙之以塵故
取笑乎玉之鳴聲也文子曰蒙塵而欲無昧不可得也李斯上書曰擊甕叩缶若夫應感之會通塞之紀紀綱
紀也周易曰不出戶庭知通塞也來不可遏去不可止莊子曰其來不可却其去不可止毛詩傳曰遏止也孔安
國曰遏絕藏若景滅行猶響起枚乘上書曰景滅迹絕王命論曰趣時如響起方天機之駿利夫
何紛而不理莊子蚿曰今予動吾天機司馬彪曰天機自然也又大宗師曰其耆欲深者其天機淺也劉障曰言天機者言

萬物轉動各有天性任之自然不知所由然也思風發於胸臆言泉流於脣齒論衡曰吾言潏漏而泉出
紛葳蕤以馺遝唯毫素之所擬葳蕤盛貌馺遝多貌封禪書曰紛綸萎蕤毫筆也纂文曰書縑曰素揚雄
書曰齎紬素四尺文徽徽以溢目音泠泠而盈耳延篤仁孝論曰煥乎爛兮其溢目也論語曰洋洋乎
盈耳哉及其六情底滯志往神留春秋演孔圖曰詩含五際六情絕於申宋均曰申申公也仲長子昌言曰
喜怒哀樂好惡謂之六情國語曰夫人氣縱則底底則滯韋昭曰底著也滯廢也兀若枯木豁若涸流莊子曰形
固可使如枯木心固可使如死灰郭象注莊子曰遺身而自得雖拔然而不持坐忘行忘而爲之故行若曳枯木止若聚死灰是以云其
神凝也向秀曰死灰枯木取其寂漠無情耳爾雅曰涸竭也國語泉涸而成梁涸水盡也攬營魂以探賾頓精爽
於自求自求於文也楚辭曰營魂而升遐周易曰探賾索隱鉤深致遠左氏傳樂祁曰心之精爽是謂魂魄孟子曰使自求之
理翳翳而愈伏思乙乙其若抽方言曰翳奄也乙抽也乙難出之貌說文曰陰氣尚强其出乙乙然乙音
軋新論曰桓譚嘗欲從子雲學賦子雲曰能讀千賦則善爲之矣譚慕子雲之文嘗精思於小賦立感發病彌日廖子雲說成帝祠甘泉
詔雄作賦思精苦困倦小臥夢五藏出外以手收而內之及覺病喘悸少氣士衡與弟書曰思苦生疾是以或竭情而
多悔或率意而寡尤左氏傳趙武曰范會言於晉國竭情無私淮南子曰人輕小害至於多悔論語子曰言寡尤行
寡悔包曰尤過也雖茲物之在我非余力之所勠物事也勠并也言文之不來非予力之所并國語曰

勠力一心賈逵曰勠力併力也故時撫空懷而自惋吾未識夫開塞之所由開謂天機駿利塞謂六情底滯伊茲文之為用固衆理之所因恢萬里而無閡通億載而為津言文能廓萬里而無閡假令億載而今為津法言曰著古昔之昬昬傳千里之忞忞者莫如書軌曰昬昬目所不見忞忞心所不了小雅曰閡限也俯貽則於來葉仰觀象乎古人葉世也幽通賦曰終保己而貽則尚書曰予恐來世又曰予欲觀古人之象濟文武於將墜宣風聲於不泯論語子貢曰文武之道未墜於地尚書畢命曰彰善癉惡樹之風聲毛詩曰靡國不泯毛萇曰泯滅也爾雅曰泯盡也塗無遠而不彌理無微而弗綸法言曰彌綸天地之事記久明遠者莫如書周易曰易與天地準故能彌綸天地之道王肅曰彌綸纏裹也配霑潤於雲雨象變化乎鬼神論衡曰山大者雲多太山不崇朝辦雨天下然則賢聖有雲雨之智彼其吐文萬牒以上賈子曰神者變化而無所不為也被金石而德廣流管絃而日新金鍾鼎也石碑碣也言文之善者可被之金石施之樂章禮記曰金石絲竹樂之器也漢書曰聖王已沒鍾鼓管絃之聲未衰吳越春秋樂師謂越王曰君王德可刻之於金石聲可託之於管絃毛詩曰漢廣德廣所及也周易曰日新之謂盛德

音樂

樂記曰凡音之起由人心生也心之動物使之然也感於物而動故形於聲聲相應故生變變成方謂之音比音而樂之及干戚羽旄謂之樂注曰方猶文章也又曰聲成文謂之音

洞簫賦漢書音義如淳曰洞者通也簫之無底者故曰洞簫釋名簫肅也言其聲肅肅然清也大者二十三管長三尺四寸小者十六管一名籟

王子淵漢書曰王褒字子淵蜀人也宣帝時爲諫議大夫帝太子體不安苦忽忽不樂詔使褒等皆之太子宮娛侍太子朝夕誦書奇文及自所造作疾平復乃歸太子喜褒所爲甘泉及洞簫頌令後宮貴人左右皆誦讀之益州有金馬碧雞之寶使褒祀焉於道病卒

原夫簫幹之所生兮于江南之丘墟廣雅曰原本也江圖曰慈母山此山竹作簫笛有妙聲丹陽記曰江寧縣慈母山臨江生簫管竹王褒賦云于江南之丘墟即此處也其竹圓異衆處自伶倫採竹嶰谷後見此奇故歷代常給樂府而呼鼓吹山幹小竹也王逸楚辭注曰幹體也洞條暢而罕節兮標敷紛以扶疏條暢條直通暢也罕稀也言竹節稀疏而相去標竹之末也宋玉笛賦曰奇篠異幹罕節簡支敷紛茂盛扶疏四布徒觀其旁山側兮則嶇嶔巋崎倚巇迤嶬誠可悲乎其不安也嶇嶔巋崎皆山險峻之貌迤嶬邪平之貌言竹生其旁故欹側不安嶬音靡彌望儻莽聯延曠盪又足樂乎其敞閑也儻莽曠盪寬廣之貌儻佗朗切敞大貌言竹生敞閑之處又足樂也託身軀於后土兮經萬載而不遷左氏傳晉大夫謂秦伯曰君履后土而戴皇天后土地也言竹託生於地經歷萬載不易其貞萃也吸至精之滋熙兮稟蒼色之潤

堅周易曰精氣爲物滋熙潤悅貌孔安國尚書傳曰稟受也周易曰震爲蒼筤竹感陰陽之變化兮附性命
乎皇天孫卿子曰陰陽大化周易曰四時變化翔風蕭蕭而逕其末兮迴江流川而溉
其山風賦曰翺翔乎激水之上荊軻歌曰風蕭蕭兮易水寒言風蕭蕭徑過其末迴江謂江回曲也說文曰溉猶灌也言江之流注
灌溉其山也揚素波而揮連珠兮聲磕磕而澍淵呂忱曰波水涌也漢武帝秋風辭曰橫中流兮
揚素波杜預左氏傳注曰揮湔也湔音贊字指曰磕大聲也說文曰注灌也澍與注古字通朝露清泠而隕其側
兮玉液浸潤而承其根說文曰液津也夷石切孤雌寡鶴娛優乎其下兮春禽
羣嬉翺翔乎其顛說文曰嬉樂也秋蜩不食抱樸而長吟兮玄猿悲嘯搜索
乎其閒爾雅曰蜩蜋蜩方言曰楚謂蟬爲蜩家語子夏曰蟬飲露而不食蜩徒凋切抱音附蒼頡篇曰朴木皮也上林賦曰玄猨
素雌搜索往來貌搜所求切索所白切處幽隱而奧庰兮密漠泊以獭猭廣雅曰奧藏也說文曰庰
蔽也庰與屛同漠怕竹密貌獭猭相連延貌字書獭猭獸逃走也漠與嗼同浦百切泊與怕同亡百切獭勑陳切猭勑員切惟詳
察其素體兮宜清靜而弗諠方言曰素本也言審視竹之本體清而不讙譁也幸得謚爲洞
簫兮蒙聖主之渥恩謚號也實二切言得謚爲簫而恒施用之豈非蒙聖王之厚恩也可謂惠而不
費兮因天性之自然論語子曰因人所利而利之斯不亦惠而不費乎家語孔子曰器用陶匏以象天地之性也萬

物無可以稱之者故其自然之體於是般匠施巧夔妃准法墨子曰公輸為雲梯鄭玄曰般伎巧者莊子曰
匠石之齊見櫟社樹匠伯不顧司馬彪曰匠石字伯尚書帝曰夔命汝典樂教胄子妃未詳也一云夔列子曰孔子就師襄學琴帶
以象牙掍其會合帶猶飾也方言曰掍同也言以象牙飾其會合之際言巧密也掍胡本切鎪鏤離灑絳
脣錯雜爾雅曰鏤鎪也離灑鎪鏤之貌絳脣謂簫孔以朱飾之灑所宜切鄰菌繚糾羅鱗捷獵言簫之形
也鄰菌繚糾相著貌如羅魚鱗布列也捷獵參差也膠緻理比挹抐擫㩶膠緻理比言細密也挹抐擫㩶言中制也
比扶至切挹於泣切抐女立切擫於頰切㩶奴協切於是乃使夫性昧之宕冥生不覩天地之
體勢闇於白黑之貌形性昧宕冥謂天性闇昧過於幽冥也說文曰宕過也生初生也淮南子曰夫盲者不能別
晝夜分白黑矣憤伊鬱而酷䣽愍眸子之喪精鄭玄禮記注曰憤怒氣充實也伊鬱不通酷猶甚也蒼頡
篇曰䣽憂貌奴谷切廣雅曰眼珠子謂之眸趙岐孟子注曰眸子目瞳子也寡所舒其思慮兮專發憤乎
音聲言冥生之人而絕所見思慮無所故得專意發憤在於音聲論語子曰發憤忘食故吻吮值夫宮商兮
龢紛離其匹溢言口吻所吮皆遇宮商紛離匹溢聲四散也字林曰吻口邊也說文曰吮嗽也似兗切形旖旎
以順吹兮瞋嘔啁以紆鬱言簫聲既發形旖旎以隨之漢書音義張揖曰旖旎猶阿那也司馬相如賦曰又猗
狔以招搖說文曰顄頤也釋名曰啁咽下垂也言氣之盛而嘔啁類頤也楚辭曰鬱結紆軫王逸曰紆曲也嘔與顄劉並音含啁音胡

氣旁迕以飛射兮馳散渙以逫律旁迕言氣競旁出遞相逆迕也飛射氣出迅疾也散渙分布也逫律

出遲貌逫張律切趣從容其勿述兮騖合遝以詭譎勿述無所逆誤之貌合遝盛多貌封禪書曰奇

物譎詭詭譎猶奇怪也或渾沌而潺湲兮獵若枚折聲或渾沌不分潺湲或復其聲模無似枚之折也雜

字曰潺浸水流貌獵聲也詩曰伐其條枚毛萇詩傳曰枚幹也廣雅曰獵折也或漫衍而駱驛兮沛焉競溢

漫衍流溢貌駱驛相連延貌沛多貌惏慄密率掩以絕滅惏慄寒貌恐懼也風賦曰憯悽惏慄密率安靜也掩止息

貌㗳霵曄踕跳然復出㗳霵曄踕衆聲疾貌說文曰跳躍也㗳胡急切霵或爲䨏同助急切跳徒彫切若乃

徐聽其曲度兮廉察其賦歌廉亦察也啾咇唧而將吟兮行鍖銋以龢囉

啾衆聲也咇唧聲出貌行猶且也胡庚切鍖銋聲不進貌龢囉聲迭蕩相雜貌咇音筆唧音櫛鍖湯錦切銋奴錦切風鴻洞而

不絕兮優嬈嬈以婆娑鴻洞相連貌嬈嬈柔弱也婆娑分散貌廣雅曰嬈奇也翩緜連以牢落

兮漂乍棄而爲他說文曰漂浮也芳妙切他謂奇聲也言聲漂結而去棄其舊調而更爲奇聲要復遮其

蹊徑兮與謳謠乎相龢謳謠已發簫聲於其蹊徑要復而遮之與之相和也龢古和字故聽其巨音

則周流氾濫并包吐含若慈父之畜子也韓詩曰夫爲人父者必懷慈仁之愛以畜養其子也

含下闇切其妙聲則清靜厭瘱順敘卑迖若孝子之事父也妙聲聲之微妙也厭安靜

貌曹大家列女傳注曰㦁深邃也音翳字林曰迭滑也迭佗戾切科條譬類誠應義理澎濞慷慨一何壯士言聲之慷慨如壯士澎濞波浪相激之聲說文曰慷慨壯士不得志於心也優柔溫潤又似君子大戴禮曰優之柔之禮記曰溫潤而澤故其武聲則若雷霆輘輷佚豫以沸㥜輘輷大聲也埤蒼曰怫㥜不安貌輘力萌切輷呼萌切沸或爲潰扶味切㥜音謂其仁聲則若颽風紛披容與而施惠呂氏春秋曰南方曰颽風颽風長物故曰施惠容與寬裕之貌或雜遝以聚斂兮或拔撥以奮棄雜遝衆多貌拔撥分散也何休公羊傳注曰側手擊曰撥拔扶割切撥蘇割切悲愴怳以惻惐兮時恬淡以綏肆楚辭曰愴怳懭悢兮惻惐傷痛也廣雅曰恬靜也說文曰淡安也綏遲也王肅尚書注曰肆緩也被淋灑其靡靡兮時橫潰以陽遂孔安國尚書傳曰被及也淋灑不絕貌靡靡聲之細好也橫潰旁決貌陽遂清通貌言其聲或盛壯而細密時復橫潰而清通也橫音于孟切鄭玄周禮注曰陽清也又禮記注曰遂達也哀悁悁之可懷兮良醰醰而有味毛詩曰中心悁悁說文曰悁憂煩悁邑憂貌字林曰悁含怒也於玄切又曰醰甜同長味也大含切故貪饕者聽之而廉隅兮狠戾者聞之而不懟尚書曰叨懫曰欽孔安國曰貪饕急懫禮記曰儒者有砥礪廉隅戰國策曰張儀云趙王狠戾無親爾雅曰懟怨也剛毅彊虣反仁恩兮嘽唌逸豫戒其失字書曰虣古文暴字也嘽唌逸豫舒緩自放縱之貌嘽吐誕切唌音誕鍾期牙曠悵然而愕兮杞梁

之妻不能為其氣呂氏春秋曰伯牙鼓琴志在太山鍾子期曰善哉巍巍乎若太山須臾志在流水子期曰善哉洋洋若流水子期死伯牙破琴絕絃終身不復鼓琴以為世無人為鼓琴者按列女傳齊杞殖妻也齊莊公襲莒殖戰死杞梁之妻無子內外無五屬之親既非所歸乃就其夫之屍於其城下而哭之內誠動人道路過者莫不為之揮涕十日而城為之崩杞梁字殖名也鄭玄注禮魯襄公二十九年齊侯襲莒是也列子曰伯牙善鼓琴鍾子期善聽左氏傳曰師曠侍於晉侯杜預曰師曠晉樂太師字書曰愕驚也琴操曰杞梁妻嘆者齊邑芑梁殖之妻所作也殖死妻嘆曰上則無父中則無夫下則無子將何以立吾亦死而已援琴而鼓之曲終遂自投水而死芑與杞同也師襄嚴春不敢竄其巧兮浸遙叔子遠其類家語曰孔子學鼓琴於師襄七略有莊春言琴宋玉笛賦曰於是天旋少陰白日西靡命嚴春使叔子浸淫猶漸冉相親附之意也毛萇詩傳曰昔顏叔子獨處于室鄰之嫠婦又獨處室夜暴風雨至屋壞婦人趨而至叔子納之而使執燭放於平旦蒸盡摍屋而繼之自為避嫌不審矣趙岐孟子章句曰放至也方往切嚚頑朱均惕復惠兮桀跖鬻博儡以頓顇左氏傳富辰曰心不則德義之經為頑口不道忠信之言為嚚史記曰堯子丹朱不肖舜子商均亦不肖復惠復黠慧也桀夏桀也跖盜跖也莊子曰施及三王天下大駭矣下有桀跖上有曾史鬻夏育也古字同博申博也未詳其始陸機夏育贊曰夏育之猛千載所希申博角勇臨頷奮椎儡羸疾貌顇卽愁顇也吹參差而入道德兮故永御而可貴楚辭曰吹參差兮誰思王逸曰參差洞簫時奏狡弄則彷徨翱翔埤蒼曰彷徨猶彷徉也或留而不行或行而不留言逝止無常狡

急也弄小曲也愺恅瀾漫亡耦失疇埤蒼曰嶂嵺寂靜也嶂嵺與愺恅音義同愺麤老切恅閭草切瀾漫分散也上
林賦曰瀾漫遠遷薄索合沓罔象相求薄迫也索求也合沓重沓也罔象虛無罔象然也莊子曰黃帝遊赤水之
北遺其玄珠罔象求之而得故知音者樂而悲之不知音者怪而偉之故聞其悲
聲則莫不愴然累欷擎涕抆淚說文曰擎拭也匹結切廣雅曰歔欷悲也抆亦拭也亡粉切其奏
歡娛則莫不憚漫衍凱阿那腲腇者已憚漫衍凱歡樂貌阿那腲腇舒遲貌埤蒼曰腲腇肥貌腲
一罪切腇乃罪切是以蟋蟀蚸蠖蚑行喘息言所感深爾雅曰蟋蟀蛬也郭璞曰促織也爾雅曰蠖尺蠖也
郭璞曰今蝍蛆也周書曰蚑行喘息說行凡生類之行皆曰蚑蚑音奇說文曰喘疾息也螻蟻蝘蜓蠅蠅翊
翊方言曰南楚謂螻蛄爲括螻力侯切爾雅曰蚍蜉大螘螘與蟻同爾雅曰蜥蜴蝘蜓蝘於典切蜓徒典切蠅蠅翊翊遊行貌遷
延徙迤魚瞰雞睨皆蟲之形也遷延徙迤却退貌魚目不瞑雞好邪視故取喻焉瞰視也睨邪視也垂喙蛩
轉瞪瞢忘食韓詩外傳曰鶉賓有聲倮价之蟲無不延頸以聽說文曰喙口也許穢切或爲咮鳥口也都遘切蛩轉動貌埤
蒼曰瞪直視也直耕切瞢視不審諦也莫耕切況感陰陽之龢而化風俗之倫哉家語曰人也者天地
之德陰陽之交亂曰狀若捷武超騰踰曳迅漂巧兮狀聲之狀也捷武言捷巧曳亦踰也或爲蹝鄭
德曰蹝度也弋制切漂疾也妨妙切又似流波泡溲汎捷趨巇道兮泡溲盛多貌汎捷微小貌又云波急

之聲方言曰泡盛也薄交切溲所求切洸房法切埤蒼曰漣裁有水也所獵切巇道嶮巇之道哮呷呟喚躋躓連絕漏殄沌兮言其聲之大哮呷呟喚或躋或躓時連時絕漏然相亂殄沌不分也埤蒼曰哮嚇大怒也呼交切杜預左氏傳注曰躋升也將雞切漢書音義韋昭曰躓頓也竹利切漏胡忽切沌徒損切攪搜㶑捎逍遙踊躍若壞頹兮攪搜㶑捎水聲也壞頹言如物崩壞頹毀也攪胡卯切搜所卯切㶑胡角切捎所學切優游流離躊躇稽詣亦足眈兮韓詩曰搔首躊躇稽詣言聲稽留如有所詣也蒼頡篇曰詣至也頹唐遂往長辭遠逝漂不還兮頹唐隕墜貌本或無此十二字賴蒙聖化從容中道樂不淫兮中於道德雖樂不荒左氏傳曰吳公子札來聘爲之歌頌曰遷而不淫樂而不荒條暢洞達中節操兮言聲有條貫通暢洞達而中於節操終詩卒曲尚餘音兮言篇中文詩而曲將盡尚有餘音也吟氣遺響聯緜漂撇生微風兮漂撆餘響少騰相擊之貌漂匹遙切撆匹曳切連延駱驛變無窮兮

舞賦一首并序按周禮舞師樂師掌教舞有兵舞有干舞有羽舞有旄舞呂氏春秋曰堯時陰氣滯伏陽氣閉塞使人舞蹈以達氣舞者音聲之容也

傅武仲范曄後漢書曰傅毅字武仲扶風茂陵人也少博學建初中肅宗博召文學之士以毅爲蘭臺令史少逸氣亦與班固爲竇憲府司馬早卒

楚襄王既遊雲夢使宋玉賦高唐之事高唐賦序曰楚襄王與宋玉遊於雲夢之臺望高唐之觀

王曰試爲寡人賦之將置酒宴飲謂宋玉曰雲夢藪名在南郡華容縣高唐觀名此並假設爲辭寡人欲

觴羣臣何以娛之左氏傳曰欒盈觴曲沃人杜預曰飲酒於曲沃玉曰臣聞歌以詠言舞以

盡意尚書曰歌詠言孔安國曰歌詠其義以長其言毛萇詩序曰言之不足故嗟嘆之嗟嘆之不足故詠歌之詠歌之不足不知手

之舞之足之蹈之說苑曰聲樂易良而合於歌情盡舞意是以論其詩不如聽其聲謂言之不足故詠歌之

聽其聲不如察其形謂詠歌之不足故手舞足蹈也言不如視其舞形鄭玄注樂記曰宮商角徵羽雜比曰聲單曰

音激楚結風陽阿之舞張晏曰激楚歌曲也列女傳曰聽激楚之遺風結風亦曲名上林賦曰鄢郢繽紛激楚結

風文穎曰激衝激急風也結風迴風亦急風也楚地風既自漂疾然歌樂者猶復依激結之急風爲節楚辭曰宮庭震驚發激楚兮淮南

子曰夫足蹀陽阿之舞又曰歌采菱發陽阿鄭人聽之曰不若延露以和非歌者拙也聽者異也高誘曰陽阿古之名倡也材人

之窮觀天下之至妙噫可以進乎孔安國尚書傳曰噫恨辭也鄭玄注禮記曰噫弗寤之聲王曰

如其鄭何樂記曰鄭衛之音亡國之音也恐其同於鄭舞當如之何楚辭曰二八齊容起鄭舞王逸曰鄭國舞也玉曰

小大殊用鄭雅異宜韓詩曰舞則篡兮薛君曰言其舞應雅樂也弛張之度聖哲所施禮記

孔子曰一張一弛文武之道是以樂記干戚之容雅美蹲蹲之舞禮記曰干戚羽旄謂之樂鄭玄

曰干楯也戚斧也武舞所執也毛詩小雅曰坎坎鼓我蹲蹲舞我一本或云旌旄之舞 禮設三爵之制頌有醉
歸之歌禮記曰君子飲酒也禮三爵而油油以退鄭玄曰油油悅敬貌毛詩魯頌曰振振鷺鷺于飛鼓咽咽醉言歸于胥樂兮
夫咸池六英所以陳清廟協神人也樂動聲儀曰黃帝樂曰咸池顓頊樂曰五莖帝嚳樂曰六英宋均曰能爲天地四時六合之英華也毛詩曰清廟祀文王也尚書曰八音克諧神人以和鄭衛之樂所以娛密坐
接歡欣也禮記曰鄭衛之音亂世之音餘日怡蕩非以風民也其何害哉餘日聽覽之餘日也怡蕩怡悅放蕩也爾雅曰怡樂也毛詩序曰風教也王曰試爲寡人賦之玉曰唯唯夫何皎
皎之閑夜兮明月爛以施光古詩曰明月何皦皦楚辭曰夜皎皎兮旣明朱火曄其延起
兮燿華屋而熺洞房古詩曰朱火然其中青煙颺其閒廣雅曰熺熾也虛疑切楚辭曰姱容脩態絙洞房黼帳
袪而結組兮鋪首炳以焜煌司馬相如美人賦曰黼帳周垂袪猶舉也長門賦曰張羅綺之幔帳兮垂楚組之連綱漢書曰鋪首鳴說文曰鋪著門抪首陳茵席而設坐兮溢金罍而列玉觴毛詩曰文茵暢
轂鄭玄注曰茵蓐也詩曰我姑酌彼金罍鄭玄曰君黃金罍玉觴玉爵也周禮曰朝覲有玉几玉爵騰觚爵之斟酌兮
漫旣醉其樂康儀禮曰媵觚于賓又曰小臣請媵爵鄭玄曰今文媵皆作騰禮記禮器篇注曰凡觴一升曰爵二升曰觚
毛詩曰旣醉以酒楚辭曰君欣欣兮樂康毛萇詩傳曰康樂也嚴顏和而怡懌兮幽情形而外揚爾雅

曰懌樂也 文人不能懷其藻兮武毅不能隱其剛 言皆欲騁其材能效其技也左氏傳曰致果爲
毅 簡惰跳踃般紛挐兮淵塞沈蕩改恒常兮 言失度也簡惰疎簡怠惰也埤蒼曰踃跳也先
聊切紛挐相著牽引也毛詩曰其心塞淵毛萇曰塞實也淵深也 於是鄭女出進二八徐侍 楚辭曰二八齊
容起鄭舞淮南子曰鼓舞或作鄭舞高誘注曰鄭褏也楚王之幸姬善歌儛名曰鄭舞楚辭曰二八迭奏女樂羅些 姣服極麗
姁媮致態 姁媮和悅貌態謂姿態也姁況于切媮以朱切 貌嫽妙以妖蠱兮紅顏曄其揚華
毛萇詩傳曰嫽好貌理紹切妖蠱淑豔也揚華揚其光華 眉連娟以增繞兮目流睇而橫波 連娟細貌
繞謂曲也言眉細而益曲也上林賦曰長眉連娟橫波言目邪視如水之橫流也神女賦曰望余幬而延視兮若流波之將瀾 珠翠
的皪而炤燿兮華袿飛髾而雜纖羅 珠翠珠及翡翠也說文曰的皪珠光也劉熙釋名曰婦人上服
謂之袿上林賦曰飛纖垂髾司馬彪曰髾燕尾也衣上假飾子虛賦曰雜纖羅垂霧縠司馬彪曰纖細也 顧形影自整裝
順微風揮若芳 裝服也揮動也若杜也美人佩以爲芳香也七發曰揄流波雜杜若 動朱脣紆清陽 動朱
脣將歌也神女賦曰朱脣的其若丹毛詩曰有美一人清陽婉兮毛萇曰清陽眉目之閒 亢音高歌爲樂方 杜預左氏
傳注曰方法也 歌曰攄予意以弘觀兮繹精靈之所束 攄散也弘大也言精靈有所窘束今將舒
繹之也方言曰繹理也 弛緊急之絃張兮慢末事之骫曲 言將觀舞故緊急之絃先已張者今廢弛

之末事之亂曲者今輕慢之周禮曰弛縣也鄭玄曰弛釋下也說文曰緊纏絲急也蒼頡篇曰亂曲也於詭切言鄭衞之末事而委曲順
君之好無益故廢而慢之舒恢炱之廣度兮闊細體之苛縟恢炱廣大之貌苛縟煩數之貌言度之恢
炱者更令舒緩體之煩數者使之疎闊楚辭曰收恢台之孟夏兮炱與台古字通賈逵國語注曰苛煩也賀多切鄭玄喪服注曰縟數也
言舒廣大之度則細體之事不利於德者疎而闊之嘉關雎之不淫兮哀蟋蟀之局促毛詩序曰關雎
樂得淑女以配君子憂在進賢不淫其色毛詩曰蟋蟀刺晉僖公也儉不中禮蟋蟀在堂歲聿云暮今我不樂日月其除古詩曰蟋蟀傷
局促小見之貌啓泰真之否隔兮超遺物而度俗太真太極真氣也否隔不通也言所否閉隔絕使通
之呂氏春秋曰陶唐氏之時陰多滯伏陽道壅塞乃作舞宣導之莊子孔子謂老聃曰先生似遺物離人揚激徵騁清角
激徵清角皆雅曲名琴操曰伯牙鼓琴作激徵之音韓子師曠曰清徵之聲不如清角贊舞操奏均曲舞操而奏操也
琴道曰琴有伯夷之操樂汁圖徵曰聖人立五均均者亦律調五聲之均也宋均曰長八尺施絃形態和神意協從
容得志不劫雍容閑雅得其大體不相迫劫也協和也鄭玄禮記注曰劫脅也於是躡節鼓陳舒意
自廣言舞人躡鼓以爲節此鼓既陳故志意舒廣遊心無垠遠思長想莊子曰乘物以遊心晉灼曰垠崖也
其始興也若俯若仰若來若往雍容惆悵不可爲象象形象也謂停節之閒形態頓
之如惆悵失志也變態不極不可盡述其形象也其少進也若翺若行若竦若傾兀動赴度

指顧應聲兀然而動赴其節度手指目顧皆應聲曲羅衣從風長袖交橫王孫子曰衛靈公侍御數百隨
珠照日羅衣從風韓子曰長袖善舞駱驛飛散颯擖合并駱驛不絕貌颯擖屈折貌與曲度相合并也鶣𪆫
燕居拉㧺鵠驚鶣𪆫輕貌拉㧺飛貌鶣音篇拉音臘綽約閑靡機迅體輕綽約美貌閑美閑緩而柔
美赴曲機疾體自輕少上林賦曰便娟綽約莊子曰綽約若處子埤蒼曰嫺雅也機迅體輕言舞之回折如弩機之發迅姿絕倫
之妙態懷慤素之絜清神女賦曰懷貞亮之絜清說文曰慤貞也薛君韓詩章句曰素質也脩儀操以
顯志兮獨馳思乎杳冥修治儀容志操以自顯心志杳冥謂遠而出冥也對問曰翺翔乎杳冥之上在山
峨峨在水湯湯與志遷化容不虛生列子曰伯牙鼓琴志在登高山鍾子期曰善哉峨峨乎若太山
志在流水鍾子期曰善哉湯湯然若江河伯牙所念鍾子期必得之言舞人與志遷化亦如此者容不虛生必有所象也湯音洋明
詩表指嘳息激昂歌中有詩舞人表而明之指而合節表明也韓詩外傳曰魯哀公嘳然太息說文曰嘳太息也嘳與
喟同漢書王章妻謂章曰今在困厄不自激卬如淳曰激厲抗揚之意也卬我郎切氣若浮雲志若秋霜言既高且
絜也觀者增歎諸工莫當工樂師也於是合場遞進按次而俟遞迭也俟待也言待次第
而出也埒材角妙夸容乃理晉灼漢書注曰埒等言鬬巧妙也夸猶美也理謂裝飾也軼態橫出瑰
姿譎起眄般鼓則騰清眸吐哇咬則發皓齒瑰美也譎異也般鼓之舞載籍無文以諸賦言

之似舞人更遞蹈之而爲舞節古新成安樂宮辭曰般鼓鍾聲盡爲鏗鏘張衡七盤舞賦曰歷七盤而屣躡又曰般鼓煥以駢羅王粲七
釋曰七盤陳於廣庭疇人儼其齊俟揄皓袖以振策竦并足而軒跱邪睨鼓下伉音赴節安翹足以徐擊驟頓身而傾折卞蘭許昌宮賦
曰振華足以卻蹈若將絕而復連鼓震動而不亂足相續而不并婉轉鼓側蜲蛇丹庭與七盤其遞奏覲輕捷之翾翾義並同也說文曰
哇諂聲也於佳切咬淫聲也烏交切楚辭曰美人皓齒嫮以姱兮**摘齊行列經營切儗**指摘行列使之齊整經營
往來之貌摘佗歷切相摩切也鄭玄禮記注曰儗猶比也魚里切扱引也言舞人舉引皆有所比擬也廣雅曰扱引也**彷彿神**
動迴翔竦峙子虛賦曰若神仙之彷彿說文曰彷彿見不審也**擊不致筴蹈不頓趾**蹈鼓而足趾不
頓言輕且疾也**翼爾悠往闇復輟已**言翼然而往闇而復止闇猶奄也古人呼闇殆與奄同方言曰奄遽也**及**
至迴身還入迫於急節已輟止復迴身旋入舞場逼迫於曲之急節也**浮騰累跪跗蹋摩跌**
言舞者之容也浮騰跳躍也累跪進跪貌跗蹋摩跌或反足跗以象蹈或以足摩地而揚跌也鄭玄禮記注曰跗足趾也方于切字書曰
跌失蹠也徒結切**紆形赴遠漼似摧折**言要之曲折漼然以摧折紆曲其形以踴其身也漼折貌七罪切**纖**
縠蛾飛紛猋若絕纖縠細縠也蛾飛如蛾之飛也紛猋飛揚貌上林賦曰垂霧縠大戴禮曰食桑者有絲而蛾郭璞爾
雅注曰蠶蛾也**超踰鳥集縱弛殟歿**殟歿舒緩貌言舞勢超踰如鳥疾速飛集也縱弛之際又且舒緩弛捨也字林
曰鳥踰跳也殟烏骨切歿音沒**蜲蛇姌嫋雲轉飄曶**說文曰委蛇邪行去也姌嫋長貌蜲與逶同於危切蛇音移姌

如劍切嫋音弱如雲轉之疾也飄忽如風之疾也毛萇詩傳曰迴風為飄飄忽與忽同呼沒切體如游龍袖如素蜺
游龍素蜺喻美麗也宋玉神女賦曰蜿若游龍從風翺翔司馬相如大人賦曰垂絳幡之素蜺黎收而拜曲度究畢
言舞將罷徐收斂容態而拜曲度於是究畢蒼頡篇曰邌徐也邌與黎同力奚切曹憲曰瞭眂而拜上音戾下居蚪反今檢玉篇目部無
此二字遷延微笑退復次列舞畢退次行列也好色賦曰遷延引身觀者稱麗莫不怡悅
於是歡洽宴夜命遣諸客言懽情已洽而宴迫於夜故命遣諸客也擾攘就駕僕夫正策
埤蒼攘疾行貌史記曰天下攘攘僕夫執駕者策轡也大戴禮曰驪駒在門僕夫具存車騎並狎巃嵸逼迫狎謂
多而相排也巃嵸聚貌巃力董切嵸音揔良駿逸足蹌捍凌越駿馬也逸疾也爾雅曰蹌動也蹌捍馬走疾之貌言
馬駿逸奔突而走相凌越也龍驤橫舉揚鑣飛沫鄒陽上書曰蛟龍驤首鑣馬勒旁鐵也馬舉首而橫走動鑣則
飛馬口之沫也馬材不同各相傾奪傾奪謂馳競也或有踰埃赴轍霆駭電滅列子伯樂
曰天下之馬絕塵弭轍言馬踰越於塵埃之前以赴車轍如雷霆之聲忽驚忽滅也蹠地遠羣闇跳獨絕許慎淮南
子注曰蹠踏也遠出於羣言疾速之甚也鄭玄尚書五行傳曰闇跳行疾貌闇跳獨絕言行急無比也或有宛足鬱怒
般桓不發言馬按足緩步鬱怒氣遲留不發也周易曰初九盤桓利居貞後往先至遂為逐末言逸材之
馬雖後往而能先至遂為馳逐者之末也逐者以發足為本或有矜容愛儀洋洋習習鄭玄毛詩注曰洋洋

莊敬貌又詩箋云翯翯和調貌遲速承意控御緩急言遲速任意也毛詩曰又良御忌抑磬控忌毛萇曰止馬曰控忌辭也音冀家語孔子曰御者同是車馬其所為進退緩急異也車音若雷騖驟相及長門賦曰雷隱隱而響起聲象君之車音言車聲隱隱如遠雷之音相連屬也駱漠而歸雲散城邑駱漠駱驛紛漠奔馳之貌中夜車皆歸城邑之中寂然而空有同雲散也天王燕胥樂而不泆毛詩曰籩豆有且侯氏燕胥皆也皆來相與燕也孝經曰滿而不溢娛神遺老永年之術優哉游哉聊以永日家語孔子歌曰優哉游哉聊以卒歲毛詩曰且以喜樂且以永日

文選卷第十七

賜進士出身通奉大夫江南蘇松常鎮太等處承宣布政使司布政使胡克家重校刊

文選卷第十八

梁昭明太子撰

文林郎守太子右內率府錄事參軍事崇賢館直學士臣李善注上

音樂下

馬季長長笛賦一首　嵇叔夜琴賦一首

潘安仁笙賦一首　成公子安嘯賦一首

長笛賦并序 周禮笙師掌教吹笛說文曰笛七孔長一尺四寸今人長笛是也風俗通曰笛滌也蕩滌邪志納之雅正

馬季長 范曄後漢書曰馬融字季長扶風茂陵人也將作大匠嚴之子為人美容貌有俊才好吹笛為校書郎順帝時遷南郡太守免與馬皇后親坐高堂施絳帳前授生徒後列女樂鄭玄盧植皆其弟子後拜議郎卒

融既博覽典雅精核數術 仲長子昌言曰精核是非議之嘉也說文曰覈考實事也核與覈古字通漢書曰術數者皆義和卜史之職韋昭曰歷數占術也 又性好音能鼓琴吹笛而為督郵無留事 韋昭釋名曰督郵主諸縣罰負殿糾攝之也辨位曰言督郵書掾者郵過也此官不自造書主督上官所下所過之書也史記齊威王語即墨

大夫曰自子之居卽墨無留事獨臥郿平陽鄔中有雒客舍逆旅漢書右扶風有郿縣平陽鄔聚邑之
名也鄔烏古切毛詩曰王餞于郿毛萇曰地名說文曰鄔小障也一
曰庳城在阜部服虔通俗文曰營居曰鄔左氏傳荀息曰今虢爲不
道保於逆旅吹笛爲氣出精列相和歌錄曰古相和歌十八曲氣出一精列二魏武帝集有氣出精列二古曲
融去京師京師謂洛陽也踰年蹔聞甚悲而樂之追慕王子淵枚乘劉伯康
傅武仲等簫琴笙頌唯笛獨無王子淵作洞簫賦枚乘未詳所作以序言之當爲笙賦文章志曰劉玄字
伯康明帝時官至中大夫作簧賦傅毅字武仲作琴賦故聊復備數作長笛賦其辭曰
惟籦籠之奇生兮于終南之陰崖字林曰惟有也戴凱之竹譜曰籦籠竹名毛詩曰終南何有毛萇曰
周之山名尚書大傳曰觀乎南山之陰謂山北託九成之孤岑兮臨萬仞之石磎山海經曰桓山四成
郭璞曰成亦重也言九者數之多也爾雅曰山小高曰岑孔安國曰
八尺曰仞包氏曰七尺曰仞爾雅曰山瀆無所通谿尸子曰焦原者
臨萬仞之谿特箭稾而莖立兮獨聆風於極危箭稾二竹名也言似二竹或生而莖立或生於極危
爾雅曰東南之美者會稽之竹箭焉郭璞方言注曰箭者竹名也鄭
玄周禮注曰箭幹謂之稾尚書曰惟箘簵楛鄭玄曰箘簵蒼頡篇曰
聆聽也音零秋潦漱其下趾兮冬雪揣封乎其枝說文曰潦雨水也鄭玄周禮注曰漱齧也爾雅
曰趾足也鄭玄毛詩箋曰團聚貌揣與團古字通徒歡切漢書音義孟康曰揣持也巔根跱之槷刖兮感迴飆

而將頹巔根根生於顛也作顛根將顛墜也埶刖危貌感觸也爾雅曰飈颻謂之猋猋與飈同頹落也埶吾結切刖五刮切夫其面旁則重巘增石簡積頵砡面前也爾雅曰重巘隒郭璞曰謂山形如累巘巘甑山狀似之因以名也又曰簡大也說文曰頵頭落也五隕切字林曰砡齊頭也牛六切兀嶁狋䶨傾㕴倚伏兀嶁狋䶨嵬峻之貌嶁力于切狋助緇切䶨魚飢切庨䆗巧老港洞坑谷庨䆗巧老深空之貌港洞相通也庨苦交切䆗郎交切巧老依字港胡貢切嶰壑澮峴峪窨巖𥨊爾雅曰小山別大山曰嶰又兩山夾澗也澮峴嶰壑深平之貌鄭玄曰澮所以通水於川也峴音兌峪卽坎也周易曰入於坎窞凶王弼曰最處峪底也說文曰窞坎中小坎也徒感切巖深巖也說文曰巖岸也巖𥨊不平也廣雅曰𥨊窟也字從穴從復扶福切運衺穿洝岡連嶺屬運衺迴旋相纏也穿洝阜曲不平也屬連也穿於孤切洝音按林簫蔓荊森橚柞樸說文曰篠小竹也簫與篠通本草經曰蔓荊實味苦森橚木長貌鄭玄毛詩箋曰柞櫟也子落切樸包木也補木切於是山水猥至渟涔障潰廣雅曰猥衆也埤蒼曰渟水止也薛君韓詩章句曰涔漁池也音岑賈逵國語注曰障防也字林曰潰旁決也顄淡滂流碓投瀺穴顄淡水搖蕩貌顄胡感切淡徒敢切碓投似碓之所投也說文曰碓舂也都隊切瀺水注聲也字林曰流水行也瀺穴瀺注隙穴也士咸切爭湍苹縈汩活澎濞許愼淮南子注曰湍水疾也苹縈迴旋之貌汩活疾貌字林曰澎濞水瀑至聲也苹芳耕切汩古沒切活古活切波瀾鱗淪窊隆詭戾爾雅曰大波爲瀾郭璞曰言蘊淪也鱗淪相次貌說文曰窊邪下也窊隆高下貌詭戾乖違貌窊烏瓜切

濡瀑噴沫犇遯碭突濡瀑沸湧貌噴沫跳沫也碭徒郎切搖演其山動杌其根者歲五
六而至焉說文曰搖動也賈逵國語注曰演引也張揖注漢書上林賦曰杌搖也字林曰至到也是以閉介無
蹊人迹罕到孟子曰山徑之蹊閒介然用之而成路趙岐曰介然人用之不止則蹊成為路杜預注左氏傳曰介猶閒也閒
介一也蹊徑也言山閒隔絕無有蹊徑也漢書曰舟車所不至人迹所不及猨蜼晝吟鼯鼠夜叫爾雅曰蜼卬鼻
而長尾張揖上林賦注曰蜼似獼猴而大郭璞爾雅注曰鼯鼠一名夷由狀如小狐似蝙蝠肉翅亦謂之飛生聲如人呼寒熊振
頷特麚昏髟振動也方言曰頷頤也胡感切爾雅曰鹿牡麚牝麀也昏視髟長髦也言或顧視或振髦昏昌夷切髟方妙切
山雞晨羣壄雉晁雊毛詩曰雉之朝雊尚求其雌說文曰雄雞之鳴為雊壄古野字晁古朝字求偶鳴子
悲號長嘯由衍識道噍噍讙譟由衍貌羽獵賦曰噍噍昆鳴噍子由切鄭玄周禮注曰譟讙也經
涉其左右哤聒其前後者無晝夜而息焉左右謂林之左右國語管子曰四民雜處則其言哤
哤聒雜聲也說文曰聒讙語也夫固危殆險巇之所迫也險巇猶傾側也衆哀集悲之所積
也故其應清風也纖末奮蕱錚鐄謍嗃方言曰揹動也蕱與揹同所交切謍嗃並謂其彷聲也錚
鐄聲也錚士庚切說文曰錚金聲鐄與鍠同音宏字林曰謍小聲也呼盲切埤蒼曰嗃大呼也呼交切若絙瑟促柱號
鍾高調淮南子曰張瑟者小絃絙大絃緩高氏注曰絙急也楚辭曰絙瑟兮交鼓又曰破伯牙之號鍾王逸曰絙急張絃也博物

志曰鑑脅號鍾會琴名於是放臣逐子棄妻離友彭胥伯奇哀姜孝己彭彭咸胥伍子胥也琴操曰尹吉甫周上卿人也有子伯奇伯奇母死更娶後妻生伯邦乃譖伯奇於吉甫曰見妾有美色然有邪心吉甫曰伯奇為人慈仁豈有此也妻曰試置空房中君登樓而察之後妻知伯奇仁孝乃取毒蜂綴衣領伯奇前持之於是吉甫大怒放伯奇於野宣王出遊吉甫從伯奇乃作歌感之於宣王宣王曰此放子辭吉甫乃求伯奇射殺後妻左傳曰魯哀公夫人姜氏歸於齊將行哭而過市曰天乎仲為不道殺適立庶市人皆哭魯人謂之哀姜帝王世紀曰高宗有賢子孝己其母早死高宗惑後妻之言放之而死天下哀之尸子曰孝己事親一夜而五起視衣厚薄枕之高下也家語曰曾子遣妻告其子曰高宗以後妻殺孝己尹吉甫以後妻放伯奇吾上不及高宗中不及吉甫庸知得免於非乎攢乎下風收精注耳收精不窺注耳專聽靁歎頹息掐膺擗標歎聲若雷息聲若頹也楚辭曰吒增歎兮如雷靁與雷古今字也爾雅曰焚輪謂之頹郭璞曰暴風從上下也埤蒼曰掐爪也說文曰膺胸也國語曰無掐膺韋昭曰掐叩也苦洽切魏書程昱傳曰昱於魏武前忿爭聲氣忿高邊人掐之乃止毛詩曰寤擗有標毛萇曰擗標拊心貌泣血泫流交橫而下毛詩曰鼠思泣血禮記曰高子皋之執親之喪泣血三年未嘗見齒楚辭曰橫垂涕兮泫流通旦忘寐不能自禦淮南子曰病疵瘕者通旦不寐鄭玄周禮注曰禦禁也於是乃使魯般宋翟構雲梯抗浮柱魯宋二國名也淮南子曰魯般古之巧人注公輸班也為木鳶而飛論衡曰魯班刻木為鳶飛三日不下為母作木車木人為御機關一發遂去不還人謂班母亡翟墨子之名也墨子曰公輸般為雲梯垂成大山四起所

謂善攻具也必取宋於是墨子見公輸般而止之張湛列子注曰雲梯可以凌虛甘泉賦曰抗浮柱之飛榱按墨子削竹以爲鵲鵲三日不行韓子云爲木鳶三年不飛一日而敗抱朴子曰墨子名翟宋人或云孔子時人或云在後今案其人在七十弟子後也蹉纖根跋篾縷言以足蹉躡纖根又跋躡細縷也蹉七何切一作搓埤蒼曰搓擲也方言曰篾小也縷言細似縷也上林賦曰布結縷顏監注蔓生着地之處皆生細根如相結故名縷今俗呼鼓箏草而幼童對銜之手鼓中央則聲如箏因以名彼雖草名抑亦義兼似縷也膺陗阤腹陘阻言以膺服於陗阤而腹突於陘阻也淮南子曰岸陗者必阤許慎曰陗峻也七笑切阤落也直紙切字林曰阤小崩也爾雅曰山絕陘郭璞曰連山中斷也陘音刑逮乎其上匍匐伐取挑截本末規摹彠矩聲類曰挑決也鄭玄毛詩箋曰挑支落之侻堯切說文曰摹規也莫奴切彠亦矱字王逸楚辭注曰矱度也矩法也彠於縛切夔襄比律子壄協呂尚書帝曰夔命汝典樂教胄子家語孔子學琴於師襄鄭玄周禮注曰比次也周禮大師掌六律六呂六律陽聲黃鍾太簇姑洗㽔賓夷則無射六呂陰聲大呂應鍾南呂林鍾中呂夾鍾左氏傳曰師曠侍於晉侯杜預曰曠晉樂太師子野也孟子曰師曠之聰不以六律不能正五音十二畢具黃鍾爲主呂氏春秋曰黃帝命伶倫爲律伶倫制十二籥聽鳳鳥之鳴以別十二律以比黃鍾之宮故黃鍾宮律之本也高誘曰六律六呂各有管也故曰十二籥漢書律歷志曰十二陽六爲律陰六爲呂律者黃帝之所作也黃帝使伶倫自大夏之西昆侖之陽取竹解谷生其薄厚均者斷兩節閒吹之以爲黃鍾之律本氣至則應六律六呂者述十二月之音氣也黃鍾律呂之長故曰爲主橋揉斤械剸掞度擬蒼頡篇曰矯正也鄭玄周

禮注曰揉謂以火橋也如酉切說文曰斤斫木又曰械治也字林曰
剸裁也大丸切又曰剡銳也周易曰掞木爲矢掞與剡音義同度擬
量度比擬也 鏓硐隤墜程表朱裏說文曰鏓大鑿中木也然則以木通其中皆曰鏓也蘇董切廣雅曰硐磨也音
動說文曰隤墜也徒雷切爾雅曰墜落也說文曰程示也張晏漢書注曰表猶外也 定名曰笛以觀賢士以其滌穢
故可觀士 陳於東階八音俱起儀禮大射禮曰樂人宿縣于階東周禮曰播之以八音孔安國注曰八音金石絲竹
匏土革木 食舉雍徹勸侑君子食舉謂進食於天子而設樂食竟奏詩之樂以徹食徹去也蔡雍禮樂志曰天子中
樂殿中食舉樂也周禮曰及徹而歌徹鄭玄曰歌之者歌雍也周禮曰王以樂侑食鄭玄曰侑助也 然後退理乎黃門
之高廊漢書音義如淳曰今樂家五日一習爲理樂桓譚新論曰漢之三主內置黃門工倡 重丘宋灌名師郭
張漢書曰平原郡有重丘縣名師有名師也宋灌郭張皆其姓也 工人巧士肄業脩聲工樂人也巧使巧也賈逵
國語注曰肄習也 於是遊閑公子暇豫王孫史記曰宛孔氏有遊閑公子之名國語優施曰我教暇豫之事
君韋昭曰閑暇也服虔曰諸公閑遊戲若依服解閑當工莧切韋昭曰優游閑暇也按史記貨殖傳有遊閑公子飾冠劍連車騎此則韋
說勝閑音閑豫樂也 心樂五聲之和耳比八音之調左氏傳曰五聲六律杜預曰五聲宮商角徵羽 乃
相與集乎其庭詳觀夫曲胥之繁會叢雜何其富也胥亦曲也字或爲引蔡雍琴操
有思歸引衛女之所作富謂聲之富也 紛葩爛漫誠可喜也紛葩盛多貌 波散廣衍實可異

也毛萇詩傳曰衍溢也掌距劫遻又足怪也言聲之相逆遻也說文曰掌柱也鄭玄禮記注曰劫脅也郭璞穆天子傳注曰遻觸也五故切啾咋嘈啐似華羽兮絞灼激以轉切蒼頡篇曰啾衆聲也鄭玄周禮注曰咋咋然聲大也仕白切埤蒼曰嘈啐聲貌嘈音曹啐才喝切鶡冠子曰南方萬物華羽焉故調以羽絞灼激聲相繞激也切猶磨切也震鬱怫以憑怒兮耾碭駭以奮肆楚辭曰怫鬱兮弗陳王逸曰蘊積也怫扶弗切左氏傳蹶由曰今君震電憑怒杜預曰憑大也埤蒼曰耾聲貌碭突也杜預左氏傳注曰肆放也氣噴勃以布覆兮乍跱蹠以狼戾蒼頡篇曰噴吒也普寸切或作憤防粉切勃盛貌布覆周布四覆也跱蹠言其聲跱立如有所蹠蹋也狼戾乖背也戰國策張儀曰趙王狼戾無親靁叩鍛之岌峇兮正瀏溧以風冽言音如靁之叩鍛岌峇爲聲也蒼頡篇曰鍛椎也都亂切岌苦協切峇苦合切漢書音義孟康曰瀏清也毛萇詩傳曰溧寒也說文曰冽清也瀏溧清涼貌冽寒貌薄湊會而凌節兮馳趣期而赴躓凌乘也節曲節也趣向也期會也躓謂顛仆也爾乃聽聲類形狀似流水又象飛鴻列子曰伯牙鼓琴志在流水鍾子期曰洋洋乎若江河琴道曰伯夷操似鴻鴈之音汜濫溥漠浩浩洋洋汜濫任波搖蕩之貌說文曰汜濫也上林賦曰汎淫汜濫溥漠以翮撫水之貌謂飛鴻之狀也長矕遠引旋復迴皇孟康漢書注曰矕視也莫干切廣雅曰引伸也李尤七疑曰迴皇競集充屈鬱律瞋菌碨抰皆衆聲鬱積競出之貌屈音掘瞋尺鄰切菌去倫切碨於迴切抰烏郎切酆琅磊落駢田磅唐衆聲宏大四布之貌

鄲普耕切琅力耕切磅唐廣大盤礴也宋玉笛賦曰磅唐千仞取予時適去就有方莊子曰去就取予能知六者塞
道者也高誘呂氏春秋注曰適中適也毛萇詩傳曰方則也洪殺衰序希數必當鄭玄周禮注曰殺減也所屆切
左氏傳魏獻子曰遲速衰序杜預曰衰差序次也衰楚危切微風纖妙若存若亡老子曰若存若亡藎滯
抗絕中息更裝方言曰燼餘也藎與燼同在進切喪服子夏傳曰抗極也許慎淮南子注曰裝束也調更裝而奏之奄
忽滅沒曄然復揚方言曰奄遽也曄盛貌或乃聊慮固護專美擅工聊慮固護精心專一
之貌說文曰擅專也漂淩絲簧覆冒鼓鍾漂淩謂漂蕩淩駕也覆冒謂掩覆冠冒也風俗通曰簧笙中簧也大笙謂
之簧或乃植持縼纆佁儗寬容言聲或植立而相牽引持似於縼纆也說文曰縼以長繩繫牛也徐絹切漢書
音義張晏曰二股謂之糾三股謂之纆佁儗寬容之貌佁勑吏切儗五吏切簫管備舉金石並隆毛詩曰既備乃
奏簫管備舉漢書曰石曰磬金曰鍾鄭玄禮記注曰隆盛也無相奪倫以宣八風尚書曰八音克諧無相奪倫呂
氏春秋曰舜以夔為樂正於是正六律和均五聲以通八風杜預左氏傳注曰八風八方之風金乾主磬其風不周石坎主鼓其風廣莫
華艮主笙其風明庶匏震主簫其風條竹巽主柷敔其風清明木離主瑟琴其風景絲坤主鍾其風涼土兌主壎其風閶闔律呂
既和哀聲五降左氏傳醫和對晉平公曰先王之樂中聲以降五降之後不容彈矣杜預曰聲成五降而息也降罷退也
曲終闋盡餘絃更興鄭玄禮記注曰闋終也苦穴切繁手累發密櫛疊重左氏傳醫和曰於是

有煩手淫聲慆堙心耳乃忘平和君子不聽也手煩不已則雜聲並奏記傳所謂鄭衛之聲謂此也樂記曰鄭衛之音亂世之音也又雜

樂姦聲以濫溺而不止鄭音好濫淫志衛音促速煩志言鄭衛之聲煩手雜也窗櫛密如櫛也毛詩曰其比如櫛

踾踧攢仄

蜂聚蟻同踾踧迫蹙貌攢仄攢聚貌埤蒼曰踾蹋地聲也字林曰踧踖不進踾音複踧子六切衆音猥積以送

厥終然後少息蹔怠雜弄閒奏易聽駭耳有所搖演言變易人之視聽也搖動也演

引也言有所動引於心安翔駘蕩從容闡緩毛萇詩傳曰閒代也莊子曰惠施之材駘蕩而不得駘蕩安翔貌蒼

頡篇曰闡開也漢書曰闡諧慢易之音作惆悵怨懟窳圔窴赧字林曰懟怨也窳圔聲下貌圔於洽切窴赧聲緩也

窴耻輦切赧女善切聿皇求索乍近乍遠聿皇疾貌臨危自放若頹復反蚡緼繙紆

緸冤蜿蟺蚡緼繙紆聲相糾紛貌蚡扶云切緼於文切緸冤蜿蟺盤屈搖動貌鄭玄曰蜿委也緸音因蜿於阮切蟺音善笢

笏抑隱行入諸變笢笏抑隱手循孔之貌毛萇詩傳曰行往也鄭玄周禮注曰變猶更也樂成則更奏絞槩汨

湟五音代轉絞槩汨湟音相切摩貌言聲相絞槩如水之聲汨湟水流貌絞古巧切槩古愛切汨于筆切湟音黃挼挐

捘搣遞相乘邅說文曰捘摧也奴迴切蒼頡篇曰挐捽也引也奴家切廣雅曰捘按之也子潰切搣猶抑也邅邅迴也張

連切一云邅當爲蹍蹍司馬彪莊子注曰蹍蹈也女展切反商下徵每各異善反商猶變商也淮南子曰變宮生徵

變徵生商變商生羽琴道曰下徵七絃揔會樞極沈約宋書曰下徵調法林鍾爲宮南呂爲商注云第三孔也本正聲黃鍾之羽今爲下

徵之商也故聆曲引者觀法於節奏察變於句投以知禮制之不可踰越
焉廣雅曰聆聽也引亦曲也蔡邕琴操曰思歸引者衞女之所作也琴引者秦時倡屠門高之所作也禮記曰文采節奏聲之飾也說
文曰逗止也投與逗古字通音豆投句之所止也聽簉弄者遙思於古昔虞志於怛惕以知
長戚之不能閑居焉簉弄蓋小曲也說文曰簉倅字如此毛萇傳曰怛怛惕惕憂勞也閑音閑故論記其
義協比其象徬徨縱肆曠瀁敞罔老莊之槩也老子已見遊天台賦史記曰莊子者蒙人
也名周其要本歸於老子之言其言汪洋自恣其適己也曠若廣切敞罔大貌槩猶節也溫直擾毅孔孟之方也
尚書曰皐陶曰擾而毅直而溫言正直而有溫和也溫和正直柔而能毅也史記曰孔子名丘字仲尼姓孔氏魯昌平鄉陬邑人又曰孟
軻鄒人也序詩書述仲尼之意激朗清厲隨光之介也激切明朗清而能厲厲列也莊子曰湯將伐桀因卞隨而
謀之卞隨曰非吾事也湯又因瞀光而謀之瞀光曰非吾事也湯伐桀克之以讓卞隨卞隨曰再來漫我以其辱行乃自投桐水而死湯又
讓瞀光曰無道之世不踐其土況尊我乎乃負石而自沈廬水高士傳曰湯伐桀求道于卞隨卞隨不應及滅讓於卞隨卞隨曰君以我爲食
天下遂投瀘水而死湯又讓務光光亦投水而死劉熙孟子注曰介操也牢剌拂戾諸賁之氣也牢剌牢落乖剌
也說文曰剌戾也左氏傳曰吳公子光享王鱄諸抽劍刺王說苑曰勇士孟賁水行不避蛟龍陸行不避虎狼節解句斷管
商之制也史記曰管仲夷吾者穎上人也任政於齊又曰商君者衞之諸庶孽子也名鞅姓公孫氏好刑名之學秦封之於商

號商君條決繽紛申韓之察也言科條能分決繽紛能整理也史記曰申不害者京人也學本於黃老而主刑
名又曰韓非者韓之諸公子也喜刑名法術之學見韓稍弱數以書諫韓王王不能用乃觀王者得失之變作孤憤五蠹說林十萬言秦
王見其書曰嗟乎寡人得見與之游死不恨繁縟駱驛范蔡之說也辭旨繁縟又相連續也說文曰縟彩飾也
范雎蔡澤並辯士也范雎已見西京賦蔡澤見歸田賦犖櫟銚𨯫晳龍之惠也犖櫟銚𨯫皆分別節制之貌犖
音犖櫟音歷銚他堯切𨯫胡麥切左氏傳曰鄭駟歂殺鄧晳而用其竹刑杜預曰鄧晳鄭大夫也史記曰公孫龍趙人爲堅白同異之辨
晉太康地記曰汝南西平縣有淵水可用淬刀劍特利故有堅白之論云黃以爲堅白以爲利也或辯之曰白所以爲不堅黃所以爲不
利也上擬法於韶箾南籥左氏傳昭二十九年吳公子札來聘魯人爲奏四代樂見舞韶箾者曰德至哉杜預曰舜
樂也音簫又曰見舞象箾南籥者曰美哉杜預曰象箾舞者所執南籥舞也文王樂也南言文王化自北而南謂從岐周被江漢也爾雅
釋樂曰大籥謂之產注籥如笛三孔而短小廣雅曰七孔箾音簫中取度於白雪淥水宋玉諷賦曰臣援琴而鼓
之作幽蘭白雪之曲淮南子曰手會淥水之趣高誘曰淥水古詩下采制於延露巴人淮南子曰歌采菱發陽阿
鄙人聽之不若延露以和宋玉對問曰客有歌於郢中者其始曰下里巴人是以尊卑都鄙賢愚勇懼毛萇
詩傳曰子都世之美好者鄙陋也吕氏春秋曰愚智勇懼可得而知魚鼈禽獸聞之者莫不張耳鹿駭
熊經鳥申鴟眎狼顧拊譟踴躍鹽鐵論曰邊境無鹿駭狼顧之憂淮南子曰鴟視而狼顧熊經而鳥申此

養形之人也莊子音義曰熊經若熊之攀樹而引氣也**各得其齊人盈所欲**禮記曰樂者樂也君子樂得其道小人樂得其欲齊分限也在細切**皆反中和以美風俗**禮記曰喜怒哀樂之未發謂之中發而皆中節謂之和漢書王尊曰廣教化美風俗**屈平適樂國介推還受祿**言各反其常性也屈平屈原也必適樂國而求仕不沈湘流以殞身也史記屈原者名平楚人同姓為懷王左司徒為上官大夫心害其能讒平及懷王卒襄王立又為令尹子蘭使上官大夫短屈原於襄王王怒而遷之原至江南乃作懷沙賦於是懷石因投汨羅以死也今言屈平聞此笛聲即還之楚國不投汨羅而死下他皆放此毛詩曰適彼樂國左氏傳僖二十四年晉侯賞從亡者介之推不言祿祿亦不及推曰獻公之子九人唯君在矣惠懷無親內外弃之天未絕晉必將有主主晉祀者非君而誰而二三子以為己力不亦誣乎其母曰盍亦求之以死誰懟對曰尤而效之其又甚焉其母曰能如是乎與汝皆隱遂死而晉侯求之不獲以綿上為之田**澹臺載尸歸皐魚節其哭**博物志曰澹臺滅明之子溺死於江弟子欲收而葬之明止之曰螻蟻何親魚鼈何仇弟子曰何夫子之不慈乎對曰生為吾子死非吾鬼遂不收葬韓詩外傳曰孔子出行聞有哭聲甚悲則皐魚也披褐擁劍哭於路左孔子下車而問其故對曰吾少好學周流天下以後吾親死一失也高尚其志不事庸君而晚仕無成二失也少擇交遊寡親友而老無所託三失也夫樹欲靜而風不止子欲養而親不待往而不可反者年也逝而不可追者親也吾於是辭矣立哭而死孔子謂弟子曰識矣於是門人辭歸養親者一十三人**長萬輟逆謀渠彌不復惡**左傳曰莊十二年長萬南宮萬也弒宋閔公於蒙澤蒙澤宋地梁國有蒙縣南宮氏長萬名也左傳曰桓十二年傳云初鄭伯

將以高渠彌爲卿昭公惡之固諫不聽昭公立懼其殺己辛卯殺昭
公而立公子亹君子謂昭公知所惡矣公子達曰高伯其爲戮乎復
惡已甚矣注曰公子達魯大夫復重本爲昭公所惡而復殺
君重也昭公鄭莊公子忽姓高渠彌名也鄭家大將欲爲卿蒯聵能
退敵不占成節鄂左傳曰定十四年衛靈公逐太子蒯聵太子奔宋至哀公二年衛靈公卒而立蒯聵之子輒爲衛侯
晉趙鞅乃納蒯聵于戚至哀三年衛石姑帥師圍之父子爭國爲讎
敵也韓詩外傳云不占陳不占也齊人崔杼弒莊公陳不占聞君有
難將往赴之食則失哺上車失軾其僕曰敵在數百里外而懼怖如
是雖往其益乎占曰死君之難義也無勇私也乃驅車而奔之至公
門之外聞鼓戰之聲遂駭而死君子謂不占無勇而能行義可謂志
士矣愕直也從邑者乃地名也非此所施也字林曰鄂直言也謂節
操蹇鄂而不怯懦也王公保其位隱處安林薄楚辭曰露新夷死林薄王逸曰草木交曰薄宦夫樂
其業士子世其宅淮南子曰古者至德之時農安其業大夫安其職而處士脩其道鱏魚喁於水裔
仰駟馬而舞玄鶴韓詩外傳曰昔伯牙鼓琴而淫魚出聽瓠巴鼓琴而六馬仰沫淮南子瓠巴鼓瑟而淫魚出聽注曰
瓠巴楚人也亦善於瑟淫魚出頭於水而聽之淮南子水濁則魚噞
喁政苛則人亂注楚人噞喁魚出頭也淮南子伯牙鼓琴而鳴馬仰
秣卽頭去謂爲笑韓子師曠援琴一奏有玄鶴二八來集再奏而列
三奏延頸而鳴舒翼而舞尚書大傳曰虞舜歌樂曰和伯之樂舞玄
鶴于時也緜駒吞聲伯牙毀絃孟子淳于髡曰昔緜駒處高唐而齊右善歌伯牙已見上瓠巴聑
柱磬襄弛懸列子曰瓠巴鼓琴而鳥舞魚躍孫卿子曰昔瓠巴鼓琴潛魚出聽江邃文釋曰瓠巴齊人也說文曰聑安也丁

箎切論語曰擊磬襄入于海周禮曰大喪令弛懸鄭玄曰弛釋下也懸鍾格也留眂瞠眙累稱屢讚字林曰瞠直視貌蒼頡篇曰瞠直下視貌丑庚切字林曰眙驚貌敕吏切失容墜席搏拊雷抃廣雅曰搏擊也說文曰抃拊手也雷抃聲如雷也僬眇睢維涕洟流漫僬眇睢維目開合之貌僬子小切方言曰眇小也亡小切聲類曰睢大視也字林曰睢仰目也許惟切字林曰維持也周易曰齎咨涕洟王弼曰齎咨嗟嘆之聲也說文曰洟鼻液也敕計切是故可以通靈感物寫神喻意喻曉也禮記曰樂和故萬物皆化言可以通於神靈感致萬物舒寫精神曉喻志意也致誠効志率作興事致極也効驗也尚書咎繇曰率作興事慎乃憲欽哉孔安國曰憲法也天子率臣下為起治事當慎汝法度敬其職也溉盥汙濊澡雪垢滓矣毛萇詩傳曰溉滌也古載切本或為槩音義同禮記曰食於簋者盥亦滌也公緩切說文曰濊水多也澡洗手也莊子曰澡雪而精神高誘淮南子注曰雪拭也說文曰滓澱也滓壯里切澱音殿昔庖羲作琴神農造瑟庖羲即伏羲也琴操曰昔伏羲氏之作琴所以修身理性反天真也淮南子曰神農之初作瑟以歸神反望及其天心也女媧制簧暴辛為塤禮記曰女媧之笙簧世本曰女媧作簧暴辛為塤宋均曰女媧黃帝臣也暴辛周平王時諸侯作塤有三孔郭璞爾雅注曰塤燒土為之大如雞卵塤虛袁切倕之和鐘叔之離磬禮記曰垂之和鐘叔之離磬鄭玄曰垂堯之共工也世本曰叔舜時人和離謂次序其聲縣也或鑠金礱石華睆切錯皆理器之名也樂汁圖徵曰鑠金為鐘四時九乳鑠金雖出樂緯此金謂黃金摠飾眾器非止鐘也賈逵注傳曰消鑠也說文曰金有五色黃為長

鑠與爍同國語張老曰天子之室斲其椽而礱之加密石焉韋昭曰礱磨也力東切禮記曰華而睆大夫之簀與鄭玄曰華畫也說者以睆爲刮節目也睆胡綰切爾雅曰骨謂之切犀謂之磋毛萇詩傳曰治骨曰切尚書曰錫貢磬錯孔安國曰治玉曰錯丸挻彫琢刻鏤鑽笮韓詩曰松栢丸丸薛君曰取松與栢然則丸取也漢書音義如淳曰挻擊也舒連切一作埏老子曰埏埴以爲器河上公注曰埏和也埴土也和土爲食飲之器也淮南子曰陶人克埏埴許重曰埏抒也埴土爲也爾雅玉謂之彫石謂之琢郭璞曰治玉石也爾雅曰金謂之鏤木謂之刻郭璞曰治器之名也說文曰鑽所以穿也又曰鑿穿木也國語臧文仲曰中刑用刀鋸其次用鑽笮韋昭注爲笮而賈逵注爲鑿然笮與鑿音義同也鑽子丸切窮妙極巧曠以日月然後成器其音如彼解嘲曰曠以日月唯笛因其天姿不變其材伐而吹之其聲如此天姿天然之姿也蓋亦簡易之義賢人之業也周易曰乾以易知坤以簡能易則易知簡則易從易知則有親易從則有功有親則可久有功則可大可久則賢人之德可大則賢人之業此言簡易不煩劇也若然六器者猶以二皇聖哲䵻益六器琴瑟簧塤鐘磬淮南子曰二皇鳳至於庭高誘曰二皇伏羲神農也聖哲謂女媧暴辛垂叔之流䵻猶演也他斗切況笛生乎大漢而學者不識其可以裨助盛美忽而不讚悲夫說文曰裨益也婢移切有庶士丘仲言其所由出而不知其弘妙尚書曰庶邦庶士風俗通曰笛武帝時丘仲所作其辭曰近世雙笛從羌起羌人伐竹未及已風俗通曰笛元羌出

又有羌笛然羌笛與笛二器不同長於古笛有三孔大小異故謂之雙笛龍鳴水中不見己截竹吹之聲
相似見胡鍊切己謂龍也剡其上孔通洞之裁以當篴便易持麤者曰篴細者曰校言裁笛以
當篴故便而易持也篴馬策也竹瓜切裁或爲材易京君明識音律故本四孔加以一君明
所加孔後出是謂商聲五音畢漢書曰京房字君明漢武帝時人也修易尤好鐘律知五聲然京房修易
故曰易京笛本四孔京加一孔於下爲商聲故謂五音畢沈約宋書曰笛京房備其五音言易京者猶如莊周蒙人謂蒙莊及磬襄宋翟
之比

琴賦并序尸子曰舜作五絃之琴以歌南風南風之薰兮可以解吾人之慍是舜歌也白虎通曰琴者禁也禁
人邪惡歸於正道故謂之琴

嵇叔夜臧榮緒晉書曰嵇康字叔夜譙國人幼有奇才博覽無所不見拜中散大夫以呂安事誅

余少好音聲長而翫之杜預左氏傳注曰翫習也以爲物有盛衰而此無變文子曰夫
物盛則衰滋味有猒而此不勸莊子曰聲色滋味之於人心不待學而樂之左氏傳閻沒女寬曰及饋之畢願以小
人之腹爲君子之心屬猒而已說文曰猒從甘田犬會意字也可以導養神氣宣和情志管子曰導血氣而求
長年淮南子曰古之人神氣不蕩乎外處窮獨而不悶者莫近於音聲也孟子曰柳下惠遺佚而不

怨阨窮而不憫是故復之而不足則吟詠以肆志吟詠之不足則寄言以廣
意毛詩序曰言之不足故詠歌之詠歌之不足不知手之舞之杜預左氏傳注曰肆申也尚書曰詩言志然八音之器
歌舞之象歷世才士並為之賦頌其體制風流莫不相襲淮南子曰晚世風流
俗敗禮義廢仲長子昌言乘北風順此流而下走誰復能為此限者哉孔安國尚書傳曰襲因也稱其材幹則以危
苦為上賦其聲音則以悲哀為主美其感化則以垂涕為貴麗則麗
矣然未盡其理也高誘戰國策注曰麗美麗也推其所由似元不解音聲覽其旨
趣亦未達禮樂之情也趣意也禮記曰故知禮樂之情者能作衆器之中琴德最優桓譚
新論曰八音廣博琴德最優馬融琴賦曰曠三奏而神物下降何琴德之深哉故綴敘所懷以為之賦其辭
曰
惟椅梧之所生兮託峻嶽之崇岡毛詩曰椅桐梓漆爰伐琴瑟毛萇曰椅梓屬也史記曰龍門有桐樹
高百尺無枝堪為琴披重壤以誕載兮參辰極而高驤披開也重壤謂地也泉壤稱九故曰重也毛萇
詩傳曰誕大也載生也爾雅曰北極北辰也孔安國尚書傳曰襄上也驤與襄同含天地之醇和兮吸日月
之休光謂包含天地醇和之氣引日月光明也周易曰天地絪縕萬物化醇鬱紛紜以獨茂兮飛英蕤

於昊蒼說文曰蕤草木花貌汝誰切夕納景于虞淵兮旦晞幹於九陽納藏也淮南子曰日入于虞淵之汜又曰入于虞淵是謂黃昏高誘曰視物黃也晞乾也幹本也楚辭曰夕晞余身乎九陽王逸曰九陽謂九天之崖也經千載以待價兮寂神跱而永康論語子曰我待價者也價者物之數也康安也且其山川形勢則盤紆隱深磪嵬岑嵓盤曲紆屈隱幽深邃也崔嵬高峻之貌岑嵓危嶮之形字林曰嵓山巖也亙嶺巉巖岞崿嶇崟皆山石崖巘嶮峻之勢丹崖嶮巇青壁萬尋若乃重巘增起偃蹇雲覆偃蹇高貌言高在上偃蹇然如雲覆下也邈隆崇以極壯崛巍巍而特秀巍巍高大貌廣雅曰秀出也蒸靈液以播雲據神淵而吐溜蒸氣上貌言山能蒸出雲以沾潤萬物播布也孔子曰夫山者興吐風雲以通乎天地之閒說文曰津液也溜水流也爾乃顛波奔突狂赴爭流觸巖觝隈鬱怒彪休觝至也隈水曲也彪休怒貌洶涌騰薄奮沫揚濤瀄汨澎湃蜿蟺相糾瀄汨去疾貌澎湃相戾之形也蜿蟺展轉也糾繚也蜿於阮切蟺音善糾已虯切放肆大川濟乎中州肆猶縱也中州猶中國也安回徐邁寂爾長浮安回波靜遠去象上林賦曰安翔徐回又曰寂漻無聲澹乎洋洋縈抱山丘說文曰澹水搖也詳觀其區土之所產毓奧宇之所寶殖廣雅曰奧藏也毛萇詩傳曰宇居也珍怪琅玕瑤瑾翕赩高唐賦曰珍怪奇偉尚書曰球琳琅玕皆美玉名說文瑾玉名翕赩盛貌

詩傳曰赩赤色貌叢集累積奐衍於其側蒼頡篇曰奐散貌衍溢也若乃春蘭被其東沙
棠殖其西楚辭曰春蘭兮秋菊山海經曰崐崙之上有木焉其狀如棠而黃華赤實其味如李而無核名曰沙棠御水人食之
使不溺涓子宅其陽玉醴涌其前列仙傳曰涓子者齊人好餌朮著天地人經三十八篇釣於澤得符鯉魚
中隱於宕山能致風雨造伯陽九山法淮南王少得文不能解其音旨其琴心三篇有條理焉楊雄泰玄賦曰茹芝英以禦飢飲玉醴以
解渴宋玉笛賦曰丹水涌其左醴泉流其右玄雲蔭其上翔鸞集其巔清露潤其膚惠風
流其閒邊讓章華臺賦曰惠風春施竦肅肅以靜謐密微微其清閑爾雅曰謐靜也微微幽靜
也夫所以經營其左右者固以自然神麗而足思願愛樂矣東都主人曰闕
庭神麗於是遯世之士榮期綺季之疇周易曰遯世無悶列子曰孔子遊於泰山見榮啓期行乎郕之
野鹿裘帶索鼓琴而歌孔子曰先生何以為樂曰天地萬物惟人為貴吾得為人一樂也男貴女賤吾得為男二樂也生有不見日月不
充襁褓者吾年九十是三樂也貧者士之常死者人之終處常得終復何憂乎孔子曰能自寬也班固漢書曰漢興有東園公綺季夏黃
公角里先生當秦之時避世而入商洛深山以待天下之定卽四皓也皇甫謐高士傳曰四皓皆河內軹人一曰在汲乃相與
登飛梁越幽壑飛梁橋也甘泉賦曰歷側景而絕飛梁援瓊枝陟峻崿以遊乎其下莊子
曰南方生樹名瓊枝周旋永望邈若陵飛言若鳥之陵飛左氏傳史克曰奉君以周旋邪睨崑崙俯

闞海湄說文曰睨邪視也峴崙山名也闞視也毛萇詩傳曰水草交曰湄指蒼梧之迢遞臨迴江之
威夷漢書有蒼梧郡山海經曰南方蒼梧之丘其中有九嶷山舜之所葬在長沙零陵界洞簫賦曰迴江流川而溉其山韓詩曰周
道威夷悟時俗之多累仰箕山之餘輝高士傳曰堯讓位於許由由辭曰鷦鷯巢在深林不過一枝偃
鼠飲河不過滿腹隱乎沛澤堯讓不已於是遁於中岳潁水之陽箕山之下死因葬於箕山之巔十五里堯因就封其墓號曰箕公子仲
武陽城槐里人也呂氏春秋曰昔堯朝許由於沛澤之中曰請屬天下於夫子許由遂之箕山之下羨斯嶽之弘敞心
慷慨以忘歸西京賦曰赫旴旴以弘敞爾雅曰愷慷樂也史記曰穆天子見西王母樂之忘歸情舒放而遠
覽接軒轅之遺音軒轅黃帝也遺音謂琴也慕老童於騩隅欽泰容之高吟山海經曰
騩山神耆童居之其音常如鐘磬音郭璞曰耆童老童也顓頊之子山海經曰顓頊生老童思玄賦曰太容吟曰念哉騩山在三危西九
十里顧茲梧而興慮思假物以託心莊子曰不以身假物乃斲孫枝准量所任說文
曰斲斫也張衡應問曰可剖其孫枝鄭玄周禮注曰孫竹枝根之末生者也蓋桐孫亦然至人攄思制爲雅琴莊子
曰不離於真謂之至人又曰至人無己神人無功郭象曰無己故順物順物而至劉向有雅琴賦乃使離子督墨匠
石奮斤孟子曰離婁黃帝時人黃帝亡其玄珠使離婁索之能視百里之外見秋毫之末離子離朱也淮南子曰離朱之明察鍼
末於百步之外桉慎子爲離珠周禮禁督逆祀者鄭玄曰督正也字書曰督察也莊子曰匠石之齊見櫟社樹觀者如市匠石不顧司馬

虒曰匠石字伯夔襄薦法般倕騁神夔及師襄班垂已見上文鏤會褭厠朗密調均鏤會謂鏤鏤其縫會也褭厠謂褭纏其填厠之處也說文曰褭纏也廣雅曰厠間也華繪彫琢布藻垂文孔安國尚書傳曰繪會五彩錯以犀象籍以翠綠犀象二獸名翠綠二色也絃以園客之絲徽以鍾山之玉列仙傳曰園客者濟陰人也常種五色香草積數十年食其實一旦有五色神蛾止香樹末客收而薦之以布生桑蠶焉時有好女夜至自稱我與君作妻道蠶狀客與俱蠶得百頭繭皆如甕繅繭六十日乃盡訖則俱去莫知所如淮南子曰譬若鍾山之玉許慎曰鍾山北陸無日之地出美玉爰有龍鳳之象古人之形西京雜記曰趙后有寶琴曰鳳凰皆以金玉隱起為龍螭鸞鳳古賢列女之像伯牙揮手鍾期聽聲廣雅曰揮動也呂氏春秋曰伯牙鼓琴鍾子期聽之志在泰山鍾子期曰善哉巍巍乎若太山須臾志在流水子期曰湯湯乎若流水子期死伯牙破琴絕絃終身不復鼓琴以為世無賞音列子曰伯牙善鼓琴鍾子期聽伯牙鼓琴每奏鍾期輒窮其趣伯牙捨琴而嘆曰善哉子之聽夫志相象猶吾心也吾於何逃聲哉華容灼爚發采揚明何其麗也說文曰灼明也又曰爚火光也伶倫比律田連操張漢書曰黃帝使伶倫自大夏之西崐崙之陰取竹之嶰谷斷兩節間而吹之以為黃鍾之宮制十二籥以聽鳳凰之音以比黃鍾之宮皆可以生之是為律本韓子曰田連成竅天下善鼓琴者也然而田連鼓上成竅擫下而不成曲或曰成連古之善音者琴操伯牙學琴於成連先生先生曰吾能傳曲而不能移情吾師有方子春善於琴能作人之情今在東海上子能與我同事之乎伯牙曰夫子有命敢不敬從乃相

與至海上見子春受業焉進御君子新聲憀亮何其偉也憀亮聲清徹貌亦與聊字義同及其初

調則角羽俱起宮徵相證王逸楚辭注曰證驗也參發並趣上下累應踸踔磥

硌美聲將興廣雅曰踸踔無常也磥硌壯大貌磥與磊同力罪切固以和昶而足耽矣廣雅曰昶通也

勑兩切爾乃理正聲奏妙曲揚白雪發清角淮南子曰師曠奏白雪而神禽下白雪五十弦瑟樂曲未詳韓子曰昔衛靈公之晉宿於濮水上夜有鼓新聲者召師涓撫琴寫之公遂之晉晉平公曰試聽之師曠援琴一奏有玄鶴二八來舞再奏而列三奏延頸鳴舒而舞音中宮商師曠曰不如清角師曠奏之有雲從西北方起之大風起天雨隨之此言感天地清角爲勝宋玉對問曰其爲陽春白雪韓子師曠曰清徵之聲不如清角紛淋浪以流離奐淫衍而優渥粲奕

奕而高逝馳岌岌以相屬廣雅曰奕奕盛貌王逸楚辭注曰岌岌高貌沛騰遌而競趣翕

韡曄而繁縟韡曄盛貌繁縟聲之細也郭璞爾雅注曰遌遌相觸遌也狀若崇山又象流波浩兮

湯湯鬱兮峩峩列子曰伯牙鼓琴志在登高山鍾子期曰善哉峩峩兮若泰山志在流水已見上文怫愲煩寃

紆餘婆娑怫愲煩寃聲蘊積不安貌怫扶味切愲音滑風賦曰勃鬱煩寃上林賦曰紆餘委蛇陵縱播逸霍濩

紛葩言聲陵縱播布而起霍濩然似水聲紛葩開張貌霍濩盛貌魯靈光殿賦曰霍濩燐亂檢容授節應變合

度兢各擅業安軌徐步洋洋習習聲烈遐布含顯媚以送終飄餘響

乎泰素含顯媚之聲以送曲終也列子曰太素者質之始也若乃高軒飛觀廣夏閑房軒長廊之有牕
冬夜肅清朗月垂光新衣翠粲纓徽流芳子虛賦曰翕呷翠粲張揖曰翠粲衣聲也班婕妤自
傷賦曰紛翠粲兮紈素聲洛神賦曰披羅衣之璀粲字雖不同其義一也爾雅曰婦人之徽謂之縭郭璞曰今之香纓也於是器
冷絃調心閑手敏毛萇詩傳曰閑習也觸搋如志唯意所擬說文曰批反手擊也與搋同蒲結切
如志謂如其志意初涉淥水中奏清徵淥水已見上文韓子曰師曠奏清徵有玄鶴二八集廊門雅昶唐
堯終詠微子七略雅暢第十七曰琴道曰堯暢逸又曰達則兼善天下無不通暢故謂之暢昶與暢同又曰微子操微子傷
殷之將亡終不可奈何見鴻鵠高飛援琴作操寬明弘潤優游躇跱躇跱躊躇竦跱拊絃安歌新聲
代起楚辭曰翔江洲而安歌王逸曰安意歌吟也漢書曰李延年善歌為新變之聲謌曰凌扶搖兮憩瀛洲
要列子兮為好仇爾雅曰扶搖風也莊子曰扶搖而上者九萬里史記曰瀛洲海中神山也列子曰勃海之中有山曰
瀛洲莊子列子御風泠然者風仙也劉向上列子表曰列子者鄭人與鄭繆公同時漢書曰列子名禦寇先莊子莊子稱之毛詩曰窈窕
淑女君子好仇餐沆瀣兮帶朝霞眇翩翩兮薄天遊鄭玄曰餐夕食也說文曰餐吞也楚辭曰餐六
氣而飲沆瀣兮漱正陽而食朝霞陵陽子明經曰夏食沆瀣沆瀣北方夜半氣也廣雅曰薄至也齊萬物兮超自得
委性命兮任去留莊子有齊物篇楚辭曰漠靈靜以恬愉澹無為而自得服鳥賦曰縱軀委命不私與己激清

響以赴會何絃歌之綢繆會節會也論語曰子之武城聞絃歌之聲毛詩傳曰綢繆猶纏緜也於是曲引向闌衆音將歇引亦曲也半在半罷謂之闌改韻易調奇弄乃發揚和顏攘皓腕舞賦曰嚴顏和而怡懌洛神賦曰攘皓腕於神滸飛纖指以馳騖紛㗳譶以流漫㗳譶言語聲多也㗳不及也所立切說文曰譶疾言也徒合切或徘徊顧慕擁鬱抑按盤桓毓養從容祕翫廣雅曰盤桓不進貌從容舉動也毓與育同闉爾奮逸風駭雲亂闉疾貌七發曰波湧而雲亂牢落凌厲布濩半散牢落猶遼落也洞簫賦曰翩緜連以牢落劉歆遂初賦曰過句注而凌厲上林賦曰布濩宏澤甘泉賦曰半散照爛粲以成章豐融披離斐韡奐爛豐融盛貌風賦曰被麗披離斐韡明貌斐敷尾切韡于鬼切風賦曰眴奐粲爛英聲發越采采粲粲廣雅曰英美也或閑聲錯糅狀若詭赴言其狀若詭詐而相赴也鄭玄禮記注曰糅雜也雙美並進駢馳翼驅駢併也翼疾貌蒼頡篇曰隨後曰驅初若將乖後卒同趣或曲而不屈直而不倨左傳吳公子季札聞歌頌曰直而不倨曲而不屈杜預曰倨傲也居預切或相凌而不亂或相離而不殊左氏傳曰武城人斷其後之木而不殊漢書音義曰殊猶絕也時劫掎以慊慨或怨嫿而躊躇說文曰掎偏引也嫿嬌也子庶切或作姐古字通假借也姐子也切韓詩曰愛而不見搔首躊躇躊躇猶躑躅也忽飄颻以輕邁乍留聯而扶疏言扶疏四布也或參譚繁促複疊攢

仄參譚相隨貌參七感切譚徒感切一音並依字攢仄聚聲長笛賦曰蹈踧攢仄從橫駱驛奔遯相逼魯靈光殿
賦曰從橫駱驛拊嗟累讚閒不容息淮南子曰時之反側閒不容息高誘曰不容氣息促之甚也瓌豔奇
偉殫不可識高唐賦曰譎詭奇偉不可究陳若乃閑舒都雅洪纖有宜說文曰閑雅也毛萇詩傳
曰都閑也清和條昶案衍陸離案衍不平貌上林賦曰陰淫案衍之音行弋戰切廣雅曰陸離參差也穆溫
柔以怡懌婉順敘而委蛇毛萇傳曰婉然美貌委蛇聲長貌鄭玄毛詩箋曰委蛇委曲自得之貌或乘
險投會邀隙趨危會節會也邀要也嚶若離鵾鳴清池翼若游鴻翔曾崖蒼頡
篇曰嚶嚶鳥聲也琴道曰操似鴻鴈詠之聲張衡舞賦曰含清哇而吟詠若離鵾鳴姑耶紛文斐尾慊縿離纚紛文
斐尾文彩貌慊縿離纚羽毛貌微風餘音靡靡猗猗靡靡順風貌猗猗衆盛貌或摟挽櫟捋縹繚
潎冽摟挽櫟捋皆手撫絃之貌爾雅曰摟牽也劉熙孟子注曰摟牽也力頭切說文曰挽反手擊也廣雅曰櫟擊也毛詩曰薄言捋
之傳曰捋取也也縹繚潎冽聲相糾激之貌說文曰繚纏也上林賦曰轉騰潎冽潎冽水波浪貌言聲似也輕行浮彈明嫿
䁥慧說文曰嫿靜好也䁥察也七祭切疾而不速留而不滯左氏傳吳公子札觀頌曰處而不底行而不流
淮南子曰流而不滯翩緜飄邈微音迅逝遠而聽之若鸞鳳和鳴戲雲中迫而
察之若衆葩敷榮曜春風古本葩字為此芫郭璞三蒼為古花字今讀音于彼切字林音于彼切張衡思玄賦

曰天地烟熅百卉含蘤鳴鶴交頸雎鳩相和以韻推之所以不惑既豐贍以多姿又善始而令終守書
曰贍足也封禪書曰豈不善始善終哉毛詩曰高朗令終令善也嗟姣妙以弘麗何變態之無窮西京
賦曰盡變態乎其中若夫三春之初麗服以時班固終南山賦曰三春之季孟夏之初纂要曰一時三月謂之
三春九十日謂之九春西京賦曰麗服揚菁乃攜友生以遨以嬉毛詩曰雖有兄弟不如友生又曰以遨以遊說
文曰嬉樂也涉蘭圃登重基春秋運斗樞曰山者地之基背長林翳華芝甘泉賦曰登夫鳳皇而翳
華芝臨清流賦新詩楚辭曰竊賦詩之所明王逸曰賦鋪也嘉魚龍之逸豫樂百卉之榮
滋樂動聲儀孔子曰風雨動魚龍仁義動君子歸田賦曰百卉滋榮理重華之遺操慨遠慕而長思
重華謂舜也琴道曰舜操者昔虞舜聖德玄遠遂升天子喟然念親巍巍上帝之位不足保援琴作操若乃華堂曲宴
密友近賓蘭肴兼御旨酒清醇邊讓章華臺賦曰蘭肴山竦椒酒淵流毛詩曰旨酒思柔醇厚也進
南荊發西秦南荊即荊豔楚舞也古妾薄命行歌曰齊謳楚舞紛紛漢書有秦倡員紹陵陽度巴人宋玉
對問曰既而曰陵陽白雪國中唱而和之者彌寡然集所載與文選不同各隨所用而引之又對曰客有歌於郢中者始曰巴人變
用雜而並起竦衆聽而駭神料殊功而比操豈笙籥之能倫若次其
曲引所宜則廣陵止息東武太山廣陵等曲今並猶存未詳所起應璩與劉孔才書曰聽廣陵之清散

傅玄琴賦曰馬融譚思於止息魏武帝樂府有東武吟曹植有太山梁甫吟左思齊都賦注曰東武太山皆齊之土風謠歌謳吟之曲名也然引應及傅者明古有此曲轉以相證耳非嵇康之言出於此也佗皆類此飛龍鹿鳴鵾雞游絃漢書曰房中樂有飛龍章毛詩序曰鹿鳴宴羣臣也蔡邕琴操曰鹿鳴者周大臣之所作也王道衰大臣知賢者幽隱故彈絃風諫古相和歌者有鵾雞曲游絃未詳更唱迭奏聲若自然高唐賦曰更唱迭和流楚窈窕懲躁雪煩言流行清楚窈窕之聲足以懲止躁競雪蕩煩懣也懲直陵切下逮謠俗蔡氏五曲歌錄曰空侯謠俗行蓋亦古曲未詳本末俗傳蔡氏五曲游春淥水坐愁秋思幽居也王昭楚妃千里別鶴猶有一切承閒簉乏亦有可觀者焉琴操曰王襄女漢元帝時獻入後宮以妻單于昭君心念鄉土乃作怨曠之歌歌錄曰石崇楚妃歎歌辭曰楚妃歎莫知其所由楚之賢妃能立德著勳垂名於後唯樊姬焉故令歎詠聲永世不絕疑必爾也相鶴經曰鶴一舉千里蔡邕琴操曰商陵牧子娶妻五年無子父兄欲為改娶牧子援琴鼓之歎別鶴以舒其憤懣故曰別鶴操鶴一舉千里故名千里別鶴也崔豹古今注曰別鶴操商陵牧子所作也牧子娶妻五年無子父母將為之改娶妻聞之中夜起聞鶴聲倚戶而悲牧子聞之愴然歌曰將乖比翼隔天端山川悠遠路漫漫攬衣不寢食後人因以為樂章也漢書音義曰一切權時也簉已見上文然非夫曠遠者不能與之嬉遊非夫淵靜者不能與之閑止莊子老聃曰其居也淵而靜非夫放達者不能與之無悋說文曰悋亦貪惜也非夫至精者不能與之析理也周易曰非天下之至精其

孰能與於此莊子曰判天下之美析萬物之理若論其體勢詳其風聲器和故響逸張急故聲清說苑曰應侯與賈子坐聞有鼓瑟之聲應侯曰今瑟一何怨也賈子曰張急調下使之怨也夫張急者良材也調下者官卑也取良材而卑官之能無怨乎蔡邕月令章句曰凡絃之緩急爲清濁琴緊其絃則清縵則濁閑遼故音庳絃長故徽鳴閑遼謂絃閑遼遠也絃長謂徽闊而絃長也阮籍樂論曰琵琶箏笛閑促而聲高琴瑟之體閑遼而音埤義與此同鄭玄周禮注曰庳短也音婢傅毅雅琴賦曰時促均而增徽接角徵而控商性絜靜以端理含至德之和平禮記曰絜靜精微易教也孝經曰昔者先王有至德要道禮記曰樂行血氣和平誠可以感盪心志而發洩幽情矣說文曰泄除去也舞賦曰幽情形而外揚是故懷戚者聞之莫不憯懍慘悽愀愴傷心字林曰慘毒也漢書音義郭璞曰愀變色貌說文曰愴傷也憯七感切慘七敢切愀七小切含哀懊咿不能自禁字林曰懊咿內悲也列子曰喜懼抃舞不能自禁懊於六切咿音伊其康樂者聞之則欨愉懽釋抃舞踊溢說文曰欨笑貌也況于切留連瀾漫嗢噱終日服虔通俗篇曰樂不勝謂之嗢噱嗢烏沒切噱巨略切若和平者聽之則怡養悅悆淑穆玄真廣雅曰養樂也恬虛樂古棄事遺身莊子曰虛靜恬惔者道德之至也又曰棄事則形不勞是以伯夷以之廉顏回以之仁論語子曰伯夷叔齊餓於首陽之下又曰顏回問仁子曰克己復禮爲仁列子子夏問孔子曰顏回之爲仁奚若子曰回之仁賢於丘比干

以之忠尾生以之信論語曰比干諫而死莊子盜跖曰尾生與女子不來水至不去抱柱而死高誘注淮南子曰尾
生魯人與婦人期於梁下不至而水溺死惠施以之辯給萬石以之訥慎莊子曰惠施多方其書五車高
誘曰惠施宋人仕魏爲惠王相漢書曰萬石君奮恭謹舉朝無比奮長子建次甲次乙慶皆以馴行孝謹官至二千石景帝曰石君及四
子皆二千石人臣尊寵迺舉集其門凡號奮爲萬石君建郎中令奏下建讀之驚恐曰書馬者與尾而五今迺四不足一譴死矣其爲謹
雖佗皆如是服虔曰作馬字下四而爲五建上書奏誤作四慶爲太僕御出上問車中幾馬慶策數馬舉手曰四馬孔安國曰訥遲鈍也
其餘觸類而長所致非一同歸殊途或文或質周易曰引而伸之觸類而長之又曰天下
同歸而殊途一致而百慮禮記曰虞夏之質殷周之文至矣揔中和以統物咸日用而不失禮記曰樂
者天地之命中和之紀周易曰百姓日用而不知其感人動物蓋亦弘矣禮記曰樂其感人深于時也
金石寑聲匏竹屏氣孔安國曰屏除也王豹輟謳狄牙喪味孟子淳于髡曰昔王豹處淇而
河西善謳說文曰謳齊歌也淮南子曰淄澠之水合狄牙嘗而知之天吳踊躍於重淵王喬披雲而下
墜山海經曰朝陽之谷有神名曰天吳天吳是爲水伯其形首足尾並人面而色青楚辭曰譬若王喬之乘雲兮載赤霄而淩太清舞
鸑鷟於庭階游女飄焉而來萃說文曰鸑鷟鳳屬神鳥也國語曰周文王時鸑鷟鳴於岐山韓詩曰漢有
游女不可求思薛君曰游女漢神也言漢神時見不可求而得之列女傳曰游女漢水神鄭大夫交甫於漢皋見之聘之橘柚張衡南都

賦曰游女弄珠於漢皐之曲感天地以致和況蚑行之眾類禮記曰聖人作樂以應天制禮以應地此
則樂者天之和也洞簫賦曰蟋蟀蚸蠖蚑行喘息垂喙蛩轉瞪瞢忘食說文曰蚑行也凡生之類行皆曰蚑嘉斯器之懿
茂詠茲文以自慰永服御而不厭信古今之所貴懿美也傅毅雅琴賦曰明仁義以厲
己故永御而密親
亂曰愔愔琴德不可測兮劉向雅琴賦曰游予心以廣觀且德樂之愔愔韓詩曰愔愔和悅貌聲類曰和靜貌
體清心遠邈難極兮良質美手遇今世兮紛綸翕響冠眾藝兮識音
者希孰能珍兮古詩曰不惜歌者苦但傷知音希能盡雅琴唯至人兮賈逵曰唯獨也

笙賦

周禮笙師掌教笙鄭眾曰笙十三簧爾雅曰大笙謂之簧郭璞曰列管匏中施簧管端白虎通曰笙者太簇之
氣眾物之生也

潘安仁

河汾之寶有曲沃之懸匏焉河汾二水名也漢書曰汾水出汾陽北山又曰河東郡聞喜縣故曲沃也崔豹
古今注曰匏瓠也有柄曰縣匏可為笙曲沃者尤善鄒魯之珍有汶陽之孤篠焉漢書魯國有鄒縣有汶陽
縣杜預曰汶水太山出萊蕪縣說文曰篠小竹戴凱之竹譜曰篠出魯郡堪為笙也若乃縣蔓紛敷之麗浸潤

靈液之滋隅隈夷險之勢禽鳥翔集之嬉 鄭玄毛詩箋曰隅角也說文曰隈曲也 固衆作者之所詳余可得而略之也 賈逵國語注曰略猶簡也 徒觀其制器也則審洪纖面短長 周禮曰審曲面勢以飾五材鄭司農曰察五材曲直方面形勢之宜 㓨生幹裁熟簧 㓨割也 設宮分羽經徵列商泄之反謚厭焉乃揚 鄭玄毛詩箋曰泄出也厭猶捻也於頰切亦作擫謂指擫也 管攢羅而表列音要妙而含清 長門賦曰聲幼要而復揚 各守一以司應統大魁以爲笙 言其管各守一聲以主相應統物也鄭玄禮記注曰魁猶首也大魁謂匏首插定所也苦回切今古怪切 基黃鍾以舉韻望鳳儀以擢形 毛萇詩傳曰基本也漢書黃帝使伶倫取竹斷兩節閒而吹之以爲黃鍾之宮黃鍾律呂之長故言基也說文曰笙十三簧象鳳之身尚書曰鳳皇來儀 寫皇翼以插羽摹鸞音以厲聲 列管以象鳳翼也列仙傳曰王子喬好吹笙作鳳鳴鸞鳳類故通言之 如鳥斯企翾翾歧歧 司馬彪曰企望也景福殿賦曰鳥企山跱翾翾字林翾翾初起也歧歧飛行貌漢書音義曰歧歧將行貌 明珠在咮若銜若垂 郭璞爾雅注曰咮鳥口也音晝 脩樋內辟餘簫外逶 脩樋長管也辟開也餘簫衆管也逶逶迤漸邪之貌 駢田獦攦鮙鯜參差 駢田聚也獦攦不齊也攦音歷鮙鯜裝飾重疊貌鮙音押鯜助甲切 於是乃有始泰終約前榮後悴激憤於今賤永懷乎故貴 杜預左氏傳注曰泰奢也約儉也家語孔子曰激憤厲之志始桓子新論

琴道曰雍門周見孟嘗君孟嘗君曰先生鼓琴亦能令人悲乎對曰臣之所能令悲者先貴而後賤故富而今貧於是雍門揮琴而孟嘗君流涕

衆滿堂而飲酒獨向隅以掩淚 說苑曰古人於天下譬一堂之上今有滿堂飲酒有一人獨索然向隅泣則一堂之人皆不樂韓詩外傳曰衆或滿堂而飲酒有人向而悲泣則一堂爲之不樂王者之於天下也有一物不得其所則爲之悽愴心傷盡祭不舉樂焉

援鳴笙而將吹先嗢噦以理氣 言將欲吹笙咽中先噦而理氣也說文曰嗢咽也又曰噦氣氣悟也嗢於忽切噦紆月切嗢噦或爲溫穢謂先溫煖去其垢穢調理其氣也

初雍容以安暇中佛鬱以怫惘 埤蒼曰佛鬱不安貌

終嵬峨以蹇愕又颾遝而繁沸 蹇愕正直之貌

罔浪孟以惆悵若欲絕而復肆 罔及浪孟皆失志之貌又云孟浪虛誕之聲也肆放也言聲將絕而復放

懰檄糴以奔邀似將放而中匱 檄糴疾貌埤蒼懰宿留也檄音激

愀愴惻減䖘韡煜熠 愀愴惻減悲傷貌䖘韡熠盛多貌減與㖈同況逼切廣雅曰煜熾也音育說文曰熠盛光也熠以入切

汎淫氾豔霅曄岌岌 汎淫氾豔自放縱貌霅曄急疾貌霅素合切曄于怯切

或桉衍夷靡或竦踊剽急 夷靡平而漸靡也

或既往不反或已出復入徘徊布濩渙衍葺襲 葺襲重貌

舞既蹈而中輟節將撫而弗及 言以笙聲爲主故舞者足蹈中止而待之歌者將撫節而恐不及

樂聲發而盡室歡悲音奏而列坐泣 列子秦青曰昔韓娥爲曼聲哀哭一里老幼悲愁垂涕相對復爲曼聲長歌一里老幼喜躍抃舞不

能自禁擿纖翮以震幽簧越上箾而通下管擿指撿也奴協切翮管也其形類羽故曰翮也周易

曰震動也呂氏春秋曰伶倫制十二箾說文曰箾斷竹也徒東切應吹噏以往來隨抑揚以虛滿翕虛

及切虛滿謂隨氣虛滿也勃慷慨以憀亮顧躊躇以舒緩憀亮聲清也聲類曰憀曰也音留廣雅曰躊躇

猶豫也輟張女之哀彈流廣陵之名散閔洪琴賦曰汝南鹿鳴張女羣彈然蓋古曲未詳所起詠

園桃之夭夭歌棗下之纂纂魏文帝園桃行曰夭夭園桃無子空長虛美難假偏輪不行古咄唶歌曰棗下

何攢攢榮華各有時棗欲初赤時人從四邊來棗適今日賜誰當仰視之攢聚貌纂與攢古字通歌曰棗下纂纂朱

實離離毛詩曰其實離離毛萇曰離離垂也宛其落矣化爲枯枝毛詩曰宛其死矣毛萇曰宛死貌人

生不能行樂死何以虛謚爲楊惲與孫會宗書曰人生行樂耳謚法曰謚者行之迹也爾乃引飛

龍鳴鵾雞雙鴻翔白鶴飛飛龍鵾雞已見上文古樂府有飛來雙白鶴篇子喬輕舉明君懷

歸荆王喟其長吟楚妃歎而增悲歌錄曰吟歎四曲王昭君楚妃歎楚王吟王子喬皆古辭荆王子喬

其辭猶存夫其悽戾辛酸嚶嚶關關若離鴻之鳴子也爾雅曰關關嚶嚶音和也含胡

嘽諧雍雍喈喈若羣鶵之從母也洞簫賦曰瞋嘅胡以紆鬱禮記嘽諧慢易繁文簡節之音作而民康

樂爾雅曰雍雍和也毛萇詩傳曰喈喈和聲遠聞也歌録步出夏門行古辭歌曰鳳凰鳴啾啾一母從九鶵郁捋劫悟泓

一 珍倣宋版印

宏融裔郁將口循孔貌劫悟氣相衝激泓宏聲大貌融裔聲長貌說文曰泓下深也哇咬嘲哳一何察惠

舞賦曰吐哇咬則發皓齒說文曰哇諂聲也咬淫聲也楚辭曰鶤雞嘲哳而悲鳴哇咬嘲哳聲繁細貌訣厲悄切又何

磬折訣厲謂決斷清洌也悄切憂貌磬折言其聲若磬形之曲折也若夫時陽初暖臨川送離神農本草

曰春夏為陽莊子曰暖然似春楚辭曰登山臨水送將歸酒酣徒擾樂闋日移漢書音義應劭曰不醒不醉曰酣擾

謂擾擾裝飾也鄭玄曰闋終也踈客始闌主人微疲韓子曰穰歲之秋踈客畢食文穎漢書注曰闌言希也謂飲酒

半罷半在謂之闌弛絃韜籥徹塤屏篪杜預左氏傳注曰弛解也韜藏也絃謂琴瑟也孔安國論語注曰徹去也

屏除也廣雅曰長琴三尺六寸六分五絃瑟二十七弦也爾雅曰大籥謂之產郭璞注曰籥如笛三孔而狹小廣雅曰七孔大塤謂之嘂

郭璞注曰燒土為之大如鵝子銳上平底形似稱錘六孔小者如雞子大篪謂之沂郭璞曰篪竹為也尺四寸圍三寸一孔上出三寸分

右翹橫吹之小者尺二寸廣雅曰六七孔也爾乃促中筵攜友生解嚴顏擢幽情舞賦曰嚴顏和

而怡懌幽情形而外揚披黃包以授甘傾縹瓷以酌酃尚書曰厥包橘柚說文曰縹青白色字林瓷白

瓶長頸大甖切酃陽酒賦曰醪醴既成綠瓷既啓又曰其品類則沙洛淥酃鄔鄉若下齊公之情吳錄地理志曰湘東酃以為酒有名

光歧儼其偕列雙鳳嘈以和鳴光華飾也歧衆管也以其分別故謂之歧或作伎謂光華之伎也西京雜

記曰成帝侍郎善鼓琴能為雙鳳之曲晉野悚而投琴況齊瑟與秦箏子野師曠字晉人故曰晉野杜

頭左氏傳注曰悚懼也史記蘇秦說齊王曰臨菑其民無不吹竽鼓瑟歌錄有美人篇齊瑟行風俗通曰箏蒙恬所造楚辭曰扶秦箏而

彈徽新聲變曲奇韻橫逸縈纒歌鼓網羅鍾律爛熠爚以放豔蓬勃

以氣出熠爚光明貌蓬勃泰出貌秋風詠於燕路天光重乎朝日魏文帝燕歌行曰秋風蕭瑟天

氣涼傅玄長簫歌有天光篇魏文帝善哉行有朝日篇言既奏天光又奏朝日故曰重也重逐龍切大不踰宮細不過

羽鄭玄月令注曰大不過宮細不過羽國語泠州鳩對景王曰臣聞琴尚宮鍾尚羽大不踰宮細不過羽唱發章夏導

揚韶武樂動聲儀曰堯樂曰大章禮記曰大章章之也鄭玄曰言堯德章明也樂動聲儀曰舜樂曰大韶禹曰大夏武曰大武

協和陳宋混一齊楚樂動聲儀曰樂者移風易俗所謂聲俗者若楚聲高齊聲下所謂事俗者若齊俗奢陳俗利巫

也又曰先魯後殷新周故宋然宋商俗也張衡舞賦曰移風易俗限一齊楚邇不逼而遠無攜聲成文而

節有敘左氏傳昭公二十九年吳公子札來聘魯人爲奏四代樂爲之歌頌季札歎曰至矣哉邇而不偪遠而不攜節有度守有

敘凡人邇近者好在逼迫此樂中乃有不逼之聲凡人相遠者好在攜離此頌中乃有遠不攜離之音毛詩序曰聲成文謂之音彼

政有失得而化以醇薄呂氏春秋曰其治厚者其樂厚其治薄者其樂薄樂所以移風於善

亦所以易俗於惡孝經曰移風易俗莫善於樂故絲竹之器未改而桑濮之流已

作禮記曰絲竹樂之器也又曰桑間濮上之音亡國之音鄭玄注曰濮水之上地有桑閒者亡國之音於此水出惟簧也能

研羣聲之清惟笙也能揔衆清之林（言衆若林能揔之禮記曰唱和清濁迭相爲經鄭玄曰清謂蕤賓至應鍾濁謂黃鍾至仲呂）衛無所措其邪鄭無所容其淫（禮記曰鄭衛之音亂世之音）非天下之和樂不易之德音其孰能與於此乎（禮記曰順氣成象而和樂興焉又曰德音之謂樂周易曰非天下至精其孰能與於此）

嘯賦（鄭玄毛詩箋曰嘯蹙口而出聲也籀文爲歗在欠部毛詩曰其嘯也歌）

成公子安（臧榮緒晉書曰成公綏字子安東郡人也少有俊才辭賦壯麗徵爲博士歷中書郎）

逸羣公子體奇好異傲世忘榮絕棄人事（文子曰傲世賤物不汙於俗漢書曰張良願棄人間事欲從赤松子遊）睎高慕古長想遠思（謝承後漢書曰陳謙睎高視遠清舉矯俗馮衍顯志賦曰獨耿介而慕古舞賦曰遠思長想）將登箕山以抗節浮滄海以游志（箕山已見上文論語子曰道不行乘桴浮於海從我者其由歟）於是延友生集同好（尚書序曰與我同好）精性命之至機研道德之玄奧（周易曰乾道變化各正性命管子曰虛無無形謂之道化育萬物謂之德應德璉馳射賦曰窮百氏之玄奧）愍流俗之未悟獨超然而先覺（禮記曰不從流俗老子曰雖有榮觀燕處超然孟子伊尹曰天生斯民使先知覺後知使先覺覺後覺也）狹世路之阨僻仰天衢而高蹈（史記曰不從流俗王之阨僻羽獵賦曰狹三王之阨僻孔融薦

禰衡表曰龍躍天衢左氏傳齊人歌曰魯人之皐使我高蹈邈姱俗而遺身乃慷慨而長嘯琴賦曰弃
事遺身遺身謂其身事楚辭曰臨深水而長嘯于時曜靈俄景流光濛汜廣雅曰耀靈日也俄邪也歸田賦曰
於時曜靈俄景楚辭曰出自湯谷次于濛汜淮南子濛汜日所入處逍遥攜手踟跦步趾廣雅曰蹢躅踟跦也踟跦
與踟躅古字通左氏傳蔿啓彊謂魯侯曰今君若步玉趾發妙聲於丹脣激哀音於皓齒神女賦曰朱脣
的其若丹楚辭曰美人皓齒嫮以姱響抑揚而潛轉氣衝鬱而熛起言聲在喉中而轉故曰潛也熛起言
疾字林曰熛飛火也協黃宮於清角雜商羽於流徵黃宮謂黃鍾宮聲清角已見上文宋玉笛賦曰吟清
商追流徵飄遊雲於泰清集長風乎萬里言所感幽深有同龍虎聖主得賢臣頌曰虎嘯而風冽龍興而
致雲泰清天也鶡冠子曰上及泰清下及泰寧曲既終而響絶遺餘玩而未已良自然之至
音非絲竹之所擬是故聲不假器用不借物近取諸身役心御氣周易
曰近取諸身動脣有曲發口成音觸類感物因歌隨吟大而不洿細而不
沈洿漫也琴道曰大聲不震譁而流漫細聲不湮滅而不聞清激切於竽笙優潤和於琴瑟玄妙
足以通神悟靈精微足以窮幽測深老子曰玄之又玄衆妙之門禮記曰夫禮樂通乎鬼神窮高遠
而測深厚精微已見上文收激楚之哀荒節北里之奢淫楚辭曰宮庭震驚發激楚王逸曰激楚清聲也

史記曰紂使師涓作淫聲北里之舞靡靡之樂濟洪災於炎旱反亢陽於重陰言有洪水之災濟之以炎旱有亢陽之災反之於重陰說苑曰湯時大旱七年煎沙爛石靈寶經曰禪黎世界墜王有女字姓音生仍不言年至四歲王怪之乃棄女於南浮桑之阿空山之中女無粮常日咽氣引月服精自然充飽忽與神人會於丹陵之舍柏林之下姓音右手題赤石之上語姓音汝雖不能言可憶此文也遺朱宮靈童下教姓音治災之術授其采書八字之音於是能言於山出還在國中國中大枯旱地下生火人民焦爍死者過半穿地取水百丈無泉王悕懼女顯其真為王仰嘯天降洪水至十丈於是化形隱景而去唱引萬變曲用無方鄭玄論語注曰方常也和樂怡懌悲傷摧藏摧藏自抑挫之貌言悲傷能挫於人琴操王昭君歌曰離宮絕曠身體摧藏時幽散而將絕中矯厲而慨慷矯舉也徐婉約而優游紛繁纚而激揚情既思而能反心雖哀而不傷毛詩序曰關雎哀而不傷揔八音之至和固極樂而無荒毛詩曰好樂無荒若乃登高臺以臨遠披文軒而騁望新語曰高臺百仞文軒彫窻楚辭曰白蘋兮騁望噱仰抃而抗首嘈長引而憀亮憀亮已見上文或舒肆而自反或徘徊而復放孔安國尚書傳曰肆緩也或冉弱而柔撓或澎濞而奔壯說文曰冉弱長貌上林賦曰柔撓嫚嫚橫鬱鳴而滔涸洌飄眇而清昶滔涸如水之滔漫或竭涸也飄眇聲清長貌眇他鳥切爾雅曰涸竭也字林曰洌寒貌逸氣奮湧繽紛交錯列列飈揚啾

啾響作奏胡馬之長思向寒風乎北朔古詩曰胡馬思北風又似鴻鴈之將鶵
羣鳴號乎沙漠武帝元朔六年衞青將六將軍絶幕應劭曰幕匈奴之南界傳瓚沙土曰幕今案決幕漫也西域傳曰罽賓國以銀爲錢文爲騎馬幕爲人面如淳曰幕音漫韋昭曰幕錢背也然則漫幕同義古詩曰此匈奴中沙漫地也崔浩謂之河底故李陵歌曰徑萬里兮度沙漠是也猶今人呼幘幔亦曰幕可依字讀義無爽今書或作漠音訓同說文曰漠北方流沙故能因形創聲隨事造曲應物無窮機發響速怫鬱
衝流參譚雲屬佛扶勿切淮南子曰通古之風氣以貫譚萬物之理譚猶着也參譚不絶又曰龍舉而景雲屬若離
若合將絶復續飛廉鼓於幽隧猛虎應於中谷楚辭曰後飛廉使奔屬王逸曰飛廉風伯也毛詩曰大風有隧春秋元命苞曰猛虎嘯谷風起類相動也南箕動於穹蒼清飇振乎喬木毛詩曰維南有箕春秋緯曰月失其行離于箕者風爾雅曰穹蒼蒼天也毛詩曰南有喬木散滯積而播揚蕩埃藹之
溷濁國語泠州鳩曰太蔟所以金奏贊陽出滯也姑洗所以脩絜百物考神納賓鄭玄儀禮注曰播散也風賦曰駭溷濁揚腐餘說文曰溷亂也變陰陽之至和移淫風之穢俗禮記曰夫禮樂行乎陰陽又曰移風易俗鄭玄曰樂用之則正人和陰陽若乃遊崇崗陵景山臨巖側望流川坐盤石漱清泉景山大山也聲類曰盤大石也說文曰漱蕩口也藉皐蘭之猗靡蔭脩竹之蟬蜎楚辭曰皐蘭被徑斯路漸猗靡隨風

之貌楚辭曰嬋娟之脩竹枚乘菟園賦曰脩竹檀欒乃吟詠而發散聲駱驛而響連駱驛不絕貌舒
蓄思之悱憤奮久結之纏緜論語子曰不憤不啓不悱不發字書曰悱心誦也芳匪切纏緜已見上注心
滌蕩而無累志離俗而飄然莊子曰聖人無天災無物累淮南子曰單豹背世離俗若夫假象
金革擬則陶匏孔安國尚書傳曰象法也禮記曰器用陶匏尚禮然也衆聲繁奏若笳若簫磞
硠震隱訇礚唧嘈字林曰礚大聲也磞芳宏切硠音郎唧音勞嘈音曹發徵則隆冬熙蒸騁羽
則嚴霜夏凋動商則秋霖春降奏角則谷風鳴條列子曰鄭師文學琴於師襄師襄曰
子之琴何如師文曰請嘗試之於是當春而叩商絃以召南呂涼風惣至草木成實及秋而叩角絃以激夾鍾溫風徐迴草木發榮當夏
而叩羽絃以召黃鍾霜雪交下川池暴沍及冬而叩徵絃以激蕤賓陽光熾烈堅冰立散師襄曰雖師曠之清角鄒衍之吹律無以加之
張湛曰商金音屬秋南呂八月律角木音屬春夾鍾二月律羽水音屬冬黃鍾十一月律徵火音屬夏蕤賓五月律鄭玄禮記注曰熹蒸
也聲類曰熹熙字音均不恒曲無定制均古韻字也鶡冠子曰五聲不同均然其可喜一也晉灼子虛賦注曰文
章假借可以協韻均與韻同行而不流止而不滯已見上文隨口吻而發揚假芳氣而
遠逝音要妙而流響聲激嚁而清厲激嚁清疾貌嚁音翟信自然之極麗羌殊
尤而絕世杜預左氏傳注曰尤異也越韶夏與咸池何徒取異乎鄭衛樂動聲儀曰黃帝樂

曰咸池韶夏鄭衛已見上文于時緜駒結舌而喪精王豹杜口而失色孟子曰王豹處淇而
善謳緜駒處唐而齊右善歌言二人以歌謳化齊衛之國鄧析子曰左右結舌西京賦曰喪精亡魄漢書鄧公曰內杜忠臣之口莊子曰
見夫子之失色虞公輟聲而止歌甯子檢手而歎息晏子春秋虞公善歌以新聲惑景公晏子退朝
而拘之漢與又有虞公卽劉向別錄曰有人歌賦楚漢興以來善雅歌者魯人虞公發聲清哀遠動梁塵其世學者莫能及淮南子曰甯
戚欲干齊桓公窮困無以自達於是爲商於齊宿于郭門之外桓公郊迎閉門辟任車爝火甚盛從者甚衆戚飯牛車下望桓公而悲擊
牛角而疾商歌曲甯戚衛人商金聲清故以爲曲歌曰出東門兮厲石班上有松柏兮青且蘭麁布衣兮縕縷時不遇兮堯舜牛兮努力
食細草大臣在爾側吾當與爾適楚國應劭曰齊桓夜迎客甯戚疾擊其角商歌曰南山岸峨白石爛生不遭堯與舜禪短布單衣適至
骭從昏飯牛薄夜半長夜瞑瞑何時旦七略曰漢興善歌者魯人虞公發聲動梁上塵呂氏春秋曰甯戚至齊暮宿於郭門之外桓公郊
迎客夜至關門甯戚飯牛望桓公而悲擊牛角疾歌桓公聞之歌者非常人也命後車載之史記春申君曰秦楚臨韓韓必斂手鍾
期棄琴而改聽孔父忘味而不食論語曰子在齊聞韶三月不知肉味孔安國曰不圖於韶樂之至於
斯周生烈曰孔子在齊聞韶樂之盛故忽忘肉味王肅曰不圖作韶樂之至於此此齊也百獸率舞而抃足鳳皇
來儀而拊翼尚書夔曰於予擊石拊石百獸率舞簫韶九成鳳皇來儀孔安國曰雄曰鳳雌曰皇靈鳥也儀有容儀也備樂
九奏而致鳳皇也乃知長嘯之奇妙蓋亦音聲之至極晉書阮籍字嗣宗陳留尉氏人容貌瓌傑

志氣宏放尤好莊老嗜酒能嘯籍嘗於蘇門山遇孫登與商略終古栖神道氣之術登皆不應籍因長嘯而退至於半嶺聞有聲若鸞鳳之音響乎巖谷乃登之嘯也

文選卷第十八

賜進士出身通奉大夫江南蘇松常鎮太等處承宣布政使司布政使胡克家重校刊

珍倣宋版印

西元二〇二二年一月一日重製一版

文選李善注

冊一（梁蕭統撰
唐李善注）

平裝四冊基本定價參仟參佰元正
（郵運匯費另加）

發行人　張敏君
發行處　中華書局
臺北市內湖區舊宗路二段一八一巷八號五樓（5FL., No. 8, Lane 181, JIOU-TZUNG Rd., Sec 2, NEI HU, TAIPEI, 11494, TAIWAN）
客服電話：886-8797-8396
公司傳真：886-8797-8909
匯款帳戶：華南商業銀行西湖分行
179100026931
印　　刷：經典數位印刷有限公司
海瑞印刷品有限公司

No. N3065-1

國家圖書館出版品預行編目(CIP)資料

文選李善注/(梁)蕭統撰 ; (唐)李善注. -- 重製一版. --
臺北市 : 中華書局, 2022.01
冊 ; 公分
ISBN 978-986-5512-76-7(全套 : 平裝)

830.13 110021470